들려준 것과 숨긴 것
영국 모험소설의 정치적 무의식

이석구 李奭具 | Suk Koo Rhee

연세대학교 영어영문학과와 같은 학교 대학원을 졸업하고 미국 인디애나대학교 영문학과에서
박사학위를 받았다. 지금은 연세대학교 영어영문학과와 비교문학문화학과의 교수로 있으면서
영미소설, 제3세계문학, 비평이론, 문화연구를 강의하고 있다. 또한 국제학술지 *Situations*의 편집
장으로 아시아문화연구 분야에서 활동하고 있다. 역서로는 『어둠의 심연』이 있다. 탈식민주의 영
어권문학비평 『제국과 민족국가 사이에서』(2011)로 영어영문학 학술상과 연세학술상을 받았고,
탈식민주의 이론을 논한 『저항과 포섭 사이』(2016)는 세종도서로 선정되었다. 현재 한국계 미국
작가들에 대한 저서를 집필 중에 있다.

들려준 것과 숨긴 것 영국 모험소설의 정치적 무의식

초판 1쇄 발행 2019년 9월 6일
초판 2쇄 발행 2020년 10월 30일
지은이 이석구 **펴낸이** 박성모 **펴낸곳** 소명출판 **출판등록** 제13-522호
주소 서울시 서초구 서초중앙로6길 15, 1층
전화 02-585-7840 **팩스** 02-585-7848
전자우편 somyungbooks@daum.net **홈페이지** www.somyong.co.kr

값 33,000원 ⓒ 이석구, 2019
ISBN 979-11-5905-428-0 93840

이 저서는 2014년 정부(교육부)의 재원으로 한국연구재단의 지원을 받아 수행된 연구임
(NRF2014S1A6A4024767). 원제는 '영국 제국주의 소설과 주권적 주체의 문제'임.

들려준 것과 숨긴 것

영국 모험소설의 정치적 무의식

이석구 지음

NARRATED VERSUS WITHHELD :
THE POLITICAL UNCONSCIOUS
OF BRITISH ADVENTURE FICTION

소명출판

격동의 80년대를 외지에서
같이한 두 누님에게
이 책을 바친다.

모든 읽기는 거래이다.
내가 가진 것을 이용하여
최선을 다하는 것이다.
— 가야트리 스피박

머리말

25여 년 전 나는 박사학위 논문에서 19세기 영국의 모험소설에 대해서 논의를 한 적이 있다. 이후로 몇 년간 강의실에서 이 시기의 문학을 학생들과 함께 토론한 적이 있었지만, 차츰 영제국의 구舊식민지의 문학 연구에 매진하였다. 이 연구를 시작한 지 15년의 시간이 흘렀을 즈음에 나는『제국과 민족국가 사이에서』(한길사, 2011)를 출간하였다. 그로부터 5년 후에는 북미의 흑인해방운동에서부터 프랑스어권의 반식민 운동을 거쳐 후기구조주의적 탈식민주의를 아우르는 이론서『저항과 포섭 사이』(소명출판, 2016)를 출판하게 되었다. 그러니 부족하나마 탈식민주의 문학과 이론에 대하여 나름은 정리를 한 셈이다.

내가 동시대의 영어권 문학 연구에 매진하는 동안에도 실은 19세기 영국의 모험소설을 새롭게 읽고 싶은 욕망이 마음 한 구석에는 있었다. 그 이유 중의 하나는, 박사학위 논문에서 내가 사용한 연구 방법론이 시간이 지나면서 성에 차지 않았기 때문이다. 영국의 모험 문학에 대한 과거 나의 연구는, 당시 탈식민주의 문학연구가 그러했듯, 영문학이 당대 지배 이데올로기에 어떤 식으로 복무하는지를, 즉 모험소설과 제국주의 간의 공모관계를 드러내고 분석하는 것이었다. 이러한 연구는 인간적인 가치를 집대성한 정전으로 대접받아온 '훌륭한' 작품들이 실상은 '고결함과 거리가 먼 정치'에 얼마만큼 깊숙이 연루되어 있는지를 폭로하는 작업이었다. 그러한 점에서 나의 박사학위 연구는 에드워드 사이드가『오리엔탈리즘』에서 선보인 바 있듯, 고상한 척하는 인문학의 세속적인 민낯을 폭로하는 일종의 '심문審問'에 가까운 것이었다.

이처럼 폭로와 심문의 패러다임에 기반을 둔 연구는 당시에는 꽤나 유행하는 것이었고, 또한 나름대로 문학 비평에 기여한 바가 있었다. 문학이 대중에게 '쾌快'나 '계몽'을 제공한다는 미명 아래 은밀하게, 또 때로는 노골적으로 수행한 제국의 프로퍼갠더 역할을 폭로하였다는 점에서 그렇다. 그러나 돌이켜보면 나의 이러한 작업에는 문제도 발견되었는데, 그 중 하나가 해석의 도식적인 성격과 예측 가능성이었다. 이를테면 영국 모험문학의 원조격인 대니얼 디포의 『로빈슨 크루소』를 영제국의 식민지 경영이라는 맥락 속에 위치시키면, 난파당한 섬에서 미니 정착촌을 건설하는 주인공의 삶은 원형적인 제국주의자에 대한 초상화쯤으로 읽히게 된다. 내가 학위논문에서 선보인 영국 해양소설의 원조인 프레드릭 마리앗의 소설, 찰스 킹슬리나 조지프 콘래드의 소설에 대한 분석이 그러하였다. 빅토리아조 영제국의 팽창주의라는 맥락 속에 위치시켰을 때 이 소설들에 대한 이해는, 심오한 예술의 형식을 빌리기는 하였으되 제국의 존재를 정당화하는 문건으로 귀결된다. 이처럼 폭로와 심문의 패러다임에서 보았을 때, 작품에 따라 정도는 다르겠지만 작품의 의미를 예측하는 것이 크게 어렵지 않다. 영국인 주인공이 인종적 타자를 정복하는 줄거리를 갖는 한 거의 모든 작품이 제국의 승리주의적 남성성을 찬양하는 것으로 해석되니 말이다. 그런 점에서 본인은 문학이 수행해 온 정치성을 폭로한다는 비평적 현안을 추구하였지만 다른 한편으로는 때로는 텍스트 내부의 다양한 정치적·문화적 역학을 무시한 채 작품의 의미를 특정한 구도에 맞추지 않았는가 하는 의구심을 떨쳐버릴 수가 없었다.

이야기의 방향을 조금 틀어보자. 경직된 마르크스주의 문학방법론에 대해 과거에 제기된 비판에 의하면, 이 유물론적인 해석학은 문학을 물질적인 현실에 종속된 것으로 상정함으로써 문학의 자율성을 훼손시켰다. 문학을 물질적 현실에 대한 기계적인 반영에 지나지 않는 것으로 봄으로써, 문학의 성격을 수동적인 거울의 기능에 한정시키고 만 것이다. 폭로와 심문의 패러다임을 사용하는 탈식민주의 문학방법론도 어떤 점에서는 유사한 상황에 놓여있다고 볼 수 있다. 본 저서에서 다루기도 한 『보물섬』이나 『산호섬』 같은 작품에 대해 19세기 영제국의 팽창주의를 충실하게 반영하는 텍스트로 해석하는 과거의 비평 경향이 이를 잘 드러낸다. 그러니 탈식민주의 연구는 제국주의에 대한 비판이라는 점에서 진보적인 정치적인 의제를 추구하지만, 메트로폴리스의 문학이 당대 지배 권력의 부름에 절대적으로 호응한다고 본 점에서는, 즉 문학의 역동적인 면을 거세시킨다는 점에서는 보수적인 문학 해석학을 견지한다. 이러한 면모는 시대의 명저로 평가받기도 하지만 비판도 적지 않았던 저서 『오리엔탈리즘』에서 사이드가 제기한 "동양에 관하여 말하는 한 19세기의 유럽인은 모두 인종주의자이며 제국주의자이고 거의 전적으로 자민족중심적"이라는 주장이 극명하게 요약한다. 이러한 관점에 의하면 당대 지배 이데올로기와의 관계로부터 자유로운 담론은 없다. 사이드의 이러한 사유는 문학이 세상과 맺는 관계의 '세속성'을 폭로하는 기여를 하지만 동시에 문학을 이데올로기의 충실한 시녀로 만들어버렸다는 점에서 환원적인 시각이라는 비판을 면하기 힘들다. '정치적 사회'뿐만 아니라 '시민 사회'의 전 영역을 포섭한 알튀세르의 이데올로기론을 두고 출구를 남겨두지 않는 구조주의라는 평가가 제기된 바 있듯, 제국주의 이데올로기를 사회 구성원 전체의 의식을 지배하는, 심지어는 전복적 사유까지 꿰뚫어 이를 봉쇄하는 일종의 초邯구조로 보았다는 점에서 사이드도 같은 비판에 직면하게 된다.

    문학 내부의 다양성이나 역학을 충실하게 다루지 못하였다는 점에서 모험소설에 대한 과거의 나의 연구에는 아쉬움이 있었다. 그러한 점에서 프랑스의 후기구조주의적 좌파 문학이론가 피에르 마슈레의 『문학생산이론』은 기성의 탈식민주의 연구에서 내가 그간 미처 보지 못했던 텍스트 내면의 긴장, 갈등, 모순에 눈뜨게 해 주었다. 이데올로기에 쉽게 휘둘리지 않는 문학 언어의 성질, 작가의 의도나 통제에 고분고분하지 않은 언어의 면모를 잘 포착하고 있다는 점에서, 마슈레는 알튀세르의 제자이지만 스승의 구조주의적인 한계를 넘어서고 있었다. 마슈레에 의하면 텍스트의 진정한 의미는, 그것이 소리 높여 들려주는 메시지 외에도 특정 메시지의 고지告知를 위해 들려주지 않기로 선택한 내용을 같이 고려할 때 비로소 제대로 포착될 수 있다. 그러니 독자는 텍스트가 공들여 그려내는 대상을 대하게 될 때 그 대상에 대한 연구도 당연히 해야 하겠지만, 그처럼 공을 들인 묘사가 "공을 들여 감추는 것은 없는지?"라는 질문도 해야 한다. 혹은, 텍스트가 ― 지배 이데올로기가 되었든 작가의 의도가 되었든 ― 하나의 목소리가 물 샐 틈 없이 장악한 완성품이 아니라는 시각, 그래서 설사 특정 이데올로기가 텍스트를 완전히 장악한 것처럼 보일 때조차도 그러한 장악이 은밀히 작용해야 할 이데올로기의 존재를 역으로 드러내고 있다는 점에서 '이데올로기에 의한 텍스트의 완전한 장악은 불가능하다'는 시각을 비평가는 견지해야 한다.

이데올로기와 텍스트 간의 관계에 대한 마슈레의 역동적인 사유는, 후기구조주의에 영향을 받은 미국의 좌파 비평가 프레드릭 제임슨의 『정치적 무의식』에서 발견된다. 유럽의 부르주아 문학에 대한 제임슨의 시각은, 이러한 종류의 문학에서는 계급 담론이나 당대 사회의 모순이 표층으로 드러나지 못한 채 억압되어 있다는 것이다. 이러한 "정치적 무의식"의 입을 열기 위해서 비평가는 다양한 계급들의 이데올로기가 경합을 벌이는 대화적 지평에 텍스트를 위치시켜야 하는데, 이때 비로소 텍스트에서 억눌러져 있던 목소리가 들릴 수 있다. "들려준 것과 숨긴 것"을 본 연구의 제목으로 삼은 이유가 바로 여기에 있다. 이처럼 텍스트가 들려주지 않은 것 혹은 들려주지 못한 것에 초점을 맞추었다는 점에서, 또한 식민주의를 찬양하는 문학 내부의 모순과 전복적 가능성에 논의를 집중한다는 점에서, 본 저술은 본인의 학위논문과는 시각이 다르다.

근자에 이루어진 영미권의 영문학 연구 중에서 역사를 새롭게 조명하는 저술들이 눈에 띤다. 이 연구들은 일차 사료라고 할 문헌들을 문학과의 관계에서 분석한 것들이다. 본 연구도 문학의 궁극적인 해석학적 지평이 역사라고 본 점에서 역사주의적 관점을 취한다고 볼 수 있지만, 문학 텍스트와의 관계에서 역사를 해석의 대상이요, 재구성의 대상으로 간주한다는 점에서 통상적인 역사주의와는 다른 것이다. 본인은 저술의 각 장에서 소설과 역사의 관계를 논할 때 마슈레와 제임슨의 이론을 인용하였다. 두 이론가 모두에 있어 사회적 모순은 당대의 텍스트에서 있는 그대로 모습을 드러내지는 않지만, 텍스트가 이 모순에 대한 적극적인 대응이라는 점에서는, 텍스트의 생산을 어느 정도 결정한다. 알튀세르의 표현을 빌리면, 역사는 "부재하는 동인absent cause"으로 작용하는 것이다. 제임슨의 주장을 빌리면, 역사는 궁극적으로 텍스트화를 거치지 않고서는 접근할 수 없는 것으로 상정된다. 그러니 독자가 소설에서 만나게 되는 역사는 '작가가 파악한' 매개된 역사일 따름이다. 제임슨이 텍스트에서 다루어지는 역사를 "하부 텍스트"라고 부른 것도 바로 이와 같은 연유에서이다. 마슈레가 『문학생산이론』에서 '레닌의 톨스토이론'을 검토할 때 드러나듯, 그의 논지에서도 역사는 텍스트 내에 그냥 '주어진 것'이 아니라 작가의 정치적 입장과 현안에 맞추어 텍스트와 동시 발생하는 컨텍스트이다. 본 연구에서는 영국의 모험소설이 상정하는 이 컨텍스트를 비판적으로 재구성함으로써, 이 하부 텍스트가 '관리'하려고 하였던 사회의 문제, 즉 '부재하는 동인'으로서의 사회적 모순을 밝혀내려는 시도를 하였다.

마슈레와 제임슨의 해석학이 고려하지 못한 중요한 한 가지가 있다. 언어의 구조물인 문학 텍스트는 궁극적으로 그것이 속한 문학적·수사적 전통과의 관계에서 의미를 부여받는다는 사실이다. 사회에는 하나의 수사적 전통만이 있는 것이 아니라 계급, 시대, 지역, 성별, 직군, 연령 등에 따르는 다양한 전통이나 규약들이 서로 중복되거나 융합·분화하기도 하고 또 대립한다는 점에서, 문학 텍스트가 이러한 전통/규약들과 맺는 관계는 역동성을 띠게 된다. 이러한 면모는 본 저술에서 "흉물"의 은유가 유럽의 수사적 전통 내에서 얼마나 다양한 의미를 띠었는지를 논의하면서 다룬 바 있다. 문학 언어의 비결정적인 성격에 주목한다는 점에서, 본 연구는 마슈레나 제임슨으로부터 차별화된다. 이러한 입장에 의하면 작가의 의도는 텍스트에 가능한 하나의 의미일 뿐이다. 텍스트에 사용된 은유나 상징, 알레고리, 그 외 언어적 약호들이 불러내는 이미지나 의미가 작가의 최초 의도에 국한되지 않는다는 점에서, 즉 작품의 의미가 당대의 다양한 수사적 전통이나 — 스탠리 피쉬의 표현을 빌리면 — 해석적 공동체와의 관계에 영향을 받는다는 점에서, 문학 텍스트의 의미는 존재론적으로 불안정한 것이다. 언어에 대한 이러한 인식을 나는 미하일 바흐친의 "이어성異語性, heteroglossia" 개념과 텍스트는 독자의 독서 행위에 의해 비로소 완성된다는 롤랑 바르트의 "쓰는 텍스트writerly text" 개념에서 배웠다. 물론 이런 주장을 한다고 해서, 문학 텍스트에는 아무 의미나 가능하다는 뜻은 아니다. 내가 존경하는 같은 학과의 서홍원 교수의 표현을 빌리면, 모든 의미가 가능해 보일 때조차도 어떤 의미들은 다른 의미들보다 더 타당하다.

　마슈레와 제임슨은 텍스트의 침묵이나 무의식에 관한 이론을 계급적 맥락에서 설파하였지만 나는 이러한 시각이 제국주의적 현실, 즉 지배 인종과 피지배 인종의 관계에도 적용이 가능하다고 생각하였고, 그러한 사유를 영국의 대표적인 모험소설에 적용한 결과물이 바로 이 연구서이다. 모든 방법론이 그러하지만 후기구조주의론에 기대어 소설을 읽어내는 데에도 문제가 없지는 않다. 이러한 방법론에는 텍스트 내부의 갈등이나 모순을 클로즈업시킴으로써 텍스트의 표층에서는 드러나지 않는 역동성을 읽어내는 장점도 있지만, 동시에 소설을 스스로를 고발하는 텍스트, 내부에서 이미 해체가 진행되고 있는 생산물로 간주함으로써, 텍스트가 당대에 사회문화적인 권위로 행세하거나 지배 권력의 기재로서 작동하는 엄연한 현실을 독자의 시야에서 멀어지게 만들 가능성이 있다. 본 연구에서 다루는 소설들은 모두 당대에 최고의 인기를 구가하였던 텍스트들이고 그 인기만큼 기성의 탈식민주의 연구에서 고발적인 맥락의 논의가 충실히 이루어져 있다고 믿기에, 본인은 이러한 후경화에 대한 염려를 뒤로 하고 저술에 매진하였지만 혹시라도 독자께서 그러한 인상을 받았다면 그것이 본 연구의 의도는 아니었음을 밝히고 싶다. 본 저서의 제5장 및 제7장은 과거에 발표한 글을 수정한 후 새롭게 몇 절을 추가한 것이며, 제2장 및 제9장의 일부 내용은 본 연구를 저술하는 도중 학술지에 발표한 것이다. 제10장의 두 개 절도 이미 발표된 것임을 밝힌다.

본 저술이 완성되기까지 많은 분들의 도움이 있었다. 지금은 비평이론을 가르치지 않는 영문학과를 전국 어디에서도 찾아보기가 힘들게 되었지만 본인이 대학원생이었던 시절, 현대비평이론의 불모지와 다름없었던 때에 학생들에게 이론에 대한 욕망을 불태우게 만든 임철규 선생님께 감사드리고 싶다. 퇴직은 오래 전에 하셨지만 연구자의 길에는 퇴직이 없음을 선생님께서는 후학들에게 몸소 보여주고 계시다. 연로하심에도 불구하고 하루도 거르시는 일 없이 18세기 영국의 주요 문헌과 작품을 묵묵히 번역하시는 김성균 선생님께 존경의 마음을 표한다. 은사님들께서 하시는 묵언의 실천은 백 마디의 충고나 꾸지람보다 더 큰 무게로 제자들을 추동하신다. 탈식민주의 연구에 매진하도록 격려해주신 인디애나대학의 브랜틀링거Pat Brantlinger 선생님께도 감사를 드리고 싶다. 선생님께서 저술하신 역작 『어둠의 지배』는, 선생님의 또 다른 저서 『식인종 길들이기』와 함께 19세기 영소설에 대한 나의 연구에 비옥한 밑거름이 되었다. 내가 최근 인디애나대에서 연구년을 보내게 되었을 때 선생님께서는 어려우신 가운데 시간을 내어주셨고 선생님과의 대화는 이 책을 마무리하는 데 큰 도움이 되었다.

　　풀브라이트 방문교수로 오리건대학과 샌디에이고 소재 캘리포니아 대학에서 연구를 할 수 있도록 재정적인 지원을 두 번씩이나 해준 한미교육위원단에 다시 한번 감사를 표한다. 본 연구는 한국연구재단의 인문저술지원을 받아서 이루어졌다. 긴 호흡을 가지고 해야 하는 인문학 저술의 성격상 3년에 걸친 재단의 지원이 없었더라면 본 연구는 결실을 맺기가 어려웠을 것이다. 인문학의 출판이 쉽지 않은 현실에도 불구하고 좋은 저술들을 지속적으로 출판해 온 소명출판에서 이 책의 출판을 맡아주어 본 연구가 제때에 빛을 보게 되었다. 수고해주신 편집진에 감사드린다. 연전에 초고를 정성들여 읽어준 대학원생 최초아에게도 고마움을 표한다.

　　나에게 항상 넉넉함의 여유로움을 가르쳐주는 아내, 어느새 아빠만큼 커버려서 섭섭하기도 하지만 이제는 든직한 두 아들, 유진이, 유현이가 고맙다.

제1장

모험소설과 근대성

나는 속는다, 고로 나는 존재한다.

—르네 데카르트, 『제1 철학에 관한 성찰』

근대성과 주권적 주체

근대성의 특징을 이성과 진보에 대한 믿음으로 요약할 수 있다면, 이 믿음은 계몽주의 전통을 정점에 올린 임마누엘 칸트Immanuel Kant (1724~1804)에서 비롯된다. 혹은 이보다 더 거슬러 올라가서 근대 철학의 아버지라고 불리는 르네 데카르트René Descartes(1596~1650)에서 그 근원을 찾을 수도 있다. 근대적인 주체 개념이, 개인이 가치의 궁극적인 원천이요, 진실의 최종적인 판관判官이라는 믿음을 토대로 한다면, 이 토대의 근저에 데카르트의 '코기토cogito'(나는 생각한다)가 발견되기 때문이다. 코기토와 근대성의 관계를 한 연구자는 다음과 같이 요약한 바 있다.

서구의 근대성에 대한 어떠한 설명에 있어서도 주체에 대한 분명한 개념이 인류 역사의 알파요 오메가로 간주된다. 합리성이라는 개념을 구조화하고, 정치학을 정초하며, 도덕적 반추를 위한 전제를 설정하는 이 암묵적인 주체

개념은 몇 세기 동안 꽃을 피운 데카르트의 철학적 우주에서 자라났다.[1]

주권적 주체와 데카르트의 관계에 대한 연구는 국내의 학자들에게서도 발견된다. 근대 주체의 핵심적인 요소로서 이성적 능력의 보유를 꼽는 한 주장을 빌리면,

> 근대 철학의 아버지라 불리는 데카르트의 '나는 생각한다. 고로 나는 있다'라는 명제는 그러한 믿음의 극적인 토로이다. 모든 사람은 이성적 능력을 구유하며, 그 능력을 바로 쓰면 스스로와 세계에 대한 진리를 찾을 수 있다는 믿음이다. 이성적 인간이 '명석·판명하게' 인지하는 것은 참이며 확실하다는 것이다.[2]

고대 그리스와 중세 시대의 형이상학에서 주체나 자기의식에 관한 문제가 제대로 조명되지 못한 채 존재에 대한 논의가 전개되었다면, 데카르트에 이르러 처음으로 개인의 사유思惟가 자아의 본질적인 속성으로 간주되었다. 데카르트의 『제1 철학에 관한 성찰』에서 주장된 바 있듯, '나는 생각한다'는 명언이 개인의 자기의식을 진리의 근거로서 설정하였던 것이다.

　데카르트는 신적인 매개를 상실한 채 이분법적으로 나뉜 인간과 세계 사이에서 통합과 조화를 추구하였다. 익히 알려진 바, 그는 감각을 통해 알려진 일체의 것을 회의懷疑함으로써 진리에 도달하고자 했다. 데카르트는 심지어 자신을 속이기 위해 모든 힘을 사용하는 전능한 악마가 있다는 전제를 하고, 이러한 속임에도 불구하고 자신이 사유하는 한, 사유하는 자신

---

1 J. Peter Bergess, *The Ethical Subject of Security : Geopolitical Reason and the Threat against Europe*, London : Routledge, 2011, p.8. 데카르트와 칸트를 주권적 주체의 전통에 세우는 다른 연구로는 다음의 저서 참조. Jean Bethke Elshtain, *Sovereignty : God, State and Self*, New York : Basic Books, 2012, p.173.

2　윤평중, 『푸코와 하버마스를 넘어서』, 교보, 1990, 225쪽.

의 존재가 부정될 수 없다는 생각에 도달한다. 그의 표현을 직접 빌리면,

> 그가 나를 속인다면, 의심할 여지없이 나 또한 존재한다. 그가 원하는 만큼 나를 속이라고 하라. 그러나 내가 무엇이라고 생각하는 한은, 그가 나를 아무것도 아닌 것이 되게 할 수는 없다. (…중략…) 나는 있다. 나는 존재한다. 그것은 확실하다. 그러나 얼마나 오랫동안? 내가 생각하는 한에서이다. 내가 생각하기를 멈춘다면 존재하기도 멈출 것이기에.[3]

이렇듯 데카르트의 진리 기획에서 합리적이고 자율적인 코기토가 근대적 자아의 핵심이 되었다. 그래서 데카르트에 영향을 받은 근대 철학에서 '생각하는 나'는 그 자체로 어떤 모순도 갖지 않는 내적으로 충만한 것이라고 가정되었다. 비록 회의론적 방법에 의해 데카르트가 자신에 대해 깨달은 바가 있다면 자신이 완전함과는 거리가 먼 존재[4]라는 사실이기는 하지만 말이다. 어쨌거나 근대 철학에서 손꼽는 주권적 주체의 요건 중에, 한편에는 합리적 사유에 기반을 둔 자율성이 있다면, 다른 한편에는 분열되지 않은 단일한 자아 개념인 자기동일성(통일성)이 있다. 데카르트를 거치면서 형이상학은 더 이상 '나'를 배제한 채 논의를 진행할 수 없게 된 것이다. '나'가 존재론의 근본 범주가 된 것이다.

사유와 자기의식에 대한 논의는 관념주의와 경험주의 간의 논란을 거쳐 칸트에 이르면 '초월적 자아'의 개념으로 발달한다. 데카르트와 달리 칸트는 물자체物自體, thing-in-itself의 존재를 증명할 필요를 느끼지 않았다. 물의 존재를 의심하지 않았기 때문이다. 물은 그 자체로 실재하나 그럼에도 불구하고 우리에게 알려지지 않는 것이라고 칸트는 보았다. 한 비평을

---

3 René Descartes, Mike Moriarty ed., *Meditations on First Philosophy : With Selections from the Objections and Replies*, Oxford : Oxford Univ. Press, 2008, pp.18~19.

4 *Ibid.*, p.33.

빌리면, 칸트에게 물자체는 "앎에 걸린 제동ª brake on knowing"[5] 외에 아무 것도 아니었다. 정신과 경험의 관계에 대해서 칸트는, 모든 지식이 경험과 함께 시작되기는 하지만 그렇다고 해서 모든 지식이 경험에서 나오는 것은 아니라고 보았다. "대상은 감성感性, sensibility을 통해 우리에게 주어지고, 오성悟性, understanding을 통해 사유된다"[6]는 것이 그의 지론이었다. 이를 달리 표현하면 감각적 수용을 통해 우리는 바깥 세계로부터 그에 관한 일체의 경험적 자료들 — 인상과 직관 — 을 갖게 되나, 이러한 자료에 질서를 부여하고 구조화해주는 범주範疇, category를 제공하는 것은 오성의 역할이라는 것이다.

개인이 별개의 경험들 간의 관계를 읽어내는 것은, 감각적 자료에 '원인과 결과'의 범주를 부과하는 오성의 종합적인 역할이 있기 때문에 가능한 것이다. 이때에도 물자체로서의 대상은 우리의 지각 범위 바깥에 머문다. 칸트는 우리가 감각을 통해 사물에 대해 갖는 "모든 직관은 현상의 표상representation에 지나지 않는다"[7]고 보았기 때문이다. 그러니 우리가 알수 있는 것은 "우리가 (대상 — 인용자 주)을 지각하는 방식"일 뿐이다. 칸트는 내적 세계(코기토)이든 외적 세계이든 세계는 우리의 주관적 범주, 즉 개념적인 틀에 의해서만 인식이 가능하다고 주장한다. 이렇게 말하고 보면 칸트에 이르러, 인간의 정신은 만물에 질서를 부여하는 권능한 존재로

5　Gary Dorrien, *Kantian Reason and Hegelian Spirit : The Idealistic Logic of Modern Theology*, Chichester : Wiley-Blackwell, 2012, p.535. 칸트에게 있어 물자체는 "시공간 내에 존재하지 않으며, 하나도 다수도 아니며, 원인도 결과도 아니다. 그것은 앎의 행동에 제동을 거는 것 외에 어떤 것도 내놓지 않는다".

6　Immanuel Kant, Paul Guyer · Allen W. Wood eds. and trans., *Critique of Pure Reason*, Cambridge : Cambridge Univ. Press, 1998, p.172.

7　*Ibid*., p.185. 칸트는 순수 개념이 감각이나 경험에서 유래하지 않기에 선험적이며 오성에서 유래한다고 보았다. 그리고 대상에 대한 우리의 이해는, 감성과 오성의 통합 작용에 의해 가능하다고 보았다. 둘 중 하나만 작용할 경우 우리는 '개념 없는 직관'이나 '직관 없는 개념'만을 갖게 되고 이때 얻어지는 표상을 특정 대상과 연관시킬 수 없다고 보았다(*Ibid*., p.364).

여겨지게 된 듯하다. 칸트의 표현을 빌리면, "오성은 모든 자연 법칙의 원천", 혹은 그것이 없으면 자연도 따라 없게 되는 "자연의 입법부"[8]의 위치에 서 있다. 이성은 이보다 한 단계 더 나아가 오성과 감각으로부터 독립된 선험적인 원칙과 관념의 원천으로 여겨진다. 도덕 철학의 영역에서 보았을 때 칸트의 주체는 시간과의 관계에서 동일성이나 통일성을 유지하는 존재이며, 자신이 홀로 정한 법이나 다른 이들과 '함께' 정한 법 외에는 복종하지 않는다는 점에서 주권적인 존재이다. 주권적 주체는 자유로운 존재이며, 동시에 타인들을 정신적으로 동등하다고 여기는 도덕적인 존재이다. 비록 물자체는 그의 경험의 영역을 넘어서지만, 그는 자신의 생각에 따라 경험을 조직하는 능동적인 주체인 것이다.[9]

대중 서사와 이분법적 경제

주권적 주체의 특징 중 특히 안정된 형태의 자기동일성이 서구의 '보편적 휴머니즘'의 전통을 지지하는 철학적 토대였다면, 합리성은 정치적 영역에서는 시민 사회의 도래를, 경제적 영역에서는 자본주의의 확산을 가져오는 중요한 추동력 역할을 하였다. 주권적 주체의 요건인 동일성은 제국주의적 실천을 가능하게 하는 기반이기도 하였다. '너'에 대한 '나'의 착취와 억압이 가능하려면, 먼저 억압의 주체와 객체가 흔들림 없이 각각의 자리를 확실히 잡고 있어야 하기 때문이다. 영국이 식민주의를 본격적으로 운영하였던 19세기 전후는, 이러한 대외적인 정치·경제적인 사업에 발맞추어 주권적 주체가 민족 서사의 주인공으로 활약하였던 시기이기

---

8   *Ibid.*, p.242.

9   Andy Bluden, "Kant : The Sovereign Individual Subject"(http://home.mira.net/~andy/works/kant.htm).

도 하였다. 합리성과 자율성을 무기로 삼은 이 주권적 주체는 대니얼 디포Daniel Defoe(1660~1731)의 소설『로빈슨 크루소Robinson Crusoe』(1719)에서 무인도를 플랜테이션으로 변모시키고, 이를 위해 식인종을 유용한 노동력으로 변모시키는 식민지 경영주이자 자본가의 모습을 취한다. 이 주권적 주체의 활약상은 소위 '로빈소네이드Robinsonade'라는 오늘날까지 면면히 내려오는 하나의 새로운 문학 장르를 만들어내었다. 이 서사 전통에는『스위스인 로빈슨 가족The Swiss Family Robinson』(1812),『매스터맨 레디Masterman Ready, or the Wreck of the Pacific』(1841),『산호섬The Coral Island』(1857),『파리 대왕Lord of the Flies』(1954) 등이 발견된다.

'로빈소네이드'를 포함하여, 제국과 식민지의 만남을 그려내는 영국의 대중소설에서 주권적 주체의 자리는 항상 특정한 인종과 성性을 위해, 즉 백인 남성을 위해 예약된 자리였다. 아프리카나 아시아, 혹은 남태평양의 원주민 같은 인종적 타자들뿐만 아니라 심지어는 백인 여성들도 합리성과 자율성 같은 주권적 주체의 잣대 앞에서는 항상 결여된 존재로, 혹은 홀로는 자율성이나 의미를 갖지 못하는 상대적인 존재로 인식되었다. 그러한 점에서 영국의 대중 문학에서 남성은 충만하고 자기동일적일 뿐만 아니라 보편적인 주체로 행세하였다. 이 주체와의 관계에서 원주민들이 쳐부수거나 복속시켜 개화시켜야 할 대상으로 재현되었다면, 백인 여성들은 모험을 떠난 약혼자나 남편들이 성공적으로 임무를 완수하고 돌아올 때까지 가정을 지키는 페넬로페 같은 인물로 형상화되어 왔다.

영국 모험소설에서 주권적 주체의 승리주의를 경축하기 위해 사용되는 서사 전략으로 흔히 '차이의 정치학'이나 '이분법적 경제'가 지목되어 왔다. 특히 '이분법적 경제' 개념은 비평가 압둘 잔모하메드Abdul R. JanMo-hamed가 "마니교적摩尼敎的, Manichean"이라고 부른 인종주의적 이분법에서 유래하는 것이다. 페르시아의 예언자 마니가 창시하였으며 세상을 선과 악의 투쟁으로 보는 우주관에서 유래하는 이 용어는, 어느 한쪽이 승리할 때까지 투쟁이 계속되는, 적당한 선에서 화해가 불가능한 첨예한 대립 관계를 의미한다. 제국과 관련되었을 때, 이러한 체제에 기반을 둔 언술적 실천은 궁극적으로 식민지를 인적·물적으로 착취하는 유럽의 목적에 봉사한다. 이를테면, 원주민의 야만성이 교정 불가능한 것임을 입증해 보임으로써, 이 실천이 식민주의자들의 '문명화 작업'을 정당화하고, 이러한 명분으로 인해 식민지 자원에 대한 착취가 영속화될 수 있기 때문이다.

많은 선행 연구에서 밝혀진 바 있듯, 이 이분법 체제 내에서 원주민들은 '고유함'이나 '주체성'을 잃고 어느 다른 원주민들과도 교환이 가능한 '일반적인 존재generic being'로 변모되어 식민주의 문학을 살찌우게 된다. 여기서 '일반적인 존재'의 뜻은 — 앞서 주권적 주체로서의 백인에게 부여된 — '보편적 주체'와는 다른 개념이다. 백인의 서사에 등장하는 원주민들이 작품을 서로 바꿔서 등장해도 작품의 전체적인 의미에 큰 훼손이 없을 만큼 이들이 개체화나 개성화되지 않았다는 뜻이다. 잔모하메드가 역설한 바 있듯, 유럽의 식민 문학에 등장하는 원주민들은 개인적인 특성을 삭제당한 채 백인들에게 부여된 의미소와는 대립되는 '악', '열등성', '야만성', '감성', '관능성' 등 상호 대체 가능한 요소들로 형상화되었기 때문이다.[10] 4세기에 걸친 아프리카에 관한 영제국의 담론적 실천을 연구한 해몬드와 자블로는 이를 다음과 같이 간략하게 표현한 바 있다. "무엇이 되었든 아프리카는 영국이 아닌 것이었다."[11]

인종적 타자를 정형화하는 제국의 담론적 실천에 관해 지적되어야 할 점은, 타자와의 접촉이 있기 전에 이미 특정 개념들이 유럽인들의 정신에 자리 잡고 있었다는 점이다. 유럽인들의 인종적인 경험을 구조화하는 이

---

10   Abdul R. JanMohamed, "The Economy of Manichean Allegory : The Function of Racial Difference in Colonialist Literature", *Critical Inquiry* 12-1, 1985, p.63.

11   Dorothy Hammond · Alta Jablow, *The Africa That Never Was : Four Centuries of British Writing about Africa*, New York : Twayne, 1970, p.183.

선先 개념에 대해서 커틴은 다음과 주장한 바 있다. "새로운 세대의 탐험가들과 관리들이 아프리카로 갔을 때 이들은 자신이 무엇을 발견할지에 대해서 이미 알고 있었다. 그리고 대개 그들은 그것을 발견하였다."[12] 마치 칸트의 물자체처럼, 아프리카인들의 실제 모습은 '보고자 하는 것만을 보는 관찰자'의 지각 범위 너머에 있었던 것이다. 유럽인들이 만들어낸 이 정형화된 인종 개념은 18~19세기를 지나면서 과학적 인증까지 받게 된다. 이전에는 중세 시대 때부터 내려온 '존재의 대연쇄The Great Chain of Being' 개념이 인종적 위계질서를 뒷받침하였다면, 이제는 18세기의 생물학이나 19세기의 진화론, 그리고 이에 영향을 받은 유사과학類似科學들이 "원시인들"을 진화의 사닥다리 제일 아래 칸에 위치시켰던 것이다. 스웨덴의 식물학자인 린네Carl von Linné(1707~1778)가 인류를 "호모 사피엔스"와 "호모 몬스트로수스凶物人, Homo Monstrosus"로 나누고 이민족들을 후자의 범주에 넣었던 것이나, 이러한 영향력이 19세기의 인류학에서 여전히 발견되었던 것이 대표적인 예이다.[13]

에드워드 사이드Edward Said가 '오리엔탈리즘'을 서양과 동양 간의 "고안된 구분"이자, 동양에 강요된 "서구의 지배 의지"라고 정의하였을 때 그가 염두에 둔 것도 바로 동양에 대한 서구 담론을 추동해 온 이분법적 경제이다. 이에 의하면, 서구 지식 체계의 일부로서의 오리엔탈리즘은 "긴요한 필요와 주관적인 관점, 이데올로기적인 편견에 의해 조직되는(혹은 동양화되는) 글쓰기, 비전 그리고 연구"이다. 오리엔탈리즘은 근본적으로 동양에 강요된 '정치적 교리'이며, 그 속에서 인종적인 타자의 '다름'이 '약점'으로 대체된다.[14] 이러한 관점에서 보았을 때 식민 지배자와 피지배

---

12   Philip Curtin, *The Image of Africa : British Ideas and Action, 1780~1850*, London : Macmillan, 1965, p.vi.

13   Brian V. Street, *The Savage in Literature : Representations of "Primitive" Society in English Fiction 1858~1920*, London : Routledge, 1975, p.51.

14   Edward Said, *Orientalism*, New York : Vintage Books, 1979, p.204. 오리엔탈리즘에 대한

자를 나누는 엄격한 이분법이 제국주의적인 작품의 인식론적 토대를 구성하는 것으로 이해된다. 사실 이 견해는 사이드의 후기작 『문화와 제국주의』에서 일부 철회되기는 한다.[15] 후기의 사이드가 제국과 식민지 간의 상호의존적인 관계에 주목함으로써 새로운 이분법을 극복해보려는 노력을 하기 때문이다. 그러나 이러한 노력이 착취와 억압의 역사를 개인의 시야에서 사라지게 만드는 원인이 되어서는 안 된다는 점 또한 강조되어야 할 것이다.

영국 소설과 영어권 소설에 관한 과거 본인의 연구도 식민지와 제국 간에 존재하는 '차이의 정치학'에 주목하여왔다. 잔모하메드가 주장한 마니교적 미학이라는 개념과 궤를 같이하는 것이다. 그러나 본 연구는 잔모하메드나 사이드의 선행 연구들이 보여주었던 연구 경향이나 그들이 주목하였던 텍스트의 요소들에 주목하는 대신 다음의 질문을 제기하고 이에 답하고자 한다. 사이드의 역작이 증명하고 있듯 그렇게 오랜 세월 동안 수많은 문헌에서 인종적 차이에 대한 주장이 끝없이 반복되는 것이 사실이라면 유럽인들이 동일한 주장을 이처럼 무한 반복해야 하는 이유가 무엇일까? 유럽인들에게 필연적으로 그래야만 하는 어떤 절박한 정신적인 '필요'가 있지는 않은가? 유럽의 언술에서 마니교의 이분법적 개념이 지속적으로 강조되어야 했다는 사실은, 한편으로는 그것이 유럽인들의 자기이미지를 고양시킴으로써 심리적인 쾌와 안정감을 제공하며, 유럽 바깥 세계에서 그들이 저지른 착취와 정복 행위를 정당화하는 역할을 하였음을 입증하는 것이겠지만, 다른 한편으로는 불쾌와 관련된 일체의 추한 감정들, 악한 충동들, 부정적인 가치들을 인종적 타자에게 배정함으로써 스스로를 정화해야 할 강력한 필요성을 유럽인들이 느끼지 않았는가 하

사이드의 연구에 대한 자세한 논의는 이석구, 「오리엔탈리즘, 푸코, 니체」, 『저항과 포섭 사이―탈식민주의 이론에 대한 논쟁적인 이해』, 소명출판, 2016.

15 Edward Said, *Culture and Imperialism*, New York : Vintage Books, 1993, pp.18 · 51.

는 질문도 가능하게 한다. 즉, 자기정화의 필요성이 그처럼 강박적으로 대두된다면, 그러한 필요성을 느끼는 이의 심리세계가 과연 온전한 것일까 하는 의문이 생겨난다는 것이다. 백인의 담론에서 유색인에 대한 "정형화가 걱정스럽게 반복된다"는 점이 사실 "증명이 필요 없어 보인다고 하는 아시아인의 본질적인 이중성이나 아프리카인의 동물적인 성적 방종함이 결코 증명될 수 없는 것"[16]임을 반증하는 것이 아닌가 하는 바바의 주장은 이와 관련하여 곱씹어 볼 만하다.

데카르트의 주체론 뒤집기

영국 모험소설의 주인공들이 표면적인 서사의 내용과 달리 실은 자율성이나 자기동일성을 갖지 못한 '결핍된 존재'들이었으며, 따라서 앵글로색슨의 주권적 주체에 대하여 소설이 바치는 경축이나 인종적/성적 차이에 대한 소설의 강조도 이러한 현실을 은폐하거나 부정하려는 의도를 가진 것이라고 본 저술은 주장한다. 이러한 점에서 있어 본 연구는 앞서 인용한 바 있는 잔모하메드나 사이드의 주장과는 인식을 달리한다. 비유럽에 대한 영국의 서사에서 인종적 이분법이 작동해 온 것은 사실이다. 그러나 그러한 구분 짓기가 가장 성공적인 것처럼 보일 때조차도 주권적 주체는 모순, 파편화, 양가성, 다성성多聲性, polyphony 등으로 인한 분열의 위협을 받았다고 본 연구는 주장한다. 이러한 주장을 함에 있어 이 책은 스튜어트 홀Stuart Hall이나 베네딕트 앤더슨Benedict Anderson, 그리고 바바로 이어지는 주체에 대한 최근 이론을 참조한다.

이러한 주장을 제기함에 있어 본 연구는 앞서 주권적 주체의 철학을 가

---

16   Homi Bhabha, *The Location of Culture*, New York : Routledge, 1994, p.66.

능하게 한 데카르트로 되돌아가서 다시 읽어 볼 것을 제안한다. 주권적 주체도 알고 보면 실은 매우 불안정한 존재라는 사유는 후기구조주의에 영향을 받은 최근의 이론가들에게서만 발견되는 것은 아니다. 앞서 논의한 바 있듯, 데카르트의 '코기토'는 서구에서 이성적인 근대 주체의 출현을 알리는 서곡으로 이해되어왔다. 그러나 코기토는 동시에 '나'를 존재의 보편적 지평에서 끌어내리는 역할도 하였다. 생각이 오직 개인의 마음에서 일어나는 것이라는 점에서 그것은 존재의 보편적 진리와는 무관하게 개인 존재자에게 배타적으로 속하는 것이 되고 마는 것이다. 이를 달리 표현하면, 개인이 방법론적 회의에 의해 깨달은 진리는 '그 개인의 진리'일 뿐이다. 그러니 개인 존재자는 데카르트로 인해 형이상학적 논의의 중심에 서기는 했지만 동시에 존재의 보편적 지평에서 추방되고 말았다. 이러한 점에서 "전통적 존재론의 입장에서 보았을 때 데카르트는 도리어 생각의 진리와 존재의 진리를 분열시킨 장본인"이라는 주장이 제기된 바 있다.[17]

자기의식의 주관성은 사물과의 관계에도 적용된다. 사유하는 사물이 없다는 점에서, 데카르트의 코기토는 사물의 존재를 설명해주지는 못한다. 외부 세계에 관한 한 주체의 자기의식이 증명해낼 수 있는 것이 없는 것이다. 세계에 대한 개인의 사유가 객관적인 진리라는 보장이, 즉 그것이 단순한 개인의 주관적 관념이 아니라는 보장이 없기 때문이다. 그러니 데카르트의 성찰적 주체는 자기의식의 진리에 머물 뿐 바깥 세계에 대한 진리로 확장되지 못한다. 세계에 대한 진리에 도달하기 위해 데카르트가 의존하는 것은 종교이다. 개인은 세계의 인식에 관한 한 무능력하다. 오직 완전하고 선한 신의 은총을 통해서만 세계에 대한 나의 인식이 객관적 진리성을 보장받을 수 있다. "신이 존재하며, 그가 속이는 자가 아님을 깨닫는 순간, 그로부터 내가 분명하고 판명하게 지각한 모든 것이 필연적으로 진실하다

---

17   김상봉, 『자기의식과 존재사유』, 한길사, 1976, 122쪽.

는 것이 증명된다."[18] 유한자의 지적이고도 과학적인 활동을 궁극적으로 무한자의 선한 결정에, 그러한 결정에 대한 믿음에 맡겨놓은 셈이다.

훗날의 철학적 입장에서 보았을 때 이처럼 초월주의에 의존하는 데카르트는 '어떤 중세인보다 더 중세적'이라는 평을 받게 된다. 그가 해결책으로 들여오는 신이 궁여지책에 지나지 않는다는 점에서 그것은 전형적인 '데우스 엑스 마키나deus ex machina'의 한 예이다.[19] 이쯤 되면 데카르트가 역설한 근대의 주체는 훗날의 철학자들이 그것에게 귀속시킨 특성들, 즉 '합리적이고, 자율적이며, 주권적이고, 자의식적이며, 현존하며, 통일되고, 안정되었으며, 무엇보다 자유로운' 모습과는 거리가 매우 먼 존재이다. 그는 자비롭고 완전한 절대자에게 귀의함으로써 회의적 사유에서 생겨나는 단절의 고통이나 무력감과 공포, 불안감을 극복하고자 한 중세인에 더 가깝다. 데카르트의 사유하는 자아가 실체는 맞을지언정 주체는 아니라는 주장과 함께 "영혼과 육체, 그리고 이 둘의 통일성을 갖춘 개인이 어떤 의미에서 주권적인 신의 '백성'인지 물어보는 것이 가능하고 또 필요하다"고 에티엔느 발리바르가 주장했을 때도 바로 이러한 맥락에서이다.[20]

무엇보다 『방법 서설』이나 『제1 철학에 관한 성찰』에서 데카르트가 보여주는 진리의 증명은 순환논리에 근거해있다. 회의懷疑가 개인의 존재의 확실성을 담보한다고 하나, 사유하는 개인의 존재가 방법론적 성찰의 끝 단계에 가서 증명되는 것이 아니라 회의를 애초에 가능하게 하는 전제로 함축되어 있는 것이다. 행위자 없는 행위를 상상할 수 없다는 점에서 그렇다. 데카르트에 대해 다음의 평은 다소 거친 감이 없지는 않지만 그럼

---

18 René Descartes, Mike Moriarty ed., *op. cit.*, p.50.

19 김상봉, 앞의 책, 219쪽. '데우스 엑스 마키나'는 고대 그리스 비극에서 막다른 상황을 해결하기 위해 신이 등장하는데, 이때 신이 기중기 같은 기계를 타고 무대로 하강하였기에 생긴 표현이다. 이것은 필연성이 없는 편의적인 해결책에 대한 비유적 표현이다(인용자주).

20 Étienne Balibar, Steven Miller trans., *Citizen Subject : Foundations for Philosophical Anthropology*, New York : Fordham Univ. Press, 2017, p.21.

에도 불구하고 이 주체 철학의 문제점을 적시하고 있다는 점에서 여기서 옮길만하다고 판단된다.

> 데카르트는 주관성(privacy)으로부터 신과 세상을 생성해 내는 데 실패했다. 그가 주관적인 관점을 엄격히 고수하는 한, 그는 신의 존재도 물질적 실체의 존재도 증명할 수 없다. 이를 입증해 내기 위해서 (…중략…) 그는 순수한 주관주의의 관점을 벗어나서 초월주의로 가야 했다.[21]

이런 맥락에서 고려되었을 때, '나는 생각한다. 고로 나는 존재한다'는 데카르트의 명제는 인간의 이성의 힘과 능력을 자랑스럽게 표현한 것으로 보이지만, 실은 그의 어쩔 수 없는 한계와 무능력을 공표한 것이다.

데카르트는 회의적 사유에 의해 진리의 확실성을 추구하였지만, 이러한 추구는 그가 초월에, 신의 은총에 의존하게 될 때까지 그의 정신을 회의와 불안, 무력감 속에서 요동치게 만들었다. 이성적 사유가 그에게 가져다 준 악몽은 무엇보다, 둘 더하기 셋은 다섯이라는 진리도, 사각형에는 변이 네 개라는 진리도 의심의 대상이 된다는 사실을 그가 발견할 때 극명하게 나타난다. "내가 둘에 셋을 더하고 사각형의 변을 세거나 그보다 더 단순한 판단 작업을 할 때마다 속지 않는다는 것을 어떻게 알겠는가?"[22] 신만큼 강력한 악마가 자신을 속이기 위해 모든 힘을 동원하고 있다는 생각을 떨쳐버릴 수 없는 데카르트는, 훗날 자신의 생명과 재산을 호시탐탐 노리는 사악한 존재가 있다는 두려움에 떠는 피해망상증 환자 로빈슨 크루소로부터 그리 멀지 않다. 혹은 애써 긁어모은 재산을 누군가 훔쳐가지 않을까 시시각각 불안에 떠는 훗날의 신경증적인 부르주아들

---

21 Lawrence E. Cahoone, *The Dilemma of Modernity : Philosophy, Culture, and Anti-Culture*, Albany : State Univ. of New York, 1988, p.47.

22 René Descartes, Mike Moriarty ed., *op. cit.*, p.15.

로부터 그리 멀지 않다. 그러니 모든 면을 충분히 고려한 후 데카르트의 명제를 제대로 수정하자면 이렇게 바뀌어야 한다. '나는 생각한다. 고로 나는 동요한다.'

동질적이고 통일된 근대적 주체가 일종의 신화에 지나지 않는다는 주장은 오늘날 문화연구에서 제기되는 민족 단위의 사유에서도 발견되는 것이다. 이차 세계대전 이후의 영국 사회를 논하면서 문화연구자 홀은 '단일하고 통합된 영국성'[23] 이 비현실적인 개념에 지나지 않음을 주장한 바 있다. 그는 이민자 출신인 자신을 예로 들며 단일하고 동질적인 주체 개념이 더 이상 유효하지 않은 담론이라고 주장한다. 다소 길긴 하지만 그가 드는 사례는 주권적 주체의 기반인 자기동일성과 자율성이 실은 허구에 지나지 않음을 잘 드러내기에 인용할 만하다.

저는 영국 찻잔의 바닥에 있는 설탕입니다. 저는 단 것을 좋아하는 취향이요, 영국 아이들의 치아를 수 세대 동안이나 썩게 만든 사탕수수 농장입니다. 저 외에도 한 잔의 차라고 할 수 있는 수천의 사람들이 있습니다. 랭카셔에서는 차를 기르지 않기 때문입니다. 영국을 통틀어 단 하나의 차 농장도 없습니다. 이것이 바로 영국적 정체성의 상징입니다. 영국인들이 한 잔의 차 없이는 하루도 넘길 수 없다는 점을 제외하면 세상 사람들이 영국인에 대해서 아는 바에는 어떤 것이 있습니까? 그것은 어디서 옵니까? 실론, 스리랑카, 인도. 이것이 영국인들의 역사 내면에 있는 외부의 역사입니다. 이 다른 역사가 없는 영국 역사는 존재하지 않습니다. 정체성이란 비슷하게 생기고, 느낌도 닮았고, 스스로를 같은 이름으로 부르는 사람들과 관련된 것이라는 생각은 헛소리입니다. 과정으로서, 서사로서, 담론으로서, 그것은 항상 타자의 위치에서

23　Stuart Hall, "Conclusion : The Multi-cultural Question", Barnor Hesse ed., *Un/Settled Multiculturalisms : Diasporas, Entanglements, 'Transruptions'*, London : Zed Books, 2000, p.222.

말하여집니다.[24]

홀이 강조하는 바는 주체의 타자 의존성, 즉 타자 없는 주체를 생각할 수 없다는 인식이다. 주체의 구성이 타자와의 관계를 떠나서 생각할 수 없는 것이라면, 타자는 주체의 내면에 이미 들어와 있다고 보아야 한다. 주체 형성에 대한 이러한 사유는 페미니즘이나 정신분석학에서 보다 정교하게 이론화된 바 있다. 주체는 애초부터 타자와의 동일시를 통해서, 즉 오인méconnaissance의 구조를 통해서 형성된다는 자크 라캉의 주장[25]이 그 예이다. 이러한 인식은 개인 주체에도 적용되는 것이지만, 집단적 정체성에도 적용될 수 있는 것이다.

거꾸로 읽는 영소설

집단적 정체성이란 관습, 일상적인 사회적 의식, 민족이 경험한 승리나 실패에 대한 (상상된) 기억, 공유하는 신화 등에 기반을 둔 것이다. 바바의 표현을 빌리면, 집단적 정체성은 '문화적 의미화cultural signification'의 과정을 통해 발명되고 재발명되는 것이다. 여기서 '문화적 의미화'란 과거로부터 물려받은 문화적 편린들과 요소들을 짜깁기하여 전통이나 집단적 동질성 등을 '고안'해내는 작업을 의미한다. 이렇게 발명된 동질성은 그 내부를 들여다보면 비연속적인 내용으로, 즉 계급적, 종교적, 지역적, 성적 차이들로 채워져 있다. 겉보기는 단일하고 동질적인 범주 같지만 실은 이

---

24 Stuart Hall, "Old and New Identities, Old and New Ethnicities", Anthony D. King ed., *Culture, Globalization, and the World-System*, Minneapolis : Univ. of Minnesota Press, 1996, pp.48~49.

25 Jacques Lacan, *Écrits : A Selection*, New York : Norton, 1977, p.6.

질적인 요소들로 채워져 있다는 말이다. 이러한 '내적 차이'의 존재는 영국 사회의 경우 스코틀랜드인, 웨일즈인, 아일랜드인 등 각기 다른 민족들이 영국적 정체성에 대하여 끊임없이 질문과 도전을 제기해 온 역사가 잘 드러낸다.

영국성이라는 집단적 정체성이 얼마나 자의적인 것인지는 정복왕 윌리엄을 국부國父로 모시는 영국의 민족주의적 전통에서 잘 드러난다. 『상상된 공동체』의 다음 구절을 보자.

> 영국의 역사 교과서는 위대한 국부적인 인물에 대하여 재미있는 구경거리를 제공하고 있는데, 어린 학생이면 누구나 할 것 없이 정복왕 윌리엄을 국부라고 부르는 교육을 받기 때문이다. 그러나 이 어린이는 윌리엄이 영어를 몰랐다는 사실이나, 그의 시대에는 영어가 존재하지 않았기에 영어를 말할 수가 없었다는 사실에 대해서 배우지 않는다. 혹은 윌리엄이 "무엇을 정복한 왕인지"도 배우지 않는다. 왜냐하면 이 질문에 대한 명석하고도 현대적인 유일한 대답은 "영국민의 정복자"일 것이기 때문인데, 그럴 경우 이 오랜 노르만인 약탈자는 나폴레옹과 히틀러의 성공적인 선구자가 되고 말 것이다. 그래서 "정복왕"은 "성 바톨로뮤"와 같은 류의 생략법으로 작동하여, 의무적으로 즉시 잊어버려야 할 것을 환기시키는 기능을 하는 것이다. 그래서 노르만인 윌리엄과 색슨인 해롤드는 헤이스팅즈의 전투장에서 춤 상대까지는 아니라고 할지라도 적어도 형제로서 만나게 되는 것이다.[26]

정복왕 윌리엄은 1066년에 노르만 군대를 이끌고 영국을 침입하여 당시 영국왕이었던 해롤드 2세를 헤이스팅즈 전투에서 격파한 인물이다. 그와 함께 영국에 유입된 노르만문화가 중세 시대의 영국의 법, 정치와 문화에

26　Benedict Anderson, *Imagined Communities : Reflections on the Origin and Spread of Nationalism*, New York : Verso, 1992, p.201.

새로운 장을 열었다는 것이 일반적인 평가이다. 영국의 역사는 이러한 인물을 영국성의 대표자이자 원조로 삼음으로써 민족적 정체성에 '정복자의 혈통적 아우라'뿐만 아니라 '유구한 문명의 역사적 후광'을 부여해왔다. 그러나 영국이 행하여 온 이러한 '민족 영웅 만들기' 혹은 '국부 모시기'는 그 국가의 아버지가 앵글로색슨족에 속하지도 않을뿐더러 실은 앵글로색슨족을 정벌한 외국인이라는 중요한 역사적 사실을 은폐하고 있다. 이러한 관점에서 볼 때 정복왕 윌리엄의 출현은 앵글로색슨족에게는 민족의 형성을 알리는 기념비적 사건이 아니라, 기칸디의 표현을 빌자면, 일종의 "외상적外傷的인 제국주의 사건"[27]이라고 해야 정확하다.

이러한 맥락에서 영국의 모험 문학을 고찰해 보았을 때, 이 서사들이 영국의 주권적 주체를 가장 칭송할 때조차도 인종적 타자와 성적 타자는 영국인 주체의 성립을 위한 필수적인 역할을 해왔다. 그로즈가 라캉의 거울 단계 개념을 설명하면서 "나는 진정으로 타인"[28]이라고 주장한 바도 있지만, 영국의 모험소설을 분석함으로써 본 연구는 ① 영국 대중 서사가 경축하는 주권적 주체의 내면에서 인종적 타자의 징후적인 모습을, 역으로 ② 인종적 타자에 대한 서사의 묘사 속에서 영국성의 흔적을 발견하고자 한다. 이렇게 말했다고 해서 이 연구에서 다루는 모든 작품과 관련하여 위의 두 가지 의제, 즉 자아의 초상에서 타자를 발견하고, 타자에 대한 담론에서 자아의 모습을 발견하고 분석하는 작업이 '기계적으로' 균등하게 이루어지지는 않는다. 작품에 따라서 영국인의 초상이 두드러지게 나타나는 경우가 있는가 하면, 또 어떤 경우는 인종적 타자에 대한 담론이 서사를 압도하기도 하기 때문이다. 그러니 어느 의제에 분석을 집중하는가의 문제는 궁극적으로 개별 작가의 취향이나 의도, 작품의 이데올로기

27　Simon Gikandi, *Maps of Englishness : Writing Identity in the Culture of Colonialism*, New York : Columbia Univ. Press, 1996, p.25.

28　Elizabeth Grosz, *Jacques Lacan : A Feminist Introduction*, London : Routledge, 1990, p.47.

적 성격, 개개 작품이 당대 역사와 맺는 관계 등에 따라 달라진다.

　인종 담론에서 자아와 타자가 존재론적으로 불안정하게 구축된다는 생각은 사실 여러 이론가들에 의해 다루어진 바 있다. 앞서 언급한 이분법적 경제론에 의하면, 유럽인들의 담론에서 인종적 타자는 백인의 대척적인 위치에 세워진다. 백인이 형상화 하는 바의 대척적인 의미가 비유럽인에게 배정되어 왔다는 것이다. 그러나 보기에 따라서는 백인에게 대척적인 이 인물이 백인의 분신分身, double 역할을 수행하여 왔다고 볼 수도 있다. 인종적 타자가 유럽인들의 심층심리에서 발견되는 온갖 반인륜적인 충동이나 본능적인 감정들을 투사하는 대상, 즉 일종의 감정의 처리장 역할을 함으로써 유럽의 자아가 걱정과 불안 없이 전진할 수 있도록 한다는 점에서 그렇다. 이를 좀 더 적극적으로 해석하면, 백인 담론에서 발견되는 야만스러운 원주민이 실은 대부분 백인의 정신세계에서 발원하는 것임을, 즉 억압되고 부정된 백인 자신의 초상화로 해석될 가능성이 높음을 의미한다.

　인종 담론에서 구축된 자아가 존재론적으로 불안정한 것이라는 생각은 라캉의 정신분석학과 자크 데리다의 해체주의 영향을 받은 바바의 이론에서 애용되는 주제이기도 하다. 그에 의하면 백인의 인종 담론은 근본적으로 '차이에 대한 두려움'에 의해 추동된다. 인종적·문화적 타자에서 발견하는 '다름'이 백인들의 '자기동일성'을 위협하고, 이러한 위협에 효과적으로 대처하기 위해 생겨난 것이 인종 담론이라는 것이다. 인간에게 낯익은 것은 편안하게 느껴지고, 낯선 것은 두렵거나 불쾌하게 느껴지게 된다. 그래서 낯선 것을 만났을 때 인간의 정신이 대처하는 방식은 낯섦 속에서 자신과 닮은꼴을 찾는 것이다.

　차이/결여에 대하여 개인이 갖는 두려움과 이를 제어하려는 시도를 설명함에 있어 바바는 프로이트의 심리학에서 "물신物神, fetish" 개념을 빌려온다. 마치 어린이가 여성의 신체에서 남성의 생식기와 다른 부분을 발견하고 이를 거세에 따른 결여로 이(오)해하며 이 결여를 다양한 방식으로 부정하려고 하듯, 식민지에서 발견되는 인종적 차이에 대하여 유럽인들도 유사한 대응을 보여준다는 논리인 것이다. 그러니 프로이트의 물신이나 유럽인의 정형 담론이나 모두 차이/결여를 부정하거나 위장하려는 욕망에 의해 추동되는 일종의 자기 방어기제의 의미를 띠는 것이다.[29]

이러한 맥락에서 고려되었을 때 유럽의 모험 문학은 한편으로는 제국의 지배를 정당화하기 위해 인종적 타자와의 차이를 강조해야 할 필요성을 갖지만, 동시에 그 차이를 낯익은 것으로 변환시키는 임무도 수행해야 하는 모순적인 상황에 놓이게 된다. 이러한 모순 속에서 생산된 인종적 타자는 필연적으로 양가적兩價的인 성격을 띠게 된다. 한편으로는 백인이 표방하는 가치들의 이분법적 대립항을 담지하기도 하지만, 다른 한편으로는 일정 부분 유사성을 갖게 되는 것이다. 유사하기는 하되 완전히 동일하지는 않은 이 인종적 타자를 바바는 '모방'이나 '현존의 환유'라고 이름 붙인다. 바바의 설명을 직접 들어보자.

> 그랜트가 말한 부분적인 모방자로서의 식민지인이나 매컬리가 언급한 통역자, 나이폴이 말한 배우로서의 식민지 정치인들, 신세계의 희가극(喜歌劇 opéra bouffe)의 이류 감독 같은 디쿠드(Decoud), 이들은 모두 식민주의 지배 체제로부터 승인을 받은 타자들이요, 적절한 대상들이다. 그러나 이들은 또한 내가 보여주었듯 닮은꼴의 형태이요, 환유적으로 움직이는 식민 욕망의 부분 대상이기도 해서, 지배 담론 속에서 "부적절한" 식민주체로 등장하여 그 담론의 규정성과 정상성(正常性)을 소외시킨다. 이 욕망은 모방의 토대가 되는 **부분적 현존**의 반복을 통해 문화적, 인종적, 역사적 차이를 표현하고, 이러한 차이는 식민 지배자의 자기애적 요구를 위협하게 된다. 이 욕망은 지배

---

29 바바에 관한 자세한 논의는 이석구, 『저항과 포섭 사이 ― 탈식민주의 이론에 대한 논쟁적인 이해』 중 「바바의 식민주체론」 참조.

자의 모습을 부분적으로 생산함으로써 식민적 전유를 일부 역전시킨다.[30]

식민지 지배자를 일종의 (인종적) 기원이라고 가정한다면, 인종 담론에서
이들의 모습이 부분적으로 재생산되었다는 점에서, 인종 담론이 그려내는
식민주체를 '현존 / 기원의 부분대상' 혹은 '현존의 환유'라고 부를 수 있을
것이다. 즉, 지배자와 유사하지만 완전히 같지는 않다는 점에서 이들은 지
배자들이 믿는 정체성의 규범과 정상성을 벗어나는 '부적절한 식민주체'
이다.

자아/타자 역학의 전복

앞서 제국주의 문학의 중요한 의제로서 '차이의 정치학'을 언급한 바
있다. 영국의 모험소설이 강조하고자 하였던 바도 유럽인들과 "야만인들"
간의 절대적인 차이였다. 그러한 점에서 대부분의 모험 문학은 제국주의
문학 장르에 속하는 것이었다. 이러한 문학에서 드러나는 바, 유럽인들이
인종적 차이를 강조하는 데 신경증에 가까울 정도로 전력을 쏟았다는 사
실은 실은, 두 인종간의 차이가 생각했던 것만큼 크지 않았음을 역으로
증명하는 것일 수도 있다. 문명화된 주권적 주체에 대한 믿음이나 자신감
이 잘 드러난 예 중의 하나로 흔히 영소설의 원조인 디포의 『로빈슨 크루
소』를 꼽는다. 비평가 이완 와트에 의하면 이 작품에서는 서구의 근대적
인 개인 주체의 등장이 웅변적으로 고지된다. 와트가 읽어내는 이 개인
주체는 경제적 영역뿐만 아니라 종교적 영역에서도 의미 있는 모습을 드
러낸다. 즉, 모험을 좇고 돈을 좇아 끊임없이 방랑하는 크루소의 모습에서

---

30   Homi Bhabha, *op. cit.*, p.88(원문 강조).

근대 자본주의의 확장력을 읽어낼 뿐만 아니라 그의 내면의 성찰과 종교적인 반성에서 프로테스탄트의 자세를 읽어내는 것이다. 와트의 비평을 직접 들어보자.

> 경제적 개인주의가 크루소의 성격의 많은 부분을 설명한다. 경제적인 전문화 및 그와 관련된 이데올로기가 그의 모험이 발산하는 매력을 설명해준다. 그러나 그의 정신적인 존재를 통제하는 것은 청교도적인 개인주의이다.[31]

디포의 주인공은 비록 모험을 좇아 방랑의 길을 떠나지만 그럼에도 불구하고 영국의 민족주의와 민족 문화에 뿌리를 박고 있는 주체이다. 비평가 나다니엘 오라일리의 평을 들면, "비록 귀족 계급에 속하지도 않았지만 크루소의 민족적 정체성은 금요일이Friday 및 다른 원주민들과의 조우에 의해 의심할 여지없이 확인되고 강화된다".[32]

그러나 본 연구에서는 이 자신만만한 영국인이자 신앙심 깊은 청교도요, 무엇보다 성공적인 자본가로서의 크루소의 이면에는 '다른 숨겨진 크루소'가 있다는 주장을 제기한다. 이를테면 무인도에 난파된 후 크루소가 해안을 걷다가 사람의 발자국을 모래사장에서 발견하는 때가 있다. 그는 자신이 표류하게 된 섬이 무인도가 아닐지도 모른다는 불안한 생각을 늘 떨쳐버릴 수 없다가 이 발자국을 발견하고는 깜짝 놀라게 된다. 그는 처음에는 이 발자국이 자신의 것이라고 믿으려고 애를 쓰며, 또 그렇게 해서 마음을 진정시키는 듯하다. 그러나 그는 곧 자신이 그곳으로 온 적이 없다는 사실, 그리고 그 발자국이 자신의 것이라고 보기에는 너무 크다는

---

31 Ian Watt, *The Rise of the Novel : Studies in Defoe, Richardson, and Fielding*, Berkeley : Univ. of California Press, 1957, p.74.

32 Nathaniel O'Reilly, "Imagined England : Robinson Crusoe's Nationalism", Rudiger Ahrens · Klaus Stierstorfer eds., *Symbolism : An International Annual of Critical Aesthetics*, New York : AMS Press, 2007, p.288.

사실을 깨닫고는 공포에 떨기 시작한다.

흔히 부르주아의 합리성이나 프로테스탄트적인 근면勤勉의 윤리를 표상하는 것으로 이해되어 온 이 영국인은 이 순간, 그리고 이후 2년에 가까운 세월 동안 완전히 다른 사람이 된다. 비평가 미셸 드 세르토는 이처럼 변모한 크루소에 대해 다음과 같이 논평한 바 있다.

> 이 점령하는 부르주아는 정신이 나가게 되고, 아무 것도 밝혀주지 않는 그 단서로 인해 흥분하게 된다. 그는 거의 미치게 된다. 꿈을 꾸고 악몽을 꾸게 된다. 위대한 시계 제조공 같은 존재께서 지배하시는 세상에 대한 믿음을 잃어버린 것이다. (…중략…) 알지 못하는 침입자를 삼켜 버리고 싶은 **식인적인 욕망**에, 혹은 그 자신이 삼켜 먹힐지 모른다는 공포에 사로잡혀 하루하루 지옥 같은 삶을 살게 된다.[33]

그런 점에서 크루소는 부르주아적 합리성이나 효율성이 아니라 '부르주아적 비합리성'이 더 어울리는 존재이다. 낯선 세상을 지배하고 개화시키는 크루소의 정복에, 그렇게 함으로써 그가 성취하는 자기 정복과 극기克己의 심연에 일종의 광기가 있는 것이다. 이러한 맥락에서 본 연구는 크루소가 효율성과 합리성에 기대어 이룩한 섬 식민지의 근저에는 영국의 문화적 가치들이 착종되어 있는 것이 아니라 공포와 불안, 광기가 있음을 드러내고자 한다. 그뿐만 아니라 야만인의 모습이 카리브 해의 원주민들이 아니라 이들을 두려워하는 '문명인' 크루소에게서 발견됨을, 즉 유럽이 인종적 타자에 귀속시켜온 타자성이 실은 자아의 내부에 처음부터 있었음을 본 연구는 주장한다.

자아와 타자 간의 전복적인 역학은 H. 라이더 해거드H. Rider Hag-

---

33   Michel de Certeau, Steven Rendall trans., *The Practice of Everyday Life*, London : Univ. of California Press, 1984, p.154(인용자 강조).

gard(1856~1925)의 모험소설에서도 발견된다. 해거드에 관한 기성의 연구는 그의 작품을 대체적으로 동질적이고도 단성單聲적인 결을 가진 텍스트로, 그리고 영국인 주권적 주체를 직접 화법으로 칭송하는 대중 서사로 간주하여 왔다. 작가가 의도하는 기획이, 그것이 무엇이 되었든지 간에, 순조롭게 진행되어 소기의 효과를 성취하는 유의 텍스트 말이다. 그러나 본 저술에서는 해거드의 작품『쉬She』(1887)에서 일견 성공적으로 수행되는 정치적 기획에 있어서도 서사의 순조로운 진행에 역행하는 모순이나 균열의 순간이 있다고 주장한다. 작품이 스스로의 기획을 배반하는 순간은『쉬』에 나타나는 이민족 여왕 아이샤Ayesha의 '정치 기술'에 대한 진술에서도 감지된다.

아이샤는 현지의 아마하거족을 잔혹한 정치 기술에 의해, '공포심'에 의해 통치하는 인물이다. 그녀의 논리에 의하면 이런 전제적인 통치 방식도 선의의 목적을 위한 것이다. 만약 자신이 아마하거족을 잔인하게 다스리지 않았다면 이들은 벌써 오래 전에 상호 반목과 불화로 전멸하고 말았을 것이라는 것이다. 이처럼 덕의 정치나 공론에 의한 정치가 아니라 공포의 정치를 한다는 점에서 아이샤의 통치는 서구의 근대적인 정치 체제와는 대극적인 것이다. 즉, 아마하거족의 후진적 정치 체제는 근대화된 서구 제국이 자신의 존재를 정당화하기 위하여 필요로 하였던 타자의 모습을 고스란히 가지고 있다.

본 연구가 주목하는 바는, 이러한 아프리카의 전제 국가와 근대 유럽 국가 간의 거리가 생각보다 그리 멀지 않다는 사실이다. 예컨대, 피지배족의 안전과 복지를 위해서 강력한 지배가 필요하다는 아이샤의 논리는 유럽이 식민 통치를 정당화하기 위하여 사용한 이데올로기와 다르지 않다. 한 예를 들면, 1873년 초에 영국 정부는 아프리카 서해안을 영국의 보호 아래에 둘 것인지를 두고 정책 토론을 벌였는데, 이때 영국의 식민 정책에 영향력을 행사하였던 정객들의 발언 중 하나를 들어보자.

우리처럼 위대한 국가는 때로 불쾌한 임무를 실행할 준비가 되어 있어야 한다. 이 국가는 자신의 위대함과 떼려야 뗄 수 없는 짐을 지는 데 동의해야 한다. (…중략…) 우리에게 아프리카 서안에 머물라고 명하는 것은 우리의 이기적인 욕구나 보다 큰 제국을 건설하려는 야망이 아니다. 그것은 단지 수행해야 할 임무와 의무에 대한 인식인 것이다.[34]

위의 발언은 영국 식민성 장관을 지낸 카나본^{Carnarvon} 백작의 것인데, 이 진술에서 그는 개화된 민족이 미개한 족속에 대하여 갖는 도덕적 의무감을 강조한다.

앞서 언급한 이민족 여왕 아이샤의 자기변호라는 것도 결국 '권력에의 의지'에 박애주의적 수사修辭의 옷을 입힌 것이라는 점을 상기해 본다면, 근대 서구의 발전에 있어 중추적인 역할을 해 온 문명국 지배 계급의 논리와 아프리카 오지의 야만적인 부족의 수장의 논리 사이에 실질적인 차이가 없음을 깨닫는 데 많은 시간이 필요치 않다. 본 연구는 이러한 순간이 '타자성 내에서 자아의 모습이 발견되는 때'라고 주장한다. 텍스트가 의도하는 제국주의적 기획으로 인해 서사의 표면에는 드러나지 않지만 그럼에도 불구하고 이 '자아와 타자 간의 중첩성'은 모험소설에서 함축적으로, 징후적으로 존재한다.

침묵의 해석학

본 연구의 기획은 영국의 주권적 주체가 불안정한 범주임을 입증해 보일 뿐만 아니라 궁극적으로 소설 자체가 존재론적으로 불안정한 텍스트

---

34   C. C. Eldridge, *England's Mission : The Imperial Idea in the Age of Gladstone and Disraeli 1868~1880*, Chapel Hill : Univ. of North Carolina Press, 1973, pp.157~158.

임을 증명하는 것이다. 소설이 존재론적으로 불안하다니? 여기에서 존재론적 불안정성이란 말은 크게 두 가지를 의미한다. 첫째, 담론이 다양한 수사적·문학적 전통과 상이한 관계를 맺는다는 점에서 그 담론이 전달하고자 하는 의미가 하나로, 특히 작가가 의도한 하나의 의미로 확정될 수 없다는 뜻이다. 하나의 담론이 발화자의 의도와 무관하게 혹은 발화자의 의도를 정면으로 반박하는 방식으로 사용될 수 있다는 생각은 담론의 존재 양식에 대한 새로운 안목에 바탕을 둔 것이다. 누군가가 어떤 표현을 특정한 의미로 사용하였다고 하여서, 말을 이 최초의 의미밖에 담을 수 없는 그릇과 같은 것으로 간주한다면 그것은 담론의 존재 양태를 일차원적인 것으로 파악한 것이다. 같은 말이라도 누가 사용하느냐에 따라서 혹은 누가 어떤 관점에서 읽느냐에 따라서 애초의 발화자가 전달하고자 하는 의미와는 완전히 다른 의미를 띨 수도 있다.

같은 말이 다양한 수사적 전통과 상이한 관계를 맺고 있다는 사실은 나이지리아의 소설가 치누아 아체베Chinua Achebe(1930~2013)의 첫 소설 『무너져 내리다Things Fall Apart』(1958)의 제목이 잘 예시한다. 아체베는 이 제목을 예이츠W. B. Yeats의 시 「재림The Second Coming」(1920)에서 따왔다. 이를 통해 그는 백인의 도착과 더불어 시작한 아프리카 사회의 붕괴를 2천 년의 주기가 지난 후 예상되는 서구 문명의 붕괴와 동등한 위치로 격상을 시킨다. 동시에 아프리카의 전통 사회를 말살시킨 백인의 출현을 유럽 문명을 종식시킬 적敵그리스도의 출현에 빗대어 표현함으로써 제국주의를 비판하는 칼날을 더욱 예리하게 만들 수 있었다. 같은 텍스트에서 열렬한 제국주의자였던 알프레드 테니슨Alfred Tennyson의 「인 메모리엄In Memoriam」(1850)의 시구를 인용한 것이나, 그의 두 번째 소설인 『안식의 종말No Longer at Ease』(1960)의 제목을 엘리엇T. S. Eliot(1888~1965)의 「동방박사의 여행The Journey of Magi」(1927)에서 빌려온 것도 서구의 문학 전통에 속하는 담론을 이용하여 제국주의 이데올로기를 비판하고자 하는 아체베의 의도를 잘 말해 주고 있다.

아체베의 창작은 백인의 언어, 주인의 언어를 노예가 얼마나 전복적으로 전유할 수 있는지를 잘 보여주는 사례이다. 그러나 엄밀히 말하자면, 아체베의 소설도 작가의 의도에 의해 전적으로 장악된 텍스트는 아니다. 그러한 시각은 언어에 내재한 가변적이고도 역동적인 성격을 무시하고 나서야 가능할 것이다. 언어에 내재한 전복성이나 역동성에 대해서 푸코는 다음과 같이 말한다.

> 한 지배 권력에 영원히 종속되거나 혹은 그것에 영원히 저항적인 담론은 없다. 우리는 담론이 지배 권력의 수단이며 또한 결과가 되는 복합적이고도 불안정한 과정을 고려해야 하며, 동시에 이 동일한 과정에 의하여, 담론이 방해나 장애, 저항의 지점, 저항적 전략의 출발점이 될 수도 있음을 염두에 두어야 한다. 어느 한편에 지배 권력의 담론이 있고, 대척적인 위치에 대항 담론이 있는 것이 아니다. 담론이란 다양한 세력들이 관계를 맺고 있는 영역에서 전술적 요소나 단위로 작용한다. 다시 말하면, 동일한 전략 내에 다양하고 모순된 담론들이 존재할 수 있을 뿐만 아니라, 동일한 담론이 형태의 변화 없이 한 전략에서 정반대의 저항 전략으로 위치를 옮길 수도 있는 것이다.[35]

같은 표현이라도 어떤 수사적 전통이나 전략과 연결되느냐에 따라 의미가 완전히 바뀔 수 있다. 모든 담론이 잠재적으로 역담론의 가능성을 내포하고 있다는 푸코의 안목을 좀 더 확장시키면, 특정 담론이 정작 순기능적으로 작용할지, 아니면 역기능적으로 작용할지의 여부가 작가의 고유 권한이 아님을 뜻한다. 하나의 말이 관계를 맺게 되는 수사적 전통이 하나가 아니라는 점에서, 그 특정한 표현에 부여되는 의미가 무엇이 될

---

35   Michel Foucault, Robert Hurley trans., *The History of Sexuality 1 : An Introduction*, New York : Vintage, 1980, pp.100~102.

지는 상당 부분 독자에게 달려있게 된다. 텍스트의 의미 생산이 작가에게서, 독자에게로 넘어오게 되어, 독자가 특정 표현을 읽었을 때 어떤 수사적 전통을 머릿속에 떠올리느냐에 의해 의미가 결정되는 것이다. 말과 수사적 전통 간의 역동적인 관계는 본 저서의 결론에서 바흐친Mikhail Bakhtin(1895~1975)의 대화론dialogism 개념을 빌려 다시 논의한다.

소설이 존재론적으로 불안정하다는 말은 또한 텍스트가 애초에 중심을 결여한 것임을 뜻한다. 탈중심화된 텍스트로서의 소설에 대한 개념은 프랑스의 비평가 피에르 마슈레Pierre Macherey(1938~)가 『문학생산이론』에서 논한 바 있다. 후기구조주의 영향을 받은 이 마르크스주의 비평가는 텍스트의 명징성을 거부하고, 대신 텍스트의 진정한 의미를 텍스트가 말하지 않는 것, 텍스트가 말하고 싶어 하지 않거나 말할 수 없는 것에서 찾아야 함을 주장하였다. 사실 침묵이 없다면 발화도 없다고 말하는 편이 옳다. 무엇인가를 말하기 위해서는 다른 무엇인가를 말하지 말아야 하는 것이다. 이러한 침묵의 해석학을 펼침에 있어 마슈레는 니체의 주장을 인용한다. "우리가 보도록 허락된 현상을 접하게 될 때 우리는 물어봐야 한다. 이것이 무엇을 숨기려고 한 것인가? 우리의 관심을 무엇으로부터 돌리려는 의도를 가진 것일까?"[36] 침묵에 대한 연구를 통해 명시된 것의 숨은 뜻을 파악하자는 것이다.

텍스트의 진실은 텍스트가 침묵하는 곳에서 발견되지만 그렇다고 해서 이 진실이 텍스트의 바깥에 존재하는 것은 아니다. 그 진실이 텍스트의 의미를 결정한다는 점에서 텍스트의 내부에 있다고 할 수 있지만, 상자 속의 내용물처럼 텍스트 내부에서 발견되기를 기다리고 '있지'는 않다는 점에서 그것은 텍스트 내에 부재한다. 이러한 점에서 이 텍스트의 진실에는 루이 알튀세르가 구조론적 인과structural causality 개념을 설명할 때

---

36   Pierre Macherey, Geoffrey Wall trans., *A Theory of Literary Production*, London : Routledge, 1980, p.87.

도입한 용어인 "부재하는 원인absent cause"[37]과 유사한 부분이 있다. 그리고 이러한 점에서 마슈레가 이론적 모델로 상정한 텍스트는 탈중심화된 텍스트이다.

언어에 관한 한 사유에서 마르틴 하이데거(1889~1976)는 말하는 행위를 'saying'과 'speaking'으로 구분하면서, 사람들이 무수히 말speaking 하면서도 실제로 어떤 말saying도 하지 않는 경우가 있으며, 또한 아무런 말speaking도 하지 않지만 그럼에도 많은 말saying을 할 수 있다고 주장한 바있다.[38] 이를 거칠게 풀이하자면, 소리의 형태를 취하는 언술의 발생이 있었다고 해서 진정한 의사 표현이 이루어지는 것은 아니며, 의사의 표현이 반드시 언술의 형태를 빌리지 않아도 가능하다는 것이다. 하이데거는 "말하여진 것은 여러 가지 면에서 — 아직 말하여지지 않았든지, 혹은 말하여지지 말아야 하든지 간에 — 말하여지지 않은 것으로부터 유래한다"[39]고 주장한다. 마슈레는 하이데거의 언어 개념을 원용하여 자신의 '침묵의 해석학'을 완성한다.

마슈레는 텍스트가 말할 수 없는 것이 무엇인지를 파악하는 것이 비평가의 임무라고 보았다. 이 작업은 단순히 텍스트의 내용에 대한 새로운 해설이나 해석을 만들어내는 것이 아니다. 역사적인 설명을 외부로부터 텍스트에 뒤집어씌우는 것도 아니다. 마슈레를 인용하면,

우리는 텍스트 내부에서 어떤 유의 분열을 보여주어야 한다. 이 분열이 — 문

---

37   Louis Althusser, *Reading Capital*, London : Verso, 1979, p.188. 알튀세르는 전체의 모습이나 개별 요소들의 관계를 결정짓는 거대요인이기는 하나 어느 개개의 요소에서는 발견되지 않으며 외부에 위치해 있지 않으면서, 효과를 통해서만 그 모습을 드러내는 것으로 구조론적 인과관계를 설명한 바 있다.

38   Martin Heidegger, "The Way to the Language", David F. Krell ed., *Basic Writings from Being and Time (1927) to The Task of Thinking (1964)*, New York : HarperCollins, 1993, p.408.

39   *Ibid.*, p.407.

제의 텍스트에 무의식이 있는 한—텍스트의 무의식이고, 이 무의식이 곧 역사이다. 텍스트의 가장자리에 머물러 있으면서 그 가장자리를 침범하는 역사의 유희 말이다. 이것이 유령이 출몰하는 작품에서 유령으로 이어지는 길을 발견하는 것이 가능한 이유이다. 이는 어떤 무의식으로써 텍스트를 갑절로 만드는 것이 아니라 표현의 제스처 내에서 표현되지 않는 것을 드러내는 문제이다. 그러니 쓰인 것의 이면(裏面)이 역사가 되는 것이다.[40]

텍스트가 명시적으로 언급하지 않음에도 불구하고 그 존재가 있었기에 텍스트의 발화를 가능하게 한 '그것'은 텍스트가 애초부터 다룰 수 없었던 역사다. 이때 마슈레가 주목하고자 하였던 역사는 계급투쟁과 관련된 사회적 모순이다. 텍스트가 이 역사를 다룰 수 없었던 이유는 그것이 당대의 지배 이데올로기에 의해 애초에 매개되었기 때문이다. 그럼에도 불구하고 이 '말할 수 없는 역사'와 완전히 분리된 문학 텍스트를 상상할 수 없는데, 그 이유는 문학 텍스트는 어떤 방식으로든, 심지어는 역사를 부정할 때조차도, 역사와의 관계에서 구성되는 구조물이기 때문이다. 이렇게 말하고 보면 이 논의는 또 다른 마르크스주의 비평가 프레드릭 제임슨이 『정치적 무의식』에서 논한 '하부 텍스트subtext'[41]로서의 역사 개념에서 멀지 않다. 텍스트에서 배제되지만 그럼에도 불구하고 텍스트가 수행하는 기획과 무관할 수 없는 하부 텍스트로서 기능하는 역사를 제임슨은 텍스트의 '정치적 무의식'이라 불렀다. '역사'와 '정치적 무의식' 개념은 결론에서 다시 논하기로 한다.

　본 연구 마슈레의 침묵의 해석학과 제임슨의 정치적 무의식 개념을 비판적으로 수용한다. 이 마르크스주의 비평가들과 달리 본 저술이 영국의 모험소설을 통해 읽고자 하는 역사는 제국주의의 역사, 즉 지배 민족과

40　Pierre Macherey, Geoffrey Wall trans., *op. cit.*, p.94.

41　Fredric Jameson, *The Political Unconscious*, London : Methuen, 1981, p.81.

피지배 민족 간의 식민 관계의 역사이다. 본 연구에서는 디포에서 시작된 조난 소설 전통, 그리고 인도와 아프리카를 배경으로 이루어지는 탐험을 다룬 모험소설 전통에 속하는 대표적인 대중 서사를 선택하여 이 텍스트들이 당대의 영국적 주체를 어떻게 경축하여 왔는지를 보여줌과 동시에, 이와 같은 지배 이데올로기에 대한 명시적인 봉사에도 불구하고 텍스트의 다른 층위에서 모순이나 자기 부정의 순간은 없는지를 점검한다.

탈중심적인 관점에서 읽었을 때 본 연구에서 다루는 소설들은 그것들이 명시적으로 들려주는 내용과는 다른 이야기를 들려준다. 이 다른 이야기들 중에는, 디포의 소설에서 드러나듯 당대의 지배 이데올로기인 식민주의와 자본주의의 '민낯'에 관한 것도 있으며, 19세기의 조난 소설에서 드러나듯 제국이 오래 전에 금지하였던 노예무역의 실상에 관한 것도 있다. 혹은 앵글로색슨의 순수 혈통이 오염될 수도 있다는 불안이나 제국주의의 추한 현실이 유럽에 알려짐에 따라 제국의 도덕적 위상이 추락할 것에 대한 염려에 관한 것도 있다. 그래서 18세기 초부터 20세기 중엽에 이르는 시기 동안에 영국의 대중적 상상력을 자극하였고, 또 영제국의 승리주의를 기렸던 작품들이, 흔히 주장되듯 솔기조차 보이지 않게 잘 봉합되어 매끈하게 '완성된' 텍스트의 결을 갖는 것이 아니라, 명징한 의미의 표층 아래에서 끊임없이 동요하는 전복적인 충동을 가진 불안정한 텍스트라는 것이 본 연구가 입증하고자 하는 바이다.

제2장

'운 좋은 자본가' 혹은 정신적 난파자?

홀로 있는 개인이 편안함을 누리기는커녕, 미신적으로 될 개연성이 있으며,
또 미쳐버릴 가능성도 있다. 할 일이 없는 정신은 정체되고, 병적으로 되며,
악취 나는 공기 속의 촛불처럼 꺼져버린다.

— 새무얼 존슨

『크루소』, 소녀들을 위한 문학?

당대뿐만 아니라 후대의 문학적 상상력에 『로빈슨 크루소』(1719)만큼
많은 영향을 준 작품을 영문학에서 찾기란 쉽지 않다. 대니얼 디포[Daniel
Defoe](1660~1731)의 이 소설은 출간된 지 넉 달 만에 네 판을 찍어냈어야
할 정도로 선풍적인 인기를 끌었다. 이 작품을 모방하는 수많은 작품들이
출간되어 '로빈소네이드'라는 문학 장르를 구성할 정도였다. 이러한 현상
은 영국에만 국한되었던 것은 아니었고 프랑스, 스웨덴, 독일 등 유럽의
여타 국가들에서도 발견되었다. 1720년부터 1800년까지 독일에서 출간
된 『로빈슨 크루소』의 아류작의 숫자만 하더라도 130권을 상회하였다고
하니 인기를 짐작할 만하다.[1] 『로빈슨 크루소』가 당대에 받았던 호평은,

---

1 대표적인 독일 작품으로 슈나벨(Johann Gottfried Schnabel)의 『펠젠부르크 섬(*Die Insel*

사람들이 18세기 후반을 '존슨의 시대'라고도 부를 만큼 저명했던 새무얼 존슨Samuel Johnson의 논평에 잘 요약되어 있다. 독자가 마지막 쪽까지 읽을 만큼 잘 쓰인 책이 없음을 평소 불평하던 존슨은 "인간이 쓴 책 중에 『돈키호테』, 『로빈슨 크루소』, 그리고 『천로역정』을 제외하고 독자들이 좀 더 길었으면 하고 바라는 책이 있는가?"[2]라는 말로써 디포의 소설에 대한 인정을 표현한 바 있다.

『로빈슨 크루소』는 19세기에 풍미한 사실주의 문학의 효시이기도 하지만 아동 문학, 그 중에서도 모험소설이나 난파 소설의 원형적인 서사로도 주목을 받아왔다. 본 저술에서 다루는 거의 모든 모험소설이 『로빈슨 크루소』에서 나왔다고 해도 과언이 아닐 것이다. 19세기 영국에서 유행한 '제국주의 로맨스'를 구성하는 중요한 요소들, 이를테면 인종적·지리적 타자를 대하는 유럽중심적인 시각, 백인의 남성성을 입증하는 통과의례로 기능하는 해외 모험, 여성을 배제하거나 주변화시킴으로써 특권화 된 기표로 작동하는 남성성 등의 요소들이 이 18세기 초엽의 작품에서 원형적인 형태로 발견된다는 점에서 그러하다. 적어도 『로빈슨 크루소』에 대한 일반적인 이해에 따르면 그렇다.

그러나 『로빈슨 크루소』에 대한 일반적인 인식과 달리 이 작품이 애초부터 아동 독자를 염두에 둔 것은 아니었다. 새라 트리머 같은 18세기의 교육 개혁가는 이 소설이 "하나님의 가호 아래 독창성과 근면함이 무엇을 성취할 수 있는지를 보여주고, 정신과 육체의 활동과 인내력을 고취하였다"는 점에서 긍정적으로 보았다. 다른 한편으로 트리머는 디포의 소설에

Felsenburg)』(1731)이 있다. 슈나벨은 이 소설의 서문에서 '로빈소네이드'라는 용어를 처음 사용한 인물로 알려져 있다. 영국에서 출간된 『로빈슨 크루소』류의 조난 소설 중 최초의 작품으로는 『리처드 팰코너 선장의 항해, 위험한 모험, 그리고 임박한 도피(The Voyages, Dangerous Adventures, and Imminent Escapes of Captain Richard Falconer)』(1720)가 있다.

2 James Boswell, *The Life of Samuel Johnson : Including a Journal of His Tour to the Hebrides* 9, London : John Murray, 1835, p.102.

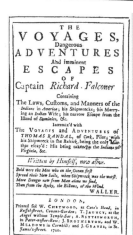

〈그림 1〉 1719년 4월 25일에 출간된 『로빈슨 크루소』
　　　　 첫 판본의 표지.
〈그림 2〉 『팰코너 선장의 항해』의 1720년 판본 표지
〈그림 3〉 『펠젠부르크 섬』의 1966년 판본 표지.

영향을 받은 두 소년이 무인도에 표류할 목적으로 가출한 실화를 예로 들면서 아이들에게 이런 책을 읽힐 때 부모의 감독이 반드시 필요함을 주장하기도 하였다. "제대로 훈육되지 않은 정신과 기질"[3]을 가진 아동들에게는 이 책이 유해할 수 있다는 것이다. 디포의 모험소설이 아동에게 유해할 수 있다는 경고는 18세기의 아동 문학가이자 양성평등 교육론자였던 에지워스의 저서에서도 발견된다. 『실용교육Practical Education』에서 그는 『로빈슨 크루소』나 『걸리버 여행기』 같은 책들이 "군대나 선원 생활을 장래의 목표로 삼지 않는 한, 모험심이 강한 소년들이 읽어서는 안 된다"고 주장했다. "어떤 훌륭한 직업에서든지 성공하기 위해서 반드시 필요로 되는 진지한 인내력과 모험 성향 이 둘은 절대적으로 양립이 불가능하기 때문"[4]이라는 것의 에지워스의 지론이었다. 실제로 19세기 초엽에 이르면 『로빈슨 크루소』 같은 모험소설을 읽고 이를 따라한 나머지 신세가 한심하게 되었다는 회고록이 발간되기도 하였다.[5]

그러나 트리머가 걱정하였던 것과 달리, 『로빈슨 크루소』가 과연 소년 독자들에게 모험에 대한 환상을 심어주고 특정한 성적 자질을 증명해 보일 것을 요구하는 전형적인 남성적 장르인지에 대해서는 의구심이 있다. 어찌 보면 이 소설은 환상적인 모험보다는 생존에 필요한 다양한 물품들을 모으고, 이것들을 목록화하고, 또 잘 간수하는 데 많은 지면을 할애한다는 점에서 혈기왕성한 소년들이 읽기에 따분할 수도 있는 서사였다. 특히, 크루소가 많은 시간을 들여 수행해 내는 작업들의 대부분이 '자질구레한' 가사家事라는 사실을 고려할 때 그렇다. 흙을 빚어 질그릇을 굽고, 수

---

3   Sarah Trimmer, *The Guardian Education* 3, London : Livington & Hatchard, 1804, p.298.

4   Maria Edgeworth · Richard Lovell Edgeworth, *Practical Education* 2, London : J. Johnson, 1798, p.336.

5   Joseph Donaldson, *Recollections of an eventful Life : chiefly passed in the Army*, Glasgow : W. R. McPhun, 1824, p.3; Sharon Murphy, *The British Soldier and His Libraries c.1822~1901*, London : Macmillan, 2016, pp.1~2.

확한 곡물을 빻아 가루로 만든 후 이를 반죽하여 빵을 굽고, 포도를 수확하여 말리고, 염소젖을 짜서 버터와 치즈를 만드는 일이 가부장적 사회에서 여성들이 전통적으로 담당해왔던 일이라는 점에서도 그렇다. 이런 시각에서 고려되었을 때, 이 소설이 남성 어른이나 소년 독자를 대상으로 삼은 남성적 장르라는 기존의 이해는 재고될 필요가 있다. 물론 이 소설에는 "야만인들"에 맞서 전투를 치르거나 미개척지를 발견하는 모험도 펼쳐지지만, 서사의 더 많은 부분이 살림을 꾸리는 일에 초점을 맞추고 있다는 점에서, 『로빈슨 크루소』가 가사와 가정家庭 영역의 중요성을 강조한다고 볼 수 있는 가능성이 분명 존재한다. 이러한 면에 주목하는 디포 연구자들은 이 소설이 디포 당대에 소년들보다는 소녀들에게 적합한 읽을거리로 추천되었다는 지적을 한다. 또한 이보다 한 걸음 더 나아가 로빈소네이드가 유행하게 된 이면에는 소녀 독자들이 크루소가 보인 '가사 영역에서의 성취'를 따라할 것을 바라는 사회적인 의도가 있었다고 진단하기도 한다.[6]

본 연구가 주목하는 점은 『로빈슨 크루소』가 훗날의 비평가들에 의해 개인주의의 출현을 알리는 작품으로 이해되어져 왔다는 사실이다. 이러한 시각에서 보았을 때, 크루소는 합리적으로 판단하고 행동하는 개인이요, 주변의 세계를 본인의 의지에 따라 변형하고 재구성하는 창조적이면서도 자율적인 존재이다. 이 작품이 근대적인 의미에서 개인주의의 출현을 형상화한 것이라고 본 와트의 논지가 대표적인 비평이다. 이에 의하면, 『로빈슨 크루소』는 무엇보다도 개인을 가족과 조국으로부터 소외시키는 '경제적 개인주의'에 관한 서사이다. 안정된 중산층의 삶을 제시하면서 여행을 만류하는 부모의 손길을 뿌리치고 장거리 여행에 나서는 크루소의

---

6   Nancy Armstrong, *Desire and Domestic Fiction : A Political History of the Novel*, Oxford : Oxford Univ. Press, 1987, p.16; Andrew O'Malley, *Children's Literature, Popular Culture, and Robinson Crusoe*, London : Macmillan, 2012, pp.52~53.

모습이 상업적 자본주의가 낳은 '소외된 근대적 경제인'을 연상시키는 것
이다. 비록 디포가 경제적 개인주의와 관련하여 반드시 장밋빛 이야기를
들려주지는 못하지만 그럼에도 불구하고 새로운 경제적·사회적 질서를
낙관적으로 대변하는 인물이라는 것이 와트의 결론이다.[7] 이러한 비평적
안목은 독일의 저명한 사회과학자 막스 베버에 빚진 것이다. 베버는 크루
소가 "선교 활동을 과외로 하는 고립된 경제인"이며 "새로운 부르주아의
경제 윤리"를 구현하는 인물이라고 보았다.[8] 크루소가 구현하는 새로운
윤리가 종교적인 경건함 및 경제적 합리주의가 한데 합친 것으로서 부르
주아의 재산 축적을 정당화 하였다는 것이다. 디포의 작품을 경제적인 관
점에서 논한 이는 베버가 처음이 아니고, 마르크스에게로 거슬러 올라가
는 것이나 이에 대해서는 다시 논할 것이다.

　본 연구는 와트나 그를 따르는 비평과는 대별되는 관점을 취한다. 이 소
설의 시대적 배경이 자본주의가 태동하는 시기요, 식민주의적 팽창이 본
격화되던 시기와 맞물리고 있다는 점에서, 경제적 개인주의가 주인공의
행적을 이해하는 데 중요한 열쇠임에는 틀림이 없다. 그러나 와트의 주장
이 유용한 점은 여기까지이다. 본 연구에서는 크루소가 패배를 모르는 자
본주의의 나팔수인지에 대해서는 좀 더 엄밀히 따져보아야 한다는 질문을
제기하기 때문이다. 이러한 관점을 견지함에 있어 본 연구는 자본주의가
개인의 정신에 미치는 영향에 대해 제임슨이 보여준 안목에 의존한다.

　정신분석학을 가능하게 하는 조건은, 자본주의가 시작된 이래로 발생한 정
신적 파편화가 진행된 정도를 우리가 인식할 수 있을 때 비로소 그 모습을

7　Ian Watt, *The Rise of the Novel : Studies in Defoe, Richardson, and Fielding*, Berkeley : Univ. of California Press, 1957, p.89.

8　Max Weber, Talcott Parsons trans., *The Protestant Ethic and the Spirit of Capitalism*(1930), London : Routledge, 1992, pp.119~120.

드러내게 된다. 자본주의가 들여오는 경험에 대한 체계적인 계량화와 합리화, 바깥 세계뿐만 아니라 개인 주체를 도구적으로 재조직하는 것에 대한 인식 말이다.[9]

이 주장에 의하면, 자본주의 체제 하에서 개인은 이전의 경제 체제에서는 유례를 찾아볼 수 없었던 소외와 분열을 경험하게 되었다. 그러한 점에서 개인의 정신적인 병력은, 그의 정신이 보여주는 신경증적이거나 감정적인 궤적은, 온전히 개인의 특수한 사정으로만 돌릴 수 없는 역사적인 것이다. 제임슨의 표현을 다시 빌리면, "정신의 구조는 역사적인 것"이다. 자본주의가 가져다 준 파편화와 물화物化, reification 현상이 20세기 초에 유행한 모더니즘에서 잘 나타난다는 것이 제임슨의 주장이지만, 본 연구에서는 18세기 초엽의 모험소설의 주인공의 정신세계에서 훗날 본격화될 자본주의의 병폐가 얼마나 잘 예고되었는지를 논의한다.

호모 이코노미쿠스 논쟁[10]

18세기 계몽주의를 이끌었던 장-자크 루소Jean-Jacques Rousseau(1712~1778)도 『로빈슨 크루소』에 매료된 인사들 중 한 명이었다. 자신의 교육론을 펼친 『에밀』(1762)에서 그는 에밀이 청소년기에 처음 읽어야 할 책이자 읽어야 할 유일한 책으로 『로빈슨 크루소』를 꼽았다. 인간의 본성과 교육의 방법론을 논한 이 명저에서 루소는 에밀이 디포의 모험소설을 읽고

---

9   Fredric Jameson, *The Political Unconscious*, London : Methuen, 1981, p.62.
10 이어지는 내용 중 경제인으로서의 크루소론 및 크루소가 겪는 망상증에 관한 논의의 일부는 이석구, 「'호모 이코노미쿠스'로서의 크루소 재고」, 『영어영문학』 64-4, 한국영어영문학회, 2018을 수정한 것이다.

이해해야 할 뿐만 아니라 자신이 크루소가 되어 그의 입장에서 사유하고 행동할 것을 권고하였다. 14세의 에밀이 무인도에 홀로 난파당한 크루소에게서 무엇을 배울 수 있을까? 에밀의 교사가 이 생도에게 하는 충고를 들어보자.

> 편견으로부터 자유로워지고 사물의 진정한 관계에 대하여 판단을 내릴 수 있는 가장 확실한 방법은, 스스로를 고립된 인간의 위치에 두고, 이 (고립된 — 인용자 주) 자가 자신에게 도움이 되는지 그렇지 않은지의 여부에 따라 만사를 판단하듯 그렇게 판단하는 것이다.[11]

루소는 사회 속의 사람들이 타인의 의견에 예속되어 있는 반면 자연 상태의 인간은 이로부터 자유롭다고 보았다. 무인도에 고립된 크루소의 처지에서 이 낭만적인 철학자는 타인의 의견에 대한 예속이나 허영심으로부터의 자유를, 즉 정신적인 독립과 자율의 가능성을 보았던 것이다.

루소는 노동의 분업이 일어나기 전의 인간이 자유롭고 건강하고 행복한 삶을 누릴 수 있었다고 믿었다. 노동이 생계유지를 위한 목적을 넘어섰을 때, 그래서 잉여 가치의 생산을 위해 타인의 노동을 필요로 하는 순간 사유재산제가 생겨나고, 따라서 평등이 사라지고 노예제와 고통이 뒤따르게 되었다고 믿었다.[12] 이러한 맥락에서 고려되었을 때, 무인도에 난파된 후 자급자족을 위해 노동하는 크루소의 일과는, 고담준론高談峻論을 일삼는 지식인이나 타자의 노동력을 이용하여 사욕을 채우는 자본주의자 모두로부터 변별되는 사물의 실용성을 중시하고 그것을 실천에 옮기

---

11 Jean-Jacques Rousseau, Christopher Kelly · Allan Bloom eds. and trans., *Emile or On Education : Includes Emile and Sophie; or, The Solitaries*, London : Univ. Press of New England, 2010, p.332.

12 Jean-Jacques Rousseau, Roger D. Masters ed., Roger D. · Judith Masters trans., *The First and Second Discourses*, New York : St. Martin's, 1964, pp.151~152.

는 정직한 자연인의 모습을 보여준다. 루소가 농업과 대장장이, 그리고 목수를 고상한 업으로 여기는 것도 이러한 맥락에서였다.[13] 즉, 루소에게 『로빈슨 크루소』는 자연의 상태에서 배울 수 있는 덕목인 정신적·경제적 독립을 가르치는 교본이었던 것이다.

루소에 의하면, 크루소의 섬 생활은 노동의 분업이 발생하기 전의 경제 활동, 즉 교환 가치가 아닌 사용 가치의 추구에 만족하는 자급자족의 경제 원칙을 구현한다. 또한 크루소가 난파로 인해 겪게 되는 사회로부터의 격리 현상은 역설적으로 개인의 정신적인 자유와 사회적인 자유를 가능하게 하였다. 루소의 이 해석은, 앞서 언급한 바 있는 비평가 와트의 『로빈슨 크루소』 비평에서 그대로 인용된다. 와트는 난파당한 크루소가 구가하는 자유를 세 가지로, 즉 지적인 자유, 사회적인 자유, 그리고 경제적인 자유로 나누며 이를 루소의 자연 사상과 관련하여 이해하였기 때문이다.[14] 그러나 루소가 이해한 '경제인'으로서의 크루소는 와트에 와서 새로운 의미를 추가로 부여받는다.

와트의 주장을 들어보면, "크루소는 경제 이론가들과 교육자들 모두에게 영감을 주는 존재이며, 루소 같은 도시 자본주의의 전치된 개인들뿐만 아니라 그것(도시 자본주의 — 인용자 주)의 실제적인 영웅들, 즉 제국의 건설자들에 있어서도 하나의 상징이다".[15] 이 주장이 흥미로운 점은 동일 인물이 정반대로 해석된다는 사실이다. 우선, "도시 자본주의의 전치된 개인들"이라는 표현은 도시 자본주의에 의해 전통적인 삶의 터전을 잃어버린 개인이나 무인고도가 예시하는 자연 상태로의 회귀를 갈망하는 개인을 지칭하는 것으로 이해된다. 그런데 문제는 자연의 상태에 대한 갈망을 상징하는 크루소가 "(도시 자본주의 — 인용자 주)의 실제적인 영웅"이기도 한

---

13   Jean-Jacques Rousseau, Christopher Kelly · Allan Bloom eds. and trans., *op. cit.*, p.336.

14   Ian Watt, *op. cit.*, p.86.

15   *Ibid.*, p.87.

"제국의 건설자들"에게 있어서도 유의미한 상징으로 간주되고 있다는 점이다. "도시 자본주의에 의해 전치된" 개인이 근대적인 경제 체제의 희생자라면, 후자의 개인들은 식민지 팽창주의 깃발을 치켜 든 근대의 자본주의자를 지칭한다.

이처럼 와트의 주장에는 경제인 크루소에게 두 가지 상충된 의미가 동시에 부여되고 있는데, 이러한 모순이 와트의 비평에서 어떻게 해결되고 있을까? 와트의 설명을 더 들어보자.

> 그 섬은 (크루소 — 인용자 주)에게 경제적 인간이 자신의 목적을 달성하기 위해 필요로 하는 완전한 자유방임주의(laissez-faire)를 부여한다. 국내의 시장 상황에서는 세금과 노동력 공급의 문제로 인해 개인이 생산, 분배, 교환의 모든 영역을 통제하는 것이 불가능하다. 해결책은 자명하다. 광활한 미개척지의 부름을 따라, 소유자도 경쟁자도 없는 무인고도를 발견하고, 임금을 지불할 필요도 없기에 백인의 짐을 지기가 한결 쉬운 금요일이 같은 인간의 도움을 받아 개인적인 제국을 그곳에 세워라.[16]

이 인용문이 그려내는 크루소는 자연 상태의 경제인과 식민주의자를 한데 겹쳐놓은 모습이다. 아마도 와트는 무인고도에서 식민지를 건설하는 크루소의 모습에서, 자연 상태로의 회귀와 근대적 자본주의의 표상이라는 모순적인 두 테제가 이상적으로 조화를 이루는 해결책을 찾은 듯하다.

여기서 제기될 수 있는 또 다른 문제는 와트의 주장대로 완전한 사회적·경제적 자유를 실현하는 것이 루소가 이상적으로 그려낸 자연인의 모습에 부합하는가 하는 것이다. 앞서 언급한 『첫 번째와 두 번째 담론』에서 드러난 바 있듯, 루소가 그려내는 경제인은 탐욕하지 않는 자급자족적

---

16 *Ibid.*, pp.86~87.

인 삶, 즉 궁핍으로부터의 자유를 누리며 또한 동료 인간을 착취하지 않는 인물이다. 에밀의 교사가 에밀에게 농업을 제일 고결한 업으로 추천한 것도 이러한 맥락에서였다. 이러한 사실을 고려했을 때 생겨나는 질문은, '시장의 상황, 세금, 노동력 공급의 문제' 등 개인의 경제 활동을 방해하는 온갖 제약으로부터의 자유를 누리는 것이, 자연인의 경제 활동인가, 아니면 가치의 극대화와 부의 무한 축적을 위해서 무엇이든 하려드는 '고삐 풀린 근대인'의 경제 활동인가 하는 것이다. 무엇보다 와트의 크루소는 경제적인 자유를 한껏 구가하기 위해서 금요일이의 무임금 노동력에 의존해야 했다. 뿐만 아니라 그는 인근의 원주민들에게서 섬에 대한 소유권과 사용권을 무력으로 빼앗았다. 이러한 점들을 고려했을 때 와트가 크루소의 섬에서 그려내는 자유방임주의의 경제 체제는 바로 루소가 피하고 싶었던 유의 세상이 아니었을까.

와트는 또한 디포가 크루소의 방랑벽을 통해 자본주의의 역동적인 성격을 예시하였다고 주장한다. 넉넉한 중산층의 가정에 태어났음에도 불구하고 자신의 경제적 상황을 향상시키려고 하는 크루소의 모습이 현재에 만족하지 않고 끊임없이 상황을 변화시키려는 자본주의의 경향[17]을 잘 구현하는 것은 사실이다. 그런데 와트에 의하면 디포가 크루소를 자본주의의 상징으로 그려 냄에 있어 실수한 부분이 있다. 크루소의 섬 생활을 묘사할 때 자본주의의 특정한 성격을 논외로 하였다는 것이다. 그래서 디포가 그려내지는 못했지만 와트 본인이 크루소의 경제 행위에서 밝혀내는 바가 있는데, 그것은 바로 인간의 모든 경제 행위가 갖는 '사회적인 성격'이라는 것이다. 와트의 주장을 들어보자.

로빈슨 크루소가 누리게 되는 부의 토대는 그가 난파선에서 탈취하는 연장

---

17 *Ibid.*, p.65.

들이다. 우리는 그것들이 "한 인간의 손에 들어온 것들 중 가장 큰 무기고"라는 말을 듣는다. 그러니 디포의 주인공은 사실 원시인도 아니고 프롤레타리아도 아니며 자본주의자이다. (…중략…) 크루소는 사실 수많은 사람들의 노동을 운 좋게 물려받은 자이다. 그의 고독은 그가 얼마나 억세게 운이 좋은지를 나타내는 척도요, 표식이다. (섬에 대한 권리를 주장할 수 있는 — 인용자 주) 모든 다른 잠재적인 소유주들이 운 좋게 사망한데다가, 난파 사건도 비극적인 반전이기는커녕 일종의 데우스 엑스 마키나로 작용하는데, 난파에 이어지는 고독한 노동이 (단순히 난파 사고로 있을 수 있는 — 인용자 주) 사망을 대신하는 것이 아니라 경제적·사회적 현실의 곤란한 문제들을 해결하는 방안으로 제시되기 때문에 그렇다.[18]

위 인용문은 크루소의 섬 생활도 자본주의 사회의 맥락에서 벗어나 있지 않음을, 또한 중산층의 이데올로기가 개인에게 강요하는 바와 개인의 모험심 간의 갈등이 해결되는 수단으로서 난파 사건이 이용됨을 지적한다.

그러나 크루소에서 자본주의자의 모습을 읽어내는 이 해석도 실은 디포의 원저에 근거를 두고 있다는 점에서, 이러한 안목이 비평가 본인에게는 있고 원저자에게는 없다는 와트의 주장은 다소 황당하게 들린다. 또한 크루소가 "운 좋은 자본주의자"라는 와트의 주장도, 크루소가 자급자족에 만족하는 자연의 경제인이라는 루소의 주장만큼 문제적이다. 이러한 주장을 하려면 무엇보다 크루소가 카리브인들이 즐겨 방문하던 섬을 정복하였다는 사실, 또 무력을 사용하여 섬을 요새화하였다는 사실, 이후 카리브인 방문객들을 학살하였다는 사실, 또한 금요일이를 노예로 삼아 그의 노동력을 착취하였다는 사실 등, 크루소가 섬을 자신의 독점적인 플랜테이션으로 바꾸기 위해 저지른 '운과는 무관한' 모든 행위들에 눈을 감

---

18   *Ibid.*, pp.87~88.

아야 한다. 경제인으로서의 크루소에 대한 비평은 사실 와트에게서 처음 선보인 것이 아니고 막스 베버의 저작에서, 이보다 더 거슬러 올라가서 칼 마르크스의 저작에서도 발견되는 것이다.

마르크스와 개인 생산자의 신화

마르크스는 『자본론』(1867)에서 "상품 물신주의"를 설명하면서 크루소의 경제 활동을 언급한 바 있다. 물신주의物神主義, fetishism는 자연물이나 인공물에 신령神靈이 깃들어 있다고 믿고 이를 숭배하는 행위를 의미한다. 마르크스에 와서 이 표현은 내재적인 가치가 없는 물건에 특별한 가치가 있다고 믿는 것으로 재해석된다. 물신주의와 상품의 관계에 대한 마르크스의 주장을 보자. 마르크스는 당대의 고전 경제학자들의 이론을 받아들여 재화의 가치는 그것을 만드는 데 투여된 노동에서 유래한다고 보았다.[19] 그러나 교환 경제 하에서 생산품의 가치는 그것을 만들어 내는 데 소요된 노동 시간에 의해 결정되지 않는다.

> 상품, 그리고 상품의 등장을 가능하게 해주는 생산물들 간의 가치 관계, 이 둘은 상품의 물질적인 속성이나 그것에서 발생하는 물질적인 관계와 아무런 관계를 맺지 못한다. 개인들 간의 한정된 사회적 관계가 물건들의 관계라는 **환상적인 형태**를 취하게 되는 것이다.[20]

시장(교환) 경제에서 상품의 가치는 생산과 관련된 물질적 현실, 즉 노동

---

19   Karl Marx, Ben Fowkes trans., *Capital : A Critique of Political Economy* 1, New York : Penguin, 1990, p.129(인용자 강조).

20   *Ibid.*, p.165(인용자 강조).

시간과의 관계에서 결정되지 않는다. 상품의 가치는 물질적 현실과 무관하게, 그런 점에서 '환상적인' 방식이라고 할 물건들 간의 비교 관계에 의해 결정되는 것이다. 그러니 시장 가치는 물질적 현실로부터 유리되어 있다는 점에서 추상적인 것이며, 또한 비교 관계에 의해 결정된다는 점에서 주관적인 것이기도 하다. 그러나 물건들 간의 교환 비율이 시간이 흐르면서 관습에 의해 어느 정도 고정되어 마치 그 교환 비율이 생산물의 본성에서 발생하는 것처럼 보이게 된다. 예를 들면, 황금의 값어치는 그것의 생산에 드는 노동 시간에 비해 턱없이 높게 매겨져있지만 대부분의 사람들이 그렇게 생각하지 않는 이유는 이들이 황금의 높은 시장 가격에 오랫동안 익숙해져있기 때문이다.

　이처럼 자본주의 체제 하에서 개인은 교환 가치를 상품에 내재한 고유의 가치라고 믿게 된다. 이처럼 주관적이고 추상적인 성격의 것을 객관적인 것으로 오인하는 행위를 마르크스는 "상품 물신주의"라고 불렀다. 마르크스는 이 잘못된 믿음이 상품 생산이라는 특정한 역사적 생산 양식에 한정되어 나타나는 것이라고 주장한다. 그 증거로서 그는 시장 경제가 발달되지 않았던 봉건적인 생산 관계, 가부장적 체제 하의 공동 노동, 그리고 가상의 자유인들의 공동체를 예로 든다. 자급자족적인 경제인 크루소도 그러한 예이다. 독립된 경제인으로서의 크루소에 대한 마르크스의 묘사를 보자.

　　비록 사치스럽지는 않으나 그도 욕구를 충족해야 하기에, 도구와 가구를 만들고, 라마를 길들이며, 물고기를 잡고 사냥을 하는 등 다양한 종류의 유용한 노동을 해야 한다. 기도(祈禱) 및 그와 유사한 행동들은 우리가 고려하지 않는데 그 이유는 이 행위들이 그에게 즐거움을 주는 원천이며 그가 이를 일종의 여가 활동으로 보기 때문이다. 다양한 노동을 함에도 불구하고, 또한 자신의 노동이 어떠한 형태를 취하든지 간에, 크루소는 그것이 동일한 인물인 자신의 행위임을 알고 있으며, 따라서 그 노동이 인간 노동의 다른 형태들에 지나지 않는다는 사실도 안다. 필요에 의해 그는 종류가 다른 일들에 자신의 시간을 정확하게 배분한다. (…중략…) 난파선에서 시계, 장부, 그리고 잉크와 펜을 확보했기에 그는, 진정한 영국인처럼, 장부 기록을 시작한다. 그의 장부는 자신에게 속하는 유용한 물건들의 목록, 그 물건들을 생산하는 데 필요한 작업들의 목록, 마지막으로 그 물건들을 일정량 생산하는 데 평균적으로 드는 노동 시간의 목록을 포함한다. 로빈슨과 그가 자신의 손으로 만든 재산인 물건들 사이의 관계는 너무나 간단명료하여 특별히 애쓰지 않아도, 심지어는 세들리 테일러씨도 이해할 수 있는 것이다.[21]

마르크스는 여기에서 크루소를 노동과 생산품 간의 소외가 일어나기 전의 경제 체제, 즉 사용 가치가 지배하는 체제 하의 경제인의 모습으로 그려낸다. 이 체제 하에서는 개인, 그의 노동, 노동의 산물인 생산물 간의 관계가 어떤 형태로든 왜곡되거나 은폐됨이 없이 투명하게 드러난다. 물건과 그 물건을 만드는 데 들었던 시간을 기록하는 크루소의 장부가 그 증거이다.

개인의 노동이 자급자족의 수준을 넘어 전체 사회의 필요를 충족시킴을 목적으로 할 때 그의 노동은 '사회적인 성격'을 띤다. 이를 달리 표현하면, 사회 전체가 필요로 하는 바가, 서로 다른 물건을 생산하는 생산자들 간의 교환, 즉 생산자들 간의 관계에 의해 충족되는 것이다. 교환 경제에서 이러한 사회적 관계는 점차로 상품과 화폐, 즉 물건에 의해 매개되고 표현된다. 생산과 소비를 매개로 하는 개인 간의 사회적인 관계가 '물화'

---

21 *Ibid.*, pp.169~170. 마르크스는 이어지는 글에서 중세 봉건 사회, 가부장제하의 가족, 자유로운 개인들의 공동체 모두 개인들의 관계가 긴밀하게 상호의존적이며, 이러한 상호의존성이 생산의 사회적 관계에도 영향을 미치기에 노동과 그것의 생산물이 — 현실과 유리되었음을 뜻하는 — "환상적 형태"를 띠지 않는다고 주장한 바 있다(*Ibid.*, pp.170~171).

되는 현상이 생겨나는 것이다. 또한 개인 생산자들 간의 불평등 관계, 즉 자본가와 노동자 간의 착취적인 관계도 이 물화 현상에 의해 은폐된다. 반면, 크루소의 생산은 자신만을 위한 것이기에, 즉 사회적인 성격을 띠지 않기에, 그가 생산하는 재화의 가치는 온전히 그의 노동 시간에서 유래할 뿐 다른 요인에 의해 영향을 받지 않는다. 생산과 생산물에 대한 크루소의 표현을 빌리자면, "이 세상의 모든 유익한 것들은 오직 내가 사용할 수 있는 한도에서만 내게 유익한 것이며, 우리가 쌓아두는 것들은 사실 남들에게 주고 말 것이요, 우리는 우리가 사용할 수 있는 만큼만 즐기는 것이지 그 이상은 아니라는 것이다".[22] 물건이란 '내가 사용할 수 있는 한도에서만 유익하다'는 크루소의 이 진술은 마르크스가 언급하는 사용 가치에 대하여 명쾌한 정의를 제공한다. 같은 맥락에서 크루소는 누구라도 자신의 처지에 놓이게 되면 탐욕의 해악에서 해방될 수 있을 것이라고 장담한다.

이러한 상황에서 재화와 노동의 관계는 "간단명료하여" 누구에게나 이해될 수 있는 것이다. 이 개인 노동의 우화를 통해서 마르크스는 노동이나 노동의 사회적 관계를 물화시키는 상품 물신주의가 인간 사회에 항상 존재해 온 보편적인 것이 아니라 역사적인 특수성을 갖는 것임을 증명하고자 한다. 즉, 상품 물신주의가 시장 경제의 도래와 함께 나타난 것임을 입증하려는 것이다. 사용 가치에 대한 크루소의 신념을 이렇게 말하고 보면, 크루소가 자연 상태의 개별 생산자의 모습에 정확하게 부합하는 듯하다.

『자본론』에서 발견되는 마르크스의 크루소론과 관련하여 지적할 사실은 우선, 크루소를 자연 상태의 경제인으로 그려내기 위해서 마르크스가 주인공을 금욕적이거나 절제하는 인물로 왜곡하고 있다는 점이다. 디포의 주인공이 "본성이 사치스럽지 않으"며 "욕구만 충족하면 될" 인물이라

---

22 대니얼 디포, 윤혜준 역, 『로빈슨 크루소』, 을유문화사, 2008, 187쪽; Daniel Defoe, Michael Shinagel ed., *Robinson Crusoe*, New York : Norton, 1975, p.94. 앞으로 원문의 쪽수는 번역본 쪽수 뒤에 괄호로 표기한다.

는 마르크스의 주장이 그 예이다. 그러나 작품을 읽어보면 크루소는 소박한 욕구를 가진 인물과는 거리가 멀다. 이 주장에 동의하기가 힘들면, 크루소가 왜 부모의 만류를 뿌리치고 집을 떠났는지를, 또 천신만고 끝에 브라질에 상륙하여 부유한 농장주가 된 후에도 왜 다시 항해를 떠났는지를 상기해 볼 일이다. "부모님을 저버리고 나올 때도 그랬듯이 (⋯중략⋯) 새로운 농장에서 부유하고 잘 나가는 사업가로 살 행복한 전망을 버려두고, 모름지기 무모하게 과도한 욕망을 좇아서 자연의 이치가 허용하는 것보다 더 빨리 성공해 보려"[23] 했다고 크루소는 고백하고 있기 때문이다. 그를 움직인 요인에는 모험에 대한 강렬한 욕망도 있었지만 무엇보다 계급 상승의 욕망이 있다. 또한 크루소가 난파선에 챙겨 나오는 물건들의 목록 또한 그를 몇 가지 욕구만을 충족시키면 되는 인물로 보는 견해와는 상충된다. 무인도에 난파했기에 배에 있는 것은 무엇이라도 나중에 유용할 것이라는 크루소의 생각은 동의할 만한 것이지만, 손도끼를 한둘도 아니고 수십 개나 챙겼어야 하는지는[24] 의문스럽기 때문이다.

마르크스의 크루소론은 또한 원전의 지엽적인 사실들을 전달함에 있어서도 정확성과는 거리가 있다. 이를테면 크루소는 야생 염소를 길들여 젖을 짜고 그로부터 치즈를 만들어 문명인에 가까운 생활을 하지만, 마르크스의 주장과 달리 그는 라마를 본 적도, 길들인 적도 없다. 더욱이 마르크스의 서술과 달리 디포의 크루소는 난파선에서 시계를 구해온 적도 없다. 이런 지엽적인 오류보다 더 큰 문제는 크루소가 섬에서 문명의 혜택을 누리는 것을 가능하게 한 물품들을 마르크스가 "(크루소 — 인용자 주)의 손으로 만든 재산인 물건들"이라고 부르고 있다는 점이다. 이 물품들 중에는 그가 난파선에서 구해온 연장들과 물품들이 있다. 칼, 손도끼, 기중기, 못, 화약, 총 등이 그 예이다. 이에 대하여 한 연구자는 질문한다. "이 물

---

23   위의 책, 59(29)쪽.
24   위의 책, 81(41)쪽.

건들은 (…중략…) 모두 누군가의 노동의 결과물이다. 그것들은 죽은 노동 혹은 응결된 노동을 포함하고 있으며 로빈슨은 자신의 살아있는 노동을 그것에 더했을 뿐이다."[25] 여기서 크루소의 살아있는 노동이란 이 연장들을 뗏목에 실어 해안으로 나르는 행위를 의미한다. 이 견해에 의하면, 크루소가 소유한 이 물건들이 원래 '타인의 노동'의 결과물이라는 점에서, 마르크스가 이것들을 "(크루소 — 인용자 주)의 손으로 만든 물건인 재산"이라고 부르는 것은 그답지 못하다.

사실 마르크스가 크루소의 "유용한 물건들"이라는 말을 했을 때, 그가 의도한 바가 배에서 가져온 물품에 한정된다고는 생각되지 않지만, 그럼에도 불구하고 위 연구자의 지적에는 시사하는 바가 있다. 아마도 "(크루소 — 인용자 주)의 손으로 만든 물건인 재산"이라는 말을 했을 때, 마르크스는 크루소가 배에서 구한 연장을 염두에 두었기 보다는, 그 연장을 이용하여 만들 수 있었던 여러 가지 물품들, 즉 각종 가구들과 기구들, 동굴 처소의 방책, 가축 울타리 등 문명인으로서의 삶을 가능하게 하는 재산들을 의미하지 않았나 생각된다. 이처럼 생활필수품을 만들 때 크루소의 노동이 투여된 것은 틀림이 없는 사실이다. 그러나 그 결과물은 크루소의 노동력만으로는 가능하지 않고, 각종 연장들 및 그 연장을 이용하여 그가 만든 도구들과 결합되었을 때에만 비로소 가능하다. 일부 평자는 작품의 시간적 배경이 아직 중상주의적 자본주의의 시대였기에 이 작품이 노동의 가치 생산보다는 교역의 가치 생산에 더 관심을 둔 것이 당연하다는 주장[26]을 하기는 하나, 경제인 크루소에 대한 분석이 좀 더 철저하려면, 또한 적어도 마르크스라면, 크루소가 배에서 구해온 기본적인 '생산수단'이나 혹은

---

25 Claire Reddleman, "Robinson Crusoe and Sarcastic Marx", 2013.4.10(https://intoruins. wordpress.com/2013/04/10/robinson-and-sarcastic-marx).

26 Wolfram Schmidgen, "Robinson Crusoe, Enumeration, and the Mercantile Fetish", *Eighteenth-Century Studies* 35-1, 2001, p.21.

그것을 생산한 '애초의 노동력'이 크루소의 재산 형성에 기여한 바에 대한 지적을 했어야 하지 않나 하는 생각이 드는 것은 사실이다.

크루소에 대한 논의는 『자본론』의 초고가 되는 『정치경제학 비판 요강 The Grundrisse』(1857~1858)에서도 등장한다. 마르크스의 주장에 의하면, 데이비드 리카도David Ricardo나 아담 스미스Adam Smith 같은 고전 경제학자들은 개인을 독립적이고 원자적인 존재로 보고, 사회를 이러한 개인의 집합체로 간주하였는데, 이러한 이론을 설파함에 있어 크루소를 예로 들기를 좋아했다. 앞서 논의한 바 있듯, 『자본론』에서 마르크스도 크루소를 자연 상태의 경제인으로 상정한 바 있지만, 이는 교환 경제를 초역사적인 것으로 본 리카도와 스미스를 비판하기 위해서였다. 『정치경제학 비판 요강』에서 마르크스는 크루소를 『자본론』과는 다른 각도에서 해석하고, 그렇게 함으로써 이 고전 경제학자들에게 보다 강한 어조로 대응한다.

『자본론』의 초고가 된 이 글이 『자본론』보다 — 적어도 크루소의 경제 활동에 관한 한 — 더 현대적인 안목을 제시하고 있음은 아이러니컬하다. 마르크스가 고전 경제학에 대한 대안으로 제시하는 이 이론에 의하면, 크루소같이 고립되고 독립된 개인 생산자의 초상은 자연 상태의 개인이 아니라 시민 사회의 도래와 관계된 것이다. 마르크스의 독창성이 드러나는 이 주장을 보자.

> 자유로운 경쟁이 벌어지는 이 (시민 — 인용자 주) 사회에서 개인은 자연스러운 결속으로부터 이탈해 있는 것처럼 보인다. 이전의 시대에서 이 자연스러운 결속은 개인을 한정된 인간 복합체의 한 부분으로 만들었다. 스미스와 리카도는 아직도 18세기의 예언자들의 어깨 위에 두 발을 딛고 서 있는데, 이 (학자 — 인용자 주)들의 상상 속에서 18세기의 개인은 — 한편으로는 봉건제의 와해가 낳은 존재이며, 다른 한편으로는 16세기 이후 발전된 새로운 생산력이 낳은 존재인데 — 이상적인 존재로 여겨지고 그래서 과거로 투영된다.

역사적인 결과물이 아니라 역사의 출발점으로 말이다. 인간의 본성에 대한 그들의 관념에 어울리는 인물, 역사적으로 출현한 것이 아니라 자연이 상정한 자연인으로서 말이다.[27]

마르크스가 보기에, 고전 경제학자들은 크루소를 자연 상태의 독립된 생산자로 간주할 뿐만 아니라 동시에 그를 교환 가치를 따지는 데 능숙한 경제인으로 읽어낸다. 마르크스에 의하면 이러한 독법은 실상 18세기의 근대인을 과거의 시점으로 투사한 것에 지나지 않는다. 근대인을 '있는 그대로' 아득한 과거의 시점으로 옮겨 놓은 행위라는 것이다. 마르크스의 주장대로 무인도에 표류한 크루소가 자연인이 아니라면 그는 도대체 누구인가? 위 인용문에서 마르크스가 하는 대답은 그가 시민 사회에 속해 있는 개인이라는 것이다.

　마르크스의 이러한 주장을 이해하기 위해서는, 과거의 경제 활동이 어떤 형태로 이루어졌는지, 또 시민 사회 속의 개인이 어떤 특징을 갖는 지에 대한 이해가 필요하다. 마르크스는 과거로 거슬러 올라가면 갈수록 개인 생산자들은 더욱 상호의존적이 되고, 또한 전체 집단에 더욱 더 강력하게 소속된다고 보았다. 처음에 개인은 자연스럽게 가족에 속하게 되었고, 이후에는 가족이 확장되어 만들어진 씨족에 속하게 되었고, 더 나아가 씨족 간의 융합과 대립에서 생겨나는 다양한 공동체들에 속하게 되었다는 것이다. 반면 16세기 이후에 시작되어 18세기에 성숙되고 있었던 시민 사회에서 개인과 사회는 이와는 정반대의 모습을 하고 있다는 것이 마르크스의 주장이다. 이는 아담 스미스를 비롯한 고전 경제학자들의 이론을 반박하는 의도를 가진 것이다. 이 학자들의 시각에 의하면, 홀로 섬에 표류한 크루소가 동료 생산자들과 경제적 교환 행위를 할 가능성이 없는 상

27　Karl Marx, David McLellan ed., intro. and trans., *The Grundrisse*, New York : Harper, 1971, p.17.

황에서도 가계부를 작성하고 상품 목록을 기록하고 이를 화폐 단위로 계산한다는 사실은, 이러한 경제적 태도가 특정한 역사의 한 단계, 즉 자본주의 사회에 한정되지 않는 인간의 본성임을 의미한다.[28] 즉, 자본주의 사회가 도래하기 이전에도 인간은 화폐 계산 능력을 지니고 재화를 화폐 단위로 계산하며 교환을 전제로 하는 경제 활동을 하는 본성을 지녔다는 것이다. 이렇게 말하고 보면, 고전 경제학자들이 주장하는 노동가치설이나 경제 법칙은 특정한 역사적 사회에 한정되는 것이 아니라 초역사적인 것, 즉 인류의 역사 발전의 모든 단계에 적용이 되는 보편적인 법칙이 된다.

그러나 고립되고 독립된 개인 생산자의 도래에 대해 마르크스는 다른 시각을 갖고 있었다. 그에 의하면, "18세기에 와서야 시민 사회에서 개인은 다양한 형태의 사회적 관계를, 개인적인 목표를 충족시키기 위한 단순한 수단으로서, 즉 외재적인 필요로서 맞닥뜨리게 된다".[29] 이 주장에 의하면, 개인 생산자로서의 크루소의 모습은 초역사적인 경제인의 본성이 아니라 특정한 역사적 시기의 체제, 즉 자본주의 체제 하에서 살아야 하는 근대적인 개인의 모습이라는 것이다.

> 사회 바깥에 고립된 개인이 수행하는 생산이라는 것은, 함께 살고 서로 이야기를 나누는 동료들이 존재하지 않아도 언어를 발달시킬 수 있다는 생각만큼 어처구니없는 것이다. 이에 예외가 있다면, 사회적인 힘들이 그의 내부에 이미 역동적으로 자리를 잡은 문명인이 사고(事故)로 원시 자연에 조난되었을 때 정도일까.[30]

이 사유에 의하면, 크루소가 조난당한 섬에서 어엿한 경제인으로 기능할

---

28   Karl Marx, Ben Fowkes trans., *op. cit.*, p.169.

29   Karl Marx, David McLellan intro. and trans., *op. cit.*, p.17.

30   *Ibid.*, pp.17~18.

수 있었던 것은 조난당하기 전에 이미 자본주의 사회로부터 그 체제의 세례를 받았기 때문이라고 보아야지, 인간에게 그러한 경제관념이 본성으로서 내재해 있었기 때문이 아니라는 것이다. 고전 경제학자들에 대한 마르크스의 이 논박은 상당히 설득력이 있어 보인다.

그러나 고전 경제학자들에 대한 마르크스의 비판에도 문제가 있다. 리카도 같은 학자들이 크루소를 자연의 경제인으로 상정하였다고 하는 마르크스의 주장과 달리 놀랍게도, 이 고전 경제학자들 중 어느 누구도 자신의 저술에서 크루소를 거론한 적이 없기 때문이다. 프리츠 쇨너의 연구에 의하면, 크루소가 경제학 이론에 최초로 등장하는 때는 19세기에 이르러서이다. 신고전 경제학자 리처드 와틀리Richard Whatley(1787~1863)가 그 예인데 이 학자는 고립된 개인은 정치 경제와 아무런 관계도 없다고 주장한 바 있다. 그 다음으로는 윌리엄 로이드William Lloyd(1794~1852)가 한계효용체감의 법칙을 주장하기 위해 크루소를 언급한 바 있다. 로이드는 가치의 개념이 시장이나 교환에 의존하지 않으며 고립된 개인에게도 똑같이 적용된다고 주장하였는데, 이러한 주장도 마르크스가 비판한 고전 경제학과는 달랐다.[31] 그 이후 적지 않은 수의 신고전 경제학자들이 크루소를 언급하였으나 모두 마르크스가 비판한 고전 경제학자들의 논리와는 다른 맥락에서였다. 이와 같은 부정확성에 대한 지적과 더불어 제기될 수 있는 또 다른 비판은, 크루소를 자본주의의 도래를 알리는 근대적 경제인으로 보는 마르크스의 해석이 크루소의 외양, 그가 섬에서 수행한 기획이나 성취한 결과물만을 본 것이라는 점이다. 이 장의 끝에서 다시 논하겠지만, 크루소가 카리브 해의 어느 섬에 자본주의 경제를 이식하기 위해 치러야했던 엄청난 정신적 대가를 포함할 때, 비로소 크루소에 대한 온전한 대차대조표가 가능해진다.

---

31   Fritz Söllner, "The Use (and Abuse) of Robinson Crusoe in Neoclassical Economics", *History of Political Economy* 48-1, 2016, pp.38~39.

주권적 주체와 조난 서사

앞서 언급한 바 있듯, 크루소를 영제국의 영토를 넓히는 데 기여한 식민주의자요, 합리성과 경제성을 중시하는 자본가로 보는 훗날의 비평은 모두 근대적인 개인주의의 발흥을 화두로 삼은 베버와 와트의 비평에 영향을 받은 것이다. 이는 서구 자본주의의 성장이 식민주의 팽창과 동시에 이루어졌다는 역사적 사실을 떠올릴 때 쉽게 이해될 수 있는 사실이다. 이 작품이 "젊은이들에게 바깥세상으로 나가 영제국을 확장할 것을 요청하는 근대 체제의 신화적인 표현"이라고 본 마틴 그린의 비평, 이 작품을 "식민 이데올로기의 주된 요소들"을 가진 것으로 본 피터 흄의 비평, 팽창주의 이데올로기를 "원형적인 근대 사실주의 소설"의 형태로 담았다는 사이드의 주장이 대표적인 예이다.[32] 와트 이후의 비평에서 제시하는 크루소의 초상화는, 여성이나 노예 같은 타자와의 대조를 통하여 영웅적인 남성성을 확인 받는 제국주의자로 요약될 수 있다. 이를 달리 표현하면, 로빈소네이드라는 장르를 통해 영국 남성들은 자신이 주권적인 주체임을 확신할 수 있었던 것이다. 그러한 점에서 영국에서 소설이 가장 활발하게 생산되고 소비되었던 시기가 영국에서 자유주의 전통이 가장 무르익었던 때였음은 우연이 아니다. 영국의 식민 소설에 나타나는 주권적인

---

[32] Martin Green, *Dreams of Adventure, Deeds of Empire*, New York : Basic Books, 1979, p.83; Peter Hulme, *Colonial Encounters*, London : Methuen, 1986, p.186; Edward Said, *Culture and Imperialism*, New York : Vintage Books, 1993, p.xii. 유사한 논의를 하는 국내 학자들의 글은 다음과 같다. 박경서, 「개인주의와 호모 이코노미쿠스-『로빈슨 크루소』를 중심으로」, 『현대영어영문학』 51-1, 한국현대영어영문학회, 2007; 오은하, 「로빈소나드로 보는 호모 에코노미쿠스 표상」, 『인문학연구』 28, 인천대 인문학연구소, 2017; Bae Kyungjin, "The Historical Significance of Money in *Robinson Crusoe*", *Notes and Queries* 63-4, 2016; Yu Tae-Young, "Record Keeping as a Tool for Improvement in *Robinson Crusoe*", *British and American Fiction* 23-1, 2016; 김용민, 「로빈슨 크루소, 에밀, 루소에 나타난 근대적 개체성」, 『정치사상연구』 1, 한국정치사상학회, 1996.

주체와 지리적 타자와의 관계에 대해 피르두스 아짐은 다음과 같이 요약한 바 있다. "소설 담론은 주권적 주체 개념을 토대로 하고 있으며, 주체의 위치는 그의 타자와의 대면 속에서 결정된다."[33]

앞서 『로빈슨 크루소』에 대해 일부의 교육자들이 유보적인 태도를 취하였다는 사실을 언급한 적이 있다. 이러한 잠재적인 문제점에도 불구하고 이 소설이 청소년들에게 교육적 효과가 있다는 평판을 갖게 된 데에는 이 소설에 당대의 교육 철학에 부합하는 면이 있었기 때문이다. 이 철학의 대표적인 예가 존 로크John Locke(1632~1704)의 이론인데, 이에 새삼 주목하는 이유는 디포 당대의 독자들에게 '주권적 주체'를 표상한 크루소의 존재가 로크의 철학에서도 뒷받침되기 때문이다. 로크는 아들을 신사로 교육시키느라 애를 먹고 있었던 절친한 친구 에드워드 클라크Edward Clarke를 위해 『교육에 대한 몇 가지 생각』(1693)을 쓰게 되는데, 이 저서에서 그는 교육에 있어 경험의 중요성을 강조하였다. 이에 의하면, 개인은 사물에 대한 선천적인 이해를 결여한 채 태어나기에, 그의 정신에 무엇이 쓰이게 되는가 하는 것은 경험, 즉 사물에 대한 개인의 노출이 결정한다. 무지한 개인의 정신이 경험을 통해 자립하게 된다는 로크의 백지白紙, tabula rasa 이론을 당대의 교육가들에게 실천해보인 인물이 바로 디포의 주인공이었다. 즉, 무인도에 던져진 후 자수성가하게 되는 크루소는 "물려받은 사회적인 특권이 아니라 혼자의 힘으로 성공하는 순수한 로크적인 공간의 거주자"[34]로 간주되었다.

본 연구는 와트 이후의 비평이 일관되게 보여주는 크루소에 대한 해석, 로크적인 의미가 되었든, 데카르트적인 의미가 되었든, 크루소를 이국적인 세계를 확고하게 장악한 '주권적 주체'로 보는 시각과 견해를 달리한

---

33   Firdous Azim, *The Colonial Rise of the Novel*, New York : Routledge, 1993, p.37.

34   Samuel Pickering, *Moral Instruction and Fiction for Children, 1749~1820*, London : Univ. of Georgia Press, 1993, p.60; Andrew O'Malley, *op. cit.*, p.24에서 재인용.

다. 이 논의를 더 전개하기 전에, 만약 디포가 크루소를 '주권적 주체'로 그려냈다면, 그렇게 그려내기 위해서 어떤 현실을 무시했어야 했을까 하는 질문부터 제기해 보자. 한 연구에 의하면, 디포가 『로빈슨 크루소』를 쓸 당시 참조로 했을 만한 당대의 역사로는 영국 정부가 북아프리카 모로코의 살레Salee에 군대를 파견해 해적을 소탕했던 사건이 있다. 해적들에게 납치되어 살레에서 노예살이를 하거나 이로부터 탈출한 영국인 선원들에 대한 서사가 17세기 중반 무렵에 출간되어 영국 독자들에게 널리 알려져 있었다.[35] 기니 무역상으로 활동하다가 해적들에 의해 납치된 크루소가 해적 선장의 노예로 2년 간 종살이를 하게 되는 곳이 모로코의 살레이니 이 일화가 연상되는 대목이다.

이외에도 디포는 『로빈슨 크루소』를 쓸 당시 유행하였던 수많은 조난 서사를 참조하였으리라 추측된다. 그가 참조로 했을 만한 서사들 중에는, 신할라족Sinhalese(스리랑카의 한 부족)의 포로가 되어 실론 섬에 19년이나 격리되어 있었던 로버트 녹스Robert Knox(1641~1720) 선장, 남태평양의 무인도에 버려져 구출되기 전까지 그곳에서 4년을 보내야 했던 알렉산더 셀커크Alexander Selkirk(1676~1721), 해적이자 탐험가였던 윌리엄 댐피어William Dampier(1651~1715) 등의 여행기가 있다.[36] 이 중 특별히 주목할 만한 서사로는, 인도양 모리셔스 섬에 2년 간 조난되어 있던 중 미쳐서 자신의 옷을 갈기갈기 찢어버리고 나체로 지낸 프랑스인 해적의 일화, 세인트헬레나섬에 버려지자 동료의 무덤을 파헤쳐 꺼낸 관을 타고 섬을 탈출한 네덜란드 선원의 일화, 그리고 스코틀랜드 연안의 바위섬에 조난당한 영국인의 일화를 다룬 독일 출신의 모험가 만델슬로Mandelslo의 여행기가 있다.

이 조난 서사들의 공통점은 주인공이나 그의 동료가 광기에 사로잡혀

---

35 Arthur W. Secord, "Studies in the Narrative Method of Defoe", Diss. : Univ. of Illinois, 1923, p.25.

36 이 여행기들과 『로빈슨 크루소』 간의 유사성에 대해서는 *Ibid.*, pp.32~63 참조.

무분별한 행동을 하거나 죽는다는 점이다. 스코틀랜드 연안에 조난당한 영국인의 경우 그의 유일한 동료 생존자가 어느 날 갑자기 사라지고 만다. 자살을 했는지 실족하여 바다에 빠져 죽었는지 구체적인 사망 원인은 알 수 없으나 무인고도에서 어느 날 갑자기 행방이 묘연해진 것이다. 홀로 남게 된 그 영국인은 "기도에 의존하여 절망과 싸웠다"[37]고 한다. 이 조난 서사들에서 주목할 바는 조난을 당하게 된 개인이 심리적으로 절망적인 상태에 빠지게 된다는 사실이다. 이러한 현실에 비춰보았을 때, 디포가 그려낸 크루소의 초상화는 실제 조난자들이 보여주는 절망적인 삶과는 다른 생산적인 삶을 씩씩하게 살아가는 개인의 모습을 보여줌으로써 사실성의 원칙을 위배한 부분이 있다.

와트 이후의 비평에서 흥미로운 점은, 디포의 소설이 한편으로는 사실성을 대가로 치르면서 개인주의의 승리를 그려내는가 하면, 다른 한편으로는 현대 사회에서 본격적으로 대두된 고립의 문제를 일찍부터 형상화하고 있다는 주장이다. 이 비평에 의하면, 무인고도에 홀로 표류하게 된 크루소가 겪게 되는 정신적인 문제에는 "인류의 보편적인 상태"[38]라고 할 수 있는 '고립감'과 '아노미 현상'이 있다. 이러한 비평에 동의하기 전에 먼저 질문해 보아야 하는 점은, 크루소가 처하게 되는 정신적인 혼란이나 문제가 '인류의 보편적인 상태'인가 하는 것이다. 앞서 논의한 마르크스의 주장에 의하면 이러한 고립은 개인이 특정한 경제 체제 하에서 속하게 되었기에 생겨난 것, 즉 서구의 특정한 역사 발전의 단계에 고유한 현상이다. 본 연구에서는 디포가 섬에서 겪게 되는 정신 상태를 단순한 고립감이나 사회적 일탈의 상태로 설명하는 것이 그가 겪는 심리적인 고통의 깊이와 원인을 제대로 고려하지 못한 것이라는 입장을 취한다. 섬에서 드러나는 그의 정신 상태가 보통 이상의 것, 즉 정신질환자의 상태에 비견될

---

37   *Ibid.*, p.29.

38   Ian Watt, *op. cit.*, p.89.

만한 것이라고 생각하기 때문이다.

근자에 들어 디포가 그려내는 부르주아 주체가 실은 통합된 주체가 아닐지 모른다는 가정 하에 이 모험소설을 읽어내는 비평들도 눈에 띤다. 이를테면, 크루소가 절대적인 식민주체가 아닐뿐더러, 소설에 등장하는 인종 간 역학관계가 실은 '유동적인 경계들'로 구성되어 있는 불안정한 것임을 작가가 드러내고 있다는 김은령의 논의나, 비슷한 맥락에서 부르주아 남성으로 태어나기 위해 크루소가 여성과 인종적 타자라는 이분법적 상대항을 필요로 하였다는 배혜정의 지적, 그리고 근대에 들어 자존적 개인의 완성이 실은 개인의 붕괴 과정과 일치한다는 전인한의 논지가 대표적이다.[39]

강박증

크루소에 대한 디포의 묘사를 곰곰이 생각해보면, 이 중산층 출신의 주인공을 새롭게 등장하는 경제 질서를 낙관적으로 대변하는 영웅으로 보기에 문제가 많다. 사실 그는 자본주의의 끊임없는 확장성을 구현하는 만큼 그것의 심각한 폐해를 직접적으로, 또 때로는 징후적으로 드러내고 있기 때문이다. 특히 카리브 해의 어느 섬에 조난당한 이후 그가 보여주는

---

39 김은령, 「드포의 불완전한 식민주체 그리기 — 『로빈슨 크루소』의 역사적 재고」, 『근대영미소설』 14-2, 한국근대영미소설학회, 2007, 65쪽; 배혜정, 「『로빈슨 크루소』와 부르주아 남성성」, 『역사와경계』 104, 경남사학회, 2017, 32쪽; 전인한, 「근대의 모순 — 디포의 『로빈슨 크루소』에 형상화된 개인의 완성과 붕괴」, 『영미문학연구』 7, 영미문학연구회, 2004, 83쪽. 해외 학자들 중에는 하이머가 섬에서 크루소가 겪었던 문제들이 자본주의 체제 하에서 개인이 치러야 하는 대가, 즉 "소유적 개인주의"의 대가라고 부른 바 있다. 이보다 먼저 캐버나는 크루소의 행동을 "자신의 임의성과 부족함을 맞닥뜨린 자아가 통일성과 정체성을 강박적으로 주장하는 것"으로 이해한 바 있다. Stephen Hymer, "Robinson Crusoe and the Secret of Primitive Accumulation", *Monthly Review* 63-4, 2011, pp.27~28; Thomas Kavanagh, "Unraveling Robinson : The Divided Self in Defoe's *Robinson Crusoe*", *Texas Studies in Literature and Language* 20-3, 1978, p.418.

모습은 근거 없는 공포심에 시달리는 피해망상증 환자에 매우 가깝다. 뿐만 아니라 고도의 죄의식, 끊이지 않는 불안감, 과대망상 등 현대의 정신의학이 발견해 낸 거의 모든 정신적인 질환을 앓고 있다는 점에서, 크루소는 몸만 난파당한 것이 아니라 정신도 난파당한 것이 아닌가 하는 의구심을 일으키는 인물이다.

우선, 크루소가 집을 떠난 이후로 그의 뇌리를 떠나지 않는 생각 중에는 아버지의 말씀을 어기고 가출했고 그래서 하나님의 진노를 샀다는 죄의식이 있다. 이러한 죄책감은 그가 섬에 난파하기 훨씬 전부터, 아니 그가 가출한 순간부터 그의 의식의 저변에 자리 잡게 된다. 그래서 크루소가 가출한 직후 승선한 런던행 선박이 심한 풍랑을 만났을 때, 혹은 기니무역상으로 자리 잡고 항해하던 중 그가 탄 배가 터키 해적선에 의해 나포되었을 때, 또 무인도에 난파당한 후 학질에 걸려 죽음을 눈앞에 두었을 때 등 위기에 처할 때마다 이 죄의식이 모습을 드러낸다.

> 그러나 이제 몸이 아프기 시작하여 죽음의 비참함이 내 눈 앞에 펼쳐진 것을 천천히 바라볼 여유가 생기고, 강력한 병마의 짐에 눌려서 내 정신이 수그러들기 시작하고 내 몸이 격한 열병에 기진맥진해지자, 그토록 오래 잠자고 있던 양심이 슬슬 깨어나니 나는 지금까지 산 삶을 뉘우치기 시작했고, **나의 예사롭지 않은 사악함**으로 인해 하나님의 공의가 나를 예사롭지 않은 회초리로 치시는 것이며, 이렇듯 **통렬하게 죗값을 치르는 결과**를 내가 **자초했음**이 지극히 자명하다는 것을 깨달았다.[40]

이 인용문에서 드러나듯, 크루소에게 있어 아버지의 충고를 어기는 것은 하나님의 명을 어긴 것과 같은 의미를 띤다. 이는 크루소나 디포의 세계

---

40 대니얼 디포, 윤혜준 역, 앞의 책, 131~132(66)쪽(인용자 강조).

관에서 가족이라는 소집단의 위계질서가 종교적인 위계질서와 분리될 수 없는 한 몸임을 시사 하는 바도 있지만, 예사로운 가출의 불효를 '예사롭지 않은' 종교적인 죄악으로 확대 해석하여 자학하기를 즐겨하는 크루소의 정신구조를 엿볼 수 있는 부분이기도 하다.

앞서 인용한 제임슨에 의하면, 자본주의 체제 하의 개인은 경험에 대한 과도한 '계량화'와 '합리화'로 인해 바깥세계뿐만 아니라 그 자신도 생산도구로 전락하게 되고, 그 결과 각종 정신적인 문제를 겪는다. 부르주아 크루소의 정신에 자리 잡은 '계량화'에 대한 강박은 난파선에서 물건들을 구해오는 과정에서 잘 드러난다. 크루소가 뗏목을 타고 두 번째로 난파선을 방문한 날 구해 온 물건들을 보자. 그의 재활용 목록에는 '짧은 못과 긴 못이 가득 들어 있는 주머니 두세 개', '큼직한 기중기 하나', '손도끼 수십 개', '쇠지레 두세 개', '머스캣 총 탄환 두 통, 머스캣 총 일곱 자루, 또 다른 사냥총 한 자루, 약간의 화약, 소형 탄환을 꽉 채워놓은 커다란 주머니, 큼직하게 말아놓은 납판'[41] 등이 발견된다. 물품 하나하나의 종류와 수량을 장부 기입하듯 정리해놓은 이 목록은 한편으로는 주인공의 합리주의적 성정을 증명한다고 볼 수도 있지만, 다른 한편으로는 어떤 것도 수량화 하지 않고서는 내버려둘 수 없는 강박증을 암시한다.

크루소에게 있어 계량화의 강박증은 기록의 강박증과 동시 발생적이다. 크루소가 난파선을 해체하면서 얻은 배의 부품을 구해올 때, 이 작업에 대한 그의 기록을 보자.

5월 5일 갑판 위에서 대들보를 하나 더 잘라냈고 (…중략…)

5월 6일 무너진 배로 가서 작업을 했는데, 철제 빗장 몇 개와 그 밖의 다른 철제 물품을 뜯어내느라 매우 열심히 일했는데, 몹시 지쳐서 집에 돌아오고 나

---

41   위의 책, 81(41)쪽.

니 이 일을 포기할까 하는 생각이 들었다.

5월 7일 무너진 배로 작업을 하려는 의도로 간 것은 아니었지만 (…중략…)

5월 8일 갑판을 뜯어낼 쇠지레를 챙겨 배의 잔해로 갔는데 (…중략…)

5월 9일 배의 잔해로 가서 쇠지레로 배의 몸체 쪽을 뚫고 들어가자 (…중략…)

5월 10일, 11, 12, 13, 14일 매일 배의 잔해로 가서 상당량의 목재와 나무판 내지는 판자와 200에서 300파운드의 철제 물품을 가져왔다.[42]

이 일지에서 주인공은 선박을 해체한 부품을 대들보, 갑판, 판자, 철제 빗장 등으로 구분하고 이를 입수한 날짜별로 기록하고 있다. 그의 정신이 지엽적인 사실까지 분류하고 또 기록해야만 직성이 풀리는 것도 문제지만, 이러한 물건들이 어디에 소용이 될지 확실하지도 않은 상황에서 일단 가능한 모든 것을, 배를 해체하면서까지 각종 부품을 모두 손에 넣어야 하는 크루소의 모습은 소유욕에 눈 먼 현대인을 예견한다. 사람이 물건을 소유하는 것이 아니라 물건이 사람을 소유하게 되는 것이다. 그런 점에서 마르크스가 주목한 크루소의 진술, 즉 물건이란 "내가 사용할 수 있는 한 도에서만 유익하다"는 진술은 그가 현실에서 보이는 강박적인 행동과 상충되는 것이다.

피해망상증

섬에 표류된 후 크루소가 갖게 되는 정신적인 문제 중에는 죄의식이나 강박증 외에도 과대망상증과 피해망상증[43]이 두드러진다. 먼저, 피습被襲에

---

42   위의 책, 123~124(62~63)쪽.
43   비평가 맥아이넬리는 크루소가 해변에서 발자국을 발견하는 순간 그의 나르시시즘이

대한 두려움이 크루소의 정신과 몸을 얼마나 피폐하게 만드는지를 알아보자. 크루소가 난파당한 그 이듬해인 1660년 1월 3일 자 섬 일지를 보면,

1월 3일 : 내 울타리 내지는 담장 작업을 했으니, 여전히 나는 누군가가 날 공격할지 모른다는 걱정을 했기에 벽을 매우 두껍고 단단하게 보강하기로 맘을 먹었다.

메모 : (…중략…) 이 시기 내내 나는 매우 열심히 일을 했고 며칠 아니 몇 주씩 비가 내리는 통에 방해를 받았지만, 이 벽을 마무리해 놓지 않는 한 완벽한 안전은 절대로 누릴 수 없으리라 생각했으니, 작업 하나하나마다 특히 숲에 가서 말뚝들을 만들어 오고 그걸 땅에 박아서 고정시키는데, 게다가 말뚝을 필요 이상으로 두껍게 만들어놓았으니, 얼마나 한없이 많은 노동이 소모됐는지 일일이 얘기해도 믿기 어려울 것이다.

이 벽 작업이 다 끝나서 외벽을 이중 방벽으로 만들고 거기에 밀착해서 흙 담벼락을 쌓아놓고 나자, 나는 이제 누구건 이 섬에 상륙한다 해도 사람 사는 거처임을 알아보지 못할 거라고 내 스스로 확신을 가졌고. (…하략…)[44]

위 인용문에서 '이 시기'라 함은 1660년 1월 3일부터 4월 14일까지의 기간을 일컫는다. 소설에 의하면, 크루소가 거처로 삼은 바위의 주변에 만든 이 방벽의 길이는 24야드 정도에 불과하다. 그러나 이 방벽을 완성하는 데 약 3개월 10일이라는 긴 기간이 소요된다.

문제는 크루소가 이전에 이와 동일한 작업을 이미 수행하였다는 데 있다. 크루소가 문제의 섬에 도착한 때는 그 전년도인 1659년 6월 30일이

피해망상증으로 채색된다고 주장한 바 있다. 그러나 크루소의 피해망상은 이보다 훨씬 이전에, 즉 그가 섬에 대한 소유권을 획득하게 된 순간에 발생한다고 보는 편이 더 정확하다. Brett C. McInelly, "Expanding Empires, Expanding Selves : Colonialism, the Novel, and *Robinson Crusoe*", *Studies in the Novel* 35-1, 2003, p.17.

44   대니얼 디포, 윤혜준 역, 앞의 책, 111~112(56)쪽.

다. 난파당한지 13일째 되는 날 — 이는 아마도 7월 12일경이 될 터인데 — 크루소는 자신이 이미 열한 번이나 난파선을 방문하여 쓸 만한 물건들을 구해왔다고 기억한다. 이 바빴던 시기에 대한 그의 회고에 의하면, 그는 이 무렵 제일 처음에 텐트를 친 곳보다 안전한 장소를 물색하게 되었고, 마침내 바다가 보이는 언덕 오르막길 옆에 평지처럼 쑥 들어간 바위를 발견하고 그곳으로 텐트를 옮긴다. 이어서 그는 바위 앞으로 20야드 길이의 '반원'을 그린 후 이 반원을 따라 방책을 세우는 작업을 시작한다. 그의 꼼꼼한 기록을 보자.

이 반원에다 단단한 나무를 길게 두 줄로 세워 놓고 땅에다 단단히 박아서 말뚝처럼 매우 견고하게 버티고 있도록 해놓았는데, 이 중에서 가장 큰 기둥은 땅에서 한 5피트 반 정도 솟아올라와 있었고 끝을 날카롭게 다듬어 놓았으며, 두 줄 사이의 거리는 한 6인치도 채 되지 않도록 해놓았다.

그 다음에는, 배에서 잘라온 밧줄 조각들을 가져와서 이것들을 위아래로 두 줄 말뚝 사이에다 나란히 집어넣어 끝까지 막고, 다른 말뚝들을 말뚝 방벽에다 안쪽에서부터 한 2피트 반 정도 높이로 비스듬히 박아놓아서 기둥 버팀벽처럼 해놓자 담장이 아주 탄탄해졌고, 사람이건 짐승이건 이 안으로 밀고 들어오거나 넘어오기 어렵게 만들었는데, 이걸 설치하는 데 상당한 시간과 노동이 소비되었으며, 특히 나무를 잘라 말뚝을 만들어서 그곳으로 가져오고 또 그걸 땅에다 박는 게 보통 힘들지 않았다.[45]

이 작업을 끝낸 후 크루소가 한 일은, 당연히 식량, 화약 등을 새로 설치한 텐트 속으로 옮기는 것이었고, 이어서 창고로 사용하기 위해 텐트 뒤편 암벽 아래에 동굴을 만드는 것이었다. 주목할 점은, 이때 크루소가 자신의

---

45 위의 책, 87~88(44)쪽(인용자 강조).

물건들을 새 거처로 옮기는 작업을 쉽게 하기 위해 방책을 임시로 열어 놓았다가, 이사가 끝난 후 이 임시 입구를 봉했다고 기록하고 있다는 사실이다.[46] 당시에 방책의 출입구를 따로 만들지 않았기에, 이사를 위해서 임시로 열어둔 방책을 다시 봉할 필요가 있었던 것이다.

이상의 크루소의 기억을 종합해보면, 사다리를 포함하는 방책의 설치는 그가 난파당한 지 얼마 되지 않은 기간 내에, 즉 7월에 이루어진 것이 분명하다. 바위 처소로의 이사가 난파된 후 며칠 사이에 이루어졌고, 이때 이삿짐 나르는 것을 용이하기 만들기 위해서 봉했던 방책을 열어두었어야 했다는 그의 진술이 증거이다. 위의 인용문이 자세히 들려주듯, 이 방책에 사용된 재료는 판자와 같이 난파선에서 구해 온 목재가 아니라 인근의 나무를 베어 만든 말뚝을 땅에 어렵게 박아 만든 그야말로 제대로 된 방책이다.

크루소의 이 진술을, 그가 일상을 보다 상세하게 기록해 놓은 일지와 비교해보면 매우 기이한 점이 발견된다. 난파당한 날인 1659년 6월 30일부터 시작하는 그의 일지에서 방책에 대한 이야기가 처음 등장하는 때는 흥미롭게도 10월 26일이다. 이 10월 26일 일지와 바로 이어 쓰인 일지를 보면,

10월 26일. 하루 종일 바닷가 여기저기를 돌아다니면 내 거처를 정할 곳을 찾아보았는데, 밤에 짐승이건 사람이건 나를 공격할 시에 안전하게 방어할 방법을 찾는 게 큰 걱정거리였다. 밤이 되자 바위 아래 적당한 곳을 골랐고 거기에 내가 진을 칠 터를 **반달 모양**으로 표시해 놓았는데, 여기에다 이중으로 말뚝을 박고 밧줄을 그 안에 넣은 뒤, 바깥은 흙벽으로 보강하는 공사를 해서 **방벽 내지는 요새를 만들기로 작정했다.**

26일에서 30일까지. 내 물품을 모두 새로운 거처로 옮기는 작업을 하느라

---

46   위의 책, 89(45)쪽.

고생을 무척 했는데, 이따금 비가 몹시 심하게 쏟아지기도 했지만 아랑곳하지 않았다.[47]

위의 10월 26일의 일지에 의하면, 크루소는 아직 이사를 하지도 않았고, 더더군다나 방책 설치도 시작하지 않았다. 그는 방책이 필요함을 깨닫고 이를 설치할 것을 마음속으로 결정했을 뿐이다. 이어지는 10월 26일~30일의 일지에 의하면, 이후 5일 동안 크루소는 바위 아래의 새로운 처소로 이사를 하느라고 바빴다. 물론 방책이 없는 상태에서 이사를 서두른 것이었다. 이 일지에 의하면, 방책의 설치는 해를 넘겨서 완성이 되는 것으로 기록되어 있다.

이처럼 크루소의 기억과 그의 일지를 비교해보면, 암벽 아래의 새 처소로 이사한 날짜에 대한 기억이나, 이사하기 전에 어렵게 방벽을 설치했다는 그의 기억에 문제가 있음을 알 수 있다. 왜 이처럼 잘못된 기억을 갖게 된 것일까? 무엇이 그로 하여금 없는 방책을 설치했다고 믿게 만든 것일까? 인간의 기억이 원래 불완전하기도 하지만 피습에 대한 두려움이 그 원인일 수도 있겠다. 신변의 안전에 대한 두려움이 방책 설치의 필요성에 대한 집념을, 섬을 요새화하려는 강박관념을 낳았던 것일까? 그래서 섬 생활의 초기에는 방책을 설치할 시간적 여유가 없었음에도 불구하고, 이 강박관념으로 인해 상상 속에서 방책을 설치하고는 실제로 그랬다고 믿게 된 것일까. 어찌 보면 난파 직후의 상황에서 방책을 실제로 설치할 수 없었기 때문에, 그에 대한 일종의 보상행위로 상상 속에서 방책을 설치했는지도 모르겠다. 그리고 시간이 지나면서 상상의 행위가 실제를 대신하게 된 것이다.

크루소는 강박증, 기억상실 외에도 피해망상에 시달린다. 피습에 대한

---

47   위의 책, 104~105(53)쪽(인용자 강조).

크루소의 두려움이 얼마나 과한 것인지는 섬에 조난당한 첫날밤을 나무 위에서 지냈다는 사실에서도 드러난다. 사나운 짐승을 두려워하였던 그는 첫날밤을 그렇게 불편하게 보낸 후 다음과 같이 소회한다. "그 어느 때보다도 매우 편안하게 잘 잤(다 — 인용자 주)."[48] 난파라는 육체적으로나 정신적으로 충격적이고도 힘든 사건을 겪은 뒤라 잠자리가 불편한지 그렇지 않은지도 모른 채 쓰러져 잤다면 모를까 편안하게 잘 잤다니. 나무 위의 불편한 잠자리임에도 불구하고, 야생 동물의 공격으로부터 안전할 것이라는 생각이 그를 그토록 편안하게 자도록 해주었다면, 피습에 대한 두려움이 보통이 넘는 것이다. 크루소의 일지가 맞는다면, 실제로 담장을 일차로 완성한 때가 1660년 1월 3일경이고,—이중 방벽을 설치하기까지는 이로부터 또 오랜 기간이 소요된다 — 그가 섬에 난파당한 날짜가 1959년 6월 30일이니, 방책을 설치하게 되기까지 섬에서 보낸 약 6개월 동안 아무런 위협적인 사건도 일어난 적이 없었다. 이처럼 평온한 가운데 6개월을 보낸 사실을 고려한다면, 정상인이라면 몇 겹의 방책을 설치하는 것이 정말로 필요한 것인지 회의하는 마음이 들 법도 한데, 크루소는 이러한 고민으로부터 자유로운 인간이다. 피습의 두려움이, "누군가가 날 공격할지도 모른다는 걱정"[49]이 그의 정신을 완전히 장악하고 있는 것이다.

중요한 사실은 크루소가 정신적인 압박감 때문에 상상적인 사건을 경험하게 되는 것이 이번이 처음이 아니라는 점이다. 헛것이 보여서 괴로워하는 크루소의 모습은 다음의 인용문에서도 발견된다.

흔히 말하듯 내가 어디로 걸어가는지도 모를 정도로 극도로 겁에 질려서 매번 두세 발자국 떼고 나면 뒤를 돌아보고, 관목이나 숲을 만날 때마다 멀리 떨어져 있는 그루터기를 사람으로 착각하는 등, 공포에 찌든 내 상상력에 어

---

48 위의 책, 72(36)쪽.
49 위의 책, 111(56)쪽.

찌나 별별 물체를 다 잘못 보게 했는지, 또한 어쩌나 험한 생각이 매순간 내 공상 속에 떠올랐는지, 참으로 뭐라고 형언하기 어려운 기괴한 것들이 어쩌나 내 생각 속으로 불쑥불쑥 끼어들었는지, 이루 말로 다 묘사할 수 없을 정도였다.[50]

이 사건은 크루소가 섬에 난파당한지 15년째 되던 해에 발생하였다. 어느 날 해안가에서 사람의 맨발자국을 발견하게 되고 이에 혼비백산하게 된 것이다. 이 사건이 크루소에게 얼마나 큰 타격을 주었는지는, 그가 발자국을 발견한 직후 어떻게 동굴로 도망쳤는지, 그 다음날 아침에 본인이 무엇을 하였는지 전혀 기억을 하지 못한다는 사실에서도 잘 드러난다.

15년이라는 긴 세월 동안 고독과 싸워온 개인이 어느 날 갑자기 다른 인간이 인근에 있다는 징후를 발견하게 될 때 어떤 반응을 보이는 것이 자연스러울까? "동료 인간 단 한 사람이라도 있어서 내 동반자라도 될 수 있었다면 오죽 좋을까!" 이 말은 다른 사람이 아닌 크루소 자신이 한 말이다. 이는 난파된 지 24년째 되던 해에 스페인 선박이 난파된 것을 발견하였을 때 그의 입에서 나온 말이다. 이때 크루소는 두 손을 마주 잡고 소원을 말한다. "한 사람이라도 살아남았다면! 아, 단 한 사람이라도 살아 있다면!"[51] 동료 인간에 대한 그리움이 얼마나 사무쳤던지, 만약 당시에 두 손에 무엇인가를 쥐고 있었다면 그것을 "부숴버렸을 정도"로 강렬하게 두 손을 마주잡고 기도드렸다고 크루소는 회상한다. 이처럼 감정적으로 소통할 수 있는 인간을 그리워하던 크루소가 정작 인간의 발자국을 발견했을 때 왜 그는 그렇게 기겁을 하고 도망쳐야 했을까?

이 문제에 쉽게 할 수 있는 답은, 그가 해변에서 발견한 맨 발자국은 인근 섬의 야만인의 것이요, 그가 섬 근처에서 목격한 난파선에서 살아나왔

---

50 위의 책, 222(112)쪽.
51 위의 책, 269(136)쪽.

을 인간은 백인이었을 것이기 때문이라는 것일 게다. 그러나 사실 이 추정은 합리적인 대답이 못 된다. 해변에서 발견한 발자국이 크루소가 알지 못하는 사이에 난파당한 백인의 것이 아니라는 증거, 즉, 그것이 필연적으로 인근의 야만인의 것이라고 단언할 만한 어떤 증거도 크루소는 갖고 있지 못하기 때문이다. 뿐만 아니라 크루소가 발견하는 난파선이 영국 선박일 것이라는 보장도 없다. 그의 섬이 스페인의 영토 가까이에 있음을 고려하자면, 그 난파선이 영국의 적국인 스페인 국적의 선박이거나 카리브 해에 자주 출몰하는 해적선일 가능성이 오히려 더 높다고 해야 할 것이다. 해적들의 수중에 다시 떨어지는 것과 인근 원주민과의 조우 중 어느 것이 더 위험할지는 쉽게 단언할 수 없는 문제이다.

과대망상증

피해망상의 다른 얼굴은 과대망상이다. 크루소의 정신을 장악하게 된 이 모순된 심리를 파악하기 위해서는 먼저 섬에 대한 그의 태도를 이해할 필요가 있다. 난파된 지 1년이 되는 즈음에 크루소는 섬을 본격적으로 탐사하기 시작한다. 이때 그는 녹음이 우거진 곳을 발견하고 이것이 마치 누군가가 가꿔놓은 '정원'과 같다고 느끼게 된다. 그러나 무인고도에서 사시사철 계속되는 '봄의 화사함'과 '생명력'을 접했을 때 느끼게 되는 발견의 기쁨은 자연이나 신의 섭리에 대하여 감사하는 마음으로 이어지지 않는다. 크루소를 흥분시키는 것은 대신 권리에 대한 사유이다. 이 섬에 대한 합법적인 소유권이 자신에게 있다고 생각하고 그는 흥분한다. 그의 표현을 빌리면, "이 모든 게 다 내 소유이고 내가 절대로 무효화할 수 없이 이 땅의 군주이자 영주이며 소유권을 갖고 있다".[52] 또한 크루소는 이 땅에 대한 소유권이 후손에게 세습될 수 있는 것이라는 데 생각이 미치자 이에 더 할 수 없이 흡족해한다.

그러나 시간이 흐르면서 섬에 대한 소유권을 자신이 가졌다는 확신이 굳어지면서, 누군가가 이 재산을 빼앗아 갈지도 모른다는 불안감도 따라서 커진다. 동시에 사회적 신분에 대한 크루소의 욕망도 층위를 높여가게 된다. 이를테면, 계곡 옆의 녹지를 처음 발견했을 때 그는 자신이 "그 어떤 영지를 소유한 귀족"에 못지않다고 여기며, 시간이 흐르면서 스스로를 "이 땅 전체의 왕 내지는 황제"[53]라고 여기게 된다. 주인공의 과대한 상상력의 이면에는 작가 디포가 있다. 정치적인 풍자시 『신이 정하신 법에 따라』에서 주장한 바 있듯, 디포는 땅에 대한 소유권과 주권이 분리될 수 없다고 보았다.

> 어느 한 사람이 이 땅을 소유하고
> 또 권리를 가지고 있다면, 그에게 통제권이 있으리라.
> 만약 그가 섬의 주인이라면,
> 그는 땅을 가진 자로서 왕이 되어 마땅하리.
> 어느 누구도 그의 정당한 상속에 이의를 제기할 수 없으리오.[54]

이 시에서 디포는 땅의 소유권에는 그 땅에 관한 한 절대적인 정치권력을 행사할 수 있는 권리가 따라옴을 주장한다. 물론 이러한 이론은 유럽 세계에만 적용되는 것이다. 유럽 바깥세상의 거주자들은 이러한 권리로부

---

52   위의 책, 145~146(73)쪽.
53   위의 책, 186(94)쪽.
54   Daniel Defoe, *Jure Divino : A Satyr* 5, London : n.p., 1706, p.3.

터 원천적으로 배제된다.[55]

크루소의 과잉한 상상력은 자신이 만든 통나무 카누를 '군함'으로, 방벽으로 막은 동굴을 '성'으로 부르는 데서도 드러난다.[56] 경제력의 획득에 근거를 둔 이 계급적 상상력은 또한 사회적인 권력이라는 구체적인 형태를 갖추게 된다. 크루소의 말을 들어보자.

> 이 섬 전체를 다스리는 임금이자 영주로 나의 백성들의 목숨은 절대적으로 내 손 안에 있었다. 내가 교수형 시키고 능지처참하고 사면해 주거나 구속시켜도 내 백성 중 그 누구도 봉기를 일으킬 자 없었다.[57]

이러한 권력 의지는 누구를 상대로 펼쳐졌을까? 섬 생활을 시작한 지 14~15년이 되면서 크루소는 야생 염소를 길들이는 데 성공하여 40마리가 넘는 염소 농장을 갖게 된다. 그래서 이 염소들로부터 얻은 우유에서 치즈와 버터를 만드는 등 비교적 문명인에 가까운 생활을 할 수 있게 되는데, 권력에 대한 그의 진술은 이러한 변화에 고무되어 나온 것이다. 그러나 현실을 정확하게 들여다보면, 사실 그의 휘하에 있는 '백성들'은 다름 아닌 그가 키우는 40여 마리의 염소들에 불과하다. 또한, 그가 가까이 하는 신하들이라 함은 앵무새 폴, 늙어서 정신이 이상한 개 한 마리, 그리고 고양이 두 마리가 전부이다. 이러한 사실을 감안하면, 권력에 대한 크루소의 사유는 사실 보는 이로 하여금 실소를 자아내게 하는 '과대망상'에 가까운 것이다.

크루소는 섬에 난파당한지 25년이 되는 해에 섬에 끌려온 전쟁 포로

---

55 Daniel Defoe, *A General History of Discoveries and Improvements*, London : J. Roberts, 1726, p.137.

56 대니얼 디포, 윤혜준 역, 앞의 책, 279(141)쪽.

57 위의 책, 214(108)쪽.

금요일이를 죽을 운명에서 구해주고 이 원주민을 종으로 부리게 된다. 그로부터 얼마 후 세 척의 카누가 그의 섬에 도착한다. 이때 크루소는 금요일이와 함께 포로 2인을 야만인들로부터 구출하는데, 알고 보니 이 중 한명은 금요일이의 아버지였고 다른 한 명은 스페인 사람이었다. 무인고도였던 땅에 이제 2명의 백인과 2명의 원주민이 함께 거주하게 된 것이다. 이에 대한 크루소의 생각을 들어보자.

> 나는 아주 백성이 넘쳐난다고 생각했던 바, 내가 일종의 군주처럼 보인다는 그런 생각을 하며 아주 즐거워했다. 무엇보다도 이 모든 땅이 순전히 나의 재산이었고 나는 의심의 여지없이 지배권을 갖고 있었다. 둘째로는, 내 백성들이 아주 완벽하게 내 밑에 종속되어 있었고, 나는 절대적인 군주이자 법을 부여하는 주군이었으니, 이들은 모두 내 덕에 목숨을 건졌고 그럴 경우가 생긴다면 모두 나를 위해 목숨을 던질 각오가 되어 있었다.[58]

죽을 운명에서 구출해주었다고 해서 이들을 '백성'으로 삼고 자신이 이들의 '주군'이라고 생각하는 크루소의 상상력에는 평균인의 사고와는 확실히 다른 바가 있다. 더욱 흥미로운 점은, 크루소가 이들을 단순한 백성이 아니라 자기를 위해 목숨을 던질 각오가 되어 있는 충신으로 여기고 있다는 점이다. 사회적 위계질서에 대한 크루소의 상상력은, 난파당한 지 28년이 되는 해에도 드러난다. 크루소는 한 영국인 선장 및 그의 부하를 선상 반란자들로부터 구출한 후 이들과 함께 배를 탈취하기 위해 싸우는데, 이때 스스로를 "대원수"로, 금요일이를 "부관 장군"[59]으로 호명한 바 있다.

크루소의 상상계에서 경제력의 획득이 곧 사회적 신분의 상승으로 이어진다는 사실은 디포 당대의 중산층이 가졌던 신분 상승에 대한 욕망이

---

58 위의 책, 345(174)쪽.
59 위의 책, 382(192)쪽.

반영되어 있다는 점에서 의미심장하다. 크루소에게 중산층의 자리에 만족할 것을 요구하며 애초에 그의 여행을 말렸던 그의 아버지가 보수적인 이데올로기를 대변한다면, 경제력의 확보를 통해 영주의 자리나 그 이상을 넘보는 크루소는 경제력을 바탕으로 국가 권력의 지분을 요구하게 되는 한 세기 후의 부르주아를 예견한다. 사회적 신분에 대한 크루소의 상상력은 다른 면에서도 의미심장한데, 그것이 단순히 높은 계층으로의 신분 상승을 그리는 데 그치지 않고 권력, 그 중에서도 타자의 생사여탈권을 휘두를 수 있는 일종의 '절대 권력'에 대한 소원 성취로 이어진다는 점에서 그렇다. 앞서 인용한 글에서도 드러난 바 있지만, 크루소에게 있어 권력을 갖는다는 것은 타자를 마음대로 "교수형 시키고 능지처참하고 사면해 주거나 구속시켜도"[60] 됨을 의미한다. 이런 통치자는 정치적 용어로 전제군주나 독재자라 불린다. 우리는 여기서, 앞서 논의한 바 있는 루소가 그려낸 자연 상태의 자족적인 개별 생산자나 베버가 이론화 한 종교적인 경건함과 부르주아의 근면함을 함께 갖춘 윤리적인 프로테스탄트와는 거리가 멀어도 너무 먼 크루소를 발견한다.

자신의 사회적 가치나 힘, 지위에 대해 크루소가 갖는 과대한 망상은 야만인의 공격을 예상하는 장면에서도 드러난다. 크루소가 금요일이를 구출하기 얼마 전 인근의 원주민들이 그의 섬을 방문한다. 그들이 왔다 간 자리에서 크루소는 핏자국과 뼈, 살점을 발견한다. 크루소는 이후로 행동을 극도로 조심하게 된다. 그는 자신이 염소를 키우기에 이제 육류를 얻기 위해 사냥을 하지 않아도 되었음을 다행히 여긴다. 총소리를 냄으로써 "야만인들"에게 자신의 존재를 알리지 않아도 되기 때문이다. 그의 표현을 빌리면, "이들이 설사 당장에는 나한테서 도주한다고 해도 다시 돌아올 게 분명했고 혹시라도 며칠 후에 카누 2백~3백 척이 몰려온다면 그

---

60   위의 책, 214(108)쪽.

때 내가 어떻게 될지는 뻔한 노릇이었다".[61] 이 진술이 흥미로운 이유는 자신을 잡으러 원주민 대부대가 몰려올 것이라는 크루소의 생각 때문이다. 참고로 훗날 실제로 원주민들이 카누 세 척에 포로를 싣고 섬을 방문했을 때 이 카누들에는 원주민이 21명, 포로가 3명, 도합 24명이 타고 있었다.[62] 카누 한 척에 평균 8명이 승선한 것이다. 이 계산법에 의하면 카누 3백 척은 2천 4백 명이 승선할 수 있는 규모이다. 그러니 백인 한 명을 상대하기 위해 이 정도 규모의 원주민이 동원될 것이라는 크루소의 계산은 자신에 대해 그가 평소에 갖고 있던 과대망상과 피해망상을 동시에 보여주는 상징적인 사건이라고 할 것이다. 비평가 흄이 지적한 바 있듯, 훗날 구출한 금요일이를 고향에 보낼 것을 고려할 때도 크루소는 금요일이가 1백~2백 명의 식인종들을 데리고 돌아올지도 모른다고 의심하는데, 이 또한 자신의 몸이 몇 백 명을 위한 먹을거리라고 생각하는 그의 과대망상을 드러내고 있다.[63]

앞서 감정적으로 소통할 수 있는 인간을 그리워하던 크루소가 인간의 맨 발자국을 발견했을 때는 도망쳐야 했던 이유에 대해서 질문한 바 있다. 크루소가 해변에서 맨 발자국을 처음 발견했을 때, 그것이 백인의 발자국일 수도 있는 가능성을, 혹은 그것이 우호적인 원주민일 가능성을 고려하지 않았던 이유는 무엇일까? 반면, 스페인 선박이 난파된 것을 알고 인간에 대한 그리움에 사무치는 감정을 느꼈던 이유는 무엇일까? 어쩌면 이 질문들은 애초에 제대로 된 것이 아닐지도 모르겠다. 크루소가 해변의 발자국과 난파선의 발견에 대해 상이한 반응을 보인 이유는, 생존자의 인종적 정체성이나 그가 문명화된 정도의 차이에, 즉 야만인과 유럽인 간의 차이에 기인하는 것이 아닐지도 모른다. 생존자의 출신이 무엇이

---

61   위의 책, 264(133)쪽.

62   위의 책, 330~331(167)쪽.

63   Peter Hulme, *op. cit.*, p.196.

될지는 크루소가 예단할 수 있는 문제가 아니기 때문이다. 크루소가 확신할 수 있는 사실은, 해변에서 발견된 발자국의 주인공은 두 발로 디디고 돌아다니는 '살아있는 사람'인 반면, 난파선의 선원들은 한 사람도 빠짐없이 '죽은 사람'으로 추정된다는 사실이다. 즉, 크루소가 난파선에서 한 사람이라도 살아남았기를 소원하였을 때 사실 그는 "이들의 경우 아주 명백하게 그 누구도 구출되었으리라고 가정할 여지가 전혀 없음"을 이미 알고 있었다. 그렇다면 크루소에게 심적인 충격을 준 것은 상대가 야만인인가 아닌가의 여부가 아니라 살아있는 사람인가 죽은 사람인가의 여부였던 것이다.

　해변에서 발자국을 발견했을 때 크루소의 반응을 다시 보자. 동굴로 도망쳐 온 크루소는 이 침입자들이 크루소 자신이 만든 통나무배를 발견하지 못한 것이 천만다행이라고 생각하게 된다. 그리고 만약 이들이 그 배를 보았다면 어떤 일이 생길 것인지에 대해 생각이 미치게 된다.

> 만약 그들이 나를 찾지 못한다고 해도 내 염소 우리는 찾아내서 내 농사를 다 망쳐놓고 내가 키우는 염소 떼를 모두 몰고 갈 것이니, 나는 결국 순전히 먹을 게 없어서 굶어죽고 말 것이었다.[64]

이 추론은 크루소에게 있어 자신의 생명 다음으로 중요한 것이 무엇인지를 드러낸다는 점에서 의미심장하다. 크루소가 산 자를 두려워하고 죽은 자를 그리워했던 이유는, 산 자와 달리 죽은 자는 그의 수확물이나 다른 재산을 탐낼 수가 없기 때문이다. 뿐만 아니라 만약 섬에 상륙하는 이가 기독교도라면, 그가 섬에 대한 크루소의 소유권에 이의를 제기할 수도 있음을 상기해 볼 때, '산 자'가 상륙할 가능성에 대해 크루소가 기겁한 연유

64　대니얼 디포, 윤혜준 역, 앞의 책, 224(113)쪽.

가 이해될 수 있다. 수전 스미트-머레이의 표현을 빌리면, 해변의 발자국은 크루소가 자신이 현재 누리는 권위와 지위를 상실할 수도 있다는 불길한 기호의 의미를 띠는 것이다.[65]

'산 자'에 대하여 크루소가 갖는 불안감과 공포심은 훗날 난파당한지 28년째에 기다리고 기다리던 영국 선박이 마침내 섬을 찾아왔을 때도 목격된다. 크루소가 한편으로는 이를 반기면서도 다른 한편으로는 강력한 의구심을 가지고 이 사건을 대하기 때문이다. 자신의 섬이 영국인들이 무역하러 오는 지역이 아니니 그 배가 폭풍우에 밀려 온 것이 아니라면 이들이 어떤 의도를 갖고 오는 것이 분명하다고 의심하는 것이다. 앞서 "한 사람이라도 살아남았다면!"이라고 간절히 희구할 때와 달리 정작 동료 영국인들이 모습을 드러내자 크루소는 이들이 "도둑과 살인자들"이라는 쪽으로 생각이 기울게 된다. 그래서 그가 내리는 결론은 "지금 이대로 지내는 것이 낫겠다"는 것이다.[66] 이는 크루소에게 소유권을 지키는 것이 섬에서 구출되는 것보다도 더 중요한 사항임을 단적으로 드러내는 사건이다. 이때 상륙한 백인들은 선상 반란자들에 의해 포로가 된 선장 일행이었는데, 크루소가 선장을 구출하게 된 것도 스스로 원해서가 아니라 그의 희망과 달리 이들이 '자신의 섬'에 이미 상륙하였기 때문에 어쩔 수 없었던 것이다. 그가 선박을 반도들로부터 빼앗는 싸움을 벌이기 전에 선장에게 요구한 조건 중의 하나가 섬에 머무르는 한 "전혀 아무런 지배권을 행세하려 들면 안 될 것"이라는 점을 명확히 하였다는 점 또한 소유권에 대한 크루소의 집착을 입증해 보인다.

이러한 맥락에서 보았을 때 이 소설을 18세기의 시대적 에토스였던 정치적·경제적 합리주의나 계몽주의적 전통에서 이해하려고 하였던 이전

---

65   Susan Smit-Marais, "Converted Spaces, Contained Places : Robinson Crusoe's Monologic World", *JLS/TLW* 27-1, 2011, p.111.

66   대니얼 디포, 윤혜준 역, 앞의 책, 357~358(180)쪽.

의 비평적 시도들은 재고될 필요가 분명히 있다. 이 소설이 한편으로는 합리적인 개인주의의 출현을 전면에서 알렸다면, 다른 한편으로는 소유물을 언제 빼앗길 줄 모른다는 가진 자의 두려움이, 그의 심각한 정신적 문제가 암류로 흐르고 있는 그런 다층적이고 모순적인 작품인 것이다. 머레이의 비평이 이 후자의 경향을 잘 요약한다. 그에 의하면, 섬을 요새화하려는 크루소의 기획에는 애초부터 자신의 영토와 소유물이 침탈당할지 모른다는 두려움이 깃들어 있었다. 이와 다르지 않은 맥락에서 스티븐 하이머도 섬에서 크루소가 느꼈던 고독감, 불확실함, 불안감 등이 자본주의 체제 하에서 개인이 치러야 하는 대가, 즉 "소유적인 개인주의possessive individualism"가 요구하는 대가라고 부른 바 있다.[67]

식인종 크루소

유럽의 바깥세계에 대한 유럽인의 지배를 정당화하였던 것은 자신이 기독교도라는 사실이었다. 이러한 사유는 1494년에 포르투갈과 스페인 사이에서 조인되고 1506년에 교황 율리우스에 의해 승인된 토르데시야스 조약Treaty of Tordesillas에 요약되어 있다. 이 조약에 의해 카보베르데 제도 서쪽 370마일(서경 43도 37분) 지점을 기준으로 유럽 바깥의 세계를 남북 방향으로 이분하여 서쪽은 스페인이, 동쪽 지역은 포르투갈이 권리를 주장할 수 있게 되는데,[68] 이때 적용된 논리가 기독교를 믿지 않는 '이교도의 땅'에 대해서 기독교국이 소유권을 갖는다는 것이었다. 비록 교황

---

67 Stephen Hymer, *op. cit.*, pp.27~28. 이 견해는 물론 하이머 혼자만의 생각은 아니고 크루소의 독립/고독이 자본주의 체제 하의 개인 생산자의 모습이라는 마르크스의 주장을 연상시키는 것이다.

68 H. Micheal Tarver ed., *The Spanish Empire : A Historical Empire* 2, Santa Barbara : ABC-CLIO, 2016, pp.61~62.

의 권위를 따르지 않는 국가들은 이를 무시하고 영토 확장 사업에 나서기도 했지만, 이 국가들의 팽창주의도 같은 기독 문명의 지배 논리를 따르는 것이었다. 크루소가 난파당한 섬에 대한 권리는 토르데시야스 조약에 의하면 인근의 육지와 마찬가지로 스페인이나 포르투갈에 귀속되어야 하는 것이다. 그러나 크루소는 이를 무시하고 최초의 유럽인 발견자인 자신에게 섬에 대한 독점적 권리가 있다고 믿는다. 그가 난파당한 이후부터 줄곧 인근의 섬들이 "가장 흉악한 야만인들이 사는 지역"[69]이라는 점을 스스로 되새기는 이유도 같은 맥락에서, 즉 이교도 지역에 대한 기독교도의 소유권이라는 맥락에서 이해될 수 있는 것이다.

난파당한지 15년이 되던 해 크루소가 해변에서 사람의 맨 발자국을 발견하고 이에 공황 상태에 빠지게 됨은 앞서 논의한 바 있다. 그는 그날 밤한 잠도 자지 못하고 별별 생각을 다 한다. 겁에 질린 그의 상상력은 심지어는 발자국의 주인공으로 악마를 지목하기도 한다. 이처럼 끔찍한 생각을 하는 자신을 크루소는 다음과 같이 묘사한다. "이 문제에 대해 내 스스로 지어낸 끔찍한 생각들에 당혹하였으니, 나는 내 자신에게 오로지 암울한 그림만을 상상해서 보여줄 뿐이었다".[70] 이 진술은 크루소가 겪는 문제들 중 적지 않은 바가 적대적인 외부 환경에서 오는 것이 아니라 실은 그의 내부에서 유래하는 것임을 암시한다. 크루소의 적은 그의 내부에 있는 것이다. 크루소를 주권적 주체나 경제적 개인주의의 나팔수로 간주하기 위해서는 그가 이처럼 앓고 있는 죄의식, 기억장애, 나르시시즘, 피해망상증, 과대망상증 등의 정신적 문제를 모두 무시해야 한다.

비록 『로빈슨 크루소』에서는 사건들이 도덕적 성찰이나 종교적 교훈으로서 종결되기는 하지만, 이러한 종결에도 불구하고 이 텍스트에는 도덕성이나 규범적 정상성을 부정하거나 위협하는 대목들이 발견된다. 크루

---

69   대니얼 디포, 윤혜준 역, 앞의 책, 158(80)쪽, 180(91)쪽.
70   위의 책, 223(112)쪽.

소를 근대적인 경제 주체로 간주하기 위해서는 이러한 대목들이 갖는 의미를 모두 무시해야 한다. 대표적인 예가 그의 내면에 도사리고 있는 살인 충동과 파괴 본능이 드러나는 대목이다.

> 간혹 나는 이들이 불을 피운 곳 밑에 구멍을 파서 거기에다 화약 5, 6 파운드를 넣어뒀다가 이들이 불을 지피자마자 즉시 화약이 터져서 가까이에 있는 것들을 모조리 날려버리도록 할까 하는 생각도 해봤(고 — 인용자 주) (…중략…) 내 권총 세 자루와 내 칼을 들고 돌격하면 다 합쳐서 적어도 한 20명은 죽일 수 있을 것임을 의심치 않았으니(…중략…) 이렇듯 내 머릿속에 복수를 하려는 생각이 가득 차 있는 채, 말하자면 이들을 20명이나 30명을 칼로 사정없이 베어 죽일 생각을 했는데.

> 이들이 만약에 저번 때처럼 두 패로 갈려 있을 경우, 한 패가 열 명이건 열둘이건 이들을 다 죽였다고 치면 그 다음 날이건 다음 주건 다른 패를 또 죽일 것이고, 계속 무한정 이렇게 죽여 대다 보면 나도 이들 사람 잡아먹는 놈들 못지않게, 아니면 어쩌면 더 심한 살인자가 되는 셈일 것이라는 점도 전혀 생각해보지 않았다.[71]

이 인용문들은 모두 섬에서 식인제가 벌어진 흔적을 발견한 후 크루소가 보이는 반응이다. 이 반응은 한마디로 살인적인 분노라고 요약될 수 있다. 더 세르토의 표현을 빌려 부연 설명하자면, 크루소는 "잡아먹힐 것이라는 공포만큼이나 이 미지의 침입자를 잡아먹고 싶은 욕망에 몸이 달아 있는"[72] 것이다.

---

71 위의 책, 242~243(122)쪽, 263~264(133)쪽.
72 Michel de Certeau, Steven Rendall trans., *The Practice of Everyday Life*, London: Univ. of California Press, 1984, p.154.

사실 이 시점에서 크루소가 흔적만으로 식인제가 정말로 벌여졌는지를 확인하기란 불가능하다. 그럼에도 불구하고 그는 식인제의 흔적이라고 단정한다. 또한 원주민들이 정말로 사람을 잡아먹었다면 왜 그랬는지, 어떤 사람을 희생양으로 삼았는지, 중죄를 지은 죄인인지, 전쟁 포로인지 등에 대해 궁금해 하는 대신, 크루소는 선량한 사람이 억울하게 희생되었다고 단정한다. 훗날 금요일이와의 대화에서 드러나는 바, 카리브 해의 원주민들은 전쟁 포로를 식인제의 희생양으로 삼았다. 반면 '문명인'인 백인들도 상황에 따라서는 서로를 잡아먹기도 하였다는 것은 새로운 사실도, 놀라운 사실도 아니다. 크루소도 이를 모르는 바가 아니다. 스페인 선박이 난파당한 것을 발견했을 때 그는, 설령 생존자들이 있었다고 하더라도 지금쯤은 "서로를 잡아먹을 지경"[73]에 떨어졌을 것이라고 상상한 바 있다. 이처럼 예외적인 상황이 있을 수 있음을 충분히 인지함에도 불구하고 크루소는 원주민들의 식인제에 대해서는 "인간의 도리를 저버린 악마 같은 야수성과 인간성의 타락"[74]이 드러난 것으로 예단한다.

그러나 크루소가 원주민들을 살해하려는 계획을 짜는 앞의 두 인용문에서 드러나듯, 분노의 감정과 살인 충동이 주인공을 사로잡은 모습을 보면, 크루소가 정말로 "야만인들"보다 정신적으로 조금이라도 더 우월한가 하는 의문이 든다. 그러니 "악마 같은 야수성과 인간성의 타락"이 드러난 것이라는 크루소의 논평은 섬사람들을 제거하려는 크루소 자신의 응징 계획에도 똑같이 적용되는 것이다. 문명화된 유럽인과 "야만적인 식인종"이 실은 인간의 본성에 관한 한 크게 다르지 않다는 증언은 아이러니컬하게도 크루소 자신의 입에서 나온 바 있다. "스페인 사람들이 아메리카에서 자행한 야만적인 행각들, 즉 원주민을 수백만 명씩 죽인 것"[75]을

---

73 대니얼 디포, 윤혜준 역, 앞의 책, 268(135)쪽.
74 위의 책, 237(120)쪽.
75 위의 책, 246(124)쪽.

그가 비판적으로 지적한 적이 있기 때문이다.

크루소와 식인종 간의 유사성과 관련하여 비평가 흄은 발자국을 발견하기 전과 발견한 후의 크루소가 보이는 행동의 변화에 주목한 바 있다. 그에 의하면, 사람의 발자국을 발견한 후 크루소는 자신이 애써 만든 농장 울타리를 헐어서 가축들을 숲으로 흩어지게 만들고, 농사짓던 밭도 모두 갈아엎고, 공들여 지은 정자와 천막도 해체할 것을 계획한다. 사실 발자국을 발견하기 조금 전만 하더라도 그는 자신이 일군 모든 것을 야만인들이 파괴할까봐 공포에 떨었었다. 물론 크루소의 농장 파괴 계획이 자신의 흔적을 없애려는 의도를 가진 것임을 십분 감안하더라도, 이 전면적인 해체와 파괴의 행동이 주인공이 자신에게 벌어질까봐 평소에 두려워하였고 그래서 이를 예방하기 위해서 사력을 다하였던 바로 그 사건이라는 점은 매우 의미심장하다. 야만인들이 저지르지 못하도록 최선을 다해 왔던 범죄를 크루소 자신이 해치우려고 하는 것이다. 흄의 비평을 인용하면, "자신을 숨기려는 것과 자신을 파괴하려는 것이 똑같은 행동으로 나타난다. 그러한 상황에서 어떻게 자아와 타자의 구분이 가능하겠는가?"[76] 즉, 문명인 크루소와 야만인 식인종 간의 구분이 가능한 것인가 하는 의구심이 생겨나는 것이다.

'문명인'과 '야만인'의 유사성은 크루소가 자신의 왕국을 통치하는 방식에서도 발견된다. 타자를 대하는 그의 방침은 길들일 수 없는 녀석은 죽여 버리고, 자신의 의지에 순종하는 뜻을 가진 자만 받아들여 백성으로 삼는 것이다. 특기할 사실은 이 차별적 행위가 동물뿐만 아니라 인간에게도 적용된다는 점이다. 이를테면, 말을 듣지 않는 야생 염소는 죽이지만 그의 손길에 길들여지는 어린 염소들은 살려서 자신의 왕국의 백성으로 삼듯, 반항하는 원주민들이나 백인들은 죽이고 순종적인 원주민과 백인

76　Peter Hulme, *op. cit.*, p.198.

은 살려두어 자신의 종이나 부하로 삼는 것이다. 알렉스 매킨토시의 주장을 빌리면, 인간을 가축 같이 취급한다는 점에서 크루소와 식인종은 많이 다르지 않다.[77] 식인종처럼 크루소도 인간을 가축으로 여기나 식인종과 달리 인간을 먹지만 않을 뿐이다.

크루소와 "야만인들" 간의 이러한 유사성을 염두에 두고, 해변에서 인간의 맨 발자국을 처음 발견한 후 공포에 질린 크루소를 다시 생각해보자. 이때 그가 마음을 가라앉히기 위해 해낸 아래의 생각은 완전히 다른 의미로 다가온다.

> 그러자 나는 기분이 좀 좋아져서 이 모든 것이 착각이었다고 스스로를 설득하기 시작했으니, 이것은 다름 아닌 나 스스로 남긴 발자국일 뿐이라고.[78]

시간이 좀 지난 후 크루소는 현장을 다시 방문하게 되는데 이때 발자국 크기를 비교해 본 결과 자신의 발자국이 아니라는 것을 발견하고 크게 낙담한다. 그래서 그는 다시 식인종에 대한 공포에 사로잡힌다. 그러나 사실 그는 그처럼 두려움에 떨 필요가 없었다. 왜냐하면 비평가 브랜틀링거가 주장한 바 있듯, 크루소의 처음 생각이 옳았기 때문이다.[79] 크기가 다름에도 불구하고 그 발자국의 주인공은 크루소 자신이었다. 생각해보면 크루소의 섬 생활은 지리적 타자를 길들여 자신의 아류로 바꾸어 놓는 작업의 연속이었다. 금요일이 크루소의 훈육 아래에서 그의 명을 거절할 줄 모르는 분신과 같은 존재가 되었음을 고려해 볼 때, 심지어는 같은 섬에 난파하게 된 백인들조차도 그의 명을 충실히 듣는 제2의 크루소가 되었음

---

77   Alex Mackintosh, "Crusoe's Abattoir : Cannibalism and Animal Slaughter in *Robinson Crusoe*", *Critical Quarterly* 53-3, 2011, pp.30~31.

78   대니얼 디포, 윤혜준 역, 앞의 책, 227~228(115)쪽.

79   Patrick Brantlinger, *Crusoe's Footprints*, London : Routledge, 1990, p.2.

을 고려할 때, 해변에 남겨진 발자국의 진정한 주인은, 그곳을 방문하는 이가 누가 되었든, 혹은 그 섬에서 발견되는 것이 무엇이 되었든, 그 낯선 모든 것을 자신의 아류亞流로 바꾸어놓는 크루소 자신일 따름이다. 이처럼 자신의 아류를 지속적으로 생산하기 위해 크루소는 타자와의 교감을 대가로 치른다. 브랜틀링거의 정작 중요한 포인트는 그 다음에 있다.

> 의심할 여지없이 디포가 의도한 교훈은 — 극기(克己)를 포함하여 — (세계에 대한 — 인용자 주) 정복을 주요한 가치로 강조하는 것이다. 그러나 크루소의 정복에서, 즉 섬과 식인종들, 금요일이, 그리고 운명에 대한 그의 정복에서 극기의 정반대인 일종의 광기를 보는 것도 마찬가지로 가능하다고 여겨진다. 크루소는 자신의 고립이 침범 받는 순간조차 고립을 의지(意志)하고 또 그것에 의지(依支)하는 것 같다.[80]

이 글에서 브랜틀링거는 고립을 벗어나지 못할뿐더러 실은 이를 욕망하고 있다는 점에서 크루소의 정신 상태가 정상이 아님을 지적하고 있다.

『로빈슨 크루소』에서 독자가 주인공의 정신적 난파 상태를 읽어낸다고 해서 이것이 곧 이 텍스트가 당대의 식민 이데올로기를 비판하는 진보적인 텍스트임을 의미하지는 않는다. 오히려 그 반대라고 하는 편이 정확할 것이다. 『신의 법에 의하여』에서 드러나는 디포는 법과 이성에 의한 통치를 주창한 진보주의자의 모습을 하고 있다. 12권으로 구성되어 있고 5년에 걸쳐 작성된 이 풍자시에서 디포는 왕권신수설을 비판하고 전제적인 권력에 저항할 권리의 보편성에 대해 논하였다. 그러나 이성과 법에 의한 통치는 유럽 세계에만 적용되는 이론일 뿐, 유럽 바깥의 세계에 대해서 디포는 다른 생각을 가지고 있었다. 『발견과 개선에 관련된 일반 역사론』

---

80   *Ibid.,* p.3.

에서 디포는 아프리카의 야만적인 왕국들이 유럽 무역의 진로를 가로막고 있다고 보았다. 이에 대한 그의 해결책은 유럽의 국가들이 야만인들을 근절시켜 그 지역의 자원을 상업적 세계로 편입시키는 것이었다. 그래서 이 낙후된 인종들 대신에 유럽의 해상 제국들이 그 지역을 차지하고 식민화하여 유럽의 식량 문제를 해결하는 것이 타당하다고 보았다.[81] 『로빈슨 크루소』가 주인공이 중국에는 막대한 부를 축적하는 것으로 끝나는 것도 작가가 가졌던 이 신념, 즉 상업의 확장을 통해 유럽이 진보한다는 믿음과 무관하지 않다.

이처럼 주권적 주체의 등장을 서사화하고, 유럽의 상업 이데올로기가 해외에서 거두게 되는 승리를 그려내기 위하여 작가는 주인공의 모험과 관련된 크고 작은 사실들을 텍스트에 들여온다. 이를 달리 표현하면, 유럽의 이성이 승승장구하는 세상을 언어로 구축하는 과정에 있어 작가는 크루소의 대담함뿐만 아니라 그의 욕망과 공포, 성공과 역경, 타인종과의 조우, 낯선 세계에서의 생존을 위한 온갖 노력 등 다양한 요소들을 텍스트 내에 들여오게 된다. 문제는 사실성을 확보하기 위해 들여온 이 편린들에서 반향 되는 정치적 함의를 작가가, 혹은 텍스트의 이데올로기가 항상 제대로 통제하지는 못한다는 점에 있다. 이러한 연유로 인하여 『로빈슨 크루소』의 의미는 존재론적으로 불안정한 모습을 보이게 된다. 즉, 디포는 크루소를 통하여 경제적 개인주의의 효시이자 제국주의의 승리적 자아를 구축하고자 하였고, 이를 위해 역사의 어둔 진실을, 자본주의의 폐해와 부르주아의 광기를 텍스트에서 배제하려고 하였지만, 서구의 합리성에 대한 그의 칭송 내에서 이 억압 받은 타자성은, 주인공이 겪는 정신적인 문제를 통해 징후적으로 모습을 드러낸다.

---

81   Daniel Defoe, *A General History of Discoveries and Improvements*, London : J. Roberts, 1726, pp.137~139.

제3장

복음주의와 식인제

모든 살아 있는 존재는 주변의 환경을 최대한 자신과 자신의 후손의 모습으
로 변형시킨다는 점에서 일종의 제국주의자이다.

—버트런드 러셀

『산호섬』과 크루소 전통

디포에서 발원하는 무인도 표류에 관한 문학 전통은 19세기에 들어 많
은 아류작을 만들어내게 된다.[1] R. M. 밸런타인R. M. Ballantyne(1825~1894)
의 『산호섬』은 이 중에서도 조난 문학의 전통을 가장 잘 이어받은 작품으
로 평가된다. 이 작품에 대한 그간의 평가는 이 소설이 빅토리아조의 전
형적인 식민문학에 속한다는 것이었다. 이 소설이 출간된 해가 1857년이
고, 피지 섬이 영국령으로 합병되는 것이 1874년이니, 이 서사는 사실 영
제국이 남태평양 지역에 진출하기 직전의 시기를 배경으로 하는 것이다.

---

[1] 19세기의 로빈소네이드 중에는 비스(Johann David Wyss)의 독일어판 『스위스인 로빈
   슨 가족』, 호프랜드(Barbara Hofland)의 『젊은 크루소(*The Young Crusoe*)』(1829), 마리얏
   (Captain Frederick Marryat)의 『꼬마 야만인(*The Little Savage*)』(1848), 레이드(Captain
   Mayne Reid)의 『황야의 가정(*The Desert Home*)』(1852)과 『조난자들(*The Castaways*)』
   (1870), 킹스튼(W.H.G.Kingston)의 『경쟁자크루소들(*TheRivalCrusoes*)』(1878)이 있다.

이 소설의 주된 정조는 빅토리아조 초중기의 낙관주의를 반영하는 것으로 여겨진다. 무인도에 던져진 세 어린 선원들이 보이는 행동과 당대 제국주의의 관계에 대해 리처드 필립스는 다음과 같이 언급한다. "세상 곳곳의 끝자락에 올라선 영국 탐험가들이 자신이 발견한 땅을 곧 자신의 것으로 삼았듯, 이 (소년—인용자 주)들도 그 섬을 측량하고, 상상적으로 소유하게 된다."[2] 그러한 점에서 이 소설은 영토를 팽창하고 싶었던 영제국의 소망을 충족시키는 '소망 성취' 유의 서사이며, 유럽 바깥의 땅에 대해 '발견한 자가 갖는다'는 유럽 제국주의의 논리를 충실하게 반영하는 제국주의 서사이다.[3]

『산호섬』에 등장하는 세 영국 소년 중 특히 잭Jack Martin은 생존에 필수적인 지식을 갖춘 인물로서 19세기의 크루소에 비견된다. 무인도의 식생에서 식량을 찾아내고, 비바람을 피할 거처를 마련하고, 사냥과 낚시를 주도할 뿐만 아니라 통나무 보트를 만드는 등, 그의 눈부신 활약은 약 140년 전에 영국인들을 사로잡았던 원조元祖 조난자 크루소를 연상시키는 것이다. 이러한 모습에 주목하는 수전 내러모어 마허는 잭을 "크루소에 영감을 받은 제국의 건설자"[4]로 부르며, 이 소설이 "조국의 상업주의 정신과 선교의 정신을 분명한 어조로 기리는 찬가讚歌"라고 평가한 바 있다. 이상적인 식민주의자로서의 잭의 면모는 그가 18살 나이에 비해 "매우 키가 크고, 건장하며, 남성적인"[5] 외모를 하였다는 사실이나, 판단력과 용기, 지도력을 잘 갖추었다는 사실에서도 드러난다.

---

2   Richard Philips, *Mapping Men and Empire : A Geography of Adventure*, London : Routledge, 1997, p.40.

3   Chu-chueh Cheng, "Imperial Cartography and Victorian Literature : Charting the Wishes and Anguish of an Island-Empire", *Culture, Theory & Critique* 43-1, 2002, p.6.

4   Susan Naramore Maher, "Recasting Crusoe : Frederick Marryat, R. M. Ballantyne and the Nineteenth-Century Robinsonade", *Children's Literature Association Quarterly* 13-4, 1988, p.172.

5   R. M. Ballantyne, *The Coral Island*, Oxford : Oxford Univ. Press, 1999, p.7.

이러한 맥락에서 보았을 때 잭이 영국의 영웅 넬슨 제독 같은 인물을 정신적인 지주로 모신다는 사실은 놀랍지 않다. 잭이 이 영제국의 영웅에게 바치는 경의는 그의 손수건에서도 상징적으로 나타나 있다. 넬슨 제독의 초상화가 16개나 그려져 있고 중앙에는 유니온 잭 깃발이 그려져 있는 손수건이 함의하는 바를 제시카 웹은 이렇게 요약한다. "이 (손수건에 대한 — 인용자 주) 묘사는 잭의 남성성이 애국주의와 연결되어 있음을 강조한다. 그 손수건은 그가 남성성을 성취하도록 도와주는 빅토리아조의 특정한 가치들을 끊임없이 상기시키는 역할을 한다."[6]

당대와 후세에 누렸던 인기에도 불구하고 『산호섬』에 문학 작품으로서의 흠결이 없는 것은 아니다. 이 작품에서 발견되는 문제 중의 하나는 선교주의를 지나치게 홍보하다 보니 문학 작품으로서의 성격을, 즉 모험소설로서의 특징을 후반부로 갈수록 잃고 만다는 데 있다. 문학적 구조와 정조 상의 이러한 변화는 이 소설에 "야만인들"이 본격적으로 등장한 이후에 나타나게 된다. 피지 섬 원주민들을 개화시킬 필요성과 영제국이 이를 위해 개입해야 할 절박함을 드러내기 위해 작가는 현지인들의 식인 습관과 이교주의의 야만성을 강조하게 되고, 이러한 강조가 소설의 플롯을 지나치게 간섭하다 보니, 독자로서는 문학 작품이 아니라 종교 선전용 소책자를 읽는 기분이 드는 것이다.[7]

본 연구에서는 19세기에 유행한 선교 담론이 『산호섬』에서 작가가 펼쳐 보이는 세계관에 어떠한 영향력을 행사하였는지를 분석한다. 밸런타인 당대의 복음주의는, 소설에서 등장하는 선교사들을 통해서도 드러나지만, 이에 못지않게 현지의 원주민들에 대한 백인 주인공의 관찰과 논평에서도 모습을 드러낸다. 그러한 점에서 이 소설은 전형적인 백인 담론이

---

6   Jessica Webb, "Corrupting Boyhood in Didactic Children's Literature : Marryat, Ballantyne and Kingsley", *ATENEA* 27-2, 2007, p.86.

7   Susan Naramore Maher, *op. cit.*, p.173.

요, 식민 담론으로 분류될 수 있다. 그러나 본 연구에서는 이 소설이 작가가 신봉했던 식민주의와 복음주의 두 이데올로기에 의해서 완전히 장악된 서사라고 보지는 않는다. 그 이유는 문학 작품이 하나의 완결된 통일체, 즉 작가의 의도에 의해 선先결정된 총체성이라는 생각을 버리고 작품을 대한다면 작품은 독자에게 이전과는 다른 새로운 목소리를 들려 줄 수 있기 때문이다. 작품을 구성하는 다양한 요소들이 작품에서 군림하는 시각, 즉 지배 이데올로기와는 다른 이야기를 들려 줄 수 있다고 믿는 점에서 본 연구에서는 마슈레의 방법론을 따른다.

『문학생산이론』에서 마슈레는 문학 창작을 건축에 비유한다. 그에 의하면, 건축에 사용되는 크고 작은 재료들이 작품의 총체성에 기여하는 것은 사실이지만, 그렇다고 해서 이 재료들이 전체에 완전히 녹아들어가서 그 형체를 잃어버리는 것은 아니다. 즉, 전체적인 통일성을 위해 텍스트 내에 도입이 되긴 하였지만 통일성에 합류한 후에도 잉여적인 요소가 있다는 것이다. 그리고 이 잉여의 요소들이 전체가 내는 지배적인 목소리와는 다른 목소리를 들려줄 수 있다는 것이다.[8] 본 연구에서는 밸런타인의 소설에서, 전체적인 통일성을 위해 텍스트 내로 도입되었지만, 통일성에 완전히 합류하지는 않는 요소들이 있음을, 전체의 구성에 합류하였기는 하지만 개체의 자율성을 유지하고 있는 요소가 있음을 밝히고자 한다.

이러한 징후적인 독법을 통해 보았을 때, 빅토리아조 대중의 상상력을 사로잡은 기표 '식인종'은『산호섬』에서 일종의 이데올로기적인 알리바이의 역할을 한다. 이 끔찍한 기표가 은폐하고자 하는 것은 그 기표가 지시하는 대상 못지않게 끔찍하고 추한 역사이다. 본 저술은 밸런타인의 대중 서사에서 은폐된 역사로서 19세기 중·후반에 오스트레일리아와 뉴질랜드 등 식민지의 영국인들이 제국의 법을 위반하며 저질렀던 범죄의 역

---

8 Pierre Macherey, Geoffrey Wall trans., *A Theory of Literary Production*, London : Routledge, 1980, pp.41~42.

사를 지목한다. 이 범죄는 당대의 사회에서 처음에는 '블랙버딩blackbird-ing'이라는 완곡어법으로 불리다가 훗날에는 '연한노동계약indenture'이라는 합법적인 기표를 부여받게 된다.

선교 담론과 식인 담론

『산호섬』의 후반부를 추동하는 복음주의 19세기에 인도, 서인도제도, 오스트레일리아, 뉴질랜드 등 다양한 영국의 식민지에서 활동하였던 영국의 선교 협회와 관련이 있다. 영국의 복음주의 세력이 남태평양에 최초로 진출하게 된 것은 1790년대로 알려져 있다. 1768년~1771년에 타히티 섬, 하와이 섬, 오스트레일리아와 뉴질랜드 등을 탐험한 쿡 선장Captain James Cook(1728~1779)의 탐험기가 출간되면서, 폴리네시아 원주민들이 영국 복음주의자들의 주목을 받게 된 것이다. 18세기 말엽에 본격적으로 생겨나기 시작한 선교 협회 중에는 '침례파 선교 협회Baptist Missionary Society', '런던 선교 협회London Missionary Society'와 '감리파 선교 협회Wesleyan Methodist Missionary Society' 등이 있었다. 19세기에는 특히 런던 선교 협회와 감리파 선교 협회가 남태평양에서 세력을 맹렬히 확장하고 있었다. '런던 선교 협회'의 전신前身인 '선교 협회'는 일찍이 1796년에 선교사들을 타히티 섬에 보내 원주민 개종 사업을 시작하였다. 이 복음주의 세력은 1832년에 사모아 섬에 진출하였으며, 1840년대에는 인근의 다른 섬들에도 복음을 전파하게 되었다.

남태평양에서 활동하던 영국의 선교사들은 현지의 부족 사회에 미친 영향에 못지않은 큰 영향력을 당대의 영국 사회에도 행사하였다. 본국의 대중이 "야만의 땅"에서 활동하였던 이들의 행적에 대해 매우 높은 관심을 가졌기 때문이다. 한 비평가의 표현을 들면, "영국의 대중은 선교사들을 자신의 종교심과 철학을 대변하는 대표자로 보았기에 뜨거운 관심을 가지고 그들의 '모험'에 대해 읽었다".[9] 19세기에 유행하였던 모험소설과 아동 문학에서 선교사들을 등장시키거나 선교와 관련된 장면을 실었던 데는 이러한 대중적인 관심이 있었던 것이다. 『산호섬』과 영국 복음주의 간의 밀접한 관계는, 영국인 및 현지인 선교사들이 『산호섬』에 출현하여 사건의 흐름을 바꾸는 데 결정적인 역할을 하는 데서 잘 드러난다. 이보다 더 근원적인 역할로는, 선교사들이 출간한 '글'이 『산호섬』의 창작에, 그것의 서사화에 미친 영향력이 있다.

19세기에 남태평양에서 활동하였던 복음주의자들은 밸런타인의 소설에서 선교사들을 통해 그 존재가 대변된다. 반면 이 복음주의자들의 저작물들은 소설에서는 그 모습을 찾아볼 수가 없다. 그럼에도 불구하고 이 저작들은 이 소설을 조직하고 구성하는 가치의 전제前提를 이루고 있다는 점에서 매우 중요한 역할을 한다. 복음주의자의 선교 기록은 아니지만 소설에서 모습을 드러내는 유일한 역사적인 문헌은 쿡 선장의 탐험기이다. 이 책은 『산호섬』의 주인공 랠프가 나중에 탈취하는 해적선에서 발견되는데, 이 기록은 랠프에게 주변 세계에 대한 유용한 지리적·민속학적 지식을 제공한다. 달리 표현하면 쿡 선장의 저술은 소설의 주인공 랠프가 남태평양 원주민들을 이해함에 있어 일종의 '창窓'과 같은 역할을 하게 된다.

19세기 초엽의 영국 대중에게 인기가 있었던 남태평양 관련 선교일지의 내용 중 본 연구에서 구체적으로 다루고자 하는 것은 식인 담론이다. 식인 담론이 유럽 사회에 본격적으로 소개되고 유행하게 된 것은 서양의 약탈적인 손길이 카리브 해 지역에 미치게 되면서부터라고 추정된다. 식인제가 이 지역에 실제로 존재했는지, 존재했다면 그 성격이 어떠한 것이

---

9   Anna Johnston, *Missionary Writing and Empire, 1800~1860*, Cambridge : Cambridge Univ. Press, 2003, p.19.

〈그림 4~5〉 **남미의 식인제를 그린 벨기에 화가 드 브리**(Theodore de Bry, 1528~1598)**의 판화작.**

었는지의 문제와는 별개로,[10] 당대의 유럽에서 식인 담론이 유행하고, 유럽인 탐험가들이나 선교사들이 이 담론을 확대 재생산하는 데 참여한 데에는 원주민들을 착취하고 노예화하려는 유럽의 의도가 있었다는 것이 오늘날 학계의 중론이다. 즉, 호전적인 현지 부족을 야만적으로 정복하는 행위를 정당화하기 위해 '식인종'이라는 인종정형racial stereotype을 활용하였다는 것이다. 백인들이 현지의 사나운 원주민들에게 붙인 이름인 '카리브인Carib'이 식인종cannibal의 어원으로 지목된다는 사실도 이와 무관하지 않다.

그러나 사실 카리브 해 원주민들은 1700년대 이전에 스페인의 약탈적

10　페트리노비치에 의하면, 남미 지역에서 발견되는 식인제는 크게 두 가지로 나뉜다. 가족이나 친척의 시신이 훼손되는 것을 우려하여 이를 먹는 행위와 생포한 적을 살해한 후 이를 먹는 행위가 그것이다. 전자는 망자에 대한 존중심이 깔려있는 장례의식이며, 후자는 전사(戰士)로서의 지위를 획득하고 적군에게 공포심을 불러일으키려는 의도를 가진 전쟁과 관련된 의식이었다. Lewis F. Petrinovich, *The Cannibal Within*, New York : Aldine de Gruyter, 2000, pp.117~120.

인 지배하에서 모습을 감추다시피 하였다는 것이 역사의 증언이다. 그러니 18세기 말부터 19세기 중엽의 시기에 유럽에서 유행한 식인 담론은 카리브 해가 아니라 남태평양에서 선교 활동을 벌이던 복음주의자들의 증언에서 유래하는 것이었다. 19세기 중엽 경 아프리카에 대한 지리적 탐험이 활발해지게 되면, '남태평양 식인종'은 다시 '아프리카 식인종'에 자리를 내어주게 된다. 이처럼 '야만인의 식인 관습'은 18세기에서 20세기에 이르기까지 오랜 기간 동안 유럽인의 상상력에서 중요한 자리를 차지하고 있었다. 그럼에도 불구하고 식인제가 현지의 일상적인 식문화食文化로서가 아니라 특별한 제식祭式이나 의식儀式의 일부로 행하여진 것이라는 주장에 주목하는 유럽인들은 과거에 많지 않았다.

19세기 초·중엽에 '남태평양 식인종'에 대한 정형 담론이 유행하게 된 연유는 무엇보다도 현지에서 활동한 선교사들의 노고(?)에 돌려야 할 것이다. 이에 대해서 브랜틀링거는 애나 존스튼의 연구를 인용하며 다음과 같이 설명한다.

> (선교사들 — 인용자 주)의 일지와 기록들은 일차적으로 그들의 사업을 지원해준 협회의 의사결정기구에게 보고하기 위해 쓰인 것이었지만, 최대한 많은 독자들을 확보하기 위하여, 또한 국내에서 더 많은 이들을 개종시키려는 희망에서, 그 내용들이 종종 편집되어 재출간되었다. 19세기 내내 영국, 미국 그리고 그 외의 지역에서 이루어진 선교 출판은 지식과 대리 만족적인 모험을 갈구하는 일반 대중에게 종교적 가르침만큼이나 민속학적 정보와 더불어 오보(誤報)를 제공한 주된 출처였다.[11]

브랜틀링거의 연구를 요약하자면, 이 시기에 출간된 선교 기록들이 독자

---

11   Patrick Brantlinger, *Taming Cannibals : Race and the Victorians*, Ithaca : Cornell Univ. Press, 2011, p.33.

확보나 선교 활동의 확장을 위해 현지의 식인 관습에 대하여 과장하였을 가능성이 다분히 있다는 것이다.

남태평양 선교 일지와 관련하여 주목할 사실은 이 기록들 중 많은 수가 피지 섬의 식인제에 대하여 기술은 하고 있지만 대부분의 경우 선교사들이 직접 목격한 것은 아니라는 점이다. 피지 섬에 '직접' 거주한 선교사들의 기록으로는, 1865년에 출간된 목사 조지프 워터하우스Joseph Waterhouse의 『피지 섬의 왕과 국민The King and People of Fiji』이 있고, 이보다 몇 년 일찍 1859년에 출간된 목사 토머스 윌리엄즈Thomas Williams의 『피지와 피지인들Fiji and the Fijians』이 있다. 둘 다 피지 섬에서 10년 이상 거주하면서 현지 언어도 배웠다는 점에서 이들의 기록은 다른 선교 기록에 비해 신빙성이 높다고 평가된다. 두 기록 모두 피지 섬의 문화와 관습을 기술하는 데, 둘 다 유독 식인 습관에 관해서만은 구전口傳이나 이전의 다른 글을 참조하고 있다는 점은 특기할 만하다. 이 두 목사 중 브랜틀링거가 좀 더 '나은' 민속학자라고 평가하는 윌리엄즈의 기록을 보자.

> 자신의 친척에게 키스한 후 타노아 (왕 — 인용자 주)은 그의 팔을 팔꿈치에서부터 잘랐고, 잘린 혈관에서 따뜻한 피가 흘러나오자 이를 마셨다. 그는 아직 생명의 기운이 남아서 떨고 있는 팔을 불 위에 던졌고, 충분히 구워지자 (희생자 — 인용자 주)가 보는 앞에서 그것을 먹었다. 그 후 (희생자 — 인용자 주)는 나머지 사지가 차례로 잘렸고, 그 야만적인 살인자는 신음하여 죽어가는 희생자를 냉혹하고 잔인하게 바라보았다.[12]

반드시 지적하고 넘어갈 사실은, 이 야만적인 관습에 대한 기록도 저자인 윌리엄즈 목사가 직접 목격한 바는 아니고 이전의 선교 기록을 인용한 것

---

12 Thomas Williams, G. S. Rowe · D. Appleton eds., *Fiji and the Fijians 1 : The Islands and Their Inhabitants*, New York : Appleton, 1859, p.20.

이라는 점이다.

워터하우스 목사도 『피지 섬의 왕과 국민』에서 현지의 악습을 기록하고 있다. 흥미롭게도 그가 기록하기로 선택한 관습은 바우족 추장의 아들 타콤바우Thakombau(1815~1883)가 저지른 첫 살인 사건이다. 훗날 피지를 통일하게 되는 어린 타콤바우는 어른들을 따라 이웃 섬을 방문하던 중이었는데, '방문'은 핑계에 불과했고 실은 바우족이 현지의 부족들 간의 분쟁에 개입하여 그 중 한 부족을 도륙하기 위한 것이었다. 이튿날 타콤바우가 현지 부족의 아이들과 바닷가에서 놀고 있는 동안 마을에서는 도살이 계획대로 진행되었다. 이어서 도살자들은 바닷가에 놀고 있는 아이들에게도 들이닥치는데, 이때 타콤바우의 행동은 다음과 같이 묘사된다.

> (부모가 도살됨에 따라 — 인용자 주) 이제는 고아가 되어버린 아이들 중 어떤 이들은 그곳에서 붙잡혀서 잔인하게 처형되었다. 여덟 살쯤 되어 보이는 한 남자아이가 방금 자기와 함께 놀던 소년 추장 세루(타콤바우 — 인용자 주)가 앉아 있는 곳으로 끌려왔다. 사람들이 소년을 바닥에 엎드리게 했고 세루는 자신의 조그만 팔이 낼 수 있는 모든 힘을 다 내어 몽둥이로 그를 갈겼다. 소년이 정신을 잃었고, 몇 번 더 갈기자 죽어서 어린 살인자의 발 앞에 드러누웠다.[13]

이 사건이 일어났을 무렵이 타콤바우가 5~6세의 나이에 불과했던 때라고 하니 시간적 배경이 1820년경이 될 것이다. 그런데 워터하우스 목사의 출생 연도를 보면 그는 1828년생이다. 이러한 역사적 사실을 고려한다면, 목사가 이 사건을 직접 목격하였을 가능성은 아주 없다. 워터하우스 목사의 저작에 있어 문제는 그가 이 기록을 일인칭 관찰자의 시점에서,

---

13 Joseph Waterhouse, *The King and People of Fiji*, London : Wesleyan Conference Office, 1854, p.7.

즉 자신의 눈으로 직접 본 목격담의 형식으로 서술하였다는 점이다.

인용 서사의 미장아빔

기록의 사실 여부를 떠나서, 『산호섬』이 출간된 해가 1857년이니 밸런타인이 이 소설을 쓸 당시 『피지 섬의 왕과 국민』이나 『피지와 피지인들』을 참고하기란 불가능했을 것이다. 대신 그가 참고했을 만한 선교 기록으로는 목사 존 윌리엄즈Reverend John Williams가 1837년에 출간한 『남태평양 섬 선교사업 기록Narrative of Missionary Enterprises in the South Sea Islands』이 있다. 이 출판물에서 목사는 타히티 섬과 사모아 섬 등지의 풍습을 주로 묘사하였는데, 그 중에서도 영아 살해 관습, 인간의 신체를 절단하여 바침으로써 신의 자비를 호소하는 종교 의식, 전쟁 직전에 인간을 제물로 바치는 의식 등을 묘사하는 데 많은 지면을 할애한다. 현지의 인신공양人身供犧의 잔인함을 자세히 설명한 후 목사는 자신이 논평을 하는 대신 "이 사실이 독자들의 가슴에 와 닿아서 그들에게 이교도들이 복음을 얼마나 필요로 하는지 스스로 깨닫게" 하겠다고 말한다. 그는 자신의 기록이 사실임을 입증하기 위해, 인신공양의 도살자 역할을 한 적이 있지만 이제는 선교 활동에 종사하는 현지인을 증인으로 내세운다.[14]

그러나 『남태평양 섬 선교사업 기록』에서는 피지 섬의 식인제는 말할 것도 없이, 어떤 다른 섬의 식인제에 대한 언급도 발견되지 않는다. 목사 윌리엄즈의 이 저술을 통틀어 식인종이라는 표현은 뉴질랜드 원주민과 관련하여 단 한번 "뉴질랜드의 식인종들"[15]이라는 언급이 있을 뿐이다. 이

---

14 Reverend John Williams, *Narrative of Missionary Enterprises in the South Sea Islands*, London : Snow, 1838, p.554.

15 *Ibid.*, p.543.

러한 사실을 고려한다면, 밸런타인이 『산호섬』을 쓸 당시 남태평양 섬의 식인제와 관련하여 그가 무엇을 참조로 하였는지가 자못 궁금해진다. 실제로 보지 못한 식인제에 대한 기록을 남긴 이들의 목록에는 밸런타인만 있는 것이 아니다. 1809년에 런던 선교 협회 선교사들이 피지 섬에 조난 당했던 적이 있다. 이 조난자들 중의 한 사람인 존 데이비스 목사Rev. John Davies는 당시의 상황을 자세히 기록하여 글로 남기게 된다. 피지 섬의 문화와 언어에 대한 최초의 전문적인 진술로 간주되는 이 저술에서도 피지인들이 '식인종'임을 주장하는 대목이 발견된다. 그러나 이 주장 역시 그가 직접 목격한 것을 기록한 것은 아니라는 점은 주목할 만하다.[16]

빅토리아조 아동문학 연구자인 스튜어트 하나부스는 밸런타인이 『산호섬』을 쓸 당시 참조했을 중요한 문헌으로 『폴리네시아―남태평양 섬들의 역사』를 꼽기도 한다.[17] 이 책에서 저자 러셀 주교Right Reverend Michael Russell는 피지 섬의 식인제를 설명하는 데 한 쪽을 할애한다. 그에 의하면, 피지의 파우Pau 섬과 치치아Chichia 섬 부족들 간에 전쟁이 일어나게 되고 이때 승리한 부족의 왕과 그의 부하들이 승리를 축하하는 잔칫상을 마련한다. 이 잔치에서는 "돼지처럼 통구이를 한 남성의 몸"을 담은 바구니들이, 구운 돼지를 담은 바구니들, 그리고 구운 닭과 요리한 엠yam을 담은 바구니들과 함께 준비되었다 한다. 이들은 각 요리의 일부를 신에게 바

---

16 데이비스의 이 미출간 기록은 훗날 하크룻 협회의 1922년 발간물에서 다음과 같이 발견된다. "피지 사람들은 아마도 현존하는 가장 잘 알려진 식인종일 것이다. (…중략…) 적을 죽이면 그들은 그 적을 먹어치운다. 때로는 수백 명이 조각내어져 동시에 솥에 구워져 거대한 잔칫상이 된다. 타히티 섬 사람들이 돼지고기를 굽는 것과 같은 방식으로 그들은 인육을 굽는다." Sir Everard Im Thurn · Leonard C. Wharton eds., *The Journal of William Lockerby Sandalwood Trader in the Fijian Islands during the Years 1808~1809*, London : Hakluyt Society, 1922 ; Burlington, VT : Ashgate, 2010, p.154.

17 Stuart Hannabuss, "Ballantyne's message of empire", Jeffrey Richards ed., *Imperialism and Juvenile Literature*, Manchester : Manchester Univ. Press, 1989, p.61.

친 후 나머지를 모두 나눠먹었다고 한다.[18] 문제는 피지 섬의 이 '명백한' 식인제에 대한 증언도 러셀 주교가 직접 목격한 바의 기록은 아니고, 통가 섬에 난파되어 4년간 원주민들과 거주한 경험이 있는 윌리엄 마리너 William Mariner의 경험담을 재인용한 것이다.

이렇게 말하고 보면 독자는 적어도 마리너의 저술에서 본인의 목격담을 듣게 될 것을 기대할 것이다. 1817년에 출간된 『남태평양 통가 섬 원주민들에 대한 기록An Account of the Natives of the Tonga Islands in the South Pacific Ocean』에서 마리너는 근거리에서 자신이 관찰한 통가 섬의 관습과 언어 등에 대해서 기술한다. 그런데 이 저술은 마리너가 직접 쓴 것이 아니고, 마리너의 구술을 기상학자이자 의사였던 마틴John Martin이라는 인물이 받아쓴 후 출판한 것이다. 그러한 점에서 1817년의 이 저술도 '전해들은 인용 서사의 프레임'을 벗어나지 못한다. 더 흥미로운 점은 이 전해들은 내용을 전하는 저술 내에서 마리너가 피지 섬의 식인 관습에 대해 기술할 때 또 다른 화자를 들여온다는 점이다. 피지 섬을 방문한 적이 있다고 하는 통가의 원주민 무알라Cow Mooala가 그 인물이다. 마리너/마틴은 무알라의 입을 빌려 단언한다. "(피지 원주민들—인용자 주)의 야만적인 관습 중에서 최악의 것이 인육을 먹는 끔찍한 관습이다." 이어지는 그의 주장을 보자.

그 섬의 추장이 그러한 방면에 있어 대단한 식욕을 소유하고 있다고 **알려져** 있었기에, 다른 사람들도 그와 같을 것이라고 생각해서는 안 된다. 그는 죄수들을 생포하는 즉시 희생시키지 않는데, 그 이유는 자신의 섬세한 위장이 삼키기에는 이 (죄수—인용자 주)들이 너무 질기다고 생각하기 때문이다. 그래서 그는 이들을 숙성시켜, 그들이 살찌고 부드럽게 되도록 만든 후 자신이 원

---

18   Michael Russell, *Polynesia : A History of the South Sea Islands, Including New Zealand*, London : T. Nelson and Sons, 1852, p.266.

하는 방식대로 죽이도록 했다.[19]

인용문 중 볼드체로 표시한 곳을 주목해보면, 식인에 대한 욕망이 평균 이상으로 강한 추장의 식성을 묘사할 때 무알라가 선택한 동사는, 이 이야기 역시 그가 직접 목격한 것이 아니라 전해들은 이야기를 인용하고 있음을 드러낸다.

익명의 누군가로부터 들은 이야기를 통가의 원주민 무알라가 마리너에게 들려주고, 이를 마리너가 마틴에게 들려주며, 마틴이 당대의 독자들에게 또다시 들려주는 순환적인 인용 서사의 형태는 껍질을 아무리 까도 속이 나오지 않는 양파 같은 구조, 인형 속에 또 다른 인형이 연속적으로 발견되는 마주르카 인형을 연상시킨다. 서사의 근원에 대한 발견이 지속적으로 지연되는 이러한 구조를 해체주의자들은 "미장아빔mise-en-abyme"이라고 부른 바 있다. 이를 기표와 기의의 관계로 풀어 설명하면, '근원'의 계보를 조사해보면, 존재하는 그 어느 것도 현존의 지위를 갖고 있지 못하며, 현존한다고 믿었던 것들이 실은 모두 다른 기표를 지시하는 기표에 지나지 않음이 드러난다. 데리다의 표현을 빌리면, 문자 언어보다 근원(화자의 의미나 의도)에 가깝다는 점에서 더 우월한 기호로 여겨졌던 음성 언어 역시 또 다른 기표, 즉 "기표의 기표"에 지나지 않을 뿐만 아니라, 기의도 결국에 "기표의 운동"에 종속된다는 점에서 기표와 다를 바가 없다. 데리다는 이러한 기표의 연쇄적인 지시 운동을 "차연差延, différance"[20]이라고 이름 붙인 바 있다.

마리너의 서사에는 그가 직접 목격하였다고 하는 식인제의 일화가 발

---

19 William Mariner, *An Account of the Natives of the Tonga Islands in the South Pacific Ocean* 1, Edinburgh : Constable and Co., 1827, p.264(인용자 강조).

20 Jacques Derrida, Gayatri Chakravorty Spivak trans., *Of Grammatology*, Baltimore : Johns Hopkins Univ. Press, 1974, p.23.

견되기는 한다. 아래의 대목에서 마리너는 통가 섬들 중의 하나인 하파이 Hapai 섬의 족장들과 전사들이 인육을 먹은 사건에 대해 다음과 같이 구술하고 있다.

"피지 섬의 관습에 물든 (하파이 섬 — 인용자 주)의 젊은 족장들이 죄수들을 죽여서 구워 먹을 것을 제안하였다." (…중략…) 그들의 살은 작은 조각으로 잘라졌고, 이 조각들은 바닷물에 씻긴 후 플랜테인 나뭇잎으로 싸인 채 달구어진 돌 아래에 놓여 구워졌다. (죄수들 중 — 인용자 주) 2~3명은 내장을 들어낸 후 돼지처럼 통구이가 되었다.[21]

백인이 직접 목격한 식인제의 기술로는 19세기를 통틀어 이 글이 유일무이한 것이라고 해도 과장이 아닐 것이다. 그러나 이때조차 인육을 먹은 이들이 피지 원주민들이 아니라는 점은 특기할 만하다. 또한 마리너 자신이 덧붙이듯, 당시 하파이의 전사들은 며칠을 아무 것도 먹지 못해서 극도로 굶주린 상태였고, 식량을 보급받기 위해 고향으로 급파한 동료들로부터 아무런 소식이 없는 지도 이미 며칠이나 되었기에 이들의 고통은 극에 달한 상태였다. 전쟁 중에 극도로 굶주리게 된 특수한 상황을 고려할때, 마리너의 목격담이 '남태평양 원주민들은 식인종'이라는 19세기 유럽인들의 뇌리 깊숙이 박혀 있었던 공식이 진실임을 입증해주는 사례인지는 의문스럽다.

그럼에도 불구하고 유럽인들에게 있어 '지식'의 지위를 갖게 된 피지의 식인 관습에 대한 담론은 이 지역을 처음 발견한 쿡 선장의 항해일지로 거슬러 올라간다. 통가 섬의 원주민을 통해 피지 섬에 "용감하고, 야만적이면서도 잔인한 식인종"[22]이 거주한다는 말을 '들은 적이 있음'을 그가

21　William Mariner, *op. cit.*, pp.107~108.

22　J. Cook, J. C. Beaglehole ed., *The Journals of Captain James Cook on his voyages of discovery* 3,

항해 일지에서 전하고 있기 때문이다.[23] 그러한 점에서 쿡 선장의 탐험기는 앞서 언급한 바 있듯, 소설 속 해적선에서 등장하여 백인 주인공이 바깥 세계를 내다보는 '창'의 역할을 하기도 하지만, 밸런타인을 포함한 19세기의 유럽인들이 남태평양 문화를 이해함에 있어 중요한 렌즈의 역할을 하였다고 판단된다. 비록 작가 밸런타인이 그런 사실을 언급한 적이 없었지만 말이다. 그러나 쿡 선장이 직접 본 것이 아니라 그 역시 전해들은 것을 '사실'로 포장하였다는 점에서, 앞서 언급한 선교일지와 많이 다르지 않다.

'식인종'의 의미적 다층성

적어도 19세기의 중엽에는 명백한 역사적인 증거를 발견하기가 거의 불가능하였음에도 불구하고 남태평양 원주민들이 식인종이라는 주장은 19세기 유럽인들에게 있어 일종의 부인할 수 없는 민속학적 사실로 받아들여졌다. 선교사들이 유행시킨 이 식인 담론은 『산호섬』에서 등장하는 남태평양 군도에 대한 묘사에서도 작동한다. 아래에서 논하겠지만 이는 주인공 랠프가 듣게 되는 남태평양에 대한 이야기에서 뿐만 아니라 랠프의 박식한 동료이자 무리의 리더인 잭의 입을 통해서도 확인된다. 이를테면, 남태평양의 한 섬에 난파된 후 이 소년들은 일단의 원주민이 다른 원주민들을 배를 타고 쫓아오는 것을 목격하게 되는데, 이 모습을 멀리서 목격한 잭은 "남태평양 섬 원주민들은 모두 난폭한 식인종들이고, 낯선

Rochester, NY : Boydell Press, 1999, p.163.

23 피지의 식인제와 관련하여 브랜틀링거는, 일상적인 식문화로서의 가능성은 부정하되, 전쟁의 경우, 혹은 추장이 자신의 권력을 과시하기 위하여 식인의 관습을 실천한 경우가 있었을 가능성은 부정하지 않는다. Patrick Brantlinger, *op. cit.*, p.45.

사람들에 대한 존중심을 거의 갖고 있지 않다"[24]고 단언한 바 있다.

잠시 소설의 도입부로 돌아가자. 주인공 랠프는 어린 나이에 선원이 되어 연근해를 오가는 무역선을 탄다. 그는 먼 미지의 땅에서 아슬아슬한 모험을 하고 돌아온 선원들의 이야기를 들을 때마다 자신도 그런 모험을 하고 싶은 욕망에 사로잡히게 된다. 원양선을 타는 선원들로부터 들은 이야기 중 남태평양의 산호섬에 대한 이야기가 그의 상상력을 가장 자극한다. 그가 전해들은 남태평양 지역은 아름답고 비옥한 수천 개의 섬으로 이루어져 있다. 그곳은 구체적으로,

여름이 거의 일 년 내내 지속되며, 나무들에는 지속적으로 과일이 풍성하게 열리고, 기후는 거의 영속적으로 쾌적한 곳. 그러나 말하기 이상하지만, 주님의 복음이 전달된 혜택 받은 곳들을 제외한 섬들에는 야생의 피에 굶주린 야만인들이 사는 곳.[25]

그곳은 온화한 날씨와 식생 덕에 생존 걱정이 없는 곳이면서도, 다른 한편으로는 '피의 굶주림'과 '야만성'이 활개 치기에 언제 어디서 죽음을 맞이할지 모르는 곳이기도 하다. 이처럼 랠프의 상상력에 각인된 남태평양 군도는 풍요, 쾌, 삶뿐만 아니라 기아, 공포, 죽음과 같은 모순적인 약호略號가 발견되는 곳이다.

그러나 남태평양 군도에 관한 지리적·민속학적 서사에서 이러한 모순이 발견된다고 하여 그곳을 방문하기를 꿈꾸는 랠프의 욕망이 수그러들지는 않는다. 왜냐하면 랠프가 원양선원들의 이야기를 듣고 상상의 나래를 피는 것에 더 이상 만족하지 못하고 16세의 어린 나이에 부모님을 졸라 마침내 '화살호'를 타고 남태평양을 향해 떠나기 때문이다. 밸런타인의

24　R. M. Ballantyne, *op. cit.*, p.171.

25　*Ibid.*, p.4.

이 소설을 읽는 독자는 무엇이 어린 그를 부모의 보호가 약속하는 안정된 삶과 연근해 무역선이 보장하는 안전한 선원의 삶을 박차고 나가게 만든 것일까 라는 의문을 가질 법하다. 쾌적한 날씨, 힘들여 노력하지 않아도 항상 가능한 수확, 아름다운 경치, 신기한 산호가 약속하는 '쾌'의 유혹이 야만과 공포, 죽음의 상존常存이 일으키는 '불쾌'의 부정적 심리를 이겼기 때문일까? 즉, 천국의 유혹이 지옥에 대한 두려움을 이긴 것일까?

화살호가 난파된 후 랠프를 비롯한 세 명의 소년들이 정신을 차렸을 때 그들은 자신들이 어떤 섬의 해변으로 밀려왔음을 발견한다. 이 사실을 깨달았을 때 랠프에게 든 첫 생각은, 만약 이 섬에 사람이 살고 있다면 자신들이 산채로 잡아먹힐 것이라는 생각이었다. 이 끔찍한 가능성이 실현될 수도 있다는 것을 애초에 모르지는 않았을 텐데 그럼에도 불구하고 랠프를 남태평양으로 이끈 것은, 역설적으로 들리겠지만, 다름 아닌 그가 두려워하는 식인종이다. 19세기 중엽 유럽의 백인들에게 남태평양의 원주민은 어떤 의미를 갖는 것이기에 그랬을까? 첫째로 나올 대답은 당연히, 이들이 야만적인 존재요, 그래서 공포의 대상이라는 것이리라. 작품의 후반에 등장하는 해적 블러디 빌Bloody Bill의 증언에 의하면, 피지인들은 적뿐만 아니라 동료도 잡아먹는데, 이는 증오심 때문이 아니라 '먹는' 즐거움을 위해서이다. 이에 의하면 피지인들은 그 어떤 음식보다도 인육을 선호한다.[26]

그러나 원주민의 존재가 백인에게 주는 의미는 이들의 야만성이나 이들이 불러일으키는 공포심에 의해 소진되지는 않는다. 랠프의 의식의 저변 어딘가에 있기는 하겠지만 아직 발화되지 못하고 있는 '또 다른 의미'는 동료인 피터킨으로부터 들려온다.

---

26   *Ibid.*, p.219.

멋져! 최고야. 우리에게 여태 일어났던 일 중 최고이고, 세 명의 젊고 유쾌한 선원들에게 닥친 미래 중 가장 멋진 거지. 우리가 이 섬을 차지하게 된 것이지. 폐하의 이름으로 이 섬을 차지할 거야. 흑인 원주민들을 위해 봉사하는 업무를 맡을 거야. 당연히 우리는 최고의 자리까지 오르겠지. 미개한 나라에서 백인들은 항상 그래. 잭, 너는 왕이 될 거야. 랠프는 수상이 되고. 나는 —[27]

즉, 밸런타인 당대의 유럽인들에게 있어 남태평양의 원주민은 '식인종'이라는 의미 외에 '통치의 대상'이자 '봉사의 대상'이라는 의미를 갖는 것이다.

피터킨의 희망에 찬 이 진술은 두 가지 측면에서 매우 시사적이다. 그 중 하나는 1506년에 교황 율리우스에 의해 승인된 토르데시야스 조약과 관련되어 있다. 앞서 논의한 바 있지만, 이 조약의 체결에 적용된 논리가 기독교를 믿지 않는 '이교도의 땅'에 대해서는 발견자가 소유권을 갖는다는 것이었다. 피터킨이 자신들이 조난당한 섬에 대해 아무런 주저함이 없이 전적인 소유권을 주장하게 된 이면에는 유럽인들에게는 친숙한 소위 이 '발견의 독트린'을 그가 내면화 하고 있었기 때문이다. 자신과 동료가 원주민 사회에서 '당연히 최고의 자리에 오를 것'이라는 피터킨의 전망 또한, 유럽 바깥의 세계가 유럽인들에게 일종의 신분 상승의 기회를, 본국에서는 중하층에 속하였던 계층에게 '지배계층'에 편입될 수 있는 기회를 제공하여왔다는 역사적 사실과 관련된다. 이러한 메시지는 밸런타인의 소설에서만 드러나는 것은 아니고, 19세기에 유행하였던 많은 모험소설에서 쉽게 찾아볼 수 있는 것이다. 아마 밸런타인도 이러한 모험소설의 전통 내에서 제국의 독자들을 위해 글을 쓰지 않았나 생각된다.

문제는 그 다음부터이다. 피터킨은 위에 인용된 진술에 이어 원주민 사회에서 자신이 무엇이 되고 싶은지를 피력한다. 이때 피터킨이 그려내는

---

27 *Ibid.*, p.16.

미래에 대해 가만히 듣고 있던 잭이 불쑥 질문을 한다. 이 둘의 대화를 인용하면,

> "나는 아무런 직위도 갖지 않을 거야. 나는 정부의 직책 중 매우 책임 있는 직업만을 선택할 거야. 잭, 너도 알겠지만, 나는 무위도식하며 많은 연봉을 받고 싶거던."
> "그렇지만 만약 원주민들이 없으면 어떻게 해?"[28]

피터킨의 장밋빛 전망은 이 섬에 이교도들이 있다는 전제 하에 이루어진 것이다. 그러나 만약 식인종이 없다면? 그렇다면 백인이 원주민 사회에서 최고의 자리에 오르게 될 미래가 원천적으로 사라지게 된다. 뿐만 아니라 그러한 전망을 가능하게 한 대 전제인 열등한 원주민과 우월한 유럽인이라는 위계적인 이분법을 확인할 길도 사라진다. 그런 점에서 잭의 질문은 매우 낭패스러운 가능성을 지적한 것이다. 미천한 모습으로 주인의 우월감을 확인해 줄 뿐만 아니라 그에게 지배 계급으로의 이동을 보장해 줄 '캘리번'이 존재하지 않는다면, '프로스페로'에게 이보다 더 큰 낭패가 없을 것이기 때문이다.

잭은 이어서 만약 자신들이 무인고도에 난파당한 것이 맞다면 당장 자신의 생존이 위협받게 되었음을 또한 지적한다. "만약 이 섬이 무인도라면, 우리는 야수와 다를 바 없는 삶을 살아야 할 거야." 잭의 이 논평은 무인도에 난파되었을 경우 겪게 될 생활의 불편을 토로하는 것이다. 동시에 이 논평은 남태평양 이교도들의 지위와 관련하여 랠프나 피터킨의 생각과는 상당히 다른 인식을 징후적으로 보여준다. 앞서 랠프의 상상에서 남태평양의 이교도들이 공포의 대상인 식인종이었다면, 피터킨의 발언에서

---

28   *Ibid.*, p.17.

이들은 개화와 교화의 대상, 즉 통치의 대상으로 인식되었던 바 있다. 주목할 사실은 잭의 사유에서 이들은 더 이상 수혜자가 아니라 '시혜자'로 입장이 바뀌게 된다는 점이다. 원주민들의 도움이 없이는 조난당한 자신들에게 문명인으로서의 삶이 불가능할 것이라고 판단하고 있기 때문이다. '상황의 아이러니'는 야만인들의 존재가 없다면 이제 유럽인들이 야만인이 되어야 할 차례라는 데 있다.

완곡어법, 블랙버딩과 카나카

섬에 원주민들이 살고 있지 않으면 큰 낭패라고 잭이 여기게 된 데에는, 그 자신이 언급하듯 생존에 필요한 '도구'를 구할 길이 없을 것이라는 데에 생각이 미쳤기 때문이다. 비록 잭이 입 밖에 내지는 않았지만 그의 진술은, 미래의 식민 정부에 대한 피터킨의 전망이 그러하듯, 만약 무인도에 난파한 것이 사실이라면, 자신들의 생존을 용이하게 할 뿐만 아니라 섬에서의 문명의 삶을 가능하게 해 줄 원주민들의 노동력을 기대할 수 없다는 생각을 함의하고 있다. 피터킨이 피력한 바 있는 식민 정부를 구성하고자 하는 꿈도 원주민이 없이는, 그들의 노동력이 없이는 불가능하다는 점에서 잭의 진술과 맥을 같이 한다. 남태평양의 이교도들로부터 식민 자본주의에 봉사할 가능성까지 읽어내고 있다는 점에서 피터킨과 잭은, 원주민의 몸에서 당대의 대중문화가 붙여놓은 표피적인 상징만을, 즉 '공포의 식인종'이라는 기표만을 읽어낸 랠프와 차별화된다. 자신이 아둔해서 친구들의 농담을 결코 이해할 수 없었다는 랠프의 회상에서 드러나듯, 그의 '굼뜬 지력'이 동료들과 다른, 단순한 해석을 불러낸 것이리라.

남태평양 원주민들이 식인종이라는 생각이 19세기의 유럽에서 유행한 공적 담론이라면, 이 원주민들이 '돈이 되는' 노동력이라는 생각도 이에 못지않게 널리, 그렇지만 암암리에 퍼져있었던 담론이었다. '식인종이 곧 돈'이라는 담론이 비공식일 수밖에 없었던 이유는 단 한 가지, 즉 영제국이 1807년에 노예무역을 금지하였고, 1833년에 동인도회사 관할지와 실론 섬을 제외한 영국의 모든 식민지에서 노예제도를 금하였기 때문이다. 그러나 노예무역과 노예제도를 금하는 법이 발효되었다고 해서, 영국의 모든 식민지에서 이 법이 철저히 지켜진 것은 아니었다. 식민지의 영국인들은 부족한 노동력을, 초기에는 인도에서 '쿨리들coolies'을, 즉 연한계약노동자들을 수입함으로써 메꾸었다. 차츰 남태평양 원주민에게로 눈을 돌리게 된 이들은 이 섬 원주민들을 납치하거나 기만하여 식민지로 끌고 온 후 값싼 노동력으로 착취하였다. 19세기 후반 오스트레일리아에서 노예제도가 '연한계약노동Indentured labor'으로 이름을 바꾸고, 노예는 '카나카Kanaka'로, 노예무역도 '블랙버딩'으로 이름을 바꾸었지만, 이 식민지에서 노예제도와 노예무역은 여전히 존재하였다고 보는 편이 옳다.

'카나카'는 원래 교육받지 못한 시골 사람을 일컫는 폴리네시아어이다. 그러나 납치에 의한 인신매매가 성행하게 되면서 이 말은 오스트레일리아에 노예로 팔린 남태평양 원주민이나 고향을 떠나 선택권이나 동의 없이 강제로 노동을 하게 된 사람을 뜻하게 되었다. 남태평양에서 오스트레일리아의 퀸즐랜드로 원주민들을 이주시키는 행위는 일찍이 1847년부터 1904년까지 성행하였다. 클라이브 무어의 연구에 의하면, 그 과정에서 870번의 항해가 있었고, 6만 2천 건의 연한노동 계약서가 작성되었고, 대부분 어린 소년이거나 젊은 남성인 5만 명의 원주민들이 퀸즐랜드로 이주되었다.[29] 이 원주민 노동자들의 집단 매장지가 뉴사우스웨일즈 쿠젼Cudgen에서 발견되고, 1999년에 이들의 고통과 죽음을 기리는 기념비가

---

29 Clive Moore, "Australian South Sea Islanders' narratives of belonging", Farzana Gounder ed., *Narrative and Identity Construction in the Pacific Islands*, Amsterdam : John Benjamins Publishing, 2015, p.158.

세워지게 된다. 이 기념비는 다음과 같이 역사적 사실을 밝히고 있다.

> (노동자의 — 인용자 주) 모집은 블랙버딩이라고 알려졌다. 노동력을 모집하
> 는 초기에는 납치가 흔했다. 많은 섬사람들이 외국 배들과 교역을 시도하다
> 가 잡혔고, 카누를 타고 낚시를 하다가 꾐을 당해 배를 타게 되었다. (1872년
> 남태평양인 보호법령이 이러한 납치행위를 금하였다.)[30]

이 기념비에 의하면 6만 2천 명이 남태평양 멜라네시아에서 퀸즐랜드로
이주하였다. 그러나 사실 이 수치는 기록에 남아있는 경우만을 센 것이고,
비공식적인 경우까지를 포함하면 이를 훨씬 웃돌 것이나 정확한 수치는
알 수 없다.

쿠전의 원주민 기념비는 1872년 이후 납치행위가 금지되었음을 밝힌
다. 즉, 1872년 이후에 이루어진 노동력 모집과 이주는 합법이라는 것이
다. 이와 무관하지 않게, 역사가들은 남태평양에서 있었던 노동자 모집 중
5퍼센트가 확실한 불법이었고, 10~15퍼센트가 다양한 정도의 불법적인
절차에 의해 이루어졌다고 본다.[31] 그러나 역사가들의 이러한 견해는 계
약서의 합법성을 전제로 하고 있는 것이다. 즉, '합법적으로' 모집된 인원
들 중 많은 수가 그들이 서명한 계약서의 성격에 대해, 계약 기간에 대해,
또 퀸즐랜드가 어떤 곳이며 얼마나 먼 곳인지 등에 대해 얼마나 이해하고

---

30 "South Islander Memorial"(http://monumentaustralia.org.au/themes/culture/indigenous/
    display/107197-south-sea-islander-memorial). 이 기념비가 밝히지 않은 잔혹한 원주
    민 납치 방법은 역사가 도커의 저서에서 잘 드러난다. 일례로 1867년에 폴리네시아의
    에피 섬에서 선장 기빈스(Gibbins)는 잠든 마을을 새벽에 기습하여 불을 지르고, 불길을
    피해 뛰쳐나온 이들을 매복하여 납치하였다. Edward Wybergh Docker, *The Blackbirders :
    The Recruiting of South Seas Labour for Queensland, 1863~1907*, London : Angus & Robert-
    son, 1970, p.46.

31 Clive Moore, *op. cit.*, p.159.

있었는지를 논외로 하고 있기에[32] 그런 계산이 가능한 것이다. 이와 관련하여 빌 피치는 이 소위 합법적 계약서와 현실 간의 괴리에 대해서 다음과 같이 고발한 바 있다.

> 미국 남부에서 노예제도가 종식된 바로 그 시점에 오스트레일리아의 북부에서 노예제와 아주 유사한 제도가 시작되었다. 기술적으로 말하자면, 그것은 노예제가 아니었다. (남태평양 — 인용자 주) 섬사람들이 계약서에 서명을 한 후 자의에 의해 왔으니까 말이다. 그러나 이론과 실제 사이에는 큰 차이가 있었다. (…중략…) 인간의 몸을 취급하는 잔인하지만 매우 수익이 높은 무역이 시작되었던 것이다. 비공식적으로 그것은 블랙버딩이라고 불렸고, 그 희생자들은 카나카라고 불렸다.[33]

19세기 중후반에 블랙버딩이 집중적으로 이루어진 곳이 멜라네시아였고, 피지 섬도 솔로몬 제도, 파푸아뉴기니 등과 함께 그 지역에 속해 있다. 남태평양에서의 해산물 채취뿐만 아니라 퀸즐랜드의 사탕수수 산업과 면화 산업에 필요한 값싼 노동력으로서의 원주민들의 가치에 대하여 빅토리아조 영국민들은 알고 있었다. 영국인들과 식민지 오스트레일리아의 백인 업자들이 저지른 블랙버딩과 카나카의 참혹한 실상이 본국에도 알려져서 영국 정부가 이를 금하는 조치를 취했어야만 했기 때문이다.[34] 그

---

32 *Southsea Islanders in Australia : Report of the Interdepartmental Committee*, Canberra : Australian Commonwealth Government 1977, p.7.

33 Bill Peach, *Peach's Australia*, Sydney : Australian Broadcasting Commission, 1976, pp.103~104.

34 원주민 역사를 연구하는 역사학자 키드는 다음과 같이 상황을 요약하고 있다. "식민적인 카나카 무역이 너무나 악명 높아서 모집책들이 그들의 사업을 뉴기니 섬으로 확대했을 때 영국은 해군 함정들을 보내 케이프 요크 주변의 이송 과정을 감시해야 할 정도였다. 이와 같은 영국의 조치 덕택으로, 진주조개와 해삼, 바다 민달팽이 채취용 배를 움직이기 위해 강제 동원된 원주민들에게 가해진 잔혹 행위가 폭로될 수 있었다." Rosalind

〈그림 6〉 19세기 중엽 오스트레일리아로 납치된 남태평양 섬 원주민들의 모습(http://www.africaresource.com/rasta/sesostris-the-great-the-egyptian-hercules/blackbirding-in-the-pacific-the-untold-story-of-the-pacific-islanders).

런 점에서 『산호섬』에서 원주민을 태운 카누가 섬으로 다가오는 것을 발견했을 때, 이들이 "모두 잔인한 식인종들이기에 (…중략…) 이들이 상륙하지 않기를 바라야"[35] 한다는 잭의 걱정은 아이러니컬하게도 불청객을 어쩔 수 맞이하게 된 원주민들의 입장을 더 적절하게 반영하는 것이다.

특히 영국은 이 원주민들을 남태평양 지역에서 우려되는 미국의 식민주의적 확장 정책으로부터 보호(?)해야 할 상황에 놓이게 되었다. 1825년에 영국 상무부의 고문관이었고, 1834년에는 식민성 차관을 지낸 제임스 스티븐James Stephen이 보낸 긴급 공문은 다음과 같이 증언한다. 만약 영국이 샌드위치 제도(오늘날의 하와이)를 식민화하려는 미국 정부의 시도에 "제동을 걸지 않는다면 남태평양 제도 모두를 기독교국의 영토로 편입시

Kidd, *The Way We Civilise : Aboriginal Affairs, the Untold Story*, St. Lucia, Queensland : Univ. of Queensland Press, 1997, p.33.

35   R. M. Ballantyne, *op. cit.*, p.171.

키는 신호가 될 것이다. 이는 그들을 전멸로 이끄는 과정으로 복속시키는 것과 다르지 않다".[36] 역사학자 진 잉그램 브룩스의 증언에 의하면, 1848년에는 뉴질랜드의 총독이 원주민들과 백인 주민들 그리고 대영제국의 이익을 위해 통가 섬들과 피지 섬을 접수할 것을 영국에 요청하였다. 또한 1850년대에는 미국과 유럽 제국들이 샌드위치 제도를 서로 자국의 영향력 아래에 두려는 경쟁이 가시화 되면서 남태평양의 전략적 가치가 높아지게 되었다. 영국과 프랑스가 "자신들이 다투고 있는 중에 미국이 전리품을 빼앗아 갈 수도 있다는 공포"를 느끼게 된 것이다.[37] 사실 오스트레일리아와 뉴질랜드의 자국민들이 이 지역에서 영국의 영향력을 확대해달라고 하는 호소를 수차례 해왔음에도 불구하고 영국 정부는 개입을 자제하고 있었다. 경제적으로 타산이 맞지 않았던 것이다. 그러나 다른 국가가 식민주의의 손길을 뻗치고 있다면 문제는 달랐다. 뿐만 아니라 시간이 지나면서 이 지역에 관련된 식민지 정착자들의 경제적 이해관계도 무시하지 못할 수준에 이르게 되었다.[38]

이러한 맥락에서 보았을 때, 남태평양의 원주민에 붙여진 식인종이라

---

36 Jean Ingram Brookes, *International Rivalry in the Pacific Islands, 1800~1875*, Berkeley : Univ. of California Press, 1941, p.44에서 재인용.

37 *Ibid.*, pp.182 · 222.

38 남태평양 지역에 대한 영국의 입장에 대해서 문화연구자 에드먼드는 다음과 같이 설명한다. "태평양 지역이 처음으로 국제 경제에서 중요한 자리를 차지하게 되고, 영국, 프랑스, 독일, 그리고 미국 간의 경쟁이 발달하게 되는 19세기의 마지막 사반세기의 기간에는 이러한 상황이 바뀌었다. 그러나 이 지역에 있어 영국의 개입이 점증하게 된 것은 제국 중심부의 정치적 야망이나 경제적 필요보다는 오스트레일리아와 뉴질랜드 (정착민들 — 인용자 주)의 드세지는 요청의 결과로 보았을 때 더 잘 이해될 수 있다. 영제국은 남태평양의 섬들에 (식민 — 인용자 주) 경영의 경제적 대가와 불편함을 상회할 만한 가치가 없다는 입장을 견지해왔다. 그러나 오스트레일리아와 뉴질랜드의 정착자들은 사태를 다르게 보았다. 그들은 이 지역의 많은 섬들에 상당한 경제적 · 전략적 · 종교적 이해관계를 가지고 있었기에 영국이 이 지역에 좀 더 개입해 달라는 압력을 넣었다." Rod Edmond, *Representing the South Pacific : Colonial Discourse from Cook to Gauguin*, Cambridge : Cambridge Univ. Press, 1997, p.131.

는 명칭은 '부적절한 기표misnomer'였다. 엄밀히 말하자면, 이들은 공포의 대상이 아니라 근대적인 무기를 앞세운 약탈자들, 노예사냥꾼들, 여타 제국들의 식민주의 팽창으로부터 보호되고 관리되어야 할 '잠재적인 식민자산'이었다. 남태평양 섬들과 관련하여 무시 못 할 이해관계가 결국 발생하게 되고 영국은 1874년에 피지를 식민지로 삼게 된다. 이 새 식민지에서 영국인들은 사탕수수 농장을 경영하였다. 그러자 당연히 인근의 섬들로부터 값싼 노동력이 필요로 하게 되었다. 그 순간 '잠재적 자산'이 '실제적 자산'이 된 것이다. 아이러니는 영국이 우려했던 미국에 의한 샌드위치 제도의 식민화는 그보다 늦은 1898년에 이루어졌다는 점이다. 밸런타인의 소설에서 남태평양의 섬에 난파당한 세 백인 소년들의 대화는, 이처럼 원주민의 몸이 새겨진 실질적인 '기의'가 무엇인지를, 대중문화가 붙인 표식 아래에 숨겨진 의미가 무엇인지를 징후적으로 드러낸다는 점에서 유의미하다. 빅토리아조의 대중문화는 섬 원주민들에게 '식인종'이라는 끔찍한 기표를 붙임으로써, 끔찍하기로는 식인제보다 더하면 더했지 조금도 못하지 않은 '블랙버딩'이라는 추한 백인의 역사를 은폐할 수 있었다. 그러한 점에서 수만 명의 카나카를 만들어낸 19세기에 있었던 블랙버딩의 역사는 밸런타인의 조난 서사에서 텍스트의 '정치적 무의식'을 구성한다.

'문명인', 부적절한 기표

1840년대 이후 남태평양에서 현지 원주민에게 붙었던 '식인종'이라는 용어가 부적절한 기표라면, 그곳에서 활동하였던 유럽인들이 스스로에게 달았던 '문명인'이라는 용어 역시 부적절한 기표였다. 밸런타인의 소설에서 랠프와 그의 동료들의 난파 사건은, 그리고 잇따른 원주민들과의 조우는 이 영국인 소년들을 도덕적이거나 지적인 면뿐만 아니라, 육체적으로도 우월한 존재임을 부각시키기 한 장치이다. 비바람을 피할 거주지를 순식간에 만들어내고, 낚시 바늘과 창을 만들어 수렵 생활을 시작하고, 카누를 만들어 인근 지역을 탐험하며, 아침이면 차가운 바닷물 수영을 규칙적으로 하는 이 소년들은 나이만 어릴 뿐 제국의 모범적인 일꾼으로서 모자람도 없다. 당대 유럽의 모험소설이 문명의 변방에서 야생을 정복하여 제국의 영토를 넓히는 데 기여한 유럽인의 남성성을 찬미하는 역할을 하였음을 고려할 때, 밸런타인의 어린 주인공들이 남태평양에서 보여주는 성취는 식민주의 문학의 전형적인 주제에 속한다. 비평가 쳉의 표현을 빌리자면, "세 어린 영웅이 거둔 승리는 그들의 타고난 우월함을 드러낼 뿐만 아니라 제국의 원주민 통치를 정당화한다".[39]

이러한 맥락에서 고려되었을 때 이 소년들의 남성성과 도덕성이 가장 잘 드러난 예가 식인종들과의 첫 대면이다. 아녀자를 포함하여 40여 명의 원주민을 태운 한 척의 카누가 랠프가 있는 섬을 향해 다가오고, 비슷한 수의 남성들을 태운 다른 카누가 이를 맹추격해오자 랠프 일행은 몸을 숨긴다. 이 원주민들이 섬에 상륙하자 곧 두 패로 나눠 전투가 벌어지게 된다. 이어지는 장면은 참혹하기가 그지없다.

> 즉시 시작된 전투는 두 눈을 뜨고 보기에 너무 끔찍한 것이었다. 대부분의 남자들은 기묘한 형태의 거대한 몽둥이들을 휘둘렀고 그것으로써 상대의 머리통을 박살냈다. 그들의 거의 벌거벗은 몸들이 이 무시무시한 근접전에서 뛰어오르고, 구부리고, 펄쩍 뛰고, 달리는 모양은 인간이 아니라 악마의 형상에 가까웠다. 이 피비린내 나는 전투를 보자니 속이 메스꺼워서.[40]

화자 랠프는 원주민들의 전투 장면을 묘사할 때 종교적인 어휘인 '악마'

---

39   Chu-chueh Cheng, *op. cit.*, p.6.

40   R. M. Ballantyne, *op. cit.*, p.173.

를 듦으로써 이들에게서 인간성을 박탈하며, 이러한 수사적 장치를 사용함으로써 이교주의와 야만성을 함께 비판한다. 또한 그는 이 광경을 목도하는 순간 '메스꺼움'을 느꼈다고 토로함으로써, 이들과 문명인들 사이에는 건널 수 없는 도덕성의 차이가 있음을 강조한다. 칼 니마이어의 표현을 빌리자면, 윌리엄 골딩의 소설처럼 밸런타인의 소설도 악의 문제를 제기하기는 하나 골딩과 달리, 밸런타인에게 있어서 악은 주인공 소년들의 내부가 아니라 외부로부터, 즉 야만적인 원주민들로부터 오는 것이다.[41]

'마니교적 체제'에 대한 논의에서 잔모하메드가 설득력 있게 제시한 바 있듯,[42] 유럽의 제국들은 식민화의 도덕적 정당성을 유럽인의 우월성과 원주민의 야만성에 대한 믿음, 즉 양극화된 인종적 시각에서 찾았다. 밸런타인의 소설에서, 유럽인과 원주민 간의 도덕적인 차이는 전투에서 승리한 자들이 포로 한 명을 불가로 데리고 올 때도 강조된다. 이들이 인육 잔치를 곧 벌이려고 한다는 것을 파악한 랠프는 더 이상 참지 못하고 몽둥이를 쥐고 숨어있던 곳을 박차고 나가려 한다. 이때 의협심에 찬 그의 행동을 좀 더 분별 있는 잭이 제지를 한다. 그러나 이처럼 냉정함을 유지하는 잭마저도 이성을 잃게 만드는 사건이 곧 발생한다. 승리한 원주민들의 우두머리가 포로가 된 한 여성으로부터 아기를 빼앗아 내동댕이를 칠 뿐만 아니라 한 젊은 여성을 선택하여 인육제의 희생양으로 삼으려고 하는 것이다. 이 여성의 모습은 주목할 만한 것인데, "비록 코가 낮고 입술이 두텁기는 하나 피부가 옅은 갈색"으로 묘사된다. 피부색만으로 판단하자면, 그녀의 혈통에 백인의 피가 섞여 있을 가능성이 높은 것이다. 백인의 피가 섞인 여성이 희생양이 되는 상황이 발생하자, 냉정한 잭마저 더 이상 참지 못하고 무장한 원주민들에게 달려들게 된다. 잭은 구출 작전에 나서

---

41 Carl Niemeyer, "The Coral Island Revisited", *College English* 22-4, 1962, p.242.
42 Abdul R. JanMohamed, "The Economy of Manichean Allegory : The Function of Racial Difference in Colonialist Literature", *Critical Inquiry* 12-1, 1985, pp.59~87.

기 전에 동료들에게 숲에 결박당해 있는 원주민들을 몰래 풀어주라고 지시를 하는데, 이렇게 하여 포로로 된 현지인들을 우군으로 끌어들이고, 그래서 잭은 결국 전투를 승리로 이끌 수 있게 된다. 이러한 과정을 거쳐 잭은 지략과 기사도를 모두 갖춘 진정한 백인 영웅의 모습을 독자에게 각인시킬 수 있게 된다.[43]

이처럼 이 소설은 영국 소년들의 승리적인 남성성에 대해 최상의 찬사를 바친다. 그러나 본 연구가 주목하는 문제는 텍스트의 찬사가 흔히 생각되는 것과 달리 썩 분명하지 않은 어조로 발화된다는 사실이다. 물론이 최상의 찬사를 통해 밸런타인이 목적하는 바는, 백인과 흑인 원주민들 사이에 놓여 있는 도덕적·지적 차이가 쉽게 극복될 수 없는 것임을 보여주려는 것이나, 문제는 백인의 우월함을 입증하기 위해 들여온 텍스트의 요소들 중에 오히려 인종적 차이를 위협하는 함의도 발견된다는 점이다. 텍스트의 전체적인 결을 거스르는 표현 중 하나는 바로 앞서 인용한 바 있는 대목에서도 발견된다. 카누를 타고 온 원주민들 간의 전투 장면을 목도한 랠프가 메스꺼움을 느끼는 바로 그 장면이다.

> 이 피비린내 나는 전투를 보고 있자니 속이 메스꺼워서 몸을 돌리려고 했으나, 어떤 유의 매력이 나를 꼼짝 못하게 만들었고, 나의 눈길이 병사들의 모습에서 떠날 수가 없었다.[44]

이 대목에서 랠프는 한편으로는 "메스꺼움"을 느꼈지만, 다른 한편으로는 "어떤 유의 매력"이 자신을 사로잡았다고 고백한다. 유혈이 낭자하여 참혹하기 그지없는 광경에는 그의 도덕성을 거슬리게 한 것 못지 않게, 그의 내면에 호소하는 무엇이 있었던 것이다. 야만성에 대해 문명인이 보

---

43   R. M. Ballantyne, *op. cit.*, pp.174~176.

44   *Ibid.*, p.173(인용자 강조).

이는 양가적인 반응에 대해 훗날 조지프 콘래드^{Joseph Conrad}(1857~1924)는 "혐오스런 것이 뿜는 매력"[45]이라고 표현한 바 있다. 학살 장면에 매료되어 눈을 못 떼는 랠프의 모습은, 유럽이 원시적 야만에서 출발하여 당대 문명의 상태에 도달하기까지 기나긴 여정을 걸어왔을지 모르나, 되돌아가는 여정은 그렇지 않을 수 있음을 함의한다.

도덕적으로나 지적으로 진화한 문명이라는 유럽의 자기 이미지는 잭이 시작한 전투 장면에서 더 심각한 위협을 받는다. 이어지는 전투 장면을 보자.

> 그 야만인은 바위 사이에서 죽음 같이 울려 퍼지는 무시무시한 소리를 질렀다. 그는 한 걸음에 15피트의 깊이의 낭떠러지를 단숨에 뛰어넘고, (…중략…) 몽둥이를 든 상대를 단 한번 지팡이를 휘둘러 쓰러뜨렸다. 분노의 표정을 지으며 돌아선 그는 노란색 머리를 한 우두머리에게 달려들었다.[46]

위 인용문에서 이 무시무시한 행동을 한 인물을 "야만인"이라고 지칭했지만 이는 사실이 아니다. 그 인물은 잭이다. 독자를 잠깐이나마 속인 이유는 '맹목적인 분노'를 표출하는 이 인물이 누구인지 모르는 상태에서 이 장면을 읽었을 때 그와 야만인 간에 어떤 실질적인 차이도 발견하기 힘들다는 점을 강조하고 싶었기 때문이다.

유럽인과 야만인 간의 차이가 절대적이지 않을 수도 있다는 가능성, 그래서 백인도 순식간에 "야만"의 상태로 회귀할 수 있다는 가능성은 무엇보다도 소설에 등장하는 해적들이 잘 구현해 보인다. 랠프를 납치한 해적들의 국적은 알 수가 없지만 이들이 모두 백인이라는 점은 확실하다. 이

---

45   조지프 콘래드, 이석구 역, 『어둠의 심연』, 서울 : 을유문화사, 2008, 16쪽; Joseph Conrad,
      Robert Kimbrough ed., *Heart of Darkness*, New York : Norton, 1988, p.10.

46   R. M. Ballantyne, *op. cit.*, p.177.

〈그림 7〉 1858년에 출간된 『산호섬』의 삽화 중 잭이 원주민을 공격하는 장면.

들에게 '인명의 살상은 단순한 오락거리에 불과'하다. 그래서 이들은 소설에서 "비록 식인종이 아닐 뿐, 야만인들보다 더 문책 받아야 할 사악한 도살자들"[47]로 불린다. 해적들을 근거리에서 관찰한 랠프의 한탄은 이러한 점에서 의미심장하다. "인간이 유혈과 폭력을 대하고도 그토록 무감각하고 또 냉혹한 태도를 갖는 것이 가능하다는 것이 끔찍하다."[48] 이 해적들 중에는 영국인도 한 명 발견되는데, 그도 랠프처럼 납치를 당한 인물이다. '블러디 빌'이라고 불리는 것에서 알 수 있듯, 해상 폭력의 희생자였던 그가 어느 해적 못지않게 폭력적이고 잔인하게 변하였다는 사실은 영국인들도 환경만 바뀌면 얼마든지 야만적인 존재로 바뀔 수 있음을 시사한다.

해적들이야 그렇다 치더라도, 문제는 소설에서 작가가 영제국의 올곧은 일꾼으로 추켜세운 소년들도 크게 다르지 않다는 함의가 발견된다는 사실이다. 제국의 미래의 일꾼 랠프의 진술을 들어보자.

피비린내 나는 광경에 계속 노출되다 보니 나도 변화가 조금씩 느껴지게 되었다. 나 또한 (그런 장면에 — 인용자 주) 무감각해지고 있다는 것을 생각하니 몸서리쳐졌다.

순진한 소년이었던 랠프는 시간이 지나면서 점점 해적과 동일시하게 된

---

47 *Ibid.,* p.244.
48 *Ibid.,* p.243.

다. 비평가 웹도 지적한 바 있듯,[49] 이러한 사실은 해적들이 원주민들과 전투를 벌이게 될 때 랠프가 전자의 집단을 "우리 편our men"[50]이라고 지칭하는 사건에서도 암시된다. 그래서 그는 해적들이 전투에서 패배했을 때 일종의 공황 상태를 경험한다. 자기편이 패배한 것으로 받아들인 것이다. 유럽인들도 환경에 따라서는 야만성과 공격성의 면에서 식인종을 능가하면 능가했지 결코 뒤지지 않는다는 사실, 또한 랠프같이 애초부터 심성이 '올곧은' 이도 단기간에 그처럼 변모할 수 있다는 사실은, 제국주의를 도덕적으로 정당화해 온 인종적 차이에 대한 믿음이 실은 모래 위에 세운 누각에 지나지 않음을 강력하게 시사한다.

앞서 텍스트의 통일성을 위해 들여온 요소들이 총체성에 참여하면서도 자율성을 유지할 수 있음을 언급한 바 있다. 원주민들 간의 전쟁에 뛰어든 잭의 활약상은 백인 소년의 용맹함과 기사도 정신을 자랑하기 위해서 텍스트에 도입된 것이다. 납치되어 해적선에서 일하게 된 랠프의 처지 또한 밋밋해진 서사에 위기를 조성하고 인근의 섬으로 서사의 영역을 확대하려는 작가의 전략에 의해 의도된 것이다. 그러나 이러한 요소들은 한편으로는 작가의 의도와 텍스트의 총체성에 착실히 참여한다면, 다른 한편으로 그것들이 함의하는 바는 작가의 의도와 달리 백인들의 인종적 우월성이라는 소설의 가장 중요한 전제를 사보타주한다. 마슈레 식으로 표현하자면, 작가가 텍스트의 세계를 박진감 있게 구성하기 위해서 현실 세계로부터 수많은 사실들과 소재들을 들여오기는 했지만, 지엽적인 현실의 편린을 작가가 완벽하게 통제하기가, 편린에 내재되어 있는 상충되는 함의들까지 통제하기가 어려운 것이다.[51]

---

49   Jessica Webb, *op. cit.*, p.88.

50   R. M. Ballantyne, *op. cit.*, p.253.

51   Pierre Macherey, Geoffrey Wall trans., *op. cit.*, pp.41~42.

복음주의에 대한 모순 진술

텍스트의 모순은 텍스트에서 사용되는 식인 담론이나 인종 담론과 관련해서만 드러나는 것은 아니다. 밸런타인의 텍스트를 떠받치는 이데올로기 중에는 식민주의 외에도 복음주의가 있다. 『산호섬』에서 두 이데올로기 모두 낙후된 야만적인 식인종의 존재를 전제로 한다는 점에서 인종주의를 매개로 협력하는 관계에 놓이게 된다. 즉, 남태평양에서 세력을 확장하고 있던 당대 유럽의 복음주의를 정당화하기 위해서 필요로 되었던 것이 식인 담론인 것이다. 그러나 앞서 인용한 바 있듯 블러디 빌이 들려주는 피지 섬의 식인 관습은 그 이야기가 해적의 입을 통해 나왔다는 점에서 신빙성이 떨어진다.

기독교의 필요성과 식인제가 사실임을 강조하는 진술은 작품의 후반에 등장하는 원주민 선교사의 입을 통해서도 들려온다. 랠프와 그의 동료들은 앞서 인육제에서 구출한 바 있는 갈색 피부를 한 원주민 여성이 이교도와 원치 않는 결혼을 해야 하는 상황에 처하자 그녀를 구하기 위해 인근의 망고 섬을 방문하게 된다. 이때 망고 섬에서 만난 원주민 선교사는 다음과 같이 말한다.

> 만약에 영국에 돌아가게 되면 기독교도 친구들에게 꼭 전해주시오. 이 섬들에 관해 들은 극악한 일들이 글자 그대로 진실임을 말이오. 최악의 이야기를 들었다고 생각해도 사실 그것이 진실의 절반 밖에 되지 않는다는 것을 말이오. 왜냐하면 이곳에는 인간의 입으로 표현할 수 없는 어둠의 사악한 짓거리들이 자행되고 있으니까 말이오. (…중략…) 또한 복음이 이곳에 어떤 축복을 안겨주었는지도 말해 주시오![52]

---

52 R. M. Ballantyne, *op. cit.*, p.297(원문 강조).

이 원주민 선교사는 신뢰성의 측면에서 해적보다 나은 인물이다. 사실 복음주의를 합법화하는 장치로서 원주민의 입에서 나온 기독교에 대한 칭송보다 나은 것이 없다. 그런 점에서 복음주의의 중요성과 가치가 소설에서 강조되고 있는 듯하다. 적어도 이 진술만을 보면 그렇다.

그러나 원주민 선교사의 이러한 칭찬을 다른 등장인물들의 진술과 병치시켜 읽을 때 문제가 없는 것은 아니다. 남태평양에서 활동한 유럽의 선교사들이 정작 누구의 이익에 봉사했는지는 소설에서 아이러니컬하게도 해적들의 입을 통해 증언된다.

> 복음 사업이 (원주민 — 인용자 주)들에게 무엇을 해주었는지 나는 알지도 못하고, 개의치도 않아. 내가 아는 것은 이 섬들 중 어느 곳이라도 복음을 받게 되면 무역이 아주 매끄럽고 쉽게 된다는 것이지. 복음이 없는 곳에는 악마도 이보다 더한 상대를 바랄 수가 없을 거야.[53]

19세기에 남태평양에서 활동한 무역상들이 실제로 그랬던 것처럼, 랠프를 납치한 해적들은 남태평양에서 생산되는 원자재, 즉 백단향 나무san-dalwood에 눈독을 들이고 있었다. 유럽의 무역상들은 이 자재를 얻기 위해서 원주민 추장으로부터 허락을 받아야 했고, 또 나무를 벌채하고 선적하는 힘든 작업을 위해서 원주민의 노동력을 필요로 하였다. 그러니 백단향 무역업의 선결 조건은 원주민 사회를 백인들에게 협조적으로 만드는 것이었다. 위에 인용한 해적의 증언에 의하면, 복음 사업은 백인들의 경제적 침략을 순순히 받아들이도록 전투적이고 폐쇄적인 원주민 사회를 무장 해제하는 역할을 한 것이다. 케냐의 반식민 작가 응구기의 표현을 빌리면, "칼이 오는 길을 성경이 미리 닦아준 것"[54]이다.

---

53   *Ibid.*, pp.213~214.
54   Ngugi wa Thiong'o, *Weep Not, Child*, Portsmouth, NH : Heinemann, 1987, p.57.

그러니 원주민 선교사의 입을 통해 들려오는 복음 사업에 대한 칭찬이 해적들의 입을 통해 들려오는 또 다른 칭찬에 의해 진정성이 훼손되고 마는 꼴이다. 식민주의와 복음주의의 공생 관계에 대해 피오나 맥클로흐는 다음과 같이 논평한다. "식민주의와 기독교의 협력적인 의존 관계는 일종의 식인 행위로 간주될 수 있다. 서구 사회가 자본주의적 욕구를 충족시키기 위해 식민주의의 전리품을 소비하는 동시에 이러한 행위를 신의 섭리로 합법화 하는 것이다. 기독교가 다른 나라들을 야금야금 잡아먹어 현지인들을 길들임으로써 불공정한 무역의 길을 터놓는 것이다."[55] 이렇듯 유럽의 법과 도덕이 미치지 않는 바깥세상에서 발견되는 인적·물적 자원에 대한 유럽인들의 욕망은 인간적인 기준이나 상식적인 기준을 훨씬 초월하는 것이었다. 한 마디로 그것은 '식인적食人的인' 것이었다. 결론적으로, 19세기의 남태평양 지역에서 발견되는 가장 무시무시한 식인종은, 피지 섬의 원주민들이 아니라 그들의 문화를 집어삼키고, 그들의 땅을 집어삼키고, 그들의 노동력을 집어삼킨 자본주의의 공모자인 식민주의자들, 그리고 이들과 공모한 복음주의자들이라고 하는 편이 실체적 진실에 좀 더 가깝지 않을까 싶다. 그리고 밸런타인의 소설은 이러한 진실을 징후적으로 드러내고 있는 텍스트이다.

---

55   Fiona McCulloch, "'The Broken Telescope' : Misrepresentation in *The Coral Island*", *Children's Literature Association Quarterly* 25-3, 2000, p.141.

제4장

해적과 신사紳士

사물 자체를 보여주는 것이 불가능하지 않는 한은 일반적으로 사물을 상징으로 대체하지 말라. 왜냐하면 상징에 너무 집착하게 된 나머지 그것이 무엇을 의미하는지 아이가 잊어버리기 때문이다.

—루소, 『에밀』

『보물섬』과 해적 소설의 전통

로버트 루이스 스티븐슨Robert Louis Stevenson(1850~1894)의 『보물섬Treasure Island』(1883)은 19세기에 들어 크게 유행한 모험 문학 장르, 그 중에서도 항해 로맨스nautical romance에 속한다. 이 문학 장르는 해적질과 선원 생활의 어려움을 다루었을 뿐만 아니라 무인도 조난의 이야기도 다루었다. 이 전통에는 『해적The Pirate』(1822)을 쓴 월터 스콧Walter Scott(1771~1832)을 필두로 하여, 프레드릭 마리앗Frederick Marryat(1792~1848), 찰스 킹슬리Charles Kingsley(1819~1875), 밸런타인 그리고 G. A. 헨티Henty(1832~1902) 등이 속한다. 이 중 마리앗은 『해적The Pirate』(1835), 『불쌍한 잭Poor Jack』(1840)과 『사략선 선장The Privateersman』(1846)을 출판하여 항해 로맨스 장르를 구축하는 데 중요한 기여를 하였다. 밸런타인은 『산호섬』 외에도 『해적 도시

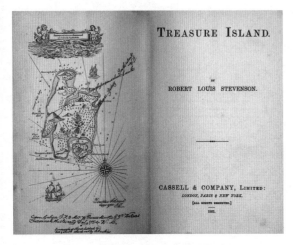

The Pirate City』(1875)와 『광인과 해적The Madman and the Pirate』(1883)을 이 전통에 추가하였고, 헨티는 『말레이 해적 중에서Among Malay Pirates』등을 추가하였다. 특히, 마리얏과 밸런타인의 작품은 빅토리아조 시대에 인기가 있었던 청소년 문학지인 『소년 잡지Boy's Own Paper』

〈그림 8〉 1883년 판 『보물섬』의 속표지와 저자가 그린 보물섬 지도.

와 『소년 연감Every Boy's Annual』에 연재되어 영제국 차세대의 상상력을 길러주었다. 이 중 『소년 잡지』는 조난당한 배에 관한 그림을 정기적으로 실어 독자들의 관심을 끌기도 하였다.

『보물섬』은 해적 소설의 장르에 속하면서도 이전의 작품들과는 확연히 다른 점이 있다는 것이 많은 비평가들이 지적하는 사항이다.[1] 그 중에는 주인공의 사회적 신분 및 그가 표상하는 에토스가 꼽힌다. 사회적 신분과 관련하여 살펴 볼 사실은, 1881년 10월부터 1882년 1월까지 청소년을 위한 문학 주간지 『젊은 친구들Young Folks』(1871~1987)에 이 소설이 연재물로 첫 출판되었을 때 애초에 의도했던 독자층인 청소년들로부터 주목을 거의 받지 못했다는 점이다. 당대의 청소년들이 기대했던 것은 앞 장에서 논한 바 있는 밸런타인의 주인공 잭과 같은 인물, 즉 퍼블릭 스쿨 출신으

---

1 『보물섬』이 직설법의 서사가 아니라 모호성, 양가성, 아이러니가 지배적인 텍스트라는 의견은 맥클로흐가 대표한다. Fiona McCulloch, "Playing Double' : Performing Childhood in *Treasure Island*", *Scottish Studies Review* 4-2, 2003, pp.66~81. 반대 의견으로는 이 소설이 "주인공이 자신이 경험한 진실을 독자에게 들려주는 형태인 이전의 소설 형식을 본받아 쓰였다"는 로즈의 주장이 있다. Jacqueline Rose, *The Case of Peter Pan : or the Impossibility of Children's Fiction*, London : Macmillan, 1994, pp.79~80.

로서 남성성이 넘치는 미래의 제국의 지도자상이었던 것이다. 여기서 '퍼블릭 스쿨'이라는 말은 공립학교가 아니라 럭비Rugby나 이튼Eton 같이 수업료가 비싼 사립 기숙학교를 일컫는다. 종교나 지역의 구분 없이 일반인들에게 문호를 개방하였기에 '퍼블릭'이라는 이름을 얻게 된 이 학교들은 중상류층의 자제들을 받아들여 이들을 사회적 의무, 공공 봉사, 공정성 같은 높은 도덕성과 강건한 신체, 무엇보다 돈독한 신앙심을 갖춘 '신사'로 양성하는 것을 목표로 삼았다.[2]

반면 『보물섬』의 주인공 짐Jim Hawkins은 당대의 어린 독자들이 보았을 때 사립 기숙학교가 양성하고자 한 미래의 지도자상과는 거리가 있는 인물이었다. 이를테면 그가 가난한 술집의 아들이라는 점도 당대 중상류층의 자제들이 그와 동일시하거나 그를 우러러보는 것을 막는 장애 요소로 작용하였다. 또한 서사 내에서 드러나는 그의 행동에서도 당대의 청소년 독자들은 제국에 봉사하고자 하는 강렬한 애국심이나 뛰어난 도덕성을, 혹은 "집단적인 행동에 의존해야 하는 조국에 대한 애국적인 의무감"[3]을 발견할 수가 없었다. 아동 문학의 중요한 특징 중의 하나인 '선인善人 대 악인惡人'이라는 도덕적인 이분법이 서사에서 제대로 지켜지지 않는다는 사실도 어린 독자층을 이 소설에서 유리시킨 원인이었다고 판단된다.

주인공의 사회적 신분이라는 관점에서 보면, 『보물섬』은 빅토리아조의 전통적인 모험 문학과 19세기 말엽에 모습을 드러낸 새로운 유형의 모험 문학의 중간 지대에 위치해 있다. 켈리 보이드에 의하면, 1890년대에 들어 청소년 문학지가 형상화해 온 남성성의 전범典範에 변화가 나타났다. 빅토리아조의 전형적인 영웅은 "신체적 강인함, 용기, 기술, 자신의 우월함에

---

2   Yitzhak Kashti, "The Public School in 19th Century England : Social Mobility Together with Class Reproduction", *Child & Youth Services* 19-1, 1998, pp.36~37.

3   Chamutal Noimann, "He a Cripple and I a Boy : The Pirate and the Gentleman in Robert Louis Stevenson's *Treasure Island*", *Topic : Washington & Jefferson College Review* 58, 2012, p.57.

대한 믿음, 당대 세상의 질서에 대한 도덕적 확신"[4]을 갖춘 존재였다. 이러한 특징은 모험과 위험으로 가득 찬 바깥세상에 나가서 영국의 국위를 선양하기 위해 필요로 되는 덕목들이었다. 즉, 바깥세상에는 제국의 적이 있고 이들과 마주쳤을 때 육체적으로나 정신적으로 적절하게 대응할 수 있어야 한다는 생각이 당대 사회에서 중요하게 여겨졌던 것이다. 또한 유럽의 바깥에서 만나게 될 유색인들이 영국인 영웅들에 의해 지배되는 것이 유색인들의 이익에도 부합한다는 사유가 팽배해 있었는데, 이러한 통치 자질을 갖춘 어린 영웅들은 주로 중상류층 출신이었다. 그러나 19세기 말엽에 이르면 이들의 출신 성분에 변화가 나타난다. 남성성은 더 이상 특정 계급이 타고나는 선천적 특질이 아니었고, 누구라도 노력하고 사회적인 규범에 순응함으로써 이 특질을 얻을 수 있다고 여겨지게 되었다. 그래서 중하층민 출신의 주인공이 등장하게 되며, 이들은 자신의 이익보다는 가족이나 학교, 이웃 등 공동체를 먼저 생각하였다. 그런 점에서 엘리트 계급의 전유물이었던 남성성이 "민주화된 것"[5]이라는 주장이 제기된다.

『보물섬』이 이전의 모험소설과 다른 점에 주목하게 되면서 근자에 두드러지게 된 비평 경향은, 이 서사를 제국주의를 찬미하는 로맨스가 아니라 제국의 지배 계층이나 그들의 승리주의적인 에토스에 대한 비판으로 간주하는 것이다. 이와 같은 진보적인 메시지를 읽어내는 비평가들은 이 소설에서 발견되는 신분적·도덕적 모호성에 주목한다. 이에 의하면 이러한 모호성은 지배 계급과 해적 집단, 즉 체제를 수호하는 집단과 불법적인 집단 간에서 발견된다. 본 연구에서는 우선 어떤 점에서 이 소설이 지배 계급의 에토스를 선양한 것으로 해석될 수 있는지, 또한 어떤 다른 점에서 당대의 기성 질서를 비판하는 것으로 해석될 수 있는지를 살펴볼 것

---

4   Kelly Boyd, *Manliness and the Boys' Story Paper in Britain : A Cultural History, 1855~1940*, New York : Macmillan, 2003, p.67.

5   *Ibid.*, p.71.

이다. 본 연구에서는 『보물섬』이 기성 질서를 비판한 진보적인 텍스트라기보다 영제국이 연루되어 있는 어두운 역사를 억압하려고 한 텍스트라고 본다. 정치적인 기준에서 판단하자면 이 소설은 오히려 반동적인 메시지를 가지고 있다. 본 연구의 최종적인 입장은, 이 소설이 공복계층의 미덕의 필요성을 주장하고 기성 질서를 옹호하는 보수적인 메시지와 전복적인 함의가 공존하는 양가적인 텍스트라는 것이다. 이러한 시각에서 보았을 때, 텍스트가 독자들 앞에 현란하게 늘어놓는 해적들과 보물찾기라는 흥미진진한 이야기는, 제국의 어두운 역사에 대해 입을 다물기 위해 대신 선택한 주제이다. 그러니 이 억압된 역사는 텍스트가 허락한 역사나 이야기만큼이나 이 텍스트의 구성에 중요한 역할을 하는 셈이다. 마슈레의 표현을 빌리면, 쓰인 것의 이면裏面이 곧 역사이며, 비평가의 임무는 표현의 제스처 속에서 표현되지 않은 것을 드러내는 것이다.[6] 따라서 일견 역사와는 사뭇 동떨어진 듯 보이는 이 '대중적인 로맨스[7]'를 역사적으로 맥락화 할 때, 즉 당대 제국의 정치·경제적 지평 내에 위치시킬 때, 텍스트가 말하기를 꺼려하는 바에 대한 논의가 비로소 가능해진다.

제국주의와 공복公僕 계층

『보물섬』과 영제국이 취했던 팽창주의 사이에는 떼려야 뗄 수 없는 밀접한 관계가 있다. 이 둘 사이의 연결 고리 중의 하나가 바로 신체적인 강

---

6   Pierre Macherey, Geoffrey Wall trans., *Theory of Literary Production*, London : Routledge, 1980, p.94.

7   비평가 왓슨은 이 서사를 '무인고도 로맨스'로 분류한 바 있다. 모레티도 제국주의 서사에서 자주 등장하는 숨겨진 보물이 역사성을 결여한 '동화적인 요소'라고 부른 바 있다. Harold F. Watson, *The Coasts of Treasure Island*, San Antonio : Naylor, 1969, p.131; Franco Moretti, *Atlas of the European Novel, 1800~1900*, London : Verso, 1998, p.62.

인함과 용맹함과 같은 '남성적인' 특질이다. 이는 밸런타인, 킹스튼W. H. G. Kingston(1814~1880), 헨티 같은 이들이 19세기 후반에 유행시킨 모험소설에서 반지성적反知性的인 특징, 즉 복싱, 사냥, 항해와 같은 육체적인 능력이 강조되는 것과 관련이 깊다.[8] 『보물섬』의 주인공 짐이 빅토리아조 후기로 갈수록 강조되는 '견인주의, 강건함, 인내심'과 같은 덕목을 잘 구현해 보이는 것도 이러한 맥락에서 이해될 수 있다. 이 덕목들은 짐이 해골 섬에 도착한 후 홀로 하게 되는 모험, 특히 지주 일행과 함께 점거한 안전한 통나무집을 박차고 나가서 해적들이 차지한 히스파니올라호를 단신으로 되찾아 오고, 또 나중을 위해 이 배를 잘 은닉해놓을 뿐만 아니라 그 과정에서 해적 핸즈Israel Hands를 홀로 처치하는 모험에서 잘 드러난다.

『보물섬』은 청소년 독자를 위한 연재물로 선을 보였을 때와 달리 1883년에 단행본으로 출간되었을 때 성인 독자들로부터 환호를 받았다. 비평가 앨더슨의 입을 빌려 표현하면, 이 소설이 인기가 높았던 것은 "로빈슨 크루소처럼 어른들을 대상으로 하는 이야기들을 소년들이 즐겼기 때문이 아니라 소년들을 대상으로 하는 이야기를 어른들이, 빅토리아조 남성들이 즐겼기 때문이다".[9] 즉, 이 소설들이 "당대의 빅토리아조 남성들이 느꼈던 어떤 정서적인 경향에, 즉 가정에 묶인 가장 역할을 거부하고 모험을 떠나고 싶어 하는 점점 강렬해지는 경향"[10]에 호소하였기 때문이다.

『보물섬』과 제국의 관계는 등장인물들이 제국을 위해 일하는 '공복소僕 계층'에 필수적인 미덕을 성공적으로 구현하고 있다는 사실에서 어렴풋이 드러난다. 공복 계층에 대한 스티븐슨의 관심은, 그가 넓은 의미에서 공복이라고 할 수 있는 토목 기술자 집안 출신이었다는 사실에서도 확인된

8   Kimberley Reynolds, *Girls Only?: Gender and Popular Children's Fiction in Britain, 1880~1910*, Philadelphia : Temple Univ. Press, 1990, p.70.

9   Rachel Falconer, *The Crossover Novel : Contemporary Children's Fiction and Its Adult Readership*, London : Routledge, 2009, p.13에서 재인용.

10   Chamutal Noimann, *op. cit.*, p.57.

다.[11] 스티븐슨이 특별히 고취하는 공복의 미덕은 성공한 중산층에서 흔히 발견되는 꼼꼼함과 정확성이다. 이는 복잡한 상황이나 현상을 질서 있게 정리할 수 있는 능력인데, 크리스토퍼 파크스는 이를 "회계 능력accounting ability"[12]이라고 부른 바 있다. 그에 의하면, 이 능력은 해적 보운즈Billy Bones 선장이 남기고 죽은 돈에서 짐의 어머니가 밀린 여관비를 정산할 때, 더도 덜도 아닌 금액을 정확하게 찾아가려는 행동에서 잘 입증된다. 그녀는 여관비를 정확하게 정산하느라 보운즈를 찾아온 해적들로부터 목숨을 잃을 수도 있는 상황에 처하게 되지만 그럼에도 불구하고 계산을 정확하게 하려는 의지를 굽히지 않는다.[13]

『보물섬』에서 공복 계층의 표상은 누구보다도 치안 판사 리브지Livesey라고 보아야 한다. 그는 지역의 판사이면서 의사이기도 하다. 치안 판사로서의 그의 면모는 짐의 술집에서 행패를 부리는 보운즈 선장과의 만남에서 잘 드러난다. 한번은 취한 보운즈가 술집의 다른 손님들에게 입을 다물라고 윽박질러 이들을 공포에 떨게 만든다. 마침 짐의 아버지의 병세를 살피러 와있던 리브지는 보운즈의 행패에 눈 하나 깜짝하지 않고 하던 이야기를 계속할 뿐만 아니라, 이 해적을 향해 그렇게 술을 마셔대면 천하의 악당 중 한 명이 저승에 곧 가게 될 것이라는 경고까지 서슴지 않고 한다. 리브지의 경고에 기분이 상한 보운즈는 칼을 꺼내어 그를 위협하고, 리브지는 다음 번 순회재판에서 그를 반드시 교수형에 처하겠다고 선언함으로써 이에 맞대응한다. 판사의 대담함에 이 사나운 해적은 기가 죽어버린다. 리브지의 덕목은 치안 판사로서의 역량이나 기개에 국한되지 않는다. 해골 섬에 도착했을 때 그는 전문 지식을 이용하여 말라리아를 유

---

11 Christopher Parkes, "*Treasure Island* and the Romance of the British Civil Servant", *Children's Literature Association Quarterly* 31-4, 2006, p.334.

12 *Ibid.*, p.338.

13 Robert Louis Stevenson, *Treasure Island*, New York : Penguin, 1999, pp.23~24.

발하는 습지와 건강한 건조지를 구분해냄으로써 짐 일행을 치명적인 질병으로부터 보호한다. 반면 풍토와 기후에 무지한 해적들은 습지에서 야영을 하게 되고, 그 결과 하나둘씩 병들어 드러눕는 운명에 처하게 된다.[14]

계산이 정확하고 올곧은 성품을 한 어머니와 전문 지식과 기개를 갖춘 리브지 같은 멘토를 둔 짐이 성장하면서 공복으로서의 자질을 갖추게 되는 것은 당연한 일이다. 미래의 공복으로서의 짐의 면모는 무엇보다도 그가 일행을 위해서 하게 되는 목숨을 건 몇 가지 봉사에서 입증이 된다. 그중 하나가 우연히 엿듣게 된 실버Long John Silver의 반란 음모를 리브지와 지주 트릴로니Trelawney에게 보고하는 행위이며, 또 다른 예로는 해적들에게 빼앗긴 히스파니올라호를 다시 탈취하는 것이다. 비평가 파크스는 미래의 공복으로서의 짐의 자질을 특히, 그의 어머니가 보여준 미덕, 즉 정확하게 기록하는 능력에서 찾는다. 이 해석에 의하면, 실버의 반란이 있기 전에도 짐은 해적과 자기편의 수를 19 대 7로 정확하게 계산한다. 이어서 그는 자기가 어른이 아니니 엄밀히 말하자면 19 대 6이라고 해야 한다고 셈을 정정한다. 사물을 정확하게 기록하는 이 미덕은 첫 전투가 발생한 후 사망자를 셈하는 선장 스몰렛Smollett에게서도 발견된다. 선장은 첫 전투에서 살아남은 자의 수를 계산한 후 이제 양편의 수가 9 대 4가 되었으니 처음보다는 승산이 높아졌다고 판단한다. 그러자 짐은 배에서 지주의 총을 맞았던 해적이 결국 사망하게 되었으니 반란 패거리의 수가 8명으로 줄었다고 선장의 셈을 정정한다.

어찌 보면 이 소설이 독자에게 전투를 들려주는 방식은, 피비린내 나는 싸움의 처참함이나 전투원들의 용맹함에 대한 묘사를 통해서가 아니라 싸우는 두 편 중 몇 명이 죽었고 살았는지에 대한 셈이나 기록을 통해서라고 할 정도이다.[15] 이러한 관점에서 보았을 때 작품의 결미에서 지주 일

---

14   *Ibid.*, pp.7~8 · 165.
15   Christopher Parkes, *op. cit.*, p.341.

행이 보물을 취득한 후, 다른 사람이 아닌 짐이 며칠에 걸쳐 금화를 세고 자루에 넣는 일을 맡은 것도 그가 장차 공복 계층을 대표하는 일꾼이 될 것임을 강력하게 시사한다.

> 영국, 프랑스, 스페인, 포르투갈 화폐, 조지 왕 금화, 루이 왕 금화, 옛 스페인 금화 더블룬, 그리고 더블 기니, 옛 포르투갈 금화, 옛 베니스 금화, 과거 백년 간의 유럽 각국 왕의 초상이 박힌 화폐, 줄이나 거미줄 같은 모양이 찍힌 신기한 동양 화폐, 둥근 화폐, 네모진 화폐, 목에도 걸려는 듯 구멍이 뚫린 화폐 등 거의 세계의 모든 돈이 이 수집물 속에 있었다고 생각한다. 그 양이 가을 낙엽처럼 많아서 굽힌 허리와 분류하는 손가락이 아플 지경이었다.[16]

짐은 동서고금의 각종 화폐를 나라별로, 형상대로 분류하는 수고를 마다하지 않는다. 짐의 일행은 70만 파운드나 되는 이 금화를 영국으로 무사히 옮겨와 나누어 가지게 되고, 그 결과 짐은 중상류 계층의 신사 계급으로 이동할 수 있게 된다.

신분 상승의 기회는 짐에게만 주어진 것이 아니다. 등장인물 중 그레이Abraham Gray는 하층민이 계급의 사다리를 높이 올라간 경우이다. 히스파니올라호의 목수보로 고용되었던 그는 자기 몫을 저축하여 경제적인 기반을 확실히 하게 할 뿐만 아니라 나중에 훌륭한 범선의 부선장이자 공동 소유주의 위치에 오르게 된다. 반면 또 다른 평민인 벤 건Ben Gunn은 자기 몫으로 받은 천 파운드를 탕진함으로써 신사가 될 수 있는 기회를 날려버린다. 그러나 그레이 같은 하층민의 신분 상승을 허락하였다는 사실만으로는 이 소설이 진보주의적 성향을 가진 텍스트라고 보기에 충분하지 않다. 왜냐하면 이 사회적 지위가 하층민들이 지배 계층에 대하여 한

---

16 Robert Louis Stevenson, *op. cit.*, p.186.

결같은 충성심과 책임감을 보여줄 때만 주어지는 선물이기 때문이다. 하층 계급의 절대적인 충성심을 요구한다는 점에서 보면 이 소설은 당대 사회에 매우 보수적인 메시지를 전달하는 셈이다.

『보물섬』에서 지배 계층은 지주 트릴로니와 판사 리브지가 대표한다. 이 보수적인 사회의 축약판에서 모든 하인 계층이 복종에 대한 보답을 받는 것은 아니다. 주인을 위해 군소리 없이 봉사함으로써 그레이가 신분 상승의 선물을 받았다면, 그렇지 못한 이도 있다. 통나무집 전투에서 숨을 거둔 수렵 감시인 레드루스Tom Redruth는 보상 없이 계급적 봉사를 위해 목숨을 내놓은 예이다. 예외적으로 주인공 짐이 다른 하층민 등장인물들과 달리 지배 계층의 허락을 받지 않고 두 번씩이나 멋대로 행동을 한다. 그렇지만 이러한 행동을 사회적인 규범으로부터 일탈이나 저항으로 읽는다면 이는 짐의 정체성을 잘못 이해한 것이다. 짐은 판사 리브지와 지주 트릴로니를 마음속으로 숭배하는 인물이다. 또한 일탈적으로 보이는 주인공의 행동도 결국은 이해관계를 같이 하는 신사 계층에 봉사하는 것이었다는 점을 고려할 때, 이 모험소설은 당대 신분 사회를 지지하는 기능을 한다. 데이비드 잭슨이 이 소설을 "18세기 위계적인 사회에 대한 단순화된 설명"이라고 불렀을 때도 이러한 보수적인 메시지를, 하층 계급에서 기대되는 '의무감'[17]에 대한 소설의 강조를 염두에 둔 것이다.

해적과 신사의 경계

18세기 영국 사회의 위계질서를 지원한다는 관점에서『보물섬』을 보았을 때, 이 질서는 등장인물들을 공복 계층과 반사회적인 해적 집단으로

---

17   David Jackson, "*Treasure Island* as a Late-Victorian Adults' Novel", *Victorian Newsletter* 72, 1987, pp.28 · 29.

구분하는 이분법에서 잘 구현되고 있다. 그러나 이 대중적인 서사의 구도가 보기만큼 단순하지는 않은 이유는, 위계질서의 토대가 되는 이분법을 위협한다고 해석될 수 있는 요소들도 소설에서 적지 않게 발견되기 때문이다. 무엇보다 흥미로운 사실은 적법한 집단과 불법적인 집단 모두 '신사'가 되기를, 혹은 신사가 상징하는 사회·경제적 신분을 얻기를 소망한다는 점이다. 또한 양쪽 집단 모두에서 실제로 이 소망을 성취하는 데에 가깝게 다가간 이들이 있다. 공복 계층 중에서는 리브지같이 이미 이 신분을 획득한 인물도 있지만, 짐과 그레이처럼 비록 중하층민에 속하지만 기득권 계층에 봉사함으로써 신분 변화를 노리는 '잠재적인 신사들'도 있다. 신사 계층에 편입되고자 하는 열망은 해적들에게서도 발견된다. 이 열망은 이들이 스스로를 "풍운의 신사gentleman of fortune"[18]라고 부른다는 사실에서도 희화적으로 드러난다. 이 표현은 해적을 뜻하는 완곡어법이기도 하지만 다른 한편으로는 한탕주의를 통해 일시적이나마 신사처럼 멋들어지게 살아보려는 신분 상승의 욕망을 내포하고 있다.

불법적인 무리 중에서는 실버가 신사 계층에 가장 가까이 다가간 경우이다. 보물을 찾아 떠난 히스파니올라호에서 동료 선원들을 반란 음모에 끌어들이기 위해 실버가 하는 일장연설을 들어보자.

풍운의 신사란 이런 거야. 거친 삶을 살고, 죽음을 무릅써야 하지만 즐길 때는 싸움닭처럼 먹고 마시지. 항해가 끝나면 수백 푼이 아니라 수백 파운드가 생기게 돼. 그 돈의 대부분을 럼주와 한바탕 놀음에 써버리곤 빈 몸으로 다시 바다로 나가지. 하지만 나의 길은 달라. 나는 벌어들인 모든 것을 신중하게 여기에 조금, 저기에 조금, 그렇지만 어느 한 곳에 몰리지 않게 저축해 두지. 이 봐,

---

18 번역어 '풍운의 신사'는 신경숙의 「금융(혁명)시대의 그늘-로버트 루이 스티븐슨의 『보물섬』과 해적의 재현」, 『19세기 영어권 문학』 19-1, 19세기영어권문학회, 2015, p.69 에서 빌려 왔다.

내 나이가 오십이야. 이번 항해가 끝나면 나는 진짜 신사로 살아갈 거야.[19]

실제로 실버는 이번 항해가 성공할 경우를 대비해 자신의 주점 스파이글라스를 이미 처분하였고, 아내를 시켜 숨겨둔 돈도 찾아 신사로서의 삶을 준비해 둔다.

그러나 영국 신사가 갖추어야 할 자격 요건에는 삶을 즐길 수 있는 여유, 즉 경제적인 안정만 있는 것은 아니다. 정직, 관대, 용기, 품위, 타인에 대한 배려 등 교양적인 자질들이 필요로 되기 때문이다. 자신의 아들을 신사로 만들어달라는 유모의 간곡한 요청에 제임스 1세가 이렇게 말했다고 하지 않던가. "내가 귀족은 만들 수 있지만 신사는 오직 전능하신 하나님만이 만드실 수 있다네."[20] 이 엄격한 기준에 비춰볼 때 실버는 신사라고는 말할 수는 없지만, 그래도 몇 가지 중요한 신사의 자질은 갖추었다고 여겨진다. 히스파니올라호의 키잡이가 "어렸을 때 훌륭한 교육을 받았고, 마음만 먹으면 책처럼 말할 수도 있어. 용감하기로는 사자도 그이 앞에서는 아무 것도 아냐"[21]라고 증언하듯, 실버는 경제력 이외에도 용기, 교육, 교양, 그리고 표준어 구사력이라는 미덕을 갖추고 있다. 또한 실버를 뒷조사한 트릴로니가 리브지에게 보낸 편지에 의하면, 실버는 상당한 신용도 갖추었다. 그의 은행 계좌는 한 번도 차월된 적이 없으며, 다른 해적이 전하는 바에 의하면, 그는 브리스톨의 은행 및 그외 다른 곳에도 저축을 하고 있다. 작품의 결미에서 실버는 짐 일행이 찾은 보물에서 삼사백 기니를 훔쳐 도망감으로써 큰 횡재는 못하지만 자신이 계획한 대로 아내와 함께 새로운 삶을 살 수 있게 된 것으로 전망된다. 이처럼 해적 두목

---

19 Robert Louis Stevenson, *op. cit.*, p.58.
20 Deepak Lal, *Reviving the Invisible Hand : The Case for Classical Liberalism in the Twenty-first Century*, Princeton : Princeton Univ. Press, 2006, p.162에서 재인용.
21 Robert Louis Stevenson, *op. cit.*, p.54.

이 큰 처벌을 받지 않고 도망간다는 점에서 이 소설은 전통적인 아동 문학이나 모험 문학의 특징인 도덕주의에서 일탈한다.

보기에 따라서는 『보물섬』의 도덕적인 일탈은 '적법한' 집단인 신사 계층에서도 발견된다. 대표적인 예가 보물 지도를 손에 넣었을 때 지주 트릴로니가 내뱉는 말이다.

> 이 악당들이 좋는 게 돈 말고 뭐가 있겠소? 이들이 돈 말고 관심을 두는 것이 뭐가 있겠소? 이들이 돈 말고 악당의 더러운 목숨을 거는 게 뭐가 있겠소?[22]

그러나 보물 지도의 내용을 소상하게 파악한 후 트릴로니는 리브지에게 "하찮은 영업"은 당장에 집어치우고 보물을 찾으러 같이 떠날 것을 제안한다. 그리고 자신은 다음 날 브리스톨로 선박을 구입하러 갈 것이라고 선언한다. 이처럼 본인도 만사를 제쳐놓을 뿐만 아니라 지역의 치안과 보건 업무라는 중책을 담당하는 리브지에게 "평생 물 쓰듯 쓰고 그 속에 뒹굴 만큼의 돈"을 찾기 위해 사회적 책무를 방기하기를 요구하는 트릴로니의 행동은, 그가 좀 전에 경멸하고 비난한 해적들과 도덕적으로 크게 나을 것이 없다는 인상을 준다.

물론 그렇다고 해서 스티븐슨이 트릴로니와 해적이 도덕적으로 같은 수준에 있음을 그려냈다고는 생각하지 않는데, 그 이유는 주인 없는 보물을 탐내는 것과 공해상에서 저지르는 해적질이 같을 수는 없기 때문이다. 실버의 인간됨에 대한 그의 오판에서도 드러나듯, 트릴로니는 이 소설에서 인간적인 결점이 없지는 않은 인물로 그려진다. 이러한 맥락에서 고려되었을 때 보물을 찾기 위해 열일을 제쳐놓는 트릴로니의 모습은, 신사와 해적이 실상은 도덕적으로 구분되지 않는다는 급진적인 메시지를 전달

---

22 *Ibid.*, p. 32.

하기보다는 지주의 인간적인 면을 드러내려고 한 작가의 의도에서 발생하게 되는 예상치 못한 함의, 즉 텍스트의 균열이라고 보아야 한다. 그렇다면 작가가 왜 실버는 또 그렇게 매력적인 인물로 만들어 놓았는가 하는 문제가 있는데 이는 다시 논하기로 한다.

공복 계층과 해적 간에 발견되는 유사함으로 인해 적지 않은 비평가들이 이 소설을 정치적인 면에서 진보적이라고 보게 되었다는 것은 특기할 만하다. 일례로, 주인공 일행이 법에 대한 존중심이나 도덕적인 자제력을 상실한 채 외국에 있는 보물을 차지하기 위해 벌이는 행각이 물질주의에 경도된 제국주의의 부도덕한 실천을 비판적으로 보여준다는 브래들리 딘의 비평과 실버의 난폭함과 탐욕스러움이 제국주의 사회의 병든 모습을 반영한다는 샤무탈 노이만의 비평이 있다.[23] 혹은 이전의 해적 소설에서는 해적의 역할이 영제국의 경쟁국들에게 할당된 반면, 스티븐슨의 소설에 와서는 해적과 해적이 아닌 집단 간의 이분법이 흐려지게 되었다는 대프니 커처의 지적과 해적질과 식민주의 모두 "상업적인 자기 이익의 표현이라는 점에서 다를 바가 없다"는 맥클로흐의 주장이 있다.[24]

이 소설이 제국주의를 비판한다고 보는 비평 중에는 해적 호킨즈의 명예를 두고 논란을 일으킨 글이 1883년에 출간되었음에 주목하며, 작가가 주인공 짐의 성씨를 '호킨즈'로 정한 것에는 분명 제국주의를 비판하는 의도가 있다는 주장도 있다.[25] 이 주장에 동의할 것인지 말 것인지의 문제

---

23 Bradley Deane, "Imperial Boyhood : Piracy and the Play Ethic", *Victorian Studies* 53-4, 2011, p.709; Chamutal Noimann, *op. cit.*, p.59.

24 M. Daphne Kutzer, *Empire's Children : Empire and Imperialism in Classic British Children's Books*, New York : Garland, 2000, p.9; Fiona McCulloch, op. *cit.*, p.73.

25 로먼에 의하면, 이 소설은 제국주의 로맨스이면서 동시에 반제국주의적인 비판이다. 즉, 짐의 일행이 성공적으로 보물을 찾아 귀향하는 줄거리는 전형적인 제국주의 로맨스에 해당하지만, 소설에서 발견되는 영국 해적의 역사에 대한 언급이 영제국과 노예제 간의 관계를 불러낸다는 점에서 반제국주의적이다. Andrew Loman, "The Sea Cook's Wife : Evocations of Slavery in *Treasure Island*", *Children's Literature* 38, 2010, pp.12 · 22.

는, 프란시스 드레이크Francis Drake(1540~1596)와 함께 16세기 영국의 대표적인 뱃사람이었던 존 호킨즈John Hawkins(1532~1595)가 빅토리아조의 집단적 기억에 범대서양 노예무역을 최초로 시작한 수치스런 인물로 각인되어 있는지 아니면 위대한 영국 해군의 지도자로 각인되어 있는지 자문해 보면 분명해진다. 호킨즈는 1588년 스페인 함대가 침공해 왔을 때 부제독의 자격으로 참전해 승리를 안겨 준 국가적 영웅이었다. 짐의 부모가 경영하는 술집 이름이 '애드머럴 벤보우Admiral Benbow'라는 점도 이와 무관하지 않다. 벤보우는 9년 전쟁(1688~1697)과 스페인 왕위계승전쟁(1701~1714) 기간 중 프랑스 함대와 맞서 싸운 공로를 인정받아 제독의 자리에 오른 국민 영웅이다. 그러니 소설에서 발견되는 이 역사적 단초들은 제국이 전성기에 누린 영광을 떠올리도록 작가가 심어 놓은 장치라고 보는 편이 옳다.

『보물섬』을 진보적인 텍스트로 보는 진영에는 실버를 당대의 신사 계층에 대한 대안으로 보는 비평도 발견된다. 이에 의하면, 실버는 당대의 신사 계층이 요구하는 덕목을 거의 다 갖추었다. 뿐만 아니라 실버가 기혼자라는 점, 짐에게 어른으로서의 권위를 내세우지 않을 뿐만 아니라 그에게 친구처럼 격의 없이 굴고, 또 때로는 교사처럼 그를 이끌어준다는 사실을 고려할 때, 그는 짐에게 사실상 아버지 역할을 한다. 짐의 친아버지가 병들어 가족에게 짐만 되다 일찍 사망하게 됨으로써 비게 되는 아버지 역할을 실버가 대신하게 되는 것이다. 이러한 맥락에서 비평가 노이만은 실버가 대안적인 신사상을 제시하며, 식민주의와 자본주의의 논리를 좇다보니 가정의 중요성이나 가정에서의 가부장의 중요성을 평가 절하한 당대 영제국의 문화를 비판하는 인물이라고 주장한다.[26]

공복 계층과 해적 집단 간의 모호성이 드러나는 대목은 앞서 언급한 예

26　Chamutal Noimann, *op. cit.*, pp.56~57.

에 한정되지 않는다. 맥클로흐에 의하면, 공복 계층의 지도자격인 지주 트릴로니가 플린트Flint 선장에 대해 내리는 평가도 준법과 범법 간의 경계를 불분명하게 만든다. 트릴로니의 발언을 보자.

> 그는 뱃놈 중에서 가장 피에 굶주린 해적이었소. 블랙비어드도 플린트에 비하면 어린애였소. 스페인 놈들이 그를 너무나 무서워해서 나는 때로는 그가 영국인인 것이 자랑스러웠기도 했소.[27]

해적에게서 자랑스러운 영국인의 모습을 본다는 트릴로니의 이 발언은 불법과 식민주의의 이분법이나 해적질과 애국주의의 이분법을 전복시키는 효과가 있다.[28] 뿐만 아니라 짐에게서 어렸을 때의 자신의 멋진 모습을 보기에 그가 사랑스럽다는 실버의 발언도, 준법적인 어린 시민과 범죄자 간의 경계를, 자아와 타자 간의 경계를 혼란스럽게 만든다.

해적, 제국의 다른 얼굴

작가의 정치적인 기획이 자아와 타자의 이분법이나 공복 계층과 해적 집단 간의 차이를 불분명하게 하는 것이라는 해석에 동의하기 전에 고려해야 할 사실은, 앞서 우리가 주목한 바 있는 트릴로니의 발언이 해상 주도권을 두고 벌어지는 영국과 스페인 간의 대결 구도를 맥락으로 하고 있다는 점이다. 이를 달리 표현하면, 제국들의 경쟁이라는 국제적인 맥락에서 보았을 때, 트릴로니가 선과 악의 경계선 그리기를 '한시적으로' 멈출 수 있음을 의미한다. 동시에 트릴로니의 발언은 해적질이 적국을 상대로

---

27 Robert Louis Stevenson, *op. cit.*, p.31.

28 Fiona McCulloch, *op. cit.*, p.73.

하는 한 국익과 국위에 도움이 됨을 인정하고 있는 것이지, 엄밀히 말하자면 '그들'과 '우리'의 차이를 부정하고 있지 않음에 유의할 필요가 있다. "내가 젊고 잘생겼을 때"의 모습을 짐에게서 본다며 호감을 표하는 실버의 발언[29]도 어떤 상황에서 이루어졌는지 텍스트의 맥락을 살펴볼 필요가 있다. 해적들로부터 다시 탈취한 히스파니올라호를 은닉한 후 짐은 리브지 일행에 합세하려고 통나무집으로 돌아오는데, 그곳은 이미 해적들에 의해 접수되어 버렸다. 짐이 자신과 닮았다는 실버의 발언이 나오는 것이 바로 이러한 상황에서이다. 즉, 실버가 제 발로 걸어 들어온 짐을 구슬러 자기편으로 삼으려고 하는 상황인 것이다. 이러한 점을 고려할 때, 실버의 감언이설을 곧이곧대로 받아들이는 것은, 그래서 이를 텍스트가 선한 공복 대 악한 해적이라는 이분법을 공공연하게 해체하는 증거로 해석한다면, 어린 짐도 속아 넘어가지 않는 해적의 사탕발림에 비평가가 속아 넘어간 셈이 된다.

스티븐슨이 인간적인 결점이 없지 않은 지주의 모습을 그려내려고 했지만 이러한 묘사가 지배 계급에 대한 아이러니를 함의하게 되었다면 모를까, 혹은 불법적인 집단의 존재를 적국 스페인과의 경쟁이라는 한정된 맥락에서 제한적으로 인정하려다가 불온한 암시까지 배제하지는 못했다고 하면 모를까, 당대 지배 계급과 제국의 팽창에 대해 스티븐슨이 비판적인 태도를 가지고 있었다고 주장한다면, 이는 텍스트에서 발견되는 의도치 않은 아이러니에 과도한 해석적 부담을 지우는 셈이다. 또한 이런 주장을 하려면 작가가 정녕 반골적인 정치관을 가졌는지에 대한 전기적인 조사가 필요한 부분이다.

이 소설이 반제국주의적인 텍스트라고 단언하기 전에 고려해야 할 또 다른 사실은 당대의 독자들이 이 소설을 어떻게 수용하였는가 하는 문제

---

29   Robert Louis Stevenson, *op. cit.*, p.152.

가 될 터이다. 즉, 스티븐슨이 공복과 해적이라는 두 집단 간에 실질적인 차이가 없음을 진지하게 주장한 것이 사실이라면, 작가 당대의 독자들은 이를 어떻게 받아들였을까? 반제국주의적인 메시지를 가지고 있다고 주장하는 것과 전복적인 함의나 모순이 이면에 있다고 주장하는 것은 별개의 것이다. 다시 물어보자. 현대의 안목 있는 비평가들이 소설의 윤리적인 모호성 — 이를테면 트릴로니의 이중적인 행동 — 에 대해 도덕적인 평가를 내리듯, 스티븐슨 당대의 독자들도 텍스트의 진보적인 비판에 같은 예민함으로 반응했을까? 이 질문에 대답하기 위해서는 많은 노력이 필요치 않다. 이 소설이 당대의 어른 독자들로부터 받았던 호평이나 수상 글래드스턴이 이 책을 읽느라 밤을 샜다는[30] 유명한 일화가 있으니 말이다. 이와 관련하여 『보물섬』에서 등장하는 모든 해적 중 실버만이 유일하게 해적 집단과 공복 계층 간의 경계선을 오가는 특권이 허락된다는 점은 주목할 만한 사실이다. 스티븐슨이 영국의 제국주의를 비판하거나 공복과 해적 집단이 도덕적으로 차이가 없음을 강조할 의도였다면, 소설에 등장하는 해적 집단 전체는 아니더라도 다수의 해적들을 좀 더 매력적이게 그려 전복적인 메시지를 강력하게 전달할 수 있었으련만, 소설에 등장하는 해적 중에서 유일하게 실버만이 이 혜택을 받는다.

스티븐슨이 실버를 통해 해적과 공복 계층의 구분을 의도적으로 하였다는 주장을 하기 전에 고려해야 할 또 다른 사실은 이 소설이 연재물로 출판되었을 때 원 제목이 '바다의 요리사─소년들을 위한 이야기'The Sea Cook : A Story for Boys'였다는 점이다.[31] 이 제목에서 '바다의 요리사'는 다름 아닌 실버를 지칭한다. 필립스도 주장한 바 있듯, 스티븐슨은 애초에 작품의 주

---

30 Bryan Bevan, *Robert Louis Stevenson : Poet and Teller of Tales*, London : Rubicon, 1993, p.110 ; Chamutal Noimann, *op. cit.*, p.57.

31 Robert Louis Stevenson, "My First Book : *Treasure Island*", *The Courier* 21-2, 1986, p.84.

인공으로서 실버를 염두에 있었다.[32] 또한 작가는 자신이 존경하는 친구인 헨리W. E. Henley를 모델로 삼아 그의 교양 있는 인품은 제외하고 대신 그의 '힘', '용기', '민첩성', 그리고 '엄청난 상냥함'을 가진 인물로 실버를 그려냈다고 말한 바 있다.[33] 또한 실버의 목발은 결핵으로 인해 무릎 아래를 잘라내야 했던 헨리의 목발에서 차용한 것이다. 이러한 사실은 스티븐슨이 해적 집단과 공복 계층을 전부 같은 도덕적 층위에 두려고 하였던 것이 아니라 실버라는 특정 인물에 대한 그의 태도가 남다른 것임을 의미한다.

해적과 공복 계층의 구분이 모호하다는 주장을 하는 비평가들은 실버가 짐의 멘토 역할을 한다는 점도 거론한다. 실제로 실버는 짐을 처음 만난 날 브리스톨 항구를 지나가면서 정박해 있는 배들과 배의 장비에 대해서 자상하고 재미있게 설명을 해 준 적이 있다.[34] 이는 짐이 이전에도 본적이 있는 해적 블랙 독Black Dog을 실버의 술집에서 발견했을 때 이 해적의 정체를 폭로하였으나 실버가 그를 잡는 척하다가 일부러 놓아 준 후에 있었던 일이다. 블랙 독과의 관계가 탄로날까봐 짐의 환심을 사기 위해 최선을 다하는 실버를 짐의 멘토로 볼 것을 주장하는 것은, 독자들을 소설에서 실버의 정체를 알아채지 못하는 어린 짐과 같은 정신적 수준으로 취급하는 것과 다르지 않다.

짐의 멘토는 세치 혀로 짐을 속이려 들고 자신의 목숨을 부지하기에 여념이 없는 실버가 아니라 스몰렛 선장, 판사이자 의사인 리브지, 지주 트릴로니 같은 인물들이다. 지주는 비록 입이 가볍고 사람을 너무 쉽게 믿는 바람에 실버의 계략에 넘어가지만, 사실 간교한 실버에 넘어가지 않은 사람이 거의 없다는 점에서 이 단점은 트릴로니 혼자만의 것은 아니다.

32　Alexandra Phillips, "The Changing Portrayal of Pirates in Children's Literature", *New Review of Children's Literature and Librarianship* 17, 2011, p.41.

33　Robert Louis Stevenson, "My First Book : *Treasure Island*", *The Courier* 21-2, 1986, pp.82~83.

34　Robert Louis Stevenson, *Treasure Island*, New York : Penguin, 1999, p.45.

보기에 따라서 이러한 면이 트릴로니의 순수함을 증명한다. 동시에 그는 '강철 같은 냉철함'과 명사수의 실력으로 해적들의 반란을 제압하는 데 큰 기여를 한다. 또한 스몰렛 선장은 사람을 꿰뚫어보는 능력이 있으며, 판단력이 뛰어나고, 자신의 직무에 매우 충실한 인물이다. 그는 남의 비위를 맞추지 못하는 솔직한 성품 때문에 처음에는 트릴로니의 반감을 사게 된다. 그의 원칙주의에 반감을 갖게 된 지주는 그를 "남자답지도, 뱃사람답지도, 영국인답지도 않다"고 평가 절하하지만, 시간이 지나면서 실버 일당에 대한 선장의 판단력이 옳았음을 인정하게 된다. 통나무집 전투에서 일행을 조직하고 독려하는 선장의 지도력은 리브지로부터도 "나보다 훨씬 대단한 사람"이라는 평을 받는다.[35]

리브지 의사는 기개, 자애로움, 지식, 정의감을 고루 갖춘 인물이다. 그의 기개는 앞서 언급한 바 있듯 보운즈 같은 악당을 꼼짝 못하게 만든 사건에서 이미 잘 드러난 바 있다. 또한 의사는 보물섬에 도착하자마자 정박지의 습한 환경이 열병에 걸리기 좋은 곳임을 파악하고 나중에 해적들과 전투를 벌일 때 이 지식을 활용하여 전투를 유리하게 이끄는 데 결정적인 공헌을 한다. 그의 정의감과 박애주의는 해적들이 말라리아에 걸려 차례로 드러눕자 그들을 치료하기 위해 노력을 아끼지 않는 데서도 잘 드러난다. 짐이 미래의 공복 계층의 일원으로 성장하리라 예상할 수 있는 것은 그가 리브지를 비롯한 스몰렛과 트릴로니 같은 인물들과 함께 지내며 이들의 미덕을 배울 수 있었기 때문이다.

이와 같은 이유에서 본 연구에서는 공복 계층과 해적 간에 발견되는 모호성을 작가의 기획으로 간주하는 것은 작품의 전체적인 맥락을 제대로 고려하지 못한 것이라 주장한다. 그러니 이 텍스트에서 두 집단 간에 유사성이 발견된다면, 이는 작가의 의도와 반드시 일치하지는 않는 텍스트

---

35   *Ibid.*, pp. 50 · 92 · 102.

의 함의에서 유래하는 것이라고 보아야 한다. 또한 공복과 해적 두 집단 간의 모호성이 이 소설에 배어있다면, 이는 해상 제국으로 출발한 영국의 역사와 무관하지 않은 것이기도 하다. 이를 달리 표현하면, 공복 집단과 해적 간의 모호성은 작가가 텍스트 내로 들여오고 싶지 않았던 제국의 역사가 텍스트에서 징후적으로 모습을 드러낸 경우라는 것이다.

영제국의 역사를 살펴보면, 해적과 공복 계층은 애초에 같은 몸통을 가진 두 얼굴이었다. 16세기 당시 교역상들은 외국과의 무역도 담당하였지만, 기회가 되면 공해상이나 육지에서 노략질을 일삼기도 하였으니, 무역업과 해적질은 상황에 따라 간판만 바꿔달 뿐 동일한 세력이 수행하는 경제 활동이었다. 엘리자베스조 시대에 활약했던 호킨즈와 드레이크가 대표적인 경우이다. 더들리의 연구가 밝히듯, 호킨즈 가문은 메리 여왕 시대(1553~1558)에도 무역과 해적질을 하였는데, 메리 1세가 가톨릭 교도였기에 같은 가톨릭 국가인 스페인 소속의 상선을 노략질하다가 발각되면 목숨을 내놓아야 했다. 그러나 1558년에 엘리자베스 1세가 즉위하게 되면서 상황이 바뀌게 된다. 여왕이 종교 전쟁으로 피폐해진 국고를 보충하고 영국을 호시탐탐 넘보는 스페인의 필리페 2세를 견제하는 수단으로, 소위 '사략 상인'이라고 불리는 상선단을 활용함으로써 해적질이 준법적인 경제 행위로 인정을 받게 된 것이다.

국왕의 특허장, 즉 사략면장을 받고 행해진 해적질은 그 내용을 들여다보면 실제로 투자의 형식으로 이루어졌다. 사략면장을 받은 선장은 사략질 수입의 일부를 국가에 헌납하기도 하지만, 원정 자금을 충당하기 위해 수입의 일정 비율을 배당할 것을 약속하고 투자자를 공공연히 모집하였던 것이다. 더들리의 연구에 의하면, 1562년에 호킨즈는 역사상 처음으로 군주로부터 아프리카와 신대륙을 오가는 원정 무역에 참여해도 좋다는 비공식적인 허락을 받는다. 이때 호킨즈는 서아프리카의 기니만에서 취득한 상품을 싣고 대서양을 건너 서인도제도에서 이를 팔아 엄청난 이

득을 챙길 수 있었다. 서인도제도의 스페인 식민지에서 현지의 관리들은 필리페 2세의 명을 따라 영국인 상인들과의 교역을 거부하기도 하였는데 이때 호킨즈는 현지인들을 잡아 몸값을 받아 내거나 그 지역을 아예 약탈하기도 하였다. 그러니 교역과 사략질이 동시 발생적이었던 것이다.[36] 호킨즈의 원정 교역/사략질이 성공하자 엘리자베스 여왕은 그 자신이 사략질에 투자하기도 하고, 스페인과 포르투갈의 반발로 투자가 용이하지 않을 때는 사략선에서 세금을 추징하는 방식으로 수익을 올렸다.

호킨즈 선장 아래에서 교역과 사략질/노략질을 배운 이가 바로 영국 제국사에서 명성을 떨친 드레이크이다. 드레이크는 1570년에 사략면장도 없이 파나마 지협에서 스페인 마을을 습격하여 스페인 본국으로 보낼 현지 교역상들의 상품을 약탈하는 데 성공한다. 값어치 10만 파운드가 넘는 물품을 약탈한 드레이크의 대성공에 깊은 인상을 받은 엘리자베스 여왕은 값비싼 보석을 선물로 받은 후 그의 무허가 해적질을 눈감아준다. 1572년에도 드레이크는 파나마 지협으로 원정을 떠나 '놈브레 데 디오스' 요새를 습격한다. 스페인은 남미에서 채굴한 금과 은을 서쪽 해안을 따라 파나마만으로 보냈고 이를 다시 노새에 실어 동쪽 해안의 이 요새에 모았다가 스페인 함대가 이를 본국으로 실어 날랐는데, 드레이크가 이 요새를 습격하여 거금을 거머쥔 것이다. 그 외에도 그는 1579년에 스페인의 남미 식민지들을 약탈하고 스페인 수송선들을 노략질하여 이듬해 플리머스 항에 돌아오게 되는데, 이 때 2천 5백만 파운드어치의 약탈품을 내려놓게 된다. 몇 주 후 그는 이 공로를 인정받아 여왕으로부터 작위를 받게 되고, 1587년에는 제독의 신분으로 전쟁에 참여하기도 한다. 드레이크로 인해 영국은 스페인을 상대할 수 있는 재정을 마련할 수 있었고, 반면 필리페 2세는 영국의 사략질로부터 식민지를 방어하느라 국고를 탕

---

36 Wade G. Dudley, "Sir Francis Drake : Pirate to Admiral", *Military History* 26-2, 2009, pp.64~65.

진해야 했다.[37]

이처럼 사략질과 노략질의 주체인 영국 해적들은 16세기 엘리자베스 치하의 영국을 스페인 제국에 맞먹는 해상 제국으로 만드는 데 중요한 기여를 하였고, 또 그 봉사의 대가로 제국의 공복으로 인정을 받았다. 신경숙의 표현을 빌리면, "영국의 해상권 장악에 가장 큰 기여를 한 사람들은 해적과 사략선주, 해적선과 사략선 간의 경계를 넘나드는 '모험가'와 '투자자'들이었다".[38] 그러니 정확히 말하자면 이 특별한 경제 주체들은 해적과 사략선주, 모험가와 투자자, 해적과 공복 계층을 넘나들었다고 해야 할 것이다. 이러한 맥락에서 고려되었을 때, 해상 제국의 역사에서 활약한 영웅들의 이름을 작가가 작품에서 사용할 때, 이러한 언급은 그 영웅들의 공식적인 활약상에 대한 인유와 더불어 텍스트의 저변에 제국의 어둔 역사와 관련된 부정적인 함의를, 이 영웅들의 노략질에 대한 함의를 발생시키게 된다. 그러나 텍스트에 이러한 간텍스트적인 차원이나 전복적인 함의가 있음을 지적하는 것과 작가가 제국을 비판한 진보적인 인물이라고 주장하는 것은 별개의 것이다.

보물의 정치경제학

『보물섬』에 또 다른 전복적인 면모가 있다면 이는 서사의 전개에 가장 중요한 추동력을 제공하는 보물의 정체와 관련해서이다. 이 질문을 해보자. 짐과 같은 중하층민이 중상류층으로, '신사 계층'으로 이동을 하는 것을 가능하게 한 보물은 '원래' 어디에서 온 것일까? 소설에 의하면, 이 보물은 플린트 선장의 소유물이다. 플린트는 이 보물을 서인도제도의 어느

---

37   *Ibid.*, pp.67~68.
38   신경숙, 앞의 글, 76쪽.

섬에 숨긴 후 보물 은닉을 도와준 동료 해적 여섯 명을 무참하게 살해함으로써 보물의 존재를 비밀에 부칠 수 있었다. 그러나 그가 죽은 후 보물이 묻힌 곳을 표시한 지도가 보운즈의 손에 넘어가게 되었고, 보운즈가 죽으면서 다시 짐의 손에 들어가게 된다. 이처럼 텍스트가 밝혀내는 보물 소유권의 계보 중 가장 오래된 것이 플린트 선장이다. 여기서 염두에 두어야 할 사실은 플린트만으로는 '최초의 출처'가 설명되지 않는다는 사실이다. 스티븐슨의 소설은 문제의 보물이 플린트에서 짐 일행의 수중으로 어떻게 옮겨지게 되었는지, 즉 최초의 출처에 대한 언급은 배제한 채 소유권의 이전 경로만을 설명해 줄 뿐이다.

플린트 선장이나 실버가 실존 인물이 아니라는 점을 고려할 때 이들이 과거에 강탈한 보물의 출처를 캐묻거나 그 보물의 정치경제학적인 함의를 논의하는 것은 쉽지 않다. 동시에, 플린트와 실버가 모두 허구의 인물이기는 하되, 이들의 해적질에 대한 이야기가 완전히 역사적 진공 상태에서 이루어진 것은 아니라는 사실은 유의할 만하다. 어떤 점에서는 작가가 보물의 최초 소유자를 플린트 같은 허구의 인물로 설정함으로써 보물의 '역사'에 대한 질문을 애초부터 배제하기를 의도하였는지도 모르겠다. 그러나 로맨스라 불리는 이 가상의 이야기를 지어내는 과정에서 스티븐슨이 역사적인 지표가 될 수 있는 사건들과 인물들을 서사화의 과정에서 완전히 배제하지는 못했다는 점은 보물의 정치경제학을 논할 때 중요한 단서를 제공한다.

『보물섬』에서 간간히 조각조각 언급되는 실제 사건들과 인물들이 지시하는 역사적 맥락을 재구성하여 보면, 플린트의 보물이 애초에 어디에서 어떻게 획득된 것인지에 대한 합리적인 추론이 불가능하지 않다. 먼저 역사적 지표가 될 단서가 들어 있는 실버의 연설을 들어보자.

플린트가 선장이었어. 나는 갑판수였지. 목발을 한 채 말이야. 바로 그 배에서 내가 다리를 잃었어. 퓨 녀석은 눈을 잃고, **선의(船醫)**가 내 다리를 절단했는데, 그 자는 대학도 나오고, 라틴어도 척척, 모르는 것이 없었지. 하지만 **코르소 성(Corso Castle)**에서는 그 자도 개처럼 교수형을 당해 다른 녀석들과 함께 태양 아래에 내걸렸지. 그 녀석들은 로버츠의 부하들이었어. 배 이름을 바꾸어서 그렇게 된 거야. **로열포춘호**도 그렇고 다른 배들도 그렇고. 배의 이름은 한번 정하면 그대로 둬야 하는데 말이야. 카산드라호도 그랬고. 우리를 말라바에서 고향으로 무사히 데려다 주긴 했어. **잉글랜드** 녀석이 바이스로이-오브-인디즈호를 나포한 후의 일이야. 플린트의 낡은 배 월러스호도 그래. 붉은 피로 물들고 배가 침몰할 정도로 황금을 많이 실었었지.[39]

앤드류 로먼의 연구가 주목한 바 있듯,[40] 위 인용문에서 언급되는 로버츠, 선의, 그리고 잉글랜드는 역사적인 인물들이다. 우선 웨일즈 출신의 바톨로뮤 로버츠Bartholomew Roberts(1682~1722)부터 보면, 그는 3년이라는 짧은 기간에 4백 척의 상선을 약탈한 것으로 유명한 해적이었다. 그는 서아프리카 연안의 노예선들을 약탈하거나 노예선에 실린 노예들의 몸값을 선장으로부터 받아내는 등 주로 유럽의 범대서양 무역을 교란하였다. 1722년에 서아프리카의 로페즈 곶에서 로버츠의 선단은 영국 해군에 패하게 되고, 이때 포로가 된 로버츠의 부하들은 골드 코스트에 있는 케이프코스트 성Cape Coast Castle으로 끌려가서 교수형을 당하였다.[41]

비평가 로먼과 닐 레니 등의 연구에 의하면, 소설에서 실버의 다리를 잘랐다고 하는 선의도 피터 스커더모어Peter Scudamore라는 실재 인물이

---

39   Robert Louis Stevenson, *Treasure Island*, New York : Penguin, 1999, p.57(인용자 강조).

40   Andrew Loman, *op. cit.*, pp.1~26.

41   Ibid., pp.7~8; Captain Charles Johnson, Arthur L. Hayward ed., *A General History of the Robberies and Murders of the Most Notorious Pirates*, London : Routledge, 1926, chapter 10; Robert W. Harms, *The Diligent : A Voyage through the Worlds of the Slave Trade*, New York : Basic Books, p.116.

었다. 로열포춘호에 승선해 있던 그는 로버츠가 전사한 후 포로로 잡혀 케이프코스트 성에서 교수형을 당하였다.[42] 케이프코스트 성의 옛 이름이 코르소 성이었으니 위에 인용한 실버의 진술은 역사적 사실과 부합하는 것이다. 에드워드 잉글랜드Edward England(1685~1721)도 아프리카 해안과 인도양에서 1717년부터 1720년까지 활동한 해적이었다. 아일랜드 출신의 이 해적도 범대서양 무역 항로를 통해 아프리카 노예들을 나르던 노예선들을 약탈하였다.[43] 이 외에도 『보물섬』에는 서인도제도 부근에서 활동하던 악명 높았던 해적 블랙 비어드Black Beard, 그리고 그의 부하 핸즈나 벤 건과 같이 역사적으로 실재했던 해적들이 언급된다. 이 해적들은 스티븐슨이 해적사海賊史『가장 악명 높은 해적들의 도적질과 살인 행위에 관한 일반 역사』(1724)를 참조하여 소설에 들여온 인물들이다.

비록 플린트 선장이 가공의 인물이기는 하지만, 그와 함께 일했다고 하는 실제 인물들의 역사적 활동을 고려하건대, 플린트 선장은 특정한 시대의 역사를 인유하게 된다. 역설처럼 들리기는 하지만 가공의 인물이 실제 역사를 연루시키게 되는 것이다. 이 인유된 역사적 공간에서 고려되었을 때, 플린트 선장의 활약(?)이 범대서양 무역을 대상으로 한 해적질이었다는 추론이 가능해진다. 즉, 아프리카에서 노예들을 사들여 서인도제도나 기타 아메리카 지역으로 실어 날랐던 노예선들을 대상으로 약탈을 한 것이다.[44] 실버의 회상에 의하면, 플린트 선장의 원정은 인도의 남서해안 지

42 Andrew Loman, *op. cit.*, pp.8~9; Neil Rennie, *Treasure Neverland : Real and Imaginary Pirates*, Oxford : Oxford Univ. Press, 2013, p.184.

43 Charles Ellms, *The Pirates Own Book*, Bedford, MA : Applewood Books, 1937, pp.252~271.

44 브리스톨의 무역상들은 런던에 본부를 둔 영국 왕립 아프리카 회사(RAC)의 노예무역 독점권이 사라지게 되는 1698년에 이 사업에 뛰어들어 노예무역이 금지되는 1807년까지 계속한다. 역사가 리처드슨에 의하면, 백여 년 동안 브리스톨 항구에서 출발한 노예선의 수는 2천여 척이며, 신대륙으로 실어 나른 아프리카 노예의 수는 어림잡아 50만 명에 이른다고 한다. Jeremy Black, *The Atlantic Slave Trade in World History*, London : Rout-

〈그림 9〉 케이프코스트(케이프 코르소) 성 모습. 『해적들의 도적질과 살인 행위에 관한 일반 역사』(1724)의 삽화.

역인 말라바 지역도 포함하는 광범위한 것이었지만, 아무래도 주 활동 무
대는 서아프리카 지역, 그 중에서도 코르소 성 부근이라고 해야 할 것이
다. 당시 코르소 성은 '영국 왕립 아프리카 회사Royal African Company'의 본
부였다. 이 회사의 주 교육품은 황금과 흑인 노예였는데, 회사의 경영진은
코르소 성에 감옥을 설치해 놓고 내륙에서 사냥해 온 흑인들을 아메리카
의 식민지로 보내기 전에 이곳에 억류해 두곤 했다.

해적의 황금기인 1689년에서 1720년까지 아프리카 서해안을 본거지
로 삼았다는 점에서 플린트 선장의 약탈 대상은 범대서양 무역 항로를 따
라 활동했던 스페인 노예선들이었다고 판단된다. 이러한 역사적인 맥락
에서 보았을 때 플린트 선장이 서인도제도의 한 섬에 묻어 둔 보물은 필
시 아프리카 흑인 노예들의 몸값으로 받은 돈이거나 이 노예들의 노동력

ledge, 2015, p.79; Kenneth Morgan, *Bristol and the Atlantic Slave Trade in the Eighteenth
Century*, Cambridge : Cambridge Univ. Press, 1993, p.129; David Richardson, *The Bristol
Slave Traders : A Collective Portrait*, Bristol : Bristol Branch of the Historical Association,
1985, p.1.

을 이용하여 스페인령 아메리카의 광산에서 채굴한 금과 은일 것이라는 추측이 가능해진다. 그러나 작가는 플린트 선장이 보물을 취득한 구체적인 경로를 밝히지 않음으로써, 무엇보다 그를 허구의 인물로 설정함으로써, 노예무역과 노예제도를 통해 벌어들인 검은 돈을 '세탁'하는 데 어느 정도 성공을 거둔 듯하다. 『보물섬』을 읽은 당대의 독자들이나 훗날의 비평가들 중 어느 누구도 이 보물이 단순한 해적질 이상의 것일 가능성, 즉 인간을 교역품으로 사고 판 대가일 수 있다는 가능성에 대해서 질문하지 않으니 말이다.

스티븐슨의 이 소설은 1750년대를 배경으로 한다. 보물 지도에 1754년이라는 연도가 찍혀 있고 플린트 선장이 죽은 지 몇 년 되지 않아 사건이 벌어지는 것으로 보아 1750년대 중반 정도라고 추정되는데, 이때만 해도 영국은 노예무역을 통해서 많은 부를 축적하고 있었다. 그러나 소설에서 노예무역이라는 표현은커녕 노예라는 말도 등장하지 않는다. 노예무역은 소설의 일인칭 화자가 엿들은 실버의 회상에서나 징후적으로 추적될 수 있다는 점에서 이 텍스트에서 다중적으로 억압되어 있다.

해적 사회, 대안적 질서?

이 소설에서 발견되는 역사적 참조를 연구한 로먼은 히스파니올라호의 배 이름이 서인도제도의 한 섬에 유래함을 밝히고 있다. 이에 의하면, 1492년에 그 섬에 '처음' 상륙한 콜럼부스가 그곳을 '히스파니올라'라고 이름 붙였고, 스페인이 아프리카에서 흑인 노예들을 들여오기 시작한 16세기 초엽에 아프리카 흑인들의 최초 반란이 일어난 곳도 이 섬이었다. 그러니 짐 일행이 보물을 찾아 타고 떠난 배의 이름만 하더라도 독자들에게 노예무역과 식민주의를 연상시키기에 충분했다.[45] 이러한 관점에 의하면 실버의 선상 반란은 황금에 눈이 먼 해적들의 소행이 아니라 — 적어도 은유적 수준에서는 — 계급적이고도 인종적인 약자들이 제국의 권위에 맞서는 대항적인 의미를 갖는다. 이를 뒷받침하기 위해 로먼은, 벤 건이나 보운즈 선장, 그리고 톰 모건Tom Morgan 같은 몇몇 해적들이 갈색의 피부를 가졌다는 사실에 주목하기도 한다. 이 소설에 등장하는 해적들의 선상 반란에서 아프리카 출신 노예들의 반항을 읽어내는 것이다.

제국이 팽창하던 시기에 유행한 대중 서사에서 흑인 노예들의 저항을 읽어내며 제국주의에 대한 비판적인 시각을 작가에게 귀속시키는 것은 매우 흥미로운 독법이다. 그러나 이러한 독법은 작품에서 짐의 일행이 최종적으로 '약자'인 해적들에게 승리를 거둔다는 사실을 설명해야 한다. 또한 실버를 제외한 어느 해적도 독자들에게 매력적인 인물로, 혹은 가여운 인물로도 여겨지지 않는다는 점도 이 독법에는 부담스러운 사실이 된다. 로레인 플렛처가 지적한 바 있듯, 이 소설에 등장하는 대부분의 해적들은 변화가 불가능하며, 절망적으로 부주의하고, 해골 섬도 히스파니올라호도 제대로 관리할 수 없는 인물들이다.[46] 즉, 독자들이 이처럼 한심한 '약자들'과 공감하는 것이 거의 불가능에 가깝다는 사실은, 작가가 이들의 편에 서서 제국을 비판하려고 하였다는 로먼의 주장이 설 자리를 잃게 만든다.

스티븐슨을 진보적인 작가로 보는 관점에서 등장인물들의 사회적 위상을 비교해보는 것은 흥미로운 결과를 가져온다. 계급의 측면에서 이들을 보았을 때, 이 스펙트럼의 한쪽 편에 짐이 충성을 바치는 지주 트릴로니가 있고, 다른 쪽 편에는 실버를 비롯한 해적 일당이 있다. 짐이 해적들

---

45   Andrew Loman, *op. cit.*, pp.16~17.

46   Loraine Fletcher, "Long John Silver, Karl Marx, and the Ship of the State", *Critical Survey* 2, 2007, p.40.

이 아니라 트릴로니를 후원자로 선택한 것은 그러한 점에서 당연한 것이다. 어린 나이에도 불구하고 짐은 사회적인 권력이 어떤 것인지 알고 있었기 때문이다. 판사 리브지가 사나운 보운즈 선장을 홀로 대적하여 그를 꼼짝 못하게 만드는 장면을 짐은 이미 목격한 바 있다. 법이 누구의 편인지 확인하는 순간이다. 보물섬 지도를 수중에 넣었을 때 짐이 트릴로니를 찾아가는 것도 이 지주가 법과 질서의 수호자라는 것을 알고 있기 때문이다. 짐과 실버가 닮은 꼴임이라고 간주하고 이로부터 사회비판적인 면을 읽어내는 비평이 애써 간과하는 부분이 바로 이것이다.

해적들에 맞서 지주의 편에 서는 인물들 중에는 리브지 외에도 지주를 모시는 하인 레드루스와 그레이가 있다. 레드루스는 주인을 지키기 위해 싸우다 통나무집 전투에서 사망하고, 그레이는 지주 일행이 히스파니올라호를 떠날 때 따라가려다가 해적의 손에 죽을 뻔한 적이 있다. 통나무집 전투에서 살아남은 그레이는 그의 충성심 덕택에 금전적인 보상을 받아 신분 상승을 꾀할 수 있게 된다. 이처럼 제한된 계급 상승을 허락하나 근본적으로 봉건적인 신분제 사회의 질서를 트릴로니는 대변한다.

해적들의 집단은 트릴로니가 대변하는 전근대적인 사회 질서와 대조를 이룬다. 짐이 해적들이 점거한 줄 모르고 통나무집으로 돌아왔을 때 해적 모건이 그를 죽이려고 하자 실버가 이를 제지한 바 있다. 그의 이러한 결정에 대해 부하들이 불복하려 하자 실버는 "네 놈 내장을 보여주겠다"는 무시무시한 협박과 더불어 다음과 같은 말로 제압한다.

> 나는 선거에 의해 선장이 되었다고. 배를 탄 경험에 있어 최고이기 때문에 선장이 된 거야. 너희들은 풍운의 신사처럼 마땅히 싸우려고 하지도 않아. 제기랄, 그럼 복종을 해야 해.[47]

---

47   Robert Louis Stevenson, *Treasure Island*, New York : Penguin, p.155.

실버의 이 말은 해적들의 집단이 겉보기와 달리 민주적인 절차에 의해 운영됨을 보여준다. 지도자는 선출직이며, 이때 선거의 당락을 좌우하는 것은 '뱃사람 경력'과 같은 개인의 연륜과 능력이라는 점에서 그렇다. 실버가 협박조의 연설을 끝낸 후 그의 동료 해적들은 자신들에게도 '회의를 할 권리'가 있음을 실버에게 상기시킨 후 평선원 회의를 열어 실버를 선장직에서 해임하기로 결정한다.[48] 이 의결 내용을 담은 검은 원이 그려진 종잇조각을 받았을 때, 실버는 변명과 더불어 리브지에게 받은 보물 지도를 해적들에게 보여줌으로써 이 위기를 넘기기는 한다. 여기서 주목할 만한 사실은, 평선원들이 앞서도 플린트 선장의 보물 지도를 들고 잠적한 보운즈 선장을 소환하기로 의결하고 그를 찾아나서는 등, 이 회의가 해적 사회에서 중요한 의결 기구로 기능한다는 점이다.

『보물섬』에서 해적들의 사회가 규칙에 의해 운영된다는 사실에 주목하는 비평가들은 이 공동체가 '민주적'이라고 평가하였다.[49] 스티븐슨의 소설에서 제국에 대한 비판을 읽어내고 싶은 비평가라면, 악명 높은 해적 플린트에 대한 트릴로니의 일회적인 경탄이나 짐을 속이려는 실버의 간교한 행동에서가 아니라 바로 이 해적 사회에 대한 묘사에서 찾아야 하지 않을까 싶다. 이들의 공동체에는 트릴로니가 대표하는 봉건적인 신분 사회에 대한 대안이라고 볼 만한 부분이 있으니 말이다. 이때 주목할 점은, 지주와 해적들이 각각 표상하는 바가 전근대적인 질서와 근대적인 질서로 나뉘기도 하지만, 다른 한편으로는 범법과 준법에 의해 나뉜다는 사실이다. 즉, 수평적인 결사체를 구성함으로써 근대적인 사회를 예고하는 이들이 이 소설에서는 범법의 표식을 달고 있는 반면, 전근대적인 질서를 표상하는 이들이 준법의 표식을 달고 있다는 사실이다. 이러한 사실을 염

---

48   *Ibid.*, 162.

49   Alexander Spencer, *Romantic Narratives in International Politics : Pirates, Rebels and Mercenaries*, Manchester : Manchester Univ. Press, 2016, p.53.

두에 두었을 때, 스티븐슨이 해적들의 공동체를 그려낼 때 얼마나 진지한 태도를 견지했을까 하는 의구심을 갖게 되기도 하지만, 어찌 보면 스티븐슨이 해적 공동체에 대해 진지하게 생각하지 않았기에, 범법적인 집단이 근대적인 정치 체제를 표상하는 것이 소설 내에서 허락될 수 있지 않았을까 싶다.

플렛처는 다소 다른 맥락에서 스티븐슨의 해적 공동체에 주목한 바 있다. 그에 의하면, 작가는 평선원의 의결 기구에 대한 묘사를 통해 급진적인 비전을 제시한 것이 아니라 19세기 영국의 노동조합의 절차와 비밀주의를 비판하였다. 규칙을 어긴 동료에게 '검은 원'이 그려진 종이를 건네줌으로써 집단 의지를 강제하는 해적들의 행위에서, 반대표를 행사하여 동료를 따돌리거나 노조에서 내쫓았던 영국 노조에 대한 인유를 읽은 것이다. 이러한 독법에 의하면 스티븐슨은 보수적인 낭만주의자이다.[50] 그뿐만 아니다. 스티븐슨의 이 소설은 선거법 제3차 개정안이 의회에서 통과된 1884년의 바로 전년도인 1883년에 출간되었다. 19세기 후반기에 들어 노동자들과 여성들의 참정권을 요구하는 목소리가 드높아졌음을 고려할 때, 『보물섬』에서 해적들의 민주적인 공동체를 그려내는 것은 현실에서 벌어지고 있던 노동 계급의 정치적 투쟁과 무관할 수 없는 정치적 행위라고 추정된다. 논의를 더 전개하기 전에 실버 일당에 대한 작가의 묘사를 자세히 살펴보자.

소설에서 평선원 회의를 열러 밖으로 나간 해적들은 성경책의 한 귀퉁이를 찢어내어 검은 원을 그린 종잇조각을 실버에게 내밀면서 그의 네 가지 중대 실책을 거명한다. 이에 의하면 실버는 보물을 찾는 항해를 망쳤고, 리브지 일행이 통나무집을 살아서 걸어 나가는 것을 허락했으며, 해적들이 이들을 기습하려고 하자 이를 제지했고, 심지어는 제 발로 걸어들어

---

50 Loraine Fletcher, *op. cit.*, pp.35 · 40.

온 짐도 살려두는 실책을 저질렀다는 것이다. 이에 대한 실버의 대답을 들어보면, 네 가지 항목에 대한 합리적인 설명이나 반박과는 거리가 멀다. 실버의 첫 대답을 들어보자.

상륙한 첫날 내게 검은 원 쪼가리를 내밀며 이 춤판을 벌인 게 누구였지? 야, 참 멋진 춤이구나, 그래 나도 함께 하지. 꼭, 런던의 처형대에서 밧줄에 목 매달릴 때 흔들거리며 추는 혼파이프 춤 같구나.[51]

이 대답에서 실버는 동료들의 불복종을 항해의 실패의 원인으로 지목한다. 시기적으로나 인과론적으로 전혀 맞지 않아 반박 같지도 않은 반박이지만, 실버는 해적이 맞이할 교수형을 구체적으로 거론하여 동료들에게 죽음의 공포를 불어넣음으로써 그들의 기를 꺾어놓는다. 짐의 관찰에 의하면, "조지와 그의 동료들의 표정을 보면 실버의 말이 헛되지 않은 것 같다"고 하니 말이다.

이때 해적 모건이 실버에게 나머지 세 항목에 대해서도 대답할 것을 촉구하는데, 그로서는 용기를 내서 한 말이겠지만, 그 역시 실버의 첫 번째 대답을 그럴듯한 하나의 대답으로 인정하고 있다는 점에서 다른 해적들과 다를 바 없다. 다른 항목에 대해서도 설명하라는 모건을 재촉을 받고 실버는 나머지 세 항목에 대해서 조목조목 답을 하겠다고 한다. 그러나 그의 긴대답을 들어보면, 짐을 살려둔 것은 인질로 쓰기 위한 것이라는 설명을 제외하면 아무런 내용이 없다.

네놈은 이 항해가 망쳐졌다고 말하지. 맙소사! 얼마나 망쳐졌는지를 네놈이 정말 알고 있다면! 교수대에 얼마나 가깝냐 하면 말이지 생각만 해도 내 목

---

51   Robert Louis Stevenson, *Treasure Island*, New York : Penguin, p.160.

이 다 뻣뻣해오는 구나. 네놈들도 봤을 거야. 쇠사슬에 묶여 목을 매달리고, 새들이 그 주변을 날아다니고, 조류를 타고 나가면서 선원들이 손가락질하고. "저게 누구야" 그중 한 놈이 말하지. "저것, 왜, 존 실버잖아. 내가 잘 아는 자야." 다른 놈이 대답하지.[52]

이처럼 실버의 대답은 동료들이 지목한 네 가지 죄목에 대하여 아무런 대답을 해주지 못한다. 문제는 해적들 중 어느 누구도 실버의 해명이 아무런 해명이 되지 못함을 알아차리지 못한다는 사실이다. 이들은 실버의 대답을 제대로 평가할 지력이 없는 존재들이다. 설사 그들 중 한두 명에게 그만한 지력이 있다고 하더라도, 교수형의 공포에 대한 실버의 언급에 간담이 써늘해진 이들에게 실버를 더 이상 추궁할 배포는 없다.

마지막으로, 실버는 지주 일행이 통나무집을 살아서 나가도록 허락하고 맞교환으로 받은 보물 지도를 해적들 앞에 내놓는다. 이 극적인 행동은 동료들의 분노를 잠재우고 이들에 대한 통제력을 회복하기에 충분한 것으로 판명된다. "바베큐를 선장으로! 실버를 선장으로!" 해적들이 기쁨에 겨워 소리 지르며 실버를 다시 선장으로 추대하니 말이다. 해적들의 심리를 꿰뚫어보는 실버가 이처럼 이들을 마음대로 가지고 논다는 사실은, 앞서 이들의 공동체를 근대적인 정치 체제를 예고하는 수평적인 결사체로 보는 스펜서의 해석이 놓치고 있거나 아니면 애써 무시하는 부분이다. 노동자들의 투표권을 소리 높여 요구하던 19세기 말의 정치적 상황에 놓고 보았을 때, 이 일화는 교육받지 못한 사회적 약자들에게 정치권력을 나누어 주었을 때 어떠한 결과가 나올 것인지를 예고하고 있다는 점에서 오히려 반동적인 메시지를 전달한다.

이러한 맥락을 전체적으로 고려했을 때, 스티븐슨의 해적 소설이 제국

---

52 *Ibid.*

의 팽창주의나 공복 계층을 비판한 진보적인 텍스트라고 보는 기성의 비평에는 재고되어야 할 부분이 분명 있다. 이 비평에서 주목한 해적질과 투자, 해적과 공복 계층 간의 모호성은, 작가가 고안해낸 상상적인 주제가 아니라 16세기 중엽에 시작되어 17세기 초엽까지 계속되었던 영제국의 역사에 고유한 현상이다. 이 특정한 역사가 텍스트에 징후적으로 드러나는 것에, 혹은 범법 집단과 준법 집단 간의 모호성에 주목하는 것이 매우 중요한 비평적 작업임에는 틀림이 없다. 그러나 모호성이 깃들어 있다고 해서 스티븐슨의 소설을 진보적이거나 혹은 반제국주의적 텍스트라고 보는 것은 비평적 균형을 잃은 것이다. 텍스트의 모호성에서 비판적인 메시지를 읽어내는 딘, 커처, 로먼, 맥클로흐 등의 비평이 그러한 예이다. 해적들의 공동체가 수평적으로 조직되었다고 해서 스티븐슨의 소설이 대안적인 사회를 형상화하고 있다고 보는 비평도 전체적인 맥락을 읽지 못한 결과이다.

실버가 선장으로 다시 추대되는 장면에서 드러나듯, 다수의 평선원들을 똑똑한 한 명이 마음대로 조종할 수 있다는 사실은 해적 공동체가 근대적인 수평적 조직을 표상하기 보다는 오히려 이에 대한 패러디로 읽히도록 유도한다고 봐야 한다. 그러나 그렇다고 해서 이 범법 집단이 실천해 보이는 공동체 운영의 의미가 완전히 손상된다고는 생각되지 않는다. 앞서도 언급한 바 있지만, 작가가 이 해적들의 공동체를 우습게 생각하였기에, 이들의 대안적인 가능성이 소설 내에서 희미하게나마 형상화될 수 있었다고 봐야 할 것이다. 그러니 이 일화는 한편으로는 해적 집단의 근대성과 공복 계층의 전근대성을 병치함으로써 미래의 정치체제를 향해 무의식적인 손짓을 하지만, 다른 한편으로는 해적들이 무식한 우민愚民임을 강조함으로써 이 급진적인 비전을 취소하려 한다.

결론적으로 이 소설에서는 급진적인 암시를 읽어내는 것이 가능할 때조차도 반동적인 메시지가 이를 봉쇄하고 있음이 발견된다. 혹은 그 반대로 전근대적인 체제를 옹호하는 보수적인 입장 가운데서 — 비록 진지하지는 않은 형태이기는 하되 — 기성 체제에 대한 비판과 아이러니가 함축되어 있다. 미약하기는 하되 급진주의적인 비전을 내포하는 함의와 보수주의적 메시지가 동시에 발견된다는 점에서, 즉 체제 수호의 메시지가 체제 비판을 함축하고 있다는 점에서 이 소설을 양가적인 텍스트라고 보는 편이 좀 더 정확하다고 판단된다.

본 연구에서 『보물섬』과 관련하여 거론한 많은 비평들에는 텍스트의 명시적 메시지와 — 작가의 의도대로 움직이지 않을뿐더러 적절한 역사에 맥락화 되었을 때에야 비로소 모습을 드러내는 — 텍스트의 함의를 혼동하는 경향이 있다. 이 소설을 전복적이라고 부른다면, 제국의 팽창주의에 대한 노골적인 비판이 아니라 그다지 광고하고 싶지 않았던 제국의 특정한 역사가 의도치 않게 인유되고 있다는 의미에서, 혹은 작가가 희화화의 목적으로 텍스트 내에 들여왔지만 급진적인 암시마저 통제할 수는 없었던 양면성과 모호성이 소설의 보수적인 메시지와 충돌하고 있다는 점에서 그렇다. 실버가 이 소설에서 주인공에 버금가는 중요한 자리를 차지하는 것, 그리고 그가 결국 아무런 제재나 형벌을 받지 않을 뿐만 아니라 오히려 실속을 챙기며 히스파니올라호를 떠나도록 허락되는 결말이 많은 비평가들에게서 궁금증을 자아내었고, 심지어는 이 소설이 제국을 비판한 것으로 읽는 해석을 유도한 바 있다. 아동문학에 어울리지 않는 비정형적인 인물이나 파격적인 결말을 새롭게 해석하는 것은 바람직하나 그럴 때도 소설을 전체적인 맥락에서 파악하는 것은 항상 필요하다.

제5장

제국주의 로맨스의 자기 배반[*]

주인님에게 전해주세요. 저 같은 존재가 그분의 앞날을 거추장스럽게 할 수
없다는 것을 알기에 기쁜 마음으로 죽는다는 것을.

— 풀라타, 『솔로몬 왕의 동굴』

해거드와 차이의 정치학

H. 라이더 해거드^{H. Rider Haggard}(1856~1925)는 국내에는 그다지 알려
지지 않았지만 당대에는 인기가 많았던 19세기 영국의 대중소설 작가이
다. 그는 영국이 남아프리카 지역에서 지배력을 확장하고 있었던 시기에
식민지 관리로서 4년, 그리고 타조 사육 사업을 하느라 2년 남아프리카
에 머물렀다. 현지에서 근무하는 동안 그는 영제국에 대하여 열렬한 지지
를 보여주었다. 나탈과 케이프 식민지에 만족하지 못한 영국이 1877년에
줄루족으로부터 보어인을 보호한다는 명목 아래 보어공화국(트랜스바알)
을 합병하였을 때, 해거드는 합병식장에서 합병선언문을 대독하기도 하

---

* 이 장은 이석구, 「제국주의 로맨스 『쉬』에 나타난 인종담론과 성담론」, 『근대영미소설』
6-1, 한국근대영미소설학회, 1999와 「다시 읽는 제국주의 로맨스—『쉬』의 자기배반」,
『근대영미소설』 14-2, 한국근대영미소설학회, 2007을 수정한 것이다.

였다. 또한 그는 줄루족이 영국군을 살상한 것을 격렬히 비난하였고, 보어 전쟁의 결과로 영국군이 트랜스바알을 보어인에 반환하게 된 것을 통탄하였다. 사육 사업에 실패한 후 해거드는 영국으로 돌아와 아프리카에서의 6년 간 체류한 경험을 바탕으로 소설을 쓰게 되고 그의 작품은 당대의 베스트셀러가 되었다.[1]

훗날까지 잘 알려진 해거드의 작품으로는 『솔로몬 왕의 동굴King Solo-mon's Mines』(1885), 『쉬』(1887), 그리고 『알란 쿼터마인Allan Quatermain』(1887) 등이 있다. 특히 『쉬』가 영어권에서 누렸던 명성은 이 작품이 열한 번이나 영화로 만들어졌다는 사실, 그뿐만 아니라 호러스 루코크Horace Lisle Lucoque 감독이 제작한 영화가 1916년에 상연되었을 때는 4개월 만에 4백만 명의 관객을 동원하였다는 기록적인 사실이 증언한다.[2] 해거드의 작품은 심리학자 프로이트와 융으로부터도 관심을 받기도 하였다. 이들이 해거드가 그려낸 오지로의 지리적인 여행에서 개인의 무의식으로의 침잠沈潛이라는 심리학적 의미를 읽었기 때문이다. 특히, 프로이트는 여성 환자에게 『쉬』를 읽을 것을 권하기도 하였으며, 해거드의 다른 작품인 『세상의 오지The Heart of the World』(1895)를 자신의 글에서 인용하기 하였다. 『쉬』를 비롯한 해거드의 작품은 오늘날의 영어권 독자들로부터는 그다지 큰 대접을 못 받았지만, 탈식민주의 비평과 페미니즘 비평이 등장한 이후 중요한 문학 텍스트로서 새롭게 평가를 받게 되었다.

해거드의 아프리카 작품들은 일반적으로 '이민족과의 만남'을 그린 전형적인 제국주의 로맨스로 분류된다. 이러한 맥락에서 그의 작품은 후기 빅토리아조의 영토적 야욕을 표출한 경우라는 것이 비평가들이 내리는

---

1   Thomas Pakenham, *The Scramble for Africa*, New York : Avon Books, 1991, pp.40~71.

2   Bart Westerweel, "'An Immense Snake Uncoiled' : H. Rider Haggard's Heart of Darkness and Imperial Gothic", Valeria Tinkler-Villani · Peter Davidson eds., *Exhibited by Candle-light : Sources and Developments in the Gothic Tradition*, Atlanta : Rodopi, 1995, p.259.

일반적인 평가였다. 『제국의 소설Novels of Empire』을 쓴 수잔 하우Susanne Howe나 『모험의 꿈, 제국의 행위』를 쓴 마틴 그린, 그리고 『문학 속의 야만인The Savage in Literature』을 쓴 브라이언 스트릿Brian V. Street의 평가에서 드러나듯, 해거드의 소설은 영제국주의의 선전 전단지 정도이거나, 잘해야 당대의 인종주의적 과학담론을 대변한다고 여겨졌던 것이다. 후대의 작가들에 와서 해거드에 대한 평가는 다소 상반된다. C. S. 루이스C. S. Lewis나 조지 오웰George Orwell 같은 이들은 해거드를 시원찮은 작가로 평가한 반면, 헨리 밀러Henry Miller나 그레엄 그린Graham Greene은 숨겨진 의미나 정체성의 문제를 심오하게 다루었다 하여 해거드를 높이 평가하였다. 해거드의 문학을 제국주의적으로 평가하는 경향이 일반적이기는 하나, 이에 동의하지 않는 목소리들도 있다. 해거드가 현실 정치에서는 제국주의를 열렬히 옹호하였지만 그의 로맨스에는 그런 제국주의가 결코 발견되지 않는다는 노먼 이서링튼의 주장[3]이 대표적이다.

해거드의 문학에 대한 본격적인 재평가는 '여성의 몸'과 같은 페미니즘 시각에서 논의가 이루어지면서 시작되었다. 비록 여성 혐오주의나 가부장적 이데올로기를 감추고 있다는 비판을 받기는 하였으되, 해거드의 작품이 좀 더 정교하고도 복합적인 결을 가진 서사로 인식되었던 것이다. 대표적인 경우가 샌드라 길버트의 페미니스트 비평이다. 유사한 맥락에서 브랜틀링거도 『쉬』에 등장하는 이민족의 여왕 아이샤를 정치적인 권력 지분을 요구하는 19세기 말의 '신여성'과의 관계에서 읽은 바 있다.[4] 이와 같이 성性정치학적인 맥락에서 읽었을 때, 아이샤의 죽음으로 끝나는 『쉬』의 종결부는 가부장적 권력에 대한 신여성의 도전이 결국 패배하는

---

3   Norman A. Etherington, "Rider Haggard, Imperialism, and the Layered Personality", *Victorian Studies* 22-1, 1978, pp.73~74.

4   여성주의적 관점에서 해거드의 소설을 다룬 연구로는 길버트의 논문이 최초는 아니다. 그보다 몇 년 앞서 패트슨의 연구가 있었다. 여성의 몸과 관련하여 『쉬』를 다룬 연구는 길버트 이후 꾸준히 출판되어왔다. Richard F. Patteson, "Manhood and Misogyny in the

보수적인 결말로 해석된다.

『쉬』는 레오Leo, 홀리Holly, 그리고 하인 욥Job으로 구성된 세 명의 영국인들이 레오의 혈통을 확인하러 아프리카 내륙으로 여행하는 전형적인 모험소설의 구조를 갖는다. 레오는 아버지의 유품에서 2천 년 전의 선조에 관한 이야기를 알게 되는데 그 이야기는 대략 다음과 같다. 이집트에서 아이시스 신을 모시는 그리스인 사제 칼리크라테스Kallikrates가 이집트의 공주 아메나르타스Amenartas와 사랑에 빠져 같이 도주하다가 삶과 죽음을 지배하는 어떤 여왕을 만나게 된다. 그런데 이 여왕은 칼리크라테스와 사랑에 빠지게 되고, 칼리크라테스가 사랑을 거부하자 그를 죽이고 그의 아내를 추방해버린다. 레오는 자신이 이 추방된 아메나르타스의 후손임을 알게 된다. 이러한 가계의 내력을 확인하기 위하여 레오와 그의 후견인 홀리 그리고 충복 욥이 아프리카로 떠남으로써 이 모험소설은 시작된다. 백인 주인공들은 아프리카의 동쪽 해안에서 강을 따라 서쪽으로 여행을 하다 한 무리의 원주민들에게 생포된다.

디포에서 마리얏과 밸런타인, 스티븐슨, 콘래드, 헨티, 그리고 존 부칸John Buchan(1875~1940) 등으로 이어지는 모험 문학의 전통에 충실하게, 해거드의 이 소설에서도 '비서구인은 미개한 식인종'이라는 통속적인 등식이 작용한다. 이 시기의 작가들의 작품에 식인제의 모티프가 자주 등장하는 사실을 두고 해몬드와 자블로는 다음과 같이 논평한 바 있다. "제국주의 시대 작가들은 아프리카인들보다 식인 풍습에 더 중독되어 있었

Imperialist Romance", *Rocky Mountain Review of Language and Literature* 35-1, 1981; Sandra M. Gilbert, "Rider Haggard's Heart of Darkness", George E. Slusser et al. eds., *Coordinates : Placing Science Fiction and Fantasy*, Carbondale : Southern Illinois Univ. Press, 1983; David Bunn, "Embodying Africa : Woman and Romance in Colonial Fiction", *English in Africa* 15-1, 1988; Patricia Murphy, "Gendering of History in *She*", *Studies in English Literature 1500~1900* 39-4, 1999; Patrick Brantlinger, *Rule of Darkness*, Ithaca : Cornell Univ. Press, 1990, p.234.

다."[5] 『쉬』에 등장하는 유색인 아마하거족Amahaggers이 유럽 독자들의 식인제 취향을 잘 드러내는 예이다. 이들은 백인 주인공들을 안내하던 아랍인 마호메드Mahomed에게 불에 달구어진 항아리를 씌워 그의 인육을 먹으려 시도함으로써 제국주의 텍스트에서 아프리카인들에게 할당되어 온 식인종의 역할을 충실하게 수행한다. 그러나 이들의 식인 관습은 '도덕적인' 백인이 주위에 있는 한은 용납될 수 없다. 주인공들은 수적인 열세에도 불구하고 마호메드를 구하기 위하여 영웅적으로 싸우게 되고 그 결과 식인종들은 동물적인 욕구를 채우지 못하게 된다. 백인과 아마하거족의 싸움을 묘사함에 있어 텍스트는 아마하거족을 비열하고 잔인한 인종으로 비하하고, 백인을 정의와 도덕의 용맹한 수호자로 추켜세움으로써 인종적인 대비효과를 노린다.

아마하거족의 '후진성'은 잔인하고 충동적인 성정뿐만 아니라 이들이 백인에 의해 쉽게 속아 넘어갈 만큼 어리석다는 점에서도 드러난다. 『솔로몬 왕의 보물』에서 백인 주인공이 때마침 발생한 개기일식 현상을 이용하여 흑인들에게 '백인 마법'의 위협적인 힘을 과시한다든지, 『쉬』에서 백인 주인공들이 총이나 담배를 이용하여 아마하거족을 압도하는 것이 그 예이다. 텍스트가 구축한 아마하거족의 모습은 고대 문명의 발원지에서 살아왔음에도 불구하고 문명의 혜택을 전혀 받지 못하였으며, 지배자의 엄격한 통치가 없었더라면 '서로를 죽이고 말았을' 살인적인 충동의 소유자로 묘사된다. 식민주의 문학에 대한 잔모하메드의 표현을 빌리자면, "문화적 가능성"[6]이 결여된 영원한 과거의 세계, 본능의 세계에 갇혀 있는 족속인 것이다. 다시 논하겠지만, 해거드 텍스트의 인종적인 편견은 원주민 여성과 백인 남성 간의 로맨스에서도 드러난다. 이 텍스트가 백인

---

5   Dorothy Hammond · Alta Jablow, *The Africa That Never Was : Four Centuries of British Writing about Africa*, New York : Twayne, 1970, p.94.

6   Abdul R. JanMohamed, "The Economy of Manichean Allegory : The Function of Racial

남성에 부여하는 특권적인 지위는, 레오의 사랑을 얻기 위하여 현지의 두 여성, 즉 아마하거족 처녀 유스테인Ustane과 아마하거의 여왕 아이샤가 벌이는 사랑의 경쟁에서도 짐작할 수 있다.

혈통의 보존과 위협

『쉬』에서 다루어지는 당대의 현안은 세기말 영제국이 당면하게 된 '혈통적 순수성'에 대한 위협이다. 인종적 혈통의 순수성이 훼손될 수 있다는 우려가 19세기의 영국 사회에 확산된 데에는 당대의 인류학적 담론과 대중 매체가 한 몫을 하였다. 사실, 19세기의 유럽인들에게 있어 인종적 우월성은 곧 문화적 우월성과 등치될 수 있는 개념이었다. 그래서 혈통의 순수성을 유지하는 것은 곧 문화적 우월성을 보존함을 의미하였다. 이러한 순수성과 우월성을 유지하기 위해서는 백인종이 유색인종과의 혼교混交, miscegenation에 의하여 저급한 수준으로 떨어지는 것을 막아야 하였다. 혈통적 순수성에 대한 우려는 『쉬』에만 나타나는 현상이 아니다. 해거드의 『솔로몬 왕의 동굴』에서 백인 주인공 굿 선장Captain John Good과 흑인 여성 풀라타Foulata 간의 로맨스가 후자의 희생적인 죽음으로 인하여 불발로 끝난다든지, 콘래드의 『어둠의 심연』에서 오지의 교역소에서 벌어지는 흑인 여성과 백인 주인공 커츠Kurtz의 관계가 다음 세대의 생산이 없는 이별로 끝나는 등, 제국주의 텍스트에 있어 이민족과의 성적인 결합은 그 결합에 의한 다음 세대의 생산이 백인의 혈통적 순수성에 미치는 부정적인 영향 때문에 고려의 대상이 되지 않았다.

제국주의 시대에 백인들이 보존하고 싶어 한 '인종적 차이'는 타인종과

Difference in Colonialist Literature", *Critical Inquiry* 12-1, 1985, p.78.

의 문화적 간격을 넓히는 역할을 하였으며, 이 간격은 백인의 식민 지배를 정당화하는 논리를 제공하여 왔다. 「흑인 문제에 대한 소고」(1849)에 실린 토머스 칼라일의 표현을 빌리자면, 흑인은 유럽인 주인을 모시기 위하여 열등하게 창조되었으며, "열등한 자들이 뛰어난 자들을 모시는 하인이 되는 것"은 어느 누구도 바꿀 수 없는 "세계의 법"이다.[7] 인종적 차이가 갖는 이러한 정치적인 함의를 고려할 때에 이 차이를 유지하기 위해 유럽인들이 보여주었던 지대한 관심과 이 차이가 좁혀지거나 사라질 가능성에 대해 이들이 보여주었던 우려가 설명될 수 있다. 특히 다윈의 진화론이 발표된 후 이러한 관심과 우려는 더욱 심화되는데 그도 그럴 것이, 이 이론은 한편으로는 흑인종을 진화의 사닥다리 제일 아래에 위치시킴으로써 두 인종간의 차이를 극대화하였지만, 다른 한편으로는 인종의 차이가 고정불변의 것이 아님을 증명해내었기 때문이다. 백인과 흑인의 차이가 절대적인 것이 아니라면, 흑인이 백인의 위치로 진화하는 것이 단지 시간의 문제임을 의미하게 된 것이다.

또한 동물의 수준에서 문명인으로의 '진화'가 가능하다면, 반대 방향으로의 운동인 '퇴화'도 이론적으로 가능할 것이라는 사유가 19세기 말의 유럽 사회에서 팽배하게 되었다. 백인의 퇴화에 대해서 흑인이나 다른 유색인과 같은 '열등한' 인종과의 접촉이 원인 중의 하나로 지적되었다. 이러한 퇴화의 결과를 잘 예시하는 텍스트가 『쉬』였다. 이 소설에 등장하는 아프리카의 원주민 아마하거족의 조상은 수천 년 전에 문명 도시 코르(Kôr)를 건설한 진화된 존재들이었다. 그러나 이들은 시간이 지나면서 다른 인종들과 혈통적으로 섞이면서 변모하게 된다. 그들을 통치하는 여왕 아이샤도 그 다른 인종들이 정확히 누구인지는 알지 못하며 남쪽의 야만인이나 아랍인 정도로만 알고 있을 뿐이다. 타인종과의 혼교의 결과로 생

---

7   Thomas Carlyle, *Occasional Discourse on the Nigger Question*, London : Thomas Bosworth, 1853, p.42.

겨난 오늘날의 아마하거족은, 아이샤의 표현을 빌자면 훌륭한 선조를 두 었지만 지금은 저급한 '잡종'이다.[8] 열등한 인종과의 혼교가 우성과 열성의 중간적인 종이나 우성이 우세한 종이 아니라 열성이 우세한 "퇴화된 혼혈종"[9]을 낳는다는 생각은 19세기 후반에 널리 퍼져 있었던 인종적인 사유 중의 하나였다.

『쉬』에서 백인 주인공들이 아프리카에서 경험하는 타인종과의 로맨스는 백인의 인종적 순수성에 대한 위협을 구체적으로 형상화한다. 예컨대, 레오와 그의 일행이 아마하거족의 거주지에 도착하였을 때, 원주민 여성 유스테인이 레오를 보고 첫눈에 반하게 된다. 그녀는 현지의 관습대로 레오를 포옹하고 입맞춤으로써 그를 자신의 남편으로 선언한다. 아마하거족 여성이 선택한 백인은 레오에 국한되지 않는다. 레오의 하인 욥에 반한 또 다른 현지인 여성이 그에게 입맞춤을 해버리기 때문이다. '다행히도' 욥은 여성을 혐오하는 성향을 가지고 있기에 이 여성을 밀쳐버리고 공개적으로 그녀에게 망신을 줌으로써, 이민족 여성으로부터 자신뿐만 아니라 자신이 속한 인종의 혈통을 지킬 수 있게 된다. 반면 레오의 경우 이민족 여성의 구애는 그렇게 쉽게 물리쳐지지 않는다. 유스테인뿐만 아니라 여왕 아이샤도 레오와 사랑에 빠지기 때문이다.

소설에서 아이샤는 2천 년 전에 사제 칼리크라테스를 죽였던 여왕과 동일 인물임이 밝혀지고, 또한 레오의 외모가 칼리크라테스와 흡사하다는 사실도 밝혀지게 된다. 레오를 2천 년 전의 연인이 환생한 것이라고 믿게 된 아이샤는 자신의 미모를 이용하여 레오를 유혹한다. 이 사랑 싸움에서 유스테인은 아이샤의 경쟁 상대가 되지 못한다. 유스테인은 자신의 생명을 던져가며 레오를 아마하거족의 식인제로부터 구하고, 그가 열병

---

8   H. Rider Haggard, *She*, Harmondsworth : Penguin, 1994, p.177.

9   Brian V. Street, *The Savage in Literature : Representations of "Primitive" Society in English Fiction 1858~1920*, London : Routledge, 1975, p.102.

〈그림 10〉 '생명의 불길'에 다가가는 아이샤와 엎드려 있는 일행의 모습. 1887년 『그래픽(*The Graphic*)』지에 연재된 『쉬』의 삽화.

에 시달릴 때 헌신적으로 그를 간호하나 결국에는 질투심 강한 아이샤에 의해 죽임을 당한다. 이렇게 하여 이 소설에서는 백인이 유색인 여성과 결합하여 차세대를 생산하게 될 가능성이 원천적으로 봉쇄된다. 물론 유스테인보다 더 치명적인 아이샤는 아직 건재하다. 그녀는 유스테인과는 비교가 안 될 정도로 뛰어난 미모를 지녔고 마법까지 부릴 줄 아는 인물이기에, 백인과 타인종 간의 결합을 봉쇄하려는 텍스트의 기획에는 매우 강력한 장애물로 기능한다.

이 강력한 장애물을 만났을 때 레오는 제대로 대처하지 못한다. 유스테인이 아이샤의 손에 의하여 살해되었을 때, 레오는 아이샤를 '살인녀'라고 부르며 분노감에 몸을 떨게 된다. 레오가 이처럼 아이샤에게 감정적이면서도 도덕적으로 반발함으로써, 그가 아이샤의 손아귀에서 자유롭게 될 가능성이 높아지는 듯하다. 그러나 이 가능성은 오래 가지 않는다. 아이샤가 얼굴을 가리던 베일을 벗자 분노감에 어쩔 줄 몰라 하던 레오의 태도가 돌변하기 때문이다. 그리스의 미녀 헬렌을 능가할 정도로 뛰어난 아이샤의 미모 앞에서 레오의 도덕적 감각이 무력해지고 마는 것이다. 레오는 아이샤와 사랑에 빠진 자신이 짐승과 다름없다고 자책하다가도 자신이 "내일이면 그 무시무시한 마녀에게 오늘 한 것처럼 똑같이 행동할 것"[10]이라고 말한다. 이처럼 주인공의 도덕성이나 죄책감도 그녀의 매력 앞에서는 어쩔 수가 없는 것으로 드러난다.

그러니 아이샤와 레오의 결합은 피할 수 없는 것처럼 보인다. 그러나 두 사람의 예정된 결합은 이처럼 운명적인 것 같아 보임에도 불구하고 순조롭게 이루어지지 않는다. 두 사람의 결합이 쉽지 않은 이유는 무엇보다 아이샤의 몸이 초자연적인 상태이어서 범속한 레오와 육체적인 관계를 가질 수 없기 때문이다. 초자연과 범속의 차이가 너무나 커서 그녀와의 결합이 레오에게는 치명적인 것이다. 아이샤는 이러한 장애를 극복하기 위해 레오도 자신처럼 영생에 가까운 존재로 탈바꿈할 것을 제안한다. 그러기 위해서 자신이 2천 년 전에 그랬던 것처럼 그도 '생명의 불길'에서 다시 태어날 것을 권한다. 이렇게 해서 아이샤와 백인 주인공들은 생명의 불길이 타오르는 동굴로 여행을 떠나게 된다.

천신만고 끝에 아이샤와 백인들은 지구의 중심에 위치한 듯한 문제의 동굴에 도착한다. 동굴 내부에서 타오르는 생명의 불꽃에 가까이 가기 전에 아이샤는 레오에게서 그녀가 여태껏 저지른 악행을 용서할 뿐만 아니라 죽을 때까지 그녀를 사랑하겠다는 서약을 받아낸다. 이로써 두 사람 간에 마음의 결합이 이루어지고 이제는 육체의 결합만 남게 된다. 이를 위해 레오도 불멸에 가까운 존재가 되어야 하나 그는 불 속으로 뛰어드는 데 주저한다. 연인에게 안전에 대한 확신을 주기 위해 아이샤가 먼저 불 속으로 들어간다. 그러나 아이샤가 두 번째로 뛰어든 불길은 그녀를 다시 젊게 만드는 대신 그녀에게 2천 년이라는 나이를 되돌려주고 만다. 순식간에 2천

---

10   H. Rider Haggard, *op. cit.*, p.231.

년의 나이를 먹게 된 아이샤는 쪼그라들어 죽고, 레오는 이렇게 해서 이민족과의 결혼에서 구출된다. 결국 작가는 레오와 결혼할 가능성이 있는 여성들을 아슬아슬하게 그러나 '확실히' 차례로 제거함으로써 앵글로색슨의 인종적 혈통을 지켜낸 것이다.[11]

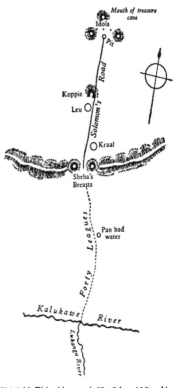

〈그림 11〉 H. Rider Haggard, *King Solomon's Mines*, New York : Penguin, 1994, p.21.

신여성의 위협과 봉쇄

『쉬』가 다루는 사회적 현안은 백인의 혈통적 순수성을 보존하는 것에 국한되지는 않는다. 아이샤가 이민족의 수장이기도 하지만 동시에 매우 강력한 권력 지향성을 보이는 여성이라는 사실을 고려할 때 『쉬』는 이 인물을 통해 19세기 후반기에 들어 영국 사회에서 강력한 민원 집단으로 등장한 신여성의 문제를 형상화하지 않았나 하는 추론이 가능해지기 때문이다. 이러한 관점에서 소설을 읽으면 이 전형적인 인종 서사가 성적 함의로 충만해 있음을 발견하게 된다. 예컨대, 작품의 제목인 쉬She가 여성 일반을 지칭하는 용어라는 점이나 아프리카의 자연을 묘사함에 있어 여성의 신체에 대한 해부학적 담론이 사용된다는 점도 이 인종적인 서사가 실은 성적인 알레고리로 기능한다는 해석을 뒷받침한다.

---

11   *Ibid.*, pp.270~281.

인종담론에 성적인 비유가 사용되는 것은 이 작품 고유의 특징은 아니다. 아프리카 등 다른 비서구 세계를 묘사할 때 제국주의적 작가들이 성적인 은유나 상징을 흔히 사용하였기 때문이다. 이러한 면모는 해거드가 1885년에 출판한 『솔로몬 왕의 동굴』에서도 잘 드러난다. 〈그림 11〉의 지도에서 드러나듯, 백인 주인공들이 탐험하게 되는 미지의 아프리카 땅 쿠쿠아나랜드는 "시바의 젖가슴"이라 불리는 고지, 그리고 보물이 숨겨져 있는 '아래쪽 동굴'로 이루어져 있는 등 여성의 벌거벗은 몸으로 형상화되어 있다. 아프리카와 여성의 몸을 등치시키는 공식은 일찍이 19세기의 역사가이자 탐험가인 윈우드 리드의 글에서도 극명하게 드러난 바 있다.

여기에 한 여성이 있다. 그녀의 외모는 슬프고 고결한 표정에도 불구하고 타락하고 일그러져 있으며 질병에 기인하는 혐오스러운 것이다. 그녀의 숨결은 진한 향료와 향기로운 고무액의 냄새가 나지만, 이 향기 속으로 맹그로브 진흙탕의 악취와 소택지의 독기가 스며 나온다. 그녀의 무릎은 황금으로 가득 차 있으나 그 아래에는 숨어서 감시하는 검은 뱀이 똬리를 치고 있다. 그녀의 젖가슴으로부터 우유와 꿀이 흘러나오나 그것은 독액과 피로 섞여있다.[12]

인종 담론과 성 담론 사이에서 발견되는 이러한 호환성을 두고 사이드는 이 호환성이 남성의 지배논리에 편승하여 제국주의적 기획을 정당화하는 이데올로기적인 기능을 수행한다고 논평한 적이 있다.[13] 그런데 이 주장은 뒤집어 생각해 볼 수도 있다. 무슨 말이냐 하면, 인종 담론을 통하여 가부장적 이데올로기를 교묘하게 제시하고 이를 합법화할 수도 있다는 것이다. 즉, 성적 타자에 대한 가부장제의 편견과 지배 논리를 인종적 타자에 투사한 것으로 읽을 수 있는 가능성이 존재한다는 것이다. 이러한 관점에서 소

---

12 Winwood W. Reade, *Savage Africa*, New York : Harper, 1864, p.383.

13 Edward Said, *Orientalism*, New York : Vintage Books, 1979, pp.219 · 309.

설을 고려하였을 때 『쉬』가 서사화한 대상은, 목소리를 한껏 높여 남성과의 평등을 외쳤던 해거드 당대의 신여성과 그렇게 함으로써 이들이 빅토리아조 사회에 제기하였던 위협이라고 읽는 것이 가능해진다.

이러한 유의 해석은 본 연구가 처음 선 보이는 것이 아니고, 페미니스트 비평 「라이더 해거드의 어둠의 오지」에 명료하게 개진된 바 있다. 이 논문에서 저자 길버트는 『쉬』에서 묘사되는 아프리카를 여성의 몸에 대한 알레고리로 읽을 것을 제안한다.[14] 이에 의하면 늪지를 지나 동굴에 도착하는 레오 일행의 지리적인 여행이 여성의 자궁 내로 진입하는 행위로 해석된다. 아프리카와 여성의 몸에 대한 유추적인 해석은 동굴에 "생명의 탄생지"라는 이름이 붙여져 있다는 사실이나 동굴 내에서 불어닥쳤다가 사라지곤 하는 생명의 불길이 남근적인 형상인 "불기둥pillar of fire"[15]을 하고 있다는 사실이 뒷받침해 준다.

텍스트와 신여성을 잇는 고리는 지리적 담론이 담지하는 성적인 함의에 그치지는 않는다. 이 텍스트를 읽어 본 독자이면 누구나 아마하거족에서 발견되는 특이한 관습에 주목하게 된다. 이 원주민 사회에서 여성은 남성과 동등한 권리를 누리고 있을 뿐만 아니라, 이들은 모계 중심의 가족제도를 유지하고 있다. 이들의 결혼 풍습은 빅토리아조 사회가 경악해 마지 않았던 자유 동거에 가깝다. 좋아하는 남성이 있으면 여성이 남성을 먼저 포옹하고 남성이 화답하면 결혼 관계가 성립된다. 뿐만 아니라 다른 남자가 생기면 여성은 현재의 남편을 언제든지 떠날 수 있다. 현지의 여성들이 남성과 동등한 권리를 누리고 있다는 사실도 그렇지만, 이들이 누리는 개방적인 성 풍습은 19세기의 보수적인 남성 독자들이 개탄스러워했던 자유 동거를 유행시킨 신여성의 존재를 연상시켰을 것이다.

아이샤가 가정이나 모성을 중시하는 '전통적인' 여성이 아니라 권력과

---

14 Sandra M. Gilbert, *op. cit.*, pp.124~138.

15 H. Rider Haggard, *op. cit.*, p.274.

지배를 즐기는 여성이라는 사실에서도, 정치적 권력에 대한 지분을 요구하던 19세기 말의 신여성이 강력하게 암시되어 있다. 영국으로 건너가서 국가 권력을 접수하겠다는 아이샤의 야심은, 비록 그 계획이 불발로 끝나기는 하나 정치적인 부문에서 남성의 경쟁상대로 부상하기 시작한 여성들의 위협적인 면모를 우의적인 수준에서 표현하고 있다.[16] 이 인종적으로 '전치된' 신여성에 대하여 텍스트가 취하는 태도는 화자와 주인공이라는 일인이역을 하는 홀리가 여성혐오주의자라는 사실에서나, 주인공 레오의 이성 관계가 항상 상대방 여성의 희생으로 인해 결합을 이루지 못한 채 끝난다는 사실에서 탐지될 수 있다. 이러한 관점에서 보았을 때 현지 여성과의 관계로부터 레오가 극적으로 하게 되는 '탈출'은 신여성으로부터 위협을 느꼈을 당대의 가부장들에게 상상적인 해결책으로 작용하였을 것이라 추측할 수 있다. 같은 맥락에서 아이샤가 남성성의 상징인 '생명의 불기둥'에 의하여 죽게 되는 작품의 결미는, '부권적 법'에 의해 신여성이 처형되는 상징적인 봉쇄 행위로 읽을 수 있다.[17]

여성성과 퇴행의 불안

19세기의 가부장들은 신여성의 출현을 미래에 우려되는 앵글로색슨족의 퇴화와 무관한 것으로 여기지 않았다. 그들은 근본적으로 여성을 "진화가 덜 된 족속"이라고 믿었기에 여성들의 국정 참여가 곧 제국의 영광스런 진화進化의 행진에서 영국이 일탈하게 되는 원인이 된다고 생각하였다. 물론 이러한 반反여성적 사고가 당대의 문화권에 팽배하게 된 데에는 '과학 담론'이 한 몫을 톡톡히 하였다. 여성의 뇌가 어린아이나 야만족의

---

16   Patrick Brantlinger, *op. cit.*, p.234.

17   Sandra M. Gilbert, *op. cit.*, pp.130~131.

뇌에 비견된다고 본 다윈에서 시작하여 그의 영향을 받은 많은 유사類似과 학자들이 이러한 여성 편견을 퍼뜨렸던 것이다. 앵글로색슨족이 겪을 수도 있는 '퇴화'에 대한 책임을 신여성에게 묻는 당대의 성 담론을 한번 보자. 1894년의 저술 『반란녀』에서 찰스 하퍼는 신여성에 대해 다음과 같이 경고한 바 있다.

> 교육받은 여성 혹은 억센 여성의 출생을 결코 고려하지 않았던 자연은 그 여성의 후손에게 보복을 가할 것이다. 그래서 만약 자식을 둔다면 신여성은 새로운 인간의 어머니가 될 것이다. 이 새로운 인간들은 현재의 민족과는 다를 것이나 이들이 얼마나 다를 것인지는 오늘날 요란하게 구호를 외치는 (신 ─ 인용자 주)여성이 예측할 수 없다. 발육이 부진하고 뇌수종에 걸린 아이들로 세상이 채워질 뿐만 아니라 궁극적으로는 이 민족이 전멸하게 될 것으로 예상된다.[18]

신여성이 앵글로색슨족의 불안한 미래에 대해 책임이 있다는 사유가 당대에 얼마나 만연했는지는 다음의 비평에서도 지적된다.

> 그랜트 알렌은 1889년의 글 「여성 문제에 대한 솔직한 말」에서 '남성에게 유용한 교육이 여성에게도 유용하리라는 잘못된 가정假定으로 인해, 영어 사용 민족 중 가장 교육을 많이 받고 능력 있는 많은 가계들의 후손이 끊기게 될 것이다'라고 주장하였다. 경고에 나선 『펀치』지도 예나 다름없이 이 문제에 대해 할 말이 있었는데, 신여성이 미래의 세대가 진보하는 것을 불가능하게 할 것이라는 경고가 바로 그것이다.[19]

---

18 Charles G. Harper, *The Revolted Woman : Past, Present, and to Come*, London : Elkin Mathews, 1894, pp.27~28.

19 Sally Ledger, "The New Woman and the Crisis of Victorianism", Sally Ledger · Scott Mc-

이민족과의 성적인 결합 가능성이나 신여성의 출현에서 19세기의 가부장들이 느꼈던 위협은 이처럼 상호교환 가능한 언어로 표현되었을 뿐만 아니라 위협의 내용도 '퇴보'를 동반하는 것이라는 점에서 상동한 것이었다.

당대의 가부장들 의하면 (신)여성은 자신의 동물적 본성과 관능을 이용하여 '이지적인 남성'을 타락시켜 그를 진화의 도상에서 끌어내리는 존재였다. 이 악녀와 퇴행의 관계에 대하여 브람 다익스트라는 다음과 같이 요약한다.

여성은 늪지 같은 존재, 본능적이고도 육체적인 탐욕이 생동하는 땅덩이. 그 땅덩이의 주된 기능은 남성을 사로잡고 집어삼켜 가능하다면 그를 흡수하여 그를 여성의 단순한 욕정에 봉사하도록 만드는 것. 그러므로 자연의 화신으로서의 여성은 자연에 대항하거나 자연을 초월하고자 하는 목표를 타고난 남성과 끊임없이 투쟁하는 관계에 있었다. 여성은 더 이상 가정의 축복, 모성적 자기희생이라는 따뜻하고 신성한 자궁의 현현이 아니었다. 여성은 육욕의 자궁, 모든 것을 집어삼키고 모든 것을 흡수하는, 남성적 생기(生氣)를 받아들이는 무차별적인 용기(容器)였다. 그녀는 공포에 질린 정신적인 사춘기의 남성 앞에서 신비스럽게 쩍 벌려진 육체적 유혹의 어두운 동굴이었다.[20]

여성을 남성을 타락시키는 악녀로 간주하는 이러한 사고는 당대의 과학, 문학, 회화뿐만 아니라 식자와 범속한 시정인 모두의 일상적인 대화에서도 발견되는 것이었다.

〈그림 12〉에서 나타나듯 『반란녀』의 제1장의 삽화도 신여성에 대해 당

Cracken eds., *Cultural Politics at the Fin-de-Siecle*, Cambridge : Cambridge Univ. Press, 1995, p.31에서 재인용.

20 Bram Dijkstra, *Idols of Perversity : Fantasies of Feminine Evil in Fin-de-Siecle Culture*, Oxford : Oxford Univ. Press, 1986, p.237.

대의 빅토리아조 남성들이 가졌던 생각을 잘 요약해 보인다. 하퍼는 자신이 직접 그린 이 삽화에서 신여성을 마귀의 사주를 받아 아담을 유혹하여 타락시킨 이브에 비유하고 있다. 이러한 사고는 여성을 동물 중에서도 야수나 뱀의 이미지에 비유하는 수사법을 발전시켰는데 이는 『쉬』에서도 어렵지 않게 발견된다.

〈그림 12〉 찰스 하퍼의 『반란녀』의 삽화

『쉬』에서 아이샤는 신비스럽고 두려운 존재, 사악하지만 저항할 수 없는 유혹녀로 묘사된다. 이 유혹녀가 남성을 향해 휘두르는 무기는 미모와 '성性'이다. 텍스트는 아이샤가 "뱀과 같은snake-like" 거동을 하거나 뱀처럼 쉬쉬 같은 소리를 낸다고 함으로써 그녀의 동물성을 강조한다. 또한 그녀의 미모에 깃든 "죄의 그림자"는 그녀가 아무리 사랑스러운 미소로써 감추려고 하여도 감출 수가 없다. 게다가 아이샤는 스스로 '악을 행하여왔음'을 고백하기도 한다. 이 무시무시하면서도 매력적인 아이샤의 유혹 앞에서는 앵글로색슨족의 도덕적 감각으로 무장된 백인도 무력해진다. 유스테인이 살해된 후 분노감에 불타던 레오가 그간 감추어진 아이샤의 얼굴을 보고 나서 그녀에게 저항할 수 없게 되었음은 앞서도 언급한 바 있다. 레오의 도덕적인 무기력함은 이리 와 보라는 말 한 마디에 그가 아이샤를 품에 안을 뿐 아니라 그녀와 입을 맞추는 데서 잘 드러난다. 이러한 레오의 모습을 텍스트는 다음과 같이 묘사한다. "아이샤의 눈길이 쇠줄보다 강력히 그를 끌었고, 그녀의 아름다움의 마력과 응집된 의지와 정열이 그의 내부로 파고들어 그를 압도하여 버렸다."[21]

평소 여성혐오자라고 공언하던 홀리도 예외는 아니다. 아이샤가 자신의 얼굴을 한번 본 사람은 누구나 이룰 수 없는 욕망에 상처받아 죽게 될

21   H. Rider Haggard, *op. cit.*, pp.140 · 153 · 221.

것이라고 하자, 홀리는 여성의 미와 같은 허영에는 마음을 비운 지가 오래되니 괜찮다고 큰 소리를 친다. 그러나 베일 벗은 그녀의 모습을 실제로 본 후 홀리도 사랑에 빠진다. '뱀 모양'의 허리 조임쇠를 조여 달라는 아이샤의 부탁을 들어주기 위해 그녀의 몸에 손을 살짝 대는 순간 홀리는 무릎을 꿇고 그녀와 결혼하기 위해서는 자신의 영혼이라도 팔겠다며 사랑과 연민을 구걸한다. 이러한 모습을 보고 아이샤는 언제까지 자기에게 굴복하지 않고 버틸 수 있었는지 궁금했다면서 깔깔대고 웃는다. 그리고 자신이 원하는 남자가 아니라면서 냉정하게 홀리를 물리친다.[22] 이렇듯 남성을 유혹을 해놓고서는 그를 좌절시키고, 이로 인해 괴로워하는 남성의 모습을 보고 웃는 아이샤는 정녕 냉혹한 악녀의 모습을 하고 있다. 그러니 연정을 충족시키기 위하여 자신의 '영혼'도 기꺼이 팔겠다는 홀리의 선언은 19세기 말 독자에게, 여성에게 유혹당하여 이성적 진보를 포기하고 동물적 수준으로 퇴화하고 마는 남성의 끔찍한 모습을 연상시키기에 충분하였을 것이다.

작품 『쉬』에서 인종 담론과 성 담론 간의 공생 관계는 아이샤의 최후에서도 발견된다. 아이샤의 몸에 동시에 투사된 성적 타자와 인종적 타자의 모습은 그녀가 아이러니컬하게도 '생명의 불길'에 의하여 생명을 잃고 말았을 때 극명하게 드러난다. 불길이 지나가고 난 뒤 아이샤가 겪게 되는 변화를 보자.

마침내 원숭이 정도의 크기가 될 때까지 그녀는 작아졌고 또 작아졌다. 피부에 수백만 개의 주름이 잡혔고, 형체를 알아 볼 수 없게 된 그녀의 얼굴에는 말로 표현할 수 없는 (오랜 ─ 인용자 주) 시간의 낙인이 찍혀졌다. 그와 비슷한 모습을 본 적이 없었다. 어떤 이도 이 무시무시한 얼굴에 각인된 무서운 세

22   *Ibid.*, p.185.

월과 유사한 것을 본 적이 없을 것이다. 비록 두개골의 크기는 변함이 없었지만, 그녀의 얼굴은 두 달이 된 아기의 두상보다 크지 않았다. 세상 사람들이여, 제정신을 잃고 싶지 않거든 그런 모습을 목격하지 않도록 기도드리기를. (…중략…) 큰 원숭이보다도 작은 그녀, 그 끔찍함이란. 아, 말로 표현하기에 너무나 끔찍하다! 그러나 생각해보면, 바로 그 순간에도 이 생각을 하였었는데, 결국 그 형체가 (조금 전만 해도 옆에 있었던 — 인용자 주) 바로 그 여성과 동일인물이라니![23]

위 글에서 죽어가는 아이샤에게 일어나는 변화는 '시간'을 거슬러 올라가는 성질의 것이다. 이 오랜 시간적 여행의 결과로 정체가 드러나는 여성의 본 모습은, 아름답고 매혹적인 외모 아래 숨겨져 있던 동물성, 즉 원숭이이다. 이처럼 텍스트는 신여성과 원숭이가 표상하는 진화 이전의 상태 사이의 연결고리를 강화한다. 결국 해거드는 여주인공 아이샤를 아프리카의 야만족을 다스리는 자의식 강한 '이민족 여성'으로 제시함으로써 인종적 타자와 성적 타자를 동시에 서사 내에 불러들일 수 있었다. 또한 이 무시무시한 여주인공을 작품 결미에 퇴화시켜 제거함으로써 신여성이 제기한 정치적 위협과 이민족과의 성적 결합이 야기할 혈통적 순수성에 대한 위협 둘 다를 한 번에 봉쇄할 수 있었다. 이러한 관점에서 보았을 때 『쉬』는 해거드가 영국과 식민지 양쪽에서 목격하였던 현실적인 위협을 상상적 차원에서 극화하였다가 이어서 적절하게 제거해버리는 고도의 정치적인 텍스트이다.

---

23 *Ibid.*, p.280.

잡종의 잡종

해거드의 작품을 영제국에 대한 옹호로 읽든, 신여성의 출현으로 인해 위협 받은 가부장적 사회가 품은 일종의 소원성취wish-fulfillment로 읽든, 해거드에 관한 기성의 연구는 대체로 해거드의 작품을 동질적이고도 단성적인 결을 가진 텍스트로 간주하여 왔다. 작가가 의도하는 기획이, 그것이 무엇이 되었든지 간에 순조롭게 진행되어 소기의 효과를 성취하는 유의 텍스트 말이다. 앞서 논의한 바도 이러한 관점을 따라 작품을 분석한 것이다. 그러나 이러한 해석은 텍스트를 절반만 읽은 것이다. 『쉬』에서 일견 성공적으로 수행되는 정치적 기획도 자세히 들여다보면 이를 성공적이라고 부를 수 있을까라고 반문하게 만드는 요소들이 발견되기 때문이다. 본 연구가 궁극적으로 주장하고자 하는 바는, 당대의 지배 이데올로기에 대하여 해거드의 텍스트가 바치는 봉사에도 불구하고 자기 배반의 순간이 있으며 이 순간이 텍스트의 '무의식'을 구성하고 있다는 것이다. 이러한 관점에서 보았을 때, 『쉬』는 솔기조차 보이지 않게 잘 봉합되고 매끈하게 완성된 텍스트의 형태를 갖지 않는다. 이 작품은 단일하고도 명징해 보이는 의미의 표층 아래에 끊임없이 소요하는 자기 전복적인 충동을 가진 텍스트이다.

앞서 해거드의 로맨스가 말미에 아이샤를 죽게 만들어 백인 주인공과 이민족 여성 간의 결혼 가능성을 봉쇄하고, 그렇게 함으로써 앵글로색슨의 혈통적 순수성을 보존해낸다고 말한 바 있다. 이렇게 보았을 때, 『쉬』는 제국주의적 기획이 큰 난관에 부딪히지만 결국에는 성취되는 그런 텍스트이다. 그러나 이 해석은 『쉬』가 달성하고자 하는 임무를 고려한 것, 즉 작가의 의도를 존중하며 텍스트를 읽은 결과이다. 작가의 의도와 달리 부단하게 동요하는 텍스트의 면모는 인종적 순수성을 지키고자 하는 보수적인 기획의 표면 바로 아래에서 발견된다. 주인공 레오의 혈통에 대한 텍스트의 묘사가 바로 그 예이다.

레오의 부계 혈통은 그리스인인 칼리크라테스에서, 모계의 혈통은 이집트의 공주 아메나르타스에서 시작된다. 이집트에서 아이시스 신을 모시는 사제였던 칼리크라테스는 아메나르타스와 사랑에 빠져 독신의 서약을 깨고 아프리카로 함께 도주하게 되고, 그곳에서 아이샤를 만나게 됨은 앞서 거론한 바 있다. 앞서 들려준 요약에서 빠진 부분은 다음과 같다. 칼리크라테스가 자신의 사랑을 거부하자 질투심에 눈이 먼 아이샤는 그를 살해하게 되고, 이에 아메나르타스는 임신한 몸으로 아테네로 도주한다. 그녀의 후손은 5백 년 정도 그리스에서 머물다가 로마로 이동하여 다시 5백여 년을 머문 다음 샤를마뉴 대제가 통치하던 프랑크 왕국을 거쳐 영국에 정착하게 된다. 로마에 머물던 당시 칼리크라테스의 후손은 '빈덱스 혹은 복수자Vindex or the Avenger'라는 이름을 가졌는데 그 이유는 선조의 억울한 죽음을 복수하기 위해서였다. 레오의 성姓인 빈시Vincey가 빈덱스의 변형된 형태임을 밝힘으로써 작가는 레오가 칼리크라테스와 아메나르타스의 후손임을 밝힌다.[24]

2천 년에 걸친 레오 선조의 족적을 이처럼 독자들에게 장황하게 들려줌으로써, 작가는 몇 가지를 시도한다. 그중 하나는 자신의 서사에 '역사적 아우라'를 부여하는 것이다. 레오의 가계를 유구한 역사 내에 위치시킴으로써 자신이 다루는 사건의 역사성이나 진실을 강조하는 효과를 거두는 것이다. 자신의 서사가 역사적 진실로 인정받았으면 하는 작가의 욕망은, 문학적 텍스트에 어울리지 않는 각주가 작품 전반에 걸쳐 20여 차례 넘게 사용되었다는 사실이나, 그리스어와 라틴어로 쓰인 역사적 문건을 작품 내에서 장황하게 인용하는 데서도 드러난다. 모르긴 해도 작가는 자신의 작품이 싸구려 모험소설이 아니라 인류학적 문건이나 역사적 보

---

24   *Ibid.*, p.19.

고서에 기반을 둔 서사로 받아들여지기를 바랐던 것이다.

해거드는 2천 년이라는 오랜 시간이 흘렀음에도 불구하고 아메나르타스의 후손들이 그녀가 남긴 복수의 유언에 충실하고자 하였다는 사실을 강조하고, 그럼으로써 아프리카로 여행을 감행하는 레오의 동기를 정당화하는 듯하다. 레오의 계보에 대한 장황한 서술에서 독자는 또한, 레오의 선조가 참회왕 에드워드Edward the Confessor의 재위 시절에 영국으로 건너왔으며, 정복왕 윌리엄의 재위 시절에는 대단한 영예와 권세를 누렸음도 알게 된다. 이 계보학적 보고서는 주인공의 두 자랑거리, 즉, 그가 유서 깊은 가문에 속해 있다는 점과 서구 문명의 원조인 그리스인의 혈통을 물려받았다는 점을 밝히고 있다. 백인 주인공이 서구 문명의 대표자로서의 지위를 부여받게 되는 것이다. 문제는 이와 동시에 레오의 선조가 애초에 앵글로색슨인이 아니었으며, 그 선조의 혈통이 무엇이었든지 간에 그의 후손들이 매우 다양한 인종이나 민족과 섞인 잡종이라는 추측도 가능하다는 데 있다. 레오의 선조들이 2천 년 동안 유럽 각지를 전전하면서 항상 같은 민족과 혼인하기를 현실적으로 기대할 수가 없기 때문에 그렇다. 이 '혈통적 혼종'이 훗날 영국에 정착하여 앵글로색슨족과의 혼교의 결과로 생겨난 인물이 바로 레오인 것이다. 그런 점에서 레오는 혈통적으로 보면 '잡종의 잡종'이다.

영제국이 '인종적 순수성'에 부여한 중요성과 가치를 고려할 때, 레오의 가계에 대하여 작가가 들려주는 계보학적 보고는 심각한 함의를 갖는다. 자랑스러운 영국인의 전형이자, 영국을 대표하기에 손색이 없는 가문과 역사를 타고난 인물이 실은 잡종의 혈통을 가졌다는 사실이 영제국을 뒷받침해 온 인종주의의 정치학을 뿌리째 흔드는 결과를 가져올 수 있기 때문이다. 탈식민주의 이론가 잔모하메드의 표현을 빌리면, 식민 담론은

"인종적 차이를 도덕적, 심지어는 형이상학적 차이로 변환시키는"[25] 차이의 경제, 즉 마니교적 체제에 의해 운용되는 것인데, 혈통적 혼성은 이러한 체제의 기반을 무너뜨리는 행위이다. 사이드 식으로 표현하자면, 서구가 오랜 세월 동안 만드는 데 주력한 "동양과 서양 간의 존재론적이고도 인식론적 구분 체계"[26]를 전복시키는 것이다.

'영국인임'에 대하여 작가가 부여하는 가치와 긍지는 홀리가 아이샤를 처음 접견하는 자리에서도 드러난다. 아마하거족의 족장인 빌랄리Billali가 아이샤 앞에서 엎드려 길 것을 홀리에게 충고하였을 때, 홀리는 이를 거부하면서 다음과 같이 말한다. "나는 영국인이올시다."[27] 이 선언을 읽었을 때 당대의 영국 독자들이 어떤 감정을 느꼈을지 추측하기란 그리 어렵지 않다. 그러나 영국인에 대하여 작가가 갖는 자부심에도 불구하고, 홀리가 자신은 감히 비교할 수도 없는 존재라고 여기는, "최상의 영국인의 특질"을 갖춘 레오의 몸에는 사실 혈통적인 혼교의 역사가 새겨져 있다. 유럽의 역사에서 잦았던 전쟁의 기간 동안, 혹은 과거 이방인들이 영국을 통치한 기간 동안 이루어졌던 다양한 민족들 간의 인종적인 결합의 역사가 그것이다.

레오를 잘 아는 후견인 홀리를 통해 작가는, 홀리가 과거에 만난 그 누구보다도 훌륭한 영국인의 외모를 레오가 갖추었을 뿐만 아니라 현대의 그리스인에게서 발견되는 간교한 면은 찾아볼 수 없는 인물임을 밝힌다.[28] 레오의 몸과 정신이 외래 혈통의 나쁜 영향력으로부터 벗어나 있음을 주장하고 있는 것이다. 마치 레오의 가계에 대한 계보학적 보고가 불러일으킬지도 모르는, 그의 외래 혈통의 문제성을 지적하는 '전복적인 해

---

25   Abdul R. JanMohamed, *op. cit.*, p.60.

26   Edward Said, *op. cit.*, p.2.

27   H. Rider Haggard, *op. cit.*, p.138.

28   *Ibid.*, p.205.

석'이나 '불온한 추측'을 예측이나 한 듯이 말이다. 그러나 이때조차도 레오의 혈통은 텍스트의 기획에 문제 제기를 하게 된다. 레오가 혈통적으로 혼성임에도 불구하고 고결한 인품과 우수한 지력 그리고 여성들을 사로잡는 외모의 소유자임을, 즉 그의 우수한 자질을 작가가 강조하면 할수록, 혈통적 혼성에 대하여 빅토리아조 영국인들이 가졌던 우려가 근거 없는 것임을 증명하게 되기 때문이다. '불량한 잡종' 아마하거족을 예를 들며 혈통적 혼성의 부정적인 결과를 강조하던 작가의 주장이, 또 다른 잡종인 레오가 구현하는 지적·도덕적 우수함과 외모의 탁월함 앞에서 논거의 유효성을 잃고 마는 것이다.

부재하는 근원/우수한 혼종

작가가 보호하고자 한 대상이 알고 보니 작가가 저지하려고 한 위협이었다는 사실은, 작가가 작품의 전면에서 표방한 '영국 혈통 구하기'를 부조리한 것으로 만들어버리며, 이러한 점에서 텍스트 『쉬』는 무의식적인 수준에서 스스로에게 반역을 하고 있는 셈이다. 이러한 배반은 단순히 작가가 수행하고자 하는 기획을 음해하는 수준에 머물지 않는다. 이 배반이 작가의 이 기획을 가능하게 한 당대의 자민족중심적인 문화의 모순을 지적하고, 혈통적 순수성과 민족적 정체성에 대한 빅토리아조 영국인들의 믿음을 해체하고 있기 때문이다. 앞서 언급한 바 있듯, 앤더슨은 『상상적 공동체』에서 영국 학생들이 정복왕 윌리엄을 국부國父로 부르는 교육을 받는다는 사실을 거론하며, 영국인들이 자랑하는 고색창연한 역사와 민족 정체성이 실은 외국인 출신의 왕의 존재에 의존하고 있음을 지적한 바

있다.[29]

안정된 형태의 자기동일성은 서구의 '보편적 휴머니즘'을 지지하는 철학적 토대일 뿐만 아니라, 식민 이데올로기의 실천을 가능하게 하는 기반이기도 하다. '너'에 대한 '나'의 착취와 억압이 가능하려면, 먼저 억압의 객체와 주체인 '너'와 '나'가 흔들림 없이 각각의 자리를 확실히 잡고 있어야 하기 때문이다. 이러한 면에서 보았을 때, 정복왕 윌리엄의 신화처럼 『쉬』도 작가의 의도와 달리 자기동일성에 바탕을 둔 제국의 정치학을 배반하고 있다. 타민족과 변별되는 우수한 '영국적 정체성'을 선양하는 텍스트의 작업이 실은 순수한 정체성의 존재가 애초에 불가함을 드러내기 때문이다. 영국이 자랑스러워하였던 혈통과 민족적 정체성 내부에 다름 아닌 정복자의 피와 문화가, 혹은 유럽과 아프리카의 온갖 피가 흐르고 있음을 드러낸다는 점에서, 정복왕 윌리엄에 대한 신화와 해거드의 작품은 둘 다 자기 해체적이다. 이처럼 '자기동일성 내에 발견되는 타자의 존재'라는 후기구조주의적인 테제는, 제국주의적 텍스트 내에서 행해지는 — 그것의 정치적 기획에 순응하지 않는 역사와 인종적 타자에 대한 — 배제와 억압에도 불구하고 항상 회귀하여 어느 구석에선가 모습을 드러낸다는 점에서 텍스트의 '무의식'을 구성한다.

텍스트 『쉬』의 자기 해체는 레오의 혈통에 대한 진술에서 읽어낼 수 있는 민족적 정체성에 대한 질문에 국한되지는 않는다. 텍스트는 다른 민족과 인종에 대한 묘사에 있어서도 일관성을 결여함으로써, 앵글로색슨과 대조의 효과를 내도록 구축된 인종적 타자의 개념도 뒤흔들어 놓고 만다. 앞서 레오의 몸을 통하여 자아의 순수성을 부정하였다면, 이번에는 이분법에 의해 설정한 타자의 순수성마저 부인하는 셈이다. 인종적 이분법에 의해 구축된 타자성에 대한 텍스트의 회의懷疑는 아이샤와 아메나르타스

29　Benedict Anderson, *Imagined Communities : Reflections on the Origin and Spread of Nationalism*, London : Verso, 1992, p.201.

의 비교에서 드러난다. 아메나르타스가 이집트인임은 앞서 밝힌 바 있다. 그러나 아메나르타스에 대한 텍스트의 묘사에는 동양 여성에 대한 서구의 편견이 발견되지 않는다. 아이샤와 달리 그녀는 요부妖婦, femme fatale같은 인물이 아닐뿐더러, 아이샤의 손에 남편을 잃은 후 복수를 위해 노력하다 죽어간 절개가 굳은 여성으로 묘사된다. 이러한 점에서 아메나르타스는 빅토리아조의 가부장들이 보고 싶어 하였으나, 그 존재를 찾아보기가 점점 힘들어진다고 판단한 '이상적인 여성상'에 일치한다. 유색인 유스테인도 악녀적인 이민족 여성상과 일치하지 않는다. 식인제로부터 연인을 구하기 위하여 몸을 던질 뿐만 아니라, 연인이 열병에 걸려 목숨이 위태해지자 그를 간호하는 데 전력을 다하는 모습을 고려했을 때 유스테인은 남편을 숭배하고 순종하는 빅토리아조의 이상적인 여성상에 가깝다. 이러한 점에서 아메나르타스와 유스테인은 작품을 지탱하는 선한 백인과 악한 이민족이라는 인종주의적 이분법을 흔들어 놓는다.

텍스트의 정치적 기획에 대한 손상은 아이샤에 대한 묘사에서도 발견된다. 기성 질서나 인종적 이분법을 전복한다는 점에서 아이샤가 아메나르타스보다 더하면 더했지 조금도 덜하지 않기 때문이다. 우선 아이샤와 그녀의 거처가 어떻게 묘사되는지를 알아보자. 현지인들에 의해 포로의 몸이 된 레오와 그의 일행은 아이샤와의 면담을 위하여 그녀의 거처로 옮겨진다. 아이샤가 살고 있는 거대한 동굴의 내부에서 주인공 일행은 먼저 '중국어'처럼 보이는 글귀가 쓰여 있는 기둥들을 발견한다. 아이샤와 동양의 관계에 대한 이러한 암시는 그녀의 처소로 이동할수록 더욱 강화되는데, 예컨대, 그녀의 처소 내부가 '동양적인 커튼'으로 장식되어 있으며, 처소를 지키는 아름다운 아가씨들이 양손을 교차하여 잡고 머리를 정중히 숙이며 백인 일행을 맞이하는[30] 등 동양적인 풍속이 그곳에서 느껴지기

---

30   H. Rider Haggard, *op. cit.*, p.137.

때문이다.

아이샤 자신도 베일로 얼굴을 감싼 채 나타남으로써 '숨김'에 의한 자극적인 효과를 더하고 신비감을 극대화 한다. 동양적인 커튼이 가리는 은밀한 동굴 깊숙한 곳에 머물며, 순종적이며 "말없는" 하녀들의 시중을 받고, 그녀 자신 얼굴을 가리고 사는 아이샤에 대한 묘사를 통하여 텍스트가 독자에게 각인시키려고 하는 이미지는 어떤 것일까. 신비한 존재라는 점에서 그녀는 이집트의 스핑크스를 연상케 하기도 하며, 대단한 미모의 소유자라는 점에서 헬렌이나 클레오파트라를 연상케 하기도 하나, 무엇보다도 타인의 접근이 금지된 은밀한 동양적인 내실에 스스로를 유폐하다시피 시간을 보낸다는 점에서 그녀는 '하렘의 궁녀'에 비견된다. 관능적인 미와 성적인 유혹으로서 백인 남성들을 호리는 아이샤는 서구의 담론이 구축한 동양인 첩妾의 이미지에 부합하는 것이다. 아이샤의 이러한 면모는 해거드의 작품에서 처음으로 선보인 것은 아니며, 동양에 대한 서구의 오랜 담론적 전통에서 유래한다. 자신을 사랑해 줄 남성의 손길을 2천 년간 기다려 온 아이샤는 — 사이드의 표현을 빌리자면 — "남성적인" 서구의 관심이나 그와의 육체적 접촉을 갈구하고 그의 씨를 품기를 바라는 여성의 모습을 한 동양의 이미지[31]와 크게 다르지 않은 것이다.

사이드가 서구의 담론에서 발견하는 동양이 매력적이면서도 위협적인 여성의 모습을 취하듯 해거드의 아이샤도 양면성을 띤다. 홀리가 아이샤를 처음 대면하는 장면에서 드러나듯, 그녀의 모습은 공포감을 동반하는 관능미라는 특징을 갖는다. "이 무시무시하면서도 무척이나 매력적인 인물"은 사랑의 경쟁자인 유스테인을 한 번의 손동작으로 살해하며, 자신의 명을 거역한 아마하거족을 고문한 후 사형에 처하는 끔찍한 인물이다. 한마디로 이 여성은 남성들을 타락시키고 자신의 의지에 복속하게 하는 악

---

31   Edward Said, *op. cit.*, p.219.

녀의 전형이다. 자신에게 입을 맞추고 싶으면 맞추어 보라며 아이샤가 홀리를 향해 장난삼아 몸을 기울인 적이 있는데, 이때 아이샤의 머리카락이 홀리의 이마를 스치게 되고 그녀의 향기로운 입김이 그의 얼굴에 닿게 된다. 이에 정신이 혼미해진 홀리가 이성을 잃고 아이샤에게 키스하려고 손을 뻗치려 하자, 아이샤가 그를 제지하는데, 이때 그녀의 손으로부터 무엇인가가 나와 그의 뜨거운 열정을 식게 만든다. 이 보이지 않는 힘 때문에 정신이 들게 된 홀리는 자신이 "상식, 절도 그리고 가정적 덕목"을 되찾게 되었다고 생각한다. 홀리의 이 진술은 아이샤가 여태껏 그의 마음을 조종하여 왔음을, 다시 말하면 그를 미혹시켜 욕망으로 몸이 달아오르게 만들기도 하고, 이 방종한 게임이 도를 넘어서게 되면 그의 욕정을 식히기도 하는 등 그의 정신과 육체를 놀잇감으로 삼았음을 드러낸다. 아이샤는 이처럼 남성을 유혹하는 '키르케'의 모습으로, 어떤 때는 중국이나 터키의 첩을 연상시키는 유혹녀로 묘사되며, 한 번은 "태생이 아랍인"인 것으로 제시되기도 하며, 또 어떤 때는 "무척 아름다운 백옥 같은 손"을 가진 백인으로 묘사되기도 한다.[32]

이러한 다중적인 인종 정체성은 여러 가지 면에서 작품의 제국주의적 기획을 손상시키게 된다. 첫째, 아이샤를 백인으로 볼 경우 그녀와의 성적인 접촉으로부터 레오의 인종적·혈통적 정체성을 보호하려는 텍스트의 기획, 즉 작품이 지향하였던 애초의 제국주의적인 기획이 설 자리가 없어진다. 다른 한편, 아이샤를 인종적으로 모호하거나 혼종적인 인물로 볼 경우도 백인 우월주의를 천명하고자 하는 정치적 기획이 타격을 받게 된다. 그 이유는 아이샤의 몸이 그 어떤 백인 여성보다도, 그리스의 미녀 헬렌보다도 아름다운 것으로 묘사될 뿐만 아니라, 헬렌에게서는 발견되지 않는 탁월한 지성과 지식마저 그녀가 소유하고 있는 것으로 묘사되기 때문이다.

---

32   H. Rider Haggard, *op. cit.*, pp.142·156·144·139.

헬렌이 갖지 못한 또 다른 미덕이 아이샤에게 있는데, 그것은 한 남성에게 바치는 순정이다. 물론 아내가 있는 남자를 사랑했다는 점에서, 또한 차지할 수 없는 사랑이었기에 연인을 결국 죽였다는 점에서, 아이샤의 사랑은 비뚤어진 것이기는 하다. 그러나 한 남자를 향한 연정이 2천 년이라는 세월이 지나도 변함이 없었다는 사실은 놀라운 것이다. 그녀의 아름다움에 정신을 잃은 홀리가 베일을 벗고 얼굴을 한번만 보여 달라고 청하자, 아이샤는 다음과 같이 대답한다. "오로지 한 남성을 제외하고는, 이 세상의 어떤 남성도 저의 상대는 아니에요."[33] 이러한 점에서 적어도 빅토리아조의 가부장들이 보았을 때, 트로이의 전설적인 미녀 헬렌도 아이샤의 발끝에 못 미친다. 연인 패리스 왕자를 위해 남편 메넬라오스를 버렸다는 점에서 말이다. 아이샤에게서 발견되는 이 미덕은 순종이 잡종보다 우월하다는 인종주의적 사유를 전복시키는 사례이다. 이 사례는 또한 혈통적 혼교가 영국적 정체성의 우수함과 순수함을 더럽힐 것이라는 빅토리아조의 불안이 근거가 없는 것임을 드러낸다.

자아를 닮은 타자

작품 『쉬』에서 발견되는 해체주의적인 면모는 '영국적 정체성'이나 '인종적 타자'와 관련하여 나타나는 모순에 국한되지 않는다. 작품이 스스로의 기획을 배반하는 순간은 아이샤의 통치술에 대한 묘사에서도 감지된다. 아이샤는 고문이나 사형 같은 '잔혹한 정치 기술'에 의해 통치하는 인물이다. 아마하거족의 일부가 식인의 욕구를 충족시키기 위해 레오 일행을 공격하는 일이 발생하자 아이샤는 이들을 고문할 것을 명하며, 고문에

---

33 *Ibid.,* p.151.

도 불구하고 살아남는 자들은 사형에 처하는 극형을 언도한다. 홀리가 이들을 대신해 가벼운 처벌을 내릴 것을 탄원하자 아이샤는 다음과 같이 대답한다.

> 내가 이 부족을 어떻게 다스린다고 생각해요? 내게는 나의 명에 따르는 일군의 호위 병력밖에 없으니, 무력에 의한 통치라고 할 수는 없지요. 공포에 의한 통치에요. 나의 제국은 상상력의 제국이지요.[34]

아이샤가 누리는 정치권력의 핵심은 피지배자들의 마음속에서 작동하는 '공포심'이다. 그러나 아이샤의 논리에 의하면, 그녀의 전제적인 통치도 선의의 목적을 위한 것이다. 만약 자신이 아마하거족을 공포로써 다스리지 않았다면 이들이 오래 전에 내부의 반목과 불화로 전멸하고 말았을 것이라고 주장하기 때문이다. 이러한 점에서 아이샤는 동양의 전제 군주의 모습을 하고 있다. 또한 그러한 점에서 아이샤가 구현하는 통치술은 서구의 근대적인 정치 체제와는 대조적인 것이다. 즉, 아마하거국의 정치 체제는 서구가 제국주의를 정당화하기 위하여 필요로 하였던 서구 바깥의 후진적인 정치적 타자의 모습을 고스란히 가지고 있는 것이다.

본 연구의 주장은 대극적인 체제로 여겨지는 아프리카의 전제 국가와 근대 유럽 국가 간의 거리가 생각보다 그리 멀지 않다는 것이다. 피지배족의 안전과 복지를 위하여 강력한 지배가 필요하다는 논리를 전개하는 아이샤의 주장은 유럽이 식민 통치를 정당화하기 위하여 사용한 이데올로기와 사실상 다르지 않다. 1873년 초 영국 정부는 아프리카 서해안을 영국의 보호 아래에 둘 것인지를 두고 정책 토론을 벌인 적이 있는데, 이때 영국의 식민 정책에 영향력을 행사하였던 정객들의 발언을 들어보자.

---

34   *Ibid.*, p.172.

(영국 — 인용자 주)이 아프리카 서안에서 물러설 경우 이는 원주민들을 개화시키려는 희망을 아주 오랜 기간 동안 산산이 부셔놓고 말 것이다. 그렇게 되면, 이 원주민들은 곧 최악의 풍습으로 다시 퇴보하고 말 것이고, 따라서 (아프리카 — 인용자 주) 내륙을 상업화시키려는 모든 가능성은 사라지고 말 것이며, 그 결과 영국의 상인들이나 (아프리카의 개화를 바라는 — 인용자 주) 박애주의자들에게도 아무런 소득이 없게 될 것이다.

우리처럼 위대한 국가는 때로 불쾌한 임무를 수행할 준비가 되어 있어야 한다. 이 국가는 자신의 위대함과 떼려야 뗄 수 없는 짐을 지는 데 동의해야 한다. (…중략…) 우리로 하여금 아프리카 서안에 머물도록 명하는 것은 우리의 이기적인 욕구나 보다 큰 제국을 건설하려는 야망이 아니다. 그것은 단지 수행해야 할 임무와 의무에 대한 인식인 것이다.[35]

위 발언 중 첫 번째는 글래드스턴 내각에서 식민성 장관을 지낸 킴벌리 Kimberley 경의 것이고 두 번째 것은 그의 후임인 카나본Carnarvon 백작의 발언이다.

이 두 장관의 발언에 있어 공통되는 것이 있다면 그것은 개화된 민족이 미개한 족속에 대하여 갖는 의무에 대한 강조이다. 앞서 주목한 바 있는 아이샤의 자기변호라는 것도 결국 '권력에의 의지'에 박애주의적인 수사修辭의 옷을 입힌 것이라는 점을 상기해 본다면, 근대 서구의 발전에 있어 중추적인 역할을 해 온 문명국 지배 계급의 논리와 아프리카의 오지에 위치한 야만적인 국가의 수장의 논리 사이에 실질적인 차이가 없음을 깨닫는 데 많은 시간이나 오랜 궁리가 필요치 않다.

아이샤의 통치 형태를 근대 영국의 정치 체제와 변별하기 위하여 해거

---

35   C. C. Eldridge, *England's Mission : The Imperial Idea in the Age of Gladstone and Disraeli 1868~1880*, Chapel Hill : Univ. of North Carolina Press, 1973, pp.157 · 158.

드는 전자를 단순히 후진적일 뿐만 아니라 통치라는 이름을 붙이기가 민망한 비도덕적인 원칙에 의해 작동되고 있음을 드러낸다. 일례를 들자면, 레오를 두고 유스테인과 삼각관계에 놓이게 된 아이샤는 유스테인이 죽어야 할 것이라는 말을 한다. 이 잔혹한 말에 깜짝 놀란 홀리가 도대체 무슨 죄로 유스테인이 죽어야 하느냐고 반문하자, 아이샤는 "레오와 자신의 욕망 사이를 가로막는 죄"[36]를 유스테인이 저질렀다고 대답한다. 자신의 이러한 생각을 변호하기 위하여 아이샤는 두 가지 논거를 제시하는데, 그 중 두 번째 논거는 다음과 같다.

> 그러면, 우리와 우리의 목적 사이를 가로막고 선 것들을 제거하는 것이 범죄인가요? 이 어리석은 분아. 홀리 씨, 그러면 우리의 인생 자체가 하나의 긴 범죄에요. 왜냐하면 매일매일 우리는 살기 위해 죽이고 있으니까. 왜냐하면 이 세상에서는 가장 강한 자를 제외하고는 어느 누구도 버티어낼 수 없으니까요. 약한 자들은 죽어 없어져야 해요. 이 세상과 그의 과실은 강자의 것이지요. 나무 한 그루가 자라나려면 열두 그루의 나무가 시들어야 해요. 가장 강한 놈이 다른 놈들의 몫을 모두 차지하게 말이죠. 실패하고 쓰러지는 사람들이 있으면 그들의 시신을 밟고서 우리는 자리와 권력을 차지하려고 해요. 그래요, 우리가 먹는 음식은 굶주린 아기들의 입에 들어갈 것을 확보한 것이죠. 그것이 사물의 이치에요.[37]

위의 발언을 통해 아마하거 왕국이 '정글의 법칙'에 의해 지배되는 곳임을 작가가 강조하려고 하였음은 의심할 여지가 없다. 이러한 대비의 효과에 의해 영국을 비롯한 유럽의 근대 국가들의 우월함이 강조되는 것이다. 적어도 이론적으로는 그렇다.

---

36 H. Rider Haggard, *op. cit.*, p.195.
37 *Ibid.*, pp.196~197.

서구의 국가들이 바깥세상에서 저지른 통치의 '더러운 현실'에 조금이라도 눈이 뜨인 유럽인 독자가 있다면, 위에서 인용한 아이샤의 진술에는 아프리카의 어떤 야만적인 가상 국가에 대한 이야기가 아니라 자신의 얼굴을 후끈 달아오르게 만드는 유럽 제국에 관한 이야기라고 느낄만한 구절이 내포되어 있다. 그리고 그 이면에는 19세기 후반에 유럽의 정신적 지도를 새롭게 그린 다윈의 진화론이, 또 이 진화론과 결합하여 사회의 지배 이데올로기가 되었던 인종주의와 식민주의가 있다. 『쉬』가 출판된 지 불과 7년 후에 출간된 한 저서에서 벤저민 키드는 다음과 같이 주장한 바 있다.

> 전쟁에 못지않으며 그 결과에 있어서는 확실히 더 **끔찍한 법칙**의 작동에 의해 앵글로색슨은 자신과 경쟁하게 된 후진적인 민족들을 전멸시켜왔다. 약한 인종은 강한 인종과의 단순한 접촉의 효과만으로도 소멸된다. (…중략…) "원주민들은 사라져야만 한다. 그렇지 않으면 자신들의 땅을 개발하기 위해서, 준비된 우리처럼 근면하게 노력해야 할 것이다."[38]

키드가 여기서 말하는 '끔찍한 법칙'이란 무엇일까. 그것은 다름 아닌 다윈이 빅토리아조 대중에게 설파한 '적자생존론'이다. 이 논리에 의하면 자연의 생태계에서는 최적자最適者만이, 최강자만이 약자를 짓밟고 살아남는다. 앵글로색슨의 세계사적 도약을 설명하는 이 과학적 이론이 아마하거 왕국을 통치하는 야만적인 여왕의 소신인 '정글의 법칙'과 얼마나 다른 것일까.

사회의 생성과 소멸을 진화론적 관점에서 보는 '사회 진화론'은 기실 19세기 말에 모습을 드러낸 것은 아니다. 브랜틀링거의 연구에 의하면 정

---

38   Benjamin Kidd, *Social Evolution*, New York : Macmillan, 1894, pp.49~50(인용자 강조).

신적으로나 육체적으로 약한 인종은 소멸되는 것이 자연의 섭리요, 운명이라는 논리는 19세기 중엽의 로버트 녹스Robert Knox 같은 이에 의해 이미 주장되어 사회적인 호응을 얻고 있었다.[39] 19세기 후반기에 영국의 해외 팽창을 지원하였던 이론이 다름 아닌 진화론에 근거하고 있다는 사실은, 아이샤의 '야만적인' 통치술이 근대화된 유럽 국가의 통치론과 크게 다르지 않음을 드러낸다. 달리 표현하면, 인종적 타자에 부여되는 정치적 후진성이나 야만성에 유럽 자신의 모습이 반영되어 있다는 점이다.

해거드의 작품에서 아프리카는 유럽의 '타자'가 아니라 실은 유럽의 '닮은꼴'로 나타난다. 이러한 점을 두고 로라 크리스만은 "아이샤를 통해 제국주의는 자신의 지배적 경향, 지식의 체계, 모순을 여성에게 전가시키고, 그렇게 함으로써 그 (문제 — 인용자 주)들을 인정함과 동시에 부인할 수 있었다"[40]고 주장한 바 있다. 정말 해거드의 작품에서 제국주의의 모순이 잘 해결되고 있는가? 본 연구는 이 질문에 대해 크리스만과는 다른 대답을 한다. 사이드도 주장한 바 있듯, "유럽 문화가 대리적 자아로서의 동양, 심지어는 숨은 자아로서의 동양에 스스로를 대비시킴으로써 힘과 정체성을 키워나간"[41] 것이 사실이다. 그러나 크리스만의 주장이 성립하려면 해거드의 작품은 지엽적 사실 하나하나까지, 심지어는 극적 아이러니의 가능성까지 작가의 의도가 완벽하게 지배하고 통제하는 일종의 봉인된 텍스트이어야 한다. 이러한 유의 해석은 문학 작품을 일방적인 메시지의 전달이라는 극히 기계적인 기능으로 축소시켜 텍스트의 역동성을 부정하는 문제를 안고 있다. 뿐만 아니라 작가의 등 뒤편에서 전복적인 해석을 기도하는 독자의 존재를 완전히 배제하고 있다는 점에서도 문제적이다. 즉, 이런 독법

---

39 Patrick Brantlinger, *op. cit.*, p.21.
40 Laura Chrisman, "The Imperial Unconscious? Representation of Imperial Discourse", *Critical Quarterly* 32-3, 1990, p.45.
41 Edward Said, *op. cit.*, p.3.

은 당대의 현안에 대해 비판적인 사유를 하는 독자, 이데올로기와 현실 간의 틈새에 대해 석연찮고 불쾌한 느낌을 지워버릴 수 없는 독자를 배제하고, 대신 다른 가능성과 현안으로부터 눈을 돌린 채 작가의 의도를 충실히 따를 줄 밖에 모르는 '노새 같은 독자'를 상정하고 있다.

『쉬』에서 발견되는 내부의 동요나 해체주의적인 독법의 가능성은 작품의 결말이 예비해 둔 아이샤의 죽음에 의해 진정될 수 있는 성질의 것이 아니다. 그러한 점에서 '유럽의 타자'에 대한 텍스트의 묘사는 '문제에 대한 인정이 곧 해결로 이어지는 수순'을 밟지 않는다. 레오의 혈통에 관한 문제 제기에서도 드러나듯, 자아의 문제가 타자에게로 모두 성공적으로 전치되는 것은 아니기 때문이다. 문제가 유럽적 자아의 내부에서 발견되는 것이기에, 타자가 소멸된다고 해서 문제가 자동적으로 해결되지는 않는 것이다. 결론적으로, 해거드의 작품은 혈통적 순수성에 대한 당대 영국 사회의 염려와 불안을 극화하고, 결미에서 이 불안을 종식시키기를 기도하나, 이 기획은 텍스트 내부의 분열과 불안정성으로 인해 미완성으로 끝이 난다. 모순을 감추거나 전치시키기 위해서는 먼저 모순의 존재에 대해 주목을 요구할 수밖에 없다는 점에서, 또한 이데올로기가 서사의 형식으로 스스로를 펼쳐내기 위해 경험적 세계로부터 텍스트 내로 들여오는 수많은 지엽적인 사실들의 뉘앙스에 대한 완전한 통제가 사실상 불가능하다는 점에서, 모든 이데올로기적 행위는 자기 배반의 가능성을 안고 있다. 그런 점에서 해거드의 모험소설은 부단한 자기 동요와 분열로 인해 지배 이데올로기의 한계를 보여주는 작품이다.

제6장
흡혈의 수사학

끝없이 더 많은 피를 갈망하고 인간의 피나 합성 혈액을 이용하는 새로운 방법을 고안해내는 뱀파이어는 자본주의의 게걸스런 성격을 재현한다.

— 아스파시아 스테파누

세기말적 불안과 과학 담론

푸코에 의하면 성性에 대한 검열과 통제는 17세기에 시작되어 18세기에 가속화되었다. 성의 역사에 대한 연구에 있어 푸코가 기여한 바는, 주지하다시피 성의 통제가 단순히 성에 대한 관심이나 성 담론을 억압함으로써 이루어진 것이 아니라 오히려 성 담론의 활성화와 이의 적극적인 유포에 의하여 이루어졌다는 새로운 발견이다.[1] 부르주아의 청교도적 사고가 시대의 도덕성을 지배하였던 빅토리아조 시대가 대표적인 경우이다. 푸코의 시각을 빌려 보았을 때, 이 시기의 영국 사회에서 성 담론이 활성화되었던 이면에는 이를 통하여 개인의 사생활을 보다 철저히 통제하려는 사회적 목적이 있었다고 풀이할 수 있다.

---

1   Michel Foucault, Robert Hurley trans., *The History of Sexuality 1 : An Introduction*, New York : Vintage, 1980, p.17.

빅토리아조 시대에 이루어진 인간의 성, 특히 여성의 성에 대한 과학적인 발견은 한편으로는 당대의 가부장적 정권이 특정한 가치를 여성에게 강요하는 데 봉사하기도 했지만, 다른 한편으로는 사회적 불안을 야기하거나 증폭시키는 원인이 되기도 했다. 다익스트라의 연구가 밝히고 있듯, 여성의 성에 대한 과학적 발견은 아내를 성적인 요구를 할 줄 모르는 "집안의 수녀"로 여기던 남성들에게 불안을 안겨다 주었다. 우선 사회적으로는 여성들이 도덕의 수호자이자 "집안의 천사" 역할을 천직으로 알고 가부장적 사회를 위해 해왔던 봉사가 중단될 위기가 도래했다. 또한 여성은 무성적無性的 존재라는 믿음이 깨어지면서 배우자에 대한 성적 의무의 짐을 남성들이 지게 되었다.[2] 자유방임주의 원칙 아래에서 자유 경쟁이 본격화되었던 19세기의 자본주의 사회는 정글의 법칙이 지배하는 세계였다. '만인을 위한 만인의 투쟁'이 벌어지는 이 살벌한 세상에서 살아남기위해 남성들이 필사적인 노력을 하는 상황임을 고려할 때, 하루의 일과가끝난 후 돌아온 가정이 휴식처가 아니라 '또 다른 일터'가 된다는 생각이, 잠자리에 대한 부인의 기대와 요구가 당대의 가부장들에게 무시하지 못할 부담으로 작용하였을 것이라는 것이 다익스트라의 주장이다.

빅토리아조 가부장들에게는 여성의 성뿐만 아니라 성욕 자체가 금기의 대상이요, 불안의 원인이기도 했다. 영국의 성 지식에 대한 연구에 의하면, 성욕이 퇴행이나 타락을 의미한다는 생각은 당대의 의학 담론이나성 담론에서 곧잘 발견될 만큼 19세기의 영국인들을 지배한 강박적인 사고였다. 성에 관한 당대의 관심은 다음과 같이 표현된다.

성의 정신병리학적 양상을 자세히 다루는 의학적인 혹은 유사(類似)의학적인 성격을 띤 소책자의 발행이 점점 증가하였다. 특히 여성의 성욕이 조사의

---

2   Bram Dijkstra, *Idols of Perversity : Fantasies of Feminine Evil in Fin-de-Siecle Culture*, Oxford : Oxford Univ. Press, 1986, pp.65 · 68.

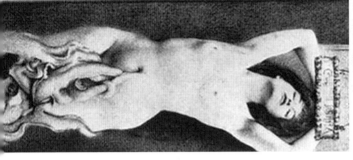

〈그림 13~14〉: 브람 다익스트라의『퇴폐의 우상(Idols of Perversity)』의 삽화.

대상이 되었고 또 의심스럽게 여겨졌다. (…중략…) 남성들에게 있어서도 감
각적인 쾌락을 추구하는 것은 곧 고상한 정신적인 활동을 할 자격을 박탈당
하는 것이어서 자제와 금욕을 훈련해야 했다.[3]

이러한 과학 담론은 가부장적 사회에서 깊게 뿌리박은 여성 혐오증이나
기독교 문명에서 유래하는 오랜 편견들, 이를테면 여성이 남성보다 열등
하다거나 여성을 성적인 유혹의 근원으로 보는 기성의 편견들을 강화하
는 기제로 사용되었다. 그 결과 여성성은 근본부터 죄罪와 수성獸性, 악惡에
가까웠고, 남성에게도 성욕이 있는 한은, 혹은 성욕이 남아있는 만큼 동물
에 가깝다는 믿음이 대중에게 퍼지게 되었다.

 여성의 성이 남성의 타락이나 그가 맞이하게 된 재앙에 책임이 있다는
오래된 편견이 19세기에 얼마나 팽배했는지는 당대 작가들의 입을 통해
서도 증명된다. 빅토리아조 독자들을 흥분시킨 메리 브래던Mary Elizabeth
Braddon(1835~1915)의 『오들리 부인의 비밀Lady Audley's Secret』(1861~1862)

3　Roy Porter · Lesley Hall, *The Facts of Life : The Creation of Sexual Knowledge in Britain,
　1650~1950, New Haven : Yale Univ. Press, 1995, pp.128~129.

이 대표적인 예이다. 주인공 오들리 부인은 미천한 집안 출신임에도 불구하고 미모를 이용하여 귀부인의 자리에 오른 인물이다. 그녀는 사회적 지위를 향상시키기 위하여 중혼 사실을 숨기고 둘째 남편과 결혼하였다. 이 비밀을 지키기 위해 주인공은 첫째 남편을 살해할 뿐만 아니라, 둘째 남편도 음독飲毒하게 만들 것을 꿈꾸며, 그녀에 관한 진실을 파헤치는 또 다른 남성을 죽이기 위해 호텔에 불을 지르는 것도 마다않는 전형적인 '요부'이다.

토머스 하디Thomas Hardy(1840~1928)의 마지막 소설인 『무명의 주드 Jude the Obscure』(1894~1895)에 등장하는 여주인공 아라벨라Arabella도 같은 유형이다. 그녀는 학문에 대한 열망으로 가득 차 있던 주드를 꾀어 육체적인 관계를 맺고 혼인을 강요한다. 이로 인해 주드는 학자로서의 꿈을 포기한다. 아라벨라의 악녀적인 면모는 결혼한 지 얼마 되지 않아 주드를 버리고 호주로 건너가 이중혼의 범죄를 저지르는 데서, 또한 주드와 이혼한 후에 새 남편이 죽자 영국으로 돌아와 주드를 유혹하여 다시 혼인하고, 그가 병들자 또다시 돌팔이 의사와 놀아나는 사실에서 잘 드러난다.

여성의 성에 관한 우려는 세기말에 유행하였던 종말론적 풍조, 특히 다윈의 학설이 미친 사회적 파장과 맞물리는 것이다. 다윈의 학설의 요지는 인간이 신의 창조물이 아니라 동물이 고도로 진화한 형태라는 것이다. 이 주장은 한편으로는 인간의 무한한 발전의 가능성을 열어 놓으면서도, 다른 한편으로는 다윈의 의도와는 달리, 인간이 근본적으로 동물에서 출발한 것이라면 인간이 원래의 수준으로 되돌아갈 수도 있다는 끔찍한 가능성도 동시대인들에게 열어 놓았다. 다윈의 표현을 직접 들어보자.

> 문명화된 우리는 종의 소멸 과정을 막기 위해 최선을 다한다. (…중략…) 가축 번식에 종사해 본 이라면 (약한 개체의 번식 — 인용자 주)이 인류에 매우 해로운 것임을 의심하지 않을 것이다. 관리를 하지 못하거나 혹은 관리를 제

대로 하지 못할 경우, 문명화된 인종이 얼마나 빠른 시간 내에 퇴행하게 되는
지는 놀라울 정도이다. 인간을 제외하고 어느 누구도 최악의 동물의 번식을
허락할 만큼 어리석지 않다.[4]

당대의 학자 프란시스 골튼Francis Galton(1822~1911)의 학설도 이러한 종말
론적 불안에 한 몫을 하였다. 『인간 능력에 관한 연구Inquiries into Human Fac-
ulty』(1883)를 출간하여 우생학을 정립하였으며 다윈의 사촌동생이기도 한
저자는, 선대의 유전적 형질이 그대로, 아무런 저항 없이 후대에 물려진다
고 주장하였다. 그러니 우수한 형질을 가진 이들에게는 2세를 많이 낳아
야 하는 사회적 의무가 있는 반면, 열등한 형질을 가진 이들이 2세를 낳는
것은 막아야 한다는 주장이 등장하게 되었다. 우생학자들과 그에 동조하
는 지식인들의 염려는 1870년대 이후 꾸준히 인구 감소세를 보여 온 영국
의 인구 문제와 맞물려 세기말 영국의 중요한 사회적 현안이 되었다.

러디야드 키플링Rudyard Kipling(1865~1936)의 낙관적 서사가 잘 드러내
듯, 당대의 영국인들의 관점에서 보았을 때 영제국이 19세기에 거둔 정치
적·경제적 성공은 앵글로색슨의 혈통이 우수했던 덕택이었다. 그러한 점
에서 "영국인들은 빅토리아조 사회의 계급적 경계선을 넘어오려고 하는
자들을 경계하였던 것처럼, 인종적인 경계선을 넘어 오려고 하는 자들은
누가 되었든지 간에 경계하였다".[5] 달리 표현하면, 혈통의 오염이 가져다
줄 사회적인 퇴보에 대한 염려가 팽배했던 것이다. 19세기 말 유럽인들이
문명이 퇴행할 가능성에 대하여 어떻게 반응하였는지 구체적으로 알아
보자.

4   Charles Darwin, *The Descent of Man, and Selection in Relation to Sex* 1, London : John Mur-
      ray, 1871, p.168.
5   Brian V. Street, *The Savage in Literature : Representations of "Primitive" Society in English Fic-
      tion 1858~1920*, London : Routledge, 1975, p.105.

19세기 말엽 귀가 솔깃한 남성들에게 (인간과 동물의 유사성에 대한 다윈의 지적은— 인용자 주) 그들의 머리 위에 떠도는 거대한 징후를, 찬란하게 진보하던 인류를 정글의 세계로 끌어내릴 **퇴행의 징후**를 인식하기에 충분한 증거였다. 곳곳의 과학자들, 지식인들, 예술가들, 범속한 자들조차 퇴행에 대하여 걱정하기 시작했다. (…중략…) 진화의 도상에 있었던 남성들은 이 중요한 시기에, 카를 포크트의 표현을 빌리면, 진화의 갑작스런 중지로 인해 **원숭이의 수준**으로 타락할지도 모를 무시무시한 가능성을 직면하게 되었다. (…중략…) (따라서 — 인용자 주) 명백히 퇴행의 어떠한 징조도 사전에 탐지하여 이러한 일이 생겨나는 것을 막아야 했다. 퇴행의 경향들은 곳곳에서 발견되었고 다윈이 퇴행이라고 불렀던 것을 지시해주는 격세유전적인 특질의 발견이 지식인들 사이에서 일반적인 이야깃거리가 되다시피 하였다. 사람들은 **저능한 자**들에서 발견되는 잠재적인 정치적·사회적 힘에 내재된 위험에 대하여 심각하게 염려하게 되었고, 이것이 성차별과 인종차별을 새롭게 정당화해 주었다.[6]

인용문에서 볼드체로 처리한 '저능한 자'란 다름 아닌 유색인과 여성을 가리킨다. 당시 다윈과 칼 포크트Karl Vogt 같은 과학자들은 여성과 유색인이 백인 남성보다 지능이 덜 발달한 족속, 즉 진화가 덜 된 족속이라는 주장을 하였고, 이러한 학설이 '과학'의 이름으로 널리 받아들여졌다.

인류의 도태나 퇴행과 관련된 종말론적 우려가 대중문화에 얼마나 깊이 파고들었는지는 당대에 유행하였던 예술과 문학에서 잘 드러난다. 브랜틀링거는 후기 빅토리아조와 에드워드조의 사회적인 특징을 "억압된 본성의 회귀에 대한 두려움"으로 규정지은 바 있다. 그리고 퇴행에 대한 불안의 징후가 당대에 유행하였던 소설, 특히 모험소설이나 고딕 소설의

---

6   Bram Dijkstra, *op. cit.*, p.212(인용자 강조).

중요한 주제를 이루었다고 한다. 브랜틀링거의 주장을 직접 들어보자.

> 작중 인물들이 경험하는 원시 상태로의 격세유전적인 퇴행은 종종 영국인의
> 타락이라는 형태로 변형되어 나타나는 거대한 문명의 퇴행에 대한 알레고리
> 인 듯하다. 그래서 리처드 제프리즈의 묵시론적 환상을 담은 소설 『런던 이
> 후』(1885)의 첫 장은 '야만으로의 타락'이라는 제목을 달고 있다. 이와 유사
> 하게, 얼스킨 칠더즈의 스파이 소설 『사막의 수수께끼』(1903)에 등장하는 화
> 자도 이런 식으로 자신의 이야기를 시작한다. "몇 명의 흑인들을 제외하고는
> 사람이라고는 없는 절대 고독 속에서 직업 때문에 어쩔 수 없이 오랜 기간을
> 살아야 했을 때, 야만적인 상태로 타락하는 것을 막기 위하여 저녁상을 대할
> 때조차 정장을 하는 것을 규칙으로 삼았던 사람들의 이야기를 읽었던 적이
> 있다." (…중략…) 빅토리아조 후기에 들어서 영국인들은 그들이 필연적으
> 로 진보하게 될 것이라고 전망하는 것이 점점 어려워짐을 알게 되었다. 대신
> 에, 그들은 자신들의 제도나, 문화, 민족이 타락할 것에 대하여 걱정하기 시
> 작했다.[7]

이러한 종말론적 불안은 성에 대한 의학적인 발견과 짝을 이루어 수성獸性
을 향한 인류 타락의 촉매제가 바로 인간의 성욕이라는 생각을 낳게 된다.

지적인 열망을 가진 남성을 그가 마땅히 가야할 정신적인 추구의 길에
서 벗어나게 만들어 결국 타락시키는 악마적 여성상이 빅토리아조의 대
중문화에 유행하게 된 데에는 앞서 언급한 바 있듯, 인류의 퇴행에 대한
세기말적 불안과 당대 가부장제를 위협하였던 여성의 성에 대한 발견 등
이 복합적으로 작용하였다. 여성의 성에 대하여 19세기 말의 유럽의 가부
장들이 가지고 있었던 두려움은 『카르밀라Carmilla』(1872)에서도 잘 드러

---

7   Patrick Brantlinger, *Rule of Darkness*, Ithaca : Cornell Univ. Press, 1990, pp.229~230.

나는 것이다. 이 고딕 소설에서 주인공 카르밀라는 이중의 금기禁忌를 위반하는 흡혈귀로 등장한다. 이 금기는 여성의 성욕과 동성애적 욕망이다. 여성이 성욕을 갖는 것도 "자연에 어긋난 것"이었지만, 동성애적 욕망은 당대에 자연의 섭리와 사회법 모두를 위반하는 흉악한 범죄로 여겨졌기 때문이다. 아일랜드 출신의 작가 르 파누J. S. Le Fanu(1814~1873)가 카르밀라를 창조했을 때 그는 이처럼 당대의 가부장들의 두려움을 제대로 파악하고 있었다. 빅토리아조의 성 이데올로기의 산물로 흔히 언급되는 이분법적인 여성상인 '성녀'와 '창녀'에 대한 담론이 유행하게 된 것도 이러한 맥락에서 이해할 수 있다.

빅토리아조 가부장들의 시각에서 보았을 때, '문명인의 퇴행'과 '신여성의 위협'은 동전의 양면처럼 밀접한 연관을 가지고 있었다. 역진화逆進化, devolution를 유발하는 원인 중 하나가 여성의 성이었다면, 이 문제적인 성은 흔히 '문란하다'고 비난을 받은 신여성이 가장 잘 드러내고 있었기 때문이다. 또한 당대 가부장들의 시각에서 보았을 때, 신여성이 원하는 사회의 변화가 제국의 쇠퇴와 연결될 것이라고 여겨졌기에, 신여성이 우려되는 퇴행에 대하여 책임을 지는 것이 당연하였다. 당대 대중문화에 스며들은 또 다른 편견으로는, 유럽인의 퇴행이 유럽 바깥의 원주민들과의 접촉에 의해서 촉발된다는 우려였다. 이러한 맥락에서 보았을 때 식민지에서 원주민 여성들과 접촉하게 되는 유럽 남성들은 퇴행의 가능성을 어느 누구보다 더 강력하게 직면하게 된다. 앞 장에서 논의한 해거드의 남자 주인공들이 아프리카에서 맞닥뜨리게 되는 상황이 그 예이다.

『쉬』외에도 『솔로몬 왕의 동굴』이나 이로부터 10년 후에 출간된 『세상의 오지』에서 드러나듯, 영국 남성들은 아프리카의 오지가 되었든, 혹은 아메리카의 오지가 되었든, 야만의 땅에서 이민족 여성의 유혹에 노출된다. 이러한 유의 서사에서 원주민과 사랑에 빠진 영국 남성들은 현지의 연인을 영국으로 데려고 올 것을 결심한다. 굿 선장이 남아프리카에서 발견한 줄루 처녀를, 스트릭랜드Strickland가 마야 문명에서 발견한 원주민 공주를 데려오려고 하는 것처럼 말이다. 그러나 서사가 진행됨에 따라 두 경우 모두 원주민 여성이 사망함으로써 이민족과의 로맨스는 결실을 보지 못하게 된다. 이처럼 유럽 남성과 원주민 여성의 만남이 항상 이별과 죽음으로 끝맺는 데는 유럽인으로서의 혈통적 정체성을 보존하고자 하는 욕망이, 달리 표현하면 유럽인이 야만적인 수준으로 타락하는 것에 대한 불안이 작용하였다.

흡혈귀와 우생학적 불안

퇴행의 가능성과 신여성에 대한 불안은 브람 스토커Bram Stoker(1847~1912)의 『드라큘라Dracula』(1897)에서도 발견되는 모티프이다. 이 책에서는 19세기 말엽 영국 사회가 당면한 사회적 불안이 어떻게 '동양'과 혈연으로 연결되어 있는 인종적 타자에게 전치되며, 또 이 불안이 어떠한 서사적 경로를 통해 해소되는지를 우선 분석한다. 그러나 이 장에서 궁극적으로 규명하고자 하는 바는 결말에서 이러한 '유종의 미'(?)를 거두는 형식을 취함에도 불구하고 이 소설이 서사적 완결성을 성취하지는 못한다는 점이다. 작가는 드라큘라 백작에게 후진성과 야만성, 관능성 등을 투사함으로써 앵글로색슨족의 찬란한 미래를 상상적 수준에서 보증하고 싶었지만, 그의 텍스트는 아이러니컬하게도 그러한 미래가 불가능한 것임을 암시하는 것으로 끝난다고 본 연구는 주장한다. '흡혈'에 관한 기성의 수사학적 전통과 관련하여 보았을 때, 드라큘라의 전제주의적 성격에 대하여 텍스트가 개진한 비판이 당대 영국의 지배 계급인 세습 귀족을 그 비판에 연루시키지 않을 수 없기 때문이다. 또한 드라큘라에게 다양한 열성적인 특징들을 귀속시키고 백인 주인공들에게는 우성적인 특징을 귀속시킴으로써 인종 간의 절대적인 차이를 확보하려고 하였지만, 이 인종적 이분법이 예상 외로 불안정적인 것으로 소설에서 드러나기 때문이다. 그런 점에서 스토커의 이 소설은 의미론적 불안정성이나 불확실성으로 인해 요동치는 그런 텍스트이다.

스토커의 작중 인물 중 퇴행성이 가장 잘 드러나는 인물이 드라큘라 백작이다. 백작의 저열한 성품을 설명하기 위해 스토커는 의학, 법학, 민속학 등의 분야에서 박학다식한 반 헬싱Van Helsing 교수를 등장시켜, 그의 입을 통해 당대에 유행하였던 과학 담론을 들여온다. 백작과 유럽인 간의 지능의 차이에 대한 반 헬싱의 설명을 들어보자.

> 우리의 뇌가 성인의 뇌가 된 것이 이미 매우 오래 전의 일이었고, 또 우리가 하나님의 은총도 잃지 않았기에 우리의 성인 뇌가, 수세기 동안 무덤에 누워 있어야 했기에 자라지 못했던 (드라큘라 — 인용자 주)의 아이 뇌에 비해 더 우수하다는 데 우리의 희망이 있소. 이기적인 일에 몰두하였기에 그의 뇌가 자라나지 못했던 것이오.[8]

드라큘라와 유럽인의 뇌의 크기를 비교하고 후자의 지능이 뛰어나다는 결론을 내리는 반 헬싱의 논리는 스토커가 임의로 만들어낸 것이 아니다. 골상학의 선구자라고 할 수 있는 프랑스의 폴 브로카Paul Broca(1824~1880)에 영향을 받은 영국의 우생학자 골튼이나 미국의 생물학자 찰스 데이븐포트Charles Benedict Davenport(1866~1944) 같은 과학자들은 20세기 초까지도 머리나 뇌의 크기와 인종 간에는 필연적인 관계가 있다고 믿었다.

인종마다 머리의 형태와 크기가 다르며 뇌가 클수록 지능이 우수하다는 전제하에 골상학자들은 각 인종과 민족의 평균 머리 크기 및 뇌의 크

---

8   Bram Stoker, Nina Auerbach · David J. Skal eds., *Dracula : A Norton Critical Edition*, London : Norton, 1997, p.294.

기를 비교하여 우열을 매겼다. 이에 의하면, 앵글로색슨족이 최정점에, 그 다음에 게르만족 혹은 튜튼족이 있고, 백인 중에는 아일랜드인들이 최하위로 자리매김 되었다. 물론 모든 백인들은 유색인보다 — 특히 흑인종보다 — 머리와 뇌가 훨씬 크기에 지능도 우월하다는 것이 그들의 주장이었다.[9] 드라큘라 백작의 뇌가 수 세기에 이르는 진화의 과정을 거치지 않았기에 '어린아이의 뇌' 정도로만 발달했음을 주장하는 반 헬싱의 견해는 유색인과 백인 사이에는 서로 다른 종種이라고 간주될 만큼 진화의 차이가 있다고 본 19세기의 진화론과 골상학을 반영한 것이다.[10]

반 헬싱에 의하면, 드라큘라는 '진화의 사다리'의 아래 칸에 있을 뿐만 아니라 범죄자의 유형에 속한다. 반 헬싱의 이 의견은 진화가 덜 이루어진 것과 범죄 예정자, 즉 '생래적 범죄자'의 정신 간에 필연적인 상호관련이 있음을 전제로 한다. 반 헬싱의 논리에 따르면, 시간과 공간을 막론하고 이런 범죄자들에게는 특이한 공통점이 있는데, 그것은 이들이 경험적으로 움직이며, 채 발달되지 않은 '어린아이의 뇌'를 가지고 있다는 것이다. 박사의 지론을 들어보자.

이 백작은 범죄자요, 또한 범죄자적 유형입니다. 노르다우와 롬브로조는 그를 그렇게 분류했을 것입니다. 범죄자로서 그는 불완전하게 발달한 정신을 소유하고 있습니다. 그래서 어려움에 처하면 (과거의 — 인용자 주) 습관에 따라 행동하게 됩니다.[11]

9   William D. Wright, *Racism Matters*, London : Greenwood, 1998, p.140.
10   "가장 고도로 문명화되고 능력 있는 유럽 인종들과 타락하고 짐승 같은 아프리카 피그미 간의 차이는 너무나 방대한 것이어서, 어떤 전문가들은 이 둘이 다른 종에 속하거나 속은 적어도 다른 아종(亞種, subspecies)에 속한다는 결론에 도달하게 되었다." Horatio Hacket Newman, *Outlines of General Zoology*, New York : Macmillan, 1925, p.403.
11   Bram Stoker, Nina Auerbach · David J. Skal eds., *op. cit.*, p.296.

박사의 주장과 달리 막스 노르다우Max Nordau(1849~1923)는 범죄학자는 아니다. 그는 저서 『퇴행Degeneration』(1892)에서 세기말 유럽 예술의 데카 당스를 예로 들며 인류의 예견되는 퇴행을 비판적으로 지적한 인물이다. 반면 체사레 롬브로조Cesare Lombroso(1835~1909)는 범죄 인류학을 창시한 인물이다. 그는 "생래적 범죄자론", 즉 원시 선조의 야만성이 격세 유전하 여 후대에 나타나는 경우가 있는데 이런 경우 해당 개인은 환경에 관계없 이 운명적으로 범죄를 저지를 수밖에 없다는 이론을 펼쳐 보인 바 있다. 롬브로조의 연구는 당대의 골상학과 인종주의의 영향을 받은 것으로 평 가된다. 이 학문들과 범죄 인류학 간의 관계는 범죄자들의 두개골에서 발 견되는 "특징들이 백인들보다 미국 흑인들과 몽고족들을 회상시키며, 무 엇보다 선사 시대의 인간을 회상시킨다"는 그의 주장에 잘 드러나 있다.[12]

스토커의 작품에서 드라큘라 백작은 영국인들을 자신과 같은 형태로 변모시킴으로써, 빅토리아조 말기에 팽배했던 진화의 역행에 대한 불안 을 극화시켜 보인다. 백작은 영국인들 중에서도 루시Lucy Westenra와 미나 Mina Murray 같이 약한 여성들을 공격 대상으로 삼는다. 여성이 차세대를 생산하는 생물학적·사회적 기능을 담당하고 있음을 고려할 때, 백작이 여성들을 공략하는 것은 앵글로색슨족의 우월한 혈통 대신 자신의 저열 한 범죄자의 혈통을 영국에 퍼뜨리겠다는 속셈이다. 즉, 앵글로색슨족을 퇴행시켜 "새로운 종a new order of beings"[13]으로 만들겠다는 의도로 읽힌다. 흥미로운 사실은 퇴행에 관한 세기말적 불안을 극화함에 있어 이러한 불 안의 요인들이 동양과 관련된다는 점이다.

12　롬브로조의 이론에 배어있는 인종주의적 사유는 『범죄적 인간』에서 잘 드러난다. 이 저 서의 마지막 장인 제11장에서 그는 "여기까지 읽으신 분들은 범죄자들이 야만인과 유 색인을 닮았다는 사실에 동조하게 되실 것이다"라고 천명한 바 있다. Cesare Lombroso, Mary Gibson·Nicole Hahn Rafter eds. and trans., *Criminal Man*, Durham : Duke Univ. Press, 2006, pp.49·91.

13　Bram Stoker, Nina Auerbach·David J. Skal eds., *op. cit.*, p.263.

백작은 특히 동양의 전제주의, 고대의 야만성, 비합리적인 미신, 그리고 동물성을 구현하고 있는 것으로 나타난다. 백작이 거주하는 트란실바니아Transylvania와 인근 지역은 실제로는 동유럽에 위치해 있음에도 불구하고 동양과의 연관성이 텍스트에서 강조된다. 미나의 약혼자 조나단 하커Jonathan Harker가 백작의 저택 매입을 돕기 위해 그를 방문하러 여행길에 오르면서 소설이 시작된다. 하커는 목적지로 가던 도중 잠깐 들른 부다페스트에서 받은 인상을 오스만 투르크의 문화적 영향력과 연결 짓는다. 그에 의하면, 자신의 여행은 "서양을 벗어나 동양으로 진입하는 것" 같았고, 다뉴브 강을 건너면서 자신이 "투르크의 전통"에 소속되었다고 느낀다. 뮌헨을 떠나 비엔나에 도착했을 때 기차가 한 시간이나 연착되자[14] 주인공은 이를 곧바로 동양의 '후진성'을 뒷받침하는 증거로 여긴다.

백작의 성城은 트란실바니아의 동북부 지역에 위치해 있다. 이 지역은 트란실바니아에 거주하는 네 민족, 색슨족Saxon, 발라흐족Wallach, 마자르족Magyr, 그리고 세클레르족Szekely 중 세클레르족이 정착한 곳이다. 백작과 동양 간의 가장 강력한 고리는 세클레르족의 혈통에서 발견된다. 중앙아시아에 거주했던 투르크계의 기마 민족인 훈족은 5세기 중엽에 아틸라왕의 영도 아래 중부와 동부 유럽에 거대한 제국을 건설한 바 있다. 이들의 침범으로 말미암아 게르만 민족의 대이동이 일어나게 되고 프랑스와 독일이 황폐화되었을 뿐만 아니라 이탈리아와 로마도 그 영향 아래에 놓였다고 하니 서양인들에게 있어 훈족은 오랫동안 공포의 대상이었다. 스토커는 드라큘라 백작의 성을 이 훈족의 후예 세클레르족의 거주지에 둠으로써 백작을 전제주의적인 동양에 혈통적으로 귀속시킨다.

드라큘라 백작은 야생 동물들과 교감이 가능할 뿐만 아니라 이들을 수하처럼 부릴 수 있는 인물이다. 그와 야생 짐승 간의 교감은 작품의 초반

---

14   *Ibid.*, p.9.

에서 하커를 맞이하러 백작이 마부로 변장하여 나왔을 때, 그가 굶주린 야생 늑대 떼를 위압적인 팔 동작 하나로 물리칠 뿐만 아니라, 작품의 결미에서 마차에 실린 그의 관을 지키러 늑대들이 몰려드는 현상에서 잘 드러난다. 백작이 거주하는 지역은 또한 도덕성이 타락하고, 미신을 추종하는 문화적으로 낙후된 세력과 관련이 깊다. 이러한 면모는 런던 침략에 실패한 후 도망치는 백작을 추격하던 중 백인 주인공들이 방문하게 되는 지역에서 드러난다. 이들은 백작의 관을 실은 배 '예카테리나 여제女帝'가 입항할 것으로 예견되는 흑해 연안의 항구 바르나Varna에 도착해서 백작을 기다린다. 배가 도착하는 즉시 승선하여 백작을 처형할 목적으로 이들은 항구의 관리들과 선원들을 매수하는데, 이때 하커는 이 지역에서는 뇌물이면 무슨 일이든 할 수 있다고 생각한다.[15] 또한 흑해 지역의 주민들은 미신에 빠져 있는 미개한 족속으로도 묘사된다. 백작이 예상을 뒤집고 바르나가 아니라 갈라치Galatz로 입항하여 강을 따라 이동하자, 주인공들이 3개조로 나뉘는데, 이때 육로를 택한 반 헬싱과 미나는 내륙의 주민들이 '너무 너무 미신적인'[16] 것에 깜짝 놀란 바 있다.

『드라큘라』에서 이처럼 동양과 관련하여 후진성, 야만성, 동물성, 즉 흉물성凶物性, monstrosity이 강조됨으로써 동양은 당대의 유럽인들을 위협하였던 퇴행이 유래하는 곳으로 재현된다. 이때 백작은 이 흉물스러운 세력의 우두머리로 묘사된다. 흥미로운 점은 야만적인 동양을 대표하는 인물이 영국인들을 공격하여 자신과 유사한 좀비족을 만들어내는데, 이 줄거리가 장소와 대상만 바뀌었을 뿐 유럽의 팽창주의와 전개 양상이 다르지 않다는 사실이다. 공격의 주체와 방향이 바뀌었을 뿐이다. 식민 지배가 유럽의 바깥이 아니라 당대 유럽 문명의 핵심이라고 할 런던에서 벌어지고 있다는 점이 다를 뿐이다. 이에 주목하는 비평가 스티븐 아라타는 다음과

---

15 *Ibid.*, p.290.
16 *Ibid.*, p.312.

같이 주장한다. "흡혈귀의 출현은 심각한 문제가 생겨났다는 징후이다. 흡혈 행위가 인종적인 갈등, 정치적 혼돈, 그리고 제국의 멸망이라는 교차되는 세 가지 사건과 갖는 관련성으로 인해, 드라큘라가 런던으로 이동하는 것은 카르파티아 지역민들이 아니라 영국이 이러한 문제의 분쟁 지역이 되었음을 의미한다."[17] 즉, 스토커의 작품은 역逆식민화에 대한 영국민의 악몽이 극화된 것이라는 주장이다.

그러나 당대 영제국의 역사적 상황을 참고한다면, 빅토리아조의 영국인들이 동양의 어떤 민족에 의해 식민화될 것이라는 불안을 가졌다는 주장에 동의하기가 쉽지 않다. 아라타가 이러한 불안의 역사적 배경으로서 지목하는 '동방문제The Eastern Question'도 그렇다. 이 문제의 핵심적 사건인 투르크 제국에 의한 아르메니아인 학살이 1894년과 1896년에 일어난 반면, 『드라큘라』는 이보다 먼저 출간되었기 때문이다. 또한 '동방문제'가 투르크 제국의 힘이 약화되면서 생겨난 것임을 고려한다면, 당시 오스만 투르크가 영국 본토나 제국에 위협을 가할 만한 위치에 있지 않았다고 판단된다. 물론 앵글로색슨의 우월한 혈통이 오염될 것이라는 불안이나, 유럽인으로서의 문화적 정체성이 퇴행할 수도 있다는 불안이 식민주의적인 맥락을 가졌음은 사실이다. '드라큘라'라는 용어가 갤릭어 '드로크-올라droch-fhola'에서 나왔다는 주장은 이러한 맥락에서 이해될 수 있다. '드로크-올라'가 나쁜 피bad blood라는 뜻이라고 하니 말이다.[18] 영제국이 식민지를 넓혀감에 따라 이민족과의 접촉이 잦아지게 되었고, 이러한 접촉에서 문화적인 배교자背教者나 이탈자가 되는 경우가 생겨나게 되었다는

---

17   Stephen D. Arata, "*Dracula* and Reverse Colonization", Bram Stoker, Nina Auerbach · David J. Skal eds., *Dracula : A Norton Critical Edition*, New York : Norton, 1997, p.465.

18   Joseph Valente, *Dracula's Crypt : Bram Stoker, Irishness, and the Question of Blood*, Urbana : Univ. of Illinois Press, 2002, p.61; Dan O'Connor, "The many Readings of a great work of Irish literature : Dracula"(http://www.mhpbooks.com/the-many-readings-of-a-great-work-of-irish-literature-dracula).

점에서 그렇다. 이런 맥락에서 보았을 때, 드라큘라와의 접촉으로 인해 루시가 흡혈귀로 변하게 되는 것도 백인들이 식민지에서 종종 겪게 되는 '원주민화'에 대한 은유로 읽을 수 있다. 따라서 이 소설은 아타라의 주장과 달리 비서구 세계의 특정한 민족이나 인종이 영국을 침략할 가능성을 극화하였다기보다는, 영제국이 당대에 안고 있었던 내부의 골칫거리를 바깥 세계의 인종적 타자에게 투사하였다고 보는 편이 좀 더 정확하다.

세기말의 여권론자들과 성性

19세기 말엽 영국이 안고 있었던 문제 중에는 우생학적인 불안 외에도 가부장의 권위와 특권에 도전하는 여성들이 있었다. 영국에서 30세 이상의 여성들이 참정권을 획득하게 되는 때가 1918년이요, 모든 성인 여성이 참정권을 획득한 때는 이로부터 10년을 더 기다려야 했으니, 빅토리아조 시대(1837~1901)는 남성들이 그들만의 특권을 누렸던 시대였다. 적어도 '표면적으로는' 그랬다. '표면적'이라는 말을 덧붙인 이유는 19세기 중엽을 거치면서 여성들에게 참정권을 비롯한 각종 권리를 주어야 한다는 목소리가 영국 사회를 흔들기 시작했기 때문이다.

결혼과 이혼에 관한 법 제정을 살펴보면 당대 남녀의 사회적 지위를 알 수 있다. 영국에서는 1857년에 처음으로 세속적인 이혼법이 제정된다. 이전까지는 이 문제를 교회 재판소에서 담당했었고, 교회법에 의하면 한 번 맺어진 결혼 관계는 원칙적으로 무효로 할 수 없었다.[19] 이혼과 결혼이

---

19   이전에는 배우자에게 중대한 과실이 있는 경우 교회 재판소에서 별거의 판결을 받은 후, 다시 의회에 개인의 이혼을 허락하는 별개의 입법을 청원해야만 가능했다. 이 때 비용이 5백 파운드에서 많게는 2천 파운드까지 들었다고 하니 1857년 이전에 이혼은 경제적인 최상위층만이 누릴 수 있는 사치였다. Gail L. Savage, "The Operation of the 1857 Divorce Act, 1860~1910, a Research Note", *Journal of Social History* 16-4, 1983, p.103.

민사 법원의 관할이 됨에 따라 개인의 인권에 큰 진전이 있게 되었다. 문제는 여기서 '개인의 인권'이 남성의 인권을 의미한다는 데 있었다. 예컨대, 아내가 부정不貞을 저지를 경우 이는 이혼 사유가 되었으나, 남성이 부정을 저지를 경우에는 '다른 중대 범죄'를 동반했을 때만 이혼의 사유가 되었다는 점에서 1857년의 새 이혼법은 남성들에게 절대적으로 유리한 것이었다. 상원에서는 강간, 남색, 처자 유기, 장기 유배, 근친상간, 이중혼, 잔혹행위 등에서 마지막 세 가지 행위만을 '다른 중대 범죄'로 인정하여 이 범죄가 간통을 동반할 경우에만 여성이 남편에게 이혼 요구를 할 수 있도록 하였다. 이를 두고 한 연구자는 다음과 같이 평한다. "1857년의 이혼법에 반영된 결혼관을 보면, 기혼 여성들의 권리 요구가 남성의 지배에 얼마나 위협적이었는지 알 수 있다."[20] 상황이 이러할진대, 의회에서는 기혼 여성의 재산권에 대한 청원이 1856년에 이루어졌을 때 큰 이견 없이 기각되었다.

1870년, 1874년, 그리고 1882년에 기혼 여성의 재산권을 점차적으로 인정하는 법안들이 영국에서 차례로 통과되면서, 결혼과 동시에 남편에게 예속되었던 여성의 재산이 법의 보호를 받게 되었다. 19세기 말엽에 이르러 여성의 참정권 운동이 이전에는 볼 수 없었던 전투성을 띠게 됨에 따라, 여성 문제는 새로운 국면에 접어들었다. 1897년에 영국의 모든 여성 참정권 단체가 전국적 규모의 연맹을 결성하여 의회에 압력을 가하였으며, 가두 행진, 자금 조달을 위한 바자회, 대규모 회원 모집 운동, 교육 모임과 같은 무수한 행사를 개최하였다.[21] 여권 운동가들 중에서도 여성의 투표권을

---

20 Mary Lyndon Shanley, *Feminism, Marriage, and the Law in Victorian England*, Princeton : Princeton Univ. Press, 1989, p.47.

21 빅토리아조 후기에 두각을 드러낸 대표적인 여성 단체로는 '여성 사회정치연합(The Women's Social and Political Union)'이 있다. 이 단체는 여성 참정권을 얻기 위해 방화, 단식 투쟁, 유리창 등의 기물을 부수는 파괴적인 행동 강령을 채택하여, 당대의 가부장 체제에 정면으로 맞섰다. 세기말의 '신여성'은 정치·사회적 영역에서뿐만 아니라, 극히

요구하였던 여성 참정권론자들이 당대의 보수적인 인사들로부터 비판의 표적이 되었는데, 그들에게 퍼부어졌던 비판의 대부분이 개인의 인격에 관한 것이었다. 이에 의하면, 신여성은 "공격적"이고, "악의에 차 있으며" "성적으로 무절제"하며 "도덕적으로 타락"하였다는 것이다.[22]

빅토리아조의 가부장들은 여성의 성에 대하여 가졌던 의심과 불안을, 경제적인 영역에서 남성의 경쟁자로 등장하였고 정치적인 권리까지 요구하기 시작한 '신여성'에게로 투사하였다. 여성의 과잉한 성욕에 대한 불안, 특히 신여성의 "문란한 성"에 대한 불안은 『드라큘라』의 여성 흡혈귀들에 대한 묘사에서도 반영되어 있다. 하커가 백작의 성에서 만나게 되는 세 명의 흡혈귀들을 보자. 이들은 피부색은 달라도 모두 관능적인 유혹녀의 모습을 하고 있다. 하커의 표현을 직접 들어보면,

> 셋 모두 광채가 나는 흰 이빨을 가지고 있었고, 이것들은 그들의 관능적인 입술의 루비 색에 대비되어 진주처럼 빛났다. 나로 하여금 불안을, 어떤 욕망을, 동시에 어떤 공포를 느끼게 하는 무언가가 이들에게 있었다. 그 붉은 입술로 내게 입 맞추어 주었으면 하는 **사악한 욕망**이 나의 마음속에 타오르는 것이 느껴졌다.[23]

이들의 목소리는 감미로웠고 자태도 관능미가 넘쳐흘렀지만, 이들의 "날카로운 흰 이빨"은 이들이 야수적인 수준을 벗어나지 못함을 드러낸다.

사적인 영역이라고 할 수 있는 결혼, 가족 그리고 성의 영역에서도 여성의 해방을 부르 짖었다.

22 기고문 「사회적 반항자로서의 사나운 여성들」에서 린튼은 "'신여성'이 공격적이고, 사회 불안을 야기하며, 권위에 저항적이고, 자신이 휘두를 수 있는 이에게는 압제적"이라는 말로써 신여성에 대한 경악감을 표현하였다. Eliza Lynn Linton, "The Wild Women as Social Insurgents", *Nineteenth Century* 30, 1891, p.604.

23 Bram Stoker, Nina Auerbach · David J. Skal eds., *op. cit.*, p.42(인용자 강조).

셋 중 흰 피부를 한 유난히 아름다운 흡혈귀가 하커에게 몸을 굽히는데, 이때 그녀의 이빨이 자신의 목에 닿게 되자 하커는 "나른한 희열감" 속에서 성적 유혹에 완전히 굴복하게 된다.

하커는 비록 변호사의 서기 자격으로 백작을 만나러 왔지만, 영국을 출발하기 직전 변호사 자격시험에 합격하였다는 통지를 받는다. 그러니 그는 영국 사회를 이끌어나갈 법조인이다. 사회 지도 계층에 속하는 이 지성인이 흡혈귀의 성적 매력에 굴복한 나머지 결혼을 약속한 약혼녀를 까맣게 잊는 위의 장면은 19세기 말엽의 가부장들에게 그들이 잊고 싶어 했던 여성의 성에 대한 불안을 각인시켰을 법하다. 이 흡혈귀들과의 신체적인 접촉은 백작의 예상치 않은 개입으로 인해 실패로 돌아가고 만다. 그럼에도 불구하고 이들과의 접촉이 하커에게 어떠한 끔찍한 결과를 가져다주었을 것인지는, 당대의 독자들이 루시의 변모를 다루는 작품의 후반부를 읽지 않아도 추측할 수 있는 내용이었다. 이 세 명의 흡혈귀들은 나중에도 등장하는데, 그 중 흰 피부를 가진 흡혈귀는 드라큘라의 본거지를 소탕하러 온 반 헬싱 교수의 "남성적 본능"[24]에 호소함으로써 치명적인 유혹녀의 모습을 다시 드러낸다. 관능적인 성의 유혹에 굴복하는 대가로, 문명인으로서의 정체성을 반납하고 야만적인 수준으로 퇴행하게 된다는 텍스트의 메시지는, 당대의 식민주의 소설에서 곧잘 발견되었던 '현지화 going native'와 그에 따르는 도덕적 타락이나 퇴행이라는 모티프와 크게 다르지 않았다.

당대의 식민주의 소설과 차이가 있다면, 『드라큘라』에서는 영국 여성들도 유혹녀의 역할을 한다는 사실이다. 관에 실려 영국에 도착하게 된 드라큘라가 첫 희생양으로 삼는 이가 루시이기 때문이다. 루시는 백작에 의해 지속적으로 흡혈을 당한 후 그녀 자신 흡혈귀가 되어 아이들을 유괴

---

24   *Ibid.*, p.320.

한다. 루시의 절친한 친구인 미나도 결국에는 백작의 공격을 받게 된다. 미나는 백작에 의해 흡혈을 당할 뿐만 아니라 자신도 백작의 피를 마시게 되어 다른 희생양들보다 백작에게 더 각별한 존재가 된다. 이처럼 루시와 미나 모두 백작의 공격을 받지만 이 둘은 각기 다른 길을 걷게 된다. 루시는 흡혈귀가 되어 아이들을 유괴하여 흡혈 행각을 벌이다 죽임을 당하게 되는 반면, 미나는 백작의 저주스러운 영향력으로부터 구출되어 하커와 행복한 결혼 생활을 하게 된다. 왜 드라큘라 백작은 하필이면 여성들만을 희생양으로 삼았을까? 또 미나와 루시는 같은 저주를 받았음에도 불구하고 왜 정반대의 결말을 맞이하게 될까?

이 질문들과 관련하여 고려할 부분은 루시가 구혼을 받게 되는 사건이다. 하루에 세 명의 남성들이 루시에게 구혼을 하는 일이 발생한다. 첫 구혼자는 수어드John Seward 박사이고, 두 번째 구혼자는 미국인 모험가인 모리스Quincey Morris이며, 세 번째 구혼자가 아더Arthur Holmwood이다. 아더와의 교제가 이미 진행되고 있었기에 루시는 수어드 박사와 모리스의 구혼을 정중하게 거절한다. 그러나 모리스의 구혼을 거절할 때 그녀의 속마음은 빅토리아조의 정숙한 미혼 여성이 가져야 하는 마음가짐과는 상당히 다른 것으로 드러난다. 그녀는 하루에 두 번 구혼을 받게 된 사실이 기뻐 어쩔 줄을 몰라 하다가 급기야 자신이 "끔찍한 바람둥이"가 아닌가 생각하기도 한다. 뿐만 아니라 마침내 아더로부터 구혼을 받은 후에 그녀는 "왜 여자는 세 남자와 결혼하면 안 되는 것인지 혹은 원하는 남자들 모두와 결혼하면 안 되는지" 안타까워 한다.[25] 이중혼도 아닌 삼중혼을 꿈꾸는 루시는 분명 당대의 도덕과 결혼법 모두를 위반하기를 꿈꾸는 이단자의 모습을 하고 있다.

앞서 언급한 바 있듯, 여권 운동 때문에 위협을 받고 있었던 빅토리아

---

25 *Ibid.*, p.60.

조 가부장들은 여성 참정권론자들에게 제국의 불안한 미래에 대한 책임을 전가시켰다. 예컨대, 「여성 참정권Women's Suffrage」이라는 글에서 빅토리아조 후기의 유력한 정치 지도자인 새무얼 스미스는 미래에 대한 불안을 다음과 같이 여성 운동에 전가하였다.

> 만약 우리가 앵글로색슨족의 조심성을 잊고 여성에게 참정권을 부여하는 것과 같은 광란의 실험적인 행동을 한다면, 이 나라의 앞날에 어두운 먹구름이 끼이지 않을까, 몇 세기에 걸쳐 계속되어 온 제국의 찬란한 영광이 끝장나지 않을까 심히 두렵다.[26]

서구 문명이 야만의 세력과 벌이게 되는 전쟁에서 여성이 취약한 전열로 고려되었다는 관점에서 본다면, 루시 같은 여성 등장인물이 퇴행 세력의 첫 희생자요, 전위부대가 되는 것은 당연한 것이다.

우선, 흡혈귀로 변모한 루시의 모습을 보자. 루시의 변화를 눈치 챈 반 헬싱 교수는 아더, 하커, 수어드 박사, 모리스를 동원하여 루시의 흡혈 행각을 저지하러 나선다. 루시를 찾아 나선 이들은 그녀가 어린아이를 꾀어서 무덤으로 돌아오는 것을 목격하고 충격을 받는다.

> 루시 웨스턴라. 그러나 얼마나 변했는지. 예전의 사랑스러움은 온데간데없고 대신 강철같이 냉혹하고도 잔인함만이, 순수함이 사라지고 관능과 음란함이 그 자리를 차지하였다.[27]

이 인용문에서 루시의 변화는 관능성, 음란함, 야만성으로 요약된다. 뿐

---

26 Samuel Smith, "Women's Suffrage", Jane Lewis ed., *Before the Vote Was Won*, New York : Routledge, 1987, p.433.

27 Bram Stoker, Nina Auerbach · David J. Skal eds., *op. cit.*, p.187.

만 아니라 반 헬싱 교수와 그의 동료들과 맞닥뜨렸을 때 루시는 "깜짝 놀란 고양이가 내지르듯 분노에 찬 으르렁거리는 소리"를 냄으로써 동물적인 수준으로의 퇴행이 이미 상당히 진행되었을 드러낸다. 이보다 더 충격적인 점은 루시가 그 다음에 보이는 행동이다. 남성들의 무리에서 자신의 약혼자를 발견한 루시는 유괴해 온 아이를 땅바닥에 내던진 후 그에게 다가간다. 빅토리아조의 이상적인 기혼 여성상이 '모성母性'임을 고려할 때, 어린아이를 이렇게 내팽개치는 루시의 행동은 당대 여성적 규범에 대해 정면으로 저항하는 것이다. 또한 19세기 말엽 신여성에 대해 제기된 비판이 이들을 여성의 전통적인 임무인 모성을 위협하였다는 것임을 고려할 때, 루시의 행동은 당대 가부장들이 신여성에 대해 가졌던 편견과 정확하게 일치한다.

루시는 약혼자 아더를 자신의 편으로 끌어들이려 한다. 이때 루시가 사용하는 무기가 성적인 유혹이다.

> 그녀가 계속 다가왔다. 나른하고도 관능적으로 부드럽게 그녀가 말했다. "아더, 이리 오세요. 이 분들을 버리고 제게로 오세요. 저의 팔이 당신을 그리워하잖아요. 어서요. 우리 같이 쉴 수 있어요. 오세요, 저의 서방님, 어서요."[28]

남성을 꾀려고 하는 루시의 어조와 태도에 "악마적인 감미로움"이 있음을 증언함으로써, 텍스트는 여성의 관능성에는 성적인 타락뿐만 아니라 도덕적인 타락이 동반함을 암시한다. 아더에게 다가가 자신의 팔이 그를 그리워한다고 말하며 노골적으로 유혹하는 그녀는 드라큘라 백작의 성에서 하커를 유혹하려 한 흡혈귀와 흡사한 모습으로 퇴행하여 있다. 루시의 흉측한 악마적인 변모는 반 헬싱 박사가 성체聖體를 이용하여 그녀의 퇴로를 차

---

28   *Ibid.,* p.188.

단하였을 때 극적으로 드러난다. 그 순간 그녀의 관능적인 매력이 사라지고, 그녀의 눈에서는 "지옥의 불꽃"이 번뜩이며, 그녀의 이마가 "메두사의 뱀들이 여러 겹으로 얽혀 있듯 찌푸려지는 것"으로 묘사되기 때문이다. 아름다운 외모의 이면에 숨어 있었던 악녀가 정체를 드러낸 것이다. 루시가 백인 남성 주인공들에 의해 처형될 때 이 사건이 성폭력의 언어로 표현되는 것도 그녀가 일탈적인 성적 욕망을 가졌다는 사실과 무관하지 않다. 아더가 그녀의 몸에 "자비의 말뚝"을 점점 더 깊숙이 박자 그녀의 몸이 "흔들리고, 떨며, 뒤틀리면서 비비꼬는"[29] 모습을 보인다는 텍스트의 설명은 분명 유혹녀에 대한 성적인 고문이나 징죄 행위로 읽힐 법하다.

　루시가 성과 가족 규범을 위반하는 것을 꿈꾸었다면, 미나는 기존의 구혼 제도를 위반하는 꿈을 꾼다. 이를테면 그녀는 친구 루시가 잠든 모습을 보면서, 남녀가 구혼하기 전에 서로 잠자는 모습을 보아야 한다는 신여성의 글을 회상한다. 미나는 미래의 세상에는 신여성들이 남성들로부터 청혼을 받는 것에 만족하지 않고, 남성들에게 청혼을 할 것이라고 예언한다. 그녀는 또한 여성들이 구혼자 역할을 잘 해낼 것이라고 생각하며, 그런 생각에 위안을 받는다.[30] 구혼 문제에 있어 남녀평등을 꿈꾼다는 점에서 미나는 시대를 앞선다. 이처럼 '불온한 사유'를 한다는 점에서 그녀는 문란하고 퇴행적인 세력에 포함되어야 마땅한 인물이다. 그러나 다중혼多重婚을 상상하였던 루시에 비하면 미나의 위반은 비교적 가벼운 것이다. 뿐만 아니라 이러한 개방적인 사유에도 불구하고 행동으로 드러나는 미나는 매우 전통적인 여성이며, 당대의 가부장제가 내세운 이상적인 여성상에 부합한다.

　루시에게 보낸 편지에서 미나는 자신이 하커와의 결혼 생활을 위해 어떤 준비를 하고 있는지를 소상히 보고한 바 있다. "요즘 나는 매우 열심히

29　*Ibid.*, p.192.

30　*Ibid.*, p.87.

공부하고 있어. 조나단의 연구에 뒤지지 않으려고 말이야. 또 속기법速記法도 열심히 연습하고 있어. 내가 결혼하게 되면 조나단에게 큰 도움이 될 수 있을 거야."[31] 드라큘라 백작의 성을 탈출한 하커가 외지에서 병들어 누워있다는 소식을 받자말자 약혼자를 구하러 부다페스트로 달려가기도 하며, 하커를 런던으로 데리고 온 후에는 그를 안정시키기 위해 사력을 다하는 미나는 '집안의 천사'라는 표현이 조금도 모자라지 않는다. 그녀가 루시를 비롯한 다른 여성들과 구분되는 또 다른 점은, 반 헬싱 교수의 주장을 빌리자면, 그녀가 "남성들의 뇌"[32]를 가졌다는 것이다. 당대의 진화론에 의하면, 죄수, 여성, 야만인의 뇌는 발달 정도가 비슷하였다. 미나는 드라큘라와의 싸움에서 남편과 그의 동료들을 지키기 위해서 자신의 두뇌와 몸을 아낌없이 바친다. 그녀는 타자 기술을 이용하여 루시의 일기, 하커의 일기, 수어드 박사의 녹음된 일지 등을 깨끗이 정리하여, 남성들이 사건의 전체적인 윤곽을 파악할 수 있도록 도와준다. 신여성이 남성들과 경쟁하기 위해 익혔을 법한 타자술이나 속기술이 미나의 손에서 남편과 그의 남성 동료를 돕기 위해 사용된다는 사실은 그녀가 '겉으로만' 신여성이지 실은 전통적인 여성임을 시사한다.

미나는 남편과 그의 동료들이 드라큘라 백작을 추격할 때도 이들을 돕기 위해 따라나선다. 이 여행에서 그녀는 드라큘라의 추격과 처형에 필수 불가결한 역할을 하게 되는데, 이는 미나와 백작 간의 특별한 정신적인 교감으로 인해 가능한 것이다. 드라큘라는 미나를 통해서 자신의 추격자들의 상황과 의도를 파악하게 되고, 반 헬싱과 그의 동료들은 이를 역이용하는 지략을 발휘한다. 즉, 미나의 교감을 이용하여, 도주하는 드라큘라의 상황에 대한 정보를 얻는 것이다. 이를 달리 표현하면, 남성 주인공들이 루시의 몸을 일종의 정보 채널로 이용함으로써 인종적 타자에 대한 유

---

31   *Ibid.,* p.55.
32   *Ibid.,* p.295.

용한 지식을 구축할 수 있게 된 것이다. 이처럼 헌신적인 미나를 남편 하커는 "모든 면에서 완벽한 여성"이라고 부르며, 수어드 박사는 "선량함, 순수함, 신뢰"의 표상이라고 생각한다.[33] 루시와 달리 미나가 구원받을 수 있었던 것은 그녀가 이처럼 행동으로써 가부장적 사회에 대한 충절을 증명해보일 수 있었기 때문이었다.

독점 자본주의와 앙시앵레짐

스토커는 빅토리아조 가부장들을 위협하였던 불안을 드라큘라 백작에게 전치시킨 후 결말에서 주인공들이 그를 처치하게 만듦으로써 이 불안을 해소해 보인 듯하다. 하지만 본 연구는 이러한 작업이 미완성임을 주장한다. 그 이유 중의 하나는 무엇보다도 남성들이 루시가 아니라 미나를 혈통의 오염으로부터 보호한다는 데서 찾아볼 수 있다. 루시와 달리 미나는 앵글로색슨족의 순수 혈통을 타고 나지 않았기 때문이다. 미나의 성姓이 머리Murray라는 데서 알 수 있듯, 그녀의 몸에는 아일랜드인의 피가 흐른다. 이는 혈통의 순수성을 보존하려고 하는 앵글로색슨의 기도가 애초부터 절반의 성공, 아니 절반의 실패에서 시작함을 암시한다. 둘째, 스토커는 흡혈귀 백작을 훈족의 후예로 설정함으로써 그를 앵글로색슨족과 차별화되는 야만적인 혈통으로 재현할 수 있었다. 하지만 이 흡혈귀가 귀족 계급에 속한다는 사실은, 텍스트가 차별화 하려는 앵글로색슨족과 동양적인 타자 간에 '신분적인 공통분모'가 있음을 함의한다.

드라큘라와 영국의 지배 계급 간의 공통점은 흡혈의 수사적 전통에 의해서도 뒷받침된다. 흡혈귀는 유럽에서 면면히 내려온 수사학적 전통에

---

33 _Ibid._, pp.270 · 268.

서 모호한 위치를 차지해 왔다. 이 전통에 의하면 흡혈귀는 때로는 백성들의 고혈을 빼는 귀족이나 왕족을 지시하는 은유로 기능해왔고, 또 어떤 때는 귀족제와 절대 왕정을 무너뜨리는 데 공헌을 하기도 하였지만 왕정을 무너뜨린 후에는 해방된 대중의 고혈을 빨게 되는 '착취 자본'의 은유적인 표현으로 사용되기도 하였다. 마르크스의 『자본론』에서 발견되는 표현이 후자의 전통의 대표적인 예이다.

> 자본은 흡혈귀처럼 살아 있는 노동을 흡혈함으로써 연명하는 죽은 노동이다. 더 많은 노동을 흡혈할수록 그것은 더 오래 산다.[34]

마르크스에 의하면 자본은 개인적인 노동에 비례하기에, 개인적인 소비를 억제함으로써 더 부유해지는 수전노와는 다르다. 즉, 자본가는 "타자들로부터 노동력을 짜내고, 노동자로 하여금 삶의 모든 즐거움을 포기하게 만드는 것에 비례하여 부유해진다".[35] 드라큘라가 다른 사람들을 흡혈하는 것에 비례하여 젊어지고 강력해지는 것을 염두에 둔다면 자본과 드라큘라 사이에는 분명히 '타자의 착취에 의한 생존'이라는 강력한 공통분모가 있는 셈이다.

스토커의 드라큘라와 당대 자본의 관계에 대해 주목한 비평가로는 모레티가 있다. 그의 주장은 "만약 흡혈귀가 자본의 은유라면, 1897년에 등장하는 스토커의 흡혈귀는 1897년의 자본을 의미한다"[36]로 요약된다. 이에 의하면, 20년간 땅에 묻혀 있다가 다시 등장한 드라큘라는 20년 간의 경기 침체 이후 새롭게 팽창을 시작한 자본을 상징한다. 전제적일 뿐만

---

34   Karl Marx, Ben Fowkes trans., *Capital : A Critique of Political Economy* 1, New York : Penguin, 1990, p.342.
35   *Ibid.*, p.741.
36   Franco Moretti, *Signs Taken for Wonders*, London : Verso, 1983, p.92.

아니라 희생양들을 독차지하려고 한다는 점에서 드라큘라 백작은 '독점적 자본주의'를 의미한다. 그의 손아귀에 한번 잡히면 어느 누구도 다시는 자유를 찾지 못하고 영원히 그의 명령에 복종하게 된다는 점도, 독점 자본의 냉혹한 성격을 대변한다. 당대의 부르주아들이 자유 경쟁의 원칙을 믿었고 드라큘라도 당대의 경제 체제를 반영하는 자본주의의 결과물이지만, 동시에 그는 독점을 추구한다는 점에서는 자유주의적 자본주의 정신을 부정하는 존재이기도 하다. 당대 영국이 독점적인 자본주의의 단계에 아직 도달하지 못했기에, 스토커는 독점 자본주의를 상징하는 드라큘라를 해외에서 유래하는 것으로 설정하였다.

모레티의 해석에는 흡혈과 자본의 상관관계를 잘 포착하여 텍스트를 설명하는 장점이 있다. 동시에 모레티는 이 주장을 하기 위해 드라큘라의 몇 가지 중요한 면모들을 애써 무시해야 한다. 무엇보다 드라큘라를 독점 자본의 상징으로 읽으려면 백작의 방에서 발견되는 금 무더기를 설명할 수 있어야 한다. 성에 홀로 남겨진 하커가 창을 통해 백작의 방으로 몰래 들어갔을 때 그는 그곳에서 "거대한 무더기의 황금, 먼지로 덮인 온갖 종류의 황금, 로마, 영국, 오스트리아, 헝가리, 그리스, 터키의 주화"[37]를 발견한다. 사용되지 않은 고대의 금화들에는 모레티의 해석이 애써 무시한 특별한 의미가 있다. 금 무더기의 존재는 유서 깊은 토지 귀족이 19세기의 유럽 열강들이 너도나도 뛰어들었던 자본주의의 교환 경제에 참여하고 있지 않음을 암시한다. 이 황금이 과거의 제국들의 소유물이었다는 사실을 고려한다면, 그것의 소유주는 모레티의 주장과 달리 독점 자본주의라는 최근의 경제 체제가 아니라 침략과 정복에 의해 부를 늘여 온 봉건적인 경제 질서를 대표하게 된다.

'흡혈귀'와 구질서 간의 관계에 대한 논의로 다시 돌아오자. 흡혈에 관

---

37   Bram Stoker, Nina Auerbach · David J. Skal eds., *op. cit.*, p.50.

한 유럽의 수사적 전통에 의하면, 흡혈귀는 19세기의 귀족 계급, 무엇보다 세습제에 의존하여 명맥을 유지해 온 앙시앵 레짐ancien régime, 즉 구舊질서를 대표하는 계급을 상징한다. 유럽에서 신분제가 '흡혈과 다를 바없는 착취와 특권'에 의해 존속되어왔음을 고려할 때 그렇다. 유럽에서 드라큘라와 같은 귀족 계급이 오랫동안 유지되는 것을 가능하게 해 준 것은 '피에 의한 관계'였다. 이것이 가장 기괴하게 제도화된 것이 장자상속제primogeniture였다. 귀족들은 장자를 제외한 모든 자식들의 상속권을 박탈함으로써 부와 작위의 편중 및 보존을 꾀할 수 있었다. 그 결과 이 제도는 경제적인 면에서 부모와 장자를 제외한 다른 자식들 간의 연緣을 끊는데 기여해왔다. 『상식Common Sense』(1776)의 출간으로 아메리카 대륙을 혁명의 기운으로 술렁이게 만든 페인은 장자상속이 자연법에 반하는 법이라고 보았다. 『인간의 권리』에 나타난 토머스 페인의 표현을 빌리면,

> 귀족제의 성격과 특징은 이 (장자상속 — 인용자 주)법에서 자명해진다. 그것은 자연의 모든 법에 반하는 법이다. 자연은 그 법이 폐기되어야 한다고 소리높여 외친다. 가족 간에 정의를 세워보라. 그러면 귀족제는 망한다. 장자상속이라는 귀족제의 법에 의해, 여섯 명의 자식을 둔 가족의 경우 다섯 명이 헐벗게 된다. 귀족제는 한 명 이상의 아이를 가진 적이 없었다. 낳기는 하되 나머지는 모두 잡아먹기 위한 것이다. 그들은 식인종의 먹이로 던져진다. 친부모가 이 자연을 거스르는 식사를 준비한다.[38]

인용문에서 장자상속제는 형제들을 잡아먹는 '식인종'에 비견된다. 귀족 계급은 장자만 자식으로 인정하기에 나머지 자식들은 장자를 먹여 살리기 위한 '먹잇감'에 불과하기 때문이다. 페인은 프랑스 혁명 때 장자상속

---

38 Thomas Paine, *The Rights of Man : For the Use and Benefit of All Mankind*, London : D. I. Eaton, 1795, p.18.

권이 폐지되었음을 상기하면서, 이 폐기된 제도를 "쓰러진 괴물"이라고
부른 바 있다.

페인에 의하면, 귀족 계급은 자연법에 어긋나는 법에 의해 존속되어 왔
을 뿐만 아니라, 타락한 혈통에 의해 유지되어 왔으며, 또한 타락한 혈통
을 지속시키는 경향이 있다.

> 귀족 계급은 인류를 퇴행시키는 경향이 있다. 소수의 인간들이 사회 전체 성
> 원들로부터 고립되어 지속적으로 집안 간의 결혼을 하게 될 때 인류가 퇴행
> 하게 된다는 것은 자연의 보편적인 경제에 의해 알려져 있는 사실이며, 유대
> 인의 경우가 증명하는 사실이다.[39]

즉, 귀족 계급에는 오랜 세월 동안 친족 간 혼인을 해옴으로써 인류를 퇴
행시킨 책임이 있다. 이렇게 말하고 보면, 스토커의 작품에서 드라큘라 백
작이 자신과 피의 접촉을 하게 된 문명인들을 퇴행시키는 것으로 묘사되
는 것도 그가 퇴행적인 봉건 질서를 상징하는 귀족 계급의 일원이라는 사
실과 무관하지 않다.

유럽의 귀족제를 비판한 담론의 전통에는 윌리엄 고드윈William God-
win(1756~1836)과 같은 진보적인 문인들의 글이 발견된다. 그는 세습제를
"흉악한 괴물"[40]이라고 부르며 이 제도에 의해 명맥을 유지해 온 유럽 귀
족들을 비판한 바 있다. 구체제에 대한 비판은 고드윈의 아내 메리 울스
톤크래프트Mary Wollstonecraft(1759~1797)의 입에서도 들려온다. 프랑스 혁
명에 대한 논의에서 울스톤크래프트는 구체제를 흉측한 극단주의와 사
악함이 넘쳐나는 타락한 정치 체제로 규정하였다. 그녀는 구체제의 귀족

---

39 *Ibid.*, pp.21~22.

40 William Godwin, *Enquiry Concerning Political Justice*, Harmondsworth : Penguin, 1985,
p.476.

들을 "야간의 난잡함", "구역질나는 욕구", "극악한 방탕", "거대한 전제주의가 낳은 배설"을 저지르는 '인간의 형상을 한 괴물 족속ᵃ race of monsters in human shape"이라고 부른 바 있다.[41]

드라큘라 백작을 제외하고 보면 그의 성에서 발견되는 인물로 세 여성 흡혈귀가 유일하다는 사실은 이러한 맥락에서 시사 하는 바가 있다. 백작에게 남자 가족이나 친척이 없다는 점 말이다. 이는 그의 유산을 탐낼 남성 가족이 애초부터 없었거나, 있었으되 사라지게 된 경우 둘 중의 하나일 것이다. 백작이 자신의 직계 자식을 두는 대신, 곧 결혼할 여성들을 공격하여 '피의 관계'를 맺는 것도 같은 맥락에서 의미심장하다. 즉, 유산 상속남의 약혼녀나 아내를 공략함으로써 자신의 씨앗이 타인의 가정에서 내려오는 장자 상속권을 빼앗도록 하는 의미가 있기 때문이다.

비평가 캐넌 슈미트는 봉건 질서와 오리엔탈리즘이 이 텍스트에서 긴밀한 연관을 맺고 있다고 주장한 바 있다. 즉, "트란실바니아와 백작이 봉건주의와의 관련에 의해 동양화된다"[42]는 것이다. 그러나 슈미트의 주장에 귀기울기 전에 유의해야 할 사실은 한 가정의 장자 상속권을 타인이 위협하거나 차지하는 경우가 백인 등장인물들 사이에서도 발생한다는 점이다. 일례로 미나의 남편 하커는 자신의 후견인이자 변호사인 호킨즈Hawkins 씨에게서 모든 재산을 상속받는다. 자식이 없었던 호킨즈 씨가 사망하면서 전 재산을 하커에게 물려주기 때문이다. 또한 루시의 약혼자 아더도 병고에 시달리던 아버지 고달밍 경Sir Godalming이 갑자기 사망하면서 그의 영지와 작위를 전부 승계하게 된다. 루시의 어머니는 집안의 모든 재산을 딸이 아니라 앞으로 사위가 될 아더에게 물려주는 유언장을 작성해 놓음으로

---

41   Mary Wollstonecraft, "An Historical and Moral View of the French Revolution", Janet Todd ed., *Political Writings*, Toronto : Univ. of Toronto Press, 1993, p.383.

42   Cannon Schmitt, *Alien Nation : Nineteenth-Century Gothic Fictions and English Nationality*, Philadelphia : Univ. of Pennsylvania Press, 1997, p.141.

〈그림 15~16〉 『펀치』지에 실린 아일랜드인에 대한 풍자

써, 루시 집안의 재산이 아더의 차지가 되도록 조치를 해 놓은 바 있다. 이처럼 스토커의 소설은 외부의 세력에 의해 장자상속권이 위협을 받는 시나리오를 하부 플롯으로 사용한다. 그러나 드라큘라가 대표하는 야만적인 세력과 앵글로색슨의 귀족 모두 같은 제도를 공유한다는 사실을 고려할 때, 슈미트의 주장과 달리 『드라큘라』에서 흡혈의 수사를 통해 형상화되는 '구질서에 대한 비판'으로부터 영국의 귀족 계급도 자유롭지 않다.

'흡혈귀'나 '괴물'을 따라다니는 19세기의 수사적 전통은 한 가지로 요약되지 않는다. 영제국의 시각에서 본 아일랜드 독립운동가들, 지배 계급의 눈에 비춰진 반항적인 노동자들, 시장 경제와 자본주의 발달에 걸림돌이 되었던 러다이트 운동가들에 대한 당대의 묘사에서도 유사한 표현들이 발견되기 때문이다.[43] 이 책과는 방향이 다르지만 데이비드 글로버의 주장에 의하면, 드라큘라 백작과 그의 동족에 대한 텍스트의 묘사는

43 　자세한 논의는 David McNally, *Monsters of the Market : Zombies, Vampires and Global Capitalism*, Boston : Brill Academic Publishers, 2010, pp.82~88 참조.

1880년대 영국의 아일랜드 담론을 연상시키기도 한다. 당대의 언론 매체에서 아일랜드인들이 "네안데르탈인의 아둔함과 잔인함을 가진, 문명의 삶을 영위할 수 없는 종자, 인간 이하의 흉악한 종자"[44]로 그려졌다는 것이다.

드라큘라 백작을 구체제의 아바타로 읽을 때, 작품 결말에서 이루어지는 드라큘라의 처형은 자본주의 경제에 참여하지 않는 봉건 질서의 최후를 상징한다. 누구보다도 미합중국 텍사스 출신의 모리스가 이 처단에 참여하는 것은 역사적으로 의미가 있다. 수어드 박사의 병원에 감금되어 있는 광인 렌필드Renfield가 모리스의 새 조국의 미래에 대해 정확하게 예언한 바 있다. 모리스에게 렌필드는 텍사스가 미합중국에 편입된 사실에 대해 축하한다. "모리스 씨, 당신의 영지에 대해 자랑스럽게 생각하십시오. 그 영지가 미합중국에 편입된 것은 극지방과 열대 지역도 미국과 동맹을 맺게 되는 훗날 상당한 파급 효과를 낳은 선례가 되었으니까 말이오."[45] 모리스가 자본주의 체제의 새로운 종주국이 될 미국을 대표한다는 점에서, 그가 토지와 작위 세습에 의존하는 구질서를 해체하는 데 중요한 역할을 하는 것은 훗날 있게 될 미국 중심의 역사적 변화에 부합하는 것이다.

드라큘라를 처형하기 위해 유럽의 백인들, 특히 영국의 지주 계급인 아더와 부르주아 계급인 하커가 참여한다는 사실, 또한 드라큘라의 고향이 멀리 떨어진 동유럽 지역이며 그가 혈통적으로 동양의 전제주의적이고도 야만적인 민족에 속한다는 사실은, 텍스트에서 정죄되는 세습적 경제

---

44   이 연구에 의하면, 하커가 백작의 성에서 세 여성 흡혈귀의 유혹에 빠지게 되는 것은, 켈트족 여성들과의 결혼이 혈통을 오염시킬지도 모른다는 영국계 아일랜드인들의 염려를 형상화한 것이다. David Glover, "Dark Enough fur Any Man' : Bram Stoker's Sexual Ethnology and Irish Nationalism", Roman De la Campa et al. eds., *Late Imperial Culture*, London : Verso, 1995, pp.60 · 60~62. 슈미트도 유사한 독법을 선보인 바 있는데, 그에 의하면 아일랜드 소작농들의 권리를 강화해 준 1870년의 토지법으로 인해 영국계 아일랜드 지주 계급의 정치적 · 경제적 신분이 위협을 받았다. Cannon Schmitt, *op. cit.*, p.148.

45   Bram Stoker, Nina Auerbach · David J. Skal eds., *op. cit.*, p.215.

질서가 영국과는 거리적으로나 시간적으로 동떨어진 다른 세상의 것임을 의미하는 것이다. 아마도 이것이 대부분의 스토커의 독자가 받았을 메시지였을 것이다. 그러나 스토커의 텍스트에 깃들어 있는 의미가 반드시 이 메시지에 한정되지는 않는다. 앞서 언급한 바 있듯, 소설에서 하커는 자신의 후견인 호킨즈 씨의 유일한 상속자이며, 아더도 부친이 사망하자 영지와 작위를 통째로 물려받는 유일한 상속자로 등장한다. 비록 작가는 하커의 경우는 친자 경쟁자를 없애주고, 아더의 경우는 형제 경쟁자를 없애 줌으로써 장자상속제가 그의 소설에서 문제로 떠오르는 것을 봉쇄하지만, 이러한 선제적인 조치의 반복이 오히려 독자들에게 현실의 장자상속제의 문제를 더 떠올리게 만들었을 가능성이 높다. 독점적인 세습제가 동양의 전제 국가나 야만적인 왕국의 전유물이 아니라는 사실이, 자본주의 체제의 선봉에 선 영제국의 메트로폴리스에서도 독점적 세습제가 존재한다는 생각이 독자들의 마음을 편치 않게 만들었을 것이다.

『드라큘라』의 자기 배반은 이처럼 '흡혈'의 수사학적 전통이 갖는 의미적 양가성이나 의미적 잉여성에 유래한다. 좀 더 정확하게 말하자면, 『드라큘라』의 작가 스토커는 당대의 영국 사회가 겪고 있던 퇴행과 성적 타락에 대한 불안을 인종적 타자에게 전가하고 이를 해소하기 위해 흡혈이나 흉물과 관련된 수사학적 전통을 빌려왔다. 이때 작가는 흡혈의 괴수를 동양적인 존재로 재현하고, 또한 그의 영국 침입을 좌절시킴으로써 영제국과 이 괴수 간에 안전거리를 확보하였다. 그러나 스토커의 이 작품은 빌려온 수사의 의미론적 파장이 작가의 의도대로 통제되거나 관리되지 않음을 드러낸다. 야만적이고도 전제적인 세력을 흉물에 비견하기 위해 빌려온 수사에는 그 비유와 떼려야 뗄 수 없는 다른 의미들, 이를테면 유럽에서 여전히 발견되는 장자상속제와 토지 세습 귀족에 대한 잠재적인 비판이 내포되어 있기 때문이다. 작가가 애초에 설정한 의미론적 한계를 넘어서는 이 일탈과 위반은, 동양의 전제주의 국가뿐만 아니라 영국 사회에서도 발견되는 유사한 악습에 독자가 주목할 것을 요구한다. 텍스트가 억압하였지만 은밀하게 되돌아오는 이 현실의 모순이 『드라큘라』의 정치적 무의식을 구성하는 것이다.

영제국 vs. 드라큘라의 제국

스토커의 기획을 좌절시키는 것에는, 흡혈과 관련된 수사적 전통만 있는 것이 아니다. 인종적 타자와 유럽인을 구분 짓기 위해 작가가 들여온 '차이의 논리'도 텍스트에서 위협을 받기 때문이다. 퇴행과 쇠퇴에 대한 불안을 이민족에게 전가함에 있어 전제가 되는 것은 앵글로색슨족과 인종적 타자 간의 절대적인 거리이다. 이 거리에는, 문명의 차이 외에도 이성과 본능 간의 차이, 우월한 지능과 저능 간의 차이, 순수 혈통과 혼종 간의 차이, 진화의 차이 등이 포함이 된다. 스토커의 텍스트는 드라큘라와 유럽인 간에 쉽게 극복할 수 없는 차이가 놓여 있음을 강조한다. 드라큘라가 어린이의 뇌를 가졌다는 반 헬싱 교수의 골상학 담론, 동양인은 원시적이고 음란하며 야만적이라고 보는 오리엔탈리즘, 진화가 덜된 족속은 생래적인 범죄형이고 저능할 수밖에 없다는 롬브로조의 범죄학, 본인에게는 다양한 민족들의 피가 섞여 있다는 드라큘라 본인의 고백 등을 작가가 텍스트에 들여오는 것도 이러한 맥락에서 이해될 수 있다. 문제는 이러한 담론들이 드라큘라를 저열하고도 범죄적인 동양인의 혈통으로 자리매김하기도 하지만 동시에 당대의 독자들이 믿어 의심치 않았던 유럽인들의 인종적 우수성에 대해서도 잠재적인 질문을 제기한다는 데 있다.

우선 흡혈귀에 붙여진 진화론과 오리엔탈리즘의 표식을 고려해 보자. 세 명의 흡혈귀와 드라큘라에 붙은 표식에는 야만성, 원시성, 음란함 그리고 미신이 있다. 그러나 소설을 자세히 읽어보면 이 표식들은 백인 등장인물들에게도 적용이 된다. 하커의 예를 들면, 백작을 만나러 가는 길에 들른 부다페스트를 서유럽과 비교하며 그는 유럽의 우월한 근대성에 대하여 자부심을 느낀 바 있다. 그러나 앞서 논의한 바 있듯, 드라큘라 백작의 성에 갇히게 되고 여성 흡혈귀의 유혹을 받자 하커의 내면에서 원시성이 눈을 뜨게 된다. 주인공이 유럽의 영향권을 벗어나자 "사악한 욕망"[46]이 깨어나게 되고 그 결과 흡혈귀와 음란한 관계를 원하게 된 것이다. 서구 문명의 사도라고 할 정도로 박식하고 지도력이 뛰어난 반 헬싱 교수도 예외가 아니다. 루시가 드라큘라에게 흡혈을 당한 이후 시름시름 앓게 되자 아더와 그의 동료들이 수혈을 해주게 된다. 아더는 피를 나누는 행동을 통해 루시와 더 가까워졌다고 생각한다. 일종의 '혈연관계'가 있었기에 그녀가 진정으로 자신의 신부新婦가 되었다고 생각한 것이다. 이때 반 헬싱 교수도 루시에 대해 비슷한 감정을 느끼게 되었다고 고백한다. 아더 외에 다른 남자들도 루시에게 피를 나누어 주었으니, 루시가 다중혼을 한 셈이며 자신도 그 덕에 중혼자가 되었다고 즐거워하는 반 헬싱의 모습은 일부일처제에 의해 억압되었지만 문명인의 내부에서 꿈틀대는 원초적인 욕망의 존재를 증명한다.

아이러니컬하게도 야만성과 미신적인 경향은 가장 지적인 반 헬싱 교수에게서 목격된다. 작품 결미에서 교수는 드라큘라의 성을 방문하게 되는데 이때, 자신의 흡혈 행각이 발각된 것을 깨닫고 고양이처럼 날카롭게 반응하는 루시를 보며 상상을 한다. 그는 "만약 그녀가 죽어야만 한다면, 내가 야만적인 쾌락을 느끼면서 죽였을 것"임을 부인하지 못한다.[47] 여기서 '야만적인 쾌락'이 살해에서 느끼는 쾌락을 뜻하기도 하지만, 성적인 만족을 동반하는 겁탈도 함의한다는 점에서, 반 헬싱 교수의 도덕적인 퇴행은 바닥을 모르는 유의 것이다. 백인 주인공들이 낙후된 트란실바니아에 붙였

---

46   *Ibid.*, p.42.
47   *Ibid.*, pp.42·188.

던 미신 숭배의 표지도 교수에게 적용된다. 이를테면 교수는 도주하는 백작의 배를 따라잡게 되면 '들장미'로써 그의 관을 봉인할 것을 계획한다. 이때 그는 자신이 과학자임에도 불구하고 미신을 따르는 것을 사람들이 어떻게 생각할 지가 신경이 쓰였는지, "먼저 미신을 믿어야 하는데 그 이유는 그것이 초기의 인류의 신앙이기 때문"이라며 자신을 정당화한 바 있다.[48]

드라큘라에게 붙인 또 다른 표식은 골상학적인 것이다. 이에 따르면 드라큘라는 진화가 덜 되었기에 어린이 정도로만 뇌가 발달된 저능한 인물이다. 그러나 관점에 따라서는 사실 '어린애 같다'는 표현은 모든 백인 남성 주인공들에게도 적용이 가능하다. 그런 점에서 텍스트가 골상학 담론을 들여옴으로써 기획한 인종들 간 '차이 내기'는 자충수를 놓게 되는 형국이 된다. 관련된 예문을 보자.

흐느끼면서 그가 나의 어깨에 머리를 기댔고, 감정에 복받쳐 몸을 흔들면서 지친 어린이처럼 울었다. 우리 여성들에게는 어머니의 정신이 요청되는 상황에서는 사소한 문제들을 극복하고 일어설 수 있게 하는 모성적인 무엇인가가 있나보다. 언젠가 나의 가슴에 안길 아기의 머리처럼, 비탄에 잠긴 이 거대한 남성의 머리가 내게 기대오는 것을 느꼈다. 나는 그가 나의 아이인 양 그의 머리를 어루만져주었다.

나는 충동적으로 그에게 몸을 기울여 키스했다. 그의 눈에서 눈물이 솟구쳐 올랐고, 그가 순간 목이 메어 말을 못했다.

말없는 좌절감 속에 그가 두 손으로 머리를 감쌌다. 그러더니 무력감에 휩싸여 두 손바닥을 쳐댔다. 마침내 그가 의자에 주저앉더니 얼굴을 두 손으로 감

---

48   *Ibid.*, pp.158 · 284.

싸고 크게 흐느껴 울기 시작했다.[49]

첫 인용문은 아더가 흡혈귀로 변모한 루시를 처형한 직후 미나를 찾아갔을 때의 장면이다. 그에게 누이동생이 되어주겠다는 미나의 따뜻한 말에 아더는 고달밍 경으로서의 사회적 위신도 잊고 "어린이처럼" 그녀에게 기대어 흐느껴 운다. 두 번째 인용문은 미나를 찾아온 모리스가 그녀의 따뜻한 위로에 자제력을 잃고 눈물을 흘리는 장면이다. 세 번째 인용문은 반 헬싱 교수에 대한 묘사이다. 루시의 어머니는 딸을 보호해 줄 용도인 줄 모르고 야생 마늘 꽃을 딸의 침실에서 치워버릴 뿐만 아니라 침실 창문도 열어놓음으로써 드라큘라의 침입을 도와주고 마는데, 자초지종을 알게 된 반 헬싱 교수의 비통함이 이 인용문에 묘사되어 있다. 또한 흡혈을 당한 미나가 이제 자신이 "더러워졌다"고 외치게 되는데, 이때도 백인 남성들 모두가 눈물을 자제하지 못한다.

사회적인 지위를 자랑하고 당대의 최고의 지성인임을 자부하는 주인 공들이 모두 아기처럼 미나에게 기대어 눈물 흘리는 모습은, 정작 어린아이의 정신을 소유한 이가 드라큘라인지, 아니면 이 백인 남성들인지 독자를 혼란스럽게 만든다. 또한 저능하다고 여겨지는 드라큘라가 그러한 주장과는 정반대의 모습을 보일 때도 인종적 정체성에 관련된 혼란이 소설에서 야기된다. 일례로 반 헬싱 교수는 드라큘라가 저능한 족속에 속한다고 주장하지만, 소설에서 드라큘라 백작은 '담대함', '용기', '남성성', '결단력'뿐만 아니라 '몇 세기의 지혜'를 가진 것으로 드러난다.[50] 드라큘라의 이러한 성숙한 면모와 대조적으로, 그를 처단하기 위해 모인 대항 집단의 지도자인 반 헬싱 교수와 귀족 출신인 아더는 당대에 여성의 특징이라고

---

49   *Ibid.*, pp.203 · 204 · 123(인용자 강조).
50   *Ibid.*, pp.199 · 202 · 209.

여겨졌던 "히스테리컬한 면"을 보이기까지 한다.[51]

　드라큘라 백작과 유럽인들 간에는 혈통적으로도 유사한 면이 있다. 작품의 초입에 성으로 찾아온 하커에게 백작은 자신의 혈통을 다음과 같이 자랑한다.

> 우리의 혈관에는 주인의 자리를 찾기 위해 사자처럼 싸웠던 많은 용감한 인종들의 피가 흐르고 있소. 여기 유럽인들이 섞여 있는 곳으로 우그리아족이 아이슬란드에서 쳐들어왔지. 그들에게 토르신과 오딘신이 투지력을 주셨지.[52]

스칸디나비아 반도에서 트란실바니아로 내려온 북방 민족 우그리아는 그곳에 정착해있던 훈족과 섞이게 되었다. 인류 역사상 용맹함으로 이름을 떨친 민족들이 혈통적으로 섞이면서 생겨났다는 점에서 세클레르족은 혼성적인 족속이다. 문제는 이 세클레르와 앵글로색슨이 실은 다르지 않다고 추정할만한 진술이 텍스트에서 발견된다는 점이다. 영국인들 중에서도 순수한 혈통을 자랑하는 귀족 아더 고달밍과 그의 약혼녀 루시의 혈통에서, 심지어는 모리스의 혈통에서도 이러한 문제가 발견된다.

　수혈에 대한 백인 주인공들의 견해를 따르자면, 루시는 백작에게 흡혈을 당함으로써 그와 '혈연'의 관계를 맺게 된다. 백작의 세클레르 혈통을 공유하게 되는 것이다. 그리고 그녀를 구하기 위해서 반 헬싱 교수를 비롯한 백인 남성들이 그녀에게 수혈해 줌으로써, 루시의 몸에는 세클레르족뿐만 아니라 네덜란드인과 미국인의 혈통 등 다양한 민족의 피가 흐르게 된다. 루시가 흡혈귀로 변신하게 되자, 백인 남성 주인공들이 그녀를 처단하게 되고, 특히 아더가 최후의 일격을 가하는 임무를 맡은 바 있다. 루시의 몸에 남

51　*Ibid.*, pp.157 · 203.

52　*Ibid.*, p.33.

근 같은 말뚝을 깊게 꽂는 아더를 텍스트는 "토르 같은 형상"[53]이라 묘사한다. '토르'가 누구인가? 세클레르족의 복잡한 혈통 중의 하나인 우그리아족에게 투지력을 선물한 북국의 신이다. 아더가 이처럼 바이킹의 신 토르에 비유되면서 앵글로색슨과 이민족 우그리아족 간의 유사성이 의도치 않게 강조되는 것이다. 더구나 아더가 남근을 닮은 말뚝을 루시에게 꽂는다는 점에서 ─ 그 행위의 성적인 함의에 의하면 ─ 그는 세클레르족의 피를 포함하여 온갖 다양한 혈통이 흐르게 된 여성과 상징적인 혼인을 하게 되는 셈이다.[54]

　모리스는 루시의 죽음으로 인해 누구 못지않게 큰 충격을 받게 된다. 그도 그럴 것이 모리스도 루시 생전에 그녀에게 구혼을 한 세 명 중의 한 명이었기 때문이다. 그럼에도 불구하고 그는 한 때 마음을 주었던 연인의 죽음을 의연하게 견디어낸다. 이 모습을 본 수어드 박사는 그가 "정신적인 바이킹"처럼 비통함을 잘 견디어낸다고 대견스럽게 생각한다. 수어드 박사의 이 논평에 의하면, 모리스는 법적으로는 미국 시민이지만 정신적인 측면에서는 ─ 바이킹에 견주어진다는 점에서 ─ 세클레르족의 선조인 우그리아족에 가깝다. 하커의 아내 미나도 아일랜드인의 성씨라는 점에서 순수한 앵글로색슨족의 혈통과는 거리가 멀다. 그뿐만 아니라 그녀와 드라큘라가 상호 흡혈에 의해 피로 맺어지게 된다는 사실을 고려한다면, 미나와 하커 사이에서 태어난 후손도 혈통의 오염에서 자유롭지 못할것이다. 그러니 이 작품에서 앵글로색슨족은 더 이상 피의 순수함을 자랑할 수 없게 된다. 작품 결미에서 드라큘라 백작을 처단함으로써 반 헬싱과 그의 동료들이 서구 문명과 혈통을 지키는 임무를 완수했다고 생각한다면 이는 위에서 언급한 중요한 사실들을 모두 망각하고 있는 것이다.

　스토커는 혈통의 오염이나 여성성의 위협과 같은 당대의 사회적 불안

53　*Ibid.*, p.192.
54　Joseph Valente, *op. cit.*, p.112.

요소들을 텍스트 내로 들여와 이를 해소하려 하였지만, 이 텍스트에는 이러한 해소 행위가 실은 불완전하거나 심지어는 무의미한 것임을 은연중에 드러내는 암시들이 발견된다. 텍스트의 이러한 자기 배반은, 일차적으로 텍스트 내에 들여온 담론이 만들어내는 의미론적 파장이나 그것이 기존의 수사적 전통과의 관계에서 만들어내는 '불온한 함의'에 의해 가능해진다. 이 함의가 불온할 수 있는 이유는 그것이 역사적 진공 상태에서 만들어지지도, 또한 작가가 애초에 설정해놓은 의미적 경계선 내에 머물지도 않기 때문이다. 이 함의들이 현실 세계의 모순을 인유할 수 있다는 사실은 『드라큘라』에서 세습제와 혈통의 문제에서 잘 드러난 바 있다. 특히 세습의 문제와 관련하여 작가는, 호킨즈 씨를 자식이 없는 인물로, 고달밍 경을 외동아들을 둔 인물로 애초에 설정함으로써 영국의 장자상속제가 텍스트에서 문제로 부상하는 것을 원천적으로 막았다. 그러나 이러한 예방적 조치에도 불구하고, 상속녀와 약혼녀를 공략하여 신랑보다 먼저 이 여성들과 피의 관계를 맺으려 하는 드라큘라의 모습은, 19세기 후반기 영국 사회에서 여전히 작동하였던 '흡혈적인' 장자상속제의 문제를 연상시키기에 충분한 것이었다. 또한 작가는 앵글로색슨의 혈통적 순수성을 지키는 일련의 조치를 텍스트 내에서 취하였지만, 그럼에도 불구하고 결국 영국의 순수 혈통이 오염되고 말았다고 해석할 수 있는 암시들, 혹은 처음부터 혈통이 순수하지 않았다는 암시를 만들어내고 말았다.

이와 같은 전복적인 해석이 가능한 것은 영국의 주류 문화 내에서 활동한 영국계 아일랜드인이, 의식적이든 무의식적이든, 제국과 맺을 수밖에 없었던 이중적인 관계에서 비롯된 것인지도 모른다. 스토커는 영국계 아일랜드인Anglo-Irish, 즉 아일랜드에 정착한 영국인의 후손이었으나 1878년에 아일랜드를 떠난 후에는 주로 런던에서 활동하였다. 그는 당대 최고의 영국 배우였던 헨리 어빙Henry Irving과 함께 일하면서 라이시움 극장의 매니저로 활동하였고 여생을 런던에서 마쳤으니 그가 영제국의 시각에서 세상을 보았다고 볼 수도 있다. 반면 비평가 글로버가 지적한 바 있듯, 출생국과의 문화적인 연緣이 그의 세계관을 복합적이고 양가적으로 만들었을 가능성도 무시할 수 없다. 즉, 작가의 이중적인 문화적 동일시로 인해 『드라큘라』가 불안정성과 불확실성이 지배하는 텍스트가 되었다는 것이다. 이 불확실성에 대한 글로버의 주장으로 이 장의 결구를 삼을까 한다.

최종적으로 말하자면, 스토커는 성과 인종의 범주를 한계치까지 최대한으로 확장한다. 이는 그가 낯익은 차이의 논리를 뒤흔들어 새롭고도 섬뜩한 의미를 부과하는 것을 의미한다. 스토커는 확실한 것과 불확실한 것 간의 차이가 불확실하다는 인상을, 그 구분이 유지될 수 없다는 인상을 항상 준다.[55]

---

55 David Glover, *op. cit.*, p.69. 밸런티의 연구에 의하면, 스토커는 아일랜드에 정착한 영국인의 후손이 아니라 실은 앵글로-켈트인이다. 즉, 지배족과 피지배족 양쪽에 혈연을 둔 인물이다. Joseph Valente, *op. cit.*, pp.3~4.

제7장

탈역사화 전략과 식인제[*]

진정한 우리의 자아가 전적으로 우리의 내부에 있지만은 않다.

— 장-자크 루소

『어둠의 심연』과 정치적 명징성

조지프 콘래드Joseph Conrad(1857~1924)의 『어둠의 심연Heart of Darkness』(1899)만큼 학자들의 관심과 뜨거운 논란의 대상이 되었던 소설도 그리 흔하지 않다. 이 논란은 서구뿐만 아니라 한국의 영문학계에서도 계속되는 것이다. 이 중편 소설을 두고 서구 비평계에서 있었던 찬반 논란은 익히 알려진 대로, 나이지리아의 소설가이자 비평가인 치누아 아체베가 1975년에 있었던 강연회에서 콘래드를 '철저한 인종주의자'라고 비판한 이후로 본격화되었다.[1] 콘래드에 대한 최근의 연구 경향도 식민주의라는

---

[*] 이 장은 이석구, 「제국주의 로맨스 『쉬』에 나타난 인종담론과 성담론」, 『근대영미소설』 6-1, 한국근대영미소설학회, 1999와 「다시 읽는 제국주의 로맨스-『쉬』의 자기배반」, 『근대영미소설』 14-2, 한국근대영미소설학회, 2007을 수정한 것이다.

[1] 콘래드에 대한 아체베의 비판은 그가 "아프리카와 아프리카인을 비인간화"시키며 백인에게는 "위안을 주는 (인종적 — 인용자 주) 신화의 전달자"라는 것으로 요약된다. 이에 대해 비평가 호킨즈와 왓츠가 콘래드를 당대의 인종적 편견을 초월한 작가로 옹호하고 나섰다. 이처럼 양분된 비평적 시각을 아우르는 연구도 나타났는데, 브랜틀링거의 『어

의제를 두고 계속되는 경향이 있다. 작가가 아프리카를 여성에 빗대어 표현하는 것은 아프리카에 대한 유럽의 지배를 정당화하기 위해서가 아니라 비유적 표현을 이용하여 식민주의를 비판하는 전복적인 목표를 지닌 것이라는 주장이 있는가 하면, 반대편에는 아체베의 뒤를 이어 콘래드의 인종적 편견을 지적하고 서구 독자들의 무신경함을 꼬집는 주장도 있다.[2]

국내 학계에서도 『어둠의 심연』은 상반된 비평을 여전히 생산해내고 있다. 이 중에는 콘래드 소설의 반反제국주의적인 외양에도 불구하고 그 이면에서 제국주의와 인종주의를 옹호하는 담론을 찾아볼 수 있다는 주장이 있는가 하면, 이 소설이 백인의 무자비한 착취와 도덕적 타락을 폭로하는 텍스트라는 주장도 발견된다. 콘래드를 옹호하는 진영에는 이외에도, 콘래드가 "다른 탈식민 작가 못지않게 비서구의 현실에 대해 지대한 관심을 가지고 있었고, 탈식민 작가로서 선구자적 위치에 있음"[3]을 역설하는 주장도 있다. 이 후자의 주장은, 백인에게서 찾아볼 수 없었던 절제력을 말로Marlow가 원주민 선원들에게서 발견한다는 사실, 아득한 태초의 기원을 간직하고 있다는 점에서 아프리카 대륙이 오히려 유럽보다 더 심오한 진실을 갖고 있다는 텍스트의 진술을 그 근거로 제시한다. 이러한

둠의 지배』와 에드워드 사이드의 『문화와 제국주의』에 실린 콘래드 연구를 대표적인 예로 꼽을 수 있다. 사이드의 경우, 유럽의 제국주의에 대한 신랄한 비판에도 불구하고, "제국주의는 끝장이 나야하고 그래서 '원주민들'은 유럽의 지배로부터 자유롭게 살아야 한다는 결론을 내리지 못하였다는 것이 콘래드의 비극적 한계"라는 지적을 한다. Chinua Achebe, "An Image of Africa", *Hopes and Impediments*, New York : Doubleday, 1989, pp.5 · 12; Hunt Hawkins, "The Issue of Racism in *Heart of Darkness*", *Conradiana* 14-3, 1982; Cedric Watts, "'A Bloody Racist' : About Achebe's View of Conrad", *Yearbook of English Studies* 13, 1983; Edward Said, *Culture and Imperialism*, New York : Vintage Books, 1993, p.30.

2   Martine Hennard Dutheil de la Rochère, "Body Politics : Conrad's Anatomy of Empire in *Heart of Darkness*", *Conradiana* 36-3, 2004, p.186; S. Ekema Agbaw, "The Dog in Breeches : Conrad and an African Pedagogy", *Research in African Literatures* 29-1, 1998.

3   장정훈, 「탈식민주의 독법으로 『어둠의 핵심』 읽기」, 『현대영어영문학』 48-1, 한국현대영어영문학회, 2004.

양극적인 비평과는 달리 이 소설의 양가성이나 양면성을 지적하는 논문도 눈에 띈다.[4]

『어둠의 심연』을 두고 있었던 비평적 논란을 살펴보면, 이 길지 않은 텍스트를 두고 단정적인 의견을 내리는 것이 얼마나 어려운 일인지 새삼 실감하게 된다. 콘래드의 소설이 인종주의적인가에 대해 많은 비평가들이 안목 있는 대답들을 내놓기 하였으나, 기존의 비평은 대체로 이 소설을 일종의 명징한 문학으로 취급하는 경향이 있었다. 무슨 말인가 하면, 국내외 비평가들은 『어둠의 심연』을 유럽의 식민주의라는 사안에 대해 — 옹호를 하든지, 반대를 하든지 — 분명하고도 확정된 의도를 가지고 진술을 하는 텍스트로 주목해 왔다는 것이다. 그래서 제국주의적이라고 보든지, 반제국주의적이라고 보든지 간에, 텍스트가 작가의 의도를 충실하고 적절하게 반영하고 있음을 전제로 하고 있다는 사실이다.

소설은 다른 문학 장르와 같이 기호와 담론으로 이루어졌다는 점에서 일차적으로 언술적인 형식을 취한다. 동시에 소설은 그것이 맥락화하는 현실 세계에 대응하여 이루어지는 심미적이면서도 정치적인 '행위'라는 수행적 형식을 갖기도 한다. 이렇게 말한다고 해서, 어떤 텍스트는 언술적 형태로 존재하고, 또 어떤 텍스트는 수행적 형태로 존재함을 의미하지는 않는다. 모든 텍스트는 기호로 구성되어 있다는 점에서 일차적으로 언술적인 형태를 취하나, 그 언술이 당대의 사회적 현안에 대한 작가의 대응으로 해석될 수 있다는 점에서 정치적 개입이라는 행위적인 형식을 취하기 때문이다. 특히 사회적 현안에 대해 직접적인 언급을 삼가는 텍스트조차도 당대의 해석적 공동체에 의해 이해되거나 반박되는 수용의 과정을

---

4   찬·반의 양 진영에는 속하지 않되 주목할 만한 논문은 다음과 같다. 김경식의 「*Heart of Darkness* in Imperialism and British Anxiety」, 『신영어영문학』 23, 신영어영문학회, 2002; 박상기, 「콘래드의 양가적 제국주의 비판」, 『영어영문학』 50-1, 한국영어영문학회, 2004.

거치면서, 텍스트에서 발산되는 의미적 파장이 당대 사회의 정치적·사회
적 현안에 직·간접적으로 관여하게 됨을 피할 수 없게 된다. 그러한 점에
서 모든 텍스트는 결국에는 필연적으로 수행성의 차원을 부여받게 된다.
본 연구가 지적하고자 하는 바는, 콘래드의 소설에 대한 기성 연구가 소
설에 사용된 진술이 식민주의적이냐 아니냐 혹은 인종주의적이냐 아니
냐의 문제를 놓고 논란을 벌이다 정작 그 진술이 수행성의 차원에서 당대
사회와 맺게 되는 관계에 대해서는 소홀히 한 감이 없지 않다는 것이다.

텍스트의 정치적 행위

본 연구가 목표로 하는 작업은 구체적으로 콘래드의 텍스트가 어떠한
정치적 현안을 가지고 있었으며, 또 그 현안의 수행이 궁극적으로 당대
사회와의 관계에서 어떤 기능을 수행하였는지 혹은 못하였는지를 논의
하는 형태로 전개될 것이다. 익히 알려진 바대로, 제임슨은 『정치적 무의
식』에서 다음과 같이 주장한 바 있다.

> 그러니 우리의 첫 번째 지평, 즉 협의의 정치적 혹은 역사적 지평에서, 연구
> 대상으로서의 '텍스트'는 여전히 개인의 문학 작품이나 혹은 언술과 다소간
> 일치하는 것으로 해석된다. 그러나 이 지평이 강제하고 가능하게 하는 관점
> 과 보통의 텍스트 해설, 혹은 개인적 해설이 갖게 되는 관점 간의 차이는, 전
> 자의 경우 개별 작품을 본질적으로 상징적 행위로 이해한다는 데에 있다.[5]

개별 텍스트가 곧 상징적 행위라는 이 주장은 현실 세계를 단순히 문학적

5　Fredric Jameson, *The Political Unconscious*, London : Methuen, 1981, p.76.

재현의 대상으로 보지 않는다는 점에서 문학의 모사론이나 반영론과는 차별화 되는 것이다. 제임슨에게 있어 소설은 세계에 대한 일종의 약호화 된 반응이며, 이 반응은 현실 문제에 대한 작가의 개입 의지에 의해 추동 되는 것이다. 텍스트가 '상징적 행위'로서 갖는 의미는 『정치적 무의식』에 서 다음과 같이 부연 설명된다. "심미적 형식 혹은 서사적 형식의 생산은, 해결될 수 없는 사회적 모순에 대하여 상상적이거나 형식적인 '해결책'을 만들어내는 기능을 갖춘, 그 자체로 이데올로기적인 행위로 여겨져야 한 다."[6] 비록 제임슨의 서사 이론이 자본주의 사회가 안고 있는 모순과 계급 갈등이라는 특정한 현안을 염두에 두고 있는 것이기는 하나, 이러한 사유 는 19세기 말 유럽의 정치적·경제적 모순이 첨예하게 드러난 식민주의 적 맥락에도 적용이 가능하다.

　『어둠의 심연』이 다루는 정치적 현안이 무엇인지에 대한 주장을 펴기 전에, 우선 콘래드가 이 작품을 구상하였던 시대의 영국과 유럽의 사회 적·정신적 풍경이 어떠하였는지를 살펴보는 것이 필요하다. 콘래드가 『어둠의 심연』을 썼던 19세기 말의 사회적 상황에 대한 언급은 국내의 콘 래드 학자의 글에서도 곧잘 발견된다. 그 중 김경식은 세기말 영국의 상 황을 식민지와 관련하여 자세히 다루고 있어 여기서 소개할 만하다. 이에 의하면, 콘래드 당대의 영국 사회는 식민지 경영과 관련하여 다중적인 불 안에 시달렸다. 이 불안에는 식민지에서 착취를 통하여 거두어들인 경제 적 이윤이 다른 유럽 제국에 의해 강탈될 것에 대한 염려, 반(反)인도주의적 이며 반(反)자유주의적인 식민지 경영이 본국의 민주주의에 미칠 영향에 대 한 불안, 그리고 영국의 시민사회가 신봉하였던 이데올로기가 실은 거짓 일지도 모른다는 의구심이 있다.[7]

　영국인들이 식민지의 인종적 타자들에게 저질렀던 정치적 억압과 경

6　　*Ibid.*, p.79.
7　　김경식, 앞의 글, 2~9쪽.

제적 착취에 대한 반성, 그리고 자신들이 신봉했던 이데올로기의 합법성에 대한 회의懷疑가 콘래드의 주인공 커츠를 통해 표현된 것이라는 논거는 브랜틀링거의 주장과도 궤를 같이하는 것이다. 차이가 있다면 브랜틀링거는 콘래드 개인의 소설뿐만 아니라 그가 "제국주의 고딕서사imperial Gothic"라고 부른 문학 장르 전체를 19세기 말 유럽과의 관계에서 이해하고 있으며, 제국주의를 세기말적 현상 중의 하나로 파악하고 있다는 점이다. "제국주의 고딕서사"에 대한 그의 설명을 빌리면 다음과 같다.

> 이데올로기나 정치적 신념으로서의 제국주의는, 쇠퇴 중이거나 실추된 기독교에 대한 부분적인 대체물로서, 영국의 미래에 대해 점점 약해지는 신념을 대체하는 기능을 하였다. (…중략…) 제국주의와 신비주의(occultism) 둘다 종교의 대체물로 기능하였으나, 제국주의 고딕소설에서 만났을 때 이 둘은 새로운 신앙의 추구와는 다른 형태를 띠게 되었다. 제국주의 로맨스 작가들이 그려낸 바 격세유전과 원주민화의 행태는 종교적 진실을 추구하는 이들에게 구원적인 대답을 제공하지 않았다. 키플링의 소설 「야수의 표식」에서 힌두교의 성전을 모독한 영국인이 늑대 인간으로 변모하듯이, 그 행태들은 대신 쇠퇴와 타락의 이미지들을, 정반대의 모습으로 변하는 문명의 모습을 지속적으로 보여주게 되었다. 제국주의 고딕서사는 그리스도교의 쇠퇴에 대한 불안을 표출할 뿐만 아니라, 문명이 야만과 야성으로 얼마나 쉽게 퇴행할 수 있는지에 대한 불안을 더욱 선명하게, 그래서 영국의 제국주의적 헤게모니가 약화될 것이라는 불안을 더욱 선명하게 표출하게 되었다. 소설 속 등장인물들이 경험하게 된 격세유전적인 타락은, 종종 거시적인 차원에서 문명이 보여주는 퇴행적인 움직임에 대한 알레고리로, 영국이 퇴보하게 되는 과정에 대한 알레고리로 여겨졌다.[8]

---

8   Patrick Brantlinger, *Rule of Darkness*, Ithaca : Cornell Univ. Press, 1990, pp.228~229.

『어둠의 심연』이 브랜틀링거가 설명하는 제국주의적 고딕서사에 속하는 지의 문제와는 별개로, 위의 주장은 콘래드의 소설이 출현하게 된 상황에 대한 밑그림을 제공해 준다. 오랫동안 시대의 정신적 기반으로서 기능하였던 기독교의 실추, 서구 문명에 대한 자신감의 상실, 그리고 후발 제국들과의 경쟁에서 위협받게 된 영제국의 처지 등이 콘래드 당대의 상황을 이해하는 데 도움이 되는 주요 핵심어이다.

19세기 말엽 영국인들이 처해 있었던 역사적 맥락 속에서 콘래드의 작품을 이해하였을 때, 『어둠의 심연』에서 화자의 눈을 통해 목격된 광경과 그의 입을 통해 표출된 진술들은, 인종주의적이라거나 혹은 정반대로 제국주의에 대한 비판이라고 볼 만큼 단순하지 않다. 그러나 콩고에서 식민주의 사업을 직접 목격한 후 작가가 내렸던 평가는 물론 부정적이었다. 친구이자 출판업자인 피셔 언윈T. Fisher Unwin에게 보낸 1896년 7월 22일자의 서신에서, 콘래드는 아프리카를 방문한 후 썼던 또 다른 서사인 「진보의 전초기지An Outpost of Progress」를 거명하며 다음과 같이 감정을 토로한 바 있다. "그것은 콩고에 관한 이야기입니다. (…중략…) 그 당시 내가 느꼈던 온갖 괴로움과 내가 보았던 모든 것의 의미에 대해서 가졌던 궁금함이, 가식적인 인도주의에 대한 나의 분노가, 글을 쓰는 동안 나와 함께 했습니다."9 이 서한에서 콘래드는 벨기에 국왕이 콩고 자유국을 통치하면서 내세운 인도주의가 실은 위선의 옷을 입은 전제주의임을 통렬하게 비판한다. 그러나 『어둠의 심연』만을 놓고 보면, 식민주의에 대한 콘래드의 진술은 매우 모호하고 모순적이다. 다시 논하겠지만, 주인공 말로는 콩고에서 목격한 식민주의를 냉혹하게 비판함에도 불구하고, "이상"으로서의 식민주의를 옹호하고, 영제국의 식민 통치에 대해서는 긍정적으로 생

---

9   Joseph Conrad, "Excerpts from Correspondence, July 22, 1896 to December 3, 1902", Joseph Conrad, Robert Kimbrough ed., *Heart of Darkness*, New York : Norton, 1988, p.199.

각하기 때문이다.[10]

이처럼 상반되는 내용을 보았을 때, 콘래드의 작품과 관련하여 양극단의 주장 중 어느 하나를, 즉 그의 텍스트가 제국주의를 옹호하였다거나, 혹은 반대로 제국을 비판하였다는 주장을 고수하는 것은 전체적인 그림을 놓치는 꼴이 된다. 텍스트의 다원적인 면을 고려하였다는 점에서 설득력을 떨만한 입장은, 작가가 아프리카를 통치한 유럽 제국들에 대하여 모호한 입장을 취하였다거나 혹은 모순적인 입장을 가졌다는 비평이다. "콘래드는 세기말의 시대에 살면서 아프리카와 유럽 중 어느 것도 선택할 수 없는 역설적 상황에서 유럽의 제국주의를 비판할 때 대안을 제시할 수 없는 양가적 태도를 취할 수밖에 없었다"는 박상기의 주장이 대표적인 예이다.[11]

본 저술은 선행 연구들과는 다소 다른 시각에서 출발한다. 말로의 아프리카 경험이 실질적으로 유럽의 식민지에서 발생하였다는 점에서, 소설의 하부 텍스트가 식민주의와 관련된 상황이라는 점에는 쉽게 동의할 수 있다. 그럼에도 불구하고 본 연구는 아프리카에서 자신이 겪은 경험에 대하여, 그곳에서 자신이 목격한 유럽인들에 대해 말로가 들려주는 희화적이고도 냉소적인 논평이 '일차적으로' 반反식민주의적이라는 의견에 의구심을 표명한다. 동시에 본 저술은 콘래드의 서사에서 발견되는 인종적 편견이 당대의 식민주의를 정당화하려는 의도를 가진 것이라는 입장과도 거리를 둔다. 인종적 편견의 유무가 이 텍스트의 정치적 성격을 규정하기에 적절한 잣대가 아니라는 입장을 취하기 때문이다. 그 이유는 이미 언급한 바 있듯, 백인과 콩고인 양쪽에 대하여 이 텍스트가 내리는 판정이 혼란스럽고 모순적이기 때문이다.

콘래드의 서사를 관통하는 첫째 관심은 유럽의 문화적 정체성이며, 구

---

10 *Ibid.*, p.201.
11 박상기, 앞의 글, 269쪽 참조.

체적으로 유럽이 식민지에서 겪게 된 위기의식이었다고 보아야 한다. 이 위기의식을 해소하는 것이 『어둠의 심연』이 가지고 있었던 첫 번째 현안이 었으며, 이 현안을 해결하기 위해 사적私的인 차원, 즉 심리적이면서도 도덕적인 차원을 텍스트 내에 들여왔다는 것이 본 연구의 주장이다. 이러한 입장에는 백인과 콩고인에 대한 텍스트의 일견 혼란스러운 태도를 설명해내는 장점이 있다. 이러한 관점에서 보았을 때, 다른 이유가 아니라 '유럽의 구원'을 배타적인 관심사로 삼았다는 점에서 이 소설을 유럽중심적인 텍스트라고 부를 수 있을 것이다. 또한 이 소설과 식민주의 간의 공모 관계를 찾는다면, 그것은 이 소설이 유럽의 탐욕적인 식민주의를 정당화하고자 해서가 아니라 유럽의 구원이라는 현안을 위하여 식민 통치 하에 있었던 콩고의 '현실'을 배제하거나 왜곡하였다는 점에서 찾아야 할 것이다.

정치적 현실의 탈정치화

말로의 서사를, 아니 콘래드의 서사를 반식민주의적으로 읽는 비평들이 주로 주목하는 부분은, 콩고에서 활동하는 유럽인들이 보여준 부패와 인종주의에 대한 말로의 지적이다. 이러한 지적은 "상아 수집을 위한 철저한 상업중심주의 가치관과 피지배 원주민의 인간적인 삶을 무시하는 서구인의 제국주의적 음모를 극명하게 표현"[12]하는 것으로 이해된다. 콩고에서 활동하는 교역상들의 탐욕과 무능함을 말로가 신랄한 언어로 지적한 것은 사실이다. 그러나 말로의 논평을 자세히 보면, 이 비판의 날이 일차적으로 식민주의를 향한 것이 아니라는 점은 매우 중요하다. 말로가 콩고 주재 유럽인들을 비판할 때 사용하는 평가의 잣대가, 주로 주권이나

---

12   장정훈, 앞의 글, 85쪽.

신체의 자유에 대한 정치적 억압이나 경제적 착취와 같은 공적인 것이 아니라 성품이나 도덕성, 근로 태도, 열정의 유무 같이 극히 주관적이고도 개인적인 것이기 때문이다. 해안에서 내륙의 교역소로 향하는 여행길에서 말로가 목격하는 백인들은 거의 모두가 벨기에의 왕 레오폴드 2세의 식민 통치를 직·간접적으로 지원한 식민주의자들이다. 그러나 이들에 대하여 말로가 견지하는 입장을 반反식민주의라고 부르기에는, 말로 자신에게 일종의 '대항 이념counter-ideology'으로서의 정치적 신념이 결여되어 있다. 유럽 제국에 대한 그의 논평이 극히 사적인 평가 기준에 근거해 있기 때문이다. 말로의 논평을 정치적이라고 볼 수 있다면, 그것은 식민지에 대한 그의 논평이나 술회述懷가 공적인 문제나 정치적 현안을 순전히 개인적인 수준으로, 즉 전前정치적인 수준으로 환원시킨다는 점에서 그렇다.[13] 명백히 정치적인 내용을 탈정치화 한다는 점에서 말로의 논평은 극히 정치적이다.

벨기에 왕의 사유지 콩고를 바라보는 말로의 시각이 사적이고 주관적이다 보니, 그의 눈에는 그곳의 교역상들이 식민주의자이기 이전에, 위험한 상황에 처한 유럽 출신의 문명인으로 비치게 된다. 그러다 보니 그가 콩고 지역에서 만나게 되는 유럽인들 모두가 식민주의에 봉사하는 인물들임에도 불구하고, 이들에 대한 말로의 평가는 개인에 따라 내용이 완전히 달라진다. 이러한 모순이나 비일관성은 이 추악한 세상을 들여다 볼 때 말로가 선택한 창窓의 특수성에 연유한다. 일례로 중앙 교역소의 본부

---

13 하부 텍스트로서의 역사를 탈정치화 하는 작업은 『어둠의 심연』뿐만 아니라 말로가 등장하는 또 다른 소설인 『로드 짐(Lord Jim)』에서도 발견된다. 제임슨의 분석에 의하면, 후자의 소설에서 물적 생산이나 노동 계급의 현실은 모더니즘의 인상주의적 기법에 의해 현실과의 참조 관계를 상실하고 순수하게 심미적인 소비의 대상이 되고 만다(Fredric Jameson, *op. cit.*, p.214). 이로부터 한 걸음 더 나아가서 브랜틀링거는 『로드 짐』뿐만 아니라 『어둠의 심연』에서도 인상주의 기법과 로맨스 장르의 기법 모두가 소설의 반제국주의적 메시지를 잠식시킨다는 주장을 한 바 있다(Patrick Brantlinger, *op. cit.*, p.265).

장과 그의 휘하의 교역상들에 대하여 말로가 내리는 평가를 보자.

조직하는 재주도, 주도권을 쥐고 일하는 재주도, 심지어는 질서를 유지하는 재주도 없는 자였네. 이러한 사실은 그곳 교역소의 한심한 상황에서 명백히 드러나는 것이지. 그에게는 학식도, 우수한 지능도 없었어. 현재의 지위는 그에게 굴러들어온 것이었네 — 왜냐고? 모르긴 해도 절대로 병들지 않아서라고 여겨지네.

그들은 서로를 헐뜯고, 모함하면서, 무료함을 달래고 있었는데, 이는 어리석기 짝이 없는 짓이었네. 교역소에는 음모를 꾸미는 분위기가 감돌았지만, 아무런 일도 일어나지 않았네, 당연하지만. 그곳에서의 다른 모든 일들처럼 — 전체 사업이 내세운 박애주의적 목표가 그렇고, 그들의 말이, 그들의 경영이, 전시용 사업이 그렇듯 — 음모도 현실성이 없는 것이었네. 이들에게 있어 유일하게 현실적인 것이 있다면 그것은, 일정 비율의 성과급을 벌어다 줄 상아가 수집되는 교역소에 임명되고 싶은 욕망이었네. 단지 그 이유로 해서 그들은 서로 모함하고, 험담하고, 증오했으나, 실제로 손가락 하나 까딱하는 일이라고는 — 아, 아니야. 천만의 말씀이지! 세상에! 차라리 말을 훔치는 편이, 말의 고삐를 훔쳐보는 것보다 덜 미워 보일 때가 있다네. 아예 말을 훔치라 이거야. 좋아. 최소한 일을 저지르지 않았냐 말이야. 그리고 훔친 말은 타고 다닐 수라도 있지. 그러나 어떤 때는 고삐를 슬금슬금 훔쳐보는 음험한 시선 때문에 가장 인자한 성인조차도 화를 못 참는 수가 있다네.[14]

여기서 본부장과 교역상들 그리고 심지어는 엘도라도 탐험대를 이끄는

---

14 조지프 콘래드, 이석구 역, 『어둠의 심연』, 서울 : 을유문화사, 2008, 48쪽, 54쪽; Joseph Conrad, Robert Kimbrough ed., *Heart of Darkness*, New York : Norton, 1988, pp.25 · 27. 앞으로 원문의 쪽수는 번역본 쪽수 뒤에 괄호로 표기한다.

본부장의 숙부에 대한 말로의 논평이 어떠한 기준에 근거해있는지를 살펴볼 필요가 있다. 왜냐하면 말로가 이들에게 내리는 평가의 기준이 정치나 경제 같은 공적인 영역과는 거리가 먼, 성실함, 대담함, 열정 등 일work에 임하는 개인적인 덕목이기 때문이다. 이와 같이 극히 사적인 평가 기준에 의존하다 보니 말을 훔치는 행위가 고삐를 훔쳐보는 것보다는 낫다는 평가가 나올 수 있다. 전자의 행위는 명백한 불법성에도 불구하고, '대담함', '실천력', 그리고 '효용성'이라는 항목에서 우수한 평가를 받아 말로의 냉소적 평가에서 합격점을 받는다.

특기할 사실은, 말로의 평가가 이처럼 극히 주관적이고도 개인적인 잣대에 의존하기에 식민주의자들 중에서도 어떤 이들은 부분적으로 긍정적인 평가를 받거나, 경우에 따라서는 전체적으로 긍정적인 평가를 받기도 한다는 점이다. 이들 모두 더도 덜도 없이 동일한 대의(?)에 봉사함에도 불구하고 말이다. 긍정적인 평가의 예로는, 하류의 교역소에서 근무하는 수석 회계사와 교역 본부에서 일하는 보일러 제조공이자 기술자 감독이 있다. 수석 회계사의 경우, 그의 옷차림이 아프리카에 근무하는 주재원답지 않게 말쑥하며 "장부가 깔끔하게 정리되어 있다"는 이유로 해서 말로는 그를 "존경"할 뿐만 아니라 그가 "인격의 성취achievements of character"[15]를 보여준다고 생각한다. 동료에 대하여 회계사가 보여주는 무신경함이 다소 비판적으로 묘사되기는 하나, 이러한 부정적인 면이 회계사에 대한 말로의 '존경심'에 큰 영향을 미치지는 못한다.

말로가 "열성가이며 전문가"라고 부르는 보일러 제조공은, 일과 취미생활에 대한 그의 '열정' 덕택에 말로로부터 전적인 신뢰를 받는다. 보일러 제조공이 이처럼 차별화되는 대우를 받게 되는 데에는, 그가 수석 회계사와 유사하게 '그럴듯한 외양의 유지'라는 항목에서 높은 점수를 받은

---

15   위의 책, 40(21)쪽.

것이 한 몫을 한다. 예컨대, 그는 턱수염을 자신의 허리까지 내려오도록 기를 뿐만 아니라, 긴 수염을 우아하게 관리하는 데 시간과 정성을 아끼지 않는다. 수염과 수염을 감싸는 천을 대하는 그의 태도는 사뭇 경건하기까지 하다. 말로의 표현을 빌리면,

증기선 밑바닥 아래로 진흙탕을 기어야 할 때면, 그는 자신이 일부러 가지고 온 흰색 냅킨으로 턱수염을 묶곤 했지. 그 냅킨에는 고리가 있어 귀에 걸게 되어 있었네. 저녁이면 그가 기슭에 쭈그리고 앉아, 강물로 수염 덮개를 정성스럽게 씻은 후, 사뭇 진지한 태도로 덤불 위에 널어 말리는 모습이 보이곤 했네.[16]

외양의 유지가 도대체 어떤 의미가 있기에 말로는 이들에게 높은 점수를 주는 것일까. 열대 지역에서 외양에 대하여 유럽인이 보여주는 집착을 19세기의 영제국주의자들을 다룬 한 문헌은 다음과 같이 설명한다.

비록 아프리카는 "문명과의 작별"을 의미하였지만, 조국과 조국에서의 삶의 양식이 내면화되었다. 완전한 단절은 아니었던 것이었다. 항상 그리고 아마도 "명예스럽게도, 그는 변함없는 영국인이었던 것이었다". 그리고 영국인의 정체성(Englishness)은 아프리카의 비영국적 환경으로 인해 더욱 강화되었다. 남아프리카를 가로질러 여행하는 동안 제임스 브라이스는 열대의 더위도 영국인으로 하여금 열정적인 크리켓 게임을 포기하게 할 수는 없었다고 자랑스럽게 말한 바 있다.[17]

---

16   위의 책, 65(31~32)쪽.
17   Dorothy Hammond · Alta Jablow, *The Africa That Never Was : Four Centuries of British Writing about Africa*, New York : Twayne, 1970, p.78.

즉, 말로에게 있어서 '외양의 유지'는 유럽인으로서의 정체성이 건재함을 증명하는 표식이었던 것이다. 그리고 이러한 관점에서 보았을 때, 보일러 제조공과 수석 회계사는 열대 아프리카라는 악조건 속에서도 조국에서의 삶의 양식을 계속 유지함으로써 문화적인 충절을 지킬 수 있었던 것으로 풀이된다.

우리는 여기서 아프리카에 나가 있는 말로가 — 이는 콘래드에게도 해당되는 것인데 — 가장 절실하게 여겼던 것이, 실은 고통 받는 아프리카의 구원도 아니요, 유럽의 추악한 식민주의에 대한 격렬한 고발도 아니며, 더더욱 식민주의에 대한 열렬한 옹호도 아니라는 추론을 할 수 있다. 즉, 말로에게 가장 중요한 관심사는 문명의 영향권을 벗어난 곳에서 개인이 어떻게 하면 유럽의 문화적 정체성을 유지할 수 있는가라는 것이다. 여기서 반드시 제기되어야 할 질문은, 과연 보일러 제조공이나 수석 회계사가 단지 일이나 외양에 대한 그들의 열정이나 집착 때문에 교역 본부의 한심한 '순례자'들과 달리 식민주의라는 범죄로부터 사면을 받을 수 있는가 하는 것이다.

말로가 견지하는 평가 기준인 '일에 대한 진지한 태도'나 '열정'은 백인에게만 배타적으로 적용되는 것은 아니다. 매우 드물지만 이 기준의 합격선에 비교적 가까운 흑인들도 발견된다. 이와 관련하여 지적할 만한 사실은, 말로가 흑인들에 대해 일반적으로 견지하는 시각이 동료 백인들에 대한 그의 시각과는 극히 대조적이라는 점이다. 무슨 말인가 하면, 말로의 서사에서 흑인들은 대개 이해할 수 없는 원시적인 다중多衆, 즉 신비한 집단적 존재로 등장한다. 예컨대, 내륙의 교역소를 향한 여행 중 강변에서 말로가 목격하는 흑인들은 "사악하고 불가사의한 광란"을 벌이는 "선사 시대의 인간"으로 불린다. 또는 말로의 인식 체계에서 흑인들은 온전한 인격을 박탈당한 채 일종의 '조각난 몸'으로 파악된다. "휘두르는 검은 팔다리들, 손뼉 치는 무수한 손들, 쿵쿵거리며 구르는 발들, 흔들리는 몸통들, 휘둥그레진 눈알들" 등 흑인에 대한 말로의 인식이 대표적인 예이다. 커츠를 승선시킨 후 하류를 향하여 출발할 때 말로가 육지에서 목격하는 흑인들도 그다지 나은 대접을 받지는 못한다. 말로는 그들을 "악마적인 긴 기도"를 중얼거리는 "벌거벗고 숨 쉬며 떨고 있는 청동 빛 몸뚱어리들"로만 인식하기 때문이다.[18]

물론 말로의 서사에서 이와 같은 '집단 취급'을 면제받는 흑인들이 없지는 않다. 내륙 지역에서 말로가 조우하는 전투적인 흑인 여성의 경우 비교적 개인의 모습을 부여받는 듯하다. 그러나 이 여성도 아프리카의 어둠의 표상으로, '야성 그 자체로' 재각인 되면서, 상징성은 부여받을지 모르나 인간으로서의 개체성은 상실하고 만다. 이 흑인 여성보다 더 뚜렷한 개체성을 부여받는 이로는 말로의 지휘 아래에 있었던 조타수 정도이다. 이 흑인에 대한 말로의 평가는 일견 긍정적이다.

> 중요성으로 따진다면, 검은 사하라 사막의 모래 알갱이 하나밖에 안 되는 한 야만인에 대해 내가 느끼는 회환이 자네들은 참 이상하다고 생각할 테지. 모르겠는가, 그는 무엇인가를 해냈네, 그는 조타수 노릇을 하였고, 나는 몇 달 동안 그를 나의 뒤편에 두고 있었던 걸세 …… 조수로 …… 도구로 말일세.[19]

이 흑인 선원의 죽음에 대하여 말로가 '회환'을 느낀다는 사실은, 말로에게 있어 이 흑인이 얼굴 없는 집단의 일원이나 집단의 상징이 아니라 한 개인으로 인식되고 있음을 의미한다. 그가 이와 같은 인간적인 대접을 받게 되는 이유는, '일에 대한 진지함'이라는 기준에서 보았을 때 그의 '수행 평가'가 말로의 합격선에 비교적 가까웠기 때문이다. 이러한 소수의 흑인들에 대한 말로의 긍정적인 평가는 식민주의와 인종주의라는 창구를 통

---

18   조지프 콘래드, 이석구 역, 앞의 책, 79(37)쪽, 146(66)쪽.
19   위의 책, 110(51)쪽.

하여 이 소설을 보는 비평가들을 혼란스럽게 만드는 원인이 되었다.

그러나 긍정적인 평가가 '드물게' 있었다고 해서 말로와 작가가 흑인의 편에 섰다고 주장하는 것은, 말로의 서사에서 흑인들에게 구조적으로 부여된 위치를 완전히 무시하고 나서야 가능한 것이다. 그의 서사에서 흑인들은 문명인들이 자칫 잘못하면 추락할 수도 있는 최악의 수준에 대한 준거점이라는 점에서 일차적인 의미를 갖는다. 선택된 극소수의 흑인들에 대한 말로의 부분적인 인정은, 이들이 말로가 견지하는 개인적인 평가 잣대에서 '예상을 뒤집고' 좋은 점수를 받아서였지, 말로가 이들이 속한 집단의 인권이나 그들의 해방이라는 대의에 관심이 있어서가 아니라는 말이다. 또한 자신과 가까웠던 몇몇 흑인을 긍정적으로 보았다고 해서 흑인에 대한 그의 인종적 평가가 바뀌었음을 의미하지는 않는다. 이 포인트는 아무리 강조해도 지나치지 않다. 그러나 놀랍게도 이러한 사유는 그간의 콘래드 비평에서 큰 주목을 받지 못하였다. 콘래드의 흑인 묘사가 보수적인 성격을 벗어나지 못함을 지적한 평자로는 맥클린톡이 있다. 그는 콘래드의 개화된 흑인을 "흉내 내는 자"라고 부르며 이 흑인의 서사적 기능에 대해 다음과 같이 말한다. "콘래드의 흉내 내는 자는 인간에 대한 후기 계몽주의적 이미지를 치명적으로 전복시키지 않는다. 그의 모방이 드러내는 비일관성은 식민지 피지배자들의 역사적인 후진성을 다루는 서사에 필수적이다."[20] 맥클린톡이 말하는 "비일관성"은 개화된 흑인이 보여주는 백인과 유사하면서도 꼭 같지만은 않은 면모를 일컫는다.

물론 이러한 독법과 다른 유의 해석도 불가능하지는 않다. 대표적으로 바바는 이처럼 모방하는 흑인의 재현에서 전복적인 의미를 읽어낸 바 있다. 그의 시각에 의하면 개화된 흑인들은 한편으로는 식민 정권에 의해 "승인된 타자의 모습authorized versions of otherness"이며, 따라서 식민 정권의

---

20   Anne McClintock, *Imperial Leather : Race, Gender and Sexuality in the Colonial Contest*, New York : Routledge, 1995, p.66.

지배 체계에 순조롭게 편입될 "적절한 객체"이다. 다른 한편으로는 인종적·문화적인 '차이'가 이들에게 남아있다는 점에서 이들은 식민 정권에 문제적일 수 있는 존재이다. 바바는 개화된 유색인들이 백인 지배자와 완전히 같지는 않다는 점에서 지배자가 믿는 정체성의 규범과 정상성을 벗어나는 "부적절한 식민주체"[21]라고 불렀다. 이때 '정체성의 규범'이나 '정상성'이라 함은 유럽 식민주의의 토대를 이루는 전통적 휴머니즘이 상정하는 '통합된 주체'나 백인이 타인종보다 우선하는 인류의 근원이라는 믿음과 같은 백인의 규범적 지식을 가리킨다. 식민 지배자의 권위가 인종적 정체성의 규범과 정상성에서 유래한다고 본다면, 이를 위반하고 규범의 '규범성'에 질문을 던지는 개화된 유색인은 식민 정권의 권위를 위협하는 존재이다.

콘래드가 유럽인의 우월의식을 해체했다고 주장하는 비평가들은, 콩고 강변에서 목격되는 광란의 흑인들도 자신과 다를 바 없는 인간이라는 인식에 말로가 도달한 사실에 주목한다. 말로의 표현을 직접 빌리면,

> 그것은 이 세상에 속하는 것이 아니었고, 그들도 …… 아니야, 그들이 인간이 아니라고는 할 수 없었네. 흠, 실은 그것이 제일 고약한 일이었네. 그들도 어쩌면 인간일지 모른다는 의심 말일세.[22]

이와 관련하여 에케마 아그보의 논평은 여기서 소개할 만하다. 그에 의하면, 콘래드는 위 인용문에서 단순히 아프리카인들의 인간성을 긍정할 수도 있었지만, 그러지 않고 "흠"이라든지 "의심"이라는 유보적인 표현을 사용함으로써 긍정의 의미를 심각하게 손상시킨다. 만약에 아프리카인에 대한 당대의 편견을 반박하는 것이 콘래드의 의향이었다면, 작가는 "그들

---

21 Homi Bhabha, *The Location of Culture*, New York : Routledge, 1994, p.88.
22 조지프 콘래드, 이석구 역, 앞의 책, 79(37)쪽.

도 인간이 아니라고는 할 수 없었다"고 이중 부정의 형식을 빌려 말하는 대신 간단히 "그들도 인간이었다"라고 말하였을 것이라는 것이 아그보의 주장이다.[23]

레오폴드 2세가 사유화한 콩고 지역에서 말로가 목격한 바는 식민 통치의 위기가 아니라 문명의 위기였으며, 그의 서사는 이 위기에 대한 대응으로 읽혀야한다는 것이 본 연구의 주장이다. 그러나 이러한 주장을 한다고 해서, 아프리카를 식민지로 인식하고 그곳에서 활동하는 유럽인들을 식민주의자로 인식하는 순간이 『어둠의 심연』에 없음을 의미하는 것은 아니다. 그러한 순간은, 말로가 콩고로 출발하기 직전 방문한 회사 사무실 벽에 걸려 있는 지도를 보았을 때, 또한 콩고의 경험담을 동료들에게 들려주는 현재에서도 드문드문 나타난다. 사무실 벽에 걸린 예의 그 지도는 아프리카를 분할 점령한 유럽 제국들의 영토를 색상을 달리하여 보여준다.

> 벽의 한쪽 끝에는 온갖 무지개 색으로 칠한 화려하고 큰 지도가 있었네. 지도에는 붉은색의 거대한 지역이 있었는데, 사업다운 사업이 벌어지고 있다는 것을 알기에, 그곳은 언제 보아도 좋은 곳이지. 그리고는 빌어먹게 크게 색칠이 된 파란색 지역과, 약간의 초록색 지역이, 여기저기 문질러 칠한 듯한 오렌지색 지역이 있었고, 동쪽 해안에는, 유쾌한 진보의 선구자들이 맛 좋은 라거 맥주를 유쾌하게 들이켜고 있음을 나타내는 보라색 지역이 있었네. 그러나 나는 이 지역들로 갈 예정이 아니었네. 나는 노란색으로 표시된 지역으로 가게 되어 있었지.[24]

지도상에 표시된 지역들 중 말로의 논평의 대상이 되는 것은 붉은색 지역, 파란색 지역과 보라색 지역 정도이다. 이중 파란색 지역은, 본 저서에

---

23   S. Ekema Agbaw, *op. cit.*, p.192.
24   조지프 콘래드, 이석구 역, 앞의 책, 23(13)쪽.

IN THE RUBBER COILS.
Scene—The Congo "Free" State.

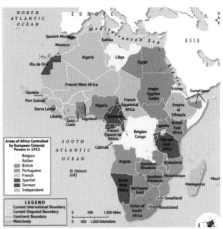

〈그림 17〉 1906년 11월 28일 자 『펀치』지에 실린 삽화로서 레오폴드 2세를 콩고 원주민을 먹잇감으로 삼은 뱀으로 풍자한 샘본(Edward Linley Sambourne)의 작품.

〈그림 18〉 유럽 제국에 의해 분할된 1913년 아프리카의 지도.

서 흑백으로 인쇄되어 색상이 썩 분명하지는 않으나 〈그림 18〉에서 프랑스령 서아프리카, 알제리아 등으로 표기된 지역에 해당되는데, 이 지역의 크기에 대한 말로의 논평은 프랑스 식민주의의 확산에 대한 영제국의 경계와 우려를 표출한 것이다. 〈그림 18〉에서 독일령 동아프리카, 서남아프리카, 캐머룬 등 독일 식민지를 나타내는 지역도 말로의 논평에서 특별한 대우를 받는데, 그 지역에서 일하는 식민주의자들의 태도를 구체적으로 언급하였다는 점에서 그러하다. 이 식민주의자들에 대하여 말로가 내리는 평가에는, 즉 '맥주나 들이키며 세월을 보내는 유'라는 논평에는 흥미롭게도 앞서 콩고 지역에서 만난 개개 유럽인들을 평가할 때 사용한 것과 같은 잣대가 사용된다. 즉, '일'을 대하는 태도의 진지함과 열정이라는 기준에 의해 독일 제국을 평가하는 것이다.

　말로가 본 붉은색 지역은 〈그림 18〉에서 아프리카 남단 전체, 이집트,

수단, 영국령 동아프리카, 나이지리아 등에 해당한다. 이 지역에 대하여 말로가 내리는 평가, 즉 그곳에서는 '사업다운 사업'을 하고 있다는 논평도 '일'을 대하는 영국인들의 태도에 주목한 것이다. 말로가 자신의 냉소적인 평가로부터 영제국을 이처럼 제외하는 것은 영제국을 옹호하려는 의도를 띤 정치적인 행위이다. 유의할 점은 추악한 영제국에 이처럼 면죄부를 발행하는 정치적 행동이 비非정치적인 혹은 전前정치적인 기준에 근거해 있다는 것이다. 말로의 서사나 콘래드의 서사를 정치적이라고 부른다면 그것은 그가 식민주의나 반反식민주의와 같은 정치적 이념을 통하여 세상을 보았기 때문이 아니라 이미 정치적인 세상을 정치적인 것으로 보기를 거부하였기 때문이라는 논리가 성립할 수 있는 것도 이 때문이다.

식민주의 비판과 이의 치환

콩고의 백인들과 흑인들을 평가할 때 그가 사용하는 전前정치적인 기준에도 불구하고 말로는 식민주의의 문제점을 알고 있다. 유럽 식민주의의 이상과 현실 간의 괴리에 대하여 이미 알고 있기에, 그는 아프리카로 출발하기 전부터 그곳의 식민화 사업에 큰 기대를 걸지 않았다. 그가 콩고로 출발하기 전에 직장을 잡도록 힘 써준 아주머니와 대화를 나누는 장면이 그 증거이다.

내가 고위 인사의 부인뿐만 아니라, 수 없이 많은 다른 사람들에게, 재능 있고 비범한 사람으로, 회사로서는 복 덩어리 같은 존재로, 언제고 원할 때 쉽게 고용할 수 있는 그런 유의 사람이 아닌 것으로 소개되었다는 것이었네. 맙소사! 한 푼짜리 경적이 달린 두 푼 반짜리 강 증기선을 맡는 주제에! 그럼에도 나는 일꾼 중의 한 사람으로 — 알잖은가, 하나님의 일꾼 말이야 — 여겨졌나 보더군. 빛의 사자나 하급 사도(使徒) 같은 존재 말이야. 그 당시에는 그런 헛소리가 지천으로 인쇄되고 회자되었는데, 그런 사기가 넘쳐 나는 가운데 사시다 보니 훌륭하신 아주머니께서도 그만 정신을 빼앗기신 게지. "수백만의 무지몽매한 무리들이 끔찍한 관습을 포기하도록 하는 것"에 대해서 아주머니께서 말씀을 하셨고, 그런 말을 듣다 보니 정말이지 나는 마음이 편하지 않았네. 그래서 그런 회사도 실은 이익을 추구하지 않느냐는 말씀을 감히 넌지시 했다네.[25]

아주머니와의 이 대화는 말로가 콩고를 경험하고 난 후 넬리호의 청중에게 이야기를 들려주는 현재의 시점에서 회고되는 것이다. 이러한 사실에 주목했을 때, 제국주의의 '문명화 담론'을 "허튼 소리rot", "거짓말humbug"이라고 빈정대는 말로의 태도는, 그가 아프리카를 방문했던 시점의 태도가 아니라 그가 이 이야기를 들려주는 현재 시점의 관점이요, 따라서 콩고에서의 경험을 반추하면서 생긴 환멸감의 산물[26]이라는 주장이 제기되기도 한다.

아주머니의 말씀에 대한 말로의 부정적이고도 냉소적인 논평이 비록 훗날 넬리호에 승선한 친구들을 상대로 구술되기는 하지만, 그럼에도 불구하고 이 논평이 아주머니와의 대화 당시에 말로가 제국주의에 대해 느꼈던 감정이나 생각을 왜곡한 것이라 믿을 만한 근거는 없다. 오히려 그 반대라는 근거가 많다. 아주머니의 말씀을 듣고 마음이 편하지 않았다고 회고한 것이나, 그러한 불편한 감정을 참다못해 "그런 회사도 실은 이익을 추구하지 않느냐는 말씀"을 아주머니께 드렸다는 말로의 술회가 그 증거이다. 즉, 제국주의의 문명화 담론이 "허튼 소리"라는 생각을 말로가

---

25 위의 책, 28(15~16)쪽.

26 김종석, 「역사·소설·영화─암흑의 핵심과 지옥의 묵시록 리덕스에 나타난 콘텍스트 읽기」, 『영어영문학』 50-3, 한국영어영문학회, 2004, 648쪽.

콩고로 떠나기 전에 이미 하고 있었다는 것이다. 이러한 점에서 본 연구는 아프리카 여행이 끝난 시점에 말로가 "이상주의와 식민담론에 대한 무비판적인 지지로부터 치유되었다"는 주장이나 "콩고를 체험하기 전의 콘래드도 말로처럼 아프리카 문명화 사업이라는 대의명분을 별로 의심하지 않았던 듯하다"는 주장과는 시각을 달리한다.[27]

식민주의에 대한 고발은 『어둠의 심연』의 서두 부분에서도 발견된다. 말로는 "지구의 정복이란 대개 우리와는 피부색이 다르거나, 코가 좀 낮은 자들로부터 땅을 강탈하는 것을 의미하기에, 실상을 깊숙이 들여다보면, 결코 보기 좋은 일은 아니라고" 비판하였다.[28] 문제는, 식민주의의 현실에 대한 이러한 문제 제기가 어느 순간인가 도덕적 타락이나 무능력, 자제력의 결여 등 순전히 개인적인 문제로 치환되고 만다는 데 있다. 작품의 서두에서 말로가 자신의 이야기를 어떻게 정의 내리는지를 고찰해보는 것은 이러한 맥락에서 유의미하다. 말로의 표현을 빌리면,

> 그 여행은 나의 항해 중에서는 최장거리였고, 나의 경험 중에서는 정점의 순간이었네. 어째서인지 그 여행은 내 주변의 모든 사물들의 의미를 드러내고, 나의 정신 깊은 곳도 드러내는 듯했네.

이 길지 않은 두 문장에서 말로가 사용한 "나의 경험 중", "내 주변의 모든 사물들", "나의 정신"과 같은 표현은, 그가 앞으로 들려주게 될 서사로부터 공적인 차원을 박탈하고 그 서사를 극히 개인적인 차원으로 환원시키는 역할을 한다. 그뿐만 아니라 "사물들의 의미를 드러내고"나 "정신 깊은 곳도 드러내는"과 같은 표현도, 서사의 성격을 인식론적이거나, 혹은 심리적인 차원으로 국한시키거나 전치시키는 수식어이다. 이러한 표현을

---

27   Martine Hennard Dutheil de la Rochère, *op. cit.*, p.185; 김종석, 앞의 글, 644쪽.

28   조지프 콘래드, 이석구 역, 앞의 책, 17(10)쪽, 18(11)쪽.

의도적으로 사용함으로써 말로는 자신의 청중에게 들려 줄 서사의 성격을 선先규정한다. 이러한 제스처가 콘래드 당대인들의 독서 방향에 영향을 미쳤음은 두 말 할 필요가 없다.

커츠의 경우만 하더라도 그의 인생이 소설의 중심에 서게 된 연유는, 작가가 서구 식민주의의 문제를 조명하기 위해서가 아니라 유럽의 최고 지성인이 문명의 영향권을 벗어날 때 어떻게 변모하는지에 관심이 있어서였다. 이는 말로에게도 제일 중요한 관심사였다. 커츠에게 관심을 갖게 된 연유에 대해 말로는 다음과 같이 말한다. "나는 그에게 그다지 관심이 있지는 않았네. 그래. 그럼에도 불구하고 나는 일종의 도덕적 사유로 무장하여 그곳으로 나온 인물이, 결국 최고의 자리에 오를 것인지, 그리고 그러한 위치에 도달했을 때, 자신의 임무를 어떻게 수행해내는지를 보고 싶었다네."[29] 개인의 정신적·심리적 세계에 대한 조명을 통해 정치적 의제를 탈색시키는 이 개인주의적인 서사는 전前정치적이면서도 동시에 그러한 점에서 정치적이다.

이러한 전략에 가장 잘 말려든 독법이 알버트 게라드와 프레드릭 칼로 대표되는 심리주의 비평이다. 이 소설이 다루는 여행이 심층적 수준에서는 자신의 내면의 실체와 대면하게 되는 "무의식으로의 여행"으로 이해되어야 한다는 게라드의 주장이든지, "콘래드에게 있어 정글의 어둠은 프로이트에게 있어 잠들어 있는 의식의 어둠과 같다"는 칼의 주장에서,[30] 식민주의 현실은 심층심리라는 주체의 내적 풍경의 알레고리로 읽히면서 정치적인 의미가 증발되고 만다.

콩고를 방문한 후 출판한 두 서사 중 다른 하나인 「진보의 전초기지」에

---

29 위의 책, 68(33)쪽.
30 Albert J. Guerard, *Conrad : The Novelist*, Cambridge : Harvard Univ. Press, 1958, p.39; Frederick J. Karl, "'Heart of Darkness' : Introduction to the Danse Macabre", Frederick J. Karl ed., *Joseph Conrad : A Collection of Criticism*, New York : McGraw-Hill, 1975, p.29.

서도 콘래드는 백인 주인공 카이에르^{Kayerts}와 카를리에^{Carlier}를 무력한 존재로 묘사함으로써, 유럽의 식민주의가 그것이 표방한 이상이나 구호로부터 얼마나 동떨어진 것인지를 신랄하게 풍자하였다. 그러한 점에서 콘래드의 텍스트가 유럽 제국의 식민지 경영에 대하여 문제 제기를 하고 있음은 사실이다. 그러나 이러한 문제 제기도 면밀히 살펴보면, 유럽인들의 비효율성과 무능함에 대한 비판이지, 식민주의의 불법성에 대한 질문은 아니라는 사실이 드러난다. 이 단편에서 아프리카 내륙의 한 교역소에 도착한 유럽인들에 대한 콘래드의 묘사를 보자. 화자에 의하면, 교역소에 도착한 첫날 커튼을 달고 거처를 정리하는 일조차

그들에게는 실현이 불가능한 임무였다. 순수하게 물질적인 문제만 하더라도, 그것에 효율적으로 대처하기 위해서는, 사람들이 보통 상상하는 이상의 평정심과 고결한 용기가 필요하게 된다. 그러한 노력을 기울이기에 이들 둘보다 더 부적합한 자들도 없었다. 사회는 조금이라도 자상해서가 아니라, 자체의 특이한 필요 때문에 두 사람을 돌보아 주었고, 그 대신 그들에게 독자적인 사유와 창의력을 금하였고, 판에 박힌 일과로부터의 어떠한 유의 일탈도 금하였고, 이를 어길 경우 죽임을 당한다는 조건을 걸었다. 단지 기계처럼 지내겠다는 조건 하에 삶이 그들에게 허락되었던 것이다. 펜대를 귀에 꽂은 자들의 돌보아 주는 손길로부터, 소맷부리에 금박 장식을 댄 제복을 입은 자들의 손길로부터 해방이 된 두 사람은 오랜 감옥 생활을 하였기에 자유를 가지고 어떻게 해야 할지를 모르는 종신범과도 같았다. 독립된 사유를 해 본 적이 없고, 따라서 할 능력도 잃어버린 두 사람은 자신들의 정신적 기능으로 무엇을 해야 할지를 몰랐던 것이다.[31]

31   조지프 콘래드, 이석구 역, 「진보의 전초기지」, 『어둠의 심연』, 을유문화사, 2008, 177쪽.

위 인용문에서 보듯 두 백인 주인공은 아프리카라는 새로운 환경에 놓이기 전에도 문제적인 인물로 묘사된다. 유럽에서도 이자들은 금치산자와 다를 바 없는 존재이다. 이러한 맥락에서 보았을 때 제국의 잘못은 다른 데에 있는 것이 아니라 독자적인 생존 능력과 사유 능력을 결여한 부적격자들을 애초에 아프리카로 보냈다는 데에 있다는 논리가 가능해진다.

「진보의 전초기지」나 『어둠의 심연』 모두에 있어, 아프리카에 활동하면서 유럽인들이 겪게 되는 정신적인 변화를 조사하고 기록하는 것이 서사의 일차적 현안이다. 이러한 관점에서 콘래드 당대의 담론을 조망해보면, 이러한 주제가 콘래드가 처음 다룬 것도 아니라는 사실, 콘래드 당대에 출간된 수많은 대중 소설과 연재물에서 다루어진 주제라는 사실이 드러난다. 피터 위닝튼Peter Winnington, 리처드 루펠Richard Ruppel, 스티븐 도노반Stephen Donovan과 같은 연구자들이 천착한 콘래드 당대의 대중문화에 대한 연구가 이를 뒷받침한다. 이에 의하면, 1898년에 『피어슨 잡지Pearson's Magazine』에 인기리에 연재되었을 뿐만 아니라, 열권이 넘는 유사 소설을 낳은 컷클리프 하인Cutcliffe Hyne의 『케틀 선장의 모험Adventures of Captain Kettle』이 『어둠의 심연』에 지대한 영향을 끼친 것으로 평가된다. 이와 관련하여 도노반의 다음 주장이 흥미롭다. "『어둠의 심연』은 아마도 잔인한 벨기에인이나 포르투갈인들이 지배한 식민지에서, 자신의 도덕성을 지켜보려고 투쟁한 외로운 영국인의 이야기라는 서브장르로 재분류되어야 한다."[32]

말로의 서사가 진행이 되면 될수록 항해의 초점은, 그래서 자연스럽게 서사의 초점도 점점 커츠 개인에게로, 특히 그의 정신적 변화에 맞추어지게 된다. 말로의 표현을 빌리면, '그 강'의 상류를 향한 여행은 동시에 커츠를 향해서 가는 것이다. 여기서 중요한 것은, 커츠의 내면세계가 이처럼

---

32 Stephen Donovan, *Joseph Conrad and Popular Culture*, London : Macmillan, 2005, p.172.

서사에서 클로즈업되면서 반대급부로 무엇인가가 독자의 관심에서 사라지게 된다는 점이다. 앞서 인용한 바 있는 니체의 질문이 생각나는 대목이다. "우리가 보도록 허락된 현상을 접하게 될 때 우리는 물어봐야 한다. 이것이 무엇을 숨기려고 한 것인가? 우리의 관심을 무엇으로부터 돌리려는 의도를 가진 것일까?"[33] 콘래드의 서사에서 독자의 시야에서 사라지는 것은 다름 아닌 백인의 지배 하에서 고통 받는 식민지 아프리카이다. 선과 악이, 이타심과 탐욕이, 사랑과 증오가 커츠의 영혼을 서로 자신의 것으로 삼겠다고 싸우는 쟁탈전이 벌어지는 일종의 사이코드라마에서, 해안가의 숲 그늘 아래에서 말로가 보았던 검은 형체들이, 착취당한 후 버려져 죽어가던 "너무 야위어 공기만큼이나 가벼운" 존재들이 있을 곳은 없다. 개인으로서의 아프리카인은 사라지고 한 고귀한 유럽인의 영혼을 포로로 만들려는 형이상학적인 세력만이 남을 뿐이다.

정치적인 의제를 이처럼 사적인 관심과 개인의 심리적 문제로 환원시켜버리는 서사 전략은, 내륙의 흑인들을 부하로 삼아 인근 부족을 약탈하기 시작한 커츠에 대한 말로의 설명에서 가장 극명하게 드러난다.

> 야생이 그를 애무하니까 — 보게나! — 그는 기력을 잃어버렸는데, 그것이 그를 포로로 만들었고, 사랑했고, 껴안았으며, 그의 핏줄에 흘러들었고, 그의 육체를 소진시켰으며, 상상할 수도 없는 악마적인 입회식에 의해 그의 영혼을 자기의 것으로 봉인해버렸다네. 그가 제멋대로 구는, 야생의 응석받이가 되어버렸던 것일세.

> 이런 것들이 사라지고 나면, 우리는 자신의 타고난 힘에, 헌신할 수 있는 자신의 힘에 의존해야만 하네. 물론 너무 멍청해서 나쁜 길로 빠지지 않을 수도

---

33   Pierre Macherey, Geoffrey Wall trans., *A Theory of Literary Production*, London : Routledge, 1980, p.87.

있는데, 너무 아둔해서 어두운 힘의 유혹을 받고 있다는 것도 모를 수가 있는 걸세. 내 생각은 그렇다네, 자신의 영혼을 두고 악마와 홍정했던 바보는 없는 걸세. 바보가 너무 아둔해서 그것도 못한 것인지, 아니면 악마가 너무 간교해서 안 한 것인지는 모르겠네. 혹은, 엄청나게 고상한 존재라면, 천상의 광경과 소리 외에는 눈과 귀를 완전히 닫고 있을 수도 있지.[34]

이처럼 식민주의라는 정치적 문제는 온데간데없고, 현실은 '영혼의 타락'이나 '악에 대한 저항'이라는 사적인 관점에서 조망되는 것이다.

동일한 맥락은 아니지만 비평가 베니타 패리도 이 소설의 이데올로기적인 모순을 주장하면서, 소설의 초반부에서 제기된 주장이 일관되게 유지되지 않고 후반부에 새로운 현안이 등장하고 있음을 지적한 바 있다. 패리의 안목 있는 주장을 인용하면,

이 소설의 세계에서 유럽은, 제국주의 프로퍼갠더가 내세우는 진보의 원동력이 아니라 타락한 자식의 부모로, 부패한 요원이 추구하는 더러운 욕망의 부모로 제시된다. 그러나 독자들이 제국주의 존재의 정당성을 회의하도록 만든 후 이 소설은, 공동체의 집단적 도덕과는 무관한 문화적 충절주의(doctrine of cultural allegiance)와 관련된 주제를 들여온다.[35]

여기서 "문화적 충절주의"라 함은, 자彝문화의 도덕이나 관습에 대한 개인의 충성 여부를 의미한다. 여기서 문제가 되는 개인은 말로이다. 이러한 시각에서 고려되었을 때, 이 소설의 주제는 말로가 겪게 되는 문화적 · 도덕적 갈등이며, 커츠의 편을 듦으로써 말로가 백인의 문화에 반대하는

---

34 조지프 콘래드, 이석구 역, 앞의 책, 105(49)쪽, 107(50)쪽.

35 Benita Parry, *Conrad and Imperialism : Ideological Boundaries and Visionary Frontiers*, London : Macmillan, 1983, p.36.

'반체제적 영웅'의 자리에 서게 되는 것으로 이해된다. 과연 말로가 커츠를 젖혀두고 영웅적인 위상에 도달하게 되는지에 대해서는 의문이 있을 수 있겠으나, 말로의 문화적 갈등이 서사에서 중요한 추동력을 발휘하고 있다는 패리의 지적은 귀담아들을 만한 것이다.

개인적이고도 심리적인 지평이 말로의 서사에서 확대됨으로써 생겨나는 결과 중의 하나로서, 정치적 의제가 말로의 시각을 통해 탈정치화 된다는 것이라고 앞서 말했는데, 문제는 여기에서 끝나지는 않는다. 이보다 더욱 심각한 문제는, 아프리카가 개인의 정신적 추락의 배후에 있는 것으로 지목되고 있다는 사실이다. 「진보의 전초기지」에서도 유사한 전략이 작동한다. 아프리카의 정글에 홀로 놓이게 된 카이에르와 카를리에가 겪게 되는 내면의 변화를 화자는 다음과 같이 설명한다. "주위의 야생에 감도는 거대한 정적 속에서, 절망과 야만이 그들에게 점점 더 가까이 다가왔고, 그들을 부드럽게 잡아당겼고, 그들을 지켜보고 있었으며, 저항할 수 없이 친숙하고 혐오스러운 수작을 부리며 그들을 에워쌌다."[36] 이러한 관점에서 보았을 때, 커츠가 책임을 맡고 있는 내륙 교역소의 바깥을 장식하고 있는 인간의 머리통들도, 잔혹한 식민 통치의 실상에 대해 유럽에 책임을 물어야 할 물증이 아니라, "황당한 침입"에 대한 대가로 유럽인이 아프리카로부터 받은 참혹하기 짝이 없는 '보복'의 증거로 해석된다. 가해자가 아닌 피해자를 비난하는, 심리학적인 용어를 빌리면, 타자징벌적인 extropunitive 이 기묘한 전략은, 유럽인의 정신적 타락의 원인을 인종적 타자에게 덮어씌우는 결과를 낳는다.

---

36   조지프 콘래드, 이석구 역, 앞의 글, 198쪽.

백인의 야만적 습속

말로는 유럽에서는 "정복당한 괴물이 족쇄를 찬 광경"이 목격되는 반면, 아프리카에서는 "흉악한 것이 자유롭게 설치는 것을 볼 수 있었다"고 회고한다. 유럽에서는 문명의 법과 도덕 때문에 억압된 상태로 존재하지만 아프리카에서는 일체의 억압으로부터 자유로운 이 '흉악한 것'은 인간의 본성이자 '야만성'을 지칭한다. 말로는 아프리카인과의 접촉을 통해서 이루어지는 인간에 대한 새로운 발견을 "시간이라는 외투를 벗은 진실"이라고 부르는데, 이러한 시각은 아프리카인을 문명 이전의 아득한 시점으로 회귀시키는 것이다. '아프리카인은 야만인이요, 또한 원시인'이라는 등식이 성립하게 되는 것이다. 이 시나리오에 의하면 '어둠의 대륙'에서 원시성과 맞닥뜨리게 됨으로써 백인의 정신세계는 심오한 변화를 겪게 된다. 콩고 강 상류의 교역소에서 말로가 발견하는 커츠가 대표적인 예이다. 문명화의 꿈을 안고 왔다가 끔찍한 의식을 즐기는 악귀로 변모하였기 때문이다. 그가 애초에 품었던 아프리카의 개화, 즉 '야만적인 습속의 근절'이라는 원대한 목표를 달성하기는커녕 그 자신 현지의 습속에 동화되고 만 것이다.

커츠의 변화가 누구의 책임인지에 대해서 말로는 한 치의 의문도 가지고 있지 않다. 앞서 인용한 바 있듯, 이러한 변모의 이면에는 야생wilderness이 있다. 그를 포로로 만들었고, 사랑했고, 껴안았으며, 그의 육체를 소진시키고 마침내 그의 영혼을 자기의 것으로 봉인해버린 정글 말이다. 커츠의 경우 원시성으로의 회귀가 얼마나 진행이 되었는지는, 동료들이 그를 구출하여 증기선으로 옮긴 후에 그가 다시 정글로 도망치는 사건에서 상징적으로 드러낸다. 야만적인 습속을 탐닉하고 싶은 욕망이 이 유럽인을 놓아주지 않는 것이다. 이러한 맥락에서 보았을 때 콘래드의 서사는 유럽 문명과 원시 아프리카 간의 대결 구도를 극화해보이며, 이 대결이 아프리카의 승리로 끝날 가능성에 대한 불안을 표현하고 있다.

흥미롭게도 문명인의 정체성을 위협하는 현지 습속의 정확한 정체에 대해서 말로는 구체적인 언급을 삼간다. "입에 담을 수 없는 의식"과 같이 우회적인 말로 표현될 뿐이다. 이 침묵을 실제 역사와 비교해보자. 레오폴드 2세가 통치한 식민지 콩고에서는 인간의 신체 부위를 자르고, 남녀노소를 가리지 않고 학살하고, 또 인육을 먹기도 하는 일이 횡행하였다. 이는 독일에서 발간되는 신문에서도 보도된 내용이다.

> 1896년 독일의 『쾰른 신문』은 벨기에의 존경받는 지도층 인사의 증언을 인용하여, 단 하루에 1,308개의 잘린 손들이 악명 높은 지방 행정관 레옹 피에베즈에게 넘겨졌다는 보도를 하였다.

> 나는 그 호수에서 오른손이 잘린 시신들이 떠다니는 것을 목격했다. 내가 (그곳에서 — 인용자 주) 돌아오자 한 관리가 이들이 왜 죽었는지 말해주었다. 그것은 고무 때문이었다.[37]

위 인용문 중 처음 것은 언뜻 지방 행정관이 아프리카의 악습을 정부 차원에서 조사한 내용을 보도하는 것으로 이해될 수 있다. 두 번째 목격담은 한 스웨덴 선교사가 들려주는 것인데, 이는 아프리카 부족들 간에 벌어지는 탐욕스런 전쟁의 결과처럼 읽히기도 한다.

그러나 진실은 산 자의 손을 자르는 잔인무도한 행위가 콩고 지역에서 행하여졌고, 이 야만적인 행위를 저지른 이가 아프리카 원주민이 아니라 백인이라는 점이다. 두 인용문 모두 레오폴드 2세가 통치하던 콩고 지역에 관한 보도요, 목격담이다. 백인들이 왜 흑인들의 손을 자르라는 명령을

---

37 Adam Hochschild, *King Leopold's Ghost : A Story of Greed, Terror, and Heroism in Colonial Africa*, Boston : Houghton Mifflin, 1999, pp.226 · 227.

내렸는지 보자.

1899년 공무원 시몬 로이는 자신과 이야기를 나누는 상대 중 한 명이 미국인 선교사라는 사실을 깨닫지 못하고서 자신의 휘하에 있는 살인 부대에 대해 떠벌렸다. 선교사 엘스워스 파리스는 그 대화를 일기에 기록하였다. "하사관이 고무 수집을 위해 나갈 때마다 탄약통이 지급되었다. 사용하지 않은 탄약은 반납해야 했다. 그리고 사용한 탄약만큼의 오른손을 가져와야 했다." 이러한 일이 어느 정도의 규모로 벌어졌는지에 대해서, (로이 ― 인용자 주)가 말하였다. "6개월의 기간 동안에 몸보요 강의 그들은, 국가는 6천 개의 탄환을 사용했다. 이는 6천 명의 사람이 살해되거나 그들의 몸이 절단되었음을 의미한다. 그러나 실상은 6천 명을 상회하는데, 왜냐하면 군인들이 아이들을 죽일 때는 개머리판을 사용했다는 말을 여러 번 들었기 때문이다."

원주민의 손을 잘라오라는 명령을 내린 이유는 병사들에게 지급한 실탄이 제대로 사용되었는지를 점검하는 수단이었던 것이다. 그럼 왜 콩고에서 군인들이 동원되었으며 이들은 왜 원주민의 손을 잘라야 했을까?

1884~1885년에 열린 베를린 회의에서 벨기에 왕 레오폴드 2세는 콩고 분지에 대한 통치권을 인정받게 된다. 그 후 그는 당시 콩고인들이 명백히 점유하고 있던 땅을 제외한 모든 땅을 국가에 귀속시키는 법령을 제정함으로써 콩고 분지를 개인의 사유지로 만들어버렸다. 또한 주민들에게 인두세人頭稅를 부과하였고, 이때 세금은 고무와 상아로 바치게 하였다. 세금을 내지 못하는 사람이 있으면 그의 가족까지 무자비하게 고문하였고, 한 마을에서 할당된 고무의 양이나 노동력을 내놓지 못했을 때는 관리들이 마을 전체를 지도상에서 사라지게 만드는 일이 허다했다. 물론 백인들이 그 땅에 도착하기 전에도 원주민 사회에는 태형이 있었고 감옥도 있었다. 그러나 여성을 태형에 처해서 죽게 만드는 일은 없었으며, 여성을

가두는 감옥도 없었다. 이에 반해 레오폴드 2세가 다스리는 명목뿐인 '콩고 자유국'에서 콩고인들은 세금을 내지 못하였다는 이유로 공권력의 희생양이 되는 일이 비일비재했다. 그뿐만 아니라 대수롭지 않은 잘못에도 과한 벌금을 부과해서 아이들을 팔아서 벌금을 내야 하는 경우도 흔하였다. 현지에서 일한 선교사들의 보고를 들어보자.

> 그들이 보탄가의 아내 발루아도 체포했다. F 씨가 그녀를 가죽 채찍을 사용한 태형 이백 대의 형벌에 처했다. 태형이 너무나 가혹하였기에 피와 오줌이 함께 쏟아져 나왔다. 그들이 그녀를 감옥으로 다시 끌고 갈 무렵, 남편이 그녀를 구하기 위해 스무 마리의 닭을 들고 나타났다. 그가 그녀를 집으로 데리고 갔지만 그녀는 태형의 결과로 곧 사망하였다.[38]

> 작년인가, 그 전 해이던가, (증인 — 인용자 주)이 말하길, 이메네가라고라 하는 젊은 여성이 두 갈래로 갈라진 나무에 묶였고, (군인이 — 인용자 주) 손도끼로 왼쪽 어깨에서 시작하여 가슴과 배를 가로질러 옆구리 쪽으로 몸통의 반을 잘라내었다. 또한 그는 군인들이 남매간에, 아버지와 딸자식 간에 백주에 강요한 근친상간에 대해서, 구체적인 이름과 장소를 거명하면서 말했다.[39]

이러한 약탈과 학살, 그리고 백인이 옮긴 질병으로 인해 콩고 지역의 흑인 수는 1880~1920년의 기간 동안 절반 가까이 줄어든 것으로 추정된다. 1924년의 인구 조사에 의하면 콩고 주민의 수가 천만 명이었다고 하니 1880년 이후 약 천만 명이 사망한 것이다.[40]

---

38 Edmund D. Morel, *King Leopold's Rule in Africa*, London : Heinemann, 1904, pp.244~245.

39 Arthur Conan Doyle, *The Crime of the Congo*, London : Hutchinson, 1909, p.60.

40 Adam Hochschild, *op. cit.*, pp.232~233.

여러 전문가들에 의하면, 백인들이 콩고 지역에 모습을 드러내기 전에는 손을 자르는 야만적인 행위가 원주민 사회에서 없었다. 콩고의 한 선교센터에서 일했던 그래턴 기니스H. Grattan Guiness 박사의 증언을 들어보자.

적의 손을 자르는 것이 현지의 풍속이라는 정부 관리들의 의견을 나는 전적으로 부인한다(sic.). 나는 고무 채취업자들이 등장하기 전부터 이 나라에 있었던 선교사들과 이 주제에 대하여 이야기를 나눈 적이 있다. 내가 알고 있는 한, 이전에는 그러한 신체 훼손이 한 번도 일어난 적이 없었다. 나는 이것이 백인이 고안한 제도라는 것에 의문의 여지가 없다고 믿는다. 이는 무엇보다도 고무 회사에 고용된 현지인 군인들이 탄약을 낭비하지 않았음을 입증하는 수단으로 도입된 제도이다. 그렇게 방대한 지역에서 도입되고 실행된 이 관습이 불행하게도 이제는 명백히 인정받는 치욕스런 일이 되어버렸고, 현지인 경비병들이 살아있는 사람들에게 가하는 잔인하고도 폭압적인 행위가 되어버렸다.[41]

여러 보고서와 증언의 내용을 고려하건대 '콩고 자유국'에서 야만적인 인간의 본성을 드러낸 집단은 현지의 콩고인들이 아니라 벨기에 왕이 파견한 백인 관리라는 데에 의문의 여지가 없을 듯싶다. 현지의 흑인들도 이 잔학한 통치 행위에 관여하기는 했지만, 타지에서 고용된 이 용병들은 백인 상관의 명령을 따른 것이었다.

앞서 인근 부족의 약탈에 나선 커츠의 변모를 거론한 적이 있다. "상상할 수도 없는 악마적인 입회식에 의해 그의 영혼을 자기의 것으로 봉인해버렸다네." 말로의 이 진술에서 커츠의 영혼을 봉인해버린 주체는 '야생'이다. 이를 달리 표현하면, 문명의 바깥세상에서 문명인들을 유혹하고 위

---

41   Edmund D. Morel, *op. cit.*, p.118.

협하는 아프리카의 자연인 것이다. 그러나 조금 전에 언급한 기니스 박사의 진술이나 콩고에서 활동한 선교사들의 증언을 고려한다면, 한 벨기에 회사에 의해 고용되어 콩고로 간 커츠의 영혼을 야만적으로 만들고 봉인해버린 행위의 주체는 아프리카 자연이 아니라 벨기에 왕과 그의 부하들이라고 해야 옳다. 원시적인 야만인은 원주민이 아니라 유럽인들이었던 것이다. 그런 점에서 대리인 말로의 입을 통해 서사를 전개시키는 콘래드는 유럽인의 도덕적 실추의 이면에 원시 아프리카가 있음을 암시함으로써 유럽인들에게 면죄부를 부여하려 했다는 비판을 피하기가 어렵다.

상징적 텍스트의 '커츠 구하기'

말로의 서사에서는 백인의 식민 통치가 들여온 온갖 야만적인 제도가 아프리카 토착 사회로 귀속된다. 아프리카 대륙을 시간을 거스르는 야만성과 원시성의 본거지로 재현함으로써 백인들의 야만성을 희생자들에게 역으로 투사시키는 것이다. 이 논리에 의하면 백인들은 아프리카에 내재하는 야만성에 노출되고, 그것의 유혹을 받아 결국에는 문명인으로서의 정체성을 상실하게 된다. 이를 유럽인들은 '현지화'라고 불렀다. 식민지에 파견된 백인이 겪게 되는 현지화는 19세기 말의 유럽인들에게 있어 매우 충격적인 사건이었다. 백인과 유색인 간에 존재하는 인종적인 차이가 몇 년이 아니라 수천 년이나 그 이상의 기간 동안에 이루어진 진화의 차이라고 믿고 싶었던 유럽인들에게, 동료 유럽인이 불과 한 세대 만에 유색인의 수준으로 돌아가고 말았다는 사실은 문명에 대한 믿음을 뿌리째 뒤흔들어 놓는 것이었다. 콘래드의 소설은 현지화 된 백인이 최후의 순간에 현지의 습속을, 현지의 영향력을 결국 극복하는 모습을 보여줌으로서 동시대 유럽인들의 퇴행에 대한 불안을 잠재우고자 하였다.

그러나 『어둠의 심연』에서 백인들을 그들이 식민지에서 저지른 범죄로부터 면책시키는 '백인 구하기'의 과제가 아무런 문제를 맞닥뜨리는 일 없이, 일사천리로 수월하게 실행되지는 않는다. 유럽인의 도덕성을 구제하는 임무를 서사화함에 있어 작가가 그 임무에 방해가 되는 요소들도 텍스트 내에 들여오기 때문이다. 작가가 자신의 임무를 수행하는 데 방해가 되는 요소를 일부러 들여온다는 주장은 독자들이 쉽게 이해할 수 없는 논지일 것이다. 텍스트에서 발견되는 이 자책적自責的인 요소들을 이해하기 위해서는 소설에 대한 제임슨의 정의로 돌아갈 필요가 있다. 제임슨의 첫 번째 해석학적 지평에 의하면 소설은 현실의 모순에 대한 상상적인 해결책으로 기능한다. 문제는 여기에서 시작된다. 현실의 모순에 대한 해결책을 제시하기 위해서 작가는 그 모순도 재현해야 하기 때문이다. 문제적인 상황을 텍스트에서 배제하거나 축출함으로써 문제를 해결하는 것도 하나의 방법이겠으나, 이는 하수下手의 선택이다. 좀 더 노련하고 자신만만한 작가라면 문제를 텍스트 내로 들여와서 서사적 전개 내에서 그것의 해결을 추구한다. 작가에 따라서 이 문제적인 상황은 매우 심각한 위기로도, 혹은 금방 쉽게 해결될 수 있는 유의 위기로도 재현되는데, 이 중 어떠한 유형의 위기를 선택하느냐는 것은 작가의 역량에 달려 있다. 그리고 이 문제는 작가의 정신세계에서, 그의 텍스트에서 작동하는 '현실의 원칙'과도 관련이 있다.

현실의 모순을 해결하기 힘든 상황으로 만들면 만들수록 작가는 그 문제를 해결하기 위해 작가로서의 역량을 한껏 발휘해야 한다. 이 과정이 힘든 만큼 그의 예술적 성취도 값진 것이 될 터이다. 반대로 모순을 손쉽게 해결될 수 있는 형태로 재현한다면 그의 성취도 그만큼 낮은 것이 될 뿐만 아니라, 이러한 서사가 현실성 있는 재현인지 혹은 설득력 있는 재현인지에 대한 질문을 스스로 하지 않을 수 없게 된다. 뛰어난 작가일수록 그의 텍스트에서 작동하는 '현실의 원칙'은 강력한 것이고, 따라서 난이도가 높은 임무를 택하는 경향이 있다고 볼 수 있다. 사실주의 계열의 소설을 설명함에 있어 제임슨은 프로이트의 논리를 빌어 내러티브를 작가의 욕망이나 소망이 상상적인 차원에서 실현되는 장이라고 보는데, 그에 의하면 이 욕망의 자기실현에 있어 현실이나 역사가 어느 정도로 장애 요소로 등장하는가에 따라 '상상적Imaginary' 텍스트와 '상징적Symbolic' 텍스트로 나뉜다.

> 보다 저급하고 쉽게 상품화될 수 있는 상상적 차원의 텍스트와 달리, (…중략…) (복잡하고 긴 — 인용자 주) 서사적 전개를 필요로 하지 않는 즉각적인 소망의 성취에 만족할 수 없는 판타지를 추구하는 텍스트, 혹은 비현실적이고도 전능한 힘에 의해 소망이 손쉽게 해결되는 것에 만족하지 못하는 판타지를 추구하는 텍스트가 상징적 텍스트이다. 마치 철학자가 자신의 멋들어진 논쟁법으로 완벽하게 깨부술 대항 이론들을 미리 상상해 보듯, (…중략…) 보다 더 자신 있고 멋지게 극복하기 위해 가장 정교하고 체계적인 난제와 장애물을 상정하는 그런 판타지를 추구하는 텍스트 말이다.[42]

콘래드의 콩고소설은, 유럽인의 문화적 정체성을 지키는 임무를 수행함에 있어 난제와 장애물을 스스로 상정한다는 점에서 제임슨이 말하는 상징적 텍스트에 속한다.

『어둠의 심연』이 상정하는 난제는 주인공이 아프리카에서 맞닥뜨리게 되는 유럽인의 위선과 도덕성의 결여이다. 하구 교역소에서 만나게 되는 수석 회계사를 "이발소의 마네킹"으로 묘사하거나 중앙 교역소의 벽돌공을 "종이로 만든 메피스토펠레스"[43]로 묘사하는 것도 모두 이 유럽인들이 애초에 도덕성을 결여한 존재임을 암시하기 위한 장치이다. 또한 상아를 구하기 위해서는 영혼이라도 팔 준비가 되어있지만 실제로는 손가락 하

---

42   Fredric Jameson, *op. cit.*, p.183.
43   조지프 콘래드, 이석구 역, 앞의 책, 40(21)쪽, 58(29)쪽.

나 까딱하기도 싫어하는, 중앙 교역소의 나태하고도 음험한 교역상들의 모습도 유사한 장치로 작동한다. 이러한 백인들의 존재는 콩고에서 활동하는 백인들의 타락이 아프리카의 원시 자연에 기인하는 것이 아니라 실은 백인들 자신의 문제임을 드러낸다는 점에서 텍스트가 상정한 난제의 사례라고 할 수 있다. 동시에 지적할 사실은, 콘래드가 서사의 시선을 백인들의 위선에 맞춤으로써 정작 백인들이 저질렀던 '진짜' 야만적인 행동에 대해서는 침묵할 수 있었다는 사실이다. 콩고 지역에서 횡행하였던, 흑인들의 손을 벤다든지, 흑인 여성의 생식기에 진흙을 채워 넣는다든지, 심지어는 부족을 완전히 몰살시키는 등 야만적이고도 원시적인 행위가 서사에서 배제되는 것이다.

그러면 『어둠의 심연』에서 작가는 어떻게 임무 수행에 방해가 될 고난이도의 문제를 들여오고 또 동시에 이를 극복할 수 있는 것일까? 콘래드가 선택하는 방식은 '선택적인 구제'이다. 다른 위선적인 유럽인들은 모두 제쳐두고 오직 한 사람, 즉 커츠가 도덕적 갱생이 가능한 인물임을 보여줌으로써 이다. 왜 하필이면 커츠냐고 묻는다면, "유럽 문명의 총화"라는 평가를 받는다는 점에서 그가 유럽의 대표인이 될 만하기 때문이다. 커츠의 도덕적 귀환이 갖는 의미를 최대한 극화시키기 위해서 작가는 그의 도덕적 타락이 다른 유럽인들의 타락과는 유가 다른 것이라 주장한다. 물론 이때조차도 커츠의 타락에 대한 묘사는 극히 우회적인 방식을 통해서 이루어진다. 말로의 표현을 직접 빌리면, "그는 그 땅의 악귀들 가운데서 높은 자리를 차지하고 있었다네 — 우회적인 표현이 아닐세". 말로는 이처럼 넬리호에 승선한 동료들에게 "우회적인 표현"이 아니라고 하지만, 이 표현이 커츠가 저지른 악행 하나하나를 직접 거명하는 것을 대신한다는 점에서 이는 완곡어법이 맞다. 커츠가 겪은 타락의 정도에 대해서도 말로는 "그가 이 세상을 발길질해서 조각 내버렸다"고 매우 완곡하게 표현한다.

말로는 인생에 대해서 "마지막으로 한 마디를 할 수 있는 기회"가 왔을 때 자신과 같이 평범한 사람들은 치욕스럽게도 할 말이 전혀 없었던 반면, 커츠는 자신의 삶을, 인간에 대한 진실을 요약해 보일 수 있었다고 증언한다. 결국 말로의 '커츠 구하기'는 그의 타락이 비범한 수준이었다는 점, 즉 어느 누구도 감히 저지르지 못한 악행을 저질렀기에 그러한 삶에 대하여 그가 내리는 마지막 판단도 울림이 보통 이상의 것이라는 점을 전제로 한다. 그래서 "끔찍하다. 끔찍해"라는 커츠의 마지막 외침은 "셀 수 없는 패배와 혐오스러운 극악 행위와 가증스러운 만족 행위를 대가로 치러야 했던, 정신적 승리"[44]로 해석된다. 이렇게 해서 말로는 커츠에게 동료 유럽인들에서 발견되지 않는 도덕적 감각을 부여하게 된다. 자신의 인생을 뒤돌아보고 이에 대해 끔찍하다는 평가를 내리는 것은 평가자의 내면에 그러한 판단의 대상이 되는 경험의 '부정성否定性'을 넘어서는 다른 기준과 가치가 있기 때문이다. 즉, 긍정의 가치에 대한 믿음이 없다면 악행에 대한 인식이나 이에 대한 도덕적인 판단이 불가능하였을 것이라는 말이다. 어쨌거나 이러한 서사 전개를 통해서 말로는 유럽인의 정체성이 구원할 만한 것임을 입증해 보인다. 이렇게 말하고 보면 말로의 서사는 성공한 제국주의 로맨스이다.

식민주의 혹은 식인주의?

콘래드가 커츠의 도덕적 귀환이 갖는 의미를 최대한 극화시키기 위해서 그의 타락이 다른 유럽인들의 타락과는 유가 다른 것으로 설정한 바 있음은 이미 논한 바 있다. 작가는 커츠의 타락이 보통의 수준을 넘어서는 것이라고 묘사하면서도 정작 타락의 실상에 대해서는 완곡하게 표현

---

44   위의 책, 153~154(70)쪽.

함으로써 두 가지 희망 사항을 동시에 충족시키려 한다. 즉, 한편으로는 식민주의의 부정적 현실을 거명함으로써 '상징적 텍스트'에 걸맞게 현실의 원칙을 충족시키고, 다른 한편으로는 그 역사로부터의 적절한 거리 두기를 통해 현실을 수용함으로 인해 생겨날 충격을 완화시킨 것이다. 대표적인 수사적 장치가 커츠가 흑인들과 함께 즐겼다고 하는 "입에 담을 수 없는 의식"[45]이다. 이 의식을 언급함으로써 작가는 커츠의 도덕적 타락과 식민주의의 추악한 현실을 텍스트 내로 들여오게 되지만, 동시에 이 의식을 '입에 담을 수 없는' 것으로 정의내림으로써 그 정체를 끝내 밝히지 않아도 되고, 따라서 현실의 언급이 가져다 줄 충격을 상당 부분 예방하는 것이다.

이러한 수사적인 표현은 선실에서 탈출한 커츠의 뒤를 쫓아간 말로가 정글에서 그를 따라잡았을 때도 목격된다. 문명의 세계로 돌아갈 수 있는 마지막 기회를 던져버리고 정글로 돌아가려하는 커츠를 목격한 말로는, 처음에는 엄청난 정신적 충격과 더불어 공포감마저 느끼게 된다. 인간이 얼마나 타락할 수 있는지를, 혹은 악의 유혹에 대한 인간의 저항이 얼마나 미약한 것인지를 두 눈으로 목격하게 되고 이에 충격을 받은 것이다. 기력을 잃어버렸지만 정글로 돌아가겠다는 일념에 엎드려 기어가는 커츠를 보며 말로는 생각한다.

나는 야생이 부리는 강력한 무언(無言)의 마력을 깨뜨리려고 했네. 잊힌 잔인한 본능을 일깨우고 극악한 욕정을 충족시켰던 기억을 되살림으로써, 그를 자신의 냉혹한 가슴팍으로 끌어당기는 듯한 야생의 마력을 깨뜨리려고 하였네. 바로 그 마력이 숲의 가장자리로, 덤불로, 타오르는 불빛을 향해서, 울리는 북소리와 기괴한 주문의 웅얼거림을 향해서 그가 달려가게 만들었으

---

45   위의 책, 108(50)쪽.

며, 법을 무시하는 그의 영혼이, **문명이 허락하는 욕망의 한계**를 넘어서도록 꾄 것도 바로 그것이었다고 나는 확신했었네.[46]

위 인용문에서 발견되는 "문명이 허락하는 욕망의 한계"는 식인제를 완곡하게 표현한 수사적 장치이다. 흥미로운 점은 이처럼 완곡어법을 사용할 때조차 말로는 '욕망의 탈주'에 대한 책임을 커츠 본인이 아닌 아프리카에 여전히 돌린다는 사실이다. 원시 아프리카의 영향권에 놓이게 되었기에 커츠의 잠자고 있던 본능이 깨어났다는 식의 시나리오에 기대고 있는 것이다.

콩고 자유국에서 식인제가 행하여진 것은 사실이다. 그런 점에서 비록 우회적으로 표현되기는 하였으나 식인제에 대한 텍스트의 언급은 역사적 사실에 충실한 것이다. 또한 흑인들이 인육을, 즉 다른 흑인들을 '먹은 것'도 사실이다. 문제는 그 다음부터이다. 콩고 지역에서 실행되었던 식인주의는 식민주의와 관계를 떠나서는 생각할 수 없기 때문이다. 콩고 지역에서 식인 풍습은 레오폴드 정권과 아랍 노예상들 간의 이권 투쟁, 즉 '콩고 아랍 전쟁'의 맥락에서 이해되어야 한다. 레오폴드 2세가 열강으로부터 콩고 분지에 대한 영향력을 인정받게 된 것도, 그가 콩고 내륙에서 활동하던 아랍 노예상들의 노예사냥을 근절하고, 질서를 회복하여 유럽인들과 현지인 간에 무역의 자유를 보장하겠다는 약속을 하였기 때문이다. 그러나 실상 레오폴드 왕이 아랍 노예상들과 전투를 벌이게 된 것은 노예사냥을 근절하기 위해서가 아니었다. 그것은 상아 시장의 독점권을 두고 벌어진 전쟁이었다. 그래서 1886년부터 8년 동안 계속된 전쟁의 결과로 콩고인들이 아랍 노예상의 손아귀에서는 해방이 되었지만, 해방된 현지인들을 기다리고 있던 것은 노예의 신분보다 하나도 나을 것이 없는 식민

---

46 위의 책, 144(65)쪽(인용자 강조).

피지배자의 삶이었다.

콩고 아랍 전쟁에 대한 역사적 평가는 이것이 대리전代理戰이었다는 것이다. 벨기에 왕은 소수의 관리들과 장교들을 콩고에 파견하였을 뿐이었기에 이들을 위해 싸운 이들은 타지에서 고용한 흑인 용병들이었고, 아랍 노예상들도 다른 흑인 용병들의 도움을 받았다. 이슬람교도들은 망자의 신체를 정결하게 한 후 매장하는 종교적 풍습을 따랐기에, 아랍 노예상들은 자신이 전쟁터에서 죽게 될 경우 신체가 훼손이 될 것을 매우 두려워했다. 이러한 두려움을 이용하기 위해서 레오폴드 왕의 관리들은 수천 명의 식인종들을 용병으로 고용하여 아랍 노예상들과의 전투에 투입하였다. 이 식인종 용병들이 전쟁 중 적군의 시신을 먹었을 가능성이 크며, 이들이 전쟁 이후에도 고무 회사의 사병으로 남아 다른 흑인들에게 잔혹 행위를 저질렀음은 의심의 여지가 없다.

이때 지적되어야 할 사실은 이 용병들이 보여준 식인 풍습과 그 외 다른 잔혹 행위들이 백인 상관의 명령에 의해 이루어졌다는 사실이다. 레오폴드 2세의 학정을 고발한 코난 도일의 글을 보자.

이 핏빛 어린 행위들의 책임, 이 수천 건의 무자비한 살인의 책임은 어디에 있는가? (병사들의 — 인용자 주) 우두머리에게 있는가? 그가 식인종이고 악당이기는 하나 만약에 그가 마을 사람들에게 공포심을 불러일으키지 못한다면 그는 (고무 — 인용자 주) 회사 직원에 의해 처벌을 받게 되었을 것이다. 그렇다면 직원의 책임인가? 그는 타락한 인간이다. 앞서 말한 바 있듯, 타락하지 않고서 열대 지방에서 그런 조건으로 일할 사람은 없을 것이다. 그도 상사들로부터 끊임없이 질책을 받고서 범죄를 저지르게 되었던 것이다. 그렇다면 지역 책임자의 책임인가? 만약 생산 경쟁에서 관할 지역이 뒤떨어지게 되면 그는 책임을 져야 하고 벌이도 좋은 직장을 잃게 될 것이다. (…중략…) 종국적으로 전체 기구를 만들고 운영한 냉혹하고도 교활한 두뇌의 소유자를

맞닥뜨리게 된다. 범죄의 책임은 왕에게, 항상 왕에게 있다.[47]

이 연쇄적인 질문에서 식인제를 비롯한 학정의 책임은 보마에 파견된 총독에게로, 다시 브뤼셀에 있는 관리들에게로 차례로 옮겨졌다가 최종적으로 벨기에의 왕 레오폴드 2세에게 지워진다. 현지의 고무 회사에 고용된 식인 병사들도 자유의 몸은 아니었다. 노예와 다를 바 없는 계약에 멋모르고 지원한 이들에게 용병으로서의 삶은 감옥과 다를 바 없었다. 이로부터 풀어날 수 있는 유일한 길은 백인 상관의 명령에 절대 복종하는 것이었다. 이 병사들의 한 우두머리가 증언한다. "우리가 고무를 가져오지 못하면 그들이 우리를 죽입니다. 우리가 자른 손을 많이 가져오면 지역 책임자가 우리의 근무연한을 줄여 준다고 약속했습니다."[48] 그러니 엄격히 말하자면 콩고 지역에서 자행된 식인주의에 대한 최종 책임은 유럽의 식민주의에 오롯이 있다.

물론 이러한 구체적인 사실들은 콘래드의 텍스트에서 수사적 모호성에 의해 은폐된다. 대신 독자들에게 허락되는 유럽인의 약탈에 대한 정보는, 주인공이 "다양한 욕망들을 충족시키는 데 있어 자제력을 결핍하였다"는 진술처럼 매우 모호하게 표현된다. 한 민족에 대한 대규모 약탈과 장기간에 걸친 인권 유린이, 그 범법 행위의 정치적이고도 경제적인 의미가 개인의 욕망론으로 번역되거나 전치되는 형국이다. 콩고에서 활약하는 백인 교역상들이 약탈자와 다를 바 없다는 비판은 중앙 교역소 소장의 숙부가 지휘하는 백인 탐험대에 대한 묘사에서 발견된다. "금고를 터는 도둑들과 마찬가지로, (그들의) 욕망의 이면에는 아무런 도덕적 목표도 없이, 그저 그 땅의 깊숙한 뱃속으로부터 보물을 강탈하는 것만을 바랬던

---

47   Arthur Conan Doyle, *op. cit.*, p.19.
48   *Ibid.*, p.26.

것이었네."[49] 여기에서도 하찮은 법규의 위반에 대한 벌금이나 인두세를 내기 위해 일정 양의 고무와 상아를 갖다 바치지 못한 죄로 콩고인들이 겪어야 했던 고문, 신체 훼손, 학살의 범죄가 일회적인 범법 행위인 "그 땅의 깊숙한 뱃속의 보물을 빼앗는다"는 식의 은유법에 의해 대체된다. 특히 이 은유법에는 이중의 대체/은폐 기제가 작동하는데, 첫째 고문과 살상, 약탈을 겪어야했던 아프리카인들의 모습을 아프리카의 '땅'이 대체한다. 또한 아프리카의 땅과 원주민에 대한 약탈이 거대한 생명체의 '뱃속'을 여는 행위에 비유됨으로써 이 표현에서 뱃속이 열리게 된 거대한 신화적 동물이 최종적인 피해자로 제시된다. 이러한 맥락에서 보았을 때 말로의 서사에서 수사적 비유는 유럽인의 약탈을 거명하면서도 약탈 행위의 참혹함을 경감시키거나 약탈 피해자의 정체를 모호하게 하는 기능을 수행한다.

그러나 은유화의 전략이 항상 성공하는 것은 아니다. 텍스트는 우의적이거나 은유적 수법을 사용함으로써 역사적 사실을 추상화시키거나 탈역사화 하려고 하나 이러한 시도가 작가의 의도와 다른 메시지를 전달하는 경우도 발생한다. 은유의 대체 기능으로 인해 수사는 역사적 사실을 모호하게 만드는 역할도 하지만, 역작용이 발생할 가능성도 배제할 수 없기 때문이다. 이를 달리 표현하면, 작가가 은유를 통해 텍스트에서 배제하려고 한 사실이 다름 아닌 바로 그 은유에 의해 해석의 공간 내로 다시 불러들여질 가능성이 존재한다.

은유의 역기능은 언어가 독자에게 연상시키는 이미지가 반드시 그 언어를 사용하는 작가에 의해 완전히 통제되지는 않는다는 사실에 기인한다. 이를테면 금방 인용한 바 있는 "그 땅의 깊숙한 뱃속으로부터 보물을 강탈"한다는 은유적 표현에서 "배bowels"를 열어 내부에서 내용물을 꺼내

---

49   조지프 콘래드, 이석구 역, 앞의 책, 67(32~33)쪽.

는 행위가 연상시키는 이미지 중의 하나가 바로 '식인종'이나 '식인주의'이다. 콘래드의 텍스트가 수사적 전략을 동원하여 모호하게 만들고 탈색시키고 배제하려 한 것이 '백인이 콩고의 식인주의에 책임이 있다'는 진실임을 상기한다면, 이때 동원된 수사적 표현이 작가의 의도와 달리 피비린내 나는 이미지를 불러냄으로써 문제의 진실을 오히려 선명하게 각인하는 자기모순적인 사건이 발생하게 된다. 이는 서사가 작가의 의도에 의해, 그가 주창하는 이데올로기에 의해 완전히 장악될 수 없다는 증거이다.

이러한 관점에서 말로와 커츠의 만남을 다시 읽어보면, 이 유럽의 총아에 대한 말로의 보고에는 식인주의와 관련하여 특별히 시사하는 바가 있다.

> 그의 몸이 처참하고 소름 끼치는 모습으로 일어났네. 그의 갈비 뼈대가 온통 떨리고, 뼈만 남은 앙상한 팔이 움직이는 것을 볼 수 있었어. 오래된 상아로 만든 죽음의 조각상이 생명력을 부여받아, 꼼짝 않고 있는 한 무리의 검게 번뜩이는 청동 인간들을 향해 위협적으로 손을 흔들고 있는 것처럼 보였네. 그가 입을 크게 벌리는 것이 보였는데, 이 행동은 마치 자기 앞의 모든 사내들을, 모든 대지와 대기를 삼켜버리기를 원하는 것처럼 기괴하고도 탐욕스러운 인상을 주었지.[50]

커츠의 이 처참한 몰골은 안락한 문명의 세계로부터 오랫동안 격리된 결과 그의 정신과 육체가 병들었음을 의미한다. 말로는 쩍 벌려진 커츠의 입에서 세상을 삼켜버리려고 하는 "기괴하고도 탐욕스러운 인상"을 받는데, 커츠의 이 모습은 아프리카의 자원을 탐내는 식민주의자들의 욕망을 상징한다. 그러나 이 상징적 의미와 더불어 독자에게 직접 와 닿는 강렬한 감각적 이미지는 욕망의 대상을 있는 대로 집어 삼키려는 '게걸스러

---

50 위의 책, 130(59)쪽(인용자 강조).

움'이다. 달리 표현하면, 말로가 그려내는 커츠의 초상화는 끝없는 물질욕에 추동되는 식민주의자를 가능한 한 모호하게, 비유적으로 그려내는 것이었지만, 이 식민주의자의 초상화의 이면에는 욕망의 대상을 삼켜야 직성이 풀리는 '식인제'의 이미지가 떠돌고 있다.

제국의 메트로폴리스에서 식민주의는 진보와 발전이라는 화장化粧을 하고 있으나 해외의 식민지에서는 화장을 지운 민낯, 즉 자본주의의 모습을 하고 있다. 마르크스는 자본주의의 가장 야만적인 형태가 식민주의임을 간파하고서 이를 원시적 자본주의라고 부름으로써 그것의 '원시적인 야만성'을 일찍이 지적한 바 있다. 비평가들이 즐겨 인용하는 마르크스의 표현을 직접 들어보자.

> 부르주아 문명의 심각한 위선과 그것에 내재한 **야만성**이 (인도에서 — 인용자 주) 우리의 눈앞에서 숨겨진 정체를 드러낸다. 점잖은 외양 아래에 본색을 숨기던 본국과 달리 식민지로 향하게 되면 그곳에서는 **발가벗은** 형체를 드러내게 되기 때문이다.[51]

위 인용문에서 마르크스는 영국의 부르주아지가 선도하는 자본주의가 숨겨온 야만성이 인도에서는 백일하에 드러난다고 주장한다. 식민지에서는 시민 사회의 도덕성이나 법률, 사회적 책임 등으로부터 자유롭게 된 자본이 본색을 드러내게 된다고 보았기 때문이다. 민낯의 자본을 움직이는 욕망을 마르크스는 "살해된 자들의 해골에서만 단물을 마시는 끔찍한 이교도의 우상"[52]이라고 불렀는데, 이 역시 자본주의와 식민주의의 야만적인 본성이 식인제에 다르지 않음을 지적한 것이다.

---

51 Karx Marx, "The Future Results of British Rule in India", David McLellan ed., *Selected Writings*, Oxford : Oxford Univ. Press, 2000, p.366.

52 *Ibid.*, 367.

도덕적 죽음 혹은 도덕적 해석?

커츠가 영웅답게 싸우다 죽었다는 말로의 임종 보고서로 되돌아가 보자. 이 보고서가 많은 역사적 사실을 배제하거나 왜곡하고 있음은 앞서 지적한 바 있다. 이와 관련하여 그의 보고서가 '사실'을 들려주기보다는 사실에 관한 '특정한 해석'을 들려주는 것이 아닌가 하는 질문이 제기될 법 하다. 이 관점에서 말로의 임종 보고서를 다시 보자. 커츠는 "끔찍하다. 끔찍해"라는 두 마디를 외친 후 숨을 거둔다. 죽음을 맞이하는 이 비범한 존재에 대한 말로의 묘사를 살펴보면 특이한 점을 발견하게 된다. 커츠의 임종에 대한 말로의 최초의 보고가 매우 간략한 것이기 때문이다. 불과 일곱 줄 분량의 이 보고에서 말로는, 커츠의 얼굴에 어린 온갖 표정에 대한 간략한 묘사와 더불어 커츠가 어떤 환영을 향해 내뱉듯 한 끔찍하다는 말이 전부였다고 기록을 하고 있다. 그 후 촛불을 불어서 끄고 식당으로 갔고 교역소 본부장의 상황을 묻는 눈길을 짐짓 모른 척했다는 말을 한다.

동료 백인들이 커츠를 하찮은 구덩이 속에 묻었다는 사실을 들려주고 난 다음에야, 말로는 커츠에 대하여 두 번째의 장황한 보고를 들려준다.

> 그는 요약해냈다네 — 그는 판결을 내렸어. "끔찍하다!" 그는 비범한 사나이였지. 그 판결은 결국 어떤 믿음의 표현이었고, 그것에는 정직함이 있었고, 신념이 담겨 있었으며, 그것의 속삭임에는 떨리는 저항의 음조가 있었고, 그것은 언뜻 본 진실의 소름 끼치는 — 욕망과 증오가 기이하게 뒤섞인 — 얼굴을 하고 있었지. (…중략…) 나의 주저하는 발은 결국 뒤로 물러섰지만, 그는 마지막 발걸음을 성큼 내디뎠고, 그래서 경계선을 넘어버렸던 것일세. 어쩌면 여기에서 모든 차이가 생겨났을지 모르는데, 어쩌면 우리가 보이지 않는 세계의 문턱을 넘어서는 감지할 수 없는 바로 그 순간에, 모든 지혜와 모든 진실과 모든 진심이 압축되어 있는지도 모르지. 어쩌면. 만약 내가 요약을

했다면, 그 삶의 요약은 아무렇게나 내뱉는 조소의 말은 아니었을 것이라고 생각하고 싶네. 그의 외침이 나아 ─ 훨씬 낫지. 그것은 하나의 긍정이자, 셀 수 없는 패배와 혐오스러운 극악 행위와 가증스러운 만족 행위를 대가로 치러야 했던, 정신적 승리이네. 그럼에도 그것은 승리였어.[53]

말로의 이 두 번째 보고를 주의해서 읽어보면, 이 보고는 죽음이라는 사건에 대한 '묘사'가 아니라, 죽음에 대한 화자의 '해석'임을 알 수가 있다. 이 해석에 의하면, 커츠의 마지막 외침은 악과의 싸움에서 숱한 패배를 거둔 후 결국 마지막 순간에 거둔 승리라는 것이다.

　커츠의 죽음을 '도덕성의 승리'라고 본 말로의 장황한 보고에 대하여 지적하고 넘어가야 할 사실 중 첫째는, 커츠의 죽음을 도덕적이라고 해석해야 할 어떠한 객관적인 정황이나 정보도 찾을 수 없다는 사실이다. 이 임종 보고서에서 발견되는 분명한 사실이라고 해야 죽어가는 커츠의 얼굴에 온갖 표정이 떠올랐다는 것뿐이다. 그 표정이 "욕망과 증오가 기이하게 뒤섞인" 것이라는 진술은 말로가 커츠의 표정을 자신의 시각에서 '해석'한 것이다. 마찬가지로 커츠의 마지막 두 마디에 "모든 지혜와 모든 진실과 모든 진심이 압축되어" 있다는 말로의 진술도 그가 자신의 감정을 커츠에 투사하여 읽은 결과, 즉 유럽을 대표하는 인물의 죽음에서 긍정적인 가치가 최종적으로 확인되기를 바라는 개인적인 소망을 투사한 결과이다. 사실에 국한해서 엄격하게 판단한다면, 도덕적인 것은 커츠의 죽음이 아니라, 그 죽음을 들려주는 말로의 보고서라고 말하는 것이 더 정확할 것이다.

　둘째로, 말로의 보고는 커츠가 사망한 후 많은 시간이 지난 다음에야, 즉 보고자가 귀국한지 한참 후일뿐만 아니라 그 후에도 많은 세월이 지나

53　조지프 콘래드, 이석구 역, 앞의 책, 153~154(69)쪽.

서야 이루어진 일종의 사후postfactum 보고이며, 따라서 신빙성이나 객관성을 결여할 가능성이 다분히 높다는 점이다. 말로의 보고가 객관성을 결여할 가능성이 있다고 보는 것은 말로의 인품에 대하여 근거 없는 억측을 제기하는 것이 아니다. 사실 말로가 커츠의 죽음과 관련하여 넬리호의 승객들에게도 거짓말을 했을 개연성이 충분하다. 우선, 거짓말에서 풍겨 나오는 "사멸의 냄새" 때문에 거짓말을 "증오하고, 혐오한다"[54]는 자신의 공언에도 불구하고, 말로가 중앙 교역소의 벽돌공과의 대화에서 자신의 배경에 유력 인사들이 있는 것처럼 행세했다는 점에 주목할 필요가 있다. 또한 커츠의 약혼녀와의 대화에서도 말로는 거짓말을 한 전력이 있다. 커츠의 사후 명예를 지키고, 상심에 빠진 커츠의 약혼녀를 위무하기 위해서라지만 말이다. 말로는 만약 그녀에게 진실을 이야기했더라면 "너무나 절망적으로 어두웠을 것"[55]이라는 말로써 자신의 행동을 정당화한 바 있다.

이제 이런 질문을 제기할 수 있겠다. 만약 말로가 자신의 주장대로 이 어두운 세상에서 희망의 불빛을 지키기 위하여 커츠의 약혼녀에게 거짓말을 하였다면, 그가 넬리호에 승선한 지기들에게도 같은 이유로 거짓말을 하지 말라는 법이 있는가? 그가 존경해 마지않을 뿐만 아니라 '연대 의식'을 느끼기까지 하는 지기들을 '어둠'으로부터 지키고 싶은 강력한 욕구가 말로에게 있다고 보는 것이 억측일까. 이러한 관점에서 보았을 때 커츠의 죽음이 도덕적 승리요, 선한 믿음의 긍정이라는 말로의 보고는, 자신이 아끼는 사람들을 지키기 위하여, 커츠의 약혼녀처럼 생면부지의 인물이 아니라 오랜 기간 동안 친교를 쌓아온 지기들을 지키기 위하여 한 선의의 거짓말이거나 아니면 — 거짓말이 좀 심한 표현이라면 — 상당히 자의적인 해석일 것이라는 것이 본 연구의 주장이다. 말로가 보여주는 해석적 자의성은 이때 처음 목격되는 바도 아니며, 말로가 다른 유럽인 교

---

54 위의 책, 60(29)쪽.
55 위의 책, 167(76)쪽.

역상들을 대할 때 그가 지속적으로 보여 준 평가의 '자의성'이나 '주관성'과 궤를 같이 하는 것이다.

커츠의 사후 명성을 위하여, 또 그의 상심한 약혼녀를 위하여, 더 나아가 자신의 이야기를 듣고 있는 넬리호의 지기들의 안녕을 위하여, 말로는 커츠의 죽음에 대한 자의적인 해석을 제공하였다고 여겨진다. 이 거짓말을 함에 있어 말로는 혼자가 아니다. 말로의 뒤편에는 콘래드와 당대의 독자들이 있다. 콘래드는 당대의 독자들에게 있어 가장 큰 관심사가 무엇이었는지, 아니면 식민지와 관련된 모험 문학을 대하는 당대의 유럽 독자들에게 있어 가장 큰 관심사가 무엇이었는지를 잘 알고 있는 작가였다. 콘래드 당대의 영국인들은, 비인간적인 식민지 경영이 본국의 민주주의와 자유주의에 미칠 영향에 대한 염려, 그리고 영국인들이 신봉하였던 이데올로기가 실은 뻔뻔한 거짓말일지도 모른다는 의구심 등의 다중적인 불안에 시달렸다. 본 연구는 이러한 공포와 염려의 맥락 속에서 말로의 서사를 이해해야 한다고 주장한다.

19세기 말엽 영국을 비롯한 유럽이 느낀 불안은 급속한 근대화의 진행에 따른 기성 신념 체계의 약화, 그리고 이와 무관하지 않게 인간에 대한 새로운 과학적 발견이 기성의 인간관에 미친 부정적인 영향, 서구 문명의 종말에 대한 공포, 무엇보다도 인류의 퇴행에 대한 염려 등이 복합적으로 작용한 결과이다.[56] 『어둠의 심연』과 같은 시대에 출간된 스토커의 『드라큘라』(1897)나 노르다우의 『퇴행Degeneration』(1892), 오스카 와일드Oscar Wilde의 『도리언 그레이의 초상The Picture of Dorian Gray』(1890) 등이

---

56 세기말 유럽인들이 느낀 불안에 대한 자세한 역사적 논의는 다음을 참고. Patrick Brantlinger, *op. cit.*, Ch. 8; Patrick Brantlinger, *Dark Vanishings : Discourse on the Extinction of Primitive Races, 1800~1930*, Ithaca : Cornell Univ. Press, 2003; Susan J. Navarette, *The Shape of Fear : Horror and the Fin de Siecle Culture of Decadence*, Lexington, KY : Univ. Press of Kentucky, 1997; Bram Dijkstra, *Idols of Perversity : Fantasies of Feminine Evil in Fin-de-Siecle Culture*, Oxford : Oxford Univ. Press, 1986, ch. 10 · 11.

공통적으로 다루는 주제도 유럽적 자아의 타락, 즉 문명인의 퇴행 가능성이다. 『어둠의 심연』의 주인공 커츠가 유럽의 미래가 예측될 수 있는 바로미터 중의 하나라는 점을 고려할 때, 그의 최후에 대한 '도덕적 해석'을 통해 말로는 콘래드 당대의 독자들을 괴롭혔던 '문명인의 정체성에 대한 불안'을 해소시켜 줄 것을 기도했다고 여겨진다. 본 장의 서두에서 콘래드의 소설은 언술적 텍스트의 차원을 넘어서 정치적 행위를 수행하는 수행적 텍스트라고 말한 바 있다. 『어둠의 심연』이 당대의 영국 사회를 위하여 수행한 정치적 봉사도 바로 이러한 사회적 불안을 표출하였을 뿐만 아니라, 여기서 한 걸음 더 나아가 적절한 서사적 경로를 통해 이 불안을 잠재워 주기를 기도했던 것에서 찾아야 할 것이다.

그러나 이 콘래드의 텍스트가 당대 영국인의 불안을 표출하고 해소하였다고 본다면 이는 콘래드의 소설을 절반만 읽은 것이다. 작가의 의도를 곧이곧대로, 그의 소망에 맞추어 텍스트를 읽은 셈인 것이다. 앞서 논의한 바 있듯, 말로는 세상을 들여다보는 창구를 극히 개인적이고 주관적인 것으로 선택함으로써, 또한 비유적인 수사적 기제를 동원함으로써, 커츠가 저지른 악행에 대한 기록이 식민주의와의 직접적인 참조 관계를 상실하게 만든다. 즉, 식민지 현실에 대한 서사가 일개인의 정신적 추락에 관한 기록으로 환원되고 말며, 또한 그저 단순한 기록이 아니라 — 그 추락의 정도가 범상하지 않다는 점에서 — 독자로부터 연민과 동시에 경탄을 자아내는 '영웅담'으로 작용한다. 그러나 콘래드가 채택한 탈역사화의 전략은 복잡다단한 현실을 텍스트 내로 들여와 이를 재단하면서 논리적인 모순이라는 자책적인 실수를 저지르게 된다. 뿐만 아니라 탈역사화를 목적으로 도입한 수사적 장치가 백인의 식민주의에 내재한 식인주의적인 본성을 연상시키는 이미지를 해석적 공간 내로 불러들이게 되면서 콘래드의 서사가 수행하고자 하는 임무는 잘해야 절반의 성공에 그치게 된다.

선거나 대의제(代議制)의 원칙은 동양적인 사유가 아니며, 동양의 제도나 정
신에도 맞지 않다.

— 영국 수상 솔즈베리 경(1892)

아대륙 인도, 백인의 짐

러디야드 키플링(1865~1936)은 인도 봄베이에서 태어나서 여섯 살이
될 때까지 그곳에서 자랐다. 영국에서 결혼한 그의 부모가 새로운 삶을
찾아 인도로 건너온 해에 그를 낳았으니 그가 태어났을 무렵 이들은 아직
신참 '앵글로 사이브'였다. 에드먼드 윌슨의 연구가 밝히고 있듯, 아버지
존John Lockwood Kipling(1837~1911)은 봄베이에 새로 생긴 예술 학교에서
건축과 조각을 가르쳤다. 영국인들뿐만 아니라 힌두교도, 이슬람교도, 불
교도, 유대인들로 붐볐던 다인종·다문화 도시 봄베이에서 어린 키플링은
힌두스탄어를 배웠고 포르투갈인 유모의 손을 잡고 시장을 돌아다니며
즐거운 시간을 보냈다. 그의 부모는 그가 여섯 살이 되던 해에 영국 교육
을 받을 수 있도록 그를 어린 동생과 함께 영국의 사우스시Southsea의 친
척집으로 보냈다. 그곳의 권위적인 교육 및 생활환경으로 인해 영국에서

보낸 6년은 키플링에게 끔찍한 기억으로 남았다. 봄베이에서 인도인 하인들의 존경과 애정을 듬뿍 받다가 갑자기 "종교적인 가정의 압제자"에게 맡겨진 두 아이는, 위탁모의 학대와 더불어 부모로부터 버림받았다는 생각에 "이중의 지옥"에 떨어졌다고 생각했다고 한다.[1]

키플링의 부모는 1882년에 그를 인도로 다시 불러들이고, 그의 가족은 펀잡 주(현 파키스탄)의 라호르Lahore에서 살게 된다. 이때 키플링의 아버지는 마요 예술대학의 교장직과 라호르 박물관 관장직을 맡고 있었고, 키플링은 그곳 지방 신문사의 기자로 한 동안 일하게 된다. 그는 1889년에 인도를 떠나 미국과 남아프리카 공화국에서 얼마간 거주하다 영국에 정착하게 된다. 그 후 키플링은 인도로 다시 돌아가지는 못하지만 그의 주요 작품들은 모두 인도에서 보낸 시절에 대한 기억을 바탕으로 쓰였다고 해도 과언이 아니다. 본 저서에서 다루는 작품 『킴Kim』(1901)도 라호르의 거리에 대한 그의 애정 어린 기억으로 넘쳐난다. 그 중 하나가 작품의 초입에 등장하는 라호르 박물관의 관장에 대한 묘사이다. 티베트에서 순례를 온 라마승과의 접견 장면에서 드러나듯, 이 관장은 남루한 이방인 탁발승을 예의를 다하여 맞이하고, 자신의 풍부한 학식을 바탕으로 그를 안내하며 의견을 나눌 뿐만 아니라, 헤어지기 전에 안경을 그에게 선물하기도 한다. 많은 비평가들이 지적한 바 있듯, 인자한 성품을 갖춘 학식 깊은 이 박물관 관장은 키플링의 아버지 존 로크우드를 모델로 한 것이다.

키플링은 평생 보수당원이었고 제국주의를 지지한 인물이었다. 유럽의 식민주의적 팽창은 이 보수주의자의 눈에 유럽 바깥의 '비문명의 세계'를 개화하려는 노력으로 비춰졌다. 그의 보수적인 경향은 잘 알려진 그의 시 「백인의 짐The White Man's Burden」(1899)에서도 드러나는데, 이 시에서 작가는 미국이 제국으로서의 짐을 지고 필리핀을 식민지로 삼을 것을 촉구한다.

---

1   Edmund Wilson, *The Wound and the Bow : Seven Studies in Literature*, Cambridge : Houghton Mifflin, 1941, pp.107~108.

〈그림 19〉 미국 신문 『디트로이트 저널』에 실린 〈백인의 짐〉의 제목을 단 1898년의 삽화.

백인의 짐을 져라

그대가 키운 최고를 보내라

그대의 아들들이 유배의 길을 걷게 하라

포로들의 욕구를 채우고

역경 속에서

허둥대는 야만인들을 보살피기 위해

반은 악마 같고 반은 어린이 같은

그대들이 새로이 잡은 음울한 종족들을 위해[2]

이 시에서 필리핀인은 전형적인 오리엔탈리즘의 시각에서 묘사된다. "반은 악마 같고 반은 어린이 같은"이라는 표현에서 드러나듯, 이 아시아인들은 기독교로의 개종과 정신적인 계몽을 필요로 하는 사악한 존재이다.

---

2   Rudyard Kipling, *Selected Poetry of Rudyard Kipling*, New York : Penguin, 1992, p.128.

이러한 맥락에서 식민주의 팽창 전쟁이나 미국의 영토적인 야욕은, 백인들이 '역경 속에서' '유배'의 길에서 하게 되는 숭고한 희생으로 미화된다.

『킴』은 「백인의 짐」이 출판된 지 3년 만에 세상의 빛을 보았으니 두 작품이 쓰인 연대는 크게 다르지 않았으며, 두 작품의 메시지도 크게 다르지 않았다. 비평가 사이드는 『킴』을 읽을 때 독자들이 두 가지를 염두에 두어야 할 것이라고 조언한다. 그 중 첫째는 작가가 백인의 지배적인 관점에서뿐만 아니라 "경제적으로, 기능적으로, 역사적으로 자연스런 지위를 획득한 거대한 식민주의 체제의 관점"에서 글을 썼다는 사실이다. 여기에서 식민주의 체제가 자연스런 지위를 획득하였다는 표현은, 일차 세계대전 직전 유럽의 열강들이 지구 표면의 85퍼센트를 통치하고 있었다는 역사적 사실과 관련된 것이다. 사이드의 표현을 빌리면,

> 백인과 유색인 간의 구분은 인도와 그 밖의 지역에서도 절대적이었다. 이는 『킴』에서도 언급된다. 사이브는 사이브이며, 아무리 친하거나 동료애가 강하다고 하더라도 인종적 차이라는 근본을 바꿀 수는 없다. 히말라야 산맥과 논쟁을 벌일 수는 없듯, 키플링이 이러한 차이에 대해, 유럽 백인들의 통치 권리에 대해 질문할 수는 없었을 것이다.[3]

이 글에서 사이드는 『킴』의 예술적 가치를 인정할 뿐만 아니라 키플링이 당대의 오리엔탈리즘으로부터 자유로울 수 없었음도 변호하는 어조를 취한다. 사이드가 보기에 독자가 염두에 두어야 할 두 번째 사실은 인도와 마찬가지로 키플링도 역사적인 존재였다는 점이다. 그래서 이 작품이 인도와 영국의 관계가 변화하는 시점에, 작가의 저작 시기 중 특정한 시점에 쓰였다는 것이다. 사이드의 요점은 『킴』이 영국과 인도의 관계가 진

---

3   Edward Said, "Introduction", Rudyard Kipling, *Kim*, New York: Penguin, 1989, p.10.

화해 온 역사의 일부이며, 다른 모든 위대한 예술 작품과 마찬가지로 이 역사의의 어떤 부분들은 배제하였고 또 어떤 부분들은 포함하였다는 것이다.

사이드의 이 평가에는 어느 정도 수긍할 만한 부분이 있다. 사이드가 인정한 것처럼 19세기 말 인도의 모습을 『킴』만큼 생생하게 묘사한 작품을 찾기가 힘든 것은 사실이다. 그러한 점에서 키플링의 이 소설은 인도에 관한 현존하는 서양 문학에서 아직도 최고의 위치에 서있다고 여겨진다. 특히, 킴이 라마승과 함께 찾아간 대간선도로Grand Trunk Road가 온갖 계층의 사람들과 우마차로 붐비는 모습에 대한 작가의 묘사는 최고의 예술로 꼽힐 만하다. 윌슨의 표현을 빌자면, "(키플링 — 인용자 주)의 어린 시절의 다른 반쪽 자아, 힌두교적인 자아가 우리를 다른 세계로 인도하는 것이다".[4] 이러한 예술적 성취와는 별도로『킴』은 인도인에 대한 당대의 편견을 여과 없이 보여주기도 한다. "동양인처럼 킴은 거짓말을 할 수 있었다"는 진술이나 "동양인에게는 24시간 중 어느 시간이든 다 똑같다"[5]와 같이 동양에 대한 정형 담론을 이 소설에서 찾기란 그리 어렵지 않다.

그러나 본 저술에서는 『킴』이 당대의 유럽에서 유행하던 동양 담론을 여과 없이 유통시킨 텍스트라는 사이드의 전제에 동의하지 않는다. 또한 키플링의 텍스트가 당대의 이데올로기에 적극 대항하지는 못한 위대한 예술이라는 주장에도 동의를 유보한다. 키플링의 소설은 인도 사회의 최하위계층으로 전락한 주인공이 백인으로서의 정체성을 찾아가는 모습을 보여 준다. 본 저서에서 주목하는 사실은 이러한 과정을 통해 이 소설이 백인 우월주의를 만천하에 입증해 보인다는 점이다. 그러한 점에서『킴』은 당대 지배 이데올로기에 적극적으로 대항하지 못한 것이 아니라 적극적으로 제국주의를 옹호하는 입장을 취한 것이다. 본 연구에서는 키플링

---

4   Edmund Wilson, *op. cit.*, p.117.
5   Rudyard Kipling, *Kim*, New York : Penguin, 1989, pp.71·74.

의 이러한 시도를 '사이브 킴 구하기'로 이름 붙이며, 이러한 텍스트의 임무가 키플링 당대의 과학 담론인 진화론과 어떤 관계를 맺는지를, 그래서 과학과 손잡은 인종주의 정치학이 이 소설에서 키플링 당대의 영국인들을 위해서 어떠한 봉사를 제공하는지를 밝힌다.

어떤 점에서는 본 저술은, 완전히 두 다른 세계인 동양과 서양 사이를 왔다 갔다 하는 주인공의 존재에도 불구하고 '키플링의 소설에서 근원적인 갈등이 극화되지 않는데 그 이유는 키플링이 그러한 갈등을 보려고 하지 않았기 때문'[6]이라는 윌슨의 주장에 동의한다. 이 텍스트는 당대의 인도 역사의 많은 부분을 제외하고 또 왜곡하였다고 여겨진다. 1857년에 발발한 인도 항쟁에서 영국의 용병으로 싸웠던 인도인 군인을 향수어린 톤으로 그려내는 것이 역사적 편향의 한 사례가 될 것이다. 인도 국민회의가 1885년에 발족하였고, 20세기 초만 해도 이슬람교도들과 힌두교도들의 반식민 운동이 이미 전개되기 시작하였다. 그러나 소설에서 유일하게 교육 받은 현지인인 바부 후리Babu Hurree에게서 어떠한 민족주의의 목소리도 들을 수 없다. 이러한 삭제의 결과, 존 맥클루어가 주장하듯, 『킴』에서 적敵은 영국령 인도의 국경 너머에서 오며, 국경 내에서는 친선 관계만 존재한다.[7]

본 연구는 『킴』에서 편향된 이데올로기에 의해 역사가 왜곡되기는 하였으되 그렇다고 해서 이 텍스트가 백인 독자들이 듣고 싶어 하는 메시지를 전달하는 데 성공했다고 보지는 않는다. 킴을 사이브로 만드는 임무가 분명히 작동하고 있고, 또 이를 위해 소설에서 특정한 역사가 배제되고 있기는 하나, 텍스트의 이데올로기가 역사를 배제하고 호도하는 과정에서 모호성이나 모순이 발생하기 때문이다. 이러한 모순은, 현지화 되다

---

6   Edmund Wilson, *op. cit.*, p.116.

7   John A. McClure, *Kipling and Conrad : The Colonial Fiction*, London : Harvard Univ. Press, 1981, p.79.

못해 문화적 정체성을 일정 부분 반납한 듯 보이는 사이브, 백인의 위치를 위협하는 '문제적인' 현지인을 문화적으로 거세하는 작가의 개입, 또한 '배교자' 영국인 아버지들과 그들의 혼종적인 아들들에게서 그 모습을 어렴풋이 드러낸다. 본 연구에서는 이 소설을 당대의 인도 역사와 견주어 읽음으로써 텍스트의 문제를 전경화한다. 이러한 모순과 모호성을 염두에 두고 『킴』을 읽을 때, 이 텍스트는 작가가 의도한 바와는 다른 메시지를 독자에게 보낸다.

『킴』이 주는 즐거움

『킴』은 20세기 초의 영국 독자들에게 어떤 즐거움을 주었을까? 이 소설에 등장하는 주요 인물의 면면을 분석하면서 이 질문에 답해 보자. 첫째, 영국인 크라이튼Creighton 대령이 있다. 그는 명목상으로는 영국령 인도의 측량국 책임자로 일하지만, 실제로는 현지의 영국 첩보 조직의 수장이다. 그는 한편으로는 측량과 민속학적 연구를 통해 아대륙 인도에 대한 지식과 정보를 축적하고, 다른 한편으로는 내란 음모나 인근 토후국과 러시아 간의 동맹에 대한 정보를 수집함으로써 제국의 식민 권력을 공고히 하는 데 기여한다. 사이드가 주장하듯, 크라이튼 대령은 작가의 상상력이 우연히 빚어낸 결과물이 아니다. 이 인물은 작가가 편잡 주에서 살았던 시절의 경험에 근거를 두고 있을 뿐만 아니라, "식민지 인도에 있었던 이전의 권위적인 인물들로부터 진화하였으며 또한 키플링 자신의 욕구를 충족시키는 그런 인물"[8]이다.

퇴역 세포이와 킴이 나누는 대화에서 크라이튼 대령은 "그 분"으로 지

---

8   Edward Said, *op. cit.*, p.31.

칭된다. 그는 보통 사람들은 감히 이름도 언급할 수 없는 권위와 권력을 가진 인물인 것이다. 학자이면서 군인이기도 한 크라이튼은 지식과 권력의 복합적인 공생 관계를 이상적으로 구현한다. 그는 수하의 첩보원이자 말 거간꾼인 마흐바브 알리Mahbub Ali가 킴과 나누는 대화를 우연히 엿듣게 되고, 이때 "만약 들은 바대로가 사실이라면 이 소년의 재능을 썩혀서는 안 된다"[9]고 판단한다. 대령은 현지인으로 변장하는 기막힌 재주를 가진 킴을 군인으로 키우는 대신 그를 교육시켜 제국을 위해 더 중대한 용도에 쓸 수 있을 것이라고 생각한다. 대령이 주변의 하찮은 사건에서도 통치 자원을 발굴할 가능성을 읽고 이를 현실로 만들기 위한 계획을 세우는 일화에서 사이드는 세상을 종합적이고 체계적인 관점에서 사유하는 특징을 지적한다. 사물을 바라보는 대령의 시각이 언제나 문제의 사물이 영국의 인도 통치에 도움이 되는지 안 되는지에 맞추어져 있기에, 하찮은 백인 고아의 문제도 무심코 지나치지 않는 용의주도하고도 합리적인 행정 관리자의 모습을 대령이 구현하고 있는 것이다.

서구의 학문 중 민속학, 지도학, 그리고 인류학만큼 식민주의와 밀접한 관계를 맺어 온 학문도 없다. 동양에 대한 서양의 지식과 식민주의 관계에 대해서 사이드는 일찍이 다음과 같이 천명한 바 있다.

> 윌리엄 존즈 경의 시대 이후 동양은 영국에게 있어 지배 대상이었고 동시에 지식의 대상이었다. 지리학, 지식 그리고 권력의 동시 발생은 완벽한 것이었다. 물론 여기에서 영국은 항상 주인의 자리를 차지했다. (…중략…) 지리학은 본질적으로 동양에 대한 지식의 물질적인 기반이었다. 모든 잠재적이고 불변하는 동양의 특징들은 지리학에 기반을 두고 있었고 또 그것에 뿌리를 내리고 있었다.[10]

---

9 Rudyard Kipling, *Kim*, New York : Penguin, 1989, pp.71 · 74.

10 Edward Said, *Orientalism*, New York : Vintage Books, 1979, pp.215~216.

지리학이나 민속학이 동양에 대한 서구의 지배와 긴밀한 연관 속에 발전해 온 역사를 고려할 때에 크라이튼 대령이 군인인 동시에 측량 책임자이고 또 민속학자라는 사실은 시사하는 바가 크다. 적어도 키플링이 본 바에 의하면, 제국이 필요로 하는 이상적인 일꾼은 문무를 겸비한 관리자이어야 하는 것이다. 이와 관련하여 대령은 지배와 지식이 서로 다른 몸통을 갖고 있지 않다는 키플링의 안목을 이상적으로 구현한다. 사이드의 표현을 빌자면, 대령은 "인도를 알지 못하면 인도를 통치할 수 없다는 관념"[11]을 구현해 보이는 인물이다.

앞서 언급한 바 있듯, 사이드는 『킴』에 부친 서문에서 크라이튼 대령이 "이전의 권위자들로부터 진화하였다"고 주장하였는데, 대령의 모델이 되었던 인물들의 역사적 계보를 구체적으로 살펴보자. 이 인물들 중에는 18세기 말엽의 모험가이자 입지전적인 인물인 워렌 헤이스팅즈Warren Hastings(1732~1818)와 로버트 클라이브Robert Clive(1725~1774)가 있다.[12] 두 인물 모두 동인도 회사의 말단직으로 경력을 시작하였으나, 그 중 한 사람은 인도 총독의 자리에 올랐고, 다른 한 사람은 인도군 총사령관의 자리에 올랐다. 둘 다 영제국의 라이벌인 프랑스와의 무력 다툼에서 승리하여 영국의 인도 지배권을 확립하는 데 중요한 기여를 한 것으로 평가받는다. 특히 헤이스팅즈는 군사적인 업적뿐만 아니라 행정과 조세 제도를 개혁하여 식민 통치의 행정적인 기반을 닦았다. 사이드는 크라이튼 대령이 이 군사·행정·정치의 권위자들로부터 자유로움, 즉흥성, 격식에 얽매이지 않는 면모를 물려받았다고 주장한다.

크라이튼 대령의 계보에는 이외에도 일군의 오리엔탈리스트들이 발견된다. 이 중에는 벵갈에서 판사로 재직하였고 고대 인도를 연구한 문헌·언어학자인 윌리엄 존즈 경Sir William Jones(1746~1794), 페르샤어와 벵갈

---

11   Edward Said, "Introduction", Rudyard Kipling, *Kim*, New York : Penguin, 1989, p.10.

12   *Ibid.*, pp.33·34.

어를 연구한 찰스 윌킨즈 경Sir Charles Wilkins(1749~1836), 산스크리트어 경전에서 힌두 법전을 번역한 나다니엘 할히드Nathaniel Halhed(1751~1830), 유럽 최초의 산스크리트어 연구자라 불리는 헨리 콜브룩Henry Cole-brooke(1765~1837) 등이 있다. 사이드에 의하면, 크라이튼 대령은 이러한 역사적 인물들의 가계(?)에서 나왔지만 동시에 이들로부터 진일보한 인물이다. 그 이유로 사이드는 실제 인물들과 달리 대령이 사심 없는 통치, 즉 개인의 선호나 변덕이 아니라 법과 질서, 통제의 원칙에 기반을 둔 통치를 지향한다는 사실을 든다.

인도 사회의 관습과 위계질서를 존중한다는 점에서 대령은 이전의 통치자들과 다르다. 실제로 그는 파탄인(아프간족) 이슬람교도 마흐바브 알리, 벵갈 출신인 바부 후리, 티베트 승려인 테슈 라마Teshoo Lama 등 영제국의 이익이 된다면 종교와 신분을 가리지 않고 누구와도 손을 잡는다. 또한 업무를 수행함에 있어 현지 사회에 존재하는 질서를 존중할 줄도 안다. 현지의 습속에 해박하고 이를 존중할 줄 아는 식민 관리자의 필요성은 작품에서 인도인들의 입을 통해서도 수차례 강조된 바 있다. 킴과 라마승이 인도를 동서로 가로지르는 대간선도로를 따라 순례를 떠난 길에서 만나게 되는 쿨루Kulu 출신의 노老마나님이 그 예이다. 인근 지역의 영국인 경감이 도로 순찰을 돌던 중 이 마나님이 퍼다purdah로 얼굴을 제대로 가리지 않은 것을 발견하고 이를 책하는 농을 걸게 된다. 그렇게 얼굴을 드러내놓고 다니다가 그대에게 코가 없다는 사실을 영국인들이 알게 되면 어찌하겠느냐고 농담을 건넨 것이다. 이때 이 부인은 그대의 모친께서 코가 없었냐고 반문하고, 장막을 들춰 보이며 이 늙은 얼굴로 남정네들을 유혹이라도 할 수 있겠냐고 되받아친다. 그러자 경감은 항복을 선언하며 부인의 아름다움을 온갖 인도식 미사여구로 칭찬하여 그녀를 웃기고는 사라진다.

대간선도로를 순찰하는 이 영국인 경찰 간부가 현지인들에게 이처럼 친화력을 보일 수 있는 이유로서 노부인은 그의 성장 배경을 지적한다. 그에 의하면, 이 경찰 간부는 유럽에서 온지 얼마 되지 않는 유럽인들이 도저히 구사할 수 없는 언어와 현지 예법을 보여주었다. 노부인이 경감에게 이 모든 것들을 학습을 통해서 배웠을 리는 없고 누가 그대를 키웠냐고 묻자, 경감은 "파하리 여자, 댈하우지의 고산족 여인"이라고 대답한다. 이 경찰은 인도인 유모에 의해 길러졌기에 현지의 언어를 유창하게 구사할 수 있었던 것이다. 경감이 사라진 후 노부인은 말한다. "이들이 정의를 마땅히 감독해야 할 자들이지. 이들은 이 땅과 이 땅의 관습을 알고 있어. 다른 이들은, 유럽에서 막 건너온 자들은, 백인 여성의 젖을 먹고 책에서 우리말을 배운 자들은 흑사병보다 더 나쁜 존재들이야."[13] 이러한 관점에서 보았을 때, 크라이튼 대령과 경감 같은 이들은 쿨루의 노부인이 내세우는 훌륭한 식민 관리의 요건을 갖춘 이상적인 인물이다.

소년 킴은 크라이튼 대령조차 감히 흉내도 내지 못하는 능력을 구현해 보인다. 킴의 능력은 그가 인도인과 구분이 전혀 되지 않는다는 데 있다. 소설의 표현을 빌리면, 킴은 어릴 때부터 라호르 시의 거리에서 인도 아이들과 섞여 자라나서 외모를 보나 어투를 보나 현지인과 조금도 다를 바가 없다. 그는 "볕에 그을려 새까만" 외모를 한데다 "힌두교도나 이슬람교도 복장으로 갈아입는 것"을 유럽식 의복을 입는 것보다 더 쉽게 여긴다.[14] 그뿐만 아니라 우루두어, 힌두어, 벵갈어 등 현지의 주요 부족어들과 종교적 관습들을 모두 꿰고 있어 인도의 어디를 가더라도 그곳의 문화에 완벽히 녹아들 수 있다. 그런 점에서 크라이튼 대령과 킴은 각기 다른 점에서 작가에게 즐거움을 선사하는 듯하다. 크라이튼 대령이 인도가 제국의 식민지로 영원히 남을 수 있도록 이를 관리할 수 있는 덕목들, 그의 권위 앞에 현지인들 모두가 머리를 조아릴 수밖에 없는 이상적인 지배자의 자격과 특성

---

13   Rudyard Kipling, *Kim*, New York : Penguin, 1989, pp.123 · 124.

14   *Ibid.*, pp.48 · 51.

을 보여줌으로써 키플링을 만족시킨다면, 킴은 식민지의 곳곳을 마음대로 드나들며 관찰하고 정보를 수집할 수 있는 이상적인 스파이라는 점에서 작가를 즐겁게 한다. 이를 두고 사이드는, "카멜레온 같은 인물"인 킴을 텍스트의 중심에 둠으로써 키플링이 이전의 제국주의가 결코 꿈꿀 수 없었던 방식으로 인도를 소유하고 즐길 수가 있었다고 주장한 바 있다.[15]

백인의 퇴행과 라마르크

크라이튼 대령과 킴이라는 인물의 창조가 각기 다른 즐거움을 키플링에게 주었다는 사이드의 주장은 원칙적으로 동의할 만한 것이다. 그러나 이 소설의 창작이 독자에게 즐거움만을 주었을 것인지는 한번쯤 질문해봄직 하다. 다시 물어, 인도인과 구분이 전혀 되지 않는 킴에게서, 혹은 현지화 된 다른 영국인 사이브의 모습에서 당대의 독자들은 믿음직한 제국의 일꾼의 모습만을 보았을까? 이 질문을 하는 이유는, 킴이나 다른 영국 첩보원이 인도를 — 위에서가 아니라 — 아래에서부터 감시하고 관리하는 데 필요한 이상적인 일꾼이기는 하나 이들의 경우 현지화가 지나치게 진행된 것은 아닌가 하는 의문이 들어서이다. 왜냐하면 백인으로서의 정체성을 어느 정도 희생하지 않고서는 인도인과 모든 면에서 구분이 불가능할 정도로 현지화 된다는 것이 어렵기 때문이다. 비록 텍스트는 킴이 사이브로 성장하는 것을 보여줌으로써 '한번 사이브는 영원한 사이브'임을 입증하는 듯하나, 이러한 텍스트의 기획은 미완으로 끝이 난다고 해야 옳다. 사이브의 혈통적인 올곧음을 입증하는 기획에 대해 가해지는 치명타는 다름 아닌 킴이 마주치는 현지의 다른 영국인들로부터 나온다. 이는

---

15   Edward Said, "Introduction", Rudyard Kipling, *Kim*, New York : Penguin, 1989, pp.34 · 36.

다시 논의하기로 하고 우선은 작가가 킴의 성장 과정에서 무엇을 성취하려고 하는지를 논하도록 하자.

라호르 시의 구석구석을 알고 있는 킴은 시내에서 일어나는 온갖 행사와 모험을 즐기면서 어린 시절을 보낸다. 그는 결혼식 행렬을 꽁무니에서 따라다니며 소리를 지르거나 힌두 축제에 가서 노느라 새벽녘이 되어야 녹초가 되어 집으로 돌아오곤 한다. 그러나 즐거운 놀이가 그의 삶의 전부는 아니다. 밤이 되면 그는 '사업'을 벌이기도 하는데, 그가 벌이는 밤의 사업에 대한 작가의 설명을 들어보자.

> 밤이면 세련되고 광을 낸 멋쟁이 젊은 청년들을 위해 빼곡히 모인 지붕들 위에서 의뢰받은 일들을 해치우곤 했다. 물론 그것은 음모였다. 말을 배우게 된 이후 **나쁜 짓이라고는 모르는 것이 없었기에** 그 정도는 알았다. 그렇지만 그는 이를 놀이삼아 즐겼다. 깜깜한 도랑과 골목을 살금살금 다니고 송수관을 타고 올라가며 지붕 위에 납작 엎드려 여성들의 세상 풍경과 소리를 즐기고, 또 덥고 어둔 밤에 몸을 숨긴 채 지붕에서 지붕으로 돌진하여 날아다니는 것을 즐겼다.[16]

여기서 킴이 멋쟁이 신사들로부터 의뢰받은 일은 아마도 잘해야 연인들의 밀회나 아니면 바람둥이 남성들이 여성들을 유혹하는 것을 돕는 일이리라. 주인공의 뛰어난 위장술이나 민첩함이 한편으로는 경탄스럽기는 하나, 다른 한편으로는 "나쁜 짓이라고는 모르는 것이 없는" 그의 속화된 면모는, 유럽인의 엄정한 도덕적인 시각에서 보았을 때, 그가 인도의 최하층민과 다를 바 없는 수준으로 퇴행하였음을 의미한다.

주인공 킴의 현지화 된 모습에서 독자는 다양한 종교와 종족으로 분할

---

16 Rudyard Kipling, *Kim*, New York : Penguin, 1989, p.51(인용자 강조).

된 인도 사회의 내부 장벽을 마음먹은 대로 넘나들 수 있는 일종의 특권을 읽어내기도 하겠지만, 동시에 이 특권의 취득을 위해 백인 킴이 만만치 않은 도덕적 대가를 치렀으리라는 생각을 품지 않을 수 없게 된다. 이러한 맥락에서 소설을 읽을 때 왜 킴이 그토록 자신의 정체성에 대해 궁금해 하는지를, 이를 달리 표현하면 왜 작가가 킴의 정체성 추구를 소설의 가장 중요한 의제로 삼았는지 이해할 수 있다. "킴은 누구인가?" 혹은 "킴은 무엇인가?"[17]라는 질문을 킴이 지속적으로 자문하게 된 데에는, 고아로 자라났기에 자신의 정체성에 대해 갖게 된 의문이기도 하겠지만, 완벽한 현지화를 위해 인도의 하위 카스트로 전락해야 했던 주인공에 대해 키플링이 느꼈을 편치 않은 마음이 근저에 있다. 이 주장이 마뜩치 않다면, 어째서 다른 주제를 제쳐두고 하필이면 (학교) 교육이 이 모험소설에서 가장 중요한 추동력을 가진 주제가 되었는지 반문해보아야 한다.

물론 대중적인 모험소설에도 교육적인 요소가 포함되어 있기는 하다. 19세기 영국의 대중 소설에서 모험이 백인 소년들의 남성성을 단련시키는 일종의 훈련장으로 구상되었다는 점에서 말이다. 그러나 『킴』의 경우 교육이 소설의 주제라고 말할 때, 이는 다른 모험소설처럼 백인 주인공이 모험을 통해 남성으로 성장한다는 의미가 아니다. 이 소설에서 교육은 성장이라는 의미뿐만 아니라 학교 교육이라는 의미에서도 사용되었다. 킴의 아버지가 과거에 소속되어 있던 연대聯隊의 빅터Victor 신부와 베넷Bennett 목사가 킴의 교육을 위해 상의하고, 크라이튼 대령과 마흐바브 알리도 킴을 어떻게 교육시킬지 논의한다. 킴이 스승으로 모시는 테슈 라마도, 킴에게 베푸는 개인적인 가르침 외에도, 그의 학교 교육을 위해 매년 거금을 내놓기로 결정한다. 소설 내의 거의 모든 주요 인물들이 킴의 교육을 위해 일조를 하는 것이다. 그러니 소설 전체가 킴의 교육에 집중하

---

17   *Ibid.*, pp.166·233·331.

고 있다. 라마승의 제자로서 하게 되는 구도求道 외에도, 영국인을 위한 학교에서 받게 되는 학교 교육, 크라이튼 대령의 승인과 후원 아래에서 그가 받게 되는 각종 스파이 훈련이 이 교육에 포함된다.

킴으로 하여금 교육적인 여정을 떠나게 만든 염려는 작가 혼자만의 것은 아니었고, 당대의 많은 영국인들이 공감하였던 문제였다. 빅토리아 시대의 영국에 사회적 현안으로서 떠오른 '현지화'의 문제에 대한 다음의 기록을 보자.

> 인종적·민족적·환경적 경계선을 건넌 인물들이 빅토리아조 시대인들에게 중요했는데 그 이유는, 혼종에 대하여 앞서 있었던 논의에서 알 수 있듯, 이들이 그 경계선을 확정짓는 데 도움을 주었기 때문이었다. 빅토리아조 시대인들은 생물학적 혼종뿐만 아니라 '문화적 혼종'을, 즉 하나의 배경을 물려받았으나 다른 환경을 받아들이려고 하는 이들을 의심했다. 이 인물들은, 즉 아프리카에 거주하는 백인들과 유럽인의 복장을 한 흑인들은, 인종과 문화에 대한 빅토리아조의 사유에 중요한 딜레마를 제시하였다. 그래서 대중 작가들은 이들에게 상당한 양의 지면을 할애했다.[18]

이러한 역사적 맥락에서 보았을 때, 문화적 혼종화에 대한 당대인들의 염려가 얼마나 진지한 것이었는지, 그래서 현지화에 대한 치유책으로서 제대로 된 영국 교육이 식민지의 영국인들에게 얼마나 중요한 것이었는지 이해될 수 있다.

『킴』이 출간되었던 1901년은 빅토리아조(1837~1901)가 막 끝이 나고 에드워드조(1901~1914)가 시작되었던 때이다. 이때는 빅토리아조의 낙관주의가 사라진 후로서 세기말적인 비관주의와 불안이 사회의 주된 정조

---

18 Brian V. Street, *The Savage in Literature : Representations of "Primitive" Society in English Fiction 1858~1920*, London : Routledge, 1975, p.111.

였던 시기였다. 브랜틀링거는 빅토리아조 초중기와 후기의 차이를 다음과 같이 설명한다.

> 초기 빅토리아조의 모험소설가들, 마리얏, 체미어, 메인 리드, R. M. 밸런타인은 영국이 세계를 미래로 인도하는 선구적인 국가라는 생각이 자명하다고 여겼다. (…중략…) (그러나 — 인용자 주) 제국주의 고딕소설에서 백인들은 항상 최고의 자리에 오르지는 못한다. 최고의 자리에 오르는 만큼이나 자주 백인들은, 테니슨의 시 「망우수를 먹는 이들」에서처럼 야만의 상태, 비겁함, 혹은 이국적인 권태의 상태로 추락하였다.[19]

이러한 주장은 일견 19세기 중엽에 출간된 밸런타인의 『산호섬』에서 소년 주인공들이 겪는 모험에서 잘 드러나는 듯하다. 브랜틀링거도 주목한 바 있듯, 난파당한 신세임에도 불구하고 남태평양의 야만인들을 개화시키는 봉사를 통해 사회의 최상위층으로 올라갈 것임을 이들이 의심하지 않기 때문이다. 밸런타인의 주인공이 주장하듯, "야만인들의 나라에서 백인들은 모두 그랬기 때문이다".[20]

그러나 앞서 논의한 바 있듯, 브랜틀링거의 주장과 달리 빅토리아조 중기의 낙관에 찬 모험소설에서도 백인의 정체성이 얼마나 굳건한 것인지에 대한 의문은 발견된다고 하는 편이 정확하다. 『산호섬』의 소년 주인공들이 각종 연장을 활용하여 문명을 야만의 땅으로 옮겨 심을 뿐만 아니라, 아침마다 찬 물로 전신욕을 하는 등 영국인으로서의 문화적 정체성을 지키는 것은 사실이다. 동시에 이들은 원주민들의 야만적인 관습에 점차 노출되고 그러한 노출로 인해 자신들이 현지화 될 수도 있다는 염려를 하게 된다. 한 주인공의 표현을 빌리면, "살생의 장면에 계속 노출됨으로 말미

---

19 Patrick Brantlinger, *Rule of Darkness*, Ithaca : Cornell Univ. Press, 1990, p.239.
20 R. M. Ballantyne, *The Coral Island*, Oxford : Oxford Univ. Press, 1999, p.22.

암아 내가 조금씩 영향 받게 되었다는 것을 깨닫게 되었어. 나도 점차로 무신경해졌을 때 무서워졌어".[21] 이처럼『산호섬』은 당대의 영국인들이 완전히 떨쳐버릴 수 없었던 '도덕적 퇴행'에 대한 불안을 어느 정도 반영하고 있다.

　시간이 지날수록 영국인들은 그런 염려를 온전히, 쉽게 잠재우는 것이 어렵다고 여기게 되었다. 세기말 경 식민주의의 현실이 여러 경로를 통해 유럽에 알려지면서 백인들이 항상 도덕적 우위에 있다는 믿음을 유지하기 힘들게 되었기 때문이다. 19세기 말~20세기 초의 유럽인들에게 있어, 이국의 풍속과 오랫동안 접촉을 해 온 백인들이 '야만인들'을 개화시키기는 커녕 그들의 습속에 동화된다는 일화는 새로운 이야기 거리가 아니었다. '야만의 땅'에 장기간 체류하게 된 백인의 운명, 그의 도덕적 말로에 대한 동시대 영국인들의 관심은 스티븐슨의 작품을 통해 극화된 바 있다. 남태평양 제도를 배경으로 하는『팔레사의 해변The Beach of Falesa』(1892),『난파자The Wrecker』(1892),『간조Ebb-Tide』(1894) 등에서 스티븐슨은 현지화 된 백인들의 도덕적 추락의 문제를 다루었다. 같은 문제가 서머셋 몸W. Somerset Maugham(1874~1965)의『탐험가The Explorer』(1907)에서도 다루어진 바 있다.

　백인들의 도덕적·정신적 우월성이 절대적이지 않으며, 적절한 상황이 조성되면 쉽게 추락할 수도 있다는 사유는, 이전 시대의 과학적 담론을 새롭게 조명하게 만들었다. 19세기에 다윈의 진화론과 경합을 벌이기도 했던 프랑스의 생물학자 라마르크Jean-Baptiste-Pierre Lamarck(1744~1829)의 이론이 대표적이었다.『동물 철학Philosophie Zoologique』(1809)으로 진화론의 영역을 개척한 것으로 알려진 라마르크의 테제 중에는 "용불용설", "내재적 생명력", "환경과 새로운 요구의 영향", "획득된 형질의 유전"이 있다. 거칠게 풀이하자면, 외부의 새로운 환경에 적응하기 위해 개체는 새

21　*Ibid.*, p.171.

로운 습관을 갖게 되고 이로 인해 생물학적 변화도 겪는다. 이때 새 습관과 생물학적 변화가 소위 후천적으로 '습득된 형질'임에도 불구하고, 이것이 '본능'과 마찬가지로 다음 세대에 유전된다는 것이 라마르크의 주장이다.[22] 라마르크론은 개체의 형질이 변화할 가능성을 최대한 열어 놓음으로써 인종적 형질이 불변하다고 주장하는 기성의 인종주의와는 반대의 입장을 취했다. 라마르크론은 개체가 진화의 사닥다리를 쉽게 오르내릴 수 있다고 보았다는 점에서 반反인종주의적인 사유에 가까웠다.[23]

반면, 다윈의 진화론은 유럽 바깥의 원주민들이 향해야 할 진화의 종착역에 유럽인을 위치시킴으로써, 유럽 우월주의에 빠져 있던 대중들의 인종주의적 사유를 강화시켜 주었다. 인종의 형성기가 아득한 옛날로 거슬러 간다고 봄으로써, 흑인종과 백인종이 보여주는 발달의 차이도 장구한 시간에 걸쳐 만들어진 것으로 제시하였기 때문이다. 흥미로운 사실은, 다윈의 진화론과 경합을 벌였던 라마르크론이 원래 반인종주의적인 내용을 담고 있었음에도 불구하고, 당대 대중의 눈에는 인종주의적 사유를 승인하는 듯이 비춰졌다는 점이다. 이들이 주목하였던 바가 '후천적 형질이 유전될 수 있다'는 라마르크의 테제였다. 후천적 형질이 유전될 수 있

---

22 T. K. Penniman, *A Hundred Years of Anthropology*, London : Duckworth, 1952, p.58. 라마르크의 이론 중 일부는 후배 학자들, 이를테면 스펜서(Herbert Spencer, 1820~1903), 코우프(E. D. Cope, 1840~97), 맥두걸(William McDougall, 1871~1938)에게 전수되어 신(新)라마르크론이라 불리게 된다. 신라마르크론은 라마르크의 테제 중 '용불용설'은 거부하되, 한 세대 동안 획득된 개체의 형질이 어느 정도 자손에 유전될 수 있다는 사유, 그리고 환경이 개체의 변화에 미치는 영향력을 중시하였다.

23 라마르크주의자들은 '인종'이 고정된 범주가 아니라 유연한 범주로서, 보다 나은 변화를 위해 열려있다고 보았다. 신라마르크주의적인 접근에 의하면, 자연과 양육은 상호 의존적인 요인들이며, 획득된 형질들은 부모에서 자식으로 유전될 수 있다고 보았는데, 이는 곧 생물학적 결정론이라기보다는 환경 결정론으로 이어졌다. Frank Dikötter, "The Racialization of the Globe : Historical Perspectives", Manfred Berg · Simon Wendt eds., *Racism in the Modern World : Historical Perspectives on Cultural Transfer and Adaptation*, New York : Berghahn Books, 2014, p.34.

다는 주장이, 발달된 문명을 누리는 유럽인들의 문화적 우수함이 당대에 한하는 것이 아니라 혈통으로서, 즉 유전 인자로서 다음 세대에도 계속될 수 있음을 의미하는 것으로 해석되었기 때문이다. 환경의 영향력을 강조한 이론이, 환경보다 혈통이 더 우세한 인자임을 의미하는 것으로 해석되었으니 이보다 더한 아이러니가 없다.

(신)라마르크론은, 다윈의 진화론과 더불어 19세기 말 영제국에서 중요한 사회적 현안으로 떠올랐던 백인의 현지화 문제에 대해 낙관적인 대답을 해주었다. 아무리 환경이 불비한 곳에서 자라나더라도 백인의 핏속에 흐르는 우수한 문화적 형질이 결국 환경의 부정적인 영향력을 압도할 것이라는 믿음을 주었던 것이다. 그러나 식민지에서 생활해야 했던 백인 가족들은 이러한 믿음에만 의존할 수는 없었다. 식민지의 환경이 아이의 성장에 미칠 악영향을 우려하였던 이들은 어린 자식들을 영국으로 돌려보냈다. 앞서 언급한 바 있듯, 6세의 나이에 키플링도 영국인의 미덕과 품성을 익히기 위해 영국으로 보내졌다. 키플링의 부모를 움직인 두려움에 대해서 루이스 코넬은 다음과 같이 말한다.

> 이 모든 염려들은 인도에 대해 가지고 있었던, 대놓고 드러내지는 않았던 공포와 증오의 징후였다. 그 나라에서 자라난 아이들이 현지화 되어 민족적·인종적 정체성을 상실하지 않을까 하는 두려움의 징후 말이다.[24]

그러나 키플링은 자신의 저작에서 킴을 영국으로 돌려보내지는 않는다. 영국에서 교육받느라 보낸 시절에 대해 트라우마를 가지고 있었기 때문이리라. 대신 키플링은 자신의 어린 주인공을 영국 본토와 거의 차이가 나지 않는 현지의 고급 영국 학교에 보내는 것으로 문제를 해결하고자 한다.

---

24 Louis L. Cornell, *Kipling in India*, New York : St. Martin's Press, 1966, p.4.

사이브 킴 만들기

식민지에서 백인이 겪게 되는 현지화를 달리 풀이하면 '문화적 혼종화'라고 부를 수 있을 것이다. 문화적 혼종화는 유럽 바깥에서 활동하는 백인에게서만 발견되는 것이 아니고, 유럽인들과 접촉하게 된 현지인에게서도 발견된다는 점에서 양방향적인 것이다. 제국의 통치가 길어지면 길어질수록 전자의 경우 못지않게, 후자의 경우도 백인들에게는 불안의 요인이 되었다. 그로 그럴 것이 유럽화 된 흑인은, 다윈의 이론이 함의한 바와 달리 '장구한 시간에 걸쳐 일어났다고 여겨진' 진화적 차이가 한 세대라는 짧은 기간에 극복될 수 있음을 시사 하였기 때문이다. 이러한 관점에서 소설을 읽을 때, 『킴』은 양방향의 문화적 혼종화가 백인들에게 야기하였을 불안을 극화하고 또한 이를 해소하는 여정을 취하는 작품이다.

이러한 불안의 해소를 위해 소설에 도입되는 주장이 앞서 논의한 바 있는 라마르크의 테제이다. 비록 킴이 식민지의 토착 관습에 완전히 물든 결과 현지의 '검은 아이들'과 외모의 구분이 불가능하나, 그럼에도 불구하고 그는 인도인들이 흉내 낼 수 없는 본래적 특징들을 소유하고 있음을 텍스트는 강조한다. 여기서 유의할 점은 이러한 특징들이 변장술과 같이 쉽게, 짧은 시간에 배워 익힐 수 있는 기술이 아니라 보다 근원적이며, 백인의 문화나 제국의 문화에 깊이 관련되어 있는 능력이라는 점이다.

먼저 킴의 내면에 잠재해 있는 지리학적·민속학적 발견에 대한 욕망을 들 수가 있다. 소설을 지탱하는 킴의 여정도 이러한 발견의 욕망에 의해 촉발된다. 티베트에서 온 테슈 라마가 라호르 시의 박물관을 둘러본 후 다시 길을 떠날 때 킴이 일면식도 없는 이 승려를 따라나서게 된 것도 바로 이 발견의 욕망이 그를 추동하였기 때문이다. 인도 대간선도로에서 하룻밤을 지낸 후 깨어나는 그의 모습을 보자.

다이아몬드처럼 밝은 새벽이 사람들과 까마귀들과 소들을 깨웠다. 킴은 일어나 앉아 하품을 하곤 몸을 흔들었고 기쁜 나머지 전율을 느꼈다. 이것이 세상을 진실한 그대로 보는 것이었다. 이것이 그가 살고 싶었던 삶이었다. 부산한 움직임과 외침들, 벨트 채우는 소리, 수소들의 울음과 바퀴들의 삐걱거림, 불 피우고 음식 요리하기, 흡족한 눈길을 돌리는 곳마다 새로운 광경들. (…중략…) 인도가 깨어났고, 킴이 그 한 가운데 있었다. 누구보다도 더 깨어 있고, 더 흥분하여.[25]

위 인용문에서는 낯선 것과 새것에 대한 주인공의 욕망이 어떻게 충족되는지 잘 드러난다. 앎에 대한 킴의 욕망은 그의 아버지가 한때 소속되었던 아일랜드 출신의 연대를 발견하였을 때도 어김없이 작동한다. 이들을 염탐하러 갈려고 할 때 라마승이 만류하자 킴은 다음과 같이 대답한다. "제게는 새로운 것을 보고 싶어 하는 욕망이 항상 있습니다."[26] 새로운 것을 접함으로써 지식의 영역이 넓어진다는 점에서 이 발견의 욕망은 자기 개발욕과 상통한다. 그러나 제국의 발전사라는 역사적 맥락에 놓고 보았을 때 이에는 단순한 개인이 교양적으로 성숙한다는 차원이나 호기심의 충족을 넘어서는 부분이 있다.

유럽이 바깥세계에 정복의 눈길을 돌리게 만들었을 뿐만 아니라 또한 정복된 땅의 관리를 가능하게 해 준 것도 발견의 욕망이었다. 콘래드의 일인칭 화자가 찬양하였던 대로 '골든하인드호', '에레부스호', '테러호' 등을 타고 미지의 세계로 정복의 길을 나섰던 영제국의 초기 건설자들을 추동하였던 것도 바로 이 발견의 욕망이었다.[27] 그러니 킴으로 하여금 라마

25　Rudyard Kipling, *Kim*, New York : Penguin, 1989, p.121.

26　*Ibid.*, p.130.

27　조지프 콘래드, 이석구 역, 『어둠의 심연』, 서울 : 을유문화사, 2008, 12쪽; Joseph Conrad, Robert Kimbrough ed., *Heart of Darkness*, New York : Norton, 1988, p.8.

승을 모시고 길을 떠나게 만든 것도 바로 선조들로부터 물려받은 낯선 것에 대한 소유욕이나 정복욕과 무관하지 않은 것이다. 킴에게 있어 발견이 소유나 정복과 무관하지 않음은 작품의 초입에서 일찍이 증언된 바 있다. 박물관에서 나오는 라마승을 따라 나서면서 킴은 생각한다.

> 그가 엿들은 것이 그를 완전히 흥분시켰다. 자신의 경험에 비추어 보았을 때 이 남자(승려 — 인용자 주)는 완전히 새로웠다. 그래서 그는 더 조사하기로 마음먹었다. 그가 라호르 시의 새로운 건물이나 이상한 축제를 철저히 조사하듯 말이다. 이 라마승이 자신의 발견물이었고, 그래서 그를 차지하기로 마음먹었다.[28]

인용문에서 킴은 자신이 라마승을 발견하였기에, 자신이 그에 대해 소유권을 주장하는 것이 당연하다고 생각한다. 발견과 소유에 대한 이 어린아이의 생각이 최초의 발견자에게 땅에 대한 배타적인 소유의 권리를 인정해 준 과거 제국주의 논리와 다르지 않다는 점이 특기할만하다.

킴이 타고난 또 다른 유전적인 형질들 중에는 대담함, 명민함, 침착함, 기억력, 용기 등이 있다. 물론 백인 주인공의 이러한 면모들이 작품의 초반에 한꺼번에 제시되지는 않는다. 키플링은 작품의 중간 중간 돌발적인 상황을 일으키고, 주인공이 이에 대하여 매번 자연스럽고 유연하게 대처하는 모습을 보여줌으로써, 그가 가진 특정한 자질들이 배워서 습득될 수 있는 성질의 것이 아님을, 즉 타고난 것임을 암시하고자 한다. 그리고 이러한 자질들을 온전하게 소유하고 있음을 입증함으로써, 킴이 '사이브'임을 증명하고자 한다.

킴의 명민함과 대담함은, 알리의 지시로 움발라에 있는 크라이튼 대령

28　Rudyard Kipling, *Kim*, New York : Penguin, 1989, p.60.

에게 첩보를 전달할 때, 그가 주어진 임무를 훌륭히 수행해낼 뿐만 아니라 식민 정부의 극비 계획까지 알아낸다는 사실에서도 잘 드러난다. 그는 대령과 부관 간의 대화를 엿듣고 사건의 중요한 전모를 알아낼 뿐만 아니라, 부엌 일꾼인 것처럼 가장하여 대령의 집 내부로 침입하여 그날 인도의 총사령관이 대령을 방문한다는 사실도 알아낸다. 기억력이나 침착함과 같은 자질은, 킴이 성 사비에르St. Xavier 학교에 가기 싫어 도망치려다 마흐바브 알리에게 붙잡히게 되고 이때 알리가 그를 떠보는 순간에 드러난다. 알리가 애초에 킴에게 첩보 전달 임무를 맡길 때, 그는 이 꼬마 스파이에게 첩보의 내용은 말할 것도 없이 그가 전달해야 할 물품이 첩보라는 사실조차도 알려주지 않았다. 그냥 '백색 종마種馬의 혈통서'를 전달하는 일이라고 말해 줄 뿐이었다.

훗날 킴을 다시 만났을 때 알리는, "이전에 크라이튼 대령에게 전달하라고 한 문서가 암갈색 암말의 혈통에 관한 것이었지?" 하고 일부러 잘못된 질문을 한다. 이 유도 질문에 깔려 있는 계산은, 만약에 킴이 알리가 준 임무에 대해 평소 의심을 하고 있었다면, 자신이 의심하고 있다는 것을 숨기기 위해서 틀린 질문을 받았을 때 틀렸다는 사실을 지적하지 않을 것이고, 평소 아무런 의심을 하지 않고 있었다면 스스럼없이 그 질문이 틀렸다고 지적할 것이라는 것이다. 그러나 킴은 알리의 속셈을 알아차리고 이 덫을 피해간다. 그 외에도 크라이튼 대령과의 대화에서 드러나듯, 킴은 편지를 쓸 때 사람의 이름을 구체적으로 언급하지 않는 용의주도함을 보이는데, 대령이 왜 그랬냐고 묻자, 그는 이름을 언급함으로써 망쳐진 계획들이 한 둘이 아니라는 말을 들었던 적이 있었는데 이를 기억하고서 그랬다고 답한다. 이 일화는 어린 소년에게서는 기대하기 힘든 놀라운 기억력과 명민함이 킴에게 있음을 입증한다.[29]

---

29   *Ibid.,* pp.84~86 · 155 · 164.

키플링은 이처럼 킴에게 놀라운 능력이 잠재해 있음을 드러내고, 이러한 그를 백인 학교로 보냄으로써 그가 백인의 정체성을 회복하는 것을 보여주고자 한다. 존경하는 라마승에게 그를 떠나야 하는 이유를 설명하면서 킴은 말한다. "저는 이제 학교로 가서 사이브가 되어야 해요." 실은 이는 킴이 자신을 학교로 보내려고 하는 군종 신부들의 뜻을 따르는 척하느라 한 말이기는 하나, 그럼에도 불구하고 이 진술에서 '사이브', 즉 지체 있는 유럽인이 되기 위해서는 혈통 외에도 교육이 필요함을 킴도 인식하고 있음이 드러난다. 그러나 킴이 보여주는 정체성의 회복이 아무런 저항이나 문제없이 이루어지지는 않는다. 알리와의 대화에서 킴은 자신을 놓아줄 것을 간청하며 '사이브가 되고 싶지 않다'고 선언하기도 한다. 또한, 러크나우Lucknow의 성 사비에르 학교로 보내지기 직전에도 킴은 자신은 사이브가 아니라 킴일 뿐이라고 주장하기도 한다.[30] 인도인으로서의 삶에 대한 갈망이 그를 다시 현지의 세계로, 여행의 길로 끌어당기는 것이다. 이처럼 길을 나서고 싶어 하는 킴을 자제시켜 학교로 이끄는 인물이 바로 크라이튼 대령이다. 대령은 킴에게 열심히 공부하는 대가로 측량국 보조기사의 직을 제의함으로써 그를 사이브의 길로 인도한다.

학교 교육은 킴을 사이브로 변모시키는 데 중요한 역할을 한다. 킴의 성숙을 지켜본 알리와 크라이튼 대령은 그의 학교 교육을 조기에 끝낸 후 영국과 러시아 간의 세력 다툼이 벌어지는 '거대한 게임Great Game'에 그를 스파이로 투입시키기로 한다. 라마승과 함께 수양의 길을 떠난 제자의 모습을 하지만 실은 러시아의 남진南進 움직임을 탐지하고 이를 분쇄하는 임무를 맡게 된 것이다. 완성된 사이브로서의 킴의 모습은 공식적으로는 R17이라는 비밀 번호로만 알려진 영국 정보원 후리와의 관계에서 단적으로 드러난다. 킴은 학교 교육을 시작한지 얼마 안 되어 맞이한 방학 중

---

30   *Ibid.*, pp.138 · 155 · 184.

에 후리를 처음 만나게 된다. 이 기간 동안 킴은 러간 사이브Lurgan Sahib의 도제가 되어 정보원으로서 필요한 자질을 수련하게 되는데, 이때 러간의 가게를 방문한 후리가 킴에게 학교 교육의 중요성에 대해 일장 연설을 한 적이 있다. 또한 그는 헤어지기 직전에 스파이 활동에 긴요한 약품 상자를 킴에게 선물로 준다. "네가 수도승으로 변장하는 역을 잘해서 주는 상이야. 너도 알겠지만, 너는 아주 어리기에 네가 영원히 살 것 같고 너의 몸을 돌보지 않아도 된다고 생각하지. 그렇지만 업무를 수행하는 도중에 병이 들게 되면 대단히 불편하게 돼. 나 자신이 이 약들을 좋아해. 불쌍한 사람들을 치유하는 데 긴요하게 쓰이지." 그 말과 함께 순식간에 사라져버리는 후리를 킴은 "할 말을 잊고" 바라보기만 한다.[31] 후리의 유식함에, 그의 언변에, 그의 재간에 압도당한 것이다. 이때만 해도 킴은 후리의 훈시를 듣고 감화를 받는 위치에, 후리로부터 상을 받는 수혜자의 위치에 서 있었다.

후리는 3년의 시간이 흐른 후 학교를 마친 킴이 정찰 임무를 맡고 떠나기 전에, 그리고 킴이 쿨루의 노부인 댁을 방문했을 때 다시 모습을 드러낸다.[32] 세 번째의 만남에서 목격되는 둘 사이의 대화는 킴이 아직 열여섯의 나이임에도 불구하고 그 사이 어떤 위치에 올라서게 되었는지를 극명하게 보여준다. 이 대화에서 이전의 늠름한 후리는 온데간데없고, 그는 '어린 사이브' 앞에서 쩔쩔매는 전형적인 피지배자의 모습으로 전락해있다. 후리를 대하는 킴의 태도가 "권위적"이라는 표현에서 알 수 있듯 킴은 자신이 특권적인 위치에 서 있음을 인식하고 있다. 이러한 점에서 킴의 혈통이 그에게 감옥처럼 작용하였다는 술레리의 주장은[33] 사이브가 되고 싶어 하는 킴의 욕망을 제대로 읽지 못한 것이다.

---

31   *Ibid.*, pp.211~212.
32   *Ibid.*, p.268.
33   Sara Suleri, *The Rhetoric of English India*, Chicago : Univ. of Chicago Press, 1992, p.122.

문화적 혼종의 경계선

앞서 유럽인들을 불안하게 만든 '문화적 혼종'이 양방향적이라고 주장한 바 있다. 즉, 식민지에 체류하면서 백인으로서의 정체성을 상실하게 된 유럽인들뿐만 아니라 유럽 교육을 받은 식민지 출신도, 백인과 유색인 간에 존재한다고 믿어졌던 '진화적인 거리'를 위협하였던 것이다. 후리가 바로 유럽인 교육을 받은 유색인의 경우이다. 키플링은 이 벵갈인을 통해 학식과 경륜도 열등한 형질을 극복하는 데는 도움이 안 된다는 메시지를 전달함으로써 역방향으로 이루어진 문화적 혼종화가 야기하는 불안을 잠재우려 한다.

작품 후반부에서 후리는 자신이 러시아 스파이들에게 먼저 접근해서 이들의 통역사로 행세해야 하는 임무에 대해 고충을 토로한다. "증인이 없이는 이들과 어울리기 싫다"는 것이다. 킴이 그 이유를 묻자 후리는 자신이 폭행을 당할지도 모르기 때문이라고 대답한다.

> 아, "나는 정말정말 무서워. 라사로 가는 길에 그들이 나의 머리를 베려고 했던 것을 기억해. (라사에는 도착하지도 못 했지.) 오하라 씨, 중국인들의 고문을 생각하고 나는 길에서 주저앉아 울었지라".[34]

과거의 무서웠던 기억 때문에 같은 일이 일어날까봐 두려워서 스파이 활동을 못하겠다고 고백하는 후리는 영락없는 어린아이의 모습이다. 그것도 어린 소년의 면전에서 말이다. 죽음이 두려운가라는 킴의 질문에 후리는 자신은 철학자 허버트 스펜서를 신봉하기에 죽음과 같은 "사소한 것"에는 두려움을 느끼지 않지만 "그렇지만 그들이 나를 때릴지도 몰라"라고

---

34 Rudyard Kipling, *Kim*, New York : Penguin, 1989, p.272.

하소연 한다. 이어지는 대화에서 후리는 벵갈인이기에 "겁쟁이"로 태어난 것이라고 변명함으로써 자신의 입으로 백인의 편견을 확인해준다. 유럽인이라면 출생에 의해 갖게 되는 용기나 담대함이 동양인에게는 결여되어 있다는 편견 말이다.

후리가 자신에 대해 들려주는 고백에는, 동양인이나 아프리카인이 아무리 서양 교육을 많이 받았어도 근본적으로 바뀌지는 않는다는 인종주의적 사유, 구체적으로는 한 세대에 걸친 환경의 영향이 혈통적인 특징을 바꾸지는 못한다는 변형된 라마르크론이나 다윈의 진화론이 그 근저에 있다. 비평가 스트릿은 이를 다음과 같이 표현한다.

> 만약 백인이 원시적 환경에서 성공하도록 해주는 것이 그의 혈통이라면, 원시인은 그에 비해 불행한 경우이다. 그가 물려받은 혈통이 유럽의 환경에서 성공하는 것을 막기 때문이다. 유럽인의 옷을 입은 원주민 등장인물들이 보여주는 일관되지 못한 행동이 이러한 사실을 문학에서 잘 드러낸다. (…중략…) 그는 자신이 유럽인의 옷을 걸치고 있듯, 서구 문화의 껍데기만을 걸치고 있음을, 그래서 자신이 태어난 그대로임을, 인도인임을 깨달았다.[35]

후리의 변명에 의하면, 그가 물려받은 혈통으로 인해 용기와 담대함이라는 정신적 특징을 결여한 것으로 드러난다. 뿐만 아니라 석사 학위를 소지할 정도로 많은 교육을 받았음에도 불구하고 그의 영어는 원어민이 듣기에 우스꽝스러운 수준의 것이다. 벵갈인이기에 겁쟁이로 태어나야 했다고 주장하는 것도 우습지만, 이때 후리가 자신이 겁쟁이로 태어났다는 사실이 '누구에게도 이익이 되지 않는다'는 뜻으로 "cui bono"[36]라고 말하는 데 이도 우습다. '누구에게 이익이 돌아가는가'를 뜻하는 문구인데 이

---

35   Brian V. Street, *op. cit.*, p.116.

36   Rudyard Kipling, *Kim*, New York : Penguin, 1989, p.272.

를 잘못 사용한 것이다. 유식하게 보이려고 라틴어 문자를 썼건만 스스로 무식을 폭로하고 만 셈이다.

유전이 후천적 특질에 우선한다는 이러한 사유는 『킴』에서만 발견되는 것은 아니고, 앞서 논의한 『어둠의 심연』에 등장하는, 백인의 옷을 우스꽝스럽게 차려입은 흑인 선원이나 조이스 캐리Joyce Cary(1888~1957)의 소설에 등장하는 아프리카 리미국의 왕자나 흑인 전도사에 대한 묘사에서도 드러나는 것이다. 혈통이 환경을 압도한다는 사유는, 유럽 교육을 받은 인도 왕자의 불행을 그린 메이슨A. E. W. Mason(1865~1948)의 『끊어진 길The Broken Road』(1907)에서도 다루어지는 주제이다. 영국의 공립학교에서 백인의 교육을 받은 후 조국으로 돌아간 왕자 알리Shere Ali는 영국에서도, 조국에 거주하는 백인들로부터도 유럽인의 대우를 받지 못하게 되자 좌절한다. 영국의 식민 소설에서 등장하는 '개화된 원주민'에 대해 주목한 비평가 해몬드와 자블로는 다음과 같이 주장한다. 영국인들은 "서양화된 아프리카인을 그들의 특권과 기성의 사회 질서에 대한 위협으로 간주했다. 그래서 문학에서 그를 조롱과 비난의 대상으로 삼음으로써 이에 대응하였다. 그래서 그를 때로는 우스꽝스럽게 또 때로는 경멸스럽게 그렸다".[37] 즉, 백인을 닮으려고 아무리 노력해도 원주민은 백인의 우스꽝스러운 흉내에 지나지 않는다는 것이다. 이처럼 20세기 초의 식민 문학은 유럽인과 유색인 사이에, 제국과 식민지 사이에 쉽게 메꿀 수 없는 거리가 있음을 보여줌으로서 당대 유럽인이 가졌던 염려를 잠재우려고 하였다.

그러나 본 연구는 키플링의 소설에서 문화적 혼종화가 불러일으키는 불안이 그리 쉽게 잠재워지지는 않는다고 주장한다. 백인에게서도 찾아보기 힘든 학식을 갖춘 후리에게 어린아이 같은 면모가 숨어 있음을 드러냄으로써 작가는 진화의 사다리의 위 칸을 넘보는 현지인을 원래의 자리

---

37 Dorothy Hammond · Alta Jablow, *The Africa That Never Was : Four Centuries of British Writing about Africa*, New York : Twayne, 1970, p.99.

로 돌려보내지만, 이러한 조치가 독자에게 설득력 있게 다가오는 것인가 하는 것은 별개의 문제이다. 무슨 말인가 하면, 앞서 러간 사이브의 가게 에서 후리가 보여준 자신만만한 모습을 기억하고 있는 독자에게 훗날 후리가 보여준 한심한 모습은 엉뚱하다 못해 작가의 무리수로 여겨진다는 것이다. 동일한 인물이 불과 몇 년도 되지 않는 짧은 시기에 지적인 학자요, 경륜 있는 스파이의 모습에서 어린이 같은 존재로 퇴행하게 되었다는 사실을, 혹은 후리의 이전의 자신만만한 모습이 처음부터 가장假裝에 지나지 않았다는 사실을, 개연성 있는 것으로 받아들일 독자는 그리 많지 않다. 작품 속에서 서사의 전개를 통해 자연스럽게 발생하지 않고, 인종주의적 이분법을 확립하기 위해 작가가 인위적으로 들여왔다는 점에서, 후리의 이러한 변모는 작품을 지배하고 있는 인종주의 이데올로기의 작용을 폭로하는 역할을 한다. 다시 논하겠지만, 사실성이나 개연성의 무시가 작품의 이데올로기를 폭로하는 결과를 가져온다는 주장은 마슈레의 글에서 발견되는 것이다. 이 후기구조주의적 마르크스주의 비평가의 표현을 빌리면, 찌그러진 거울에 비춰진 왜곡된 상이, 거울의 표면에 비친 대상이 아니라 실은 거울 자체의 진실을 드러내고 있는 것이다.[38]

후리의 정반대 편에서 또 다른 종류의 문화적 혼종화를 보여주는 인물이 있다. 주인공 킴과 같이 이들은, 서양 문물을 익혀 백인의 자리를 넘보는 인도인들과 반대로 인도 현지 문화를 익힘으로써 영국의 인도 통치를 돕는 역할을 한다. 크라이튼의 지휘 아래에서 활동하는 영국인 첩보원 러간이 그 예이다. 그가 첩보 활동을 숨기기 위해 차려 놓은 가게는 라호르의 시 박물관보다 더 놀라운 물건들로 가득 차 있다. 킴이 이곳에서 발견하는 물품의 목록에는 티베트에서 온 귀신 잡는 칼, 경전기(기도용으로 돌리는 바퀴 — 인용자 주)뿐만 아니라 금박 입힌 부처상과 악마의 가면 등 종교

---

38   Pierre Macherey, Geoffrey Wall trans., *A Theory of Literary Production*, London : Routledge, 1980, pp.121~122.

용품에서부터 러시아제 사모바르, 얇은 도자기 세트, 페르샤제 손 씻는 그릇, 그 외에도 각종 무기가 발견된다.[39]

　마치 각종 민속 상품을 갖춘 듯한 이 가게는 한편으로는 러간의 첩보 활동을 은폐하는 알리바이 역할을 하지만, 다른 한편으로는 그의 정신적 풍경에 대해 암시하는 바가 있다. 가게 가득히 쌓인 각종 잡동사니들 가운데서 각종 귀신을 쫓는 성물과 함께 '악마의 가면'이나 국적 불명의 '환상적인 악마들이 띠처럼 새겨진 향로'가 발견된다는 사실은 가게 주인의 정신이 어디에 몰두해 있는지를 시사 하는 바가 있기 때문이다. 러간이 데리고 있는 현지의 힌두교도 아이가 그를 음독시키려 했을 때 러간은 "악마 다심Dasim이 오늘 아침상에서 주인 노릇을 했다"[40]고 말하는데, 이는 이 영국인이 이슬람교의 악마론에도 익숙함을 드러낸다. 러간이 악마론이나 귀신의 세계와 친밀하다는 의구심은 그가 보여주는 마법과 같은 행위에서도 생겨난다. 킴과 함께 식사를 하는 도중 러간은 도자기 물병에 물을 가득 채운 후 다음의 행동으로 킴을 깜짝 놀라게 만든다.

　　러간 사이브는 15피트 떨어진 곳에 서서 한 손을 병에 올렸다. 다음 순간 주둥이까지 물이 가득한 그것이 킴의 팔꿈치 옆에 서 있었다. (식탁 위의 — 인용자 주) 하얀 천이 조금 구겨진 부분만이 물병이 미끄러져 왔다는 사실을 보여줄 뿐이었다.
　　"와!" 킴이 놀라서 외쳤다. "이건 마술이에요."[41]

15피트나 되는 거리를 물병이 순식간에 이동하였다는 사실은 그것이 단순한 눈속임인지 아니면 정말 물병을 움직이는 특별한 기술이 러간에게

39　Rudyard Kipling, *Kim*, New York : Penguin, 1989, p.200.
40　*Ibid.*, p.204.
41　*Ibid.*, p.201.

있는 것인지 판단을 어렵게 한다.

러간의 특별한 재능은 물병의 순간 이동에 그치지 않는다. 그는 킴에게 그 물병을 다시 던지게 해서 산산 조각이 나게 만든다. 그리고는 킴의 목덜미를 두세 번 쓰다듬으면서 물병 조각들이 원래의 모습대로 합쳐질 것이라고 속삭인다. 그러자 정말 킴의 눈에는 이 조각들이 원래의 형상대로 합쳐지는 것이 보이게 된다. 킴은 러간의 최면적인 영향력에 저항하기 위해서, 눈에서 벌어지는 마법적인 현상에 몰입되지 않기 위해, 마음속으로 영어 구구단을 필사적으로 센다. 킴은 또 눈앞에서 일어나는 일을 부정하기 위해 앞서 있었던 사실, 즉 물병이 깨져 있었다는 말을 힘들여 반복한다. 러간은 이 사건을 통해 킴의 정신력을 테스트하려 한 것이었고, 이렇게 해서 킴은 시험에 통과한다. 그가 보여준 것이 정말 마법이었냐는 킴의 질문에 러간은 아니라고 말하면서도 정작 어떻게 깨진 물병 조각들이 원래의 모습대로 붙게 되는 것처럼 보이게 만들었는지에 대해서는 함구한다.

귀신 쫓는 의식이나 악마 숭배에 대한 러간의 취향은 이 영국인 첩보원이 첩보 활동을 용이하게 하기 위해 현지의 문화나 습속에 친숙한 것이 아니라 그 자신 현지의 습속에 동화되었다는 인상을 준다. 한편으로는 실용적이고도 합리적인 대령의 지시를 받으며 제국의 통치에 기여하지만, 다른 한편으로는 현지의 악마적인 습속에서 은밀하게 재미를 느끼는 러간의 이중적인 면모는 전략적인 현지화조차 백인의 정신세계에 부정적인 영향력을 행사할 수 있음을 입증한다. 지배자의 문화와 피지배자의 습속 양쪽에 다리를 걸치고 있다는 점에서 러간은 문화적으로 경계인이다.

러간의 문화적인 배교는 그가 데리고 있는 힌두 소년과의 관계에서도 암시된다. 킴이 러간의 가게에서 하룻밤을 묵게 되었을 때 이 힌두 소년이 '질투심 때문에' 러간을 비소를 사용하여 죽이려 했으며, 킴도 "칼이나 독약으로" 살해하려 한다.[42] 비록 러간이 그를 "나의 꼬마"라고 부르고, 이 소년도 러간을 "저의 아버지요, 어머니인 분"[43]이라고 부르나, 어떤 아이가 친부도 아닌 양부의 애정을 질투하다 못해 양부를 살해하려 하고 또 일면식도 없는 방문객을 살해하려고 할까. 치정癡情 관계라면 모를까. 이러한 관점에서 고려되었을 때, 힌두 소년과 러간의 관계는 이처럼 정상적인 양부−양자의 관계를 넘어서는 감정의 투여를 암시하고 있고, 그런 점에서 현지의 습속에 동화된 러간이 서구의 성도덕의 기준을 넘어서지 않았나 하는 의심을 하게 만든다.

이 소설에서 사이브로 부활하는 킴의 여정을 보여줌으로써 작가는 '한 번 사이브는 영원한 사이브'임을 입증하려 하였다. 그러나 현지의 문화를 받아들이다 못해 그 자신 귀신과 마법의 세계에 빠져들어 검은 술수를 부리는 데 재미를 붙였을 뿐만 아니라 현지의 아이와 소아성애로 의심되는 관계를 맺고 있는 러간의 일탈은 사이브의 타고난 도덕적 우월함을 입증하고자 하는 작가의 기획의 발목을 잡는다.

삭제된 역사, 유라시아인

키플링이 킴의 정체성을 혈통적인 의미에서뿐만 아니라 문화적 · 교육적인 의미에서도 회복시키려고 하는 이유는 물론, 어린 주인공이 교육 받은 백인으로 자라나서 제국에 필요한 관리가 될 것이라는 장밋빛 전망을 독자에게 들려주고 싶었기 때문이다. 그래서 킴의 교육을 기획하고 지휘한 크라이튼 대령이나 대간선도로에서 만난 적이 있던 백인 경감과 같이 권위가 있고, 현지의 인도인들로부터 존경도 받는 사이브 집단에 합류하

---

42 *Ibid.*, p.200.
43 *Ibid.*, p.204.

게 될 것임을 당대의 독자에게 확신시켜주고 싶었기 때문이다. 크라이튼 대령과 백인 경감 같은 인물들, 혹은 쿨루의 노부인이 "정의를 마땅히 감독해야 할 자들"이라고 부른 집단이 인도를 통치할 때 제국과 식민지의 관계가 영원한 반석 위에 세워질 것이었기 때문이다. 러시아의 편에 서서 북부의 토후국들이 연합하였던 사건을 언급하면서 화자는 이 국가들이 실제로 "연합할 이유가 없었다"[44]고 논평한 바 있다. 이러한 논평의 이면에는 이상적인 통치자들이 인도를 다스리고 있다는 믿음이, 그래서 현지의 토후들이 영국의 통치에 저항할 이유가 없다는 믿음이 있다. 그리고 이 믿음이 키플링 자신의 믿음임에는 의심의 여지가 없다.

　이처럼 자비롭고 능력 있는 백인들이 지배하는 인도 사회를 그려내기 위해서 배제되어야 했던 역사적 현실은 무엇일까. 혼혈인 집단이 있다. 19세기의 유럽인들에게 혈통의 혼종화가 백인의 위상과 자부심에 제기하는 위협은 문화적 혼종화보다 더하면 더했지 덜하지는 않았다. 19세기에 꽃을 피웠던 인류의 발생에 관한 연구도 이 현상과 무관하지 않았다. 인류의 기원이 하나가 아니라는 이론, 즉 각 인종이 제각기 창조되었다는 종교적 다원발생론이나, 창조론을 부정하고 진화론을 받아들여서 각 인종은 서로 다른 종種, species으로 출발하였다는 진화론적 다원발생론 모두, 인종들은 서로 섞이지 않는 것이 좋다고 보았기 때문이다. 인류가 하나의 공통된 조상에서 출발하여 진화하였다는 다윈의 진화론을 받아들인 학자들도, 인종의 범주가 불변하는 것이 아님을 인정하였을 때조차도, 각 인종들이 서로 다른 길을 오랫동안 걸어왔으니 이들의 혈통을 섞는 것이 바람직하지 않다고 보았다. 1853년에 출간된 프랑스의 유명한 인류학자 고비노의 글은 이러한 점에서 당대의 사회적 분위기를 잘 설명해준다.

44　*Ibid.*, p.69.

백인종은 원래 아름다움, 지성, 힘을 독점하였다. 다른 종들과의 결합으로 인해 혼종들이 생겨났는데 이들은 힘은 없이 아름답거나, 지능은 박약하면서 힘이 세거나, 혹은 지능이 있을 때조차도 약하고 추악하였다.[45]

키플링의 의도가 제국을 지지하고 후원하는 것이기에, 소설 『킴』에서 백인의 위상을 깎아내리는 이 '문제적인 혈통'을 가진 백인, 즉 반半만 백인인 등장인물들이 거의 보이지 않는다.

그러나 혈통의 절반만 백인인 유색인인 혼혈인들의 수가 키플링 당대의 인도에서 결코 적지 않았다. 영국이 인도를 제국의 일부로 합병한 때는 1858년이지만, 동인도회사를 통한 지배는 1600년까지 거슬러 올라가니, 『킴』이 발표되었을 당시만 해도 영국의 인도 통치는 약 3백 년의 긴 역사를 가진 것이었다. 그러니 인도에서 생겨난 백인과 현지인의 결합도 그만큼 긴 역사를 가졌다고 보아야 한다. 한 연구에 의하면, 20세기 초가 되면 인도 내의 혼혈인들의 수가 16만 명에 이르게 되고, 백인 최하층민의 수도 4만 7천 명에 이르게 된다.[46] 이 유색인 혼혈인들을 '유라시아인'이라고 불렀는데 19세기 중반기에 이르면 '유라시아인 문제Eurasian Question'가 영국령 인도의 주요한 현안이 될 정도로 혼혈인들이 처한 경제적 · 사회적 상황이 좋지 않았다.

'유라시아인 문제'와 관련하여 흥미로운 점은 인도에 거주하는 순수 백인들 중에서 하위계층으로 전락한 사람들도 '유라시아인 문제'에 포함되었다는 사실이다. 이 가난한 백인들은 혼혈인들과 함께, 백인이 아닌 '별개의 인종'으로 취급되었다. 한편에서는 백인 빈곤계층과 유라시아인들이 스스로를 백인이 아니라 인도인으로 자각하면 할수록 그들에게 이익

---

45   J. A. de Gobineau, *The Inequality of Human Races*, Paris : Heinemann, 1915, p.209.

46   Satoshi Mizutani, *The Meaning of White : Race, Class, and the 'Domiciled Community' in British India 1858~1930*, Oxford : Oxford Univ. Press, 2011, p.72.

이라는 의견[47]이 공공연히 제기되는가 하면, 교육이나 내륙으로의 이민, 해외 이민을 통해서 이 계층을 구제하지 않으면 사회에 큰 해악이 될 것이라는 의견도 있었다. 유라시아인 집단을, 특히 혼혈 어린이들을 우선 구제해야 할 필요성에 대해 1858년에 첫 총독으로 부임한 찰스 캐닝 경Lord Charles Canning은 다음과 같이 정부에 보고한다.

> 만약 정부가 이 (현지 — 인용자 주) 어린이들을 교육시키는 조치를 즉각적으로, 활발하게 고무하고 지원하지 않는다면, 우리는 크고 작은 도시들에서 아무렇게나 자라나게 되어 두 인종에서 발견되는 대부분의 나쁜 특징들을 보여주는, 현지화 된 영국인들로 이루어진 떠도는 집단으로 인해 창피스럽게 될 것이다. 반면 그 수가 이미 지나치게 늘어나서 교육을 통한 구제책이 부적절하게 된 유라시아인들은 전보다 더 빠른 속도로 증가할 것이다. (…중략…) 그들은 국가를 위협하는 계급으로 자라날 것이다.[48]

로버트 불워-리튼 경Lord Robert Bulwer-Lytton 또한 빈곤계층에 속하는 백인 아이들과 유라시아인 아이들의 수가 26,169명에 이르는데 이 중 1만 2천 명 가량이 아무런 교육을 받지 못하고 있다고 1879년의 보고서에서 기록한다.[49] 문제는 인도 총독의 눈에는 '국가를 위협할' 정도로 문제적인 계급들이 『킴』에서는 거의 모두 자취를 감추고 만다는 사실이다. 이 문제적인 집단들을 재현의 영역에서 배제하였다는 점에서 『킴』은 작가의 역사 검열이 강도 높게 이루어진 텍스트이다.

그러나 그렇다고 해서 이 텍스트에서 전복의 순간을, 모순의 순간을 찾

---

47 "The Anglo-Indian Question", *The Calcutta Review* 69, 1879, p.390.
48 Alfred Croft, *Review of Education in India 1886*, Calcutta : Government Printing, 1888, p.294.
49 *Ibid.*, pp.294~295.

는 것이 불가능한 것은 아니다. 이 텍스트가 스스로의 기획을 훼손하는 순간을 찾기 위해서, 우선 텍스트가 공을 들여 묘사하는 인물들보다 텍스트에 등장하지 않는 인물들을 고려해보자. 『킴』에 직접 등장하지도 않고 언급도 되지 않지만 그럼에도 불구하고 존재감이 느껴지는 백인들이 있다. 이 부재하는 인물들은 영국령 인도에 세워진 최고의 영국 학교 성 사비에르 학교에 다니는 학생들의 '아버지들'이다. 킴이 영국 공립학교 교육을 위해 보내지는 성 사비에르 학교는 가상의 기관이고, 이 학교의 실제 모델은 라 마르티네르La Martinière(1845~) 학교이다. 백인 아이들과 혼혈 아이들이 다녔던 이 학교는 1857년 인도 항쟁 때 학생들이 러크나우 방어에 나서서 혁혁한 공을 세운 것으로 유명하다. 그러면 어떤 학생들이 이 학교에서 킴의 동급생이었을까, 그리고 그들은 어떤 집안의 출신이었을까?

소설 『킴』의 화자에 의하면, 성 사비에르 학교의 학생들은 대부분 철도국, 전신국, 수로국 등 식민 정부 기관의 하급 관리, 육군 준위나 퇴역 군인, 농장주, 선교사, 인근 토후국 군 지휘관, 인도 해군 함장 등의 가정 출신이고, 일부는 자식들을 영국에 유학시키기에 충분한 재력이 있는 유서 깊은 혼혈 가문 출신이다.[50] 이 설명에 의하면, 킴의 동급생들은 모두 도덕성, 성실성, 용맹성 등에서 모범이 되는 중류층 혹은 중상류층 자제들이다. 그런데 문제는 이 설명과 충돌되는 견해가 소설에서 발견된다는 점이다. 한번은 크라이튼 대령이 킴에게 성 사비에르 학교의 학생들 중에는 흑인을 멸시하는 이들이 있으니 그런 태도를 배우지 말라고 충고하는데, 이때 킴은 다음과 같이 대답한다. "그 녀석들의 어머니는 시장거리의 여자들이에요."[51] 마흐바브 알리와의 대화에서도 킴은 동급생들이 어떤 가정의 출신인지 다시 강조한다.

---

50   Rudyard Kipling, *Kim*, New York : Penguin, 1989, pp.171~172.
51   *Ibid.*, p.167.

많은 아이들이 하층 카스트의 피와 섞여서 눈은 푸르고 손톱은 검은 색이에요. 세탁 공주들의 자식들이고 청소부들의 매형들이지요.[52]

이쯤 되면 화자와 주인공 중 누구의 말을 믿어야 할지 알 수가 없다.

킴이 이 혼혈아들의 어머니와 그 외가에 관해 진술하고 있는 반면, 소설의 화자는 그들의 아버지들에 대해서 진술하고 있다는 점에 주목해보자. 그래서 킴과 화자의 진술이 모두 옳으려면, 즉 이 학생들의 모계에 대한 진술과 상류 계층 부계에 관한 진술이 모두 옳으려면, 이 학생들은 중상류층 백인 남성이나 유라시아인 남성과 최하위층 인도인 여성 사이에서 태어난 아이들이어야 한다. 백인 남성들도 인도 여성을 배우자로 선택하였으나 정식으로 결혼을 하기 보다는 동거하며 사생아를 낳은 경우가 많았음을 고려할 때 이 추측에는 개연성이 어느 정도 있다. 그러니 이 혼혈 학생들의 아버지들은 비록 소설 내에서는 부재하지만, 그들의 자식들을 통해 존재가 징후적으로 드러난다. 이들이 백인이 되었건 유라시아인이 되었건, 하위계층 여성들과 관계하여 하층 카스트의 피가 섞인 자식을 낳았다는 점에서, 당대의 유럽인들의 관점에서 보았을 때 이들은 혈통을 오염시킨 문명의 배교자들인 셈이다.

백인들의 시각에서 보았을 때 현지인 여성을 아내로 맞이한 영국인들은 그 결혼에 의해 '현지화' 과정을 피할 수 없었던 인물들이다. 키플링의 텍스트는 유라시아인 출신의 성 사비에르 생도를 자식으로 둔 '도덕적으로 문제가 있는' 아버지들을 텍스트 내에서 제외하였지만, 이들의 존재는 혼종적인 혈통을 타고난 그들의 아이들에 의해 텍스트 내에서 존재감을 드러내게 된다. 따지고 보면 킴의 아버지 킴벌 오하라Kimball O'Hara도 현지화를 피할 수 없었던 인물이다. 아일랜드 출신의 이 전직 하사관은, 아

---

52   *Ibid.*, p.192.

내가 콜레라로 사망한 후 아편에 빠져들 뿐만 아니라 행실에 문제가 있어 보이는 현지의 유라시아인 여성과 어울렸기 때문이다. 라호르 시에서 중고 가구 가게를 운영하는 척하나 실은 '거리의 여자'에 가까운 혼혈 여성이 그이다. 이 여인은 킴을 낳아 준 어머니는 아니지만 그를 길러 준 사람이다.

정부 관리나 고급 장교가 아닌, 인도 주둔군의 하사관과 일반병의 경우는 현지의 인도인 여성을 아내로 맞이하거나 동거녀로 선택하는 것이 관례였다. 인도 여성에 대한 대안이 있었다면 그것은 동료들이 현지인과의 결혼을 통해서 낳거나 혹은 사생아로 낳은 혼혈 여식들, 즉 유라시아인 여성들이었다. 19세기 말엽 영국령 인도에서 일개 하사관이 영국 여성과 결혼할 수 있는 확률이 매우 낮았기 때문이다. 그 이유로는 첫째, 대도시 바깥에서 주둔하였던 군 장교들이 결혼 적령기의 영국인 여성들과 접촉할 기회가 매우 적었고, 하사관들과 일반병의 경우에는 그 기회가 아예 없었다는 것이 역사가들의 증언이다. 둘째로, 설사 결혼 적령기의 백인 여성이 주변에 있다고 하더라도, 그녀와 결혼하여 아내에게 '멤사이브mem-sahib'로서의 경제적인 지원을 해 줄 수 있는 능력이 하사관이나 일반병에게는 없었다는 것이 역사의 증언이다.[53]

결론적으로, 키플링이 '현지화 된 백인의 정체성 회복'이라는 주제를 선택하여 이를 극화함에 있어 사용한 요소들 중에는 당대의 역사에 부합하지 않는 것들이 있었다. 그는 극적인 효과를 위해 주인공을 극빈 중의 극빈 계층에서 선택하였다. 19세기 후반의 인도에 빈곤 계층에 속하는 백인들이 적지 않았음은 사실이다. '현지 거주 인종domiciled race'이라고도 불린 이 계층에는, 백인들 중 선원, 군인, 미망인, 고아, 부랑자, 철도 노동자

---

53   Christopher J. Hawes, *Poor Relations : The Making of a Eurasian Community in British India, 1773~1833*, London : Routledge, 1996, pp.5~6; Adam White, *Considerations on the State of British India*, New York : Cambridge Univ. Press, 2012, pp.413 · 414.

들이 속했다. 특히 고아인 킴은 그 중에서도 최하위 계층에 속한다. 식민지의 이국적인 환경에서 자라나는 극빈 계층의 인물을 선택하고, 이 인물이 백인의 정체성을 회복하여 마침내 사이브가 되는 과정을 보여줌으로써, 키플링은 당대의 영국인들에게 라마르크적인 주제, 한 세대에 걸친 환경의 영향이 혈통적인 특징을 바꾸지는 못한다는 변형된 라마르크론을 극적으로 입증해 보이는 듯했다. 그러나 키플링이 창조한 러간 사이브나 바부 후리, 유라시아인 생도들과 그의 영국인 아버지들은 작가의 의도와 달리 인종적 이분법이 불안정한 것임을 암시하는 존재들이다. 이 문제적인 인물들을 서사에서 완전히 배제하지 못함으로써 작가는 '현지화된 사이브'를 인도 통치세력의 대안으로 제시하려는 자신의 기획을 훼손하였을 뿐만 아니라, 더 나아가 당대 영국인들을 압박하였던 인종주의적 불안을 해소하는 데 실패하게 된다.

제9장
인도의 재현과 역사의 귀환

영국인들이 느낄 수 없는 것이 문제가 아니라 느끼는 것을 두려워하는 것이
문제다.

— 포스터, 「영국인의 성격에 대하여」

포스터와 오리엔탈리즘 논쟁[1]

E. M. 포스터E. M. Forster(1879~1970)의 『인도로 가는 길A Passage to India』
(1924)에서 탈식민주의 비평가 사이드는 전형적인 오리엔탈리스트 서사
를 발견한다. 그에 의하면 서양과 동양 간에는 메울 수 없는 차이가 존재
한다는 포스터의 믿음이 이 소설의 저변에 있다.[2] 이는 주인공 인도인 아
지즈Aziz와 영국인 필딩Fielding의 관계, 특히 서사의 종결부를 주목한 비평
이다. 식민지 인도에서 보기 힘든 우정의 관계를 만들어가던 두 사람이
한 동안 소원해졌다가 세월이 지난 후 다시 만나게 되었을 때, 두 사람 사

---

1   이 장은 『인도로 가는 길』과 『데비의 언덕』 두 서사에 관한 분석으로 이루어져 있는데, 그
중 『인도로 가는 길』에 대한 논의의 일부는 이석구, 「『인도로 가는 길』에 나타난 자유주
의, 역사성과 집단적 기억」, 『영어영문학』 62-4, 한국영어영문학회, 2016, 605~626쪽
을 수정한 것이다.

2   Edward Said, *Orientalism*, New York : Vintage Books, 1979, p.244.

이에서 우정이 복원될 가능성에 대해 소설은 "아니야, 아직은 아니야"라고 끝을 맺는다. 이 종결부에서 사이드가 이끌어내는 결론은 서양과 동양 간의 좁혀질 수 없는 거리를 이 서사가 다시 확인한다는 것이다.[3]

그러나 사이드의 주장과 달리 포스터의 소설에서 제국주의를 비판하고, 두 인종 간의 화해의 가능성을 보여주는 대목을 찾기란 그리 어렵지 않다. 포스터가 재인도 영국인들의 편협함과 위선을 노골적인 언어로 비판하였기 때문이다. 영국인 지배자들의 추한 모습은 역설적으로 그들이 그려내는 인도인에 대한 초상에서 드러나는 것이었다. 인도인에 대한 초상과 영국인의 자화상 간의 이러한 관계는, 교육 받은 인도인들이 겉으로는 친절한 척하나 대부분 역심을 품은 자들이며, 나머지는 폭동이 나면 제일 먼저 도망갈 겁쟁이들이라고 믿는 판사 로니Ronny Heaslop, 어두운 피부색 인종들이 밝은 피부색 인종들에게 이끌리는 법이지 그 반대의 경우는 없다고 주장하는 맥브라이드McBryde 경감, 그외 인도에 거주하는 영국인 부인들의 담론에서도 발견된다.[4]

본 연구의 입장은, 『인도로 가는 길』이 오리엔탈리즘의 전통에 올곧이 속하는 인종주의적인 텍스트라는 단언이 문제라면, 재인도 영국인들에 대한 비판이 존재한다고 해서 이 소설을 반식민적 서사로 분류하는 비평[5]도 문제라는 것이다. 두 가지 비평 모두 이 텍스트에서 특정한 역사를 배

---

3   훗날 『오리엔탈리즘』의 주장을 상당 부분 철회하게 되는 『문화와 제국주의』에서 사이드는 포스터가 인도인들에 대해 애정이 있었으며, 포스터의 소설에서 드러나는 인도 재현에 있어 문제가 있다면 이는 포스터 자신보다는 소설의 형식 자체에 기인하는 것이라고 주장한 바 있다(Edward Said, *Culture and Imperialism*, New York : Vintage Books, 1993, pp.241~242). 이 훗날의 비평은 제국의 문학에 대한 사이드의 완화된 입장을 보여주는 동시에, 포스터가 보여주는 인도 재현의 문제를 "인도의 방대함"의 탓으로 돌린다는 점에서 주목할 만하다.

4   E. M. Forster, *A Passage to India*, London : Harcourt Brace, 1924, pp.39 · 218~219.

5   포스터를 반제국주의자로, 그래서 그의 소설을 제국주의에 대한 비판으로 보는 비평은 다음과 같다. Hunt Hawkins, "Forster's Critique of Imperialism in 'A Passage to India'", *South Atlantic Review* 48-1, 1983, pp.54~65; Sunita Sinha, "Quest for Human Harmony

제하는 전략, 그리고 그러한 전략이 봉사하는 텍스트의 기획을 제대로 읽어내지 못하고 있기 때문이다. 여기서 텍스트의 기획이라 함은 자유주의자로서의 포스터의 관점과 관련되는 것이다. 이 소설을 제국주의에 대한 비판으로 읽기 전에 고려해야 할 사실은, 포스터의 칼날이 인도의 주권을 박탈하고 경제적으로 수탈하는 제국을 향하고 있지는 않다는 점이다. 그의 비판은 재在인도 영국인들의 '신사답지 못함'에, 졸렬하기 짝이 없는 그들의 '인격'에 맞추어져 있기 때문이다.

문학 이론가 마슈레는 문학 텍스트가 일종의 거울 역할을 한다면, 그것은 자체의 이데올로기적 성격 때문에 모든 것을 다 비출 수는 없는 거울, 즉 편파적으로 현실을 비추는 거울일 수밖에 없다고 주장한 바 있다. 이 관점에 의하면 거울이 갖는 반영의 선택성이 거울의 편파성을 드러낸다는 점에서 문학은 징후적인 성격을 띤다.[6] 이러한 관점에서 『인도로 가는 길』을 읽을 때, 이 소설은 당대의 반식민 투쟁과 같은 정치적 역사뿐만 아니라 과거의 인종주의적인 유혈 사태에 대한 사회적 기억을 배제하고 있다. 텍스트를 지배하는 이러한 배제와 망각이, 식민지의 정치나 경제와 같이 공적인 영역에서 벌어지는 문제에 대한 해결책을 도덕성이나 친교親交

in Forster's *A Passage to India*", Reena Mitra ed., *E. M. Forster's A Passage to India*, New Delhi : Atlantic, 2008, pp.27~38. 국내의 평자로는 이 소설을 "서구 식민지 주체들의 편협한 내면 풍경과 인도의 광활한 풍경을 대립"시킨 것으로 보는 오은영의 글이 있다(「장소의 재현과 서사전략—키플링의 『킴』과 포스터의 『인도로 가는 길』」, 『현대영미소설』 18-2, 한국현대영미소설학회, 2011, 40쪽). 포스터의 작품에 나타난 양가성에 주목한 글로는 유승, 「욕망과 증오의 기이한 결합—『어둠의 심장』과 『인도로 가는 길』」, 『영어영문학연구』 26-1, 대한영어영문학회, 2000, 239쪽. 이와는 다소 다른 맥락에서, 역사의 배제에 주목한 평도 있다. 권영희, 「식민 현실과 모더니즘적 전환—『인도로 가는 길』과 『불가촉천민』」, 『영미문학연구』 18, 영미문학연구회, 2010, 15쪽. 본 연구와 유사한 전제에서 출발하여 인도의 민족 정체성 구축 문제에 초점을 맞춘 고부응의 글도 주목할 만하다. 고부응, 「포스터의 『인도로 가는 길』—반식민 저항과 인도 민족 공동체」, 『현대영미소설』 4-2, 한국현대영미소설학회, 1997, 83~101쪽.

6   Pierre Macherey, Geoffrey Wall trans., *A Theory of Literary Production*, London : Routledge, 1980, pp.121~122.

와 같은 사적인 영역에서 찾으려 하는 포스터의 기획과 관련이 있다고 본 연구는 주장한다.

본 연구에서는 우선, 포스터가 자신의 정치적 의제를 위해 어떠한 역사나 집단적인 기억을 텍스트에서 삭제하였는지를 논의한다. 포스터는 식민지 인도에서 매우 중요한 특정한 트라우마적인 기억을 서사에 도입할 것을 애초에 고려하였으나 출간 직전에 이를 삭제하는데, 본 저술에서는 이러한 삭제가 어떠한 정치적 함의를 띠며, 이때 삭제된 기억이 암시적이거나 파편적인 수준에서 텍스트 내로 회귀하지는 않는지를 논의한다. 또한 '인종 간의 친교'라는 작가의 기획을 위협하는 정치적인 요소들이 텍스트 내에 조금이라도 허락이 되는지, 허락이 된다면 텍스트에 어떠한 영향을 미치는지를 점검한다. 결론적으로 본 연구는 자유주의 이데올로기[7]와 역사성이라는 두 가지 창을 통하여 『인도로 가는 길』과 회고록 『데비의 언덕The Hill of Devi』(1953)을 분석하고, 특정한 역사와 기억을 배제함으로써 작가가 성취하고자 하는 바를 논한다.

포스터의 인도 방문은 20세기 초에 두 차례에 있었다. 그 중 첫 번째가 1912년 10월에서 1913년 4월까지의 기간에 이루어졌고, 두 번째가 1921년 3월부터 1922년 2월까지의 기간에 있었다. 『인도로 가는 길』은 이 두 차례의 인도 방문을 바탕으로 쓰인 것이다. 첫 번째 방문에서 포스터는 인도의 광범위한 지역을 여행하였고, 귀국한 직후인 1913년 7월에 인도에 관한 소설을 쓰기 시작하나 두 달 만에 집필을 중단한다. 대신 그는 동성

---

7   J.S. 밀이 대표하는 영국의 자유주의자들은 인간의 보편적인 합리성에 대한 믿음을 바탕으로 인류의 진보를 추구했다. 그들은 개인의 권리의 확장을 지상 과제로 삼았다는 점에서 개인주의와 철학적 맥락을 같이 하였으며, 민족적 자결주의를 존중하는 경향을 띠었다. 이처럼 권리의 보편성을 지향하였음에도 불구하고 19~20세기 초 영국의 자유주의자들은 영제국과 식민지의 존재에 대해 질문을 하지 않았다. 메타의 연구에 의하면, 19세기 영국의 자유주의자들은 식민지에 대해 부권주의적인 태도를 취했다. Uday Singh Mehta, *Liberalism and Empire : A Study in Nineteenth-Century British Liberal Thought*, Chicago : Univ. of Chicago Press, 1999, p.11.

애 관계를 다루었기에 생전에는 출간을 꿈꿀 수도 없었던 소설『모리스 Maurice』(1971)를 시작하여 이듬해에 탈고한다. 일차 세계대전이 발발하자 반전주의자反戰主義者였던 포스터는 군에 입대하는 대신 적십자에 지원하여 이집트 알렉산드리아에서 3년간 근무한다. 그는 이때 인도에 관한 자신의 미완성 소설 원고를 가지고 가나 창작과 관련하여 별 진척을 보지 못한다. 그는 두 번째로 인도를 1년여 기간 방문하게 되는데 이때에도 원고를 마무리 짓지 못한다. 포스터는 두 번째 방문을 끝내고 영국으로 귀국한 후에야 집필을 재개하여 1924년 1월에『인도로 가는 길』을 탈고한다.

첫 인도 여행에서 포스터는 펀잡 주의 주도州都인 라호르에서 갓볼레 Godbole라는 힌두교도를 만난다. 이 현지인은 그에게 인도 전통 음악인 라가raga를 설명해 주고 또 노래를 불러주기도 하였다. 포스터는 방키포르 Bankipore를 방문하여 한때 영국에서 알고 지냈던 이슬람교도 사이예드 마수드Syed Ross Masood와 재회하기도 한다. 그는 마수드를 1906년에 라틴어 개인 교사의 자격으로 만난 바 있다. 마수드는 이후 옥스퍼드대에 진학하게 되고 그와 포스터의 친교가 한동안 계속되었다. 마수드가 자신에게 미친 영향을 포스터는 다음과 진술한 바 있다.

> 내가 (마수드— 인용자 주)에 진 빚은 셀 수 없는 것이다. 그는 내가 따분한 학
> 문적 삶에서 깨어나도록 했고 나에게 새로운 지평과 문명을 보여주었고, 한
> 대륙을 이해할 수 있도록 도와주었다. 그를 만나기 전까지 인도는 라자, 사이
> 브, 바부, 코끼리 등이 한데 섞인 희미한 형체들의 합에 불과했고, 나는 그런
> 뒤범벅에 관심이 없었다.[8]

포스터 연구자들에 의하면, 마수드는 포스터에게 개인 교습의 제자라는

---

8   E. M. Forster, *Two Cheers for Democracy*, New York : Penguin, 1974, p.296.

관계를 넘어 짝사랑의 상대였다. '짝사랑'이란 표현을 쓴 이유는 포스터가 연모의 감정을 토로하였지만 마수드가 그에게 절친한 친구 이상의 관계를 허락하지 않았기 때문이다.[9] 포스터는 이처럼 애틋한 감정을 품고 있었던 마수드를 인도에서 재회하여 3주의 기간을 같이 보낸다.

방키포르를 떠나던 날 아침 포스터는 바라바Barabar 동굴을 구경하러 간다. '방키포르 — 이루지 못한 사랑 — 바라바 동굴'의 삼각관계는 훗날 『인도로 가는 길』에서 '찬드라포르Chandrapore — 성적인 스캔들 — 마라바Marabar 동굴'이라는 삼각관계로 다시 등장한다. 또한 하이데라바드Hyderabad에서 포스터는 마수드의 친구를 만나게 되는데, 이 인도인은 포스터와의 대화 중 감정이 격해져서 "오십 년이 걸려도, 오백 년이 걸려도 우리는 (결국 — 인용자 주) 당신들을 쫓아낼 거요."라고 외쳤다고 한다. 『인도로 가는 길』을 읽어본 독자들에게 이 일화들은 모두 낯익은 것들이다.[10]

『인도로 가는 길』을 구상함에 있어 두 번째 인도 여행도 첫 여행만큼 중요한 역할을 하였다. 포스터는 첫 번째 여행에서 인도 중북부의 자치 국가이자 쌍둥이 소왕국 데와스 주니어와 시니어Dewas Junior, Senior를 일주일 동안 방문한 적이 있다. 그의 두 번째 여행은 그가 데와스 시니어의 군주 바푸 사이브Bapu Sahib의 보좌관으로 초빙됨으로써 시작되었다. 포스터의 데와스 체류 일지를 보면, 그는 크리쉬나Krishna신의 탄신을 기리는 고쿨 아쉬타미Gokul Ashtami 축제에 참여하여 힌두 문화에 흠뻑 빠져든다. 그외에도 그는 현지에 파견 나온 전기회사 기술자 부부로부터 정체불명의 동물이 일으킨 신비한 교통사고에 대해서 듣게 되고, 바라바 동굴로 이동하는 중 나뭇가지를 뱀으로 오인한 사건도 겪는다. 이러한 경험과 사건의 기

9   P. N. Furbank, *E. M. Forster : A Life* 1, New York : Harcourt Brace, 1978, pp.181 · 194~195.
10   Damon Galgut, "E. M. Forster : But for Masood, I might never have gone to India", *The Guardian*, 2014.8.8(http://www.theguardian.com/books/2014/aug/08/em-forster-passage-to-india-rereading).

록은 『인도로 가는 길』을 창작하는 데 중요한 자료로 사용된다. 포스터의 두 번에 걸친 인도 여행은 회고록 『데비의 언덕』으로 출간된 바 있다.[11]

일견, 『데비의 언덕』은 사이드가 『오리엔탈리즘』에서 정의내린 바 있는 서구의 동양론에 부합하는 기록이다. 탈식민주의 비평을 연 이 기념비적인 저서에서 사이드는 프로이트의 연구를 빌려와 오리엔탈리즘을 두 가지로 구분한다. 그 중 하나가 "잠재적latent 오리엔탈리즘"이며, 다른 하나가 "외현적manifest 오리엔탈리즘"이다. 잠재적 오리엔탈리즘은 무의식적인 것으로서, 유럽인의 정신세계에 뿌리를 깊게 내린 동양에 대한 편견이다. 무의식적인 실체이기에 그것은 시간의 흐름에 영향을 받지 않으며, 따라서 내용이 좀처럼 변하지 않는다. 잠재적 오리엔탈리즘의 범주를 구성하는 내용에는 "동양의 다름, 그것의 기이함, 후진성, 말없는 무관심, 여성적인 관통 가능성, 나태한 순응성" 등이 있다.[12] 서양인들의 시각에서 보았을 때, 동양은 또한 자체적으로 근대화할 능력이 결여된 곳, 역사의 발전이 부재하는 곳, 즉 '일종의 저열한 영원성'이 지배하는 곳이다. 유사한 맥락에서 동양은 남성적인 서양의 보호를 받아야 할 여성의 입장에 세워진다.

데와스 시니어 왕국에 체류하는 동안 포스터가 목격한 바도 크게 보아 오리엔탈리즘의 내용과 일치한다. 포스터의 기록에 의하면, 데와스에서 인도인들이 기울이는 근대화의 노력은 매번 실패로 끝나고, 그 이면에는 인도인의 숙명적인 무력함이 있다. 이러한 면모는 10년이 넘도록 새 헌법을 제정하는 업무를 끝맺지 못하는 데와스 시니어 왕국의 라자에게서도

---

11 E. M. Forster, *The Hill of Devi*, New York : Harcourt Brace, 1953, pp.133~134 · 158~182.

12 Edward Said, *Orientalism*, New York : Vintage Books, 1979, p.206. 반면 외현적 오리엔탈리즘은 동양의 사회, 언어, 문학, 역사 등에 관한 다양한 진술을 의미한다. 동양에 대한 지식이나 개념에 있어 변화가 있다면 그것은 바로 이 외현적 오리엔탈리즘의 영역에서 발생한다. 통일성, 안정성, 그리고 지속성이 잠재적 오리엔탈리즘의 특징이라면, 형식이나 개인적인 스타일의 차이가 외현적 오리엔탈리즘의 특징이 된다. 이석구, 『저항과 포섭 사이-탈식민주의 이론에 대한 논쟁적인 이해』, 소명출판, 2016, 502~504쪽.

발견된다.

국민들이 점차적으로 교육받을 수 있도록 새 헌법의 초안이 준비되고 있었
다. 그러나 새 헌법의 초안은 내가 10년 전에 방문했을 때에도 준비되고 있
었다. 만약에 국민들이 교육의 혜택을 조금이라도 받으려면 외부의 도움을
받아야 할 것이다.[13]

"외부의 도움"을 통해서만 국민의 교육이 가능하다고 보았다는 점에서
데와스 왕국에 대한 포스터의 비전은 사이드가 언급한 "정적靜的인 남성적
오리엔탈리즘"이나 "공시적인 본질론synchronic essentialism"[14]에 가깝다. 공
시적인 비전은 정적이며 본질론적이기에 필연적으로 항구적이다.

『데비의 언덕』이나 『인도로 가는 길』 모두 유럽인의 인종적 우월주의가
어떤 형태로든 깃들어 있는 텍스트임에는 틀림이 없다. 그러나 그렇다고
해서 사이드가 주장하는 오리엔탈리스트 서사로만 규정하기에는 이 텍스
트들이 훨씬 더 복합적이고 문제적이라는 것이 본 저술의 주장이다. 그 이
유는 포스터의 이 서사들이 쓰였을 무렵 영국인들이나 유럽인들이 제국
주의나 유럽 우월주의를 맹목적으로 받아들이기에는 현실이 녹록치 않았
다는 점이다. 사실 빅토리아조 초중기에 팽배했던 낙관주의가 19세기 말
에 이르면 심각한 도전을 받게 되었다는 것은 검증이 필요치 않는 역사적
인 사실이다. 브랜틀링거의 표현을 빌리면, "중기 빅토리아조 이후 영국인
들은 자신들이 필연적으로 진보할 것이라고 믿는 것이 점점 어려워지게
되었다. 그들은 자신들의 제도, 문화, 인종적 혈통의 퇴행에 대해 걱정하
기 시작했다".[15] 『간조』나 『어둠의 심연』과 같은 19세기 말엽의 모험소설

---

13   E. M. Forster, *The Hill of Devi*, New York : Harcourt Brace, 1953, p.114.

14   Edward Said, *Orientalism*, New York : Vintage Books, 1979, p.240.

15   Patrick Brantlinger, *Rule of Darkness*, Ithaca : Cornell Univ. Press, 1990, p.230.

에 등장하는 유럽인 주인공들은 더 이상 '낙후된' 아프리카나 동양을 개화하는 구원자의 모습을 하지 않는다. 그들은 문명인으로서의 자존감을 상실하고 현지의 습속에 동화된 불길하고도 불행한 '문명의 배교자'의 모습을 하고 있다. 그러한 점에서 19세기 말~20세기 초엽의 식민지를 배경으로 하는 영국 문학에서 사이드가 주장하는 유의 단선적인 비전, 즉 인종적인 차이를 강조하는 정치학이 지배하는 서사를 발견하기란 쉽지 않다. 적어도 어느 정도의 역사의식이나 자의식이 있는 텍스트라면 말이다.

양가성 혹은 자유주의?

포스터의 소설에서 인도를 지배하기 위해 파견된 영국인 관리들은 '문명의 전파'와는 거리가 먼 인물로 그려진다. 콘래드처럼 포스터도 이들의 편협함과 위선을 노골적인 언어로 비판하였다. 영국인 지배자들의 추한 모습은, 현지인 환자에게 베풀 수 있는 가장 큰 친절이 이들이 죽도록 내버려두는 것이라고 믿는 캘린더^{Callendar} 소령의 부인, 방문객으로 와 있는 무어 부인^{Mrs. Moore}에게 인도에서는 영국인이 어떤 현지인보다 우월하다는 사실을 잊지 말라고 충고하는 지방행정관 터튼^{Turton}의 부인 등이 잘 드러낸다.[16] 영국인의 편협함에 대해 포스트가 제기하는 가장 신랄한 비판 중의 하나는, 아지즈의 헝클어진 칼라에서 인도인 특유의 "태만함"[17]을 읽어내는 로니에게서 발견된다. 아지즈는 여느 백인들과 달리 현지인을 스스럼없이 대하는 필딩에게 고마움을 느낀 나머지 자신이 착용하고 있던 하나뿐인 와이셔츠 칼라 단추를 풀어서 이를 여분인 척하고 그에게 빌려 주었다. 아지즈의 칼라가 헝클어지게 된 것은 이처럼 자신의 편의를

---

16   E. M. Forster, *A Passage to India*, London : Harcourt Brace, 1924, pp.27 · 40~41.

17   *Ibid.*, p.82.

희생한 결과인데, 이를 무턱대고 인도인의 태만한 성격 탓으로 돌리는 로니의 비판은 부메랑처럼 되돌아와 로니 자신이 얼마나 인종적인 색안경을 끼고 세상을 보고 있는지를 폭로한다. 또한 아델라Adela Quested를 성추행한 혐의를 받은 아지즈가 구속된 후 그의 집을 수색하던 중 고인이 된 그의 아내 사진을 발견하고는 이를 아지즈의 난잡한 성생활의 증거로 단정 짓는 맥브라이드 경감의 발언도 재인도 영국인이 얼마나 인종적인 선입견에 사로잡혀 있는지를 드러낸다.

재인도 영국인에 대한 비판은 『데비의 언덕』에서도 발견된다. 포스터가 데와스 시니어에서 일을 할 기회를 얻게 된 것은 전임자 월슨 대령이 기차 사고를 당하여 영국으로 돌아갔기 때문이었다. 얼마 후 건강을 회복하게 된 월슨 대령이 데와스로 돌아오려고 했을 때 그는 자신의 후임으로 온 포스터가 라자의 총애를 받고 있음을 알게 된다. 그는 왕궁의 상태가 엉망인 이유를 포스터의 잘못으로 돌리는 등 포스터에 대한 라자의 신임을 깎아내리기 위해 험구險口를 서슴지 않는다.[18] 자신의 이익을 위해 동료에 대한 비방을 서슴지 않는 이 추한 영국인의 초상을 통해 포스터는 인도에서 활동하는 영국인들에게 비판의 칼날을 들이댄다. 중부 인도를 다스리는 총독의 보좌관 또한 포스터의 비판에서 자유롭지 못하다. 데와스 시니어를 방문한 총독 보좌관은 포스터의 존재를 공개적으로 무시함으로써 공들여 준비한 왕국의 의전행사를 그르치고, 그 결과 라자를 격노하게 만든다. 보좌관의 이러한 행동은 포스터 개인을 모독하는 데 그치지 않고, 포스터같은 외국인 보좌관을 둘 라자의 권리를 인정하지 않은 셈이 되기 때문이다. 실상 데와스에서 포스터의 지위는 인도의 식민 정부가 인정한 것이라는 점에서, 이 영국인 보좌관의 행동은 "부조리한"[19] 것으로 그려진다.

---

18   E. M. Forster, *The Hill of Devi*, New York : Harcourt Brace, 1953, pp.219~224.
19   *Ibid.*, 146.

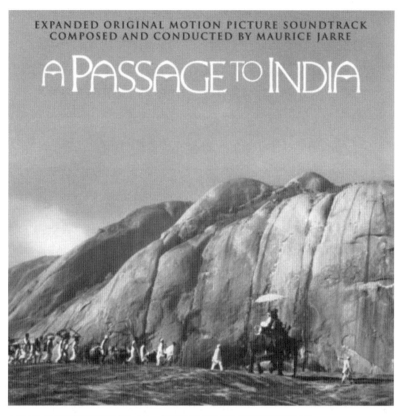

〈그림 20〉 1984년에 데이비드 린(David Lean)이 제작한 영화 〈인도로 가는 길〉의 포스터.

　여기서 질문해보야 할 점은, 재인도 영국인들에 대한 비판이 존재한다
고 해서 『데비의 언덕』이나 『인도로 가는 길』을 반식민주의 서사로 분류
할 수 있는가 하는 것이다. 정치나 경제와 같이 국가적이고도 공적인 영
역을 벗어나서 도덕성이라는 개인의 영역에 서사의 초점을 맞춤으로써
『데비의 언덕』과 『인도로 가는 길』은 식민주의와 관련된 본질적으로 정
치적인 의제로부터 이탈하는 경향이 있다. 그 결과 독자들은 인도에 관한
서사에서 제국의 합법성이 아니라 개인의 예의범절, 즉 백인이 인종적 타
자를 인격적으로 대우하는가 아닌가의 문제에 몰두하게 된다. 이처럼 영

제국과 인도의 관계가 전前정치적인 관점에서 조망됨으로써, 인종의 장벽을 넘어서는 개인의 우정이 가능한가가 서사의 중요 의제로 떠오르는 것이 가능하게 된다. 구체적으로 필딩, 무어 부인, 그리고 아델라가 인도인 아지즈와 맺게 되는 친분 관계가, 그 관계의 가능성이 소설을 추동하는 것이다.

이 세 명의 영국인들의 태도는 작품 초반에서 열리는 브리지 파티 후에 선명하게 나타난다. 이 파티는 찬드라포르 시의 영국 관리들이 방문객 아델라와 무어 부인에게 현지인들을 소개하기 위해 연 것이다. 그러나 이 '인종 간의 다리가 될' 파티가 끝난 후 아델라는 약혼자 로니에게 그곳의 영국인들이 "정신이 나갔다"고 책망한다. 현지의 인도인들을 손님으로 초빙해놓고 무례하게 대했기 때문이다. 이어지는 로니와 그의 어머니 무어 부인 간의 대화에서도 영국인의 무례함이 주제로 떠오른다. 아델라를 편드는 무어 부인에게 로니는 영국인들이 인도에 주재하는 이유가 인도인들에게 친절을 보여주기 위해서가 아니라고 반박한다. 그에 의하면 인도는 신사의 "응접실"이 아니고, 영국인들은 정의와 평화를 유지하기 위해 인도에 주재한다. 로니는 자신이 선교사도, 노동당원도, 공감력이 풍부한 감상적인 문인도 아니며, 단지 "이 빌어먹을 나라를 힘에 의해 유지하는" 국가의 종복이라는 사실을 어머니에게 상기시킨다. 이에 대해 무어 부인은 반박한다. "하나님께서는 서로에게 친절을 베풀라고 우리를 이 땅에 태어나게 하셨어. (…중략…) 이웃을 사랑하고 그 사랑을 보여주라고 우리를 이 세상에 나게 하신거야. 그분께서는 전능하셔서 인도에서 우리가 그 말씀을 잘 따르고 있는지 보고 계시지."[20]

영국인들에 대한 아델라의 책망이 서구의 '신사도'라는 도덕적 규범에 근거한 것이라면, 아들을 향한 무어 부인의 반박은 기독교의 박애주의에

20　E. M. Forster, *A Passage to India*, London: Harcourt Brace, 1924, pp.46·50·51.

근거한 것이다. 비록 그 근원은 각기 다르지만 아델라와 무어 부인이 인간관계에 대해 가지고 있는 철학은 '마음에서 우러나는 행동'이나 '인간적인 대우'로 수렴된다. 그러한 점에서 이들의 철학은 자유주의적 사유와 닮았다. 찬드라포르 시의 국립대 교장으로 재직하고 있는 필딩도 이들과 다르지 않다. 동료들의 인종주의에 영향 받지 않기에 인도인들과의 관계에서 자유분방하게 행동하는 그는 "선한 마음씨와 강건한 육체"를 소유한 인물로 묘사된다. 그의 세계관은 "이 세상은 서로에게 다가가려고 노력하는 사람들이 모인 곳이며, 그러한 노력은 선한 의지, 교양, 그리고 지성의 도움으로 가장 잘 실천될 수 있다"는 것으로 요약된다. 실제로 아지즈가 성범죄자의 누명을 쓰게 되었을 때 필딩은 다른 백인들의 신랄한 질타를 무릅쓰고 홀로 아지즈의 결백을 주장하는 용기를 보여준 바 있다. '약자를 위한 타고난 공감력'을 소유한 그는 아델라가 재판정에서 진실을 말한 후 영국인들로부터 따돌림을 받게 될 때 그녀를 도와주기도 한다.[21] 이처럼 주요 등장인물들이 구현하는 '도덕심'이나 '보편적인 형제애'라는 관점으로 인종 관계를 조망할 때, 인종의 벽을 넘어서는 우정과 친교가 가능한 것인가라는 극히 사적인 질문이 이 소설의 중요한 의제가 되는 것은 놀라운 사실이 아니다.

흥미로운 사실은 포스터의 소설에서는 인도인들도 영국인과 같은 '친교'의 색안경을 쓰고 있다는 점이다. 포스터는 『인도로 가는 길』의 1장을 찬드라포르 주변의 환경에 대한 묘사에 할애하고, 2장에 가서야 비로소 인물들을 등장시키는데, 2장의 도입부를 장식하는 것이 아지즈와 그의 친구 하미둘라Hamidullah 및 알리Mahmoud Ali의 회동이다. 이 인도인들의 저녁 모임에서 화두는 '인도인들은 영국인들과 친구가 될 수 있는가?'이다. 하미둘라와 아지즈는 영국인들과의 친교가 인종 간의 관계에서 지

21   *Ibid.*, pp.62 · 244.

향해야 할 지고의 선善이라고 인식하고 있다. 동시에 그들은 이 최고의 덕목이 현실에서는 실천 불가능하다는 결론에 도달하고 이에 좌절한다. 아지즈의 표현을 빌리면, "터튼이 되었든, 버튼이 되었든, 철자만 다를 뿐, 모든 영국 남성들은 다 똑같아요. 2년을 못 넘기지요. 영국 여성들은 6개월을 못 넘겨요. 모두가 똑같아집니다."[22] 여기서 모두 똑같아진다는 말은, 이들이 한결같이 인종주의에 물들어 유색인을 멸시하게 된다는 뜻이다. 이 소설에서 포스터는 인종주의에 물들지 않은 필딩과 무어 부인, 그리고 아델라를 등장시킴으로써 영국인과의 진정한 친교에 목말라하던 아지즈를 흥분시킨다. 서사는 그의 이러한 흥분이 어떻게 고조되는지, 그리고 결국에는 어떻게 가라앉고 마는지를 집중적으로 기록하고 있다.

영국인들이 '친절을 베풀기 위해 이곳에 나와 있다'는 무어 부인의 주장대로 지배자들이 피지배자들에게 친절을 베푸는 것으로 영국과 인도의 갈등이 해결될 수 있을 것인가? 또한, 보편적인 형제애가 가능할 것인가라는 렌즈로 식민지 인도를 조망할 때, 영국과 인도 간의 갈등이 서사에서 제대로 포착될 수 있을 것인가? 영국의 식민지가 안고 있는 문제에 대한 무어 부인의 해결책이 무엇인지 보자. 관리로서의 공적인 책무의 중요성을 언급하는 아들을 보면서 무어 부인은 "마음에서 우러나오는 일말의 유감이라도 느낄 수 있으면 (아들—인용자 주)이 다른 사람으로, 영제국이 다른 체제로 바뀔 수 있을 것"[23]이라고 생각한다. 무어 부인이 보여주는 이러한 사유의 뒤편에는 같은 철학을 공유하는 작가가 있다. 이 소설을 추동하는 이데올로기가 자유주의적 휴머니즘임을 주장하는 베니타 패리의 의견을 들어보자.

비순응주의자로서 포스터의 면모는 영국 사회의 정통적인 믿음과 이단적인

---

22 *Ibid.*, p.11.
23 *Ibid.*, p.51.

사유 모두로부터 그가 거리를 두고 있다는 점에서 명백하다. 그는 자신이 속한 중산층과 이데올로기를 공유하고 있었지만 중요한 지점에서는 그로부터 거리를 두고 있었으며, 블룸즈베리 그룹의 일원이었지만 그룹으로부터 떨어져 나왔고, 교리는 없었지만 사회주의자였고, 합리주의와 개인 관계의 존엄함을 확신하는 경건한 휴머니스트였다.[24]

식민주의 현실을 넘어서 인도인과 영국인들 간에 우정의 가능성을 모색하였다는 점에서 포스터는 당대의 영국인들과는 분명 구분되는 이단자였다. 동시에 정치적 상황에 대한 해결책을 개인적인 친교와 같은 미덕에서 찾았다는 점에서 식민지가 처한 현실을 제대로 볼 수 없었던 자유주의자기도 했다. 고부응은 이와 관련하여 "개인 간의 친교라는 문제틀(이 — 인용자 주) 정치 역사적 상황을 개인적인 상황으로 반전시키는 효과"[25]를 낳았다고 정확하게 지적한 바 있다.

서사의 침묵

그렇다고 해서 『인도로 가는 길』에 사용된 서사의 재료에서 역사의 흔적이 완전히 제거되었다는 뜻은 아니다. 텍스트의 이데올로기가 허용하지 않는 사건들이 텍스트에서 제거됨으로써 그 이데올로기의 존재가 오히려 드러나기도 하기 때문이다. 그러니 비평가는 자신이 마주하고 있는 텍스트가 무엇을 암시하는지, 또한 무엇을 말하지 않는지 물어볼 필요가 있다. 마슈레가 주장한 바 있듯 텍스트가 "무엇인가를 말하기 위해서

---

24 Benita Parry, *"Passage to India* : Politics of Representation", Jeremy Tambling ed., *E. M. Forster*, New York : St. Martin's Press, 1995, p.137.

25 고부응, 앞의 글, 84쪽.

는 말해서는 안 되는 다른 것들"[26]이 있으며, 비평가가 주목해야 하는 것도 바로 이 '다른 것들'이다. 『인도로 가는 길』에서는 이야기의 초점이 개인 간의 관계에 맞추어짐으로써 서사에서 자연스럽게 배제된 것은 인도의 공적인 현실이다.[27]

이 소설에서 정치적 현실이 개인 간의 관계와 관련하여 어떤 역할을 하는지에 대해서 한 비평가는 다음과 같이 표현한 바 있다. "이 소설에서 정치적인 가닥들은 남성 간의 우정에 대한 관심을 첨예하게 하는 반면 이차적인 현안으로 남는다. 그러한 저술로서 『인도로 가는 길』은 영국의 식민소설 장르가 아니라 동성애적 오리엔탈리즘에 속한다."[28] 본 연구는 이 견해와 유사한 듯하면서도 사실 다른 전제에서 출발한다. 『인도로 가는 길』에서 동성애적 코드를 읽어내는 것이 불가능한 것은 아니다. 그러나 본 저술에서는 정치적인 사건이나 소재가 개인 간의 관계에 대한 관심을 고조시키기 위한 배경이나 이차적인 현안으로 사용되는 것이 아니라, 개인적인 관계에 대한 관심이 정치적 현실을 텍스트에서 배제하는 작용을 한다는 주장을 제기한다.

작가가 소설의 서두에서부터 영국인들과의 우정에 목마른 이슬람교도들을 그려내느라 서사에서 제외한 정치적 현실에는 어떤 것이 있을까? 식민지 인도의 역사에 관심이 있는 독자라면 『인도로 가는 길』을 읽을 때

---

26   Pierre Macherey, Geoffrey Wall trans., *A Theory of Literary Production*, London : Routledge, 1980, p.85.

27   본 연구와 정반대의 논지를 펼치는 연구로는 다음을 볼 것. G. K. Das, "*A Passage to India : A Socio-historical Study*", John Beer ed., *A Passage to India : Essays in Interpretation*, London : Macmillan, 1985, pp.1~15. 이에 의하면 포스터는 이 소설에서 식민지 인도의 역사적 상황을 정확하게 그려내고 있다.

28   Parminder Kaur Bakshi, *Distant Desire : Homoerotic Codes and the Subversion of the English Novel in E. M. Forster's Fiction*, New York : Peter Lang, 1996, p.224. 그 외 이 소설을 동성애적 코드로 읽는 연구로는 다음을 참조. Sara Suleri, *The Rhetoric of English India*, Chicago : Univ. of Chicago Press, 1992, pp.132~148.

가질 법한 질문이 '간디는 이때 무엇을 하고 있었을까?'일 것이다. 이 질문은 한편으로는 텍스트가 은폐하는 식민지의 정치적 현실에 대하여 정곡을 찌르기도 하지만, 다른 한편으로는 인도의 반식민 운동을 간디가 이끄는 인도국민회의Indian National Congress에, 즉 힌두 민족주의에 한정하고 있다는 점에서 총체적인 역사를 보지 못하고 있다. 당시에 간디가 무엇을 하고 있었는지는 곧 논의하기로 하고 우선은 인도의 이슬람교도들이 당시에 무엇을 하고 있었는지부터 알아보기로 하자.

19세기 후반기가 되면 이슬람교도 민족주의자들과 범이슬람주의자들이 아대륙 인도에서 모습을 나타내게 되고, 20세기 초가 되면 이들이 본격적인 '지하드' 활동을 벌인다. 1867년에 델리의 북쪽 데오반드에 설립된 이슬람 신학교에서 출발한 데오반드 운동Deoband Movement과 1878년에 설립된 사마르-알-타바리야Samar-al-Tabariya 조직이 대표적인 예이다. 이 조직들은 1885년에 인도국민회의가 설립되었을 때 제일 먼저 지지를 선언했다. 그리하여 1888년에는 인도 북부의 이슬람교도 신학자 2백 명이 인도를 영국의 지배에서 해방시키기 위해 모든 이슬람교도들이 힌두교도들과 힘을 합쳐 투쟁에 나설 것을 명하는 파트와를 선언하여 영국 지배계층을 불안에 떨게 만들었다.[29]

신학교를 졸업한 후 인도 각지로 퍼져나간 데오반드 출신들이 학교를 설립하게 됨에 따라 20세기 초엽이 되면 전국적 규모의 반식민 네트워크가 형성된다. 1916년에는 히즈발라Hisballah 이슬람 조직이 무기 탈취를 목적으로 편잡 주의 철도역 폭파를 계획하고, 직전의 해인 1915년에는 유럽과 아메리카로 이민을 간 시크교도들과 인도, 파키스탄, 페르시아 내의 이슬람 조직들이 합세하여 캘커타에서 크리스마스에 무장 항쟁을 일으킬 것을 계획한다. 데오반드 출신이 조직한 주누드 알라Junood Allah(신

---

29   Tariq Hasan, *Colonialism and the Call to Jihad in British India*, London : Sage, 2015, pp.71~72 · 92~126.

의 군대)가 기획한 또 다른 항쟁 계획으로 실크 편지 운동Silk Letter Movement(1914~1916)이 있다. 노란색 실크 손수건에 거사 내용을 담아 전달하였기에 이 이름으로 불리게 된 혁명 운동은, 다른 거사 계획과 마찬가지로 영국 첩보부의 개입으로 마지막 순간에 실패로 돌아갔지만 인도 내 이슬람 혁명조직의 활약을 입증하는 역사적 자료이다.

인도에서 있었던 이슬람교도들의 지하드는 독자적인 활동인 경우도 있었지만, 발칸 전쟁을 계기로 다른 국가들, 다른 대륙과 연대한 범이슬람주의적인 성격을 띠는 것이었다. 특히 실크 편지 운동은 발칸 반도에서 1912~1913년에 걸쳐 있었던 두 차례 발칸 전쟁과 관련이 있었다. 일차 발칸 전쟁이 발발하는 1912년 10월은 포스터가 인도를 향해 출발한 때이기도 한데, 이 전쟁에서 오스만제국이 예상 외로 패배하여 발칸 동맹국들에게 유럽 내의 영토를 내놓게 된다. 그러나 1914년 7월에 일차 세계대전이 발발하게 되자 발칸 전쟁의 결과에 대해 불만스러웠던 오스만제국은 독일 편을 들어 러시아를 치고 영국 등 연합국과 적대 관계로 돌아선다. 그리고 같은 해 11월 14일에 오스만의 종교 지도자 세이크-울-이슬람Sheikh-ul-Islam이 영국, 프랑스, 러시아, 불가리아 등 연합국에 지하드를 선포한다. 이 성전 참여의 명령은 아시아와 아프리카의 식민 지배하에 있는 모든 이슬람교도들에게 주어진 것이었다. 그러니 1914년 이후에 인도에서 기획된 이슬람교도들의 혁명 활동은 이 지하드 명령과 무관하지 않았다.

일차 세계대전이 종결된 후 영국에 의해 오스만제국이 해체되고 제국의 수장인 칼리프도 권좌에서 쫓겨나게 된다. 이때 칼리프를 정신적인 지도자로 여기던 전 세계의 이슬람교도들이 분노하게 되는데, 그중에서도 인도의 이슬람교도들이 칼리프와 그의 영토를 지키기 위한 킬라파트 운동(1919~1922)을 전국적으로 벌이게 된다. 무굴제국이 망한 후 오스만제국의 술탄을 이슬람 세계의 수장으로 여기고 있던 상황에서 술탄-칼리프에 대한 서방의 위협을 이슬람 세계에 대한 위협으로 받아들였던 것이다.

시간이 지나면서 킬라파트 운동은 영국에 대한 비협조 운동의 양상을 띠게 된다. "칼리프가 이제 — 종교적이든, 정치적이든 — 자유를 상징하게 되었고, 그래서 자치self-government가 성스러운 대의가 되었으며, 비협조 투쟁이 종교적 의무가 된 것이다."[30] 킬라파트 운동이 비협조 민족주의 운동으로 발달하게 된 데에는 인도국민회의를 이끌었던 간디의 역할이 컸다. 1920년에 이르면 이슬람교도들은 인도국민회의와 힘을 합쳐 비협조 투쟁을 벌이게 된다.[31] 비록 두 종교 조직의 협력은 오래가지는 못하였지만, 전국적인 규모의 저항 운동은 식민지 정부를 당혹하게 만들기에 충분하였다.

포스터가 데와스에 체류했던 1921년은 간디를 주축으로 하는 저항이 최고조에 달했던 시기였다. 그 해의 초기에는 비협조 저항으로 인해 식민지 정부의 기능이 마비가 될 지경이었다. 간디의 지휘 하에 영국의 식민 통치에 저항하고 인도의 경제를 살리려는 상징적인 의미로서 거의 모든 소도시에서 수십 만 명의 인도인들이 거리로 나와 영국산 무명천을 불태웠다. 가장 도전적인 시위는 영국 왕세자가 국빈의 자격으로 뭄바이에 도착하던 때인 1921년 11월 17일에 발생했다. 당일 간디가 내린 전국적인 동맹 휴업의 명에 따라 많은 도시에서 정부 업무가 중지되었다. 또한 왕세자가 도착한 뭄바이에서는 간디가 영국 정부를 비판하는 연설을 직접 하였는데 이때 6만 명의 청중이 모여들었다. 연설이 끝난 후 청중들 중 일

---

30 Gali Minault, *The Khilafat Movement : Religious Symbolism and Political Mobilization in India*, New York : Columbia Univ. Press, 1982, p.91.

31 간디는 이슬람교도들의 운동에 동조하였을 뿐만 아니라, 칼리프 운동을 이끄는 알리 형제(Shaukat Ali, Muhammad Ali)가 감금되었을 때 이들의 석방을 청원하기도 하였다. 간디의 전향적인 태도에 감동한 이슬람교도들은 킬라파트 전국대회가 개최되었을 때 간디를 의장으로 선출하였다. 간디는 1920년 3월에 발표된 킬라파트 선언문을 작성하였고 선언문에 비폭력 비협조 투쟁 조항을 넣어 향후 킬라파트 운동의 방향을 잡았다. Ranbir Vohra, *The Making of India : A Political History*, London : Routledge, 2013, pp.139~140.

부가 왕세자 환영을 위해 동원된 파르시인들과 영국인들에게 폭행을 가했고, 이 폭동은 5일이나 계속되었다.[32]

이처럼 발칸 반도 전쟁과 일차 세계대전을 거치면서 오스만제국의 입지가 변하게 되고 이에 대한 대응으로 범이슬람권에서 지하드가 선포되며 인도의 이슬람교도들이 이에 호응하였던 시기에, 무엇보다도 인도의 역사상 유례가 없었던 힌두교도와 이슬람교도 간의 반영 협력의 시기에, 포스터가 인도를 방문했지만 그의 글은 이러한 국내외 정세의 변화에 대해 눈과 귀를 완전히 막고 있다. 그의 소설에서는 영국 상품을 불매하고 수입 제품을 불태우며 동맹 휴업에 참여한 힌두교도들도, 이에 동참한 이슬람교도들도 보이지 않는다.

『인도로 가는 길』에 등장하는 힌두교도로는 필딩의 집에 열린 파티에서 백인들을 위해 힌두교 크리쉬나 신에 대한 찬가를 부르는 갓볼레가 있다. '점잖고 수수께끼 같은' 그의 외모처럼 그의 노래도 좌중에게는 불가사의한 것으로 다가온다. 오로지 힌두교도 하인들만이 그의 노래를 알아듣고 황홀해 한다. 이해하지 못하는 좌중을 향해 갓볼레는 설명을 덧붙인다.

> 이것은 종교적인 노래입니다. 저는 우유 짜는 처녀의 입장에 서 있습니다. 크리쉬나 신에게 말합니다. "오세요, 제게만 오세요." 신께서는 오시기를 거부합니다. 저는 겸손을 배우게 되고 다시 말합니다. "제게만 오시지는 마십시오. 수백의 크리쉬나가 되셔서 수백의 친구들에게 오시되, 한 분은, 우주의 주인이시여, 제게도 오십시오." 그분께서는 오시기를 거부하십니다.[33]

찬가의 내용에 의하면, 크리쉬나가 우유 짜는 처녀에게 오기를 거부하는 이유는 그녀의 이기주의 때문이다. 갓볼레의 노래는 정신적인 구원을 노

---

32   *Ibid.*, pp.148~149.

33   E. M. Forster, *A Passage to India*, London : Harcourt Brace, 1924, p.80.

래하고, 또 그 구원을 얻는 데 가장 큰 장애물이 이기주의임을 가르치고 있다.

그러나 곰곰 생각해보면 갓볼레는 자신의 노래로부터도 배우지 못하는 구도자이다. 왜냐하면 등장인물 중 타인에 대한 연민이나 배려가 가장 부족한 인물이 그로 드러나기 때문이다. 이러한 면모는 마라바 동굴로 무어 부인 일행이 소풍을 떠나는 날 잘 드러난다. 당일 필딩이 기차를 놓치게 되고, 이 일로 해서 아지즈의 소풍 계획이 큰 차질을 빚게 된다. 필딩이 기차를 놓치게 된 원인은 기도 시간을 잘못 계산한 갓볼레가 기도를 끝낼 때까지 필딩을 기다리게 만들었기 때문이다. 자신의 정신적인 수양을 최우선으로 삼았다는 점에서 갓볼레의 행동은 크리쉬나 신에게 '제게만 오시라'고 청하는 우유 짜는 처녀를 닮았다.[34]

이기적이리만큼 세속으로부터 거리를 두는 갓볼레의 면모는 아지즈가 아델라를 성폭행하였다는 혐의를 받고 구속되었을 때도 드러난다. 재판의 결과와 아지즈의 안위에 온 신경이 곤두서 있는 필딩을 찾아온 갓볼레는, 필딩을 위로하는 대신 마라바 소풍이 성공적이었기를 희망한다고 말한다. 소풍이 어떻게 끝났는지를 소문으로 들었으면서도, 단지 자신이 그 자리에 없었기 때문에 소풍의 성공 여부에 대해서는 알 수 없다는 형식논리를 내세우는 갓볼레의 모습은 필딩이나 포스터의 시각에서 보았을 때 동료 인간에 대한 배려를 결여한 인물이다. 뿐만 아니라 필딩을 찾아온 이유가 자신이 앞으로 책임을 맡게 될 중부 인도 소재의 한 고등학교의 이름을 짓는 데 도움을 받기를 위해서라고 밝히는 데서 드러나듯[35] 그의 정신은 타인의 행·불행에 대해 무심하다.

34　갓볼레의 인품에 대한 정반대의 해석으로는 그를 '포용력'이 큰 '가장 완숙한 인물'로 보는 김명렬, 「인도로 가는 길—새로운 세계 인식」, 『안과밖』 8, 영미문학연구회, 2000, 106쪽 참조.

35　E. M. Forster, *A Passage to India*, London : Harcourt Brace, 1924, pp.175~177.

그 외 교육받은 힌두교도로는 백인들에게 아부하기 위해 아지즈에 대하여 거짓 증언을 하기로 한 동료 의사 랄Panna Lal, 그리고 나름 공정하게 재판을 진행하려고 하나 백인들의 위세에 눌려 백인 청중들이 재판정 내의 단상 위에 올라앉는 것을 막지 못하는 다스Das가 있다. 이외에도 포스터의 소설에는 불가촉천민이 등장한다. 갓볼레의 크리쉬나 찬가를 듣던 필딩의 하인도 힌두교도이고, 재판정에서 로프가 달린 부채를 부치는 하인도 그렇다.

연못에서 마름을 모으고 있던 남자가 벌거벗은 채 밖으로 나왔다. 그의 입술은 희열감으로 열려 있었고 주홍색 혀를 드러내고 있었다.

인도의 하층민에게서 때때로 꽃을 피우는 강함과 아름다움이 그에게 있었다. 이 기이한 인종이 흙먼지에 다가가 불가촉의 존재로 저주 받은 그때 자연은 다른 곳에서 성취한 바 있는 육체적 완성을 불현듯 기억하여 신과 같은 존재를 빚어내는 것이다. (…중략…) 찬드라포르의 무리, 넓적다리는 가늘고 가슴 근육은 빈약한 어중간한 무리 가운데서 그는 신적인 존재로 부각되었다. 그러나 그는 도시에 속하는 존재, 도시의 쓰레기가 먹여 살렸고, 쓰레기 무더기에서 생을 마감할 존재였다. (…중략…) 그는 자신이 존재한다는 사실조차도 거의 알지 못했고, 왜 법정이 보통 때보다 더 가득 찼는지도 이해하지 못했다. 사실 그는 법정이 보통 때보다 더 가득 찼다는 사실도 알지 못했다. 비록 줄을 잡아당기고 있었지만 그는 자신이 부채를 부치고 있는지도 몰랐다.[36]

필딩의 하인과 법정의 하인, 두 힌두교도의 공통점은 그들이 순수히 육체적인 존재로 묘사된다는 점이다. 둘 다 거의 벌거벗은 채로 일을 한다는

---

36   *Ibid.*, pp.79 · 217.

점도 그렇다. 그래서 한편에서 갓볼레 같은 인물이 힌두교의 탈속적인 관념주의idealism를 대변한다면, 다른 한편에는 벌거벗은 하인들이 순수한 육체성을, 즉 이성을 결여한 동물적인 존재를 구현한다.

이러한 이분법적인 재현에서 어느 쪽에 속하든, 개인은 당대 인도의 역사와는 무관한 존재가 된다. 자신이 부채를 부치고 있는지도 모를 정도로 자의식이 없는 하인이나 갓볼레의 노래를 듣고 황홀하여 자신이 벌거벗은 줄도 모르고 물 밖으로 걸어 나오는 하인 모두 역사에 대한 이해를 결핍한 육체적인 존재이기 때문이다. 갓볼레처럼 교육받은 힌두교도도 당대의 역사로부터 유리되기는 마찬가지이다. 고향에서 책임을 맡게 될 고등학교의 이름으로 '필딩 고등학교'나 '황제 조지 5세 고등학교'를 생각하고 있다는 사실에서 그가 친영주의에 물들어 있을 뿐만 아니라 당시에 고향에서도 벌어지고 있었을 역사적 변화에 대해 그가 눈과 귀를 막고 있음이 드러나기 때문이다. '전국의 거의 모든 소도시에서 벌어지고 있었던' 영국산 면제품 불매 운동과 비협조 반식민 운동을 들어본 적이 없다는 점에서, 그는 당대 역사에서 이탈해서 살고 있는 인물, 즉 역사적 진공상태에 살고 있는 인물이다.

집단적 기억의 삭제

위에서 논의한 바 있듯, 『인도로 가는 길』에서 작가 포스터는 당대 인도에서 벌어지고 있던 역사적 사건들을 배제하고 대신 친영적인 인도인으로 서사의 공간을 채우고 있다. 개인의 친교나 보편적 형제애에 초점을 맞추는 자유주의 정치학으로 세상을 조망하다 보니 지하드와 같은 당대의 폭력적인 혁명 활동뿐만 아니라 식민지 정부를 당혹하게 만든 거국적인 반영 불매 운동까지도 텍스트에서 배제한 것이다. 식민지 인도를 격랑

에 몰아넣었던 대표적인 사건으로는 '세포이 항쟁Indian Mutiny'과 잘리안
왈라 공원Jallianwalla Bagh 학살이라고도 불리는 '암리차르 학살Amritsar Mas-
sacre'이 있다.

　세포이 항쟁부터 먼저 알아보면, 1707년 무굴 제국의 아우랑제브 황제
가 서거한 후 인도는 크고 작은 지방 정권으로 나뉘게 되는데, 이러한 중
앙 권력의 공백 기간을 이용하여 영국 동인도회사가 세력을 뻗어나갔다.
프랑스를 몰아낸 후 아대륙을 독점하게 된 영국 동인도회사는 지방 정권
들을 차례로 흡수하기 시작하였고 점령지 치안 유지를 위해 용병, 즉 세
포이를 대거 고용하였는데, 이 세포이들이 무굴 제국의 재건을 목표로
1857~1858년에 항쟁을 일으킨다.[37] 세포이의 무장 항거는 메러트Meerut
와 델리Delhi를 거쳐 칸푸르Kanpur로 퍼져나갔다. 이중 두고두고 회자되는
사건이 델리와 칸푸르에서 있었던 학살이다. 델리에서는 하루 만에 50명
의 영국인이 살해되었고, 칸푸르에서는 안전한 피신을 약속받고 항복한
영국군과 민간인들이 피난을 가던 도중 학살당했다. 이때 살아남은 2백
여 명의 아녀자들은 20여 일간 감금되었다가 영국군이 진격해오기 이틀
전인 1857년 7월 15일에 살해되어 우물에 던져졌다. 이때 여성들은 살해

37　세포이 항쟁의 주요 원인으로는 세 가지가 꼽힌다. 먼저 동인도회사가 북부 지역의 오두
　　드를 병합한 후 폭정을 일삼음으로써 이 지역 출신 용병들을 동요시켰다. 인도의 영국
　　군은 세 관구로 나뉘는데, 그 중 가장 큰 벵갈군을 구성하는 세포이의 1/3이 오우드 지역
　　출신이었으니 이들의 동요가 세포이 항쟁의 중요한 요인이 되었다. 또한 동인도회사는
　　해외 파병을 조건으로 하는 모병법을 새롭게 시행하여 '국내의 신분제'에서 특권적 지
　　위를 누리고 있던 벵갈 용병들의 불만을 샀다. 벵갈 용병직은 주로 라지푸트족, 브라만
　　계급, 그리고 부유한 이슬람교도들이 독차지하였는데, 구르카족과 시크교도들이 고용
　　되기 시작하면서 기존의 용병들이 기득권에 대한 위협을 느꼈다. 마지막으로 메러트 지
　　역 주둔군에게 새로 지급된 약포에 쇠기름과 돼지기름을 발랐다는 소문이 돌았는데, 입
　　으로 약포를 뜯어 개봉하던 힌두교도와 이슬람교도 용병들은, 부정(不淨)한 기름에 입
　　을 대게 함으로써 자신의 종교를 스스로 모독하게 하여 자신들을 기독교로 전향시키려
　　는 정부의 음모가 있는 것으로 믿었다. Lawrence James, *Raj : The Making and Unmaking of
　　British India*, New York : St. Martin's Griffin, 1997, pp.233~237.

되기 전에 겁탈을 당했다고 전해진다.[38]

영국 여성들의 겁탈과 살해에 대한 소식이 빅토리아조 사회를 어떻게 반응하게 만들었는지를 상상하기란 그리 어렵지 않다. 브랜틀링거의 표현을 빌리면, "영제국사상 어떤 사건도 1857년의 세포이 항쟁만큼 대중을 극도로 흥분시키지는 못했다".[39] 영국의 언론은 한편으로는 약속을 어기고 칸푸르 살육을 지시한 세포이 지도자 나나 사이브^{Nana Sahib}의 배신 행위를, 다른 한편으로는 '야만적인 흑인들'에 의해 겁탈당하고 도륙 당한 뒤 우물에 던져진 영국인 아녀자들의 비극적인 죽음을 대대적으로 보도하였다. 영국 사회를 집단 히스테리로 몰아넣은 이 사건은 당대의 역사가에 의해 다음과 같이 기록된다.

> 어머니들의 품에서 빼앗아 낸 아기들, 아버지들의 피 냄새가 아직도 피어오르는 탤와르(인도의 검 ─ 인용자 주)로 조그만 팔과 다리를 잘린 아기들, 비명을 지르는 어머니들은 고통받는 아기들의 울음소리를 강제로 들어야했고, 살육 당한 무고한 어린 영혼들의 마지막 몸부림을 뜨거운 고통의 눈물을 흘리며 보아야만 했다.[40]

그러나 이 역사가의 기술은 당대의 언론만큼이나 센세이셔널리즘에 의해 추동된 것이었다. 대중의 흥분을 고무하고, 또 그렇게 흥분한 대중의 기대에 다시 부응하기 위해 터무니없이 과장한 부분이 없지 않았다는 말이다.

세포이 항쟁을 다룬 빅토리아조의 출간물들은 사실을 과장하였을 뿐

---

38 Gautam Chakravarty, *The Indian Mutiny and the British Imagination*, London : Cambridge Univ. Press, 2005, p.36.

39 Patrick Brantlinger, *op. cit.*, p.199.

40 Charles Ball, *History of Indian Mutiny* 1, London : London Printing and Publishing, 1859, pp.252~253.

만 아니라 세포이들을 야만성과 불의不義, 성욕 등에 의해 움직인 저열한 무리로 묘사함으로써 영국인들과 인도인들을 선과 악의 두 진영으로 나누었다. 칸푸르에서 수백 명의 영국인이 살해되기 직전인 1857년 6월 알라하바드Allahabad에서만도 수천 명의 인도인들이 영국군에 의해 도륙 당했다는 사실, 그래서 나나 사이브의 배신이 이에 대한 보복일 수도 있다는 가능성, 또한 영국군이 인도인들을 재판 없이 처형하였을 뿐만 아니라 대포 앞에 세워 놓고 발포를 하는 등 잔인무도하기 짝이 없는 만행을 저질렀다는 사실에 대해서도 영국의 언론은 입을 다물었다.[41] 그러다보니 세포이들이 반란을 일으킨 연유는 말할 것도 없으려니와 이들의 정치적인 목적도 빅토리아조의 출간물에서는 다루어지지 않았다. 즉, 세포이 항쟁은 정치적인 맥락을 삭제당하고 백인 아녀자에 대한 범죄 행위로, 나나 사이브의 비신사적이고 반문명적인 배반 행위로, 백인 여성들을 향한 저열한 욕정과 피에 굶주린 악마적인 행위로 묘사되었다.

인도인 남성들을 가학적 성범죄자로, 영국인 여성을 성범죄의 무고한 희생양으로 묘사하는 것, 그리고 세포이들의 반란을 여성에 대한 범죄로 묘사하는 것은 당대의 영국 대중에게 매우 인기가 있었던 수사적 장치가 되었다. 성욕에 굶주린 흑인 앞에 무방비의 상태로 노출된 영국 여성에 관한 판타지는 세포이 항쟁을 계기로 영국인의 상상력을 강력하게 사로잡았고, 이는 반세기가 지나도록 역사와 시, 소설 등 다양한 장르에서 끊임없이 재생산되었다. 해리스M. J. Harris의 『러크나우 포위에 대한 어느 숙녀의 일기A Lady's Diary of the Siege of Lucknow』(1858)와 로버트 기브니Robert Gibney의 『오우드 반군으로부터의 탈출My Escape from the Mutineers in Oudh』(1858)과 같은 목격담에서부터 제임스 그랜트James Grant의 『첫 사랑, 마지막 사랑First Love, Last Love』(1868), 헨리 킹슬리Henry Kingsley의 『스트레튼Stretton』(1869), 조지 체스니 경

---

41   Patrick Brantlinger, *op. cit.*, p.201.

〈그림 21〉 찰스 볼의 『인도 반란의 역사』의 삽화

Sir George Chesney의 『딜레마Dilemma』(1876), 헨티의 『위험한 시절In Times of
Peril』(1881), 윌리엄 피체트William Fitchett의 『대반란 이야기Tale of Great Mutiny』
(1901)에 이르기까지 이 주제는 소설, 시, 희곡, 에세이 등을 아우르는 하나의
하부 문학 장르를 구성할 만큼 많은 문학 작품의 소재가 되었다.

　인도 항쟁을 다룬 당대 대부분의 출간물에서 세포이들의 저항은 한결
같이 흑인종 내면의 범법적인 욕망에 의해 추동된 것으로 치부되었다. 이
글들에 대해서 브랜틀링거는 희생자를 비난하는 전형적인 인종주의적
패턴, 즉 타자를 정죄하는 심리의 극단적인 형태를 띤다고 일갈한 바 있
다. 그의 표현을 직접 빌리면, 영국인들 사이에 떠돌았던 "잔악 행위에 대
한 소문들은 인도인들에게 '악마적인' 성적 충동을 투사한 결과였고, 이
는 오리엔탈리즘과 그 외 인종주의적 표현에서 발견되는 유의 희생자를
비난하는 형태를 취했다".[42] 반란의 잔인함과 성적 타락을 다룬 빅토리아
조의 문학과 기록은 엄격히 말하자면, 그것이 하나의 투사投射라는 점에서

42　*Ibid.*, p.210.

빅토리아조 영국인의 자화상일 따름이었다.

『인도로 가는 길』의 초고를 쓰고 있었을 당시의 포스터도 영국 문학에서 일종의 수사나 하나의 문학적 전통으로 굳어진 이 성적·인종적 판타지의 영향으로부터 자유롭지 못한 것으로 여겨진다. 평온했던 아지즈의 삶을 나락으로 떨어뜨린 마라바 동굴 사건을 생각해 보면 그렇다. 특히 초고에서 이러한 면모는 더 명확하게 드러나는데, 작가가 아델라가 겪게 되는 성적 모욕의 가해자로 인도인 남성을 내세우기 때문이다. '흑인 남성'이 잠재적인 성범죄자라는 영국인들의 집단적인 판타지를 떠올리게 한다는 점에서, 작가가 마라바 동굴의 성폭력 사건을 소설 속에 들여온 것은 역사 속의 울림이 없는 우연한 행동이 아니었다.

마라바 동굴 사건을 썼을 당시 포스터가 어떤 역사나 전통을 염두에 두고 있었는지는, 초고에 드러나는 사건의 전모를 읽어볼 때 더욱 확연히 드러난다.

> 처음에 그녀는 〈도둑질을 당하고 있다〉고 생각했다. 그가 도와주기 위해 \전처럼/ 자신의 손을 〈잡고〉\쥐고/ 있었다. 그때 그녀는 깨달았고 목청껏 소리를 질렀다. "붐" 하고 메아리가 〈쳤다〉\비명을 질렀다?/. 그녀가 저항했고, 그가 그녀의 다른 한 손을 잡았고 벽으로 그녀를 밀어붙였고, 그녀의 양 손을 한 손으로 거머쥐더니, 그녀의 〈드레스〉\가슴/을 더듬었다. "무어 부인" 그녀가 외쳤다. "로니, 막아줘요, 살려줘요." 갑작스레 당겨진 망원경의 끈이 목을 가로질렀다. 그녀는 알아차렸다. (끈 — 인용자 주)이 목 주위를 한 바퀴 돌게 될 것이다. 〈그렇게 되면〉 목이 조여지게 될 것이고…… 조용히, 비록 메아리가 아직 울려 퍼지고 있었지만, 그녀는 기다렸고 한숨을 돌린 후 한 손을 겨우 빼내 망원경을 잡고서 치한의 입\속/으로 밀쳤다. 세게 밀칠 수는 없었으나 \풀려나기에는/그에게 고통을 주기에는 충분했다. 그가 놓아주었고, 그러자 양손으로\그 무기를 쥔 손으로/ 그녀는 〈박살낼 듯 갈겼다〉\그에게 다

시 휘둘렀다/. 그녀는 강했고 이 복수에서 무시무시한 쾌감을 느꼈다. "이번에는 안 돼." 그녀가 소리 질렀고, 그가 뭐라 맞받았다. 〈아니 어쩌면 그것은〉 동굴\이 낸 소리였다/.[43]

위에서 드러나듯, 포스터는 애초부터 인도인을 백인 여성에 대한 성범죄자로 예비해두고 있었다. 이 소설의 핵심적인 사건을 기획함에 있어 백인 여성의 순결을 검은 손이 더럽히는 당대의 집단적 판타지에 의존하고 있었던 것이다. 이 판타지는 구체적인 사건, 그러나 텍스트에서는 모습을 드러낸 적이 없는 역사적 사건에서 유래하는 것이다. 왜냐하면 "이번에는 안 돼"라는 아델라의 외침은 이번과는 달리 성범죄의 성립이 가능했던 '지난 번'에 대한 기억을 전제로 하기 때문이다. 이 과거의 기억은 칸푸르에서 1857년에 있었던 집단적인 겁탈과 살해에 관한 것이다. 그러한 점에서 포스터의 초고에 등장하는 아델라는 칸푸르 학살에 대한 기억을 작가와 공유하고 있다.

엄밀히 말하자면 아델라는 세포이 항쟁 때 희생이 된 영국 여성들의 분신이 아니다. 칸푸르에서 감금된 영국 여성들이 아무런 저항 없이 성과 목숨을 유린당했던 반면, 초고에서 그려진 아델라는 인도인 폭행범에 강력하게 저항하고 있기 때문이다. 그녀는 자기방어를 할 수 있는 여성, 그래서 영국인 남성들을 오랫동안 괴롭혔던 끔찍한 역사적 기억의 내용을 반복이 아니라 '번복'할 수 있는 주체적인 여성으로 그려진다. 이것이 포스터가 세포이 항쟁에 대한 집단적 판타지에, 그 판타지를 무한 재생산하였던 빅토리아조의 문학 전통에 추가하고자 하였던 내용이다. 물론 이러한 기획은 문제의 장면이 출간 전에 삭제됨에 따라 무위로 돌아간다.

대신 마라바 동굴에서 정작 어떤 일이 일어났는지에 대해서는 작가는

---

43 Oliver Stallybrass, *The Manuscripts of* A Passage to India, New York : Holmes & Meier, 1978, pp.242~243(기호는 원문, 강조는 인용자).

아무 말도 해주지 않는다. 아델라가 혼자 동굴로 들어가는 모습은 묘사되지만, 동굴 안에서 벌어진 일은 말할 것도 없이 동굴 밖을 나오는 그녀의 모습도 텍스트에서는 언급되지 않기 때문이다. 대신에 작가는 갑자기 사라진 아델라를 수소문하며 황급히 움직이는 아지즈의 모습만을 그려낸다. 동굴 안에서 벌어진 사건에 대한 정보는, 찬드라포르로 돌아온 아지즈를 역에서 기다렸다가 체포하는 경찰의 입에서도 들리지 않다가 필딩이 맥브라이드 경감을 만날 때서야 비로소 나온다. 아델라가 동굴에서 "모욕insult"을 당했다는 것이다.[44] 아지즈가 쓴 이 범죄 혐의는 재판정에 가서야 아델라가 벗겨준다.

독자로서는 아델라가 애초에 혐의를 제기한 것도 쉽게 수긍이 가지 않지만, 그녀가 혐의를 벗겨주는 행위도 수긍이 쉽게 가지 않는다. 반면 작가는 동굴에서 정말 무엇이 일어났는지에 대해서 끝내 입을 다문 바 있다. 자초지종에 대해 그가 남긴 말은 그것은 "어떤 사람이었거나 혹은 초자연적인 힘이었거나 혹은 환영일 수도 있다"[45]는 것이 전부였다. 이렇게 해서 마라바 동굴 사건은 영원히 미제로 남게 된다. 이 사건을 다루는 많은 비평들은 필딩이 제안한 설명을 좇아 아델라가 환영을 본 것으로 결론 내린다. 크게 다르지 않은 맥락에서 일부 비평은 아델라가 환영을 보게 된 이유로서 그녀가 경험하는 성적 억압을 지목하기도 하였다.[46] 최근의 비평에서는 결혼을 앞둔 여성이 겪게 되는 정신적 문제를 지적하기도 한다. 아델라가 자신이 가부장제 하에서 곧 남성의 성적 욕망의 대상으로 전락하게 될 것이라는 사실을 깨닫고 그로 인한 정신적인 문제가 환영을

44   E. M. Forster, *A Passage to India*, London : Harcourt Brace, 1924, p.163.

45   E. M. Forster, "Letter to G. L. Dickinson, 26 June 1924"; E. M. Forster, Oliver Stallybrass ed., *A Passage to India*, London : Arnold, 1978, p.xxvi에서 재인용.

46   Benita Parry, *Delusions and Discoveries : Studies on India in the British Imaginations*, Ithaca : Cornell Univ. Press, 1972, p.237; Sara Suleri, "The Geography of *A Passage to India*", E. M. Forster, Harold Bloom ed., *A Passage to India*, New York : Chelsea, 1987, pp.109~110.

불러냈다는 것이다.[47] 후자의 페미니스트 비평은 아델라의 심리적 문제를 당대의 사회적 구조와 연결시켜 해석하는 성취를 거두기는 하였으나 인종의 문제, 특히 '흑인 남성'이 연루됨으로써 생겨나는 인종주의적 맥락에 대한 안목은 보여주지 못한다.

부재하는 것의 존재감

왜 포스터는 인종 간에 벌어지는 성범죄의 장면을 다 써놓고 마지막 단계에서 포기했을까? 애초에 무슨 생각으로 성범죄 장면을 소설에 넣으려고 했을까? 무엇보다 세포이의 항쟁에 대한 당대의 집단적 기억이나 그에 대한 영국인들의 히스테리적인 반응이 매력적인 소재로 여겨졌을 가능성을 무시할 수 없다. 동시대의 영국인들처럼 포스터도 영제국의 문화적 상상계에 속하였기 때문이다. 그렇다고 해서 작가가 사회의 집단적 기억이나 인종주의적 판타지를 소설 속으로 그대로 옮겨 놓을 것이라고 생각한다면 이는 개인의 역량이나 창의성을 과소평가한 것이다. 작가가 단순한 인종 범죄의 희생자라는 수동적인 지위가 아닌 저항하는 주체로서의 지위를 아델라에게 주었기 때문이다. 개인은 당대의 문화적 전통 내에서 사유하고 쓰지만 동시에 그 전통을 바꾸기도 하는 것이다.

'흑인'을 성범죄자로 내세우는 문학적 수사는 한편으로는 당대 영국인

---

47 대표적인 주장으로는 아델라가 "사랑 없는 결혼 생활을 해야 하는 데서 오는 두려움"을 갖게 되었다거나 혹은 "가부장제 하에서 용인되는 여성의 사회적 위치가 남성의 성적 욕망의 대상이었기에 결혼을 앞둔 아델라가 겁탈 당하는 것과 같은 상황에 놓이게 되었다"는 비평이 있다. Brenda Silver, "Periphrasis, Power, and Rape in *A Passage to India*", Jeremy Tambling ed., *E. M. Forster*, New York : St. Martin's Press, 1995, pp.173~175; Elaine Showalter, "*A Passage to India* as 'Marriage Fiction' : Forster's Sexual Politics", *Women & Literature* 5-2, 1977, pp.3~16.

의 인종주의적 의식에, 다른 한편으로는 충격적인 사건을 기대하는 독자층의 감성과 예상에 호응하는 소재라는 점에서 작가로서 무시할 수 없었던 소재였을 것이다. 그러나 이는 제국의 '신사답지 못함'을 비판해온 포스터의 자유주의 정치학이 수용하기에는 매우 껄끄러운 성질의 것이었다고 판단된다. 작가의 감성이 끌리기는 하되, 비판적이고 자의식적인 지식인으로서는 정치적으로 상상할 수 없는 소재였다는 말이다. 반면, 치명적인 인종 갈등에 대한 기억을 텍스트에서 배제함으로써 작가가 '영국인과 인도인 간의 우정의 모색'이라는 자유주의적 기획에 유리한 텍스트적 환경을 조성할 수 있게 됨은 물론이다. 같은 관점에서, 찬드라포르 시의 영국인들에 대한 포스터의 비판도 엄격히 말하자면 제국을 겨눈 칼이 아니라 자신의 자유주의적 기획을 가로막는 장애물에 대한 비판으로 이해될 수 있다.

아델라가 모욕당했다는 소식을 접했을 때 찬드라포르의 영국인들은 백인 클럽에 모여 사태를 논의한다. 이들은 만약의 사태에 대비하여 찬드라포르의 인도인들 중 일부를 인질로 삼아야 하며, 당장에라도 특별 기차편을 준비하여 여자들과 아이들을 피신시킬 것을 고려한다. 다혈질의 캘린더 소령은 "행동을 보여줄 때다. 군대를 부르고 상점들을 철시시켜야 한다"[48]고까지 제안한다. 클럽에 모인 이들의 감정을 히스테리의 수준으로 끌어올린 것은 '아녀자들'이라는 표현이었다. '여자들과 아이들'이라는 말이 나오자마자 클럽에 모인 남성들은 모두 자신이 이 세상에서 가장 아끼는 것이 위험에 처했다고 느꼈고 동시에 끓어오르는 복수심을 느낀다. 이어지는 표현을 보자.

일종의 광기가 사람들을 사로잡았다. 자신과 같은 인종의 기독교도 여성들과 아이들이 하찮고 저열한 피지배 이민족의 손에 의해 살해되고 고문당한

---

48   E. M. Forster, *A Passage to India*, London : Harcourt Brace, 1924, p.187.

다는 생각은 참을 수 없는 고통이었다.[49]

금방 포스터의 소설에서 인용한다고 했다. 포스터의 작품을 잘 모르는 독자들께서는 그러려니 하고 읽었겠지만 이는 사실이 아니다. 위의 인용문은 1891년에 출간된 한 영국 소설의 장면으로서, 세포이 반란 때 칸푸르에서 백인 아녀자들이 겁탈당하고 학살당했다는 소식을 들은 영국인들이 보여준 반응을 묘사한 것이다. 독자들을 잠시나마 속인 이유는, 찬드라포르의 영국인들의 태도가 세포이들의 "만행"에 대한 이전 시대 영국인들의 반응과 구분될 수 없을 정도로 닮았다는 사실을 강조하기 위해서이다.

비록 포스터는 자신의 서사에서 영국과 인도 간에 있었던 끔찍한 역사를 연상시킬만한 사건들을 텍스트에서 배제하였지만, 그럼에도 불구하고 이 배제된 역사는 포스터의 소설에서 백인 등장인물들의 반응을 통해 그 존재감을 발휘한다. 클럽의 분위기에 대한 화자의 묘사를 보자.

> 그 범죄는 그들이 생각했던 것보다 더 나쁜 것이었다. 그것은 1857년 이후 아무도 건드린 적이 없었던 냉소주의의 극단, 말로 표현할 수 없는 최악의 것이었다.[50]

작가가 이러한 역사 참조를 허락하는 이유는, 찬드라포르의 클럽에 모인 백인들이 '인종적 성범죄'에 대해 보이는 집단적인 위기의식을 강조하고, 궁극적으로는 아델라가 나중에 자신의 진술을 철회하도록 함으로써 이 백인들의 반응이 얼마나 터무니없이 과잉한 것이었는지를 고발하기 위한 목적에서이다. 그러나 이 '실제로 일어나지 않았던 사건'에 대한 등장인물들의 반응이 '실제로 일어났던 사건', 즉 1857년에 일어났던 겁탈과

---

49   Maxwell Gary, *In the Heart of the Storm* 1, London : Kegan Paul, 1891, pp.165~166.
50   E. M. Forster, *A Passage to India*, London : Harcourt Brace, 1924, p.187.

학살에 대한 집단적인 트라우마를 불러내고 있다는 점은 특기할 만하다.

화자의 위 진술에서 이루어지는 역사의 소환이 어디까지나 우회적인 것임은 아무리 강조해도 지나치지 않다. 왜냐하면 이 역사적인 진술에서 조차 '세포이 항쟁'이나 '칸푸르의 학살' 같이 백인 여성에 대한 '만행'을 연상시킬 자극적인 표현이 자제되고, 대신 객관적이고 추상적인 개념인 연도만 언급되고 있기 때문이다. 이어서 등장하는 '냉소주의'란 표현도 사회의 관습이나 제도, 가치 등에 대한 비판적인 사유를 뜻할 진대, "냉소주의의 극단"이 의미하는 바를 선뜻 인도 반란의 맥락, 즉 '백인 여성에 대한 겁탈이나 살해'의 맥락에서 이해하기가 쉽지 않다. 더욱이 소설의 화자는 "냉소주의의 극단"을 "말로 표현할 수 없는" 것으로 다시 정의내림으로써, 독자로서는 최종적으로 이 표현이 무엇을 의미하는지를 판단내리기가 더더욱 어려워진다. 무엇인가를 지시한 후 그 의미를 보완하기 위해서 진술이 추가되기는 하였으나, 실제로 표현이 추가될수록 진술의 의미가 모호해진 셈이다.

찬드라포르의 백인들이 보여준 반응이 세포이 항쟁과 관련된 역사만을 소환하는 것은 아니다. 성폭행 혐의를 받은 아지즈에 대한 재판이 있던 날 재판정에 모인 청중 간에 있었던 대화가 이 점을 잘 보여준다. 캘린더 소령이 아지즈를 지칭하며 "내가 데리고 있던 조수 놈을 조각조각 베어버렸으면 좋겠다"고 말하자 터튼 부인이 맞장구치면서 말한다.

> 여기서부터 동굴에 이르는 어디서든 영국인 여성을 만나게 되면 그때마다 이자들은 기어서 가야 해요. 이들에게는 말을 걸어서도 안 되고, 침을 뱉어야 해요. 이들을 먼지가 되도록 갈아버려야 해요.[51]

---

51   *Ibid.*, p.216.

히스테리컬한 여성이 제안한 비이성적인 조치로 무시해버리기에는 이 진술에 담겨 있는 역사의 무게가 너무 무겁다. 이 진술이 불러오는 1919 년의 학살 사건에 대한 기억 때문에 그렇다.

1919년 4월 10일에 암리차르에서 시크교도 민족주의자들의 폭동이 발생했을 때 자전거를 타고 현장을 지나가던 한 영국인 여성 선교사가 피습당하고 여러 명의 유럽인들이 사망한다. 폭동 사태를 진압하기 위해 투입된 영국군은 다이어 장군의 지휘 아래 통행금지를 실시하고 일체의 집회를 금지한다. 그러나 4월 13일에 종교적 축일을 경배하기 위해 다수의 시크교도들이 시내의 한 공원에 모여들었을 때 다이어는 이들이 집회금지법을 어겼다는 이유로 발포를 명하고 그 결과 대학살이 발생한다. 뿐만 아니라 그는 영국인 선교사가 피습당한 곳을 지날 때 모든 인도인들이 머리를 숙이고 기어갈 것을 명하였다. 명을 어기고 고개를 드는 인도인들은 즉시 개머리판으로 치고 창검으로 찔렀다고 한다. 또한 카수르에서는 한 결혼식 행사가 통행금지법을 어겼다고 해서 주례를 본 성직자를 비롯하여 예식에 참가한 모든 사람들이 태형에 처해졌으며, 영국군에게 물건을 싸게 팔지 않는다고 해서 가게 주인들이 거리에서 태형을 받아야 했고, 현지의 여성들이 베일을 뺏기고 침 뱉기와 모욕을 당했으며, 아이들은 하루에 세 번씩 제국의 국기에 대해 경례를 해야 했다.[52] 이러한 맥락과 연결

---

[52] 1919년 3월 간디가 이끄는 인도국민회의가 동맹휴업을 선언하였던 시기에, 간디의 체포에 이어 펀잡 주 암리차르에서 시크교도 지도자 두 명이 체포된다. 4월 10일에 이에 항의하는 시위가 발생하고 4만 명이 넘는 시위대가 거리에 쏟아져 나온다. 이때 참가자 일부가 폭도로 변하면서 다섯 명의 유럽인들이 사망하고 영국인 선교사 셔우드(Sherwood)도 자전거를 타고 가던 중 피습을 당한다. 사태 수습에 나선 영국군 장군 다이어(Reginal Dyer)는 모든 집회를 금지시킨다. 4월 13일에 만여 명에 이르는 시크교도들이 황금사원(Golden Temple) 인근 잘리안왈라 공원에 모여 종교 집회를 갖는데 이때 다이어 장군은 한 차례의 경고도 없이 이들에 대한 발포를 명한다. 이로 인해 379명이 사망하고 천오백 명의 부상자가 발생한다. 이 잔혹한 사건은 영국 내에서도 비판을 받게 되어 이 일을 기화로 다이어는 퇴진하게 된다. Terence R. Blackburn, *A Miscellany of Mutinies and Massacres in India*, New Delhi : Aph Publishing, 2007, pp.171~173; A. N.

지어 생각할 때, 터튼 부인의 제안은 비록 암리차르 학살을 직접 거명하지는 않지만 그럼에도 불구하고 영국인 여성 선교사가 받은 피습에 대한 분노에 찬 1919년의 기억을 간접적으로 소환한다.

이처럼 찬드라포르 클럽의 남성 회원들이 보여준 반응과 터튼 부인의 진술의 이면에는, 한편으로는 1919년의 암리차르 사건에 대한 사회적 기억이, 다른 한편으로는 1857년의 세포이 항쟁에 대한 트라우마가 존재한다. 이렇게 말하고 보면 두 사건이 별개의 것처럼 들리지만 사실 엄밀히 말하자면 1919년의 사건도 1857년의 트라우마에 의해 결정된 것이다. 암리차르 학살이 있은 지 8개월 후에 영국군의 과잉 대응에 대한 조사가 이루어졌을 때 다이어는 자신이 제2의 인도 반란을 막았다고 자랑스럽게 공언하였다. 역사가 에드워드 톰슨 같은 이도 암리차르 학살에는 "칸포르 Cawnpore(칸푸르의 옛 표기)에 대한 강박, 우리의 여성들이 잔인하고 사리 분간을 모르는 '악마들'의 손에 살육당한 것에 대한 강박"의 영향이 작용했다고 주장한 바 있다.[53] 그러니 1857년의 사건에 대한 기억이 훗날 1919년의 사건에 대한 영국인들의 대응을 결정한 셈이다.

본 연구에서 주장하고자 하는 바는 포스터의 소설에서도 유사한 현상이 벌어지고 있다는 점이다. 비록 작가는 인도와 영국 간의 불편한 역사를 텍스트에서 배제하고 있지만, 찬드라포르 클럽과 재판정에 모인 영국인들이 거론하는 대응책은 이들의 행동이 특정한 기억에 의해 결정되고 있음을 드러낸다. 1919년의 사건이 1857년의 기억에 의해 결정되었듯, 찬드라포르에 주재하는 영국인들의 사고와 언행에는 1857년의 집단적 기억에 의해 선결정된 부분이 있다는 것이다. 달리 표현하면, 찬드라포르의 영국인들이 아델라가 성적으로 모욕당했다는 소식에 보여주는 반

Wilson, *After the Victorians : The Decline of Britain in the World*, London : Picador, 2006, pp.208~210; Lawrence James, *op. cit.*, pp.464~490.

53   Edward Thompson, *The Other Side of the Medal*, London : Hogarth, 1925, p.95.

응은, 암리차르 피습에 대한 기억에 의해, 또한 그보다 60여 년 전에 있었던 인도 반란에 대한 기억에 의해 중첩 결정되고 있다. 백인 등장인물들의 무의식에서 도사리고 있는 이 기억은 직접 모습을 드러내지는 않지만, 이들의 언행을 결정하는 중요한 요인으로 작용한다. 마슈레가 텍스트 내에 부재^{不在}함에도 불구하고 텍스트의 생산을 가능하게 한 침묵에 대해 주목해야 한다고 했는데, 그가 염두에 둔 것이 바로 이러한 경우가 아닌가 한다. 마슈레의 표현을 직접 빌리면, "모든 생산에 대해 그것이 함의하는 바가 무엇인지, 그것이 말하지 않는 바가 무엇인지 물어보는 것은 유용할 뿐만 아니라 합법적이다".[54]

이러한 집단적 기억의 소환은 그것이 비록 극히 우회적인 방식으로 이루어진다고 하더라도, 원칙적으로 양날의 칼을 가진 검^劍과 같이 작용한다. 이를테면, 1919년은 한편으로는 연약한 영국 여성이 '야만적으로' 유린당한 날이기도 하지만, 다른 한편으로는 영국군이 정의^{正義}의 한계를 넘어서 '더 야만적으로' 인도인들을 짓밟은 날이기도 하다. 실제로 다이어 장군은 평화로운 종교 집회자들에게 한 차례의 경고도 없이 발포를 명했고, 결국 이에 대한 책임을 지고 불명예 퇴진을 하게 된다. 그러니 1919년은 영국군이 폭도들에 맞서 영국인 여성을 지킨 '명예스러운' 해이기도 하지만, 다수의 평화로운 집회자들을 잔인무도하게 진압한 불명예스러운

---

54 Pierre Macherey, Geoffrey Wall trans., *op. cit.*, p.85. 비평가 샤프는 암리차르 학살 사건과 『인도로 가는 길』에서 벌어지는 인종적인 사건 간의 유사성에 대해, 전자가 후자의 플롯을 이끄는 "유령 같은 존재"라는 말로 표현한 바 있다. 물론 본 연구에서는 포스터가 과거의 인종적인 갈등에 대한 기억을 일부러 되살려내려고 했다는 주장과는 의견을 달리한다. 당대의 중요한 정치적 사건들을 모두 배제한 텍스트가 군이 상호 학살과 겁탈로 이어진 핏빛 역사를 들여 올 이유를 설명하기가 힘들어지기 때문이다. 또한 샤프의 주장대로 인도인 남성들을 성범죄자로 각인하는 백인 담론을 반박하는 것이 목적이었다면, 실제로 세포이들이 백인 여성들을 겁탈하고 살육한 기억을 일부러 되살리는 것이 무슨 도움이 될는지가 분명하지 않다. Jenny Sharpe, *Allegories of Empire : The Figure of Woman in the Colonial Text*, Minneapolis : Univ. of Minnesota Press, 1993, p.118.

해이기도 하다. 인유된 집단적 기억이 양가적인 해석적 가능성을 갖게 되는 연유가 여기에 있다.

허락된 정치적 사건

앞서 텍스트를 관통하는 자유주의 이데올로기로 인해 정치색이 짙은 역사적 사건들이 텍스트에서 애초에 누락되거나 삭제되었음을 지적한 바 있다. 이는 포스터의 소설에 정치적 사건이 전혀 발생하지 않음을 의미하지는 않는다. 사실 식민지 인도를 배경으로 하는 사실주의적인 소설을 쓰면서 텍스트에서 정치적인 사건을 완전히 배제하기란 현실적으로 불가능하다. 동화 같은 서사를 쓰지 않는 다음에는 말이다. 이 소설에서 허용되는 정치적인 요소들 중에는 아지즈의 변호인으로 고용되는 캘커타의 변호사 암리트라오Amritrao가 있다. 이 저항적인 힌두교도 변호사가 개입하면서, 아지즈의 재판은 자연히 인종 간의 대결의 양상을 본격적으로 띤다. 심지어는 아지즈의 처지를 동정하는 동네 청소부들이 파업을 하고, 이슬람교도 부인네들이 단식 농성을 한다는 소식도 들려온다. 포스터의 소설이 정치적인 것은 여기까지이다.

주목할 사실은 이처럼 재판이 점점 정치적으로 과격한 성격을 띠게 되는 것은 사실이나, 인종주의에 대한 질문이나 식민 통치의 정당성에 대한 질문이 제기되기 전에 재판이 우스꽝스럽게 종료되어버린다는 점이다. 무엇보다 재판이 시작되기도 전에 재판의 중요성을 깎아내리는 진술들이 텍스트에서 개진된다. 이 진술의 주인공들이 작가가 신봉하는 자유주의나 휴머니즘을 대변하는 인물이라는 점에서 이는 무시하지 못할 영향력을 갖는다. 첫 번째가 무어 부인이다. 마라바 동굴에서 돌아온 아델라는 동굴에서 정말로 무슨 일이 있었는지 기억하려 애쓰면서 자신이 아지즈에게 몹쓸 짓을 한 것은 아닌지 괴로워한다. 이때 무어 부인은 "교회에서의 사랑, 동굴에서의 사랑, 이 모든 사랑에 대한 잡소리"[55]라는 말로써 이 고민을 무시해버린다. 재판을 희화화하는 데는 아지즈의 친구이자 변호인 마흐무드 알리도 한 몫을 한다. 심문과 변론이 아직 이루어지기도 전에 무어 부인을 증인으로 소환하는 문제를 두고 알리는 흥분하게 되고, "광인처럼 소리 지르며"[56] 재판정을 나가버리기 때문이다. 그가 무어 부인을 증인으로 내놓으라고 '미시즈 무어'라고 지른 소리를 재판정 밖의 인도인들이 이를 듣고 되받아 외친다. 더욱 가관인 것은 이 외침이 훗날 현지인들의 기억에서 '에스미스 에스무어'로 변형되어 '에스미스 에스무어'가 토착 사회에서 여신으로 추앙되게 되었다는 사실이다.

재판의 진정한 안티클라이맥스는 아델라가 성폭행에 대한 진술을 취소함으로써 발생한다. 재판정에 선 아델라는 상상 속에서 동굴을 다시 방문하지만 동굴 내부에 대한 기억에서 아지즈를 발견할 수 없게 되자 고소를 취하한다. 그 결과 인종 간 한 판 대결의 양상을 띠던 재판이 싱겁게 끝나버린다. 일순간이긴 하지만 정작 정치적인 긴장이 일어난 때는 그 다음이다. 아지즈의 친구이자 지역의 유력 인사인 바하두르Nawab Bahadur의 손자 누레딘Nureddin이 병원에서 고문을 당하고 있다는 소문이 돌았기 때문이다. 분노한 인도인들이 누레딘을 구출하러 병원으로 달려가게 되고, 의사 랄이 그들을 맞이한다. 영국인들에게 아첨하기 위해 아지즈를 무고誣告한 랄은 분노한 군중으로부터 자신이 받을 형벌을 잘 알고 있었다.

갑자기 그가 어릿광대짓을 하기 시작했다. 들고 있던 우산을 내팽개치고, 마구 짓밟더니 자기 코를 갈기기 시작했다. 자신이 무엇을 하는지를 그는 알고 있었고, 그들도 그랬다. 이런 자의 추락에는 애처로운 것도 영원한 것도 없

---

55 E. M. Forster, *A Passage to India*, London : Harcourt Brace, 1924, p.202.
56 *Ibid.*, p.224.

었다. 비천한 출신이기에 판나 랄은 잃을 것이 없었다. 똑똑하게도 그는 다른 인도인들이 왕처럼 느끼도록 해주었는데 그렇게 해서 그들의 기분이 나아질 것이었기 때문이었다.[57]

누레딘의 무사함이 확인되면서 병원에 닥쳤던 위기가 해소된다. 병원을 책임지고 있는 캘린더 소령이 이때 변고를 당했더라면 아마도 폭도들의 다음 목표는 영국인들의 관공서였을 것이다. 그러나 폭동이 일어날 가능성이 있었던 순간에 랄이 어릿광대짓을 함으로써, 인종 간의 대결은 소극笑劇으로 끝이 난다.

텍스트에서는 재판이 끝난 직후 찬드라포르 시의 이슬람교도들과 힌두교도들 간에 일종의 화해가 조성되었음이 언급된다.[58] 서로 다른 종교를 믿는 유력 인사들이 상대방에 대해 우호적인 말들을 나누었을 뿐만 아니라 서로를 이해하려는 욕망을 갖게 되었다고 텍스트는 기록하고 있다. 이에 주목하는 비평가 다스에 의하면, 포스터의 이 소설은 킬라파트 운동이 발생했을 때 힌두교도들과 이슬람교도들이 힘을 합쳐 저항했던 1920년대 초의 역사적 맥락을 반영한다. 이슬람교도인 아지즈의 변호를 위해 힌두교도 암리트라오와 이슬람교도 알리가 동시에 나섰다는 점이나 힌두교도 재판장인 다스가 아지즈를 석방시키는 판결을 내린다든지, 찬드라포르를 떠난 아지즈가 힌두교 국가에서 직장을 잡는다는 점, 아지즈가 마침내 '인도인임'을 주장하며 인도가 하나의 국가가 될 것을 천명함으로써 결말을 맺는 것이 1920년대 초 이슬람교와 힌두교 간에 있었던 우호적인 관계를 반영하는 것이라고 다스는 주장한다. 이러한 주장을 바탕으로 이 비평가는 포스터의 소설이 당대의 역사적 상황의 변천을 "놀라운

---

57   *Ibid.*, pp.236~237.
58   *Ibid.*, p.266.

직관력"으로 포착해내고 있다는 결론을 내린다.[59]

이 소설이 역사적 상황을 참조하기는 하나 이는 어디까지나 우회적이고 암시적인 것임을 지적하는 것은 매우 중요하다. 다스의 지적대로 포스터가 당시 식민지 인도의 역사적 변천을 '놀라운 직관력'으로 포착하였다면, 왜 작가가 정치적인 폭발력이 있는 사건의 결말을 우스꽝스러운 소극으로 만들었는지, 1920년대의 대표적인 정치적 사건이자 아대륙을 휩쓴 비협조 저항운동이 전혀 언급되지 않는지, 간디가 이끌었던 인도국민회의나 1913년부터 무하마드 알리 진나Muhammad Ali Jinnah(1876~1948)가 이끌었던 인도전국이슬람교연맹All-India Muslim League의 활동 등이 텍스트로부터 완전히 배제되었는지 등을 설명할 수 있어야 한다.

작가에게 왜 특정한 역사적 사건을 다루지 않았냐는 질문을 제기하는 것이 그의 창작의 권리를 침해하는 것일 수도 있다. 그러면 적어도 당대 인도인들의 정치적 가능성이라도 제대로 평가하는 안목을 포스터가 보여주었어야 할 것이다. 그러나 인도인들과 그들의 자치 능력에 대한 포스터의 평가는 그렇지 못했다는 것이 본 저서의 주장이다. 힌두교도에 대한 정형 담론이 그 예이다. 1920~1921년의 기간에 식민 정부를 불안하게 만들었던 인도국민회의 대신에 포스터의 소설에서 모습을 드러내는 힌두교도는 갓볼레나 랄 같은 문제적인 지식인이거나 필딩의 집 연못을 청소하는 하인들이다. 이들 중 어느 누구도 식민지 정부에 대해서 아무런 불평이 없다는 사실은 특기할 만하다. 앞서 논의한 바 있듯, 힌두교도들 중 지식인들은 갓볼레처럼 세속을 떠난 구도자의 모습을 하거나 아니면 랄처럼 일신의 이익을 위해서는 동료를 서슴지 않고 파는 이기적인 속물이며, 노동 계급에 속하는 이들은 현실에 대한 역사적 인식을 결여한 육체적인 존재들이기 때문이다.

59   G. K. Das, *op. cit.*, pp. 11 · 14.

뿐만 아니라 화자를 통해 포스터는 동양인에 대한 정형 담론을 여과 없이 소설 속에 들여온다. 마라바 동굴로의 소풍을 끝내고 돌아온 아지즈가 찬드라포르 경찰에 의해 체포되었을 때 그가 어린아이처럼 우는 모습을 보이는 것, "인도의 거주자들은 인도가 어떻게 통치되는 지에 대해 관심이 없다"는 화자의 진술, 친교는 "이렇게 감정적인 민족에 있어서는 급속히 생겨나든지 아니면 아예 생겨나지 않는다"는 진술이 그 예들이다. 심지어는 아지즈가 자신의 입으로 "음탕한 동양적인 상상력"을 가졌다고 공언하기까지 한다.[60] 뿐만 아니라 영국인 노부인을 신격화하여 '에스미스 에스무어'로 모시는 일종의 비교秘敎까지 만들어내는 찬드라포르 현지인들의 모습에서 심오한 역사적 안목을 읽어내는 것은 불가능에 가깝다. 소설의 화자가 작가의 의견을 항상 대변하지는 않는다는 반문이 있을 수도 있겠다. 그러면 작가의 목소리가 직접적으로 드러나는 『데비의 언덕』을 보자. 인구 8만 명의 초미니 왕국의 국정이 어떻게 운영되는지를 근거리에서 목격하고 기록한 이 서간문에서 포스터는 이국적인 환경과 왕의 환대에, 또 자신이 그곳에서 몇 안 되는 서양인이라는 사실에 만족감을 느낀다.[61] 동시에 그는 현지인의 무능력함에 대해 혐오에 가까운 감정도 느낀다. 데와스 시니어 왕국에 도착한 지 얼마 후인 1921년 4월 1일에 자신의 어머니에게 부친 서한에서 포스터는 새 왕궁에 대해 다음과 같은 소견을 기록하고 있다.

> 이곳의 삶은 말로 표현할 수 없을 정도로 기이합니다. 새 왕궁은 여전히 건설 중인데, 10년 전에 지어진 부분들이 이미 허물어지고 있습니다. 이러한 파괴에, 비용 낭비에, 소름끼치는 광경에 어머니께서는 눈물을 흘리실 것입니다. 저도

---

60 E. M. Forster, *A Passage to India*, London : Harcourt Brace, 1924, pp.162 · 114 · 65 · 274 · 256~257.

61 E. M. Forster, *The Hill of Devi*, New York : Harcourt Brace, 1953, p.85(인용자 강조).

그럴 뻔 했습니다. 저희는 돌무더기와 시멘트 반죽 가운데 살고 있습니다.[62]

끝나지 않는 왕궁의 건축에서 포스터는 인도인의 무능력을 본 것이다. '돌무더기'와 '시멘트 반죽'은 서구를 모방하기는 하나 이 모방의 시도가 항상 '파괴'와 '비용 낭비'로 돌아갈 수밖에 없는 인도인의 비극적인 한계를 상징적으로 표현한 것이다.

포스터의 서한에서 인도는 특히 정치적인 면에서 낙후된 곳으로 재현된다. 인도가 정치적인 근대화의 대열에서 영원히 낙오되어 있다는 포스터의 생각은 데와스 왕국에 대한 그의 간결한 평가가 잘 요약하고 있다. "우리는 아직도 14세기에 살고 있습니다."[63] 인도 북부의 소국 차타푸르 Chhatarpur를 방문했을 때 포스터는 이 자치 국가의 수장의 인물됨과 국정에 대해 다음과 같이 평가한다.

그는 매우 기이한 인물이었습니다. 신비롭고, 관능적이며, 어리석으면서도 명민한 구석이 있었습니다. 나의 친구(바푸―인용자 주)와 달리 그가 자신의 왕국을 잘못 다스렸다고 생각하지는 않습니다. 그에게는 그럴 만한 에너지도 없습니다. 그의 마음에는 국가 운영이란 없었고, 그는 영국인들이 시키는 대로 할 뿐이었습니다.[64]

이 평가에서 드러나듯, 차타푸르나 데와스 같은 인도의 자치 국가들에 미래는 없다. 자치 능력과 자치의 의지 모두를 결여하였기 때문이다. 실제로 데와스는 라자의 실정으로 인해 재정 파탄에 이르게 된다. 식민 지배자 앞에서 자신의 과오를 인정하기를 거부한 데와스의 국왕은 가족들을 데

---

62   *Ibid.*, p.86.
63   *Ibid.*, p.113.
64   *Ibid.*, p.196.

리고 이국의 땅으로 몸을 피하고 결국 그곳에서 생을 마감한다.

인도 민족주의의 문제점

사실 포스터가 『인도로 가는 길』에서 역사적인 변천에 대한 안목을 조금이라도 보여주었다면 그것은 아지즈의 변모에서라고 보아야 한다. 아지즈는 마라바 동굴 사건을 겪으면서 자신이 반영주의자로 변모하였으며, 식민지 인도를 떠나서 이슬람 자치국에서 봉사할 것이라 천명한다.[65] 실제로 그는 이슬람 국가는 아니지만 갓볼레가 교육자로 일하는 힌두교 국가로 이주하여 그곳의 왕의 주치의가 됨으로써 민족주의적 결심을 실천에 옮긴 것처럼 보인다. 또한 그는 인도의 미래에 대하여 일련의 깨달음을 얻은 듯 보인다. 우선, 그는 종교적 분열이 인도가 민족국가로 일어서는 데 심각한 장애가 됨을 깨닫는다. 같은 맥락에서 그는 자신이 숭배하는 이슬람교가 과거의 영광을 추억하는 데 필요할 뿐 국가 건설에 도움이 되지 않는 것도 깨닫게 된다.

> 그는 이슬람교도가 아닌 인도인들을 더 많이 만나기로, 그리고 뒤돌아보지 않기로 맹세했다. 그것이 유일한 올바른 방도야. 지금 여기에서 코르도바와 사마르칸트의 영광이 무슨 도움이 되겠어? 그것들은 사라졌어. 우리가 (사라진 영광을 ─ 인용자 주) 슬퍼하는 동안 영국인들이 델리를 점령했고 동아프리카에서 우리를 배제했어. 이슬람이 진실 된 것이기는 하나 자유를 향한 길과는 다른 방향을 비춰. 미래의 노래는 종교를 초월해야 해.[66]

---

65   E. M. Forster, *A Passage to India*, London : Harcourt Brace, 1924, pp.251 · 252.
66   *Ibid.*, p.268.

위 인용문에 언급되는 지명 '코르도바'와 '사마르칸트'는 모두 과거 이슬람 제국의 영광을 누린 곳들이다. 코르도바는 711년에 이슬람 제국에 의해 정복되었고 그 후 5백여 년이 넘게 이베리아 반도에서 꽃피운 이슬람 문명의 중심지였다. 사마르칸트도 710년에 우마이아Umayyad 칼리프에 의해 점령된 후 몽골군이 침입하기까지 5백여 년 동안 중앙아시아에서 이슬람 문화를 꽃피웠다.

아지즈는 이슬람 제국의 과거의 영광이 현재의 인도에 아무런 도움이 되지 않을 뿐더러, 이슬람교가 다른 종교와 벌이는 대립을 인도가 넘어설 때만 미래가 있다고 보았다. 사실 다신교의 특성상 타종교에 대해 관용적이었던 힌두교가 전투적으로 변모하게 된 것은 영국의 식민 통치 기간인 20세기 초였다고 한다. 유일신을 믿는 배타적인 이슬람교가 인도 전역으로 퍼져나가게 되면서, 힌두교는 소수파 종교가 될지도 모른다는 위기감에 봉착했고 이에 대한 대항으로 힌두 민족주의가 생겨난 측면이 있다. 양 종교 간의 갈등에 대한 해결책으로 간디와 네루가 제창한 것이 '세속적 민족주의'였다. 간디의 이러한 비전은 다음과 같이 표현된다. "저는 저의 종교의 이름으로 맹세합니다. 저는 그것을 위해 죽을 것입니다. 그러나 이는 저의 개인사일 뿐입니다. 국가와는 아무런 관련이 없습니다."[67] 아지즈가 도달한 인식에는 이러한 인도 통합의 비전과 맞닿는 부분이 분명 있다.

문제는 포스터가 소설의 후반에서 들려주는 아지즈의 '현실'이다. 적어도 아지즈의 설명에 의하면, 그는 이슬람교도들을 보다 잘 이해하기 위해서, 또한 식민지 인도가 아닌 자치국에서 봉사하기 위해서, 마우Mau 지역으로 옮겨 왔다. 그러나 이 힌두 자치국에서는 이슬람-힌두 갈등이 아니라 힌두교 내부의 카스트 문제가 심각하였고, 아지즈는 이러한 내부의 갈등에 휩쓸리지 않기 위해 보신주의적인 삶을 살아갈 뿐이다. 소설에 의하

---

67   P. C. Joshi, "Gandhi-Nehru Tradition and Indian Secularism", *Mainstream Weekly* 45-48, 2007.11.25(http://www.mainstreamweekly.net/article432.html)에서 재인용.

면, 외부인이 힌두교를 이해한다는 것은 애초부터 불가능한 일이었다. 힌두교의 다양한 종파들이 각기 다른 방향으로 퍼져나가고 또 서로 합치고 변모하며 이름을 바꾸어버리기에, 최고의 선생님 아래에서 힌두교에 대해 몇 년을 공부하더라도 "고개를 들어 세상을 둘러보면 공부한 것이 하나도 맞지 않음"[68]을 개인은 발견하게 된다. 힌두교에 대한 이러한 평가는 포스터 자신의 부정적인 경험을 반영하는 것이다.[69] 그래서 아지즈는 힌두교도들을 이해하기를 일찌감치 포기할 뿐만 아니라, 전통적인 힌두교도들로부터 의심을 받지 않기 위해, 서양의 근대 의학을 시술하고 전수하는 일도 포기해버린다. 그 결과 "그의 의술 기구들은 녹슨 채 버려졌다"고 텍스트는 들려준다.

포스터의 손에서 재현되는 아지즈는 이처럼 자신이 결심한 바를 실천에 옮기지 못하는 인물이다. 힌두교도들을 이해하겠다고 했지만 이를 포기했고, 이슬람의 배타주의를 넘어서야 한다고 했지만 그는 여전히 뼛속까지 이슬람교도이다. 이슬람교에 대한 애착을 버릴 수 없는 아지즈를 작가는 이렇게 묘사한다. "패배한 이슬람에 대한 애상哀想, pathos이 그의 피에 남아있었고 (그가 습득한—인용자 주) 근대성으로는 이를 물리칠 수 없었다."[70] 무엇보다 이제 인도인이 되었다는 아지즈의 천명도, 그 근저에 필딩에 대해 느낀 분노와 배신감이 있음을 고려할 때 그 진정성이나 정치적 의미가 삭감된다. 사유인즉, 하루는 필딩으로부터 결혼하게 되었다는 편지를 받게 되는데, 이때 아지즈는 그가 아델라와 결혼한다는 것으로 오해

68   E. M. Forster, *A Passage to India*, London : Harcourt Brace, 1924, p.292.

69   데와스에 체류하던 중 포스터는 크리쉬나 신의 탄생 축제에 참가하는데, 이때의 경험이 『인도로 가는 길』에 그대로 녹여진 바 있다. 힌두교 국가인 데와스와 마우에서 일정 기간 체류한 후, 짝사랑 마수드를 만나러 이슬람교 지역 하이데라바드를 들렀을 때 포스터는 "안도감"을 느꼈다고 서술한다. 힌두교 국가들에 비교할 때 적어도 이슬람교 국가가 안고 있는 문제들이나 곤경거리는 "이해할 수 있는 성질의 것"이라고 포스터는 표현한 바 있다. E. M. Forster, *The Hill of Devi*, New York : Harcourt Brace, 1953, p.235.

70   E. M. Forster, *A Passage to India*, London : Harcourt Brace, 1924, p.293.

한다. 이전에 아지즈는 마라바 동굴 사건과 관련하여 자신이 무고誣告에 의해 투옥되고 법정에 서게 된 것에 대한 배상금을 아델라에게 청구할 생각이었다. 그러나 필딩이 적극 만류하여 이를 포기한 바 있었다. 그런 일 있은 후 필딩이 아델라와 결혼하게 되었다는 소식을 들었을 때, 아지즈는 자신이 마땅히 받아야 할 금전적 이득을 필딩이 가로채기 위해 그때 손해 배상을 만류한 것이라고 믿게 된 것이다. 그러나 이는 속 좁은 아지즈의 오해였을 뿐, 필딩이 결혼한 사람은 아델라가 아니라 무어 부인의 딸 스텔라Stella임이 나중에 밝혀진다.

이러한 맥락에서 이해되었을 때, 마침내 인도인이 되었다는 아지즈의 천명은 영국인 친구에 대해 느낀 배신감에 상당 부분 기인한다. 인도의 통합을 위해 노력하겠다는 그의 결심도 한낱 수사에 지나지 않음을 고려할 때, 필딩과의 마지막 장면에서 그가 외치는 통일 인도에 대한 비전, 즉 인도가 하나의 국가가 되고, 힌두교, 이슬람교, 시크교가 하나가 될 거라는 아지즈의 천명은 내용이 없는 수사, 스스로를 위안하는 정신적인 자위 행위에 지나지 않는다. 많은 비평가들이 주목한 바 있는 필딩과의 마지막 해후 장면을 보자. 아지즈가 영국인들을 인도에서 다 몰아낼 거라고 장담하자, 필딩은 그럼 누구를 대신 데리고 올 거냐고 묻는다. 일본인들을 데리고 올 거냐고 필딩이 놀리자 아지즈는 아프간인들을 대안으로 내세운다. 그때 문득 그에게 아래와 같은 곤란한 생각이 떠오른다.

자신이 마우의 아프간인들과도 어울리지 못함을, 자신이 곤경에 처했음을 알게 된 그는 자신이 탄 말이 앞다리를 들고 서게 했다. 그러다 자기에는 모국이 있음을, 혹은 모국이 있어야 한다는 생각이 들었다. "인도는 하나의 국가가 될 거요! 어떤 외국인들도 사절이야! 힌두교와 이슬람교, 시크교, 모두가 하나가 될 거요! 만세! 인도 만세!"[71]

비록 포스트는 자세한 이야기를 들려주지 않지만, 아지즈가 아대륙 인도 바깥에서 모셔올 민족으로 아프간인들을 꼽은 데에는 몇 가지 이유가 있다. 첫째, 아지즈가 존경해마지 않는 선조 바부르Babur(1483~1531)가 첫 왕국을 세운 곳이 아프가니스탄이요, 그가 그곳에서 인도까지 세력을 확장하여 무굴 제국을 세웠다는 점에서, 아프간 문화는 이슬람교도로서의 아지즈의 정체성이나 그가 선조로부터 물려받은 종교적·문화적 정체성과 일치한다. 둘째로, 암리차르 학살이 발생했을 때 당시 아프가니스탄의 왕 아마눌라Amanulla가 영국을 비난하고 인도 민족주의를 지지하였던 적이 있다. 인도의 이슬람교도들이 보았을 때 아프가니스탄의 이러한 움직임은 범이슬람주의의 새로운 도래를 의미했을 것이다. 셋째, 19세기 말~20세기 초 서남아시아에서 영국이 세력을 확장하고 있었을 때 이에 저항하여 주권을 획득한 유일한 국가가 아프가니스탄이라는 사실이다. 아프가니스탄은 일차 영아프간 전쟁(1839~1842)에서 승리를 거두었으며, 이차 전쟁(1878~1880)에서는 패배하여 외교권을 상실하나 대신 막대한 보조금을 받게 된다. 삼차 전쟁(1919)에 가서야 아프가니스탄은 일차 세계대전 참전으로 인해 지친 영국으로부터 완전 독립을 보장받는다.

아지즈가 아프간인들을 해외에서 모셔옴으로써 인도의 통합을 꿈꾸었을 때, 작가는 아마도 아프가니스탄이 1919년의 삼차 영아프간 전쟁을 통해 주권을 회복하였다는 사실을 염두에 두었을 가능성이 높다. 그러나 아프간인들이 어떻게 영국인들을 아대륙에서 몰아낼 수 있을지, 또한 설사 그렇게 할 수 있다고 하더라도 분열된 인도를 어떻게 통합시킬 수 있을지 등의 현실적인 문제에 대한 대안 없이 막연히 아프간인들을 들여와야

---

71   *Ibid.*, pp.321~322.

한다는 아지즈의 생각은 한 이슬람교도의 낭만적인 꿈일 뿐이다. 특히 삼
차 아프간 전쟁이 제국에 반대하는 반영주의나 아프간 민족주의가 도화
선이 되어 일어난 것이 아니라 실은 아프가니스탄 내부의 권력 승계 문제
때문에 일어났다는 사실은, 아프간인들에게 건 아지즈의 희망이 환상에
지나지 않음을 드러낸다. 아프가니스탄에서 왕위 계승 문제로 내분이 일
어났고 그 결과 불안정한 정국을 타개하기 위하여 영국령 인도와 파키스
탄을 침공함으로써 삼차 영아프간 전쟁이 일어나게 된 것이다.[72]

포스터는『인도로 가는 길』의 결론에서 다시 한 번 소설을 관통하는 주
제, 즉 영국인과 인도인 간의 우정 문제를 들여온다. 필딩과 아지즈가 헤
어지는 마지막 장면을 보자.

> "그래요, 우리는 모든 망할 놈의 영국인들을 깡그리 바다로 몰아내어버릴 거
> 예요. 그때서야" — (아지즈 — 인용자 주)가 맹렬하게 (필딩 — 인용자 주)을
> 향해 말을 몰았다 —"그때서야" 그가 그에게 **반쯤 입을 맞추며** 결론을 내렸다.
> "당신과 제가 친구가 될 것입니다."[73]

사이드는 이 장면을 두고 동양과 서양의 차이가 쉽게 극복될 수 없는 것
임을 확인한다는 점에서 인종주의적 결론이라고 비판한 바 있다. 그러나
이 소설이 정치적인 결론을 내린다고 보았다는 점에서 사이드의 이 해석
은 소설에서 작동하는 자유주의 이데올로기의 프레임을 제대로 읽어내
지 못하고 있다. 이 소설의 정치성은 정치적인 결론을 예비하고 있어서가

---

72 부왕 하비불라(Habibula)가 살해된 후, 왕의 삼남 아마눌라는 군대의 지원을 받아 왕위
계승자인 삼촌 나스룰라(Nasrulla)와 보수적인 인사들을 제거한 후 왕위에 오른다. 그
는 그 후 위태한 국내 정국을 해결하기 위한 방책으로 전쟁을 고려하게 되었다. Gregory
Fremont-Barnes, *The Anglo-Afghan Wars 1839~1919*, Oxford : Osprey Publishing, 2009,
pp.80~81.

73 E. M. Forster, *A Passage to India*, London : Harcourt Brace, 1924, p.322.

아니라 비정치적인 프레임으로 정치적인 상황을 조망한다는 데 있기 때문이다. 즉, 사이드의 독법에서는 식민지의 정치적 현실을 개인적인 관계로, 인종을 가로지르는 친교의 문제로 축소하거나 전치시키는 소설의 전략에 대한 고려가 발견되지 않는다.

주목할 만한 사실은 아지즈가 마우 지역으로 옮겨 온 후에도 여전히 "패배한 이슬람에 대한 애상"[74]에 젖어 있는 인물임을 포스트가 강조하기를 게을리 하지 않는다는 점이다. 인도를 침략하였기로는 영국과 크게 다르지 않았던 무굴 제국에 대한 향수가 그 근저에 있음을 고려한다면, 아지즈의 '인도인' 선언을 인도 민족주의로 보기에는 문제가 있다. 애초에 그 선언은 정치적인 실천이나 지향점을 갖기에는 지나치게 "시대착오적인"[75] 개인의 감상으로 읽혀져야 한다. 이처럼 포스터의 텍스트에서는 정치적으로 해석될 수 있는 발언도 극히 사적인 열망이나 향수에 의해 포섭됨으로써 탈정치적인 진술로 변모한다. 백보 양보하여 아지즈의 마지막 진술을 정치적인 발언으로 간주한다고 하더라도, 그가 재회 조건으로 내건 '인도로부터 영국의 축출'이라는 다분히 정치적인 내용이 극히 감성적인 형식, 심지어는 성적인 암시로 충만한 형식에 의해 희석되고 있다는 점에 유의해야 할 필요가 있다. 이별 선언문의 정치적 내용이 "반쯤 입을 맞춘" 행동에 의해 취소되고 마는 꼴이기 때문에 그렇다. 결론적으로, 『인도로 가는 길』은 결미에서 인도의 독립과 민족주의와 같은 정치적인 현안을 표면적으로 내세우기는 하되 그 현안의 내용을 사실상 개인적인 친분과 성애적인 요소로 채움으로써 급진주의를 제어하고, 통일 국가에 대한 열망을 의고적인 개인의 애상으로 봉쇄하는 그런 텍스트이다.

인도에 대한 그의 지대한 관심에도 불구하고, 또한 데와스 왕국을 개혁해보려고 들인 수고에도 불구하고, 포스터는 인도에 독립하거나 자치

---

74   *Ibid.*, p.293.
75   고부응, 앞의 글, 89쪽.

할 수 있는 능력이 있다고 보지 않았다. 영국인들의 도움을 받아서 나아질 것을 기대하는 것이 인도에서 기대할 수 있는 최상의 것이라고 보았던 것이다. 그는 인도에 체류하는 짧지 않은 기간 동안 인도 민족주의자들을 거의 만나지 않았기에, 이들에 대해서 애초에 관심도 없었지만 아는 바도 많지 않았다. 두 번째 인도 방문에 관한 포스터의 마지막 서한은 이러한 점에서 시사 하는 바가 크다.

> 저는 식민정부와 영국인을 지지하는 인도인들과 지냈습니다. 그래서 **다른 쪽**이 무슨 생각을 하는지 알 수 없습니다. 하지만 한 가지는 분명하게 알고 있습니다. 과거에 이곳에 파견되어 나왔던 영국인 남성들과 여성들의 오만함에 대해 대가를 치르고 있다는 점 말입니다. **예의범절**로 정치적 격동을 방지할 수 있다고 보지는 않습니다. 다만 적어도 그런 변화를 최소화할 수 있고, 그 어느 곳보다도 동양에서는 그것을 방지하는 데 더 큰 기여를 할 수 있습니다.[76]

인용문에서 "다른 쪽"이라 함은 인도 민족주의자들을 일컫는다. 일견, 여기에서 포스터는 식민지 인도에서 예기되는 변화의 조짐을 인지하고 있다는 점에서 역사적 안목을 보여준다고 볼 수 있을 지도 모르겠다. 그러나 인용문의 전체적인 맥락을 고려할 때 이 안목의 존재는 의문에 부쳐지게 된다. 무엇보다 식민지 인도의 문제를 영국인들의 '오만함'이 자초한 문제라고 본다는 점에서, 또한 '예의범절'과 같은 개인적인 관계의 개선으로써 정치적인 갈등을 상당 부분 해결할 수 있다고 믿는다는 점에서, 포스터는 식민지 인도의 역사적 현실에 대해 착각하고 있는 자유주의자이다. 뿐만 아니라 다른 서한에서 그는 인도 중부에 있는 나그푸르^{Nagpur}를 방문했을 때 그곳 사람들을 "가장 광신적이고도 반영주의적反英主義的"[77]

---

76   E. M. Forster, *The Hill of Devi*, New York : Harcourt Brace, 1953, p.237(인용자 강조).
77   *Ibid.*, p.190.

이라고 경멸한 바 있다. 당시 나그푸르는 1920년에 인도국민회의를 개최하는 등 힌두 민족주의의 중심지 중의 하나였음을 고려할 때 제국과 인도에 대한 포스터의 입장은 재론의 여지가 없이 분명해진다.

제10장
식민지의 쌍둥이 어른아이

영국인을 어떻게 정의하든, 아프리카인은 그것의 정반대다.

— 도로시 해몬드 · 알타 자블로, 『존재한 적이 없었던 아프리카』

캐리의 아프리카 소설과 반식민주의

조이스 캐리(1888~1957)는 1930년대와 1940년대에 본격적으로 작품 활동을 한 아일랜드 출신의 작가이다. 그는 1913~1919년 동안 나이지리아의 북부에서 식민지 관리로 봉사한 경험을 바탕으로 일련의 아프리카 소설을 출간하였다. 그의 대표작으로는 『구출된 아이사Aissa Saved』(1931), 『미국인 방문객An American Visitor』(1933), 『아프리카의 마녀The African Witch』(1936)와 『미스터 존슨Mister Johnson』(1939) 등이 있다. 본 저서에서는 이중 마지막 두 작품을 논의의 대상으로 삼았다. 탈식민주의 비평가 잔모하메드는 캐리의 아프리카 소설을 '인종적 로맨스'로 규정한 바 있으나,[1] 캐리의 소설에서 사용된 담론은 사실 19세기에 풍미하였던 제국주의 로맨스나 모험소설의 그것과는 사뭇 다르다고 본 연구는 주장한다.

---

1   Abdul R. JanMohamed, *Manichean Aesthetics : The Politics of Literature in Colonial Africa*, Amherst : Univ. of Massachusetts Press, 1983, p.43.

문제의 두 소설은 영국의 식민 통치를 받는 나이지리아의 한 토후국을 배경으로 한 것이다. 『아프리카의 마녀』의 주인공은 나이지리아의 한 작은 왕국 리미Rimi의 왕자 알라다이Aladai이다. 그는 옥스퍼드에서 교육을 받던 중 귀국하여 리미를 개화시키려고 노력하나 토착 세력 간의 권력 다툼에 말려들어 결국 영국군에 맞서게 되고 잇따른 전투 중 목숨을 잃는다. 반면 『미스터 존슨』의 주인공은 선교사들에 의해 서양 교육을 받고 식민지 정부의 하급 관리로 취직을 하게 된 흑인 존슨이다. 그는 법을 무시하고 충동적인 삶을 살다 직장을 잃게 되고 마침내는 자신이 영웅처럼 받드는 영국인 상관에 의해 사살되고 만다. 작가는 '개화된' 나이지리아인을 주인공으로 등장시킴으로써, 흑인을 '무지'나 '야만성'의 은유로 사용하던 이전의 식민주의 문학의 수사법에서 탈피한 듯하다. 전통적인 식민주의 문학에서 백인과 흑인의 관계가 중심/변방, 주체/객체와 같은 차등적인 이분법에 의해 결정되어 왔음을 고려해 볼 때, 흑인과 흑인 사회가 텍스트의 중심에 위치해 있다는 사실은 이 소설들이 적어도 구도상으로는 백인중심적인 시각을 탈피한 듯하다. 텍스트에서 발견되는 식민주의를 비판하는 담론들도 이러한 주장을 뒷받침 해주는 듯하다. 그러나 캐리의 소설을 제국주의라는 맥락에서 논할 때 규명해야 될 주요 문제 중의 하나가 바로 이 반식민주의적 발언의 정확한 성격이다.

제국과 식민지 관료들에 대한 캐리의 비판은 『아프리카의 마녀』에 등장하는 백인 여성 주디Judy의 입을 통해 들려온다. 주디는 흑인들의 처지에 공감하며 그들의 복지에 관심을 갖고 있는 몇 안 되는 선한 백인 중의 한 사람이다. 그녀는 리미의 경찰 간부인 약혼자 래컴Rackham과 대화하던 도중에 "당신은 언제까지 이 나라를 중세 시대의 모습으로, 인류학자를 위한 박물관으로 유지할 수 있다고 믿으세요?"[2]라고 묻는다. 이 질문은

---

2 Joyce Cary, *The African Witch*, London : House of Stratus, 2000, p.73.

영국의 식민지 경영이 제국주의가 표방하는 '진보적인 이상'과는 동떨어진 것임을 지적할 뿐만 아니라, 식민지 지배를 공고히 하기 위하여 제국이 식민지의 발전을 의도적으로 지체시키고 있다는 혐의마저 영국에 걸고 있다. 이러한 혐의는 식민지 관료들의 태도에서, 무엇보다도 부족을 개화시키려는 알라다이의 노력에 대하여 백인 관리들이 보여주는 조소적인 태도에서도 감지된다.

『미스터 존슨』에서 식민지 정부에 대한 비판은 감독관 불틸Bulteel과 행정관 루드벡Rudbeck 간의 대화에서 표출된다. 식민 통치가 나이지리아의 미래에 미칠 영향에 대하여 관심을 가진 루드벡은 불틸에게 자문을 구한다. 그러나 불틸은 자신의 의견을 분명하게 제시하지 않는다. 분명한 대답 대신에 그가 해주는 충고는 식민지의 미래에 대해서 논하거나 이와 관련된 어떤 계획을 세우는 것도 금기 사항이며, 따라서 어떤 건설적인 생각도 행정부에 건의해서는 안 된다는 것이다. 식민지의 관료제가 갖는 폐단은 불틸의 입을 통해 다음과 같이 진술된다. "재무성에 사기를 치려는 자들은 누구든 법규를 가지고 마음대로 농간을 부릴 수 있지. 반면 정직한 자들에게 법규는 그들이 추구하는 올바른 사업에 방해만 될 뿐이야."[3] 형식주의와 절차주의로 인한 식민 통치의 폐해를 꿰뚫어 보면서도 불틸은 이를 개선할 노력을 하기는커녕 그러한 시류에 편승하여 복지부동의 삶을 산다. 이와 대조적으로 루드벡은 관할지인 파다Fada의 경제적 발전을 위해 도로를 건설하고, 객사를 건설해 방문객들을 위한 편의를 제공할 뿐만 아니라, 이를 통해 세수를 증대시킬 것을 꿈꾸는 인물이다. 타성에 젖은 식민지 행정부로부터 재정적인 지원을 기대할 수 없게 된 루드벡은 공금 유용이라는 불법적 경로를 통하지 않고서는 도로 건설을 완성할 수 없음을 깨닫고 좌절하게 된다. 재무성과 불틸의 무사안일주의와 관할지 발

---

3   Joyce Cary, *Mister Johnson*, New York : New Directions, 1989, pp.167~168 · 114.

전을 위해 노력하는 루드벡의 성실성을 대비함으로써, 텍스트는 본국과 식민지 모두의 관료주의를 고발한다.

캐리의 텍스트에서 발견되는 식민지 행정부에 대한 비판은 나이지리아 북부에서 식민지 관리로서 봉사한 작가 자신의 경험과 무관하지 않다. 제국의 일꾼으로서 식민지로 건너간 다른 중하층 계급의 출신들과 마찬가지로, 캐리도 애초에는 현지인들 위에 군림하는 지배 계층의 일원이 된 것에 대해 무척 흡족해 했다. 본국에서는 누릴 수 없었던 통치 권력을 누리게 된 캐리는 1917년 5월 5일의 한 서한에서 스스로를 "약 일만 평방 마일을 다스리는 지배자"[4]로 칭하기도 하였다. 아프리카에서 체류하는 동안 그의 생각과 감정이 변해 온 궤적은 그의 서한에 잘 나타나 있다. 변화된 사회적 위상에 대한 캐리의 생각은 식민지의 지역 경계 변경 건에 관한 다음의 서한에서 잘 드러난다.

> 그들은 나에게 경계선을 마음대로 바꿀 권한을 주었다. 최선을 다하여 나는 약 10마일의 거리를 변경하였다. 백여 가구가 넘는 농가가 이 일로 인해서 영향을 받게 되었다. 이 일에 대한 나의 보고서가 호평을 받을지는 모르겠지만, 사전에 명백히 문서의 형태로 확보해 놓은 권한이 있으니 어느 누구도 어찌하지는 못하리라.[5]

이 서한은 식민지 지배 계급에게 부여된 절대 권력에 대해 캐리가 갖고 있었던 낭만주의적 사고를 표출하면서 동시에 식민 통치의 문제점도 드러낸다.

자신이 쓴 소설 속의 주인공 루드벡처럼 캐리도 자신의 관할지에서 교

---

4   M. M. Mahood, *Joyce Cary's Africa*, Cambridge : Riverside, 1965, p.35.

5   Abdul R. JanMohamed, *Joyce Cary's African Romance*, Boston : African Studies Center Boston University, 1978, p.18에서 재인용.

량과 도로 건설 그리고 다른 행정적인 개선을 위해 노력을 기울였다. 그러나 시간이 지나가면서 낭만적 동경과 자신감은 사라지고, 이민족 가운데 고립된 자신의 처지에 대한 불안한 감정과 더불어 식민지 경영의 부조리에 대한 인식이 차츰 그의 내부에서 고개를 들게 되었다. 식민지 정부에 대한 캐리의 부정적인 인식은 한때 극단적인 용어로 표출된 바 있다. "이 세상에서 영국만큼 그렇게 비열한 정부는 없다고 생각한다. 그렇게 비열하고 기회주의적이며, 근시안적이며, 위선적인 정부 말이다."[6] 루드벡의 모델이 되었던 캐리의 상관 에드워즈H. S. W. Edwards의 1915년 9월 2일 자 서한도 유사한 좌절감을 토로한다.

> 좌천을 당하는 일이 있을지라도 이번 건기에는 도로를 건설해야겠다. 유익한 조치에 대한 반대와 불신은 상부에서 온다는 농담이 있다. 항상 정부와 싸워야 한다. 거절과 무시 때문에 의욕을 잃는다면 아무것도 해낼 수 없다. 나는 이 싸움을 즐기며, 종국에는 나의 입을 막기 위해서라도 그들이 이 일을 허락할 것이다.[7]

에드워즈의 이 서한에서 문명화를 표방하는 제국의 적은 현지의 "야만인들"이 아니라 제국의 정책 결정권자들임이 드러난다. 반면, 제국주의와 관련하여 캐리의 텍스트를 논할 때 반드시 지적되어야 할 점은 행정부에 대한 그의 비판이 제국의 정당성에 대한 물음으로 이어지지는 않는다는 것이다.

---

6   *Ibid.*, p.19.
7   M. M. Mahood, *op. cit.*, p.11에서 재인용.

역담론逆談論의 역기능

식민주의에 대한 비판은 캐리 이전의 작가들에서도 발견되는 것이다. 앞서 논의한 바 있듯 콘래드의 『어둠의 심연』의 예만 보아도 그렇다. 작품의 초반에서 말로는 콩고 강 유역의 무역소에서 벌어지는 흑인에 대한 착취를 지적함으로써 당시 벨기에 왕의 비인간적인 면을 비판하였다. 동시에 말로는 흑인을 야만인으로 여기고 아프리카를 선사 시대의 땅과 동일시함으로써, 자신이 제기한 반제국적인 안목의 의미를 상당 부분 삭감시키기도 한다. 콘래드의 텍스트에 드러나는 이러한 모순적인 태도가 아체베를 비롯한 탈식민주의 비평가들 사이에서 논란을 야기하였음은 주지의 사실이다.

19세기 말엽~20세기 초엽의 영문학에서 발견되는 제국주의에 대한 비판을 역담론 혹은 대항 담론이라고 부른다면, 이 담론이 제국의 종식을 주장하는 것인지 아니면 제국에 대한 비판에도 불구하고 종국적으로 제국주의의 "사명"을 옹호하려는 의도를 가진 것인지는 한번쯤 물어봄직하다. 이와 관련하여 이 텍스트들이 모두 제국주의에 대하여 유럽인들이 더 이상 낙관적인 신념을 유지하기 힘들어졌던 때에 출간되었다는 사실을 고려할 필요가 있다. 일례로 19세기 말엽이 되면 벨기에 왕이 콩고 자유국을 얼마나 잔혹하게 통치하였는지가 유럽 사회에 점차 알려지기 시작하였다. 1900년부터 유력 언론인이자 훗날 반전주의자가 되는 에드먼드 모렐Edmund D. Morel이 콩고의 실상을 언론에 알리기 시작했고, '노예반대협회'와 '원주민 보호협회' 같은 영국의 인도주의적인 기구들도 벨기에 왕의 식민 통치를 비판하기 시작했다. 콩고 자유국에 영국 영사로 파견된 로저 케이스먼트Roger Casement는 식민 통치의 실상에 대한 조사를 하여 이를 본국의 외무성에 보고하였을 뿐만 아니라 언론에도 퍼뜨렸다.[8] 이러한 활동으로 인해 1903년에 영국 하원에서는 콩고 흑인들이 인도적으로 다루어져야 할 것을 촉구하는 결의안이 만장일치로 통과되었다.

사실 이 시기는 영국도 제국의 존재와 팽창주의에 대한 확신이 심하게 흔들렸던 때이기도 했다. 남아프리카에서 영향력을 확대하기 위하여 식민성 장관 조지프 체임벌린Joseph Chamberlain이 트란스바알 공화국을 전복하려는 시도를 꾀하였고, 1895년에 보어 정권을 전복시키기 위해 리앤더 제임슨Dr. Leander Starr Jameson이 시도한 무장 봉기가 대실패로 돌아가게 되었다. 몇 년 후에 벌어진 보어 전쟁에서는 영국군이 보어인 여성과 어린이들을 강제수용소에 격리하고 이들을 혹독하게 다룬 결과 많은 사상자가 발생하게 된다. 영국인의 도덕적 우월감을 훼손하는 이러한 소식들이 본국에 전해지면서 영국의 인도주의자들이 분격하였다. 그렇다고 해서 이 시기의 영국인들이 제국과 관련하여 도덕적인 책임이나 죄의식에 시달렸다는 뜻은 아니다. 이 시기의 영국은 후발 제국들과의 경쟁과 식민지에서의 민족 운동 등의 도전에 직면하였고, 그 결과 극우 이데올로기가 활개를 쳤던 때이기도 하기 때문이다.

> (보어 ― 인용자 주) 전쟁은 영국인들에게 "정신적인 안정을 상실하도록 만들었고, 그 이후에도 이로부터 완전히 회복할 수 없었다". 그 결과 영국의 사명에 대한 새로운 인식이 필요로 되었다. 정치적인 면에서뿐만 아니라 경제적인 면에서도 새로운 반제국주의적인 의식이 발달하게 되었다. 동시에 대중적인 제국주의와 국수주의적인 분위기가 사회 전체에 팽배하여 어떠한 다른 의견도 비애국적인 것으로 간주되었다. (…중략…) 많은 자유주의자들과 사회주의자들이 보어 전쟁을 반대하였는데 그 이유는 이 전쟁이 '자치(自治)와

---

8   Adam Hochschild, *King Leopold's Ghost : A Story of Greed, Terror, and Heroism in Colonial Africa*, Boston : Houghton Mifflin, 1999, pp.188 · 194.

계몽된 제국주의'의 원칙에 어긋난다고 보았기 때문이었다. 그들 중 대부분은 해외 (식민지 — 인용자 주)에서 이루어지는 (반민주적인 — 인용자 주) 실천이 국내 정치에도 영향을 미쳐 영국에 반자유주의적인 정부가 들어설 것을 두려워하였다.[9]

이러한 맥락에서 고려되었을 때 캐리의 아프리카 소설에서 발견되는 비판적인 시각은 당대 영국 사회의 온건한 지식인들 사이에서 충분히 제기되었을 법한 내용이었다고 여겨진다.

앞 장에서 언급한 바 있지만, 식민지에 대한 어떠한 서사화도 당대 사회의 현실을 완전히 무시하거나 배제할 수 없다. 동화 같은 세상을 그려내지 않는 다음에야 말이다. 그러나 식민지 행정의 무능함에 대한 폭로가 반드시 제국의 존재 자체를 반대하는 것을 의미하지는 않음에 유의할 필요가 있다. 이는 『어둠의 심연』과 비교해 볼 때 잘 드러난다. 콘래드의 텍스트가 제국주의자들의 도덕적 타락상을 고발한다고 해서, 곧 제국주의가 천명한 구호마저 부정하는 것은 아니기 때문이다. 이는 앞서 간략히 언급한 바 있는, 넬리호의 선상에서 말로가 동료에게 하는 다음의 말에서 명료하게 드러난다.

지구의 정복이란 대개 우리와 피부색이 다르거나 코가 좀 낮은 자들로부터 땅을 강탈하는 것을 의미하기에, 실상을 깊숙이 들여다보면 결코 보기 좋은 일은 아닐세. 그런 추악한 행위를 구원해 줄 수 있는 것은 이상뿐이라네. 그 이면에 있는 이상, 감상적인 허식이 아닌 이상, 그리고 그 이상에 대한 사심 없는 믿음 말이야. 모셔 놓고 앞에서 경배하며 제물을 바칠 수 있는 그런 이

---

9   Athena Syriatou, "National, Imperial, Colonial and the Political : British Imperial Histories and their Descendants", *Historein* 12, 2012, p.40.

상 말일세.[10]

『어둠의 심연』은 제국주의를 이렇게 실천과 이상으로 양분함으로써 중요한 두 가지 임무를 실행한다. 첫째, 이념으로서의 제국주의를 추악한 현실에서 구해내며, 둘째 앵글로색슨족이 유럽의 다른 제국들과 함께, 특히 레오폴드 2세와 같이 악명 높은 군주와 함께 도매금으로 비난받는 것을 면하도록 해준다. 이를 달리 표현하면, 이 이분법의 설정은 이념으로서의 제국주의를 옹호하면서도 동시에 영국의 경쟁 제국들을 비판하는 것을 가능하게 해준다.

이러한 면모는 말로가 브뤼셀에 있는 무역회사를 방문할 때 잘 드러난다. 앞서도 언급한 바 있지만, 회사의 사무실에 걸려 있는 아프리카 지도를 바라보며 말로는 생각한다. "지도에는 붉은색의 거대한 지역이 있었는데, 사업다운 사업이 벌어지고 있다는 것을 알기에, 그곳은 언제 보아도 좋은 곳이지."[11] 말로의 사유에서 붉은색 지역은 아프리카의 여타 지역들과 달리 '사업다운 사업이 벌어지는 곳'으로 차별화된다. 붉은색으로 칠해진 영국의 식민지에 대한 이러한 평가는 콘래드의 텍스트에서 유럽 제국들 가운데 유독 영제국만이 도덕적으로 우월한 위치에 세워짐을 의미한다.

『미스터 존슨』에서도 제국주의의 이념과 실천에 대한 유사한 구분이 이루어진다. 예컨대 루드벡이 '모셔 두고 절하는' 목표는 파다에서의 도로 건설이다. 공공사업에 전념하는 루드벡의 모습은 희생을 두려워하지 않는 순교자에 가깝게 묘사된다.

---

10 조지프 콘래드, 이석구 역, 『어둠의 심연』, 서울 : 을유문화사, 2008, 17쪽; Joseph Conrad, Robert Kimbrough ed., *Heart of Darkness*, New York : Norton, 1988 p.10. 앞으로 원문의 쪽수는 번역본 쪽수 뒤에 괄호로 표기한다.

11 위의 책, 23~24(13)쪽.

그에게 주어진 생각은 단 하나이다. 그것은 파다 북부의 도로이다. 그는 도로에 대해서 꿈꾸며 (…중략…) 매일 매일을 건설 현장에서 보냈다. 그 모습을 흐뭇하게 여기면서. 그는 이 강렬한 새로운 즐거움으로부터 떨어질 수가 없었던 것이다. 그는 우연한 기회에 정원이나 정자를 만들어 보겠다는 생각을 갖게 되어 그 생각을 실천하느라 밤과 낮을 보내고 자신의 사업과 교우 관계도 내팽개치고 폐렴에 걸리는 것도 불사하는 그런 수천의 영국인들과 같았다.[12]

파다를 다른 지역과 상업적으로 연결함으로써 지역 경제의 발전을 꾀하는 루드벡은 앞서 말로가 언급한 제국주의의 '이상'을 구현하는 인물이다. 올바른 이념을 실천하고자 하는 성실한 노력이 권위주의적이고 무능한 관료체제에 의해 방치되거나 심지어는 방해받는 것을 보여줌으로써, 캐리는 영제국주의의 이념은 적법한 것이나 그 실천에 있어 문제가 있음을 암시한다. 이러한 관점에서 볼 때, 『미스터 존슨』에서 발견되는 제국에 대한 비판 담론은 그것이 표면적으로 담고 있는 내용과는 다른 기능, 즉 궁극적으로 제국주의의 이상을 옹호하는 기능을 수행한다.

이러한 면모는 캐리의 텍스트에서 나이지리아 토착 사회의 후진성이 강조된다는 사실과 무관하지 않다. 나이지리아를 비역사적인 공간으로 묘사하는 것이 한 예이다. 먼저 『미스터 존슨』의 공간적 배경이 되는 파다에 관한 화자의 묘사를 보자.

가난과 무지, 그리고 시기심 많고 보수적인 ― 오직 야만인에게만 발견되는 그러한 극단적인 보수성을 띤 ― 야만인들의 전제 정치가 (파다 ― 인용자 주)를 문명의 최변방에 위치시켜 놓았다. 그곳의 주민들은 시간이 5만 년을 거슬러 올라간다고 하더라도 그 변화를 눈치 채지 못할 것이다. 그들은 왕궁의

12   Joyce Cary, *Mister Johnson*, New York : New Directions, 1989, pp.83~84.

마루에 서식하는 쥐처럼 살아간다. 예술의 장엄함과 다양함, 사고, 학문, 문명의 전투들이 그들의 머리 위로 지나가나 그들은 그것들의 존재를 상상하지도 못한다.[13]

이러한 묘사가 의도하는 바는 식민주의 문학에 대한 잔모하메드의 주장이 잘 분석하고 있다. 그에 의하면 계몽이나 개화를 표명하는 식민주의 텍스트에서 토착 사회는 역사적 발전이나 미래에 대한 구체적 비전을 결여한 세계로 묘사된다.[14] 시간을 수만 년이나 거슬러 올라가더라도 주민들이 그 변화를 눈치 챌 수 없을 거라는 점에서 파다는 잔모하메드가 말한 시간이 정지한, '문화적 가능성'을 결여한 공간의 예이다. 파다는 오륙백 년이나 되는 역사를 가진 고장이지만 그곳에 거주하는 주민들에게 과거와 현재의 구분은 없다. 역사 발전이 멈추었기에 그들에게는 영원한 현재만이 있을 뿐이다.

이러한 탈역사화의 전략은 『아프리카의 마녀』에서 알라다이가 리미의 근대화를 위하여 대결해야 될 세력이 영제국이 아니라 무지와 미신에 가득 찬 자신의 부족인 것과 무관하지 않다. 캐리에 의하면 리미 사회는 "석기 시대 이후 달라진 것이 없는 대륙"에 속해 있으며, 이 무지몽매한 사회의 배후에는 자신들의 권력을 유지하기에 급급한 봉건적인 지배 계급이 있다. 민중의 복지에는 무심하며 사욕을 채우기에 바쁜 토착 정치세력의 보수성과 후진성은 목숨이 거의 다한 토후와 그의 궁정에 대한 묘사에서 상징적으로 드러난다. 토후는 "낡은 채광 엔진의 마지막 헐떡임같이 거칠고 요란한 숨소리를 내며, 박물관에서나 목격되는 태평양에서 온 바싹 마른 머리통, 모든 뼈들을 추출해내어 감자 정도의 크기로 오그라든 인간의

---

13   *Ibid.*, p.99.

14   Abdul R. JanMohamed, "The Economy of Manichean Allegory : The Function of Racial Difference in Colonialist Literature", *Critical Inquiry* 12-1, 1985, pp.74·78.

머리통을 닮은 작고 무표정한 얼굴"을 한 것으로 묘사된다. 토후의 미라 같은 외양은 그의 쇠진한 정치적 지도력을 나타내는 객관적 상관물이다. 리미의 궁정 또한 '정직성과 원칙이 결여된' 곳으로, 전제적인 군주에 대한 아첨이 개인의 정치 생명을 좌우하는 곳으로 묘사된다.[15]

리미의 민중을 조종하는 또 다른 지배계층은 토착 종교 주주juju 세력이다. 주주의 제사장들은 민중을 미혹하여 그들의 정신을 노예로 삼는다. 이 물신物神 종교의 지배를 받는 리미의 민중은 역사 발전의 가능성이 영원히 봉쇄된 주술의 감옥에 갇혀 있는 셈이다. 토착 사회의 정체된 면모를 루드벡과 같은 선한 '문명의 선교사들'이 상징하는 진보의 세계와 병치함으로써, 텍스트가 준비해 둔 논리적인 결론은 외부의 우월한 문명 이외에 그 어떠한 것도 식민지 사회를 살릴 수 없다는 것이다. 흑인과 흑인 사회를 비하하는 인종적 정형화는 이외에도 무수히 발견되나 이에 대한 자세한 논의는 다시 하기로 한다.

『아프리카의 마녀』에서 영제국의 식민 정책에 대한 비판은 백인 주디의 입으로부터 들려온다. 이 목소리 못지않게 강력한 반대 목소리도 이 텍스트에서 들려오는데 이는 아프리카의 개화 가능성에 대하여 의구심을 표하는 형태로 표출된다. 이 후자의 시각은 알라다이의 운명을 통해 극화된다. 소설의 사건을 추동하는 중심인물인 알라다이 왕자를 합리주의자에서 주주의 광신도로 변모하게 만듦으로써 텍스트는 나이지리아 민족주의 운동을 아프리카적인 비합리성이 빚어낸 하나의 '사고事故'로 의미를 축소시키기 때문이다. 뿐만 아니라 텍스트는 아프리카인의 개화가 실제로 무용할 뿐만 아니라 폐해를 가지고 올 가능성에 주목한다. 서문에서 작가는 아프리카를 가능한 한 빨리 교육시켜야 된다는 진술을 하나 이 주장은 그 이전에 발견되는 너무나 많은 유보 조항과 경계에 의해 그 의미가 상쇄된 바

---

15   Joyce Cary, *Mister Johnson*, New York : New Directions, 1989, pp.4 · 102 · 105.

있다. 이 유보적인 문구 중의 하나를 보자. "흔히들 (아프리카에서 ─ 인용자 주) 교육이 야만적인 행위와 폭력을 없앨 것이라고 생각하나, 그 반대가 진실이다. 교육은 더 많은 폭력과 야만적 행위를 불러 올 것이다." 리미 사회의 자구 능력에 대한 캐리의 평가는 극히 낮아서, 현지 사회를 두고 작가는 "바다를 본 적 없는 아이들이 조종하는 초만원의 뗏목이 태풍을 만났다고 할지라도 이보다 살아남을 확률이 높을 것"이라고 주장하였다.[16]

이러한 관점에서 보았을 때, 주디의 주장을 따라 현 상태의 아프리카인들에게 교육과 자유를 안겨주는 것은 그들의 타고난 능력을 간과한 것으로서, 그들의 안전을 오히려 위태롭게 할 수 있다. 이들이 '폭풍우'의 위협을 극복하기 위해서는 자유와 교육이 아니라 항해술이 능숙한 '어른들'의 존재가 필요하다. 그리고 이 어른은 다름 아닌 앵글로색슨족 같은 선진화된 민족이다. '어른'의 필요성은 소설에서 왕권의 후계자 문제로 리미가 시끄러워질 때 증명된다. 알라다이가 주주의 광기 어린 영향력 아래에서 무모한 전쟁을 일으킬 때 이를 진압하는 세력이 영국군이기 때문이다. 이 외래의 세력은 리미를 내분과 전쟁의 피폐에서 구원한다.

리미의 근대화가 얼마나 요원한지는 주디가 현지 사회에서 마련한 교육의 장에서도 판명된다. 주디는 주주의 여사제 엘리자베스의 남편인 톰 Akande Tom을 멋모르고 자신이 운영하는 학교의 학생으로 받아들인다. 톰은 폭군 같은 아내의 마법에 맞서기 위해, 일종의 대항 마법으로써 백인의 옷을 입고, 백인의 언어도 배우려고 주디에게 접근한 것이다. 그는 영어가 하루 밤 사이에 습득될 수 있는 '마법'이 아님을 깨닫자 달아나고 만다. 소설은 톰이 아내의 마법에 결국 굴복하여 아내 앞에서 엎드려 기는 것으로 결말을 맺는다. 주주의 신도들이 비웃는 가운데 아내에게 자신의 '일시적인 반항'을 용서해줄 것을 비는 톰의 비굴한 모습은, 교육에 대한

---

16   Joyce Cary, *The African Witch*, London : House of Stratus, 2000, pp.5 · 4.

그의 열의를 진지하게 받아들였던 주디의 어리석음을 폭로하며 동시에 아프리카인들에게 있어 문명 교육이 얼마나 요원한 것인지를 드러낸다.

인종적 차이의 강조[17]

『아프리카의 마녀』와 『미스터 존슨』에 사용된 인종 담론도 동일한 맥락 내에서 이해될 수 있다. 캐리의 텍스트에서 식민지 행정에 대한 비판이 제국주의 이념을 부정적 현실에서 구출하여 긍정하려는 의도를 가진다면, 인종적 담론은 제국주의의 이념이 존속할 수 있는 근거를 마련하는 역할을 한다. 제국주의 이념이 "미개인의 계몽"을 구호로 삼고 있음을 고려할 때에, 피지배 민족의 열등성과 지배 민족의 우월성은 이러한 '계몽적' 노력이 존속하기 위한 논리적인 선행 조건이 된다. 캐리의 텍스트에서 이루어지는 나이지리아인의 열등함에 대한 강조나 흑백 간에 존재하는 넘을 수 없는 인종적인 벽에 대한 강조도, 제국의 존속을 정당화하려는 의도를 띤 것이다.

캐리의 소설은 다양한 인종적 담론을 사용함으로써 지배족과 피지배족의 사회적·문화적 차이가 하루아침에 극복될 수 없는 것임을 강조한다. 그 담론 중의 하나가 흑인을 동물에 비유하는 것이다. 동물적 이미지의 사용은 캐리 당대의 문화에서 시작된 것은 아니며 몇 세기를 거슬러 올라가는 것이다. 특히 흑백 간의 문화적·사회적 차이를 유전적으로 결정된 인종적 차이로 해석하고 싶었던 20세기 초의 인종주의자들에게 18세기 말엽과 19세기에 부상했던 생물학적·인종학적 담론들이 과학적

---

17 이 장의 내용 중 '인종적 차이의 강조'와 '라마르크의 테제'는 이석구, 「식민주의 문학과 '차이의 정치학' ─ 조이스 캐리 연구」, 『외국문학』 53, 열음사, 1997, 136~157쪽의 일부를 수정한 것이다.

인 알리바이를 제공하여 주었다. 앞서 키플링의의 소설을 분석하면서 언급한 바 있는 18세기의 다원발생론이 대표적인 예이다. 다원발생론자들은 인류의 기원이 인종별로 다르다고 믿었다. 인종별로 조상이 다르다는 생각은 유색인이 애초부터 열등한 족속이라는 인종주의적 이데올로기와 맞아떨어졌다. 이를테면, 18세기의 다원발생론자 에드워드 롱Edward Long 과 케임즈 경Lord Kames은 1774년에 출판된 『자메이카의 역사History of Jamaica』와 『인류의 역사에 관한 스케치Sketches of the History of Man』에서 문화적인 차이를 종種의 차이로 간주하였다.

그보다 20년 앞서 데이비드 흄David Hume은 「민족적 특성에 관하여Of National Character」에서 문화적 차이를 인종적·유전적 차이와 동일시하였다. 흄은 개인적으로는 노예제에 반대했지만 그럼에도 불구하고 저열한 인종과 우월한 인종의 구분이 '타고난 것임'을 의심치 않았다.

> 나는 흑인들과 (넷 혹은 다섯 종이 있으니까) 그 외 다른 모든 인류의 종(種)들이 백인들보다 열등한 것이 자연스러운 것이 아닌가 생각한다. 백인을 제외하고는 어떤 다른 인종도 문명화된 국가를 이룬 적이 없었고, 행동과 사유에 있어 저명한 개인도 없었다. 어떤 천재적인 발명도, 예술도, 과학도 그들에게는 없었다. 반면 고대의 게르만족은, 오늘날의 타타르족 같이 가장 무례하고 야만적인 종족들도, 용맹함, 통치 혹은 그 외 다른 면에 있어 저명한 성취를 이루었다. 만약 자연이 인간의 혈통 간에 있는 애초의 구분을 만든 것이 아니라면, 그렇게 일관되고 변함없는 차이가 그렇게 많은 나라들과 시대들에 걸쳐 나타나지 않았을 것이다.[18]

심지어는 다원발생론자들과의 근본적인 시각 차이에도 불구하고 일원발

---

18   David Hume, Knud Haakonssen ed., *Hume : Political Essays*, Cambridge : Cambridge Univ. Press, 1994, p.86.

생론자들도 흑백의 차이를 지나치게 강조한 나머지 다원발생론자들의 인종주의적 주장을 지지하는 편이었다. 흑인은 유가 다른 종이라는 생각은 진화론이 출현한 후에도 계속되었는데, 런던의 문화인류학회 회장을 지낸 제임스 헌트James Hunt는 1863년에 '흑인의 위치On the Negro's Place in Nature'라는 강연에서 흑인은 유럽인과 원숭이의 중간 단계에 있으며, 유럽인보다 원숭이에 가까운 존재임을 주장하기도 하였다.[19]

'차이의 정치학'과 관련하여 『아프리카의 마녀』와 『미스터 존슨』에 사용된 인종적 담론은 흑인과 동물 간의 유사성을 강조한다. 일례로 『아프리카의 마녀』에서 현지인들의 다정다감한 성품이 '동물적인 특성'으로 정의된다. 또한 주인공 알라다이와 그를 돕는 전도사 코우커Coker는 원숭이류, 예컨대 "개코 원숭이"나 "유인원"으로 불린다. 노쇠한 왕 알리우Aliu는 "졸고 있는 새"에, 그의 손은 "닭의 발"에, 그의 대신大臣 와지리Waziri는 "원숭이 같은" 외양에 비유되고 있다. 『미스터 존슨』에서도 흑인들은 예외 없이 "야만인"이나 "원숭이"로 불린다. 『미스터 존슨』에 배어있는 인종주의는 존슨이 이웃들과 한밤중에 벌이는 주연에서 잘 드러난다. 술과 춤사위에 취한 이들의 흥거운 무아지경이 야수적인 시위로 요약되기 때문이다. 백인 화자의 눈에 비친 흑인 춤꾼들은 "징그럽게 웃고 꽥꽥 소리 지르며 상을 찌푸리기도 하며, 터뜨려진 오줌보나 꼬아놓은 비계자루처럼 완전히 몸통에서 분리되어 넜도 나가고 인간이라고는 도저히 여겨지지 않는 얼굴을 한 것"으로 가히 '악마적'이라고 할 모습을 하고 있다.[20]

『미스터 존슨』은 아체베의 『무너져 내리다』와 짝으로 읽힐 수 있다. 아체베는 『미스터 존슨』을 읽고 『무너져 내리다』를 쓸 결심을 하였다고 고

---

19   Brian V. Street, *The Savage in Literature : Representations of "Primitive" Society in English Fiction 1858~1920*, London : Routledge, 1975, p.95에서 재인용.

20   Joyce Cary, *The African Witch*, London : House of Stratus, 2000, pp.137 · 55 · 173 · 270 · 103; Joyce Cary, *Mister Johnson*, New York : New Directions, 1989, p.138.

백한 적이 있다.[21] 아체베의 소설도 캐리의 소설처럼 나이지리아를 배경으로 한다. 흑인 등장인물들이 어디 출신이며 어떤 가정에서 자라났고 어떤 부모를 두었는지 등 혈연과 지연에 대한 어떠한 정보도 캐리의 소설에서는 주어지지 않는다. 그래서 주인공 존슨의 신상에 관해서 파다에서 거의 알려진 것이 없다. 반면, 아체베의 주인공 오콘쿼Okonkwo는 혈연적으로나 문화적으로도 뿌리가 있는 인물이다. 아체베는 오콘쿼가 속한 이보Igbo 부족의 시조始祖가 누구였는지를 말해줌으로써 주인공에게 역사성을 부여한다.

　존슨이 이성적인 판단 없이 행동하는 감정의 노예라면, 오콘쿼는 감정을 인정하기를 아예 거부하는 인물이다. 이 두 나이지리아인에 있어 가장 큰 차이점은 영국 문화에 대한 그들의 태도이다. 존슨은 영국을 조국이라 부르며 백인의 문화를 모방하려고 애를 쓰나 그의 언행은 영국인과는 거리가 멀다. 모방의 대상과 모방의 주체 간에 존재하는 이러한 차이는 주인공을 희극적인 존재로 만든다. 반면 오콘쿼는 이보 고유의 문화를 지키고 모욕 받은 존엄성을 회복하기 위해서 백인 통치자에 대항하는 인물이다. 백인 정부에 대한 저항이 승산 없는 싸움임을 깨닫자 오콘쿼는 목숨을 끊는다. 오콘쿼의 최후에 비극적 깊이와 서사적 무게를 더함으로써, 아체베는 저급한 코미디의 등장인물 수준으로 전락한 아프리카인의 이미지를 구출한다. 이러한 점에서 부족 문화와 주권을 지키기 위해 목숨을 던진 오콘쿼는 '차이의 정치학'이 만들어낸 아프리카의 부정적 이미지를 '되받아 쓴' 예가 된다.

　흑백 간의 인종적인 차이를 지키려는 노력은 백인들의 문화에서 타인종과의 혼인을 금기禁忌로 만들기도 했다. 설령 백인 남성 주인공과 흑인 여성 간에 로맨스가 발생할 때조차도 결혼이나 다음 세대의 생산 같은 행복한

21　C. L Innes, *Chinua Achebe*, Cambridge : Cambridge Univ. Press, 1990, p.21.

결말로 이어지는 일이 없는 것도 이 금기의 존재 때문이다. 앵글로색슨의 혈통적 순수성을 지키려는 영국인들의 집착에 대해서는 해거드, 스토커, 콘래드, 키플링 등에 대한 논의에서 자세히 다룬 바가 있다. 캐리도 『미스터 존슨』을 쓰면서 애초에는 존슨과 루드벡의 아내 실리아Celia 간에 성애적인 접촉을 계획하였으나 이를 결국 삭제하고 말았다.[22] 또한 『아프리카의 마녀』에서 그려진 알라다이와 주디의 관계가 공감과 정신적인 유대에 바탕을 두고 있음에 불구하고 이들이 소원한 결말을 맞이한다는 사실에서도 혈통적 순수성을 유지하려는 앵글로색슨족의 소망이 감지된다.

　식민주의 문학에서 백인과 흑인 간의 차이를 강조하기 위하여 사용하는 또 다른 공식으로는 '아이에 관한 비유'가 있다. 흑인을 지능이 낮은 아이로, 백인은 저능아를 돌보아 줄 책임이 있는 보호자에 빗대는 것이다. 캐리의 손에 의해 그려지는 존슨도 이러한 정형화의 전통에 충실하다. 앞서 언급한 바 있듯, 존슨이 합리성이나 자제력을 결여한 충동적인 어린이같이 묘사되기 때문이다. 그의 모든 행동은 주위의 사람들에게 스스로를 과시하고자 하는 치기 어린 욕구에 의해 결정된다. 용기를 과시하기 위해 존슨은 상관인 루드벡의 가택에 침입하여 도둑질을 하며, 이웃들에게 자신의 통 큰 모습을 과시하기 위해 밤마다 연회를 벌인다. 방탕한 생활을 계속 하기 위해 그는 자신이 일하는 가게에서 돈을 훔치다 발각되고, 얼떨결에 주인을 살해하는 어처구니없는 인물이다. 백인들의 생활양식을 동경한 나머지 아내 바무Bamu에게 백인의 옷을 입기를 강요하다가도 실리아가 바무에게는 아프리카 의상이 어울린다는 말을 하자, 거금을 주고 구입한 서양 옷을 싸구려 토착 의상과 바꾸러 달려가는 그의 정신 연령은 분명 어른과는 거리가 멀다. 존슨의 행동이 이처럼 타인의 의견이나 시선에 크게 좌우된다는 것은 그의 인물됨을 판단할 때 중요한 부분이다.

22　Cornelia Cook, *Joyce Cary : Liberal Principles*, London : Vision, 1981, p.63.

라마르크의 테제

인종 간의 경계를 위협하는 요소는 이민족과의 성적인 결합만은 아니었다. 이민족과의 관계에서 생산된 생물학적 혼종화만큼 문화적 혼종화도 불안의 원인이었다. 이와 관련하여 각광을 받게 된 것이 라마르크의 이론이었다. 앞서 언급한 바 있지만, 발생 기원이 동일하더라도 습득된 문화적 차이가 몇 세대를 거치면서 유전적 인자가 될 수 있다는 것이 라마르크의 주장이었다. '유전적 인자로서의 문화적 특질이 환경의 영향보다 우월하다'는 논리는 타문화나 타인종과의 접촉을 다루는 문학에서 애용하는 주제가 되었다. 1917년에 출판된 버로우즈E. R. Burroughs의 『타잔 이야기Tarzan of the Apes』가 대표적인 경우이다. 비록 거친 자연에서 원숭이들에 의해 양육됨에도 불구하고, 타잔이 원숭이나 원주민보다 뛰어난 존재로 성장하게 되는 것은 영국 귀족이라는 고귀한 혈통이 그에게 유전되어 있었기 때문으로 해석된다. 설사 한 세대의 환경적 변화가 있다고 하더라도 이것이 오랜 시간에 걸쳐 물려받은 유전적 특성을 지워 없앨 수는 없다는 생각이 작품의 주요 주제인 것이다.[23] 『어둠의 심연』의 주인공 커츠가 야만의 습속과 원시적 삶에 오랜 기간 동안 탐닉하였음에도 불구하고 종국에 자신의 악행에 대하여 반성함으로써 아프리카인들과 스스로를 도덕적으로 차별화할 수 있었던 것도 라마르크적인 테제에 근거한 것이다. 이러한 인종적 모티프는 『킴』과 같은 모험소설에서도 등장하여 앵글로색슨의 미래를 걱정하던 제국의 불안을 해소하는 데 사용되었다.

'야만인이 된 백인'과 마찬가지로, 제국의 식민지 경영과 더불어 탄생한 '개화된 흑인', 즉 유럽 문물을 받아들인 흑인도 인종 간의 차이를 유지하고 싶어 하는 백인들에게는 마음이 편치 않은 존재였다. 유럽풍의 복

---

23   Brian V. Street, *op. cit.*, p.108.

장을 한 흑인은 인종과 문화에 대한 빅토리아조의 고정 관념을 흔들어놓았으며, 당시의 작가들이 이 문제를 다루는 데 많은 지면을 할애하였다는 것이 당대 문헌에 관한 연구가 증언하는 바이다.[24] 이 개화된 흑인들은 그간 절대시되었던 인종적 간극이 사실은 상대적인 것에 지나지 않으며, 어쩌면 그 차이가 한 세대라는 짧은 시간 내에 극복될 수도 있음을 백인들에게 상기시켜 주는 달갑지 않은 존재였다. 그래서 서구화된 흑인에 대한 유럽인들의 반응은 유독 냉혹하였다. 한 비평에 의하면,

> 서구화된 아프리카인들은 두 문화 간의 차이가 좁혀지고 있음을 의미하였고, 그래서 백인의 우월성이라는 자연의 질서를 어지럽히는 원인으로 간주되었다. 백인들은 그들을 의혹과 적대심으로 대했고, 인종적 차이를 건너 뛰려는 주제넘은 시도에 분격한 듯하였다.[25]

이러한 점에서 볼 때 교육받은 흑인들을 희화화하는 캐리의 소설은 문화적 혼종화로 인해 제국이 받은 위협을 관리하고 대응한 것으로 읽혀질 수 있다.

문화적 혼종이 야기하는 불안에 대한 해결책으로서 캐리의 텍스트는 앞서 언급한 바 있는 라마르크적인 테제를 제시한다. 문화적/유전적 특질이 환경의 영향을 압도한다는 것이다. 여기서 부호 '/'는 중요하다. 왜냐하면 인종주의자들은 오랜 세월 동안 전승되어 온 문화적 특질이 유전적인 것이라고 믿고 있었거나 혹은 믿고 싶었기 때문이다. 한편에서는 원시림에서 자라났지만 문명인의 특질을 감출 수 없는 타잔이 이를 입증하고 있다면, 다른 편에서는 서구 교육을 받았음에도 불구하고 야만적인 특질을

---

24   *Ibid.*, p.111.

25   Dorothy Hammond · Alta Jablow, *The Africa That Never Was : Four Centuries of British Writing about Africa*, New York : Twayne, 1970, pp.98 · 99.

감출 수 없는 개화된 흑인이 이를 입증한다. 『미스터 존슨』과 『아프리카의 마녀』도 이러한 라마르크적인 테제를 극화한 것이라고 볼 수 있다.

『미스터 존슨』에서 캐리는 백인의 문물을 습득하는 것이 흑인의 천성과는 어울리지 않는 것임을 보여준다. 『어둠의 심연』의 콩고에서 발견되는 개화된 흑인이 "깃털 달린 모자를 쓰고 우스꽝스러운 바지를 입은 개가 뒷발로 서 있는 꼴"[26]로 그려지는 것에서도 드러나듯, 흑인은 아무리 노력하여도 '어설픈 모방'이나 "바지 입힌 원숭이"[27]에 지나지 않는다는 것이다. 존슨은 백인의 옷을 입고 백인의 언어로 이야기하고 아내마저 백인 식으로 맞이하여 백인의 문화에 편입되려고 노력한다. 그러나 그가 걸친 백인 옷의 이면에 검은 피부가 숨겨져 있듯이, 서구 문화를 수용함에도 불구하고 존슨의 정신은 아프리카적인 것임을 텍스트는 드러낸다.

캐리의 텍스트가 암시하는 바, 백인의 문화에 동화되지 않는 존슨의 아프리카적 본성은 무엇인가? 작가는 존슨의 우스꽝스러운 모습을 통해 아프리카적 본성이란 극단적인 감성과 비합리성, 과장, 비도덕성, 무모함 그리고 충동성임을 주장한다. 정신적인 미성숙아답게 존슨은 방탕하고 자기 과시적인 삶을 산다. 루드벡을 위해 도로 공사장에서 일할 때에도 상관의 허락 없이 멋대로 공사장 인부들에게 한나절의 일과를 면제시켜 준다. 이처럼 주제넘게 어린아이 같이 행동을 하는 이유는 자신에게 없는 권한을 과시하기 위해서이다. 또한 이 과시욕은 공사장 인부들에게 잘 대해 주고 싶은 그의 어처구니없는 인간애와 뒤섞여 있다.

이처럼 충동적인 삶을 사는 존슨은 도로세를 불법으로 거둔 사실이 들통이 나서 급기야 관직에서 쫓겨난다. 그렇지만 그는 여전히 정신을 차리지 못하고 이전의 사치스러운 삶을 계속하기 위해 불법을 저지르다 급기야 살인을 저지르고 처형되고 만다. 어린이와 같은 정신 연령을 가진 존

---

26   조지프 콘래드, 이석구 역, 앞의 책, 81(38)쪽.
27   Joyce Cary, *The African Witch*, London : House of Stratus, 2000, pp.55·73.

슨이 맞이하게 되는 소극笑劇적인 결말을 고려할 때, 그가 받은 백인의 교육은 그의 아프리카적인 천성을 제어하는 데에 아무런 도움을 주지 못한 것으로 판명된다. 존슨이 만약 백인의 교육을 받지 않았다면, 그래서 허영심 없는 평범한 원주민으로서 살았더라면 비참한 최후는 피할 수 있었을지도 모른다는 생각을 독자는 하게 된다. 이것이 바로 캐리의 텍스트가 강조하고 싶은 요지이다. 흑인에게 백인의 문화는 주제넘은 것일 뿐 아니라 위험하기조차 한 것이라는 점이다.

동일한 주제가 『아프리카 마녀』에서 반복된다. 유럽을 정신적 고향으로 삼으며 아프리카의 토착 문화에 대해서 수치심을 느낀다는 점에서 알라다이는 존슨과 크게 다르지 않다. 차이가 있다면 존슨보다 더 고급 교육을 받은 지식인이라는 점이다. 옥스퍼드에서 교육 받던 시절을 회고하면서 알라다이는 말한다. "영국 책을 읽기 시작하고 문명의 의미에 대해서 듣게 되었을 때 내가 어떻게 느꼈을지 생각해보시오. 몇 달 만에 수천 년의 성장을 하는 것과 같았다오."[28] 백인의 자리를 단시간에 넘보는 흑인들에 대한 백인들의 불안이 근거가 없는 것이 아님이 확인되는 순간이다. 알라다이는 리미의 발전을 위해 현지에서 서구 교육을 실시하고 토착 종교인 주주를 없애며 지역 경제를 활성화하려는 계획을 세운다. 그가 이처럼 개혁을 꿈꾸는 이면에는 선진화된 유럽에 대한 그의 동경 심리가 있다. 소위 '유럽 물을 먹은' 이 흑인은 매사에 '유럽인답게' 행동하려고 노력하는데, 이러한 면모는 래컴과의 관계에서도 드러난다. 자신에게 모욕과 폭행을 가한 적인 있는 래컴을 전투에서 포로로 잡게 되었을 때, 알라다이는 그를 신사답게 다룸으로써, 복수심이라는 '원시적 본능'에 굴하지 않는 지성인의 모습을 보여준다.

그러나 정치적인 위기에 몰리게 되자 알라다이는 지성인으로서의 모

---

28 *Ibid.*, p.21.

습을 잃는다. 작가는 알라다이의 내면에서 벌어지는 ― 잔모하메드가 "정신분열증적"[29]이라고 부른 ― 감정의 변화를 유럽과 아프리카 간의 갈등으로 치환하여 표현함으로써 문화적·유전적 특성이 환경의 영향을 압도한다는 라마르크의 테제를 결국에는 확인해 준다. 이를테면 주디와의 토론에서 감정이 격해진 알라다이는 "야만적인 분노를 눈과 입술에 담은 채 거칠게 숨을 내쉬고 있는" 것으로 묘사된다. 반면 화가 가라앉은 후 그의 상태는 그의 내면에서 유럽인이 복귀한 것에 비유된다. "이제 알라다이는 차분해졌다, 다시 유럽인이 되어서". 알라다이의 내면에서 발생하는 '아프리카적인 본성의 회귀'는 그가 유럽식 의복을 벗어버리고 리미의 전통 의상으로 갈아입는 행위에서 상징적으로 드러난다. 뿐만 아니라 그는 냉철한 판단력을 상실하고 코우커의 광신적인 설교에 미혹되어 무모한 군사 행동을 일으킨다. 알라다이는 결국 영국군과의 전투에서 사망하고 그가 품어왔던 근대화의 계획도 수포로 돌아간다. 존슨이 작품 말미에 죽임을 당하듯, 아프리카를 주체적으로 개화시킬 수 있는 가능성을 그나마 가지고 있었던 알라다이를 작품의 결미에서 죽게 만듦으로써, 캐리는 개화된 흑인에 의해 위협받던 '차이의 정치학'을 다시 강화한다. "반쯤 개화된 흑인보다 그 자신 및 다른 사람에게 더 큰 위험이 없다"는 래컴의 인종주의적 주장이 작품의 결말에서 확인된 셈이다.[30]

---

29   Abdul R. JanMohamed, *Manichean Aesthetics : The Politics of Literature in Colonial Africa*, Amherst : Univ. of Massachusetts Press, 1983, p.39.

30   Joyce Cary, *The African Witch*, London : House of Stratus, 2000, pp.53·412.

쌍둥이 어른아이

캐리는 이처럼 소설에서 다양한 서사 기제를 동원하여 백인과 흑인 간의 인종적 차이를 최대한 벌려 놓으려고 하였다. 적어도 작가의 의도는 그렇다. 그러나 이러한 인종적 정치학의 수행이 그리 간단하지는 않는데, 그 이유는 인종주의적 기획이 식민지의 관료들에 대한 작가의 비판적 메시지와 충돌하기 때문이다. 영국인 관료들의 인간적인 부족함이나 관료로서의 문제점을 부각시키다보니, 의도치 않게 인종주의적 차이에 대한 텍스트의 신념을 상쇄시키는 부분들이 발견되는 것이다. 우선 『미스터 존슨』의 주인공 존슨의 상황을 다시 고려해 보자. 존슨이 치기어린 행동을 하는 것은 사실이지만, 그가 17세의 소년이라는 점은 주목할 만하다. 즉, 그의 무절제하고 충동적인 면, 과시하기 좋아하는 면은 어린 나이로 인한 미성숙함이나 경험 부족의 탓으로 볼 수도 있기 때문이다. 반면 루드벡의 행동을 살펴보면, 그에게서 존슨과 유사한 면이 발견된다는 사실이 매우 흥미롭다. 본 저서가 주목하고자 하는 바가 바로 흑백의 인종을 가로질러 발견되는 중첩적인 부분이다.

루드벡은 부임하자마자 관할지의 교량과 도로의 상황에 관심을 기울이고 "지도를 제작하고 그 위에 새로운 교역로를 그리기를 사랑"[31]한다. 반면 루드벡의 상관 블로어Blore는 나이지리아에 새 도로를 건설하는 것이 득보다 실이 크다고 믿는다. 도시의 폐해가 도로를 따라 들어올 것이라고 생각하기 때문이다. 그러다 보니 도로 확충의 문제가 거론될 때마다 루드벡과 블로어 간에는 긴장 관계가 발생한다. 루드벡이 굽어진 도로를 바로잡을 것을 제안하자, 블로어는 "아직도 도로 타령?"이라고 대꾸한다. 이에 대한 루드벡의 반응을 보자.

---

31 Joyce Cary, *Mister Johnson*, New York : New Directions, 1989, p.46.

놀림을 당하는 어린 소년처럼 루드벡은 도도하고도 목석같은 표정을 지어보였다. 그는 겸손하고 공손했지만 고집이 셌다. 일단 마음을 정하거나 혹은 다른 누군가가 그의 마음을 한번 정해 준 다음에는 쉽게 바꾸려지 않았다.

인용문에서 드러난 루드벡의 반응은, 또래 집단으로부터 놀림 받을 때 이를 도도하게 무시함으로써 위기를 피하려고 하는 "어린 소년"에 비유된다. 그의 미성숙한 면은 변화하는 상황에 이성적으로 대처하지 못하고, 한번 결정되면 이를 쉽사리 바꾸려 들지 않는 고집스러운 태도에서도 드러난다.

이 '어린 소년'에게 있어 더 큰 문제는, 그 결정이 본인이 생각하여 내린 것이 아닐 때조차도, 자신에게 적절한 결정이었는지를 질문하는 대신 그것을 무조건 고수하려고 한다는 점이다. 이를테면 루드벡이 도로 보수를 상의해오자 블로어는 루드벡에게서 그의 전임 상관 스터디Sturdee의 목소리가 들려온다고 놀린다. 이때 루드벡은 스터디에게서 아이디어를 얻은 것이 아니라고 부인한다. 그러나 이는 거짓말이다. 루드벡은 나이지리아에 파견된 첫 6개월 동안 스터디를 상관으로 모셨다. 그의 현 상관 블로어가 세금을 걸고 식민지에 관한 통계 자료의 수집에 열정을 쏟는 반면, 스터디는 "어디서든지 어떤 도로든지, 도로를 건설하는 것이 남자가 할 수 있는 가장 고귀한 일"임을 주장하는 인물이었다. 그가 루드벡에게 미친 영향력에 대해서 들어보자.

다른 초급 관리처럼 루드벡도 처음에 공직에 임명되었을 때 무엇을 해야 할지 몰랐다. 만약 블로어를 처음 모셨다면 그도 관공서의 일상, 술, 저녁 산책에 빠져들었을 것이다. 자신이 결정한 과세를 자랑스럽게 여기고 관리가 해야 할 가장 중요한 임무가 인구 통계라고 생각했을 것이다. 그러나 스터디로부터 그는 (도로에 대한 — 인용자 주) 믿음을 전수받았다. (…중략…) 스터디와의 접촉이 있은 지 2년이 지난 지금 루드벡은 자신이 항상 도로 사업을 주장하였음을 믿어 의심치 않았다.[32]

도로 건설에 헌신하게 된 이유가, 개인적으로 이를 선호하거나 혹은 이 사업이 다른 어떤 사업보다도 우선되어야 한다는 합리적인 판단을 내려서가 아니라, 단지 그가 처음 모신 상관이 이를 중요하게 생각했기 때문이라는 사실은 루드벡이 겉보기와 달리 소신을 결여한 인물임을 드러낸다. 달리 표현하면, 타인의 의견이나 행위에 쉽게 영향을 받아서 따라할 만큼 그의 정신적인 연령이 어린 것이다. 타인의 신념을 자신의 소신으로 삼은 후 이를 끝까지 고집한다는 점에서 그는 고집 센 '어린아이'의 면모를 가지고 있다.

순진함과 흥분을 잘한다는 점에서도 루드벡과 존슨은 서로를 닮았다. 이는 낡은 교량을 보수하기 위해 인부들과 함께 현장에 나와 있는 루드벡을 존슨이 찾아가는 장면에서 잘 드러난다. 혼자서 사무실을 지키는 것이 무료했던 존슨은 핑계거리를 만들어 공사 현장을 찾아가 루드벡에게 말을 건다. 북부 지역을 지나가는 대로大路와 파다를 연결하는 길을 건설하고 싶지만 예산이 없어 엄두를 못내는 상관에게 존슨은 자동차 도로가 파다에 필요함을 거침없이 강조한다. 자신이 밤낮으로 생각하고 있는 꿈의 사업에 동조하는 이를 발견한 루드벡은 한편으로는 '기뻐하고' 다른 한편으로는 '놀라워' 한다. 그런 반응을 보고 루드벡에게 존슨은 더욱 신이 나서 지껄인다.

"오, 나리, 지금 만드셔야 해요. 지금요, 40마일 도로를요."
"40마일이라, 돈은 어디서 나오지? 도로 건설을 위해서는 돈이 필요해. 이

---

32   *Ibid.*, pp.46~47.

런 보수 작업만 해도 돈이 얼마나 드는지 아나?"

존슨은 도로에 특별한 관심이 없다. 그러나 루드벡을 기쁘게 하는 것이 무엇인지를, **똑똑한** 아이가 알아차릴 만큼은 알아차렸다. 그래서 매순간 새로운 아이디어를 열정적으로 쏟아낸다.

"오, 나리, 그건 쉬운 일입다요. 새 도로가 부자로 만들어 줄 거라고 말하면, 사람들은 돈을 받지 않고도 일을 할 겁니다요."

"사람들을 이용하라고? 이미 해 보았네."

"오, 나리, 놀이로 해 보세요. 그들에게 북을 많이, 맥주도 많이 주세요. 이교도들은 놀이를 좋아합니다요."

"뭐라, 존슨?" 늘어뜨려진 앞머리를 한 루드벡이 존슨을 주목한다. "뭐라고?" 눈썹을 치켜 올리고 놀라워하면서 그는 존슨에게서 눈을 떼지 못한다.

자신이 상관에게 강한 인상을 준 것을 알게 된 존슨은 열정적으로 읊어댄다. "오, 나리, 그러면 북부로 가는 큰 도로를 만드실 수 있습니다요. 50마일도. 90마일도요. 건설교통부 도로와 연결하는 겁니다요."

"건설교통부 도로?"

"예, 나리, 총독께서 화물차용으로 만드신 콘크리트 도로 말씀입니다요. 카노까지 바로 연결됩죠."

루드벡의 눈썹이 더 높이 올라간다.[33]

인용문에서 존슨의 지능은 "똑똑한 아이"에 비교된다. 도로 건설 사업에 대해서 말을 꺼내면 상관이 지대한 관심을 보일 것이라는 것을 알아차릴 정도의 지능은 된다는 것이다. 그렇다면 이 '어른아이'가 즉석에서 꾸며대는 이야기에 넋을 잃고 듣고 있는 루드벡의 지능은 어느 정도일까? 황당한 이야기를 즉석에서 꾸며 댈 수 있는 자와 그런 말에 혹해 넘어가는 자

33　*Ibid.*, pp.59~60(인용자 강조).

중 누가 더 똑똑하고 성숙한지를 판단하는 데에 대단한 지능을 필요로 할 것 같지는 않다.

논의를 더 하기 전에 '어른아이'로서 존슨의 면모를 더 살펴보자. 어린아이 정도의 지능에 비견되는 존슨의 두드러진 특징 중의 하나는 자신이 처한 현실을 직시할 줄 모른다는 것이다. 점점 늘어가는 빚이 그 증거이다. 존슨은 밤마다 주연을 여느라고 이미 여러 사람들에게 빚을 진 처지다. 뿐만 아니라 도로 공사에 동원된 마을 사람들에게 줄 보수 중 일부를 이자를 쳐서 갚아주겠다고 하며 강제 대출貸出의 형식으로 자신이 써버린다. 공금 횡령의 죄를 저지른 것이다. 뿐만 아니라 첫 눈에 반한 여성과의 결혼을 위해 어처구니없이 큰 금액을 신부 몸값으로 지불하겠다고 호언장담한다. 물론 그에게는 그런 돈이 애초에 없다. 그래서 그는 일부를 선금으로 내고 나머지는 다달이 나누어서 갚기로 했지만, 약속한 선금도 낼 수 없는 형편임이 밝혀진다. 그래서 그는 처가 마을의 추장으로부터 후한 이자를 약속하고 빌린 돈으로 신부 몸값의 선금을 낸다. 자신이 그 정도의 신부몸값을 낼만한 형편인지 아닌지를 돌아보지 않는 존슨은 결국에는 이 빚 때문에 토후의 신하 와지리에게 약점을 잡혀 루드벡의 집에 침입하여 공문서를 훔치기에 이른다.

이처럼 존슨은 목전의 즐거움을 위해서는 미래도 저당 잡히며, 현재의 행동이 미래에 어떤 결과를 낳을지에 대해서 생각하지 않는 어린아이와 같다. 이러한 존슨과 쌍둥이처럼 닮은 이가 루드벡이다. 작가의 설명을 들어보자. "존슨처럼 루드벡도 불쾌한 현실을 직시하기를 거부하는 힘을 가지고 있다. 그 현실이 자신에게 들이닥치기 전까지 말이다."[34] 여기서 '불쾌한 현실'이란 도로 건설에 필요한 예산이 모두 동이 났다는 사실이다. 누구나 불쾌한 현실을 외면하고 살아가고 싶지만 언제까지나 그렇게 살

---

34 *Ibid.*, p.78.

수는 없다. 정신적인 성숙함은 현실을 정직하게 인식한 후 이를 타개할 방법을 모색하는 데 있을 것이다. 그러나 텍스트에 드러나는 루드벡은 더 이상 외면할 수 없는 순간에 이를 때까지 현실을 외면하고자 한다.

　마침내 진실을 직면해야 하는 순간이 다가올 때 이 '미숙아'가 보이는 반응은 우울증과 분노이다. 존슨의 회계 실수로 인해 재무국의 지적을 받게 되고, 또 도로 건설 예산이 거의 소진되었음을 알게 되었을 때, 루드벡이 어떻게 반응하는지 보자.

> 그는 격분하다 못해 부루퉁해 있다. 담배를 피우면 기분이 나아질 텐데 그것도 거부한다. (…중략…) 점심 먹으러 나올 때도 인상을 잔뜩 쓰고, 어깨를 웅크리고, 머리는 앞으로 내밀고 있었다. 인사를 건넬 때 전령들은 **까다로운 아이**를 달래는 유모처럼 부드러운 음조를 섞어서 말했다. (…중략…) 입에 들어가는 한 술 한 술이 적으로부터 받는 모욕인양 점심을 먹었다.[35]

도로 건설의 의지가 좌절되었을 때 루드벡이 취하는 태도는 '골이 잔뜩 난 아이'에 비견된다. 그의 행동은 상황을 올바르게 이해하고 합리적인 해결책을 강구하는 어른의 태도와는 거리가 멀다. 담배를 피우면 기분이 나아질 것을 알면서도 이러한 기회를 스스로에게 거부하는 루드벡은 원하는 바를 얻게 되기까지는 일부러 기분을 풀지 않는 아이의 모습과 다르지 않다. 어른아이로서의 루드벡의 면모는 전령들조차 "까다로운 아이를 달래는 유모처럼" 그를 대하는 데서도 드러난다.

　루드벡이 식민지 관리로서 겪게 되는 좌절은 한편으로는 대가나 책임 같은 현실적인 문제를 고려하지 못하고 한번 마음먹은 일은 반드시 이루어야만 하는 성격에 기인한다. 그가 치밀한 사유나 계산, 종합적인 통찰

35　*Ibid.*, p.82(인용자 강조).

력을 결여하였다는 사실은 소설에서 다음과 같이 표현된다. "루드벡은 대단한 독서가가 아니었고, 자신의 생각에 골똘히 잠기는 것을 좋아하지 않았다. 그의 생각이라는 것도 대단히 혼란스런 것이었다."[36] 루드벡의 좌절은 다른 한편으로는 영국 정부가 나이지리아를 통치할 때 장기적인 계획을 세우지 못하고 임시방편과 같은 단기 정책에 의존하였다는 사실과도 무관하지 않다. 파다에 도로 건설이 완성된 후에야 루드벡은 비로소 이로 인해 현지 사회가 와해될 수도 있다는 데 생각이 미치게 된다. 이와 관련하여 정부가 어떤 대비책을 세우고 있느냐고 루드벡이 선임 행정관에게 문의했을 때 그가 듣게 되는 대답은 아무런 계획이 수립된 바가 없으며, 계획을 거론하면 공산주의자로 몰릴 수 있으니 조심하라는 충고일 뿐이다. 불틸의 표현을 빌리면, "미래를 계획하지 말 것이며 (…중략…) 지나친 열정은 삼가라".[37] 그런 점에서는 먼 앞날을 내다보지 못하고 목전의 이익과 현안에 따라 움직이는 단선적인 행태는 식민지 행정관 개인의 문제만이 아니라 영국 정부의 미성숙함에서도 기인하는 것이다.

흑인 멘토, 백인 멘티

이러한 관점에서 존슨과 루드벡의 관계를 다시 살펴보면 백인 상관이 흑인 부하를 지시하고 이끄는 것이 맞는가 하는 생각이 든다. 루드벡이 파다 관청의 재정 상황을 진작 알려주지 않았다고 부하를 윽박지르기도 하고, 부서진 연필을 창밖으로 내던지고, 기록부를 바닥에 내동댕이치는 등 공격적인 행동을 하자 존슨이 제안을 한다. 매년 파다에서 거두게 되는 조세 수입이 삼천 파운드나 되는데 그 중에서 백오십 파운드만 도

---

36   *Ibid.*, p.58.
37   *Ibid.*, p.209.

로 건설에 사용하자는 것이다. 루드벡은 그러다가는 직장을 잃고 7년 간 옥살이를 해야 한다며 펄쩍 뛴다. 그러나 시간이 지나면서 루드벡은 존슨의 이 제안을 곱씹게 되고 그럴수록 그것이 마음에 든다는 사실을 부정할 수가 없다. 나이지리아의 발전을 위해 세금을 제대로 쓰자는 생각이 아주 잘못된 것이라는 생각이 들지는 않는 것이다. 실의에 빠져 있던 그는 정부에 갖다 바칠 세금 중의 일부를 지역을 위해 좀 쓰는 것이 어떠랴 라는 생각에 너털웃음을 터뜨리며 흡족해 한다. 며칠 후 도로 건설 사업은 백오십 파운드라는 새로운 예산으로 계속된다. 그러나 그는 도로 건설을 끝내기 전에 영국으로 휴가를 떠나게 된다.

루드벡이 파다로 다시 부임하여 도로 건설을 시작하자 존슨은 공사 현장에 다시 모습을 나타낸다. 상상력이 풍부한 기획자로서의 존슨의 면모는 이 시기에 가장 극명하게 드러난다. 우기雨期가 다가오고 예산도 동이 나자, 도로 건설에 매진하던 루드벡과 그의 조수, 그리고 노동자들은 도로의 완성이 내년을 기약해야 한다는 것을 깨닫게 되고 실의에 빠진다. 모두가 포기했을 때 존슨만이 기간 내에 도로를 완성할 수 있으니 걱정하지 말라고 긍정적인 비전을 제시한다.

다음날 또다시 나타난 존슨이 쾌활하게 말한다. "올해에 끝낼 수 있습니다요." 그러자 루드벡이 화 난 목소리로 말한다. "제발, 헛소리 좀 집어 쳐, 존슨. 돈도 없고 인부도 없다니까."

"오, 나리. 저 마을 사람들이 올 겁니다요. 곧 끝마칩니다요."

"그들은 돈을 준다고 해도 안 온다네. 술고래 무리들이야."

"맥주를 준다고 하면 올지도 모릅니다요. 재미있는 게임을 만드는 겁니다요. 그러면 올해에 끝마칩니다요."[38]

---

38 *Ibid.*, p.154.

루드벡이 맥주를 사 줄 돈도 없다고 하자 존슨은 마을에 지은 여관에서 나오는 수입을 이용할 것을 제안한다. 루드벡은 국고를 털어 정부 사업에 쓰는 것과 "엉덩이를 드러낸 이교도들을 취하게 만드는 데" 세수稅收를 사용하는 것은 다르다는 사실을 지적하면서도 존슨의 제안에 귀가 다시 솔깃해진다. 이후부터 여관 수입으로 맥주를 사게 된 것은 두말할 필요가 없다.

사람을 다루는 기획자로서의 존슨의 진정한 면모는 이제부터이다. 그가 공사 현장 인근의 촌락을 찾아 도로 건설을 위한 인력을 구하려 했을 때, 마을의 젊은이들은 농한기를 맞아 술과 춤에만 관심이 있을 뿐 아무도 자원하려 하지 않는다. 촌장 또한 도로가 건설되면 도시의 나쁜 영향을 받아 마을 사람들이 자신의 영을 따르지 않을 것을 염려한 나머지 비협조적인 태도로 나온다. 존슨은 촌장에게 도로 건설은 일이 아니라 '게임'임을 설득한다. 각 마을이 참가하여 그 중 가장 많은 길을 닦은 팀이 상을 받고, 상금 오 파운드는 그 마을 촌장의 몫이라고 하니, 듣는 이로서 혹하지 않을 수 없다. 뿐만 아니라 당장 오늘 시작하는 팀에게는 공짜 술을 제공한다고 약속함으로써 마을 사람들이 열과 성을 다하여 도로 건설에 뛰어들게 만든다.

이렇게 해서 도로 건설에 동원된 사람들은 존슨의 계획대로, 존슨이 준비한 북 소리에 맞춰, 존슨이 만든 노동요를 부르며, 모두 하나가 되어 일을 한다. '중요하고도 명예로운 일을 위해' 전력을 다하고 있다고 믿게 된 이들은 어느 누구도 강요하지 않건만 며칠이고 사업을 완수할 때까지 현장을 지키게 된다. 이들을 이끌며 일하는 존슨의 모습을 보자.

> 찢어진 바지와 짐꾼의 모자를 착용한 그는 새벽 전부터 해가 진 후 오래도록, 욕하거나 노래 부르면서, 즉석에서 노래를 지어내면서, 나무를 자르고, 또 일꾼들을 독촉하였다. (…중략…) 그의 뺨은 피곤함으로 야위었고 그의 눈은 나무 타는 연기로 빨갰다. 그러나 그의 목소리에는 가장 강렬한 감정이 실려

있었고, 그의 다리, 몸통, 팔은 그 목소리에 맞추어 순간순간 자세를 바꾸면서 감정을 표현하였다. 그는 혼령에 씐 마법사와 같았다.[39]

이쯤되면 도로 건설이 루드벡의 사업인지 존슨의 사업인지, 또 누가 현장의 책임자이고 누가 피고용인인지 구분이 되지 않는다. 기획자로서의 존슨에 대한 인정은 그의 백인 상관들의 입에서도 들려온다. 도로 사업의 진척을 축하하기 위해서 불틸이 현장을 방문했을 때 루드벡은 존슨을 "기획가"로 소개하면서 존슨이 아니었으면 건설 사업이 그만큼 진척을 보일 수 없었을 것이라고 인정한다. 뿐만 아니라 존슨이 "우리 모두를 즐겁고 밝게 해 준다"고 엔터테이너로서의 능력을 치하하기도 한다. 그러자 불틸은 자신의 관할지 도루아Dorua로 존슨을 좀 빌려가야겠다고 탄복을 하기도 한다.

　루드벡의 지시를 받는 위치지만 실은 루드벡에게 아이디어를 제공할 뿐만 아니라, 그가 실의에 빠졌을 때는 추진력을 제공한다는 점에서, 존슨은 루드벡의 실질적인 '멘토'이다. 다시 설명하겠지만 이러한 면모는 그가 루드벡의 손에 의해 죽는 순간까지도 변하지 않는다. 사람을 인도하고, 그래서 그의 인생을 바꾸는 '사람을 낚는 어부'로서의 존슨의 면모는 정부에서 운영하는 가게에서 점원으로 일하는 벤저민Benjamin과의 관계에서도 잘 드러나는 것이다. 벤저민은 존슨에게 호의적이며 항상 그에게 법을 지키고 극단적인 행동을 자제할 것을 충고해주는 카운슬러 같은 인물이다. 그는 또한 식민 통치 하의 나이지리아에서는 문명화된 정도가 불균형임을 지적할 줄 아는 양식이 있는 인물이다. 과묵하면서도 상식의 길을 걷고 양심의 목소리를 내는 벤저민이지만 루드벡에 의해 파면 당하게 된 존슨이 장사꾼이 되어 길을 떠나겠다고 하자, 그의 자유로운 운명을 부러

---

39   *Ibid.*, p.161.

위한다. "존슨, 만약에 직장을 잃게 되면 당신과 함께 할 거야. 그래, 내게는 아주 현명한 일일 거야."[40] 안정적인 일자리에 있는 벤저민 같은 인물마저도 존슨과 함께 하는 것이 멋질 것이라고 생각할 만큼 존슨의 친화력과 감화력이 대단한 것임이 드러나는 순간이다.

사태가 잘못 풀릴 때 누가 책임을 지게 되는가라는 관점에서 보아도 존슨은 매번 책임자의 위치에 선다. 루드벡이 영국으로 휴가를 떠난 뒤 그의 후임으로 온 트링Tring이 세금의 유용을 발견하고 이를 문제로 삼는다. 그러자 불틸은 루드벡에게 엄중하게 경고만 하고 대신 존슨에게 공금 유용의 책임을 물어 그를 해고시킨다. 이후 존슨은 군인 출신인 백인 골럽Gollup 상사의 가게에서 일을 한다. 그는 가게에서 금지된 술판을 벌이다 쫓겨난 후에는 장사를 하러 떠돌아다닌다. 루드벡이 휴가에서 돌아오자 공사장으로 돌아온 존슨은 루드벡의 꿈을 실현시키기 위해 묘책을 생각해내고 그 실현을 위해 몸을 던진다. 그의 주도적인 역할 덕택에 마침내 파다를 북부와 연결하는 자동차 도로가 완성된다. 앞서 논의한 바 있듯, 이 도로의 완성을 위해 존슨은 여관에서 나오는 세수를 노동자들의 술값으로 쓴다. 뿐만 아니라 도로세를 거두어 이 중 일부는 자신이 유용하고 나머지도 노동자들의 술값으로 사용한다. 도로 건설 예산이 동이 나서 공사가 멈추게 되었을 때, 루드벡은 여관의 수익으로 노동자들의 술값으로 사용하자는 존슨의 제안을 묵인한 바 있다. 그러나 그가 몰랐던 것은 모자라는 술값을 존슨이 개인적으로 도로세를 거둬 그 돈으로 충당하였다는 사실이다. 루드벡은 도로세를 불법적으로 거둔 책임을 물어 존슨을 파면한다. 두 어른아이가 같이 저지른 불법 행동에 대해 존슨이 다시 한 번 책임을 지는 셈이다.

두 번째 파면을 당했을 때 존슨은 모든 것을 잃는다. 사회적 지위와 경제

---

40   *Ibid.,* p.192.

적 능력뿐만 아니라 가정도 잃는다. 그가 사랑하는 아내 바무가 아이를 데리고 친정으로 가버리기 때문이다. 그는 골럽의 가게에서 훔친 돈으로 다시 주연을 베풀며 흥청망청 살다가 결국에는 골럽을 살해한 죄로 체포당한다. 살인죄의 대가는 교수형이다. 자신이 한때 아꼈던 부하를 교수형에 처하게 된 루드벡은 존슨에게, 만약 그가 졸라대던 월급 선불을 해주었더라면 이런 일이 안 일어났을까 하고 묻는다. 또 그가 영국으로 떠나기 전에 존슨에 대해 썼던 근무평가 보고서가 정당한 것이었는지도 묻는다. 그가 쓴 보고서가 트링이 존슨을 파면한 이유 중의 하나였기 때문이다. 놀랍게도 존슨의 대답은 자신은 그 보고서의 평가보다 훨씬 나쁜 사람이라는 것이다.

> "그래, 자네는 자네의 이 문제가 일부 나의 책임이라고는 생각지 않는군."
> "나리의 잘못이라뇨? 이 존슨에게 훌륭한 친구가 되어주시지 않았더라면 저는 파다의 모든 곳을 다 털고, 많은 사람을, 온갖 종류의 사람들을 살해합니다. 저는 나리께서 본 사람들 중에 가장 사악하고 마음이 나쁜 놈입니다. 매일 밤 제가 하는 궁리를, 도둑질하고 사람을 죽일 궁리를 말씀드리면 제가 나쁜 놈이라는 걸 아실 겁니다."[41]

루드벡이 아니었더라면 벌써 많은 사람들을 자신이 죽였을 것이라는 존슨의 주장은 루드벡이 그를 처형한 후 갖게 될 죄책감을 줄여주기 위해 하는 거짓말이다. 존슨에 대한 책임이 자신에게 있는지 확인하고 싶어 하는 백인 상관을 어떻게 '위로하고 격려할 것인가'를 고민하는 흑인의 이 어른스런 모습은 죄책감에서 벗어날 궁리를 하는 그의 상관과 대조를 이룬다.

---

41   *Ibid.*, p.224(인용자 강조).

여성의 몸과 '자연의 하인'

『미스터 존슨』과 달리 『아프리카의 마녀』에서는 백인의 멘토에 비견될 만한 흑인은 등장하지 않는다. 흑인 중 유일하게 지성인의 모습을 보이는 알라다이의 경우 앞서 언급한 바 있듯 유럽적 지성과 흑인의 충동/감성 사이에서 분열된 모습을 보이다 결국에는 아프리카인으로 돌아가고 만다. 옥스퍼드대에서 백인 학생들과 경쟁하며 신식 문물을 익히던 그도 코우커의 광신적인 설교 앞에서는 맥을 못 추기 때문이다. 코우커는 한때 기독교의 목자로 활동했지만, 곧 토착 종교와 결합한 사이비 기독교의 전도사가 된다. 그는 예수님의 보혈과 희생을 강조하는 듯하지만 이 종교의 핵심은 인신공양人身供養이다. 기독교의 외양과 틀은 취했지만 실은 변형된 주주인 것이다.

코우커가 호소하는 '아프리카인의 피', '피의 사랑', '피의 증오blood-hatred'는 야만성과 다르지 않다. 그의 설교에 반응하는 알라다이와 리미 사람들의 모습을 보자.

> 코우커는 야만인이었다. 알라다이는 생각했다. 그는 아는 것이 하나도 없고, 알려고 하지도 않아. 어쩌면 그는 이제 알 능력도 없을 거야. 뇌사 상태인 거지. 육체가 내는 소음, 악의가 내는 소음일 뿐이야.
>
> 그러나 무리는 그 소음에 따라 이리저리 흔들렸고 경련하였다. 매번 그가 소리 지를 때마다 그들은 신음하였고 흔들렸다. (…중략…) 알라다이도 그들과 함께 몸을 흔들었다. 신기하게 생각하면서. 갑자기 그도 신음하고 싶었다. 신음소리가 그의 목구멍을 파열시키고 나오려는 듯 그의 내부에서 점점 커지고 있었다. 그것이 그의 뇌를 압박했고, 온몸의 피가 헐떡이고 부풀어 올랐다.[42]

42　Joyce Cary, *The African Witch*, London : House of Stratus, 2000, p.444.

작가의 묘사에서 드러나듯, 알라다이의 '정신'은 이 광신적인 집단에 대해 비판적인 시각을 견지하려고 하지만, 그의 '몸'은 광기 어린 피의 호소에 대해 저항하지 못한다. 백인의 가면 아래 숨겨왔던 아프리카 흑인의 맨 얼굴이 드러나는 것이다.

엄정하게 말하자면 감정의 포로가 되는 것은 흑인들만이 아니다. 리미의 백인들 중 일부도 판단력을 갖추지 못한 꼭두각시 같은 존재들로 묘사된다. 대표적인 이가 딕Dick Honeywood이다. 심지어는 백인 래컴도 그를 "편견, 모순적인 충동과 억제 덩어리가 다스리는 로봇"[43]으로 묘사할 정도이다. 딕의 인간됨에 대한 작가의 묘사를 들어보자.

> 그의 뇌는 판단하거나 알려고 하지 않았다. 그것은 그의 동물원 같은 성품 내에 자리를 잡은 짐승과 기생물들을 만족시키고 보호하기 위해 존재했다. 그의 의지는 **자연의 하인**이었다. 늪지의 악어 같았다. 그에게는 자유가 없었다.[44]

인용문에서 "자연의 하인servant of nature"이라 함은 자제력이나 합리적인 판단을 결여한 비주체적인 존재를 의미한다. 즉, 분별을 모르는 감정의 노예라는 것이다. 딕은 여동생 드라이어스Dryas가 정글을 여행하는 도중에 흑인 알라다이와 춤을 추었다는 소식을 듣자 한편으로는 사실이 아니라고 완강히 부정하고, 다른 한편으로는 흑인과 정분이 났을지도 모른다는 생각에 광분하는 모습을 보인다.

딕의 비이성적이고 비주체적인 면을 날카롭게 비판하던 래컴도 비이성의 영향력으로부터 자유롭지 않다. 한편으로 그는 비록 알라다이가 흑인이지만 남성적인 면이나 지성적인 면 모두에서 수많은 딕과 같은 자들을 합친 것보다 나은 존재임을 인정한다. 반면, 자신도 호감을 느끼던 미

---

43   *Ibid.*, p.287.

44   *Ibid.*(인용자 강조).

모의 드라이어스가 알라다이와 가까워졌다는 소식을 들었을 때, 래컴은 자신이 평소 경멸하던 딕과 며칠 술을 마시며 마음속 한 구석에 분노를 키워간다. "래컴은 왜 자신이 분노를 느끼는지 자문해보지 않았다. 그러나 술잔을 손에 들고 할 일 없이 앉아 있으면서 분노가 끓어오르도록 몸을 맡겼다."[45] 평소에 이성적이던 래컴마저 이성을 잃게 된 데에는 비록 자신은 주디와 혼인을 약속한 몸이지만 미모가 출중하고 젊은 드라이어스에 마음이 없지 않았기 때문이다. 그가 알라다이에 대해 적개심을 느끼기 직전에 드라이어스의 매력적인 몸에 대해서 상상을 하고 있었다는 사실, 이어서 그녀가 알라다이의 품에 안겨 있는 모습을 상상하고 있었다는 사실이 이를 증명한다. 비록 래컴은 자신이 왜 화를 내는지 인식하지 못하지만 말이다.

작가는 드라이어스의 사소한 일탈에 대해 흥분하는 래컴과 그의 동료 백인들의 심리에 대해 깊은 성찰을 보여주지는 않는다. 그러한 점에서 『아프리카의 마녀』는 모험소설이라는 장르의 공식에 충실하다. 심리의 세밀한 분석에 의존하는 심리적 사실주의보다는 사건 중심의 피카레스크적인 소설 전통에 가깝다는 뜻이다. 캐리가 자세히 들려주지 않는 백인 남성들의 이러한 심리는, 백인 여성이 유럽의 제국주의적 실천과 맺어 온 관계를 고려할 때 잘 이해될 수 있다. 인종적 타자를 침략하고 지배함에 있어 유럽은 식민지와 제국이라는 영토의 구분뿐만 아니라 유럽인과 비유럽인 간의 인종적인 구분에 의존하여 왔다. 이중 인종적인 구분은 가장 근원적인 수준에서는 혈통적인 차이를 의미하는 것이었으며, 동시에 문화적이며 선과 악과 같은 형이상학적인 차이를 의미하는 것이기도 하였다. 백인 여성과 흑인 남성 간의 로맨스가 문제시 되었던 것은 그것이 바로 이러한 혈통적 차이에 대한 중대한 도전을 의미하였기 때문이었다.

---

45   *Ibid.*, p.290.

이러한 맥락에서 보았을 때 백인 여성의 몸은, 그녀의 성性은 제국의 철저한 관리 하에 있어야 할 성질의 것이었다. 이러한 사유의 이면에는 여성의 몸을 가부장적 제도의 근간이라고 여겼던 남성들의 소유의식도 있었다. 이에 못지않게 백인 여성의 몸이 차세대의 생산이라는 중대한 임무를 수행하였다는 점에서, 그 몸이 어떠한 일탈도 시도하지 못하게 하는 것이 제국의 지대한 관심사였다. 맥클린톡의 주장을 빌리면,

> 몸의 경계(境界)는 위험할 정도로 침투가 용이하기에 지속적인 정화(淨化)를 필요로 한다고 여겨졌다. 그래서 성(性)이, 특히 여성의 성이 인종적이며 문화적인 오염을 전달하는 주된 매체로 여겨졌기에 방어선을 쳐서 보호되었다. 여권 운동가들의 저항에 맞서 여성의 몸을 통제하려는 방심하지 않는 노력들이, 성적인 경계가 점점 무너진다는 심각한 불안, 그래서 생겨나는 인종적인 오염으로 인해 자손, 재산, 권력에 대한 백인 남성들의 독점적인 소유권이 입게 될 부정적인 영향에 대한 심각한 불안과 점점 더 융합되었다.[46]

그러니 알라다이와 육체적인 관계까지는 맺지는 않지만 그와 친밀한 관계를 갖게 되는 드라이어스의 행동은 제국이 그어놓은 성적인 경계, 인종적인 경계를 모두 위협하는 중대한 도전 행위이다. 드라이어스의 '불장난'에 대해 알게 되었을 때 리미의 백인들이 보여주는 히스테리에 가까운 행동은 이러한 맥락에서 이해될 수 있다.

마침내 드라이어스가 알라다이와 함께 선착장으로 돌아왔을 때, 래컴은 알라다이에게 난폭하게 굴어서 싸움을 도발한다. 알라다이가 래컴의 도발에 반응해오자 복싱 선수의 경력을 가지고 있던 래컴은 이 기회를 놓치지 않고 이 리미의 왕자를 드라이어스가 보는 앞에서 흠씬 두들겨 팬

---

46 Anne McClintock, *Imperial Leather : Race, Gender and Sexuality in the Colonial Contest*, New York : Routledge, 1995, p.47.

다. 그런 점에서 래컴 또한 '자연의 충실한 하인'인 셈이다. 이렇게 말하고 보면 캐리의 이 소설은 흑인과 백인 모두에 대한 평가에 있어 동일한 비판적인 잣대를 들이댄 듯하다. 그러나 이는 사실과 다르다. 이 장면에서 드러나듯 백인도 원시적인 감정의 포로가 될 수 있음을 보여주는 것은 사실이나, 이러한 사실이 백인은 이성적이요, 흑인은 감정적이라는 소설의 대전제를 바꾸어 놓지는 못하기 때문이다. 소설의 큰 틀에서 작동하는 인종주의적 시각으로 인해, 흑인이 이성적으로 행동할 때는 유럽의 영향력이 그의 내면에서 발휘된 것이요, 야만적인 감정에 휘둘릴 때는 아프리카 흑인의 진면목이 드러난 것으로 이해되기 때문이다. 반면 백인이 이성을 잃고 폭력을 휘두를 때 그는 순간적으로 이성을 잃었을 뿐 여전히 유럽인이다. 이러한 관점에서 보았을 때 알라다이의 이성적인 면에 대한 소설의 강조는, 강조의 내용과는 완전히 다른 효과를 의도하는 것이다. 즉, 이성적인 면을 강조함으로써 인종적인 편견을 해체하는 것이 아니라 오히려 인종적인 편견을, 흑인의 이성은 껍데기에 불과하다는 인종주의적 사유를 강화하는 결과를 낳기 때문이다.

소설의 이러한 전략은 래컴과 드라이어스가 알라다이의 부하들에 의해 생포되어 그 앞에 끌려왔을 때도 드러난다. 이때 알라다이는 이전에 이 경찰 관리로부터 받았던 치욕을 복수하려면 할 수 있었다. 알라다이의 광기 어린 부하들이 이들을 당장이라도 죽일 기세였기 때문이다. 그러나 알라다이는 래컴이 자신의 친구라고 거짓말을 함으로써 피를 보고 싶어 안달하는 부하들로부터 그를 보호한다. 언뜻 알라다이의 이러한 신사다운 면모는 리미의 백인들, 특히 집단적인 비이성에 휩쓸려 알라다이를 헐뜯던 백인들과 대조를 이룬다. 알라다이가 신사도를 발휘하는 장면을 자세히 보자.

감수성 강한 젊은이가 여성 앞에서 자신에게 모욕을 준 다른 남성을 증오하는 만큼 알라다이도 래컴을 증오했다. 그를 죽일 수 있는 정교한 방법들을

종종 마음속으로 생각해두기도 했다. 그러나 **지금은 그는 영국인이었다**. 심지어
는 영국인의 복장을 하고 있었다. 그래서 그는 엄격한 어조로 부하들에게 말
했다. "무슨 짓인가? 이 사람들은 나의 친구다."

　무리들은 놀라서 물러섰다. 알라다이는 래컴 앞으로 걸어가 그에게 손을
내밀었다.[47]

텍스트는 알라다이가 신사도를 발휘할 수 있었던 것을 순전히 그가 옥스
퍼드에서 받았던 영국 교육의 덕택으로 돌림으로써, 그의 이러한 고결한
미덕이 아프리카 흑인에게는 선천적으로 결여한 것이라는 인종적인 테
제를 오히려 강화한다.

　반면 이 소설에서는 어떤 위급한 상황에서도 평정심과 냉철함을 유지
하는 인물들도 있는데 이들은 모두 영국인이다. 리미의 행정관 버워쉬
Burwash와 주디가 대표적인 예이다. 버워쉬는 엘리자베스의 주도 하에 리
미의 여성들이 전쟁을 일으켜서 다리를 점거할 뿐만 아니라 진압하려는
백인들에게 폭력을 행사하였을 때조차도 무력시위를 자제한다. 버워쉬는
엘리자베스와의 담판을 통해 여성들의 전쟁을 종식시키려고 하고, 왕위
계승권을 적수인 살레Sale에게 빼앗기고 불안해하는 알라다이를 위해 총
독에게 알라다이의 왕위의 계승 권리를 주장해 주어 그가 무모한 군사 행
동을 자제하도록 노력한다. 그럼에도 불구하고 리미의 여성들이 백인들
의 지역으로 진입해 왔을 때, 그는 홀로 나가서 이들을 설득시키려 하다
머리를 맞고 쓰러지기도 한다. 죽을 뻔한 고비를 넘긴 그가 다시 지휘권
을 갖게 되었을 때 취한 첫 번째 행동은 경찰력을 동원한 보복이 아니라
"더 이상의 폭력 행위는 심각한 처벌을 받게 될 것임"[48]을 주민들에게 알
리는 것이었다. 그의 충고를 받아들이지 않은 알라다이는 코우커와 함께

47　Joyce Cary, *The African Witch*, London : House of Stratus, 2000, p.449(인용자 강조).
48　*Ibid.*, p.454.

군사 행동을 했다가 결국 영국군에 의해 사살되고 만다. 버워쉬가 이처럼 자제력을 발휘한 결과 왕위 계승을 둘러싼 리미의 폭동은 최소한의 인명 피해를 내고 끝이 난다. 캐리의 텍스트는 흑백의 두 인물이 보여주는 대조적인 행동을 통해 인종주의적인 이데올로기를 강화한다.

문화적 분열증과 서사의 위반

『미스터 존슨』에서 교육받은 흑인이 상관에 의해 처형됨으로써 아프리카의 주체적인 근대화는 요원한 꿈으로 남은 바 있다. 그러나 자율성이나 책임감, 상상력, 비전 등과 같은 '주권적 주체'의 요건이라는 관점에서 보았을 때 『미스터 존슨』은 작가의 의도와는 반대로 문제적인 결말을 갖게 된다. 작가는 존슨을 우스꽝스럽고 거짓말을 잘하는 인물로 그려냄으로써 개화된 흑인의 정치적 가능성을 거세하고, 작품 결미에서 그를 처형시킴으로써 나이지리아의 근대화를 이끌 미래의 세력을 텍스트에서 완전히 제거하는 효과를 거둘 수 있었다. 그러나 이 계책은 실행 과정에서 의도와는 다른 부산물을 낳기도 하는데, 존슨에게서 작가가 의도한 것과는 다른 해석적 가능성이 발견되기 때문이다. 존슨은 거짓말을 일삼고 충동적인 인물로 그려졌지만, 보기에 따라서는 상황 판단이 빠르고 즉흥적으로 발명하며 상상력이 뛰어난 인물로 해석될 수도 있다. 또한 처형되어 텍스트에서 추방되었지만 상관과 함께 한 행동에 대해 최종적으로 책임을 지는 인물로 읽힐 수도 있다. 이러한 맥락에서 고려되었을 때 존슨은 그의 백인 상관보다 훨씬 성숙하고 재능이 뛰어난 인물로 여겨지며, 그러한 점에서 흑백 간의 인종적인 위계질서를 전복시킨다.

『아프리카의 마녀』는 어떠한 관점에서 고려하더라도 의심할 여지없이 유럽적인 이성의 승리로 끝이 난다. 리미의 근대화를 꿈꾸었던 알라다이가 죽고, 근대화 세력과는 거리가 먼 살레가 왕위를 계승하고, 주주의 여사제인 엘리자베스의 권력이 더 강화됨으로써, 리미에서 영국의 식민 지배에 대한 어떠한 도전도 한동안은 생각할 수 없게 되었기 때문이다. 백인의 교육을 받은 인물이 백만 명 중의 단 한 명에 불과했고, 그 한 명마저도 사살되어버린 상황임을 고려한다면, 또한 버위쉬같이 성실하고도 분별력 있는 행정관이 리미에서 지배자의 자리를 지키고 있는 한은 말이다. 그러한 점에서 아프리카인들의 입장에서 보았을 때『아프리카의 마녀』는 매우 암울한 결말을 맺는다. 이 소설은『미스터 존슨』과 달리 품성적인 면에서도 흑백의 위계질서를 전복할 가능성이 보이지 않는다.

그렇다고 해서 이 텍스트에 모순적인 순간이 없는 것은 아니다. 캐리는 한편으로는 알라다이를 리미의 민족주의자로 내세워 영국인 지배 세력과의 충돌하는 방향으로 서사를 이끌어 나간다. 소설의 전개와 독자의 재미를 위해서 아프리카 민족주의와 영제국주의 간의 충돌이라는 흥미진진한 주제를 선택한 것이다. 다른 한편으로는 알라다이의 민족주의적 저항이 '적당한' 경계 내에서 머물도록 작가는 주의를 기울인다. 리미의 민족주의가 지나치게 강조되다 못해 본의 아니게 제국의 존립이나 정당성에 대한 껄끄러운 질문이 제기되지 않도록 말이다. 캐리는 작품이 소비될 문화 시장의 정치적 성향을 생각하지 못할 만큼 분별력이 없는 인물이 아니었다. 그는 식민지 관료들의 무능함을 비판하는 데 있어 인색하지는 않았지만 그렇다고 해서 영제국이 식민지를 포기하는 것을 보고 싶었던 인물은 더더욱 아니었다.

제국주의 소설이 소비되는 시장의 취향과 금기를 제대로 파악한 캐리의 분별력은 텍스트 내에 일종의 논리적인 아포리아를 생성시킨다. 이 아포리아는 알라다이의 분열증의 형태로 나타난다. 우선 작가가 설정해 놓은 아프리카 민족운동의 한계, 즉 알라다이가 표방한 리미 민족주의의 한계가 어떤 것인지 알아보도록 하자. 부행정관 피스크^{Fisk}와의 대화에서 알라다이는 주장한다.

> 내가 적이 아님을 믿겠소? 나는 매우 애국적입니다. 어쩌면 당신보다 더 애
> 국자일 것입니다. 나는 왕자입니다. 아주 보잘 것 없는 왕자라는 것은 압니다
> 만, 그래도 왕자입니다. 그리고 내게 영국왕은 대단한 애정과 영광의 감정을
> 주는 존재입니다. 우리 리미 사람들은 그의 백성이 되기를 열망합니다.[49]

피스크와의 대화 중 스스로를 영제국의 국민으로 호명하며, 영국왕에게
충성을 바치는 알라다이의 행동은 민족주의자로서의 그의 행동이나 발
언과 모순된다. 이를테면 래컴에게 폭행을 당한 후 집으로 돌아왔을 때
알라다이는 서양 옷을 벗어던지면서 이를 불태울 것을 명한다. 리미의 전
통 의상으로 갈아입은 그는 자신이 리미인임을 자랑스럽게 밝힌다.[50] 입
고 있던 백인의 옷을 태우는 행위에서 드러나듯 이처럼 반영국적이며 반
서구적인 정서를 갖게 된 알라다이의 입에서 영국왕의 백성이 되기를 갈
망한다는 진술이 나온다는 사실은 그를 문화적 분열증 환자로 보지 않은
다음에야 설명이 불가능한 서사의 모순을 구성한다.
 알라다이에게 전쟁의 백해무익함을 지적하며 군사적 행동을 하지 말
것을 주디가 간청하자, 리미의 왕자는 다음과 같이 대답한다.

> 당신이 그런 말을 할 정도로 뭘 모른다고 생각하지는 않아요. 전쟁이 없었더
> 라면 영국이, 프랑스가, 로마가 어떤 모습을 하고 있을까요? 우리 리미가 제
> 국들을 정벌해야 한다고는 생각지 않습니다. 우리는 그러기를 원치 않습니
> 다. 그러나 우리는 하나의 민족, 영혼과 자유를 가진 민족이 될 수 있습니다.
> 백만 명이나 되는 우리에게 우리의 지배자들은 말합니다. "너희 백성들은 너

---

49 *Ibid.*, p.307.
50 *Ibid.*, p.316.

무나 어리석어서 생각할 수도 배울 수도 없다. 노예가 되기에, 주주 숭배자가 되기에 족한 존재로다."[51]

영국왕에게 애정과 영광을 느낀다는 알라다이의 진술을 영국인 지배자들에 대한 위의 진술과 비교해 보면, 주인공의 내면에서는 이미 전쟁이 일어나고 있음을 알 수 있다. 이러한 문화적 분열증은 단순히 주인공 개인의 모순을 드러내는 데 그치지 않는다. 왜냐하면 그의 입을 통해 드러나는 모순은, 정치적 맥락에 놓였을 때 서사의 금기 사항인 제국의 진실을, 식민지의 진실을 동시에 폭로하기 때문이다.

식민 피지배자의 내부에서 발견되는 분열은 식민지의 질서에 대한 개인의 반응이라는 점에서는 개인의 정신적인 징후로 볼 수 있지만, 동시에 그 분열이 지배 질서의 모순에서 유래한다는 점에서는 사회적이고 정치적인 맥락에 뿌리를 내린 것이다. 이러한 관점에서 보았을 때, 알라다이가 영국에 대해 보이는 양가적인 태도는, 한편으로는 원주민의 '아버지'임을 천명하지만 다른 한편으로는 그의 '압제자'가 되어야 하는 제국주의자들의 모순에서 유래하는 것이다. 이를 달리 표현하면, '아버지'에 대한 존경과 '압제자'에 대한 분노가 알라다이의 양가적 태도의 저변에 있다는 것이다. 제국의 식민지 경영은 '개화와 계몽'을 천명하지만 현실에서는 '차이와 착취'의 패러다임에 의존할 수밖에 없는데, 제국주의가 안고 있는 이러한 모순은 『아프리카의 마녀』에서 알라다이의 분열적인 동일시를 통해서 노현되고 있다. 그러한 점에서 주인공의 문화적 분열증과 그의 이중언술은 흑백의 차이를 확인함으로써 끝을 맺고자 하는 제국주의 서사의 드라이브를 내부에서 약화시키는 기능을 수행한다.

---

51 *Ibid.*, p.411.

11장

대중 서사와 정치적 무의식

만약 사유가 언어를 타락시킨다면, 언어도 또한 사유를 타락시킨다.

— 조지 오웰, 『1984년』

착한 비평 vs. 나쁜 비평

식민주의 문학에 대한 과거의 비평은 대체로 인종적 타자에 대한 담론이 식민 통치를 어떻게 지원해 왔는가에 대한 논의에 초점을 맞추어 왔다. 이러한 논의는 식민주의자들과 그들의 언술적 실천이 피지배 민족의 문화와 역사를 어떻게 말살하였는지를 드러내는 작업에 주력하였다. 그러나 '억압과 착취의 폭로'라는 패러다임만으로는 영국의 식민주의 문학은 말할 것도 없이 18세기나 19세기의 대중 소설을 제대로 평가할 수 없다. 그 이유는 다음과 같다. 영제국은 미개한 족속들을 정신적·물질적으로 개화시킨다는 명목 아래 '기독교의 전파'와 '자유 무역'이라는 기치를 내걸었고, 제국의 이러한 사명에 대하여 빅토리아조 초중기의 대중과 지식인들은 전폭적인 지지를 보낸 것으로 기억된다. 이 시기의 문인만 거명해도, 식민지 개척이 국내의 인구 문제와 경제 문제를 모두 해결하는 최상의 방법이라고 믿은 새무얼 테일러 콜리지Samuel Taylor Coleridge(1772~1834)

와 로버트 사우디Robert Southey(1774~1843), 자국을 제대로 개발할 수 없는 민족은 타민족이 대신 개발하도록 허용해야 한다고 주장한 찰스 킹슬리, 동인도 회사를 위해 일하였던 찰스 램Charles Lamb(1775~1834)과 토머스 피콕Thomas Love Peacock(1785~1866), 식민성 장관까지 지낸 소설가 에드워드 불워-리튼Edward Bulwer-Lytton(1803~1873)에 이르기까지 제국주의를 후원한 영국 문인과 사상가들의 목록은 다양하다.

　빅토리아조 문학에 대한 정평 있는 연구자인 브랜틀링거에 의하면, 제국의 이념을 낙관적인 하나의 목소리로 표출한 빅토리아조 초중기 작가들과는 대조적으로, 후기의 문학가들에게서는 제국의 사명을 긍정하는 친제국주의적인 논리와 자조적인 목소리 간의 불협화음이 발견된다.

　　빅토리아조 초중기의 영국인들이 자신들을 제국주의자라고 부르지 않았다는 사실은 세계의 지배에 대하여 이들이 자의식적이거나 불안을 느끼지 않았음을 시사한다.

　　빅토리아조 초중기의 제국주의는 훗날의 제국주의와 달랐는데, 그 이유는 1830년부터 1860년까지 비공식적인 지배가 가능하였고, 그 결과 사람들이 그러한 유의 지배가 아무런 문제도 되지 않는다고 생각할 정도로 자신감이 있었기 때문이었다. 영국에 좋은 것은 세상에도 좋은 것이라는 식이었다.[1]

전통적인 식민주의 문학에서 찬미되어 온 앵글로색슨족의 승리주의를 잠식하는 불협화음은 다름 아닌 식민지의 '현실'에 대한 회의적인 인식에서 비롯된다. 이러한 인식은 식민지 경영의 경쟁에 뛰어든 유럽의 후발 제국들과의 패권다툼과 반식민 민족주의 운동의 발발로 인하여 영제국

1　　Patrick Brantlinger, *Rule of Darkness*, Ithaca : Cornell Univ. Press, 1990, pp.23 · 29.

의 미래가 불안해질수록 더욱 첨예하게 드러나게 되었다는 것이 브랜틀링거의 요지이다.

이러한 비판적인 자의식은 19세기 말에 동남아시아와 아프리카에서 선원 생활을 하는 등 서구 제국의 교역을 위해 일한 콘래드, 인도를 수차 방문하였던 포스터, 벵갈에서 태어나 영국에서 교육받고 버마에서 경찰 간부로 5년간 근무하였으며, 『1984년¹⁹⁸⁴』으로 우리에게도 잘 알려진 조지 오웰 등의 문학에서 어렵지 않게 발견되는 것이다. 예컨대, 콩고인들에 대한 백인들의 가혹 행위가 콘래드의 아프리카 소설에서 드러나고, 백인 여성의 겁탈 소동에 대한 백인들의 반응을 통해 재인도 영국 관리들의 편협함과 편견이 『인도로 가는 길』에서 폭로되며, 『버마에서의 나날들 Burmese Days』(1934)에서는 주인공의 입을 통해 제국주의란 '토인들을 등쳐먹는 것'이라는 비판이 개진된다.

그러나 본 연구에서는 이러한 전통적인 연구 경향과는 다른 입장을 취한다. 브랜틀링거 이후의 영소설 연구가 19세기 말에 이르러서야 영국인들이 제국의 현실에 눈을 뜨게 되고 그 결과 문제적인 자의식과 불안감이 영문학에 반영된다는 입장을 취한 것과 달리, 본 연구는 그러한 자의식의 문제는 정도의 차이가 있을 뿐 1719년에 출간된 디포의 소설에서도 발견되는 것이라고 주장한다. 그러니 식민주의 문학 및 대중 서사에 대한 올바른 자리매김을 위해서는, 이 문학을 빅토리아조 초중기와 후기로 나누고 그에 따라 별개의 시각에서 이 작품들을 분석하는 것도 의의가 있지만, 동시에 이러한 시대적인 구획이 모험 문학의 이데올로기에 말려드는 것은 아닌지 물어볼 필요가 있다. 이를 달리 표현하면, 영제국의 자의식이나 불안감이 후기의 문학에 한정된다는 사유가, 모험 문학이 태동기부터 승리주의적인 경축 하에 역사와 진실을 은폐하고자 한 시도에 동의하는 것은 아닌지 질문할 필요가 있다는 것이다. 즉, 텍스트가 표면적으로 표방하는 바에만 '착하게' 집중하는 길들여진 비평으로 전락하지는 않았는지 질문할 필요가 있는 것이다. 이것이 작가의 의도나 텍스트의 기획을 거슬러 텍스트를 읽는 '나쁜 비평'이 필요한 이유이다.

마슈레와 레닌의 톨스토이론

'나쁜 비평'을 위한 방법론은 마슈레의 문학생산이론이나 마슈레의 영향을 받은 제임슨의 『정치적 무의식』을 참조할 때 잘 드러난다. 이 비평가들은 텍스트에서 제외되어 있는 사회적 모순이나 역사를 알기 위해서는 텍스트가 말하지 않는 바를 복구하는 것이 중요하다고 보았다. 마슈레의 경우를 간략히 보자. 앞서 간략히 다룬 바 있는 마슈레는, 레닌이 톨스토이의 작품을 논하면서 "러시아 혁명의 거울"이라고 불렀을 때, 톨스토이가 러시아 혁명이라는 역사적 상황을 객관적으로, 온전하게 보여주었음을 의미하는 것은 아니라고 주장한다. 앞서 설명한 바 있듯, 농민 계급의 이데올로기를 받아들인 결과 톨스토이가 그려낸 러시아는 농민 계급이 본 러시아, 즉 자본주의에 대한 저항과 신비주의가 모순적으로 겹쳐 있는 렌즈를 통해 포착된 러시아였다. 그런 점에서 톨스토이의 작품을 거울이라고 부른다면 그것은 현실을 편향된 시각에서 포착한다는 점에서 찌그러진 거울이라고 해야 할 것이다.

마슈레의 포인트는 여기에서 비로소 시작된다. 이 거울의 왜곡 때문에 작가가 당대의 중요한 상황을 소설에서 제대로 다루지 못하였다고 보기 때문이다. 이를테면 1905년의 러시아 혁명은 농민들이 주축 세력이 되어 일으킨 것이지만, 동시에 사회변혁 주체로서의 노동자들의 등장을 알리는 것이기도 하였다. 그러나 자본주의의 발달이 가져오는 피폐화를 인식하고 있었음에도 불구하고 톨스토이는, 농민들의 이데올로기에 함몰된 결과 노동 계급의 출현이나 부르주아 세력의 힘에 대해 제대로 그려낼 수 없었다. 이것이 바로 톨스토이의 작품이 결여한 당대의 역사이다.[2] 마슈레에 의하면, 톨스토이의 작품은, 그것이 들려주기를 선택한 사건과의 관계에서 하나의 거울이라고 할 수 있지만, 그것이 들려주지 못하는 사건과의 관계에서도 하나의 거울로 기능한다. 이 두 번째 거울의 기능은 거울자신의 편파성을 비추는 것이다. 마슈레의 표현을 직접 들어보자.

> 사실 거울과 그것이 반영하는 것(역사적 현실)의 관계는 **부분적인** 것이다. 그
> 거울은 선택적이기에 모든 것을 반영하지는 않는다. 그 선택은 우연하지 않
> 으며 징후적인데 그것이 우리에게 거울의 본성에 대해 말해줄 수 있기 때문
> 이다. (…중략…) 작품은 그 자신의 편파성을, 단순한 요소들로 이루어진 불
> 완전한 현실을 기록하고 있다는 점에서 거울이라고 할 수 있다.[3]

마슈레에 의하면, 텍스트를 조직하고 그 의미를 구성하는 모순에 대해 텍스트는 직접적인 어조로 진술하지 못하고 그냥 보여줄 수밖에 없다. 레닌이 톨스토이를 시대의 거울이라고 불렀을 때, 그 의미도 바로 이 모순의 말 없는 드러남이요, 불완전한 반영을 담지하는 거울의 편파성이 드러남을 일컫는다.

본 연구의 전제는 텍스트와 지배 이데올로기의 관계가 일방적인 관계가 아니라는 것이다. 둘의 관계를 일방적인 것으로 보는 시각에 의하면, 부르주아 작가의 소설은 계급 갈등의 문제에 대해 완전히 눈을 감고 당대의 지배 이데올로기인 자본주의에 복무하는 텍스트로 간주된다. 이러한 시각이 틀렸다고 할 수는 없지만, 동시에 항상 옳다고 할 수도 없다. 왜냐하면 지배 이데올로기가 서사의 전개를 강력하게 추동할 때조차도 그 이

---

2   Pierre Macherey, Geoffrey Wall trans., *A Theory of Literary Production*, London : Routledge, 1980, p.114.

3   *Ibid.*, pp.120~123.

데올로기가 물샐 틈 없이 텍스트를 장악하거나 한 치의 오차도 없이 텍스트에 구현되지는 않기 때문이다. 그 이유는 무엇보다도, 텍스트의 구성을 위해 현실 세계에서 차용되는 세상의 언어, 텍스트 내로 들여오는 세상의 다양하고도 이질적인 이미지들에 대한 작가의 통제가 완벽할 수는 없기 때문이다.

텍스트가 작가에 의해 완전히 통제될 수 없다는 생각은, 언어의 이질적이고도 가변적인 성격이 특정 이데올로기에 의해 쉽게 포착되거나 하나의 의미나 의도로 고착화될 수 없다는 생각과 상통한다. 이런 생각이 본 저서에서 처음 제기된 것은 아니다. 이와 유사한 사유를 폴 스미스가 알튀세르에 대한 비판에서 제시한 바 있다.[4] 익히 알려진 대로 라캉은 개인이 언어를 배우기 시작하면서 주체로 탄생한다고 주장한 바 있다. 알튀세르는 라캉의 상징계와 주체 개념을 받아들여 자신만의 이데올로기 개념을 만들어낸다. 상징계로 진입하기 이전에 '주체'란 존재하지 않는다는 라캉의 주장은 알튀세르의 이데올로기 개념화 작업에 지대한 영향을 미치게 된다. 즉, 이데올로기를 일종의 상징계처럼, 개인이 그 영향력을 피할 수 없는 거대한 초구조로 이해하게 되기 때문이다. 이때 알튀세르가 저지르게 된 실수는 라캉의 상징계가 이데올로기에 의해 완전히 포섭될 수 있는 성질의 것이 아니라는 사실을 간과하였다는 데에 있다. 언어의 영역은 본래 가변적이고도 역동적이기에, 결코 이데올로기에 의해 완전히 소진될 수 있는 성질이 아닌 것이다. 본 연구가 증명해 보이려고 한 것도 바로 언어의 이러한 성질, 즉 지배 이데올로기에 의해 완전히 포착되고 포섭될 수 없는 문학 언어의 역동성과 전복성이다.

---

4   Paul Smith, *Discerning the Subject*, Minneapolis : Univ. of Minnesota Press, 1988, p.20.

텍스트의 존재론적 불안정성

본 연구는 디포에서 캐리에 이르기까지 식민주의와 직접적으로나 간접적으로 관련이 되는 영국의 대중 서사들에서 존재론적 불안정성을 드러내고자 하는 기획이다. 텍스트의 존재론적 불안정성은 무엇보다 언어에 내재된 의미적 불확정성에서 연원한다. 언어의 불확정성은 해체주의자들이 기표의 운동이라고도 부른 "차연差延, différance"으로도 이해할 수 있다. 익히 알려진 대로 데리다는 기의도 기표로 작용하며, 어떤 기표도 끊임없이 다른 기표를 지시하는 '연쇄적 지시의 유희'를 벗어날 수 없다고 주장한 바 있다.[5] 이에 의하면 텍스트는 결국 언어의 속성, 즉 차이의 체계나 의미의 불확정성에 대한 우의寓意로, 일종의 메타언어적인 텍스트로 해석된다. 폴 드 만이 릴케, 프루스트, 루소 등의 저작들을 분석하면서 "모든 텍스트는 자신의 존재의 불가능성을 진술하며, 이 불가능성에 대한 우의적 서사를 예시豫示하는 것"[6]이라 주장한 것도 같은 맥락에서이다. 드 만의 주장을 다소 거칠게 요약하자면 모든 서사는 자신의 존재론적인 불가능성에 대한 알레고리일 뿐이다.

그러나 텍스트의 존재론적인 불안정성이나, 혹은 더 근원적인 수준에서 언어의 불안정성을 이해하기 위해서 반드시 해체주의자가 되어야 할 필요는 없다. 해체주의보다 훨씬 오래 전에 러시아의 문예이론가 바흐친이 언어의 불확정성에 관하여 매우 설득력 있는 주장을 제기한 바 있기 때문이다. 이 관점에 의하면, 말은 단 하나의 의미만을 갖지는 않는다. 말이라는 것은, 그것이 단어이든, 문장이든, 한 사람의 화자에게만 온전히 귀속될 수

---

5   Jacques Derrida, Gayatri Chakravorty Spivak trans., *Of Grammatology*, Baltimore : Johns Hopkins Univ. Press, 1974, p.7.

6   Paul de Man, *Allegories of Reading : Figural Language in Rousseau, Nietzsche, Rilke, and Proust*, New Haven : Yale Univ. Press, 1979, p.270.

없다. 내가 사용하는 담론은 내가 선택하기 전에 이미 무수한 타자들에 의해 사용된 것이고, 또한 미래에도 무수한 타자들이 사용할 것이다. 그래서 모든 의식 있는 개인은 발화 행위를 하는 순간 그 말을 둘러싸고 있는 의미론적 지평에 진입하게 되며, 정도의 차이는 있으되 모두가 자신이 의도하는 가치나 뉘앙스를 그 지평에 각인시키려는 노력을 하게 된다. 이를테면 우리가 이해하고 있는 '위안부'와 일본의 우파 정치인들이 사용하는 '위안부'는 둘 다 표현은 같지만 서로 화해할 수 없는 의미를 띤다. 그러니 위안부에 관련된 어떤 미래의 발화도 한일 양국 간에 이미 벌어지고 있는 이 의미론적인 충돌이나, 그 표현을 둘러싸고 있는 이데올로기와 정치적 맥락과 대화적인 관계를 맺을 수 밖에 없다. '위안부'에 대한 새 진술은 기성의 의미론적인 갈등 내에서 이해되고 해석될 수밖에 없으며, 동시에 이 맥락의 변형이나 확장에 어떤 식으로든 영향을 미치게 되는 것이다. 그러니 언어는 변화의 지평에서 쉴 새 없이 유동하는 것이다. 바흐친은 언어의 이러한 의미적 가변성과 역동성을 "헤테로글로시아"라고 부른 바 있다.[7]

이러한 관점에서 보았을 때 문학 텍스트에서 사용된 특정한 수사修辭는 그 표현을 선택한 작가의 애초의 의도에도 봉사하지만, 그것을 둘러싸고 있는 기성의 의미적 지평에, 그것의 존재를 애초에 가능하게 하였으며 그것을 둘러싼 수사적 혹은 담론적 전통에 영향을 받을 수밖에 없다. 특정한 표현에 부여되는 의미는 이 수사적 전통과의 관계에 의해 가변적으로, 임시적으로 결정된다. 그렇게 이루어진 의미의 생성이 '가변적' 혹은 '임시적'이라고 한 이유는 물론, 특정 표현에 부여되는 의미가 두 가지 차원에서 지속적으로 변화의 요구를 받기 때문이다. 그 중 첫 번째 차원은 통

---

7 바흐친의 대화론 혹은 이어성(異語性, heteroglossia)의 개념에 의하면 나의 언어 사용은 항상 타자의 언어 사용과 대화적 관계에 들어서게 된다. M. M. Bakhtin, Caryl Emerson · Michael Holquist trans., *The Dialogic Imagination : Four Essays*, Austin : Univ. of Texas Press, 1981, p.263; 이석구, 『저항과 포섭 사이 – 탈식민주의 이론에 대한 논쟁적인 이해』, 소명출판, 2016, 40쪽.

시적인 것이다. 이 수사적 전통이 오랜 시간에 걸쳐 형성되었고 또한 시간이 지남에 따라 지속적으로 진화하는 것이기에, 이 전통과의 관계에서 생성되는 의미 역시 진화할 수밖에 없다. 두 번째 차원은 공시적인 것이다. 동시대 각계각층의 사람들이 이 표현을 어떤 맥락에서 어떤 의도를 가지고 사용하느냐에 따라 표현의 의미는 새롭게 생성되기도 하고 부정되거나 변화를 겪기도 한다. 한 사회 내에 존재하는 수사적 전통은 하나가 아니며 따라서 다양한 (하부) 해석적 공동체가 존재한다. 그래서 특정한 수사가 독자의 정신 속에서 환기시킬 의미나 이미지가 반드시 작가가 애초에 의도한 바가 아닐 수도 있으며, 작가가 특정한 의미를 충실히 환기시킬 때조차도 정반대의 의미를 불러올 가능성이 상존한다.

언어의 의미론적 불안정성을 마슈레는 텍스트를 구성하는 "부분들의 자율성"으로 표현한 바 있다. 지배 이데올로기가 서사의 형식을 빌려 스스로를 구현할 때, 경험적 세계들로부터 많은 재료들을, 이를테면 관념, 이미지, 감정, 사물들을 들여오게 된다. 그런데 이 요소들이 항상 작품을 지탱하는 총체적인 구조의 유기적인 부분으로만 남지는 않는다. 이러한 믿음을 마슈레는 다음과 같이 요약한 바 있다.

> 텍스트 생산자로서의 작가는 그가 작업하는 재료들을 만들어내지 않는다. 어떤 종류의 건축물이 되었든 그것을 지을 때 즉시 가용한 조각들을 우연히 맞닥뜨리는 것도 아니다. 그것들은 사라져야 할 때 우아하게 사라지는, 그것들이 기여하는 총체성 속으로 섞여 들어가 보이지 않게 되는, 그것에 내실을 더해주고 그 형태를 본받는 중립적이고도 투명한 요소들이 아니다 (…중략…) 그것들에게는 특별한 무게가, 특별한 힘이 있어서, 총체성을 위해 사용되고 그와 섞이게 될 때에도 특정한 자율성을 유지한다. 어떤 경우에는 그

것들은 자신의 특별한 삶을 살게 된다.[8]

서사의 창조를 건축에 비유하자면, 건축가가 필요한 건축 자재마저 만들어내는 경우는 드물고 여기저기서 자재를 구해오거나 빌려온다. 이때 이자재들은 다양한 곳에서 온 것인 만큼 건축물 전체 속으로 깔끔하게 어우러지지 않는다. 건축물의 한 부분으로서 전체를 구성하는 데 도움을 주기도 하지만, 그렇다고 전체와 어울리지 않는 자기만의 '튀는' 색상이나 질감을 어느 정도 유지하는 개체로 남는다는 것이다. 총체성 속으로 흡수되기를 거부하는 이 부분들의 개체성에 주목할 때, 건축물은 더 이상 하나의 매끈하게 완성된 구조물이 아니라 개체들의 느슨한 합으로 다가온다. 서사 내에서 불협화음의 청취가 가능해지는 것은 바로 이러한 이유에서이다.

수사적 전통과 이미지의 소환

의미론적 불안정성이 잘 드러난 예를 몇 가지만 복기해보자. 대표적인 것이 '흉물'과 관련된 수사적 전통이다. 영국에서 인클로저 운동이 시작되었던 16세기에 '흉물성'은, 한편으로는 공동 경작지라 불리는 땅에 대대로 농사를 짓고 살던 농민들에게, 다른 한편으로는 훨씬 더 나은 수익을 보장하는 양모 생산을 위해 이 공동 경작자들을 내쫓고 가용한 모든 농토들에 울타리를 둘러 목초지로 만드는 토지 소유자들에게 적용된 수사였다. 1583년에 출간된 『사악한 영국 풍습에 대한 분석』의 저자 프레드릭 스텁즈는 인클로저를 가리켜 "탐욕스런 육식조肉食鳥처럼 부자가 가난한 자들로부터 공유지를 약탈하는"[9] 제도라 부른 바 있다. 이 관점에 의하

8   Pierre Macherey, Geoffrey Wall trans., *op. cit.*, pp.41~42.
9   Frederick J. Furnivall, *Philip Stubbes Anatomy of the Abuses in England in Shakespeare's Youth*

면, 목양업에 뛰어든 당대의 토지 소유자들은 평민들로부터 이들이 기르는 가축의 먹이뿐만 아니라 평민들이 먹을 곡물마저 빼앗은 "육식조"에 비견된다. 반면 당대의 지배 계층의 시각에서 보았을 때, 공유지 경작자들은 새로운 경제 질서의 걸림돌이었다. 인클로저 운동에 반대하는 농민들은 궁극적으로 사유재산제를 반대하며 중세의 장원 경제라는 구시대의 유물을 사수하려는 무리였다. 공유지에 매달리는 상호 구분되지 않는 이 무리는 한계, 구분, 개별성 등 부르주아 자아를 구성하는 원칙들과 화해할 수 없는 원칙이나 가치를 의미하였다. 데이비드 맥널리의 표현에 의하면, 이들은 "흉하고, 완성되지 않은, 위반적인" 집단으로 여겨졌다.[10]

한 연구에 의하면, 서양의 대표적인 흉물인 흡혈귀가 세속적이고 사악한 존재로 구축된 것은 중세 시대였다고 한다. 흡혈귀에 관련된 수사적 전통은 12세기 이후 한동안 잠잠하다가 존 윌리엄 폴리도리John William Polidori의 단편 「흡혈귀The Vampyre」가 1819년에 출간되면서 다시 살아난다.[11] 이 소설에서 흡혈귀는 상류 계층 여성들을 희생양으로 삼는 악마적인 귀족의 형태로 구축된다. 출간되자마자 대성공을 거둔 이 단편이 스토커나 그의 당대 작가들에 미친 영향은 과소평가할 수 없는 것이었다. 이러한 상황을 고려할 때 폴리도리가 「흡혈귀」를 출판하였을 즈음에, 백성들의 고혈을 빠는 구체제나 그 체제의 귀족들을 ─ 비록 흡혈귀는 아니지만 ─ 흉측한 괴물에 비유하는 수사들이 유행하게 된 것은 우연이 아니라고 여겨진다. 앞 장에서 논의한 바 있듯, 19세기 초 고드윈 같은 진보주

A.D. 1583, London : N. Trubner, 1877~1879, p.116.

10 David McNally, *Monsters of the Market : Zombies, Vampires and Global Capitalism*, Boston : Brill Academic Publishers, 2010, p.43.

11 Cheyenne Mathews, "Lightening 'The White Man's Burden' : Evolution of the Vampire from the Victorian Racialism of *Dracula* to the New World Order of *I Am Legend*", Barbara Brodman · James E. Doan eds., *Images of the Modern Vampire : The Hip and the Atavistic*, Madison : Fairleigh Dickinson Univ. Press, 2013, p.87.

의자들은 세습제를 "흉악한 괴물"[12]이라고 부르며 이 제도에 의해 연명해 온 귀족들을 비판한 바 있다. 울스톤크래프트는 구체제를 "인간의 형상을 한 괴물 족속"이라고 비난하였다.[13] '흡혈귀'의 수사는 귀족제와 절대 왕정을 무너뜨리는 데 공헌을 하였으나 절대 왕정을 무너뜨린 후에는 대중의 고혈을 빨게 되는 착취 '자본'의 은유적 표현으로 사용되기도 하였다. 자본이 "노동을 흡혈함으로써 연명하는 죽은 노동"[14]이라는 마르크스의 담론이 후자의 대표적인 경우이다.

　이처럼 흉물에 관한 수사적 전통은 앞서 언급한 언어의 의미론적 불확정성을 잘 예시해준다. 흉물이라는 표현이 16세기에는 공유지 경작자들을, 혹은 이들을 내쫓은 토지 소유자들을, 19세기에는 구체제를, 세습 귀족을, 또한 자본을 뜻하기도 하였다는 사실은, 새삼 언어가 특정 개인이나 특정 집단의 소유물이 아니라는 평범한 진실을 되새기게 해준다. 이 표현을 사용하는 이들은 누구라도 이 기성의 전통에 개입하는 것이며, 이 전통과 모종의 관계를 맺지 않을 수 없는 것이다. 특정한 표현이 예정된 이미지가 아니라 엉뚱한 이미지를 소환하는 경우는 스토커의 텍스트에서 잘 드러난다. '흡혈귀'라는 표현이 백인의 우월한 혈통의 오염시킬 인종적 타자를 지시하기 위해 도입된 은유이나, 이 표현이 유관한 수사적 전통에서 불러오는 이미지나 의미는 작가가 애초에 의도한 바에 국한되지는 않는다. 전제적인 동양의 귀족을 흡혈귀에 비견하는 수사적 전통에는 그 비유와 떼래야 뗄 수 없는 다른 의미들, 즉 유럽의 앙시앵 레짐에 대한 진보주의자들의 비판도 있기 때문이다.

12　William Godwin, *Enquiry Concerning Political Justice*, Harmondsworth : Penguin, 1985, p.476.

13　Mary Wollstonecraft, "An Historical and Moral View of the French Revolution", Janet Todd ed., *Political Writings*, Toronto : Univ. of Toronto Press, 1993, p.383.

14　Karl Marx, Ben Fowkes trans., *Capital : A Critique of Political Economy* 1, New York : Penguin, 1990, p.342.

콘래드의 텍스트도 이와 다르지 않다. 작가는 한편으로는『어둠의 심연』을 선과 악이 충돌하는 일종의 로맨스로 만듦으로써 당대 콩고의 역사적 현실을 텍스트에서 배제할 수 있었다. 그 결과 독자들은 벨기에 식민 관리들과 그들이 채용한 용병들이 저지른 범죄 대신에 형이상학적 세력의 모습을 한 아프리카 자연의 끔찍한 복수에 대하여 듣게 된다. 가증스러운 야만성의 화신으로 나타나는 아프리카의 자연 말이다. 또한 현지의 원주민들은 식인종이거나 아니면 야성적인 "그곳에 있기 위해 따로 구실이 필요 없는"[15] 존재, 자연과 구분이 되지 않는 그 일부로서 인식된다. 그러니 콘래드의 텍스트에서 '식인종'이라는 표현은 아프리카인들을 비인간화시키고 그들의 공동체를 탈역사화시킴으로써 아프리카를 '지도의 빈 곳'으로 만드는 역할을 수행하게 된다. 동시에 식민주의자들의 행위를 추상화시키는 콘래드의 은유적인 묘사에서도 예기치 않게 피비린내 나는 이미지가 환기됨으로써, 유럽의 식민주의와 식인제 간의 관련성이 각인되는 아이러니컬한 상황이 발생하게 된다. 유럽의 식민주의가 '식인적인 것'이라는 사유는 19세기 말의 지식인들에게 새로운 소식이 아니었다. 사실 19세기 중엽에 이미 마르크스가 식민 자본주의의 식인적 습성을 노골적인 언어로 지적한 바 있다.[16] 그 연원을 제대로 따지자면, 자본을 축적하고 지키려는 백인의 욕망이 식인적이거나 혹은 식인제에 버금가는 야만적인 것이라는 사유는 마르크스보다 130여 년 일찍 소유욕에 정신을 잃은『로빈슨 크루소』의 주인공에 의해 증언된 바 있다.

전체와 부분 간의 불협화음이 잘 드러난 예로는『로빈슨 크루소』,『산호섬』,『쉬』 등을 들 수가 있겠다. 본 저서에서 다룬 다른 소설들과 마찬가지

---

15 조지프 콘래드, 이석구 역,『어둠의 심연』, 서울 : 을유문화사, 2008, 31쪽; Joseph Conrad, Robert Kimbrough ed., *Heart of Darkness*, New York : Norton, 1988 p.17.

16 마르크스는 식민 자본주의를 "살해된 자들의 해골에서 단물을 마시는 끔찍한 이교도의 우상"이라고 불렀다. Karx Marx, "The Future Results of British Rule in India", David Mc-Lellan ed., *Selected Writings*, Oxford : Oxford Univ. Press, 2000, p.367.

로 이 조난 소설들은 유럽의 인종적 우월주의에 의해 추동된다. 그 결과 야만인과 문명인을 구분하는 이분법이 백인 주인공들을 유색인들과 도덕적으로, 지능적으로, 기질적으로, 문화적으로 우월한 위치에 세우게 된다. 이것이 이 소설들이 당대의 독자들에게 각인시키고자 했던 메시지이다. 그러나 어떤 개별 장면에서는 백인 주인공에 대한 묘사가 "야만인"에 대한 묘사와 의도치 않게 중첩되는 경우가, 혹은 그 반대로 "야만인"에 대한 묘사가 문명인의 모습과 중첩되는 경우가 발생한다. 자신에게 아무런 위해를 가한 적이 없음에도 불구하고 카리브 해 섬 원주민들에 대한 잔인한 보복 행위를 꿈꾸는 크루소의 모습, 원주민들 간에 벌어진 싸움에서 승리한 쪽이 패자들에게 무자비한 행동을 한다는 이유만으로 싸움에 개입하여 야만적인 살상을 자행하는 잭의 모습이 그 예이다. 또한 『쉬』에서 그려내는 야만적인 왕국에 대한 초상화는 문명국인 영제국의 식민통치론과 정확하게 일치하는데, 이러한 부합성은 백인 문명의 우월성을 강조하려는 소설의 전체 기획과 불협화음을 내게 된다.

제임슨과 역사

어떤 서사이든 특정 이데올로기에 의해 지배되는 한 일종의 금기禁忌나 금지어를 갖게 된다. 이데올로기 때문에 언급할 수 없는 말이 생기는 것이다. 이 금기는 텍스트가 만들어진 시대에 따라, 그것이 다루는 상황에 따라 내용을 달리한다. 서사에서는 특정 어휘만 금지되는 것이 아니라 특정한 시기의 역사나 사회적 문제도 금지된다. 텍스트와 이 역사의 관계에 대해서 제임슨은 "하부 텍스트"라는 개념으로 설명한 바 있다. 그의 관점에서 보았을 때, 현실의 모순에 대해 해결책을 강구하려는 상징 행위로서의 텍스트는, 역사를 자신의 내부로 끌어들여야 한다. 이때 작가는 역사를 문학 형식에 맞추고 언어의 형태를 빌어 표현해야 하고, 또 자신의 의도에 맞게 그것을 각색도 해야 하기에, 각 텍스트는 각자의 컨텍스트를 발생시키게 된다. 그러니 텍스트의 발생은 컨텍스트의 발생과 동시에 일어나는 것이다.[17]

컨텍스트는 텍스트 이전에는 존재하지 않으며, 항상 텍스트의 성립 후에 역으로 추적이 가능한 그런 것이다. 제임슨은 이 컨텍스트를 텍스트의 하부 텍스트라고 불렀다. 텍스트의 발생 이전부터 존재하는, 과거지사로서의 역사, 사회적 모순이 벌어지는 장으로서의 역사도 하부 텍스트의 일종이나 제임슨은 이를 보통의 하부 텍스트와 달리 "궁극적인 하부 텍스트"[18]라고 불렀다. 역사를 역사라고 부르지 않고 굳이 하부 텍스트라고 부르는 이유는, 역사는 글쓰기를 통하지 않고서는 애초에 접근할 수 없다는 믿음이 있기 때문이다. 마치 칸트의 물자체처럼 역사는 텍스트라는 매개물을 통해서 재구성되어 알려질 뿐 역사 자체는 개인의 지각 범위 너머에 존재하는 것이다.

"항상 역사화 하라!"[19]는 제임슨의 경구가 강조하듯, 텍스트를 역사적 맥락에서 고려할 때, 전통적인 부르주아 문학 비평의 장점이면서 한계이기도 한 개인주의적인 해석 범주를 넘어설 수 있다. 개인주의적인 해석 범주나 형식 이전에는 무엇이 있었는가? 원시 공동체 사회에서 예술은 집단적인 소망의 표현이었기에, 이에 대한 해석 또한 집단적인 맥락에서 이루어지는 것이 당연했다. 그러나 자본주의의 도래가 이 모든 것을 변화시키게 되었다. 그것은 집단적이고 유기적인 사회관계를 붕괴시켰고, 그러한 체제하에 놓인 개인의 심리도 소외와 파편화를 겪게 되었다. 그러니 개인이 경험하는 정신적인 파편화의 문제를 역사적인 전망이나 전체 사

---

17 Fredric Jameson, *The Political Unconscious*, London : Methuen, 1981, p.81.

18 *Ibid.*, p.82.

19 *Ibid.*, p.9.

회라는 지평에 위치시키는 일 없이, 그저 개인의 심리 자체에 초점을 맞추는 전통적인 접근법은, 원래의 의도가 무엇이었든지 간에, 자본주의 체제의 요구나 경향에 순응하여 왔다는 비판으로부터 자유롭지 못하다.

제임슨의 집단적/역사적 해석학에서 문학 작품은 일차적으로 사회적 모순에 대하여 상상적 수준에서 강구한 해결책이라는 의미를 갖는다. 혹은 이보다 좀 더 넓은 계급투쟁이라는 차원에 위치시켰을 때, 문학 작품은 하나의 계급적인 발화로 이해된다. 이때 비평가의 연구 대상은 개별 작품을 넘어서 계급 간의 담론적 교전장交戰場이 되어야 마땅하다. 개별 문학 작품은 이때 교전장에서 발화되는 하나의 언술로 이해된다. 한 걸음 더 나아가 인류 역사라는 궁극적인 지평, 즉 제임슨이 "생산 양식의 발전사"라고 부른 거시적인 맥락에서 놓고 보았을 때, 문학 작품은 "형식의 이데올로기"로 간주된다. 이를 달리 표현하면, 작품은 다양한 시대의 예술 형식들이 공존하는, 상이한 이데올로기들이 관통하는 다층적이고도 불연속적인 복합체로 이해된다. 이때 비평가의 임무는, 이전 시대의 생산 양식에 고유했던 문학 형식들이 당대의 생산 양식에 맞춰 유행하게 된 문학 형식들이나 미래의 생산 양식을 예견하게 하는 문학 형식들과 공존함으로써 발생하게 되는 모순적인 상징적 메시지를 해독하는 작업이 된다.[20]

어느 수준에서 이해되었든지 간에 문학 작품과 역사 간에는 일종의 미묘한 긴장 관계가 생성된다. 이 둘 간의 관계를 미묘하다고 한 이유는, 모든 작품이 일차적으로 역사에 대한, 당대 사회의 문제들에 대한 반응이라는 점에서 역사는 특정 서사의 하부 텍스트 역할을 하지만, 그렇다고 해서 이 하부 텍스트가 서사에 그대로 노출되지는 않기 때문이다. 이를 달리 표현하면, 제임슨이 문학 텍스트를 다양한 계급들 간의 대화적 관계가 벌어지는 장이라고 정의하였을 때도, 피지배 계급의 담론이 문제의 서사

20   *Ibid.*, pp.76 · 98~99.

에서 지배 계급의 담론과 유사한 존재론적 지위를 갖지는 않는다는 것이다. 피지배 계급이 피지배 계급인 이유는 이들이 사회적 박탈이나 문화적 자산의 결여로 인하여 당대의 지배적인 서사 양식에 대한 접근권을 갖지 못하고, 그 결과 사회적 발언권을 갖지 못하기 때문이다. 스피박의 표현을 빌리자면, '하위주체는 말할 수 없는 것이다'. 설령 말한다고 하더라도 열심히 귀 기울여 줄 청자를 보장해줄 사회적 지위가 그들에게 없다. 그러니 비평가는 이 들리지 않는 집단의 목소리를 복원해내야 하는 임무를 맡게 된다. 텍스트가 제공하는 심미적이거나 상상적인 해결책을 역사적 맥락 내에서 위치시켜 역으로 그것이 무엇을 숨기거나 억압하였는지를 밝혀내야 하는 것이다. 제임슨은 부르주아 서사에서 흔히 억압되는 이 무엇을 "정치적 무의식"이라고 이름 붙인 바 있다.

모험소설의 정치적 무의식

영국의 모험소설과 조난 소설에서 이 정치적 무의식은 시대적인 상황에 따라 다양한 형태와 내용을 취해왔다. 『산호섬』에서 작가는 남태평양 섬 원주민들에게 '식인종'이라는 기표를 붙였지만, 실은 이는 이들을 식민 자산으로 여기는 영국인들의 착취적 행태를 은폐하기 위한 것이었다. 달리 표현하면 원주민들을 식인종으로 호명함으로써 당대 식민 자본주의의 식인적 성격을 은폐할 수 있었던 것이다. 이러한 전치의 전략은 『어둠의 심연』에서 콘래드가 아프리카인들을 야만적이거나 식인적인 종족으로 묘사함으로써, 유럽 제국을 움직인 식민 자본주의의 식인적인 본성을 은폐하는 데서도 목격된다.

유사한 방식으로 『산호섬』은 구체적으로 19세기 중엽에 식민지의 영국인들이 유혹을 뿌리칠 수 없었던 노예무역의 현실을 은폐한다. 19세기 초에 영제국이 다른 유럽 국가들 보다 먼저 노예무역과 노예제를 폐지한 마당에 19세기 중엽부터 '블랙버딩'이라는 이름으로 버젓이 벌어지고 있었던 노예무역은 앵글로색슨족의 도덕적 우월함을 경축하는 텍스트로서는 수용할 수 없는 역사적 현실이었다. 18세기를 시대적 배경으로 하는『보물섬』에서도 노예무역은 여전히 금기어이다. 18세기 동안 런던, 브리스톨, 그리고 리버풀은 가장 번창한 영국의 3대 노예항이었다. 그러나『보물섬』에서 그려지는 18세기의 브리스톨 항구에서 노예는 물론이려니와 흑인도 찾아볼 길이 없다. 유일하게, 그도 직접 등장하는 대신 등장인물들의 입을 통해 거론되는 흑인은, 해적 실버의 '해방된' 유색인 아내이다. 이 소설에서 이루어지는 역사의 은폐는 또한 주인공과 그의 일행이 기를 쓰고 찾는 보물의 유래가 매우 불분명하다는 데서도 감지된다. 문제의 보물은 아프리카 서해안을 근거지로 삼은 해적 선장 플린트가 서인도제도의 한 섬에 숨겨 놓은 것인데, 정황을 따져보면 이 보물은 해적들이 범대서양 무역에 나선 스페인의 노예 무역선들을 습격하여 빼앗은 아프리카 흑인 노예들을 되판 돈이거나 혹은 그 몸값으로 받은 돈일 가능성이 가장 높다. 그러나 소설에서는 보물의 유래를 독자로부터 숨김으로써 '검은 돈'을 세탁하는 데 성공한 듯하다. 이처럼 노예무역의 역사는 이 텍스트에서 다중적으로 억압되어 있다.

19세기 말 이후에 출간된 인도에 관한 모험 문학을 영국령 인도에 관한 역사적 맥락에 두고 읽었을 때, 눈에 띄게 배제되었다고 여겨지는 것은 19세기 중엽에 있었던 세포이 항쟁, 그리고 그로부터 반세기 뒤의 암리차르 학살 전후로 심화되었던 인도 투쟁의 역사이다.『킴』에서 등장이 허락되는 유일한 세포이는 1857년의 항쟁 때 백인 주인의 편을 든 부역자 노군인이며,『인도로 가는 길』에서 등장이 허락되는 인도인들은 어떻게 하면 영국인과 친구가 될 수 있을까 고민하는 소수의 친영 무슬림 엘리트들이다. 인도 내의 이슬람 세력이 이끄는 지하드는, 이슬람 민족주의자들과 범이슬람주의자들의 활동은, 간디가 이끄는 힌두 민족주의 운동보다 먼저 본격적인 반영 운동을 시작하였음에도 불구하고, 두 소설 모두에서 철저히 배제된다. 키플링은 무슬림 저항 세력 대신에 불교인 테슈 라마를 들여옴으로 서사의 초점을 내면의 구원과 피안적인 세계의 추구로 좁혀버린다. 민족의 해방이 정신의 해방이라는 현안에 대체되어버린 셈이다. 반면 포스터의 서사에서는 인종의 벽을 넘나드는 친교에 대한 모색이 서사의 관심을 장악해버린다. 결과적으로 두 서사 모두에서 공영역에서 해결이 절실했던 정치적 현안들이 증발해버리게 된다.

이처럼 키플링과 포스터의 서사가 보여주는 유난히 사적이며 정신적인 관심은, 역으로 그것이 의도하는 특정한 역사의 배제를 눈에 띄게 만든다. 지나친 편향성이 스스로의 편향성을 고발하게 되는 셈이다. 이 지점에서 제임슨과 마슈레가 만난다. 마슈레는 레닌의 톨스토이론을 재고하면서 고전적인 마르크스주의 문학론이 제기한 '기계적인 반영론'을 수정한 바 있다. 그에 의하면, 만약 문학이 현실을 비추는 거울이라면, 그 거울은 자신의 이데올로기적 성격 때문에 모든 것을 다 비출 수는 없는 거울, 즉 선택적으로 그리고 편파적으로 현실을 비추는 거울일 수밖에 없다.

텍스트 내면의 모순이나 균열은 그 텍스트를 당대의 역사 속에 위치시킬 때 명확히 드러난다. 앞서 『킴』에 대한 장에서 우리는 이 작품의 기획이 백인 혈통인 킴을 한 명의 의젓한 사이브로 만드는 것이라고 이해한 바 있다. 그러나 당대 인도 주둔군의 급여 수준을 고려했을 때, 킴의 아버지가 백인 여성과 결혼을 할 가능성이 거의 없다는 역사적 사실을 고려했을 때, 킴이 훌륭한 사이브로 자라날 수 있었던 것이 그의 백인 혈통 덕택이라는 『킴』의 메시지는 설 자리를 잃게 된다. 본 저술에서 다루지는 않은 주제지만 킴이 백인 남성과 유색인 여성 간에 태어난 유라시아인일 가능성은, 자신이 다니게 되는 성 사비에르 학교의 동급생 중 많은 수가 유색인이라는 킴 자신의 논평이 뒷받침해 준다. 이것이 바로 특정 이데올로기에 의해 텍스트가 항상 완전히 장악되지는 않음을 입증하는 증표이다. 우리는 이 대목에서 앞서 언급한 바 있는 마슈레의 "부분의 자율성" 개념을 상기하게 된다.

본 연구에서는 영국의 모험 문학에서 인종주의적 이분법이 작동하는 것이 사실이기는 하나, 그러한 작동이 항상 성공리에 마무리되지 않음을 보여주었다. 이분법의 체제가, 그리고 이러한 체제를 통해 텍스트가 추구하는 '주권적 주체의 구축'이 종종 미완의 기획이거나 실패하는 기획임을 입증한다는 점에서, 본 저술은 영문학에 대한 기성의 연구, 그중에서 특히 기성의 탈식민주의 연구와는 다른 목소리를 낸다. 텍스트의 '정치적 무의식'을 상정한다는 점에서 본 연구는 후기구조주의에 영향을 받은 마르크스주의자 제임슨과 마슈레의 뒤를 따른다. 또한 주권적 주체의 내부에서 타자의 모습을 발견해낸다는 점에서 본 연구의 주제는 바바의 식민 주체론과 유사한 궤적을 그린다. 동시에 이 중첩성의 주제를 역사 속에서, 과거의 지배 담론에 대한 고증에 의해 발견한다는 점에서, 본 연구는 바바가 취하는 탈역사적인 유의 정신분석학적인 방법론으로부터 거리를 둔다.

무엇보다 텍스트 분석을 당대 사회의 중요한 정치적, 사회적 의제와 관련시킴으로써, 본 저술은 모험소설에 흔히 따르는 꼬리표인 가벼운 흥밋거리나 대중적인 오락물, 혹은 진지함이 떨어지는 아동 문학이라는 통념을 벗어나 이 문학이 당대의 중요한 사회적 현안에 깊숙이 관여하고 있었음을 밝힌다. 특히 본 연구에서는 문학의 정치성을 '징후적 읽기'를 통해 논함으로써, 흔히 아동 문학으로 분류되기도 하는 많은 모험 서사 내에서 단선적인 의미가 아닌 복합적이고도 역동적인 의미의 존재를 드러내려고 노력하였다. 이러한 작업은 대체로 예술적 성취가 고전에는 못 미치는 것으로 평가받는, 정전 내에서도 주변적인 위치에 있었던 텍스트들의 가치에 대하여 새롭고도 진지한 평가를 제공할 것으로 생각된다. 대중 문학에 대한 기성의 인식은, 대량 생산되고 대량 소비되는 펄프 픽션이라는 것이었다. 영국의 대표적인 대중 문학에서 지배 이데올로기가 어떻게 작동하는지를 밝힐 뿐만 아니라 더 나아가 텍스트 내에서 이데올로기의 작동이 필연적으로 맞닥뜨리게 되는 모순과 문제들을 드러내었다는 점에서, 이 책이 이데올로기와 대중 문학의 관계에 대하여 새로운 안목을 제공하는 데 조그만 기여를 할 것을 기대한다.

참고문헌

1. 국내

고부응, 「포스터의 『인도로 가는 길』 - 반식민 저항과 인도 민족 공동체」, 『현대영미소설』 4-2, 한국현대영미소설학회, 1997.

권영희, 「식민 현실과 모더니즘적 전환 - 『인도로 가는 길』과 『불가촉천민』」, 『영미문학연구』 18, 영미문학연구회, 2010.

김경식, 「*Heart of Darkness* in Imperialism and British Anxiety」, 『신영어영문학』 23, 신영어영 문학회, 2002.

김명렬, 「인도로 가는 길 - 새로운 세계 인식」, 『안과밖』 8, 영미문학연구회, 2000.

김상봉, 『자기의식과 존재사유』, 한길사, 1976.

김용민, 「로빈슨 크루소, 에밀, 루소에 나타난 근대적 개체성」, 『정치사상연구』 1, 한국정치사 상학회, 1996.

김은령, 「드포의 불완전한 식민주체 그리기 - 『로빈슨 크루소』의 역사적 재고」, 『근대영미소 설』 14-2, 한국근대영미소설학회, 2007.

김종석, 「역사 · 소설 · 영화 - 암흑의 핵심과 지옥의 묵시록 리덕스에 나타난 콘텍스트 읽기」, 『영어영문학』 50-3, 한국영어영문학회, 2004.

대니얼 디포, 윤혜준 역, 『로빈슨 크루소』, 을유문화사, 2008.

박경서, 「개인주의와 호모 이코노미쿠스 - 『로빈슨 크루소』를 중심으로」, 『현대영어영문학』 51-1, 한국현대영어영문학회, 2007.

박상기, 「콘래드의 양가적 제국주의 비판」, 『영어영문학』 50-1, 한국영어영문학회, 2004.

배혜정, 「『로빈슨 크루소』와 부르주아 남성성」, 『역사와경계』 104, 경남사학회, 2017.

신경숙, 「금융(혁명)시대의 그늘 - 로버트 루이 스티븐슨의 『보물섬』과 해적의 재현」, 『19세 기 영어권 문학』 19-1, 19세기영어권문학회, 2015.

오은영, 「장소의 재현과 서사전략 - 키플링의 『킴』과 포스터의 『인도로 가는 길』」, 『현대영미 소설』 18-2, 한국현대영미소설학회, 2011.

오은하, 「로빈소나드로 보는 호모 에코노미쿠스 표상」, 『인문학 연구』 28, 인천대 인문학연 구소, 2017.

유승, 「욕망과 증오의 기이한 결합 - 『어둠의 심장』과 『인도로 가는 길』」, 『영어영문학연구』

26-1, 대한영어영문학회, 2000.

윤평중,『푸코와 하버마스를 넘어서』, 교보, 1990.

이석구,「다시 읽는 제국주의 로맨스-『쉬』의 자기배반」,『근대영미소설』14-2, 한국근대영
　　미소설학회, 2007.

_____,「식민주의 문학과 '차이의 정치학' – 조이스 캐리 연구」,『외국문학』53, 열음사,
　　1997.

_____,「『어둠의 심연』과 전(前)정치적 서사의 정치성」,『현대영미소설』14-2, 한국현대영
　　미소설학회, 2007.

_____,「『인도로 가는 길』에 나타난 자유주의, 역사성과 집단적 기억」,『영어영문학』62-4,
　　한국영어영문학회, 2016.

_____,『저항과 포섭 사이 – 탈식민주의에 대한 논쟁적인 이해』, 소명출판, 2016.

_____,「제국주의 로맨스『쉬』에 나타난 인종담론과 성담론」,『근대영미소설』6-1, 한국근
　　대영미소설학회, 1999.

_____,「'호모 이코노미쿠스'로서의 크루소 재고」,『영어영문학』64-4, 한국영어영문학회,
　　2018.

장정훈,「탈식민주의 독법으로『어둠의 핵심』읽기」,『현대영어영문학』48-1, 한국현대영어
　　영문학회, 2004.

전인한,「근대의 모순-디포의『로빈슨 크루소』에 형상화된 개인의 완성과 붕괴」,『영미문학
　　연구』7, 영미문학연구회, 2004.

조지프 콘래드, 이석구 역,『어둠의 심연』, 을유문화사, 2008.

Yu, Tae-Young,「Record Keeping as a Tool for Improvement in *Robinson Crusoe*」,『British and
　　American Fiction』23-1, 한국근대영미소설학회, 2016.

2. 국외

"The Anglo-Indian Question", *The Calcutta Review* 69, 1879.

"South Islander Memorial"http://monumentaustralia.org.au/themes/culture/indigenous/dis-
　　play/107197-south-sea-islander~memorial).

Southsea Islanders in Australia : Report of the Interdepartmental Committee, Canberra : Australian
　　Commonwealth Government, 1977.

Achebe, Chinua, *Hopes and Impediments : Selected Essays*, New York : Doubleday, 1989.

Agbaw, S. Ekema, "The Dog in Breeches : Conrad and an African Pedagogy", *Research in African Literatures* 29-1, 1998.

Althusser, Louis, *Reading Capital*, London : Verso, 1979.

Anderson, Benedict, *Imagined Communities : Reflections on the Origin and Spread of Nationalism*, London : Verso, 1992.

Arata, Stephen D., "Dracula and Reverse Colonization", Bram Stoker, Nina Auerbach · David J. Skal eds., *Dracula*, New York : Norton, 1996.

Armstrong, Nancy, *Desire and Domestic Fiction : A Political History of the Novel*, Oxford : Oxford Univ. Press, 1987.

Azim, Firdous, *The Colonial Rise of the Novel*, New York : Routledge, 1993.

Bae, Kyungjin, "The Historical Significance of Money in *Robinson Crusoe*", *Notes and Queries* 63-4, 2016.

Bakhtin, M. M., Caryl Emerson · Michael Holquist trans., *The Dialogic Imagination : Four Essays*, Austin : Univ. of Texas Press, 1981.

Bakshi, Parminder Kaur, *Distant Desire : Homoerotic Codes and the Subversion of the English Novel in E. M. Forster's Fiction*, New York : Peter Lang Publishing, 1996.

Balibar, Étienne, Steven Miller trans., *Citizen Subject : Foundations for Philosophical Anthropology*, New York : Fordham Univ. Press, 2017.

Ball, Charles, *History of Indian Mutiny* 1, London : London Printing and Publishing, 1859.

Ballantyne, R. M., *The Coral Island*, Oxford : Oxford Univ. Press, 1999.

Beer, John ed., *A Passage to India : Essays in Interpretation*, London : Macmillan, 1985.

Bergess, Peter, *The Ethical Subject of Security : Geopolitical Reason and the Threat against Europe*, London : Routledge, 2011.

Bevan, Bryan, *Robert Louis Stevenson : Poet and Teller of Tales*, London : Rubicon, 1993.

Bhabha, Homi, *The Location of Culture*, New York : Routledge, 1994.

Black, Jeremy, *The Atlantic Slave Trade in World History*, London : Routledge, 2015.

Blackburn, Terence R., *A Miscellany of Mutinies and Massacres in India*, New Delhi : Aph Publishing, 2007.

Bloom, Harold ed., *E. M. Forster's A Passage to India*, New York : Chelsea House, 1987.

Bluden, Andy, "Kant : The Sovereign Individual Subject" (http://home.mira.net/~andy/works/kant.htm).

Boswell, James, *The Life of Samuel Johnson : Including a Journal of His Tour to the Hebrides* 10,

London : n. p., 1835.

Boyd, Kelly, *Manliness and the Boys' Story Paper in Britain : A Cultural History, 1855~1940*, New York : Macmillan, 2003.

Brantlinger, Patrick, *Crusoe's Footprints : Cultural Studies in Britain and America*, New York : Routledge, 1990.

_____, *Dark Vanishings : Discourse on the Extinction of Primitive Races, 1830~1930*, Ithaca : Cornell Univ. Press, 2003.

_____, *Rule of Darkness : British Literature and Imperialism, 1830~1914*, Ithaca : Cornell Univ. Press, 1988.

_____, *Taming Cannibals : Race and the Victorians*, Ithaca : Cornell Univ. Press, 2011.

Brookes, Jean Ingram, *International Rivalry in the Pacific Islands, 1800~1875*, Berkeley : Univ. of California Press, 1941.

Bunn, David, "Embodying Africa : Woman and Romance in Colonial Fiction", *English in Africa* 15-1, 1988.

Cahoone, Lawrence E., *The Dilemma of Modernity : Philosophy, Culture, and Anti-Culture*, Albany : State Univ. of New York, 1988.

Carlyle, Thomas, *Occasional Discourse on the Nigger Question*, London : Thomas Bosworth, 1853.

Cary, Joyce, *The African Witch*, London : Michael Joseph, 1936.

_____, *Mister Johnson*, New York : New Directions, 1989.

Chakravarty, Gautam, *The Indian Mutiny and the British Imagination*, London : Cambridge Univ. Press, 2005.

Cheng, Chu-chueh, "Imperial Cartography and Victorian Literature : Charting the Wishes and Anguish of an Island-Empire", *Culture, Theory & Critique* 43-1, 2002.

Chrisman, Laura, "The Imperial Unconscious? Representation of Imperial Discourse", *Critical Quarterly* 32-3, 1990.

Conrad, Joseph, "An Outpost of Progress", Morton Dauwen Zabel ed. and intro., *The Portable Conrad*, New York : Viking Press, 1947.

Conrad, Joseph, Robert Kimbrough ed., *Heart of Darkness : An Authoritative Text, Backgrounds and Sources, Criticism*(3rd ed.), New York : Norton, 1988.

Cook, Cornelia, *Joyce Cary : Liberal Principles*, London : Vision, 1981.

Cook, James, J. C. Beaglehole ed., *The Journals of Captain James Cook on his voyages of discovery* 4, Rochester, NY : Boydell Press, 1999.

Cornell, L., *Kipling in India*, New York : St. Martin's, 1966.

Croft, Alfred, *Review of Education in India 1886*, Calcutta : Government Printing, 1888.

Curtin, Philip D., *The Image of Africa : British Ideas and Action, 1780~1850*, Madison : Univ. of Wisconsin Press, 1964.

Darwin, Charles, *The Descent of Man, and Selection in Relation to Sex* 1, London : John Murray, 1871.

Das, G. K., *E. M. Forster's India*, Totowa : Macmillan, 1977.

_____, "*A Passage to India* : A Socio-historical Study", John Beer ed., *A Passage to India : Essays in Interpretation*, London : Macmillan, 1985.

Deane, Bradley, "Imperial Boyhood : Piracy and the Play Ethic", *Victorian Studies* 53-4, 2011.

De Certeau, Michel, Steven Rendall trans., *The Practice of Everyday Life*, Berkeley : Univ. of California Press, 1984.

Defoe, Daniel, *A General History of Discoveries and Improvements*, London : J. Roberts, 1726.

_____, *Jure Divino : A Satyr*, London : n.p., 1706.

Defoe, Daniel, Michael Shinagel ed., *Robinson Crusoe*, New York : Norton, 1975.

De Gobineau, J. A. *The Inequality of Human Races*, Paris: Heinemann, 1915.

De Man, Paul, *Allegories of Reading : Figural Language in Rousseau, Nietzsche, Rilke, and Proust*, New Haven : Yale Univ. Press, 1979.

Derrida, Jacques, Gayatri Chakravorty Spivak trans., *Of Grammatology*, Baltimore : Johns Hopkins Univ. Press, 1974.

Descartes, René, Mike Moriarty ed., *Meditations on First Philosophy : With Selections from the Objections and Replies*, Oxford : Oxford Univ. Press, 2008.

Dijkstra, Bram, *Idols of Perversity : Fantasies of Feminine Evil in Fin-de-Siecle Culture*, Oxford : Oxford Univ. Press, 1986.

Dikötter, Frank, "The Racialization of the Globe : Historical Perspectives", Manfred Berg · Simon Wendt eds., *Racism in the Modern World : Historical Perspectives on Cultural Transfer and Adaptation*, New York : Berghahn, 2014.

Docker, Edward Wybergh, *The Blackbirders : The Recruiting of South Seas Labour for Queensland, 1863~1907*, London : Angus & Robertson, 1970.

Donaldson, Joseph, *Recollections of an Eventful Life: Chiefly Passed in the Army*, Glasgow : W. R.

McPhun, 1824.

Donovan, Stephen, *Joseph Conrad and Popular Culture*, London : Macmillan, 2005.

Dorrien, Gary, *Kantian Reason and Hegelian Spirit : The Idealistic Logic of Modern Theology*, Chichester : Wiley-Blackwell, 2012.

Doyle, Arthur Conan, *The Crime of the Congo*, London : Hutchinson, 1909.

Dudley, Wade G., "Sir Francis Drake : Pirate to Admiral", *Military History* 26-2, 2009.

Dutheil de la Rochere, M. H., "Body Politics : Conrad's Anatomy of Empire in *Heart of Darkness*", *Conradiana* 36-3, 2004.

Edgeworth, Maria · Richard Lovell Edgeworth, *Practical Education* 1, London : J. Johnson, 1798.

Edmond, Rod, *Representing the South Pacific : Colonial Discourse from Cook to Gauguin*, Cambridge : Cambridge Univ. Press, 1997.

Eldridge, C. C., *England's Mission : The Imperial Idea in the Age of Gladstone and Disraeli, 1868~1880*, Chapel Hill : Univ. of North Carolina Press, 1974.

Ellms, Charles, *The Pirates Own Book*, Bedford, MA : Applewood Books, 1937.

Elshtain, Jean Bethke, *Sovereignty : God, State and Self*, New York : Basic Books, 2012.

Etherington, Norman A., "Rider Haggard, Imperialism, and the Layered Personality", *Victorian Studies* 22-1, 1978.

Falconer, Rachel, *The Crossover Novel : Contemporary Children's Fiction and Its Adult Readership*, London : Routledge, 2009.

Fletcher, Loraine, "Long John Silver, Karl Marx, and the Ship of the State", *Critical Survey* 2, 2007.

Forster, E. M., *The Hill of Devi*, New York : Harcourt Brace, 1989.

_____, *A Passage to India*, New York : Harcourt Brace, 1984.

_____, *Two Cheers for Democracy*, New York : Penguin, 1974.

Forster, E. M., Oliver Stallybrass ed., *The Manuscripts of* A Passage to India, New York : Holmes & Meier, 1978.

_____, *A Passage to India*, London : Arnold, 1978.

Foucault, Michel, Robert Hurley trans., *The History of Sexuality 1 : An Introduction*, New York : Random House, 1980.

Fremont-Barnes, Gregory, *The Anglo-Afghan Wars 1839~1919*, Osprey Publishing, 2009.

Furbank, P. N., *E. M. Forster : A Life*, New York : Harcourt Brace, 1981.

Furnivall, Frederick J. ed., *Philip Stubbes' Anatomy of the Abuses in England in Shakespeare's Youth A.D. 1583*, London : Trubner, 1877~1879.

Galgut, Damon, "EM Forster : But for Masood, I might never have gone to India", *The Guardian*, 2014.8.8(http://www.theguardian.com/books/2014/aug/08/em-forster-passage-to-india-rereading).

Gary, Maxwell, *In the Heart of the Storm : A Tale of Modern Chivalry* 3, London : Kegan Paul, 1891.

Gikandi, Simon, *Maps of Englishness : Writing Identity in the Culture of Colonialism*, New York : Columbia Univ. Press, 1996.

Gilbert, Sandra M., "Rider Haggard's Heart of Darkness", George E. Slusser et al. eds., *Coordinates : Placing Science Fiction and Fantasy*, Carbondale : Southern Illinois Univ. Press, 1983.

Glover, David, "'Dark Enough fur Any Man' : Bram Stoker's Sexual Ethnology and Irish Nationalism", Roman De la Campa et al., eds., *Late Imperial Culture*, London : Verso, 1995.

Godwin, William, *Enquiry Concerning Political Justice*, Harmondsworth : Penguin, 1985.

Greene, Martin, *Dreams of Adventure, Deeds of Empire*, New York : Basic Books, 1979.

Grosz, Elizabeth, *Jacques Lacan : A Feminist Introduction*, New York : Routledge, 1990.

Guerard, Albert J., *Conrad : The Novelist*, London : Harvard Univ. Press, 1958.

Haggard, H. Rider, *Allan Quatermain*, London : MacDonald, 1969.

_____, *King Solomon's Mines*, New York : Oxford Univ. Press, 1989.

_____, *She*, London : Penguin, 1994.

Hall, Stuart, "Conclusion : The Multicultural Question", *Un/Settled Multiculturalisms : Diasporas, Entanglements, Transruptions*, London : Zed Book, 2000.

_____, "Old and New Identities, Old and New Ethnicities", Anthony D. King ed., *Culture, Globalization, and the World-System*, Minneapolis : Univ. of Minnesota Press, 1996.

Hammond, Dorothy · Alta Jablow, *The Africa That Never Was*, New York : Twayne, 1970.

Hannabuss, Stuart, "Ballantyne's message of empire", Jeffrey Richards ed., *Imperialism and Juvenile Literature*, Manchester : Manchester Univ. Press, 1989.

Harms, Robert W., *The Diligent : A Voyage through the Worlds of the Slave Trade*, New York : Basic Books, 2002.

Harper, Charles G., *The Revolted Woman : Past, Present, and to Come*, London : Elkin Mathews, 1894.

Hasan, Tariq, *Colonialism and the Call to Jihad in British India*, London : Sage, 2015.

Hawes, Christopher J., *Poor Relations : The Making of Eurasian Community in British India,
1773~1833*, New York : Routledge, 1996.

Hawkins, Hunt, "Forster's Critique of Imperialism in 'A Passage to India'", *South Atlantic Review* 48-1, 1983.

_____, "The Issue of Racism in *Heart of Darkness*", *Conradiana* 14-3, 1982.

Heidegger, Martin, David F. Krell ed., *Basic Writings from Being and Time (1927) to The Task of Thinking (1964)*, New York : HarperCollins, 1993.

Hochschild, Adam, *King Leopold's Ghost : A Story of Greed, Terror, and Heroism in Colonial Africa*, Boston : Houghton Mifflin Company, 1999.

Howe, Susanne, *Novels of Empire*, New York : Columbia Univ. Press, 1949.

Hulme, Peter, *Colonial Encounters*, London : Methuen, 1986.

Hume, David, Knud Haakonssen ed., *Hume : Political Essays*, Cambridge : Cambridge Univ. Press, 1994.

Hymer, Stephen, "Robinson Crusoe and the Secret of Primitive Accumulation", *Monthly Review* 63-4, 2011.

Innes, C. L., *Chinua Achebe*, Cambridge : Cambridge Univ. Press, 1990.

Jackson, David, "*Treasure Island* as a Late-Victorian Adults' Novel", *Victorian Newsletter* 72, 1987.

James, Lawrence, *Raj : The Making and Unmaking of British India*, New York : St. Martin's, 1997.

Jameson, Fredric, *The Political Unconscious : Narrative as a Socially Symbolic Act*, London : Methuen, 1981.

JanMohamed, Abdul R., "The Economy of Manichean Allegory : The Function of Racial Difference in Colonialist Literature", *Critical Inquiry* 12-1, 1985.

_____, *Joyce Cary's African Romance*, Boston : African Studies Center Boston University, 1978.

_____, *Manichean Aesthetics : The Politics of Literature in Colonial Africa*, Amherst : Univ. of Massachusetts Press, 1983.

Johnson, Captain Charles, Arthur L. Hayward ed., *A General History of the Robberies and Murders of the Most Notorious Pirates*, London : Routledge, 1926.

Johnston, Anna, *Missionary Writing and Empire, 1800~1860*, Cambridge : Cambridge Univ. Press, 2003.

Joshi, P. C., "Gandhi-Nehru Tradition and Indian Secularism", *Mainstream Weekly* 45-48, 2007.11.25 (http://www.mainstreamweekly.net/article432.html).

Kant, Immanuel, Paul Guyer · Allen W. Wood eds. and trans., *Critique of Pure Reason*, Cambridge : Cambridge Univ. Press, 1998.

Karl, Frederick J., "'Heart of Darkness' : Introduction to the Danse Macabre", Frederick J. Karl ed., *Joseph Conrad : A Collection of Criticism*, New York : McGraw-Hill, 1975.

Kashti, Yitzhak, "The Public School in 19th Century England : Social Mobility Together with Class Reproduction", *Child & Youth Services* 19-1, 1998.

Kavanagh, Thomas, "Unraveling Robinson : The Divided Self in Defoe's *Robinson Crusoe*", *Texas Studies in Literature and Language* 20-3, 1978.

Kidd, Benjamin, *Social Evolution*, New York : Macmillan, 1894.

Kidd, Rosalind, *The Way We Civilise : Aboriginal Affairs, the Untold Story*, St. Lucia, Queensland : Univ. of Queensland Press, 1997.

Kingsley, Charles, *Westward Ho!*, New York : Dodd & Mead, 1941.

Kipling, Rudyard, *Kim*, New York : Penguin, 1989.

_____, *Selected Poetry of Rudyard Kipling*, New York : Penguin, 1992.

Kutzer, M. Daphne, *Empire's Children : Empire and Imperialism in Classic British Children's Books*, New York : Garland, 2000.

Lacan, Jacques, *Écrits : A Selection*, New York : Norton, 1977.

Lal, Deepak, *Reviving the Invisible Hand : The Case for Classical Liberalism in the Twenty-first Century*, Princeton : Princeton Univ. Press, 2006.

Ledger, Sally, "The New Woman and the Crisis of Victorianism", Sally Ledger · Scott McCracken eds., *Cultural Politics at the Fin-de-Siecle*, Cambridge : Cambridge Univ. Press, 1995.

Linton, Eliza Lynn, "The Wild Women as Social Insurgents", *Nineteenth Century* 30, 1891.

Loman, Andrew, "The Sea Cook's Wife : Evocations of Slavery in *Treasure Island*", *Children's Literature* 38, 2010.

Lombroso, Cesare, Mary Gibson · Nicole Hahn Rafter eds. and trans., *Criminal Man*, Durham NC : Duke Univ. Press, 2006.

Macherey, Pierre, Geoffrey Wall trans., *A Theory of Literary Production*, London : Routledge, 1980.

Mackintosh, Alex, "Crusoe's Abattoir : Cannibalism and Animal Slaughter in *Robinson Crusoe*", *Critical Quarterly* 53-3, 2011.

Maher, Susan Naramore, "Recasting Crusoe : Frederick Marryat, R. M. Ballantyne and the Nineteenth-Century Robinsonade", *Children's Literature Association Quarterly* 13-4, 1988.

Mahood, Molly Maureen, *Joyce Cary's Africa*, Boston : Houghton Mifflin, 1965.

Mariner, William, *An Account of the Natives of the Tonga Islands in the South Pacific Ocean* 2, Edinburgh : Constable, 1827.

Marx, Karl, "The Future Results of British Rule in India", David McLellan ed., *Selected Writings*, Oxford : Oxford Univ. Press, 2000.

Marx, Karl, Ben Fowkes trans., *Capital : A Critique of Political Economy* 1, New York : Penguin, 1990.

Marx, Karl, David McLellan ed. intro. and trans., *The Grundrisse*, New York : Harper, 1971.

Mathews, Cheyenne, "Lightening 'The White Man's Burden' : Evolution of the Vampire from the Victorian Racialism of *Dracula* to the New World Order of *I Am Legend*", Barbara Brodman · James E. Doan eds., *Images of the Modern Vampire : The Hip and the Atavistic*, Madison : Fairleigh Dickinson Univ. Press, 2013.

McClintock, Anne, *Imperial Leather : Race, Gender and Sexuality in the Colonial Contest*, New York : Routledge, 1995.

McClure, John A., *Kipling and Conrad : The Colonial Fiction*, Cambridge : Harvard Univ. Press, 1981.

McCulloch, Fiona, "'The Broken Telescope' : Misrepresentation in *The Coral Island*", *Children's Literature Association Quarterly* 25-3, 2000.

_____, "'Playing Double' : Performing Childhood in *Treasure Island*", *Scottish Studies Review* 4-2, 2003.

McInelly, Brett C., "Expanding Empires, Expanding Selves : Colonialism, the Novel, and *Robinson Crusoe*", *Studies in the Novel* 35-1, 2003.

McNally, David, *Monsters of the Market : Zombies, Vampires and Global Capitalism*, Boston : Brill Academic Publishers, 2010.

Mehta, Uday Singh, *Liberalism and Empire : A Study in Nineteenth-Century British Liberal Thought*, Chicago : Univ. of Chicago Press, 1999.

Minault, Gail, *The Khilafat Movement : Religious Symbolism and Political Mobilization in India*, New York : Columbia Univ. Press, 1982.

Mizutani, Satoshi, *The Meaning of White : Race. Class, and the 'Domiciled Community' in British India 1858~1930*, Oxford : Oxford Univ. Press, 2011.

Moore, Clive, "Australian South Sea Islanders' narratives of belonging", Farzana Gounder ed.,
    Narrative and Identity Construction in the Pacific Islands, Amsterdam : John Benjamins,
    2015.

Morel, Edmund D., *King Leopold's Rule in Africa*, London : Heinemann, 1904.

Moretti, Franco, *Atlas of the European Novel, 1800~1900*, London : Verso, 1998.

_____, *Signs Taken for Wonders*, London : Verso, 1983.

Morgan, Kenneth, *Bristol and the Atlantic Slave Trade in the Eighteenth Century*, Cambridge :
    Cambridge Univ. Press, 1993.

Murphy, Patricia, "Gendering of History in *She*", *Studies in English Literature, 1500~1900* 39-4,
    1999.

Murphy, Sharon, *The British Soldier and His Libraries c. 1822~1901*, London : Macmillan, 2016.

Navarette, Susan J., *The Shape of Fear : Horror and the Fin de Siecle of Culture of Decadence*, Lex-
    ington : Univ. Press of Kentucky, 1998.

Newman, Horatio Hacket, *Outlines of General Zoology*, New York : Macmillan, 1925.

Ngugi wa Thiong'o, *Weep Not, Child*, Portsmouth, NH : Heinemann, 1987.

Niemeyer, Carl, "The Coral Island Revisited", *College English* 22-4, 1962.

Noimann, Chamutal, "He a Cripple and I a Boy : The Pirate and the Gentleman in Robert
    Louis Stevenson's *Treasure Island*", *Topic : Washington & Jefferson College Review* 58, 2012.

O'Connor, Dan, "The many Readings of a great work of Irish literature : Dracula" (http://www.
    mhpbooks.com/the-many-readings-of-a-great-work-of-irish-literature-dracula).

O'Malley, Andrew, *Children's Literature, Popular Culture, and Robinson Crusoe*, London : Mac-
    millan, 2012.

O'Reilly, Nathaniel, "Imagined England : Robinson Crusoe's Nationalism", Rudiger
    Ahrens · Klaus Stierstorfer eds., *Symbolism : An International Annual of Critical Aesthetics*,
    New York : AMS Press, 2007.

Orwell, George, *Burmese Days*, New York : Signet Classic, 1963.

Paine, Thomas, *The Rights of Man : For the Use and Benefit of All Mankind*, London : D. I. Ea-
    ton, 1795.

Pakenham, Thomas, *The Scramble for Africa*, New York : Avon Books, 1991.

Parkes, Christopher, "*Treasure Island* and the Romance of the British Civil Servant", *Children's
    Literature Association Quarterly* 31-4, 2006.

Parry, Benita, *Conrad and Imperialism : Ideological Boundaries and Visionary Frontiers*, London :

Macmillan, 1983.

_____, *Delusions and Discoveries*, New York : Verso, 1998.

_____, "*Passage to India* : Politics of Representation", Jeremy Tambling ed., *E. M. Forster*, New York : St. Martin's, 1995.

Patteson, Richard F., "Manhood and Misogyny in the Imperialist Romance", *Rocky Mountain Review of Language and Literature* 35-1, 1981.

Peach, Bill, *Peach's Australia*, Sydney : Australian Broadcasting Commission, 1976.

Penniman, T. K., *A Hundred Years of Anthropology*, London : Duckworth, 1952.

Petrinovich, Lewis F., *The Cannibal Within*, New York : Aldine de Gruyter, 2000.

Phillips, Alexandra, "The Changing Portrayal of Pirates in Children's Literature", *New Review of Children's Literature and Librarianship* 17, 2011.

Philips, Richard, *Mapping Men and Empire : A Geography of Adventure*, London : Routledge, 1997.

Pickering, Samuel, *Moral Instruction and Fiction for Children, 1749~1820*, London : Univ. of Georgia Press, 1993.

Porter, Roy · Lesley Hall, *The Facts of Life : The Creation of Sexual Knowledge in Britain, 1650~1950*, New Haven : Yale Univ. Press, 1995.

Reade, Winwood W., *Savage Africa*, New York : Harper, 1864.

Reddleman, Claire, "Robinson Crusoe and Sarcastic Marx", 2013.4.10 (https://intoruins.wordpress.com/2013/04/10/robinson~and-sarcastic-marx).

Rennie, Neil, *Treasure Neverland : Real and Imaginary Pirates*, Oxford : Oxford Univ. Press, 2013.

Reynolds, Kimberley, *Girls Only? : Gender and Popular Children's Fiction in Britain, 1880~1910*, Philadelphia : Temple Univ. Press, 1990.

Richardson, David, *The Bristol Slave Traders : A Collective Portrait*, Bristol : Bristol Branch of the Historical Association, 1985.

Rose, Jacqueline, *The Case of Peter Pan : or the Impossibility of Children's Fiction*, London : Macmillan, 1994.

Rousseau, Jean-Jacques, Christopher Kelly · Allan Bloom eds. and trans., *Emile or On Education : Includes Emile and Sophie; or, The Solitaries*, London : Univ. Press of New England, 2010.

Rousseau, Jean-Jacques, Roger D. Masters ed., Roger D. · Judith Masters trans., *The First and Second Discourses*, New York : St. Martin's, 1964.

Russell, Michael, *Polynesia : A History of the South Sea Islands, Including New Zealand*, London : T. Nelson and Sons, 1852.

Said, Edward, *Culture and Imperialism*, New York : Vintage Books, 1993.

_____, "Introduction", Rudyard Kipling, *Kim*, New York; Penguin, 1989.

_____, *Orientalism*, New York : Vintage Books, 1979.

Savage, Gail L., "The Operation of the 1857 Divorce Act, 1860~1910, a Research Note", *Journal of Social History* 16-4, 1983.

Schmidgen, Wolfram, "Robinson Crusoe, Enumeration, and the Mercantile Fetish", *Eighteenth-Century Studies* 35-1, 2001.

Schmitt, Cannon, *Alien Nation : Nineteenth-Century Gothic Fictions and English Nationality*, Philadelphia : Univ. of Pennsylvania Press, 1997.

Secord, Arthur W., "Studies in the Narrative Method of Defoe", Diss. Univ. of Illinois, 1923.

Shanley, Mary Lyndon, *Feminism, Marriage, and the Law in Victorian England, 1950~1895*, Princeton : Princeton Univ. Press, 1993.

Sharpe, Jenny, *Allegories of Empire*, Minneapolis : Univ. of Minnesota Press, 1993.

Showalter, Elaine, "*A Passage to India* as 'Marriage Fiction' : Forster's Sexual Politics", *Women & Literature* 5-2, 1977.

Silver, Brenda R., "Periphrasis, Power, and Rape in *A Passage to India*", Jeremy Tambling ed., *E. M. Forster*, New York : St. Martin's Press, 1995.

Sinha, Sunita, "Quest for Human Harmony in Forster's *A Passage to India*", Reena Mitra ed., *E. M. Forster's A Passage to India*, New Delhi : Atlantic, 2008.

Smit-Marais, Susan, "Converted Spaces, Contained Places : Robinson Crusoe's Monologic World", *JLS/TLW* 27-1, 2011.

Smith, Paul, *Discerning the Subject*, Minneapolis : Univ. of Minnesota Press, 1988.

Smith, Samuel, "Women's Suffrage", Jane Lewis ed., *Before the Vote Was Won*, New York : Routledge, 1987.

Söllner, Fritz, "The Use (and Abuse) of Robinson Crusoe in Neoclassical Economics", *History of Political Economy* 48-1, 2016.

Stevenson, Robert Louis, "My First Book : *Treasure Island*", *The Courier* 21-2, 1986.

_____, *Treasure Island*, New York : Penguin, 1999.

Stoker, Bram, Nina Auerbach · David J. Skal eds., *Dracula : A Norton Critical Edition*, New York : Norton, 1996.

Street, Brian V., *The Savage in Literature : Representations of "Primitive" Society in English Fiction 1858~1920*, London : Routledge, 1975.

Suleri, Sara, "The Geography of *A Passage to India*", E. M. Forster, Harold Bloom ed., *A Passage to India*, New York : Chelsea, 1987.

_____, *The Rhetoric of English India*, Chicago : Univ. of Chicago Press, 1992.

Syriatou, Athena, "National, Imperial, Colonial and the Political : British Imperial Histories and their Descendants", *Historein* 12, 2012.

Tarver, H. Micheal ed., *The Spanish Empire : A Historical Empire* 2, Santa Barbara : ABC-CLIO, 2016.

Thompson, Edward, *The Other Side of the Medal*, London : Hogarth, 1925.

Thurn, Everard Im · Leonard C. Wharton eds., *The Journal of William Lockerby Sandalwood Trader in the Fijian Islands during the Years 1808~1809*(London : Haklyut Society, 1922), Burlington, VT : Ashgate, 2010.

Trimmer, Sarah, *The Guardian Education* 3, London : Livington & Hatchard, 1804.

Valente, Joseph, *Dracula's Crypt : Bram Stoker, Irishness, and the Question of Blood*, Urbana : Univ. of Illinois Press, 2002.

Vohra, Ranbir, *The Making of India : A Political History*, London : Routledge, 2013.

Waterhouse, Joseph, *The King and People of Fiji*, London : Wesleyan Conference Office, 1854.

Watson, Harold F., *The Coasts of Treasure Island*, San Antonio : Naylor, 1969.

Watt, Ian, *The Rise of the Novel*(1st American ed.), Berkeley : Univ. of California Press, 1957.

Watts, Cedric, "'A Bloody Racist' : About Achebe's View of Conrad", *Yearbook of English Studies* 13, 1983.

Webb, Jessica, "Corrupting Boyhood in Didactic Children's Literature : Marryat, Ballantyne and Kingsley", *ATENEA* 27-2, 2007.

Weber, Max, Talcott Parsons trans., *The Protestant Ethic and the Spirit of Capitalism*, London : Routledge, 1992.

Westerweel, Bart, "'An Immense Snake Uncoiled' : H. Rider Haggard's Heart of Darkness and Imperial Gothic", Valeria Tinkler-Villani · Peter Davidson eds., *Exhibited by Candlelight : Sources and Developments in the Gothic Tradition*, Atlanta : Rodopi, 1995.

White, Adam, *Considerations on the State of British India*, New York; Cambridge Univ. Press, 2012.

Williams, Reverend John, *Narrative of Missionary Enterprises in the South Sea Islands*, London :

Snow, 1838.

Williams, Thomas, G. S. Rowe · D. Appleton eds., *Fiji and the Fijians 1 : The Islands and Their Inhabitants*, New York : Appleton, 1859.

Wilson, A. N., *After the Victorians : The Decline of Britain in the World*, London : Picador, 2006.

Wilson, Edmund, *The Wound and the Bow*, Oxford : Oxford Univ. Press, 1947.

Winnington, Peter, "Conrad and Cutcliffe Hyne : A New Source", *Conradiana* 16-3, 1984.

Wollstonecraft, Mary, "An Historical and Moral View of the French Revolution", Janet Todd ed., *Political Writings*, Toronto : Univ. of Toronto Press, 1993.

Wright, William D., *Racism Matters*, London : Greenwood, 1998.

찾아보기